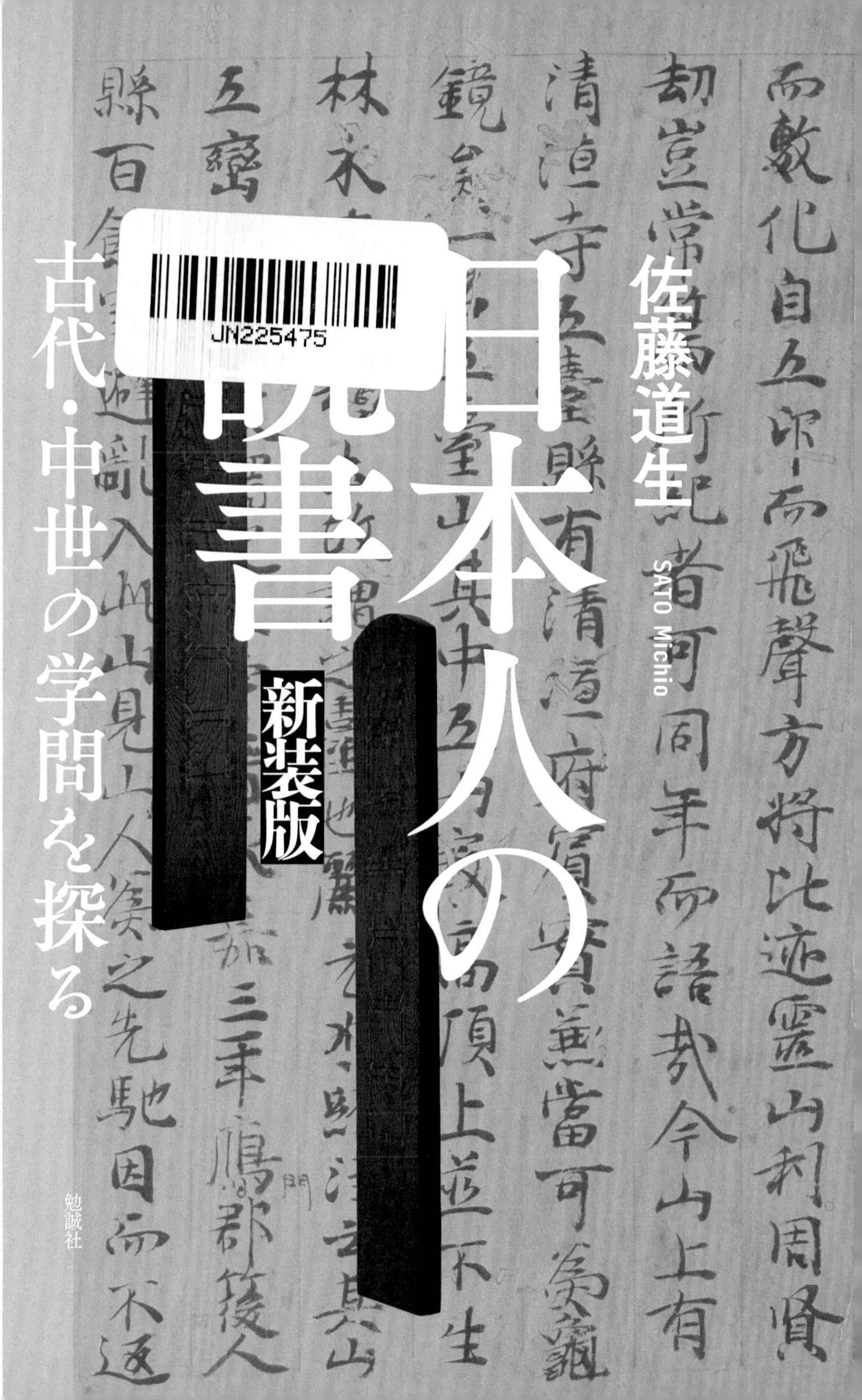

日本人の読書

古代・中世の学問を探る

新装版

佐藤道生

SATO Michio

勉誠社

JN225475

清涼山傳卷上　　藍谷沙門慧詳撰

立名標化一
封域里數二
古今勝迹三
遊履感通四
支流雜述五

立名標化一

謹案華嚴經菩薩住處品云東北方有菩薩住處名清涼山過去諸菩薩常於中住彼現有菩薩名文殊師利有一萬菩薩常為說法余每覧此土名山雖嵩岱作鎮蓬瀛仙窟皆編俗典事止域中未有出於金口傳之寶藏宅萬聖而敷化自五印而飛聲方將比迹靈山利周賢劫豈常篇所紀者可同年而語哉今山上有清涼寺五臺縣有清涼府實兼當可為龜鏡矣一名五臺山其中五山高頂上並不生林木事同積土故謂之臺也酈元水經注云其山五巒巍然故謂之五臺晋永嘉三年鴈門郡葰人縣百餘家避亂入此山見山人為之先驅因而不返遂寧巖野往還之士時有望見其居者至詣尋訪莫知所在故人以是山為仙者之都矣仙經云

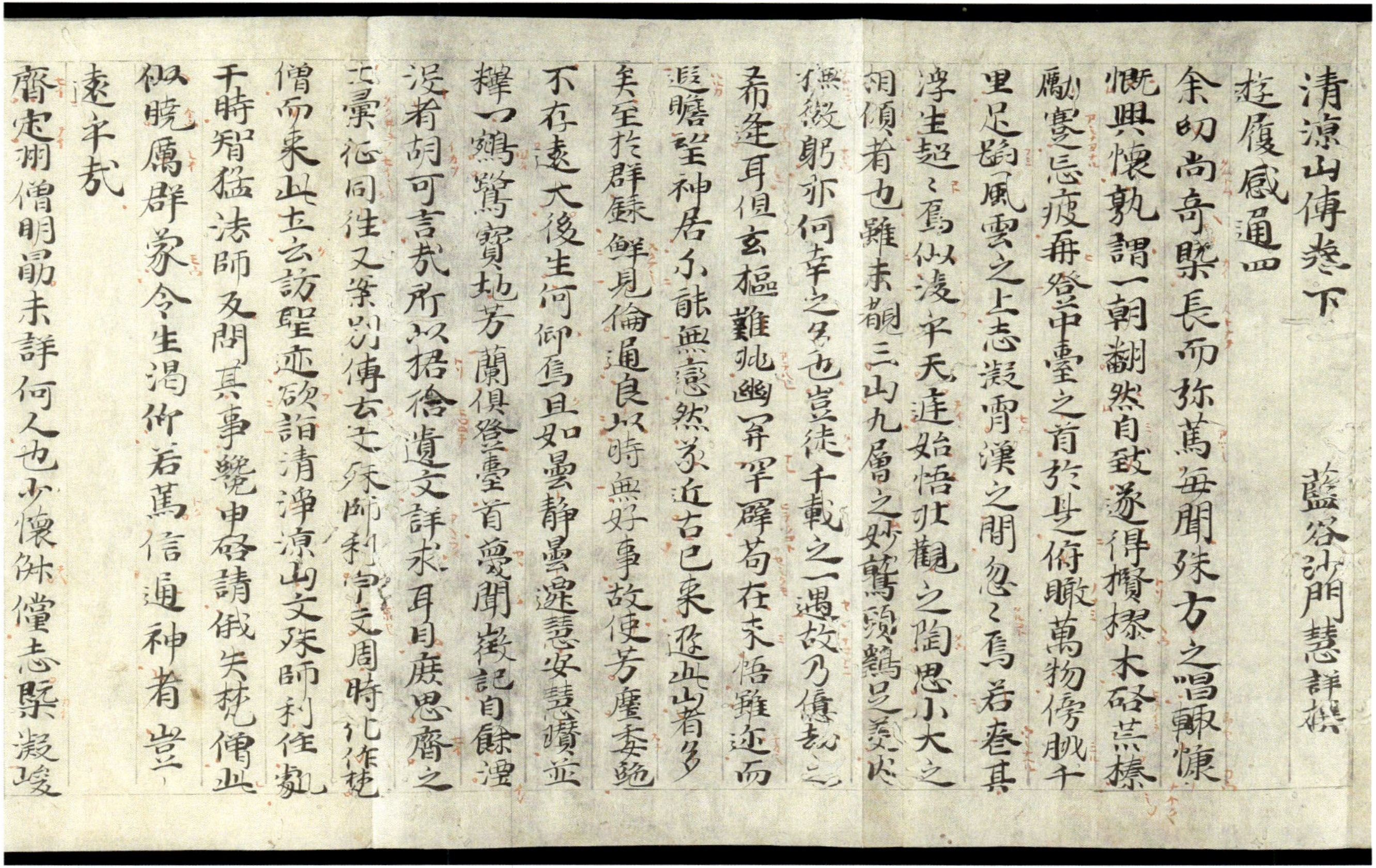
清涼山傳卷下　藍谷沙門慧詳撰
遊履感通四
余幼尚奇槩長而弥篤毎聞殊方之唱輒慷
慨興懷孰謂一朝翻然自致遂得攢褸木啓荒榛
勵饗忘疲冊登中臺之首於是俯瞰萬物傍眺千
里足踏風雲之上志凝霄漢之間忽々焉若卷其
浮生超々焉似凌乎天迺始悟壯觀之闊思小大之
胡傾者也雖未覩三山九層之妙鷲頭鶴足之奚以
撫緻躬亦何幸之多也豈徒千載之一遇故乃儵哉之
希逢耳但玄樞難兆幽罕罕睥苟在未悟雖迹而
遐瞻望神居不能無戀然豕近古已來遊此山者多
矣至於群録鮮見倫通良以時無好事故使芳塵委絶
不存遠大後生何仰焉且如曇静曇遷慧安慧瓚並
釋門鵷鷺寶地芳蘭俱登臺首覺聞嶽記自餘湮
没者胡可言哉所以招捨遺文詳求耳目庶思齊之
士彙征同往又案別傳云文殊師利宇文周時化作梵
僧而来此土云訪聖迹欲詣清淨涼山文殊師利住處
于時智猛法師及問其事懇申啓請俄失梵僧此
似曉厲群家令生渴仰若萬信通神者豈
遠乎哉
齊定州僧明勖未詳何人也少懷錫儻志槩凝峻

『清涼山伝』巻下（首）

1c

『清涼山伝』巻上（尾）

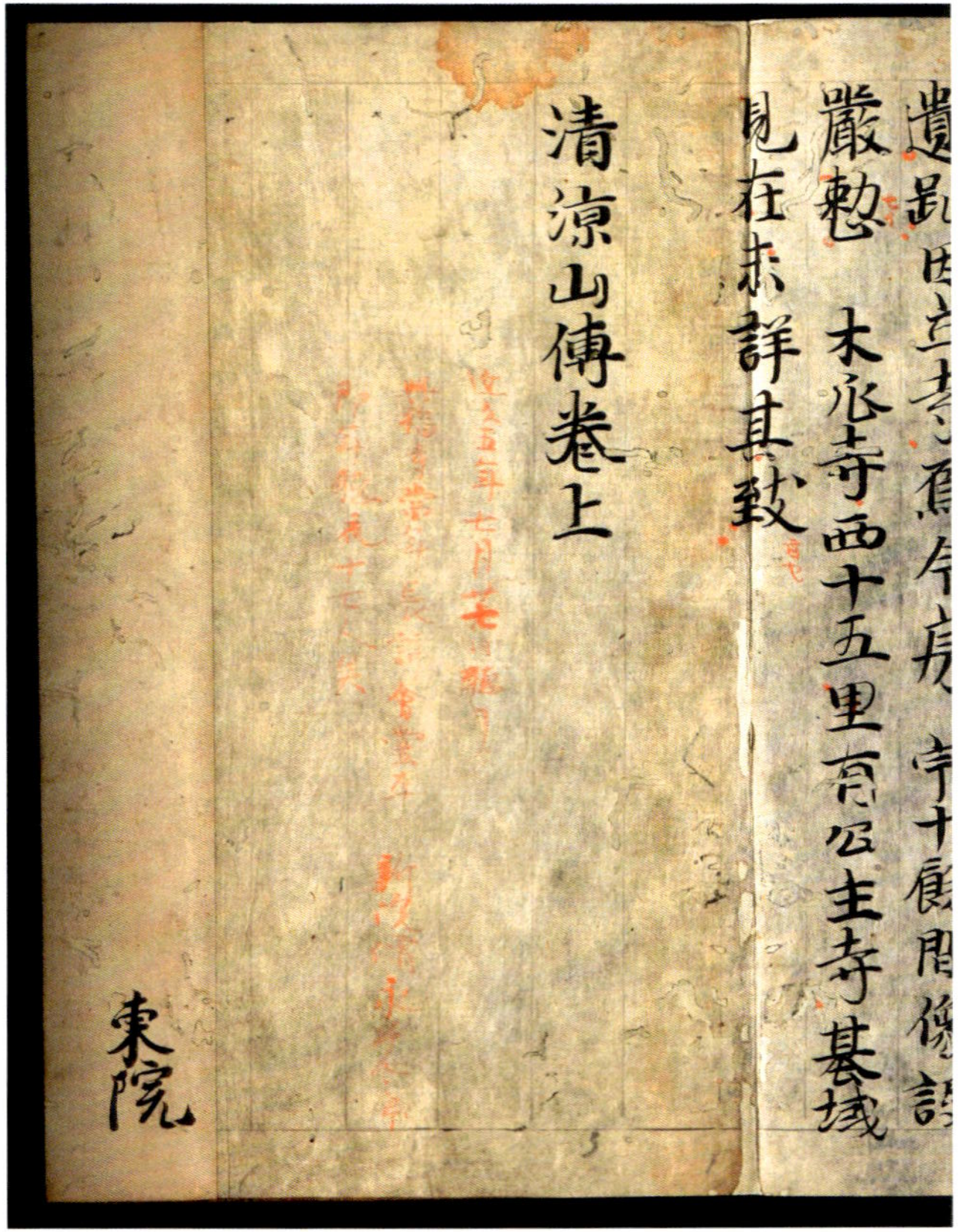

1d

『清涼山伝』巻下（尾）

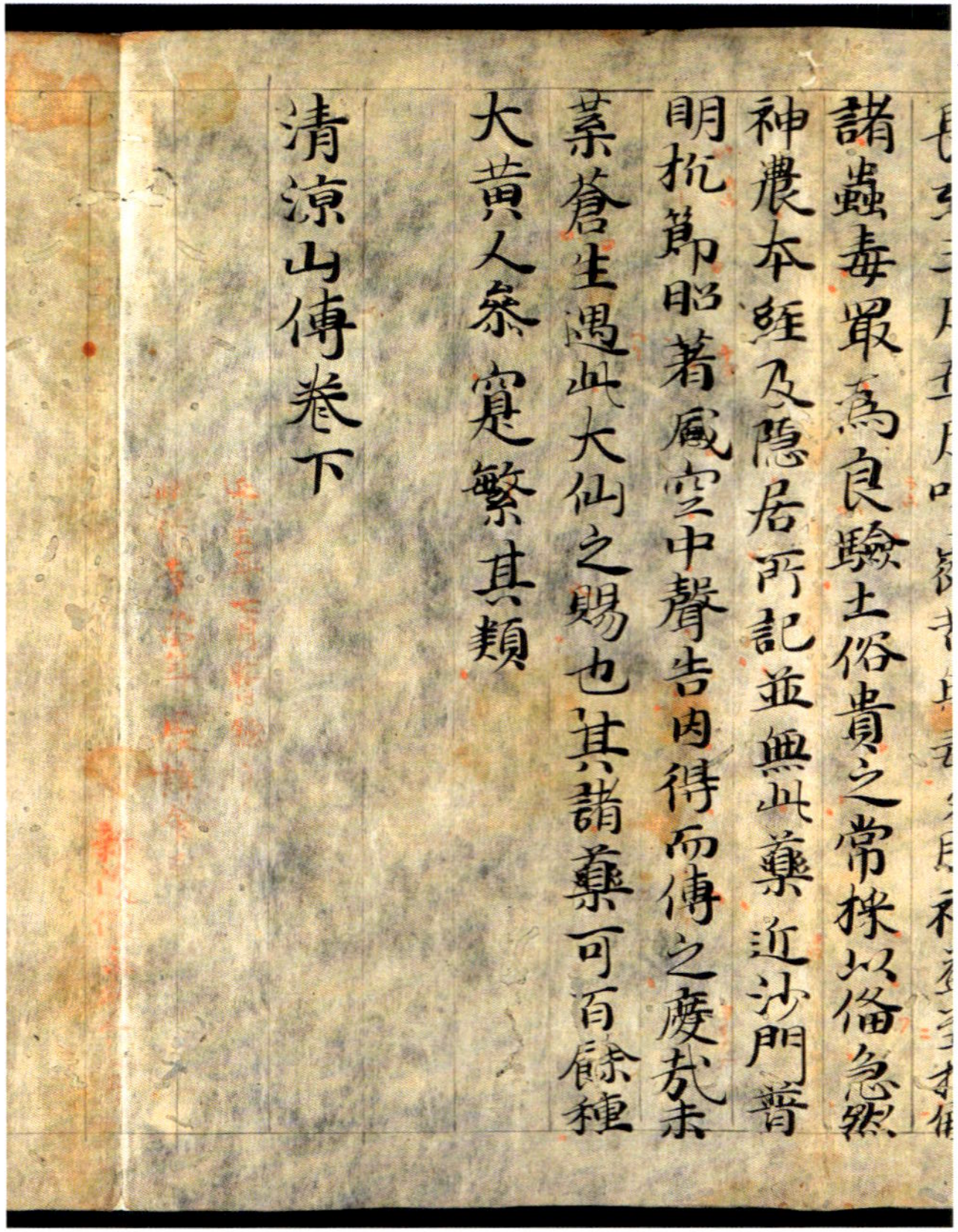

朱筆識語を鮮明にするため、画像補正をかけた

2
『文選集注』巻七断簡

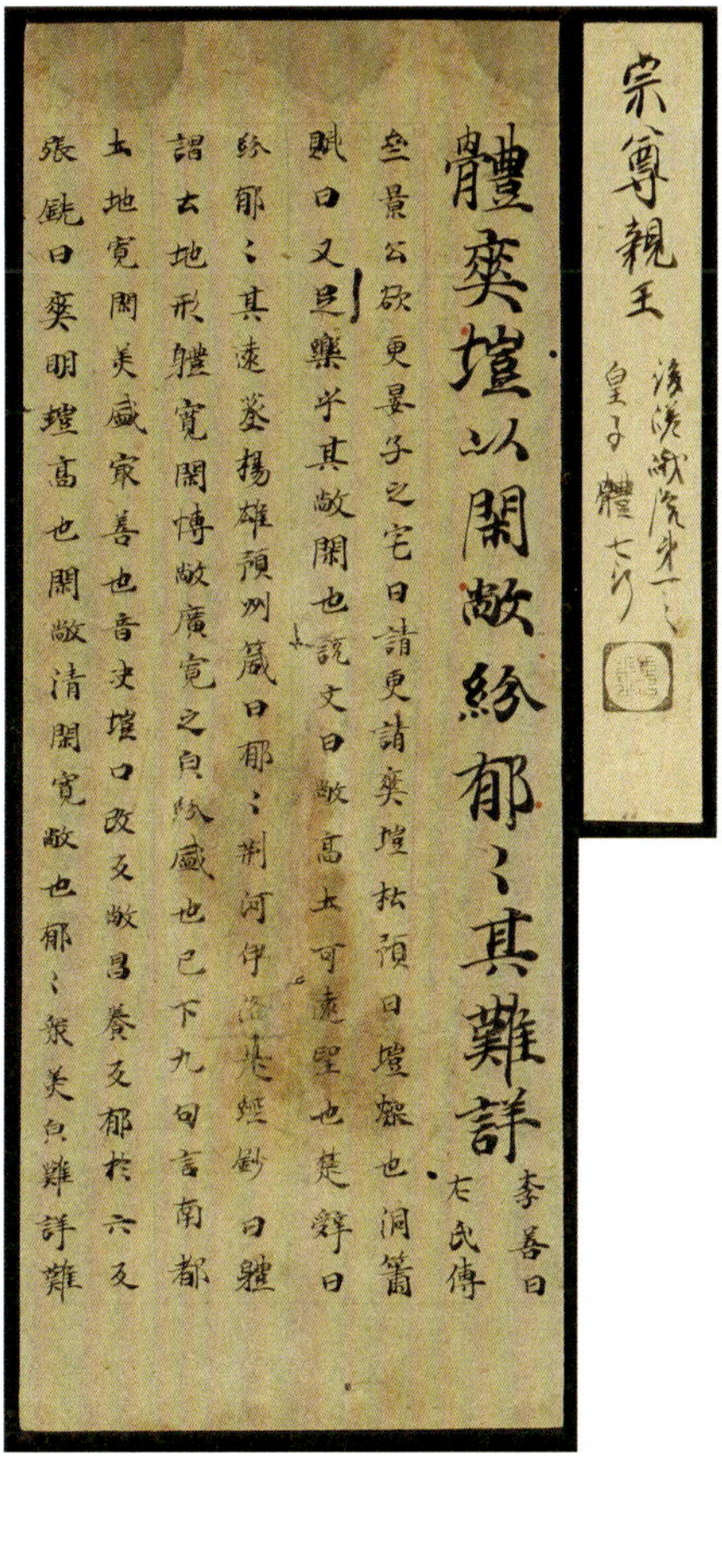

3
『文選集注』巻百十一断簡

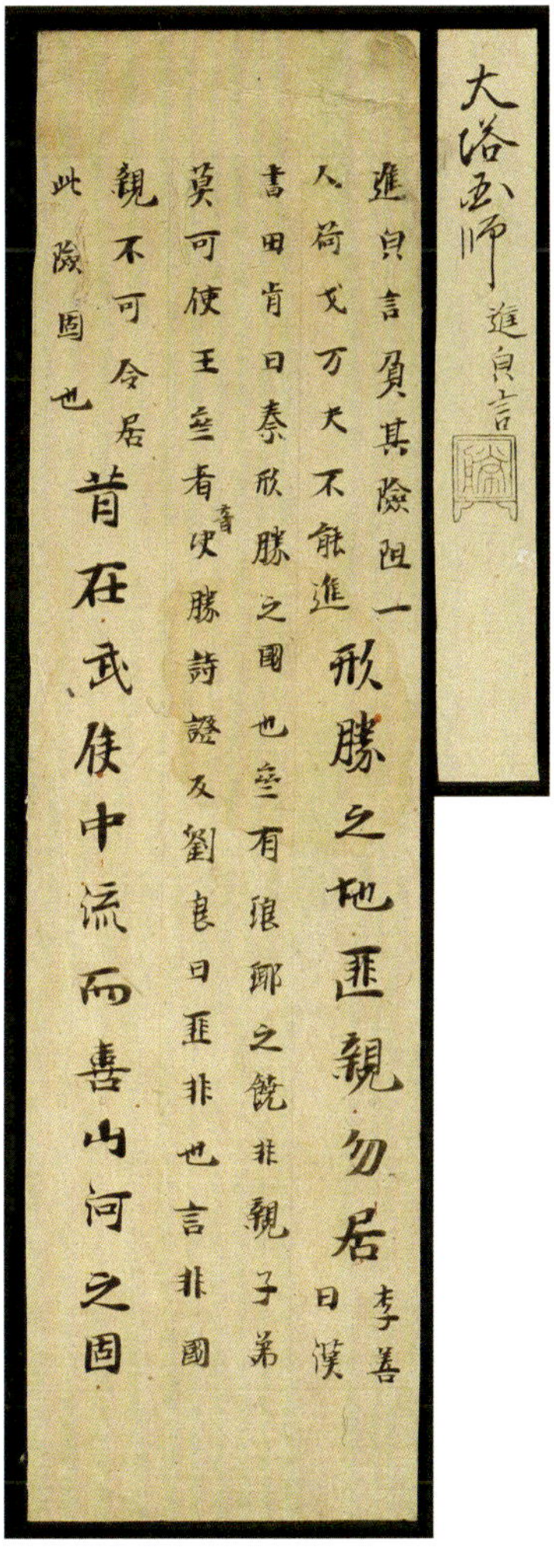

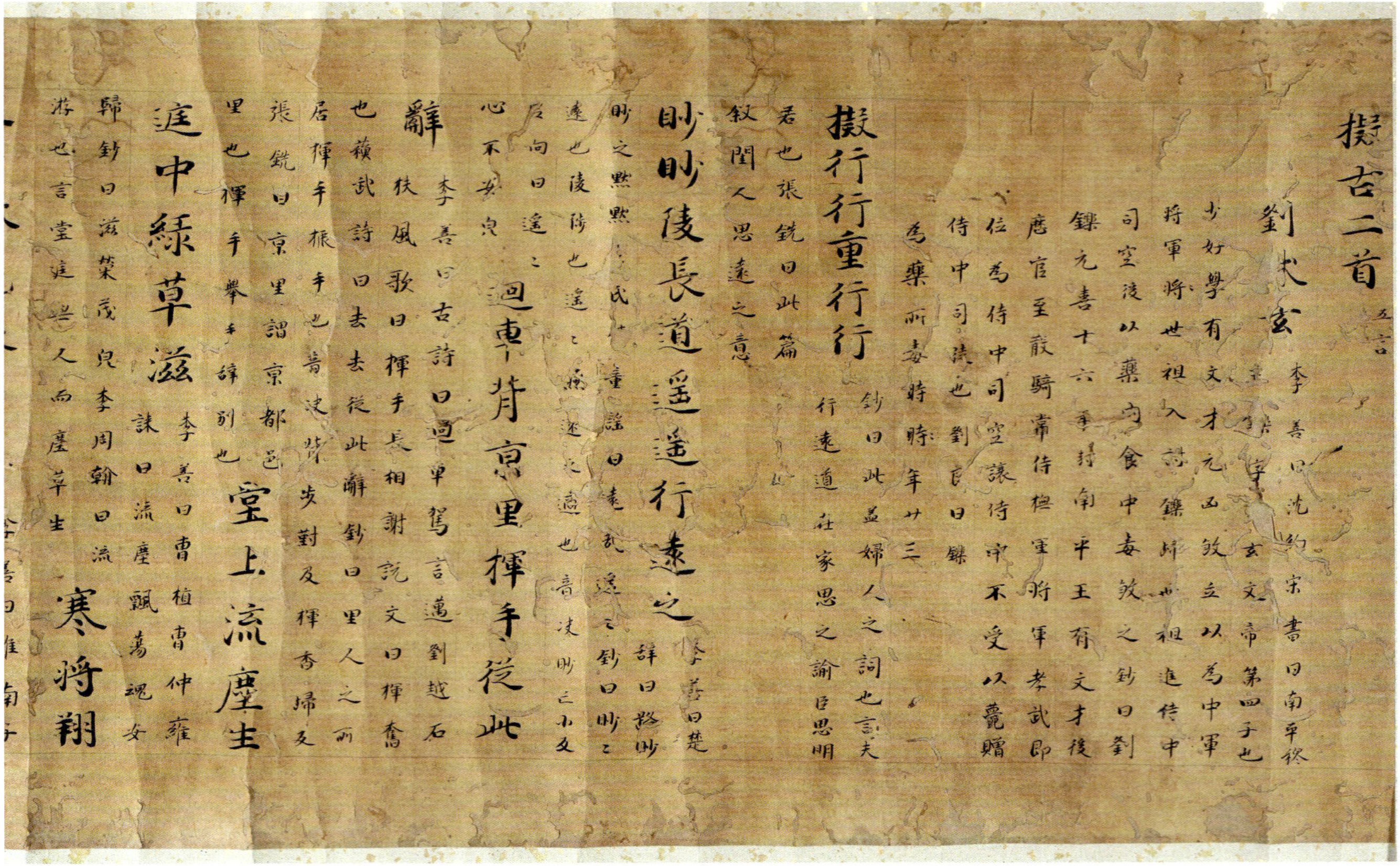
擬古二首 五言
劉休玄
擬行行重行行
眇眇陵長道遥遥行遠之
廻車背京里揮手從此
辭
堂上流塵生
庭中綠草滋
寒將翔

歸鈔曰蒸榮茂皃李周翰曰流
游也言臺庭無人而塵草生
寒將翔
水曲秋菟依山基
李善曰淮南子
菟走歸窟寒
將翔水各哀其所宿高誘曰寒將水鳥哀
猶愛也鈔曰郭璞注方言云寒螿蜩也何
義天綦文云寒螿狐蟄也六足四翼或青
或朱皆好依水其我當如此不得如蜩也
螿依水菟依山言各得其所傷人不及之
此假胡馬依北風越鳥巢南枝音決螿音將
陸善經曰翔水依山猶婦人依待於
夫今棄鈔五家陸善經本將菟螿也
芳
年有華月佳人無還期
李善曰
魏文秋
胡行曰朝與佳人期日夕殊不來鈔曰芳年
春時也華月月之華敘也佳人謂夫也言芳
春之年亦有月之華彩以相榮曜傷我壯年
夫胥遠行獨無返偶也劉良曰芳年月喻盛
時也陸善經曰
佳人猶良人也
日夕涼風起對酒長
相思
李善曰李陵贈蘇武詩曰遠望悲風至
對酒不能酬鈔曰日夕謂秋日之夕涼
風將起百物還落感時而思悲愁不能飲酒
但對之而思亦諭己年老顏色衰毀也劉良
曰涼風起謂漸及
愁感時衰暮也
悲發江南調憂委
子衿詩
李善曰古樂府江南辭曰江南可
采蓮毛詩曰青々子衿悠々我心鈔
辭曰江南
曰江南調古曲名此調多哀怨之聲故悲者即
發此曲也委積也子衿詩云青々子衿悠々
我心縱我不往子寧不嗣音言恨相亦絶
憂委積於此詩也音決調大吊反呂向曰
江南調采蓮曲也子衿詩歎無音信也言
悲憂之心但委此歌詠而已陸善經曰江
南遊行之辭以合離居聞之故發悲

南遊行之辞以令離居聞之故義悲思子
衿怨不徒來良人在遠其詩委積欲憂生
焉　李善曰
也　卧覺明燈晦坐見輕紈緇　陸機為
顧彥先贈婦詩曰京洛多風塵素衣化為
緇鈔曰晦暗也言獨卧無人故燈亦無光
顏容亦暗也輕紈羅綺之屬言日月久憂
色也緇黑也諭顏色憔悴音決鐙或作燈
同音登晦大對反緇側救反衆鏡曰晦闇
也夜久則燈闇紈素繒帛之黑色也言晝
夜坐卧唯　淩容不可飭幽鏡難復
見此而已
治　李善曰曹植七哀詩曰膏沐誰為容明
鏡闇不治鈔曰淩容言淩下之容數度
不可復彫飾也幽鏡言既不飾容則無所須
鏡常幽藏於匣中難復言不能持也李周翰
曰言泣涕之容不可從
飾幽匣之鏡誰復重理也　顔垂薄暮景
李善曰陸機塘上行曰
照妾桑榆時　顔君廣末光照妾薄暮
年曰在桑榆以喻人之將老東觀漢記光
武曰失之東隅收之桑榆鈔曰暮景諭年
老言勿以我老顔垂示之照桑榆曰没後
還歸也音決榆以朱反呂延濟曰薄暮謂
微光也桑榆時喻光也
言顔垂微光照妾老年也
擬明月何皎皎　鈔曰此篇言相思道遠感
物增悲也劉良曰此篇為
遠人未還中
閨感月而歎也
落宿半遙城浮雲藹曾闕　李善曰鄭
玄詩箋曰曾重也鈔曰遙高也言星落已
半城將欲曉也浮雲行雲也藹雲彩盛皃
曾高也音決宿音秀藹於蓋反劉良曰宿

曽高也音決宿音秀藹於蓋反劉良曰宿
謂星也浮雲薄雲也藹蓋也陸善經曰落
謂隨天迴也今
案鈔宿爲星也
玉宇來清風羅帳
延秋月
李善曰曹植芙蓉賦曰退潤玉
宇進文帝適羅帳羅帷也桓子
新論雍門周説孟嘗君曰今君下羅帳來
清風古詩曰明月何皎〻照我風言風來
拂宇延引也
言引進月光
結思想伊人沈憂懷
明發
李善曰毛詩曰所謂伊人宋玉笛
賦曰武毅發沈憂結毛詩曰明發
不寐鈔曰言憂思縈結致爲相憶伊人〻伊人是人
謂夫也沈憂言憂沈滯在心懷也明發從夕
至旦也音決思先自反張銑曰沈深也言深
憂遠懷至於曙色之發也陸善經曰落宿半
隱遙城浮雲掩藹高闗玉宇羅
誰謂容
帳風月相依此時旅増離思也
行久屢見流芳歇
李善曰潘岳悼亡
詩曰流芳未及歇
鈔曰屢數也流芳春時歇消也言誰道容
行之乎我數見芳春謝花光消滅也音決
屢力主反
歇火謁反
河廣川無梁山高路難
越
李善曰楚辭曰江河廣而無梁秦嘉
妻徐氏荅嘉書曰高山巖〻而君是
逝斯亦難矣鈔曰言我欲就君則川廣
無梁山高路阻不可得濟也又云無因
信得通也陸善經
曰言相見未期

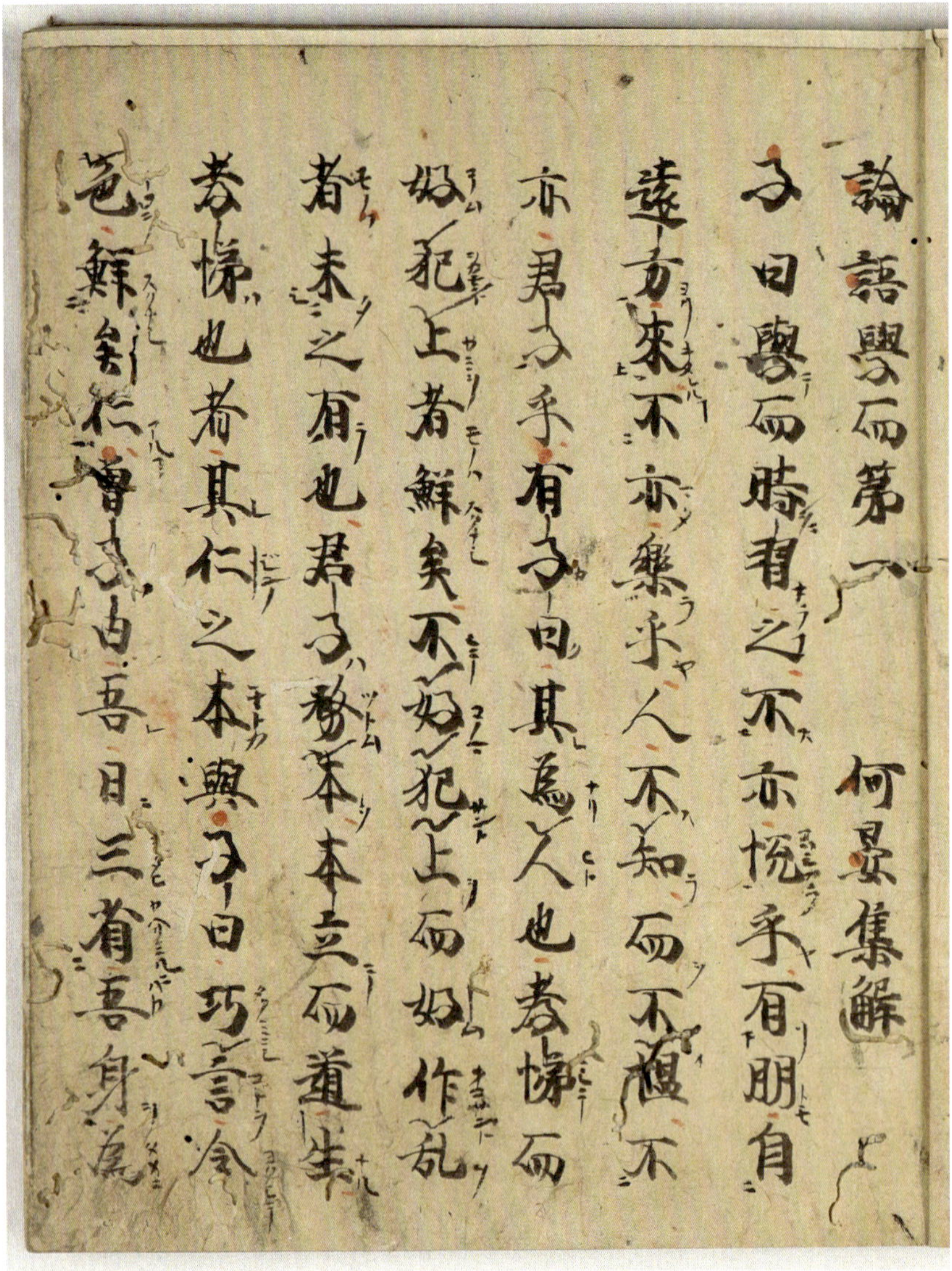
論語學而第一　何晏集解
子曰學而時習之不亦悦乎有朋自
遠方來不亦樂乎人不知而不慍不
亦君子乎有子曰其爲人也孝悌而
好犯上者鮮矣不好犯上而好作亂
者未之有也君子務本本立而道生
孝悌也者其仁之本與子曰巧言令
色鮮矣仁曾子曰吾日三省吾身爲

5
『論語』（清原業賢書写・加点本）

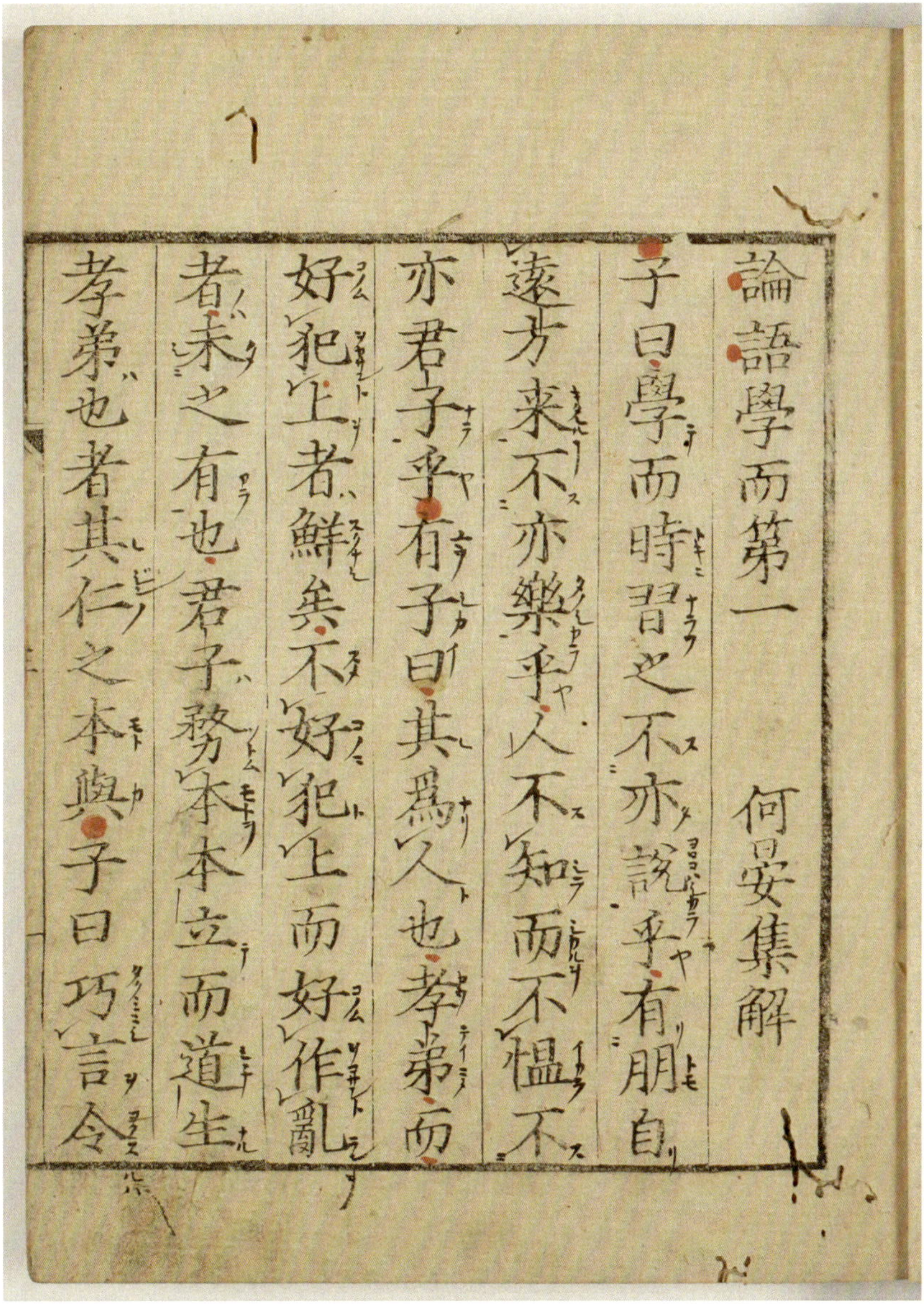
論語學而第一　何晏集解
子曰學而時習之不亦說乎有朋自
遠方来不亦樂乎人不知而不慍不
亦君子乎有子曰其爲人也孝弟而
好犯上者鮮矣不好犯上而好作亂
者未之有也君子務本本立而道生
孝弟也者其仁之本與子曰巧言令

『論語』（天文版　清原枝賢加点本）

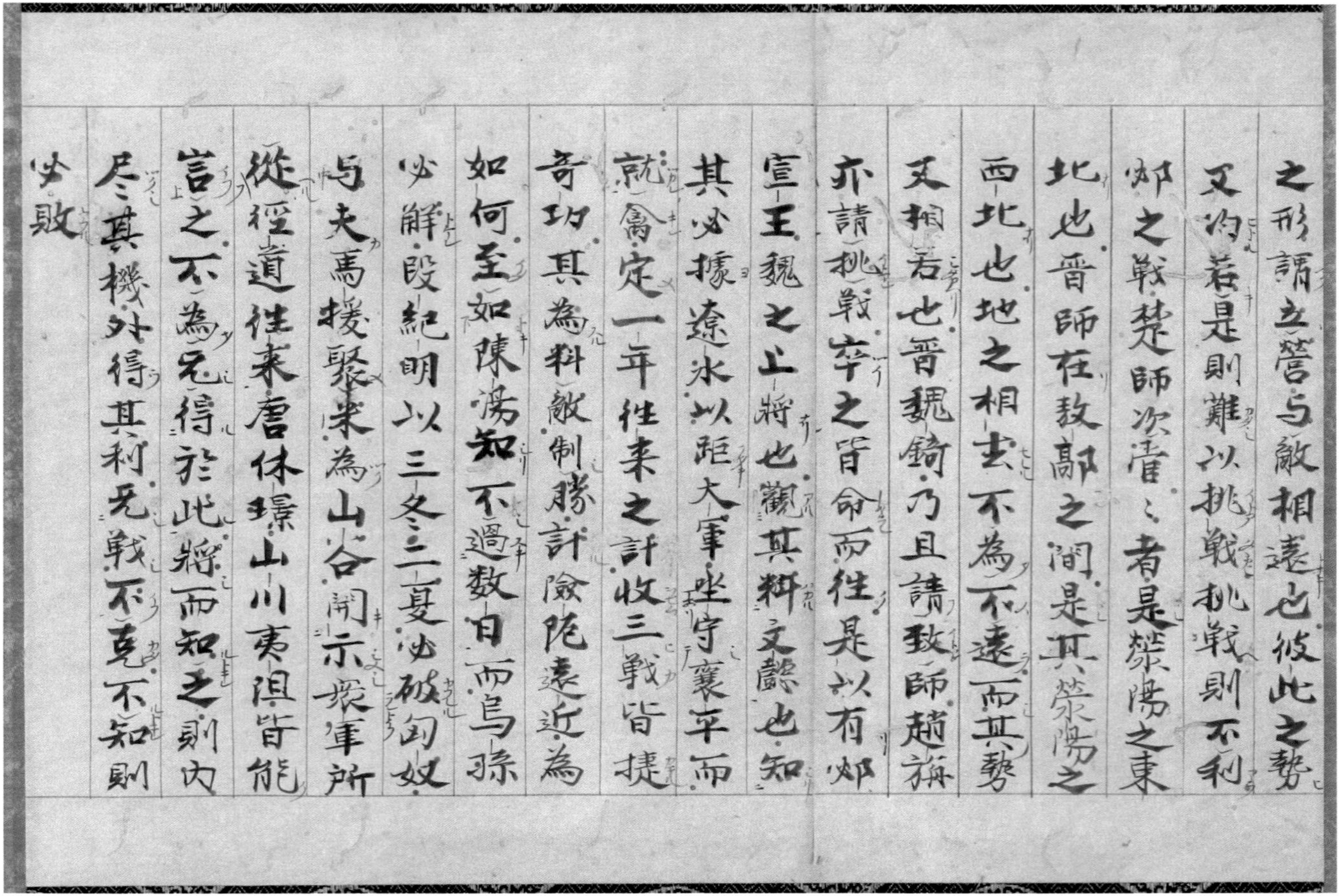
之形謂立營与敵相遠也彼此之勢
又均若是則難以挑戦挑戦則不利
鄭之戦楚師次滑々者是滎陽之東
北也晋師在敖鄗之間是其滎陽之
西北也地之相去不為不遠而其勢
又相若也晋魏錡乃且請致師趙旃
亦請挑戦卒之皆命而往是以有鄭
宣王魏之上将也観其料文懿也知
其必據遼水以距大軍坐守襄平而
就禽定一年往来之計收三戦皆捷
奇功其為料敵制勝計險阸遠近為
如何至如陳湯知不過数日而烏孫
必鮮段紀明以三冬二夏必破匈奴
与夫馬援聚米為山谷開示衆軍所
從徑道往来唐休璟山川夷阻皆能
言之不為无得於此将而知之則内
尽其機外得其利无戦不克不知則
必敗

「佐保類切」(『施氏七書講義』断簡)

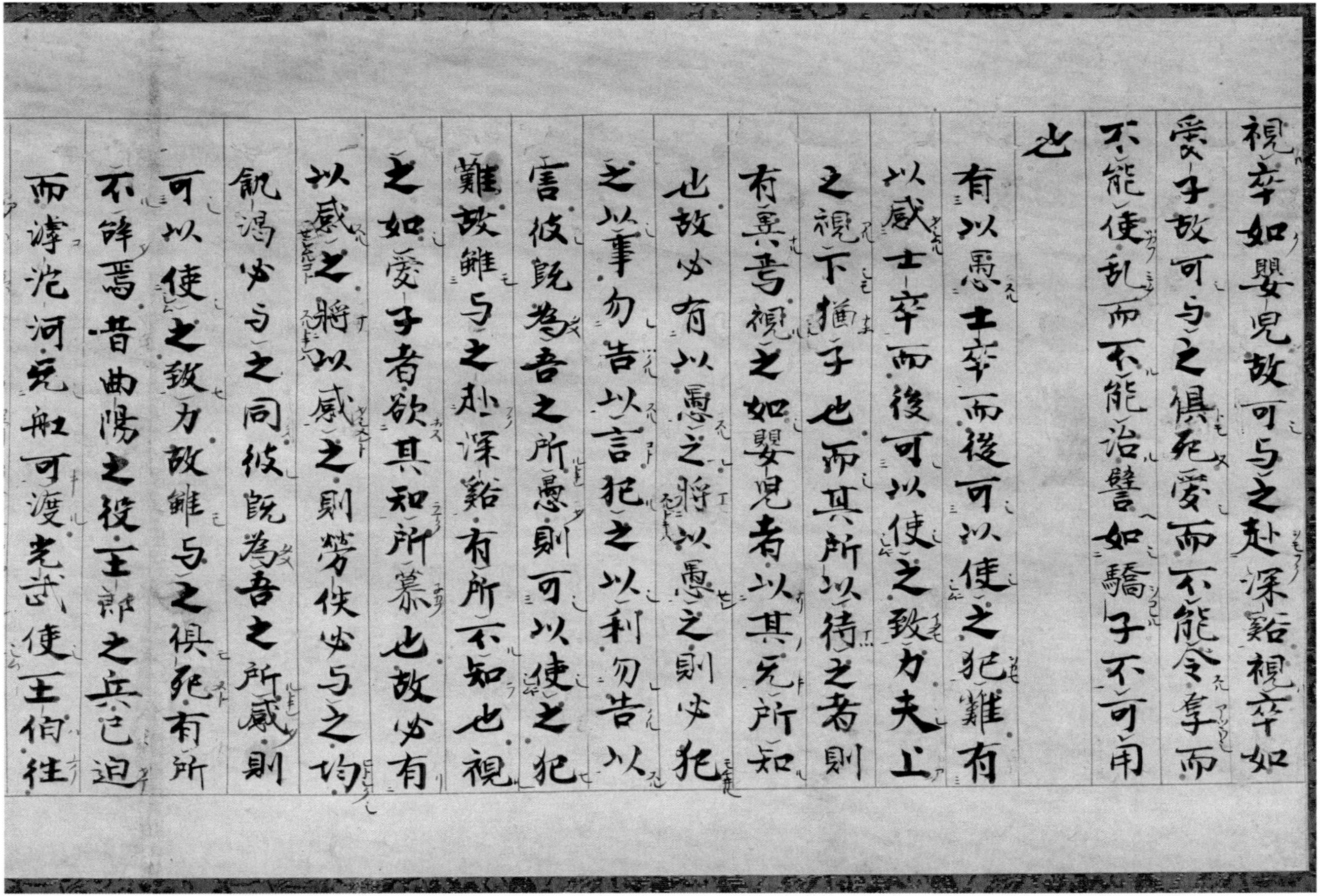
視卒如嬰兒故可与之赴深谿視卒如
愛子故可与之倶死愛而不能令厚而
不能使乱而不能治譬如驕子不可用
也
有以恩士卒而後可以使之犯難有
以感士卒而後可以使之致力夫上
之視下猶子也而其所以待之者則
有異焉視之如嬰兒者以其无所知
也故必有以恩之將以恩之則必犯
之以事勿告以言犯之以利勿告以
害彼既為吾之所恩則可以使之犯
難故雖与之赴深谿有所不知也視
之如愛子者欲其知所慕也故必有
以感之將以感之則勞佚必与之均
飢渇必与之同彼既為吾之所感則
可以使之致力故雖与之倶死有所
不辞焉昔曲陽之役王郎之兵已迫
而滹沱河无舡可渡光武使王伯往

「佐保類切」（『施氏七書講義』残簡）

而滹沱河冰舡可渡光武使王伯往
視伯詭言曰冰堅可渡及至河々水
亦合衆卒以濟此非有以恩之乎吳
起之為將也親裹贏糧与士卒分勞
若卒有病疽者起為吮之其後戰不
旋踵遂死於敵此非有以威之乎威
克厥愛允濟愛克厥威允罔功愛而
不能令寵而不能使亂而不能治此
愛克厥威者也愛克厥威則彼不知
所畏豈不猶人之驕子乎彼其驕心
既生則必放恣自為其可得而用之
乎是以杜佑釋之曰恩不可獨任還
為己害也張昭亦曰良將撫御畏愛
俱行一向恩者必驕怠又不可用
也昔唐自肅德以來軍政不明紀律
不張每立一帥師不問賢否惟徇行
伍之間所欲授者授之以至偏裨逐
殺主帥既不能正其罪又從而以節
鉞授之其驕可知及後唐莊宗時將
士驕縱惟務姑息每乘輿出次行[illegible][illegible]

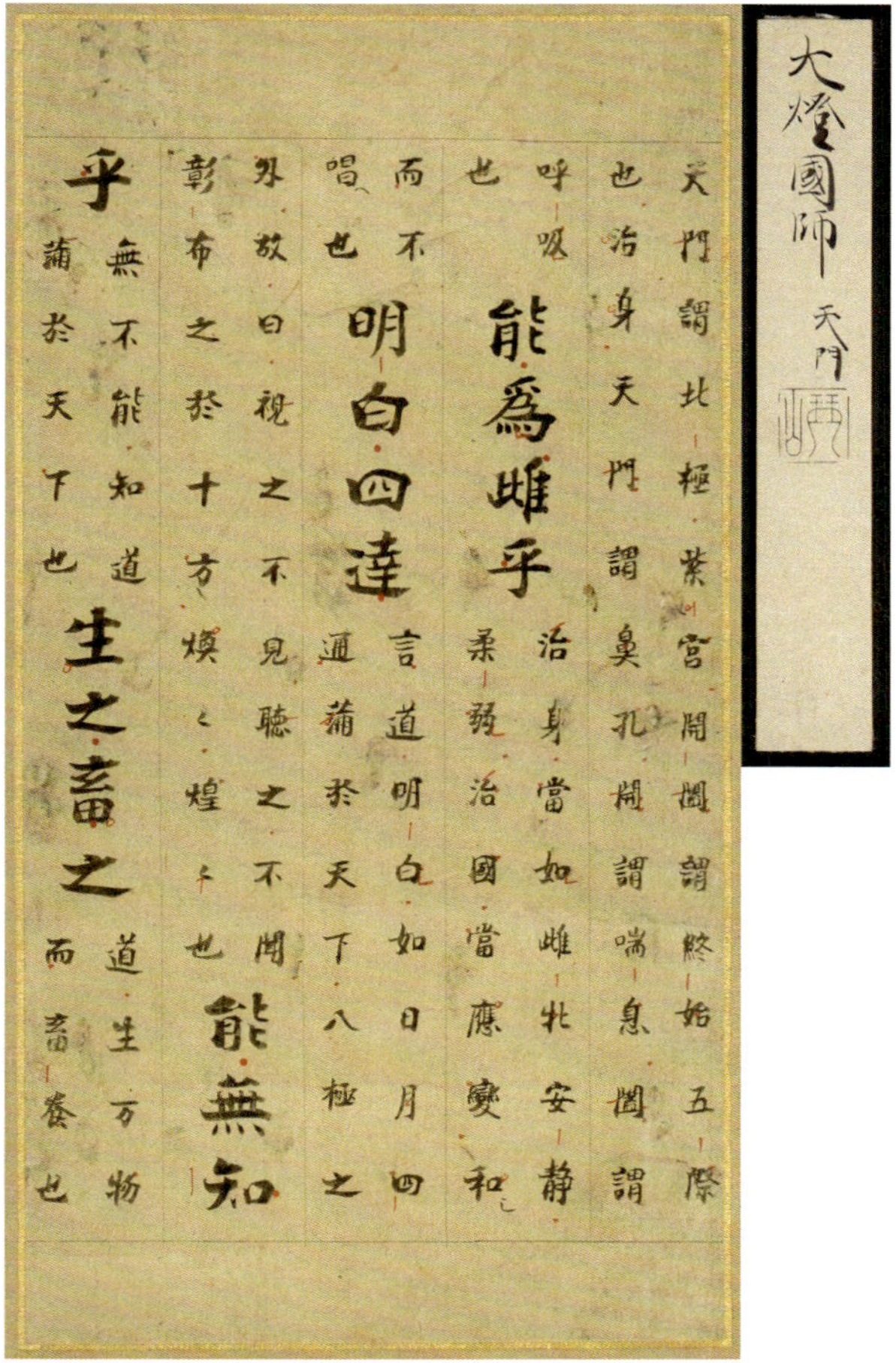

9
「道徳経切」(『老子道徳経』断簡)　墨筆傍訓は古筆見によって擦り消されている。

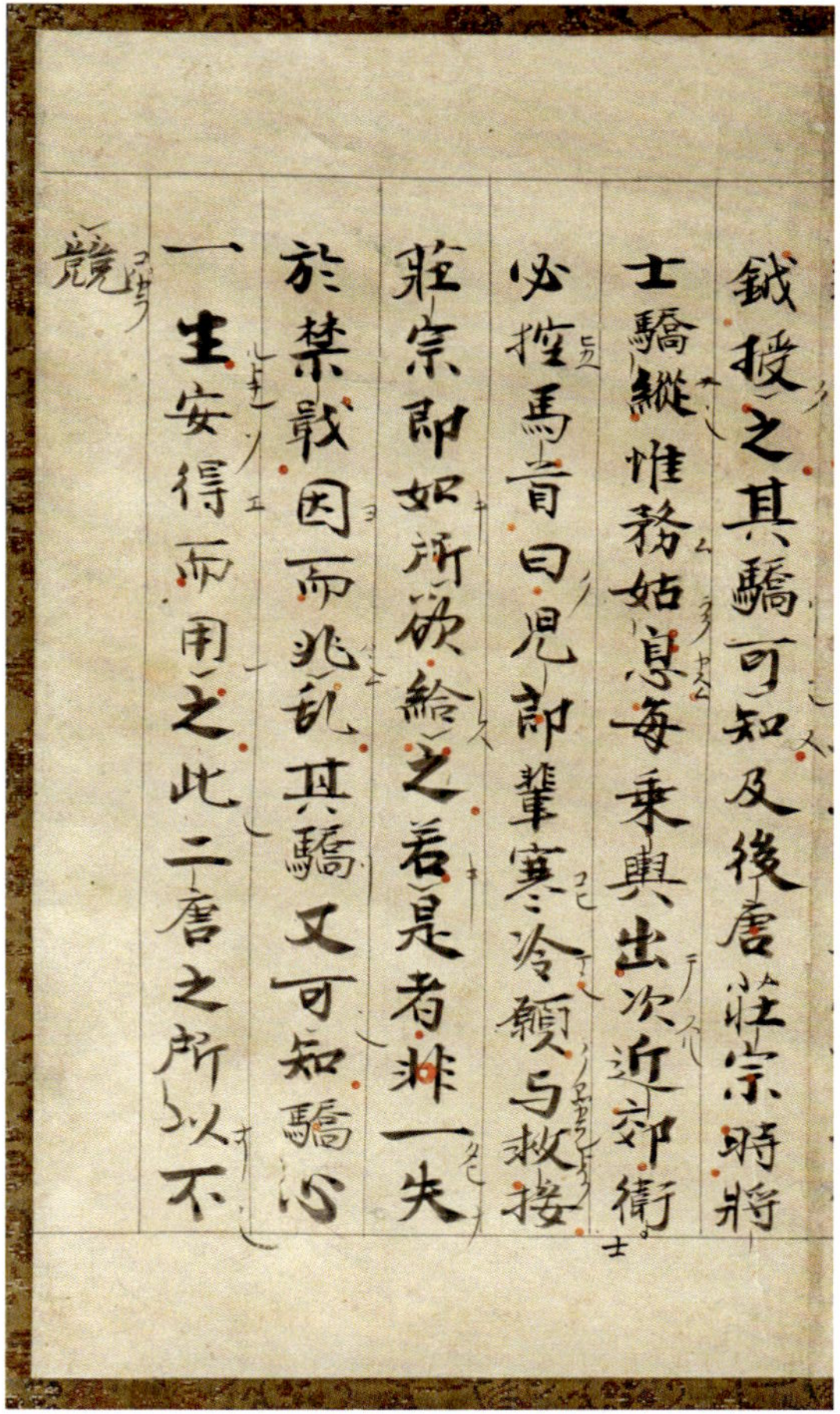

10

点笏（木製の点図）　縦30・2糎、横5・0糎、厚さ1・1糎

〔明経点〕

〔紀伝点〕

目次

目　次

第十五章　伝授と筆耕——呉三郎入道の事績……251

附篇

【本篇】

第一章　古代・中世日本人の読書

はじめに

むかしの読書は儀式だったと言ったら、読者の皆さんは驚かれるだろうか。現代の読書は多分に娯楽や消閑を目的として至って気楽なものだが、古代・中世の読書はそうではなかった。現代の我々から見ると、驚くほど格式ばったものだった。書籍は襟を正して向き合う物だったのだ。

何故厳粛に向き合わなければならなかったのか。それは書籍が学問をするのに必要不可欠な道具だったからである。当時の読書は、高尚な学問を身につけるためだけのものだったと言っても言い過ぎではない。近代以前の学問とは、中国の文化全般を学ぶことを目的とする所謂「漢学」である。漢学を修得するには、勿論本場の中国に留学するに越したことはない。例えば、古代の遣唐使はそれを目的としたものだった。しかし誰もが留学できたわけではなく、それができたのはほんの一握りのエリート学生だった。このように留学が容易でなかった時代には、書籍を通じて漢学を修得するのが次善の策だった。それ故、中国から将来された漢籍（漢語で書かれた書籍）

が重んじられたのである。しかし、その漢籍も、現代の書籍のように世の中に氾濫していたわけではない。手に入りにくく、また非常に高価なものだった。

書物が庶民の手の届くぐらいの価格に下がったのは、近世（江戸時代）に入ってからのことである。この時になって初めて読書は気軽に親しむことのできるものになった。古代・中世の読書と近世以降の読書とでは、読書人口、書籍の種類・数量などの点で大きな違いがあったと言ってよかろう。本書では、近世より前の、読書がまだ厳格だった時代に焦点を当て、日本人が漢籍に対してどのように接していたのかということを探ってみたいと思う。そこで本章ではそのことを論じる前提として、古代・中世の読書を概観しておきたいと思う。

尚、日本には右に述べた目的のために中国から直接に、或いは朝鮮半島を経由して多くの漢籍の写本・刊本が将来された。そして国内に於いてもその書写・刊行が盛んに行なわれた。また日本人は自らも漢語漢文を用いて著述を為した。これらの漢籍は本国の中国や朝鮮半島に流通した漢籍とは区別すべき性質を備えているので、私はこれを「日本漢籍」と呼ぶことにしている。本書に取り上げた書籍は全てこの日本漢籍である。また、本書で言う古代とは奈良時代・平安時代を、中世とは鎌倉時代・南北朝時代・室町時代を指して用いることとする。

一、訓説の伝授

先に述べたように、古代・中世に於いては、読書と学問（漢学）とは殆ど同じ意味に用いられた。その読書には、訓説《くんせつ》の伝授《でんじゅ》という行為が必ず付いてまわった。まず、この「伝授」ということについて説明しよう。

学問を修得する場と言えば、第一に学校が挙げられる。平安時代、京の都には大学寮（しばしば大学と略称される）という教育機関が存在した。大学の学生《がくしょう》は所定の課程を終えれば任官できるので、官吏養成の役割をも兼ねていた。大学では学生が入学する時に、博士《はかせ》と呼ばれる教官に入門するという形式を取っていた。教育を受ける前提として師弟関係を結ぶのである。

大学には専門分野を異にする四つの学部（これを道《どう》と言う）があった。明経道《みょうぎょうどう》、紀伝道《きでんどう》、明法道《みょうぼうどう》、算道《さんどう》がそれである。明経道は儒教経典を学ぶための、紀伝道は歴史・文学に関する書を学ぶための、明法道は律令に関する書を学ぶための、算道は科学技術書を学ぶための部門である。それぞれの教官を明経博士（明経道だけはたんに博士とも言う）、文章博士《もんじょうはかせ》、明法博士、算博士と呼んだ。各博士は然るべき漢籍を教科書として、その内容を学生に教授した。「伝授」とはその教授法を指す。

貴族社会でわざわざ大学に入って漢学を学ぼうとする者は全体から見れば極めて少なかった。大半の貴族は、大学の出身者である儒者・文人と個人的な師弟関係を結んで「伝授」を受けた。ここで言う儒者とは漢学の専門職に就いた者を指し、文人とは漢学の素養は十分に備えてはいるが、専門職に就かなかった者を指す。専門職とは、例えば式部大輔《しきぶだゆう》・式部少輔《しきぶしょう》（ともに式部省の次官）、東宮学士《とうぐうがくし》（皇太子の侍講）、大学頭《だいがくのかみ》（大学寮の長官）、文章博士（大学寮紀伝道の教官）、大内記《だいないき》（中務省の官人で、詔勅の作成に当たる上位の者）といった官職である。

「伝授」とは基本的に、師弟間で訓読の読み合わせを行なうことである。師匠がまず訓読し、門下生がそれに従って復誦するという形式で行なわれた。訓読とは、本文の解釈が完了して始めて可能となるものであり、儒者は解釈の成果として（訓読するために）本文に訓点を施した。訓点の「訓」は本文の左右に付される傍訓のことで、漢語に対応する日本語を片仮名で表記したものである。送り仮名・振り仮名の類いと言ってよい。「点」は漢語の語法を日本語の語法に置き換えるための各種符号で、これによって句読点、返点、助詞・助動詞などを表示した。この「点」を「ヲコト点」と呼んでいる。「ヲ」の符号と「コト」の符号とが漢字の右端上部に縦に並んで付されたことに因んだ呼称である。儒者は漢籍に訓点（傍訓とヲコト点）を施し、また行間や紙背にその根拠を記すことによって、本文をどのように訓読するかを示した。また「口伝《くでん》」と言って口頭で説明することもあった。これらを総称して「訓説」と呼んでいる。訓説は儒者の属する家系（これを博士家《はかせけ》と言う）によって異なり、また秘匿すべき性質の学説でもあったから、「家説」「秘説」とも呼ばれた。訓点に当初ヲコト点を用いたのは、訓説の秘密性を保持するための一種の方策であった。

師匠である儒者は伝授に当たって「証本」を用いた。証本とは、儒者の家（博士家）に所蔵され、訓説の伝授に用いることのできる由緒正しい写本を指す。一方、門弟（学生）は事前に師の儒者からその所持本（証本、或いはその副本）を借り受け、それを忠実に書写した写本を携えて伝授の場に臨んだ。伝授が終了すると、儒者は門弟の用いた写本の奥（末尾）に伝授を終えた旨を書き加える。これを加証奥書、伝授奥書などと呼び慣わしている。このように伝授は、①門弟が事前に証本（或いはその副本）を書写する、②師が門弟に訓説を伝授する、③師が門弟の所持本に伝授を終えた旨を加証する、という手順で行なわれた。

儒者の証本はその家の学問的権威を保証するものであるから、門外不出であり、人目に触れることは殆ど無い。しかし、門弟の所持本は伝授の後、それほど厳重に管理されることはないから、他人がそれを借り出して書写することもできた。書写には誤写が付きものであり、転写過程で誤写が拡大してゆくことは容易に想像できよう。世に流通する写本の殆どは、この流れの中で作り出されたものであり、本文や訓点の誤写を多かれ少なかれ含むものなのである。逆に言えば、博士家の証本には誤写が全く存在しないのである。

尚、博士家は全て平安時代に形成された家系であり、紀伝道では大江氏・菅原氏・藤原氏北家日野流・藤原氏南家・藤原氏式家などが、明経道では清原氏・中原氏などが代表的な博士家である。これらの家の多くは断絶と復興とを繰り返しながら近代に入るまで生きながらえた。

二、ヲコト点から仮名点へ

平安時代、読書の対象となる漢籍写本に付された訓点は、傍訓とヲコト点とであった。ところが、鎌倉時代に入ると、ヲコト点を全て片仮名に置き換えた訓点を持つ写本が現れ始めた。また、ヲコト点資料の中にも、その一部を仮名に開いたものが見られるようにもなった。この片仮名による訓点を「仮名点《かなてん》」と呼んでいる。

なぜ仮名点が現れたのか。それはこの時期に新たに読書に関心を持ち始めた関東の武士階級からの要請によるものであったと思われる。彼らは京都の貴族社会で培われた伝統的な読書法に慣れておらず、複雑で秘密性の高いヲコト点を修得することに抵抗感を感じたのである。このヲコト点を嫌う武家の動きに敏感に反応したのは、他ならぬ博士家であった。特に関東の武家社会に勢力を伸張しようとした一部の博士家は、武士たちのヲコト点に対する拒否反応を察知し、複雑なヲコト点を廃して簡略な仮名点による漢籍の学習を許容したのである。実はそれまでも博士家内部で仮名点が全く用いられなかったわけではない。儒者も本格的な読書を始める前段階、つまり幼年期の初歩的な読書に於いては、ヲコト点を避け、仮名点を用いていた。その方法を新興の武士階級の読書に適用したのである。

勿論武家の中にも、金澤北条氏のように、平安時代以来のヲコト点による訓読法を継承修得する者もいたが、大方の流れとしては、武家の読書に対する積極的関与を契機として、ヲコト点から仮名点への移行が促進されたのである。こうして鎌倉時代以降、読書人口の増加、そして武家の京都への流入とともに、仮名点を付した漢籍が漸次増加の一途をたどったのである。但し、京都の貴族の間では依然としてヲコト点が優位であり、博士家の証本もヲコト点による訓点を維持し、仮名点に改められることはなかった。

三、抄物の登場

日本人が漢籍を学習するに当たっては、本文解釈の結果を示す手段として必ず訓読を行なった。訓読とは取りも直さず翻訳を意味していたのである。その訓読文は、ヲコト点に依るにせよ、仮名点に依るにせよ、平安時代の文語文法に従っていた（この点は現代でも全く変わらない）。ところが、鎌倉時代以降、日本語の口語文法が大きく変化した（口語と文語とが乖離した）結果、訓読文によって内容を理解することが極めて困難な状況が現出した。つまり訓読が翻訳の役割を果たせなくなったのである。この大きな問題を儒者はどのように解決したのか。そのことを教えてくれるのが室町時代に数多く著された「抄物《しょうもの》」と呼ばれる一種の注釈書である。

室町時代になると、読書熱は武家の中下級層にも浸透して行き、さらに経済力を蓄えた商人にまで及んでいた。当時の伝授は、その読書人口の飛躍的増大を反映して、一人の儒者（師匠）が大勢の学習者（門下生）に講義する「講釈《こうしやく》」という形式で行なわれることが多かった。抄物とは、漢籍などの講義録（講義内容を記録したノート）のことで、師匠にあたる儒者や学僧（中世には五山僧が漢籍の伝授に携わるようになった）が門下生に対して講義する際に手控えとして所持したノートと、門下生が師匠の講義を聞き書きしたノートとに大別できる。

元来、漢籍の注釈書は、中国伝来のものは言うまでもなく、鎌倉時代以降現れ始める日本人による著作であっても、全て漢文体で書かれていた。ところが抄物はいずれも漢字仮名交じりの日本語で記されており、同じ注釈書と言っても、前代までの常識を大きく覆すものであった。抄物の注釈方法を分析してみると、訓点を付した（訓読できるようにした）原文を掲げた後に、口語体による語釈を置く。その語釈は、比較的平易な語については簡単に言い換えるだけだが、難解な語については、かなり詳しい説明が加えられる。何よりも特徴的なのは、一句一文ごとに必要とあらば口語訳が加えられたことである。この口語訳は、原文には無い言葉を要領よく補って、極めて理解し易い訳文に仕上がっていた。儒者・学僧はこの口語訳を駆使することによって、訓読に不足していた翻訳機能を補完したのである。

このように抄物の内容を分析して気づくことは、それが現代の漢籍注釈書に総じて見られる原文・訓読・語釈・現代語訳の形式と殆ど変わらないという驚くべき事実である。抄物は現代に通じる感覚を持った注釈書なのである。この抄物がいつ頃から現れたのかは良く分かっていない。口語と文語とが大きく乖離し始めた鎌倉時代からそれほど遠くない時期と想定されるが、現存するのは室町時代以降のものばかりである。

四、伝統的な読書法の終焉

日本では古代から中世末期に至るまで漢籍の本文解釈は秘説に属するものであった。漢籍を正しく読むためには儒者や学僧といった漢学の専門家に入門し、読書の手ほどきを受けなければならなかった。読書に伝授という一種の儀礼が付いて回ったことは繰り返し述べたとおりである。この閉鎖的な状況が打開されるのは江戸時代に入ってからのことであった。

江戸時代初め、慶長・元和頃から、読書人口の飛躍的増加を背景として、主要な漢籍が博士家の証本を底本として陸続と刊行されるようになった。「元和偃武」という言葉に象徴されるように、江戸幕府は文教政策を打ち出し、広く読書を奨励した。これを承けて博士家は秘説の公開に踏み切ることを余儀なくされたのである。数ある博士家の中でも、秘説の公開に積極的に関わったのは明経道の清原（舟橋《ふなはし》）家であった。

さて、博士家がその証本を公開するに当たって一役買ったのが古活字版である。古活字版とは、文禄年間に朝鮮半島から伝わった活字印刷術に倣って、文禄から寛永・正保頃まで行なわれた活字出版物を指す。これによって、それまで写本でしか読むことのできなかった漢籍が数多く刊行され、たくさんの読者を獲得したのである。ただ、古活字版には訓点を附刻することが技術的に難しかったので、刊行後に儒者が手ずから訓点を書き入れなければならなかった。しかし、寛永頃から訓点の附刻が可能な整版印刷が盛んになったことで、訓点書入れの手間は省かれることになった。この時期、膨大な数の附訓整版が刊行されている。このような訓点の附刻された書を「和刻本漢籍」と呼び慣わしている（もちろん無訓のものもある）。この和刻本の刊行によって秘説の公開はひとまず完了したと言えよう。

古活字版とそれに続く和刻本漢籍の出現は、読書の形態を一変させる画期的な出来事であった。伝授という煩雑な手続きを経ることなく、自由に読書できる環境が整えられたのである。秘説の公開は、誰の眼にも文化的進歩を示す現象に映ったに違いない。しかし、実はそこには落とし穴（弊害）もあった。

博士家に蓄積されてきた訓説は厖大な規模に及んでおり、しかも、その訓説は家説とも呼ばれるように、各家によって異なるものであった。こうした儒者の家々に伝授のために保持されてきた多種多様な訓点が、出版のための校訂を機にただ一つに収束し、他は顧みられなくなり消滅するという事態が引き起こされたのである。江戸時代に開花した出版文化の陰に隠れて滅びた資料がどれほど多かったか、その数は計り知れない。その意味で、古写本・古刊本に書き入れられた訓点や注記は、中世以前の読書の姿を窺うことのできる貴重な情報源なのである。

五、日本の漢文

日本人の読書を論じるに当たって避けて通れないのが、日本の漢文に関する問題である。これには本邦固有の特殊事情とでも言うべき側面がある。以下、そのことについて触れておきたい。

古代・中世の日本人が書き著した漢文体の文章は、その文法体系によって大きく二種類に分けられる。一つは、漢学の専門家（儒者・文人）による正統的な漢文である。ここではこれを「正体漢文」と呼ぶことにする（他に純漢文、正格漢文などの呼称がある）。『本朝文粋』、『本朝続文粋』に収められている殆ど全ての文章がこれに当たる。これは作者が大学寮で漢学を正式に学んだ者なので、作者本人の意識としては、中国の知識人がこれを読んでも何の問題もなく理解されるであろうとの自覚の下に書かれた文章である。

大江匡房の言談を筆録した『江談抄』には、宋人が兼明親王の「兎裘賦」（『本朝文粋』巻一・13）を見て、往代に作られていたならば必ずや『文選』に入ったであろうと褒め称えた（巻六・30唐人感兎裘賦事）とか、宋の商人が匡房の「高麗返牒」（『朝野群載』巻二十、『本朝続文粋』巻十一）中に見られる秀句を指して、これは宋の皇帝が鍾愛賞翫し、百金を支払ってでも手に入れたいと言った一篇だと賞賛した（巻五・74都督自讃事）とかいった説話が見出される。このような話柄がまことしやかに語られるところに、当時の漢学者の懐いていた正体漢文に対する意識を窺うことができよう。彼らは中国で読まれることを常に視野に入れながら文章の作成に従事していたのである。

その一方で、同じ漢文とは言っても、日本には正体漢文とは趣きを異にする、変則的な漢文が存在した。これを一般に「変体漢文」と呼び慣わしている。古文書や公家日記などに見られる漢文がこれに当たる。例えば平安時代の漢文体の文章を集成した『朝野群載』は、巻一から巻三までの文筆部には『本朝文粋』などと同様の、儒者の書く正体漢文の作品を収めるが、巻四以降は、大半が実際の文書から採取した変体漢文の作品によって占められている。公家日記は貴族が主として政務や儀式などの公事を漢文体で記録したもので、古記録とも呼ばれる。また、写本の末尾に置かれることの多い書写奥書や識語などもこれと同様の文体で書かれている。一般の貴族が常用したのはこの類いの漢文であった。しかし、この漢文を中国の知識人が読んだ場合、その内容を正しく理解することは極めて難しい。つまり変体漢文は日本国内で、日本人同士でしか通用しない漢文なのである。

古代・中世の日本にはこのような二種類の漢文が厳然と存在していた。ここで注意しなければならないのは、儒者のような漢学の専門家であっても、文書や日記を書くときにはこの変体漢文を用いたことである。つまり儒者たちは、文章の種類・性格によって正体漢文と変体漢文とを書き分けていたのである。したがって、時として二種類の漢文が意図せずに一文中に混在することがある。しかし、古記録の文章中に正体漢文が混じっていたとしても、それはあまり問題にならなかったであろうが、その反対に、正体漢文を用いるべき文章の中に、古記録に見られるような変体漢文が混入していたとすると、それは（読者に違和感を抱かせ）批判の対象となることがあったに相違ない。今日これを「和習」などと呼ぶことがある。

大江匡房に「暮年詩記」（『朝野群載』巻三、『本朝続文粋』巻十一）と題する自伝的作品がある。匡房には『江記』という変体漢文で書かれた日記が残存しているが、「暮年詩記」は「記」という中国伝来の文体に属する作品で、正体漢文を用いて書くべきものである。その中に「宇治前大相国、又為被賦詩、忝有徴辟。（宇治前大相国、又た詩を賦せられむが為めに、忝くも徴辟有り)」という一文が見える。文意は「宇治の前太政大臣藤原頼通公がまた詩をお作りになるというので、恐れ多くも私をお招き下さった」である。ここで問題となるのは「被賦詩」の「被」の用法である。「被〜」は正体漢文では「〜される」という受身を表す文字であるが、この文章では「〜なさる」という頼通(の動作)に対する尊敬の意味で用いられている。匡房の用法は、正体漢文から見れば誤用である。優れた儒者として定評のあった匡房でさえ、こうした混用を免れなかったのであるから、貴族社会全体の傾向は推して知るべしである。日本では一口に漢文とは言っても、右に述べたような二重構造を持っている点に大きな特徴がある。日本人による漢文を考察するに当たっては、このことを念頭に置かなければならないのである。

六、本書の構成

最後に本書の構成について説明しておきたい。「日本人の読書」という大きな問題を一人の研究者が、それも一冊の著書で論じ切れるものではない。そこで本書では、その問題を考える上で有効な視点を提示することを試みた。その視点とは「伝授」である。読書を成り立たせる不可欠な要素として「伝授」という行為に注目したのである。古代・中世に於いて読書(=学問)の対象となった書籍は主として中国伝来の漢籍であった。そしてそれを正しく読解するためには、その書の証本を書写し、それを用いて訓説の伝授を受けなければならなかった。読書史はこの「証本の書写」と「訓説の伝授」とが繰り返し行なわれる中で展開していったものと考えられる。このような見通しの下に、本書では前半の本篇に十七章を設けて、古代・中世の読書を論じた。

本篇

第一章（本章）では、読書に於ける「伝授」の重要性を説き、「伝授」の形式の変遷を辿ることによって、その伝統的な読書法が古代・中世を通じて機能していたことを述べた。第二章では、日本に現存する漢籍古写本には（中国ではすでに滅びた）唐鈔本系本文を保有するという特徴があることを指摘し、その本文が古代・中世を通じて読み継がれた背景に紀伝道の博士家の存在が大きかったことを論じた。第三章では、平安時代から室町時代までの漢文訓読史を翻訳機能の観点から論じた。ヲコト点から仮名点が派生し、さらに（訓点に）口語訳が添えられるようになるという伝授方法の変化を、訓読に備わっていた翻訳機能の低下と捉え、それが読書人口の増加と言文乖離現象の漸進とに起因するものであったことを推測した。第四章では、平安時代の一般貴族の接する書籍を、幼年時から時系列に辿って、その読書傾向を明らかにした。ここまでが古代・中世の読書を概観した総論に当たる。これより後、第五章から第十七章までが各論に当たり、読書に関する個別の問題を論じた。

第五章から第七章までの三章は、平安時代の知識人を代表して摂関家の藤原道長・藤原兼実の二人を取り上げ、彼らの読書生活をそれぞれの日記『御堂関白記』『玉葉』を手掛かりとして垣間見たものである。どちらの読書生活も儒者の学問的活動と不可分の関係にあったことを明らかにした。

次の二章では、日本人の最も愛読した漢籍『論語』、『文選』の注釈書（ともに佚存書）を取り上げた。『論語疏』（第八章）は二〇二〇年十月に初公開された新出資料であり、研究論文を付した影印版（慶應義塾大学論語疏研究会編『慶應義塾図書館蔵論語疏巻六　慶應義塾大学附属研究所斯道文庫蔵論語義疏　影印と解題研究』、二〇二一年、勉誠出版）が刊行されたばかりなので、ここでは概要を紹介するに止めた。『文選集注』（第九章）については、この書を藤原氏出身の儒者がどのように活用したのか、その受容の様相を明らかにした。

第十章から第十七章までの八章は、儒者の証本を伝授に絡めて論じたものである。第十章では、清原家証本を底本として書写した宮内庁書陵部蔵（金澤文庫旧蔵）『春秋経伝集解』三十巻の内、巻十四・巻十五・巻二十三・巻二十六の四巻は従来、北条顕時の伝授に用いられたものであると考えられてきたが、奥書の内容・筆蹟を検討することによって、巻二十三・巻二十六の二巻は顕時の父、実時の伝授に用いられたものであることを明らかにした。第十一章は、慶應義塾図書館所蔵の天文版『論語』に書き入れられた清原枝賢による訓点と架蔵『論語』清原業賢（枝賢父）写本の訓点とを比較することによって、天文版『論語』が清原家儒者の武家に対する伝授に用いるために刊行されたものであったことを推測した。また伝授に初歩的な段階のあることを明らかにした。第十二章では、清原家に伝わる『論語』及び魏の何晏の『論語集解』古写本の訓点を検討することによって、その『論語』解釈に梁の皇侃の『論語義疏』が大きな役割を果たしていたことを明らかにした。第十三章では、慶應義塾図書館所蔵の『七書』等を取り上げ、これが清原家出身の吉田兼右の蔵していた証本であり、兼右が戦国大名の大内義隆に対して行なった伝授に関わるものを含んでいることを明らかにした。

第十四章から第十七章までは鎌倉後期、永仁頃に渡来して鎌倉を本拠地にした中国人写字生、呉三郎入道の活動に考察を加えたものである。第十四章では、「佐保切」と称する大燈国師（宗峰妙超）を伝称筆者とする古筆切を論じた。一口に「佐保切」と言っても複数の筆蹟が見られるので、「道徳経切」「佐保切」「佐保類切」の三種に分類して考察すべきことを説き、それぞれの切（断簡）の特徴を明らかにした。この内「道徳経切」が呉三郎入道による写本だが、三種とも鎌倉で書写されたものである点が共通している。第十五章では、呉三郎入道の写字生としての事蹟を論じた。まず筆蹟を手掛かりとして、その手になる漢籍写本が十点近く現存していることを指摘し、次にそれらの多くが清原家儒者の伝授に関わるものであったことを明らかにした。また、称名寺所蔵の聖教資料の中に呉三郎入道の筆蹟が見出されること（高橋秀栄氏の御教示）から、彼が鎌倉の称名寺周辺を本拠地にしており、金澤文庫とも深い関わりを持っていたことを明らかにした。第十六章では、呉三郎入道の手になる宮内庁書陵部蔵『古文孝経』永仁五年写本を取り上げ、清原教有による加点の経緯を推測した。また本書の外見上の疑問点（尾題の筆蹟が呉三郎入道ではなく教有であること等）を解き明かした。第十七章は、愛知県豊田市の猿投神社所蔵の漢籍古写本の調査報告であり、『史記（集解）』『春秋経伝集解』古写本の中に呉三郎入道の筆蹟が見られることを指摘した。

以上が前半に当たる。後半の附篇には次の九章を設けて、読書に関わるさまざまな事柄を論じた。

第十八章　『朝野群載』巻十三の問題点
第十九章　日本漢学史上の句題詩
第二十章　『本朝麗藻』所収の釈奠詩――句題詩の変型として
第二十一章　藤原有国伝の再検討
第二十二章　大江匡房と藤原基俊
第二十三章　大江匡房の著作と『新撰朗詠集』
第二十四章　平安後期の文章得業生に関する覚書
第二十五章　『玉葉』に見られる課試制度関連記事の検討
第二十六章　平安時代の詩宴に果たした謝霊運の役割

第十八章から第二十章までの三章は、読書の成果として日本人の著した漢詩・漢文を取り上げて論じたものである。『朝野群載』は平安時代の文書を集成した書で、文書の模範例として大いに利用されたものだが、第十八章では、撰者三善為康が本書に実用書としての役割を持たせるために、原文書の本文に改変を加えた痕跡の見出されること（結果的に史実を伝えていないこと）を明らかにした。第十九章では平安・鎌倉時代に流行した句題（漢字五文字から成る詩題）の七言律詩を取り上げ、それには本邦独自に形成された表現上の規則が備わっていたことを明らかにし、句題詩が国風文化の典型例として捉えられることを論じた。第二十章では、句題詩の規則がその変型である釈奠詩（儒教経典の一句を詩題とした詩）にも適用されていることを明らかにし、その規則に関する知見が詩の本文校訂にも利用できることを示した。

第二十一章から第二十三章までの三章は、学問の担い手である儒者・文人の伝記に関わる問題を論じたものである。第二十一章は、日野流儒者の祖である藤原有国が参議を望んだ申文（『朝野群載』巻九）について論じたものので、申文の内容を検討することによって、奏状の年記の「長保元年」が「長徳元年」の誤写である蓋然性を指摘した。第二十二章・第二十三章は、平安後期を代表する儒者大江匡房と和漢兼作の文人藤原基俊とが師弟関係にあったことを、経歴・事蹟・文学的嗜好などの検討によって立証したものである。

第二十四章以下は、作品・作者以外に分類される問題を取り上げた。第二十四章では、大学寮の学生の中で最も華やかな存在であった文章得業生に関して、その課試制度上の問題点や、「橡樟」のような彼らに限って使うことの許された詩語の成立過程などを論じた。第二十五章は、藤原兼実の日記『玉葉』に見える、治承から養和にかけて起きた一連の課試に関する事件に考察を加えたもので、この事件が大学寮の課試制度を大きく変える契機となったことを指摘した。第二十六章では、平安時代の貴族たちが社交行事である詩宴に不可欠な要素として主催者・時節・風景・出席者・遊楽を重んじた根底に、謝霊運の「擬魏太子鄴中集詩序」（『文選』巻三十）の思想が横たわっていることを、当時の詩序を手掛かりとして論じた。

以上、本書の構成と各章の概要とを述べた。各章の論旨はその章のみで完結させているので、どの章から読み始めても全く問題はない。遙か昔の読書とはどのようなものであったのか。読者におかれては、本書を手に取り、そのことに少しでも関心を持っていただければ、著者としてこれに過ぎる喜びはない。

尚、本書は科学研究費補助金基盤研究（C）「平安後期日本漢文学の総合的研究」（研究代表者：佐藤道生）の研究成果の一部を含むものである。

第二章　日本に現存する漢籍古写本
――唐鈔本はなぜ読み継がれたのか

はじめに

我が国は古来、近代に至るまで、中国文化の影響下にあり、他の東アジア漢字文化圏に属する国々や地域と同様、絶えずこれを積極的に学んできた。中国文化を学ぶことを日本では「漢学」と呼んでいるが、これを修得するには漢籍の読解を通じて行なうのが常套手段だった。それ故、日本には中国から直接に、或いは朝鮮半島を経由して多くの漢籍の写本・刊本がもたらされた。また国内に於いてもその書写・刊行が盛んに行なわれた。さらにまた、日本人は自らも漢語漢文を用いて漢学に関わる著述を為した。これら日本国内に在って日本人が漢学修得のために利用した漢籍を「日本漢籍」と呼び慣らわしている。

日本漢籍は当然のことながら、漢籍全体の中にその一部分として包含されるものだが、中国本国に現存する漢籍や、朝鮮半島に伝来する漢籍とは一線を画する性質を具えている。それは圧倒的な数を誇る古写本の存在である。そして、その漢籍古写本には、次に掲げる三つの特徴が見出される。

1、佚存書が多いこと。
2、唐代（或いはそれ以前）の本文を伝える写本が多く現存していること。
3、日本人がこれを学習した痕跡が見出されること。

第一に、佚存書の多いことが挙げられる。佚存書とは、中国で著された書籍で、本国では既に失われてしまったけれども、それ以外の地域に現存するものを言う。日本に現存するこの類いの書は『古文孝経』、『論語義疏』、『帝範』、『臣軌』、『群書治要』、『文館詞林』、『遊仙窟』と挙げれば切りがない。日本はまさに佚存書の宝庫なのである。

第二に挙げるべきは、唐代、或いはそれ以前の本文を伝える写本が多く現存していることである。中国では宋代（十世紀から十三世紀にかけて）を境にして書籍の形態が写本から刊本へと移行し始めたが、変化したのは形ばかりでなく、本文も改変されることがあった。つまり同じ書籍であっても、唐代以前の写本と宋代以降の刊本とでは、その本文が大きく異なるのである。しかも中国では、ある書籍がいったん刊行されると、その刊本が権威化して、それ以前に流通していた写本を駆逐するという現象が見られた。そのために中国では唐代以前の写本は殆ど残っていないのである（勿論、発掘調査などで発見されることはある）。こうして宋刊本は現在の通行本（流布本）の源泉となったのだが、一方、日本では将来された唐代の写本が国内で転写され、その本文が広く流通した。そして、その古い本文は、後に宋刊本が将来されても、それに取って代わられることはなく、後世に伝えられたのである。

第三の特徴に進もう。漢籍は本来、漢字のみの本文から成り立っている。しかし日本人がこれを学習する場合、白文のままで理解することはなかなか難しい。そこで漢字に訓点（振り仮名や返り点など）を施して訓読するという方法が取られた。訓読とは、漢文を日本語の文章に置き換える作業、これすなわち一種の翻訳である。日本漢籍には、それが繰り返し学習されたものであればあるほど、訓読に関わる詳密な書入れが見出される。ここで注意すべきは、その訓点・書入れが決して恣意的に為されたものではないことである。それらは漢学に携わる専門家（貴族社会では儒者、仏教界では学僧）たちが、長年に亙って検討を積み重ねた本文解釈の結果として書き入れたものであり、まさに日本人による漢学の成果（日本人がどのように中国文化を理解したのか）を示す貴重な資料なのである。この書入れこそ、我々が最も重視しなければならない日本漢籍の特徴である。

以上、日本漢籍の特徴について簡単に説明したが、本章では第二の特徴に関する問題をさらに掘り下げて論じてみたい。

一、唐鈔本と宋刊本

漢籍の舶来に遣唐使の果たした役割は非常に大きいものがあった。奈良時代の吉備真備、平安時代の最澄、空海、円仁らの実績がそれを証明している。彼らは遣唐使にしたがって入唐し、大量の漢籍を日本に持ち帰った（もちろん仏教経典の類いも漢籍に含まれる）。それらの漢籍の原本は残念ながら、残っているものは僅かだが、転写を経て現存するものは非常に多い。奈良・平安時代にもたらされた漢籍の本文は、取りも直さず唐王朝で通行流布していた本文である。中国でも唐代にはまだ出版文化が花開いていなかったので、書籍の形態は写本（鈔本）だった。それ故、この時代の写本を「唐鈔本」と呼び慣わしている。古代の日本では、まずこの唐鈔本、或いはその転写本を用いて漢学を修得した。

尚、唐鈔本という呼称は、本来中国唐代の写本という意味だが、また同時にその写本の持っている本文《テクスト》の意味で用いることがある。テクストの意味で用いる場合、これを唐鈔本系本文などと呼ぶのは、写本の意味とテクストの意味との混同を避けるための便宜的措置である。日本にもたらされた唐鈔本原本を日本人がそっくりそのまま書写した場合、その本文は原本と同じだが、それを唐鈔本と呼ぶことには若干の抵抗がある。それ故、唐鈔本系本文を有する写本などと称するのである。また、日本に現存する漢籍古写本を旧鈔本と呼ぶことがあるが、これも唐鈔本系本文を持つ写本の意味に用いられている。

さて、一方、中国では宋代に入ると、読書人口の増大に呼応して書籍の形態が写本から刊本へと移行し始めた。さきに唐鈔本と宋刊本との間に大きな本文異同があると述べたが、何故両者の間にそのような著しい本文対立があるのか、この点は明らかにしておくべき問題である。これについて書誌学者の阿部隆一氏は次のように述べている。(1)

刊行者には正確な善本を世に提供しようという責任感と自覚が強くたかまるのは普通である。ここに出版に際しては何らかの意味で校訂作業が施される。(中略)一般に宋版の諸本はこの校訂が良く、誤刻が少ないとされている。(中略)宋版が尊重されるのは、それが古く美しいという骨董的な尚古趣味ばかりではなく、以後の刊本の祖元となったという、そのテキストの学術的価値からも来ているのである。

と宋刊本が通行本の根源に位置し、本文的価値が極めて高いことを確認し、その上で宋刊本の欠点を次のように指摘している。

問題はこの校訂ということである。これは慎重を期さねば、武断・臆断が入る餘地が多く、その道を得ねば改悪となる。底本の選択と校合には、多くの本の博捜と比較が必要である。しかし、当時は博捜といっても現代から見ればその範囲は知れたものであり、校書の法は中国は世界で最も早く進歩していたが、完全ではなかった。校合の万全を期するには校合注、でき得れば詳細なる校勘記を附すべきである。それによって過誤を防ぐことも、底本以外の異本の復元も或る程度は可能である。校合を不可能とするほどの別系の異本は、別に出版すべきである。宋版には僅かであるが、校勘記を附した周到な出版もある。しかしこれを当時の一般の刊行物に望むことは酷である。

校訂についてもう一つ考慮せねばならぬことは、宋の学風である。宋をもって近世の始まりとするごとく、宋はあらゆる意味で前代とは画期的な変改の時代であった。宋の学風は周知のごとく、漢・唐の訓詁が旧風を墨守したのと異なり、宋の性理学、程朱学、あるいは新学と称されるごとく、自由に思考し活発に創見を出そうとする進取の気風に富むが、一面には主観的・武断的傾向が強い。そうでなければ進歩はなく、時代の趨勢もそれを欲したのである。しかし校訂作業は客観的、むしろ墨守的に慎重の方が無難である。一概には言えず、また比較する資料に乏しい感もあるが、宋代の校書の風には概して主観的傾向があり、旧本に対してかなりの校改を加えたようである。

これを要するに、書籍を出版するに当たって、校訂作業は客観的態度を以て慎重に行なわなければならないものだが、宋代に於いては自ずと限界があり、また進取の気風に富んだ宋学の影響もあって、かなり主観的な校訂が行なわれた。その結果として、宋刊本はそれまでの唐鈔本に大胆な改変が加えられて成立した、ということである。

その具体例を挙げておこう。『白氏文集』巻十六に「香爐峯下、新卜山居、草堂初成、偶題東壁」と題する七言律詩五首がある。これは、江州に左遷された白居易が、元和十二年（八一七）、香鑪峯の麓に粗末な草葺きの小屋を建てたときに作った作品である。その第一首（0975）を宋刊本系の那波本の本文で掲げ、その後に平安中期写本との本文異同を示した。(2)

五架三間新草堂、石堦桂柱竹編牆。南簷納日冬天煖、北戸迎風夏月涼。灑砌飛泉纔有点、払窓斜竹不成行。来春更葺東廂屋、紙閣蘆簾著孟光。

石堦—石階（平安写本）。桂柱—松柱（平安写本）。迎日—延日（平安写本）。払窓—掃窓（平安写本）

問題となるのは首聯に「桂柱」とあるところで、我が国に現存する平安中期写本では、「桂柱」を「松柱」に作っている。花房英樹氏はその著書(3)の中で、この本文異同を取り上げ、次のように述べている。

「桂柱」は多く富貴の殿宅の方向へ用いられる語であり、「石堦」や「竹編牆」と並べられる語としては適しくない。「松柱」こそ、源氏物語の「須磨」で、「竹あめる垣しわたして、石の堦、松のはしら、おろそかなるものから、」と述べられるように、「五架三間」の「おろそかなる」草堂に適しい。「延風」もまた「迎風」よりも、より順である。いずれも形近くして誤ったものを刊本は承けているのであろう。

花房氏は、「松柱」と「桂柱」との本文異同に、字形が似通っていることによる誤写を想定し、「桂柱」とあるのは校訂の不備であるとしている。その結果として、宋刊本の段階で白居易の原本から遠ざかった本文が定着してしまったのである。

現在、我々が読むことのできる漢籍の本文の大半はこの宋刊本の本文であり、それ以前の唐鈔本に溯ることはできない。しかも、先に述べたとおり、中国では宋刊本が一旦世に出ると、これが通行本として権威化し、唐鈔本を完全に駆逐するという現象が起きた。こうして唐鈔本は中国本国では早くに滅び去ったのである。しかし、宋代に刊行されることになった書籍は、たとえ唐鈔本が破棄されたとはいえ、まだしも幸運であったと言える。この時期に刊行・出版の機会を逸した書籍は、結局全て亡佚の途をたどったのである。ここで想起されるのが、日本に佚存書の多いことである。

唐の高宗の勅命を受け、許敬宗が編纂した書に『文館詞林』一千巻がある。漢から唐初に至るまでの詩文を網羅的に集めた総集で、大部な書であることが却ってその流通を妨げ、中国では宋代初めに伝来を絶ったと考えられている。それが日本には二十数巻現存しており、代表的な佚存書の一つに数えられている。この書が平安時代の日本で読まれていたことを伝えているのが、次に掲げる楊億の『楊文公談苑』の記事である。

景徳三年、予知銀臺通進司、有日本僧入貢。遂召問之。僧不通華言、善書札、命以牘対。云、住天台山延暦寺、寺僧三千人、身名寂照、号円通大師。国王年二十五、大臣十六七人、群寮百許人。毎歳春秋二時集貢士、所試或賦或詩、及第者常三四十人。（中略）書有史記、漢書、文選、五経、論語、孝経、爾雅、酔郷日月、御覧、玉篇、蔣魴歌、老列子、神仙伝、朝野僉載、白氏六帖、初学記。本国有国史、秘府略、文館詞林、坤元録等書。

入宋した寂照(4)が、景徳三年(一〇〇六)、時の皇帝、真宗に謁見した一部始終を、皇帝側近の楊億が書き留めた記事である。その中で寂照は日本に流布している書籍を問われ、「書に史記、漢書、文選、五経、論語、孝経、爾雅、醉郷日月、御覧、玉篇、蔣魴歌、老列子、神仙伝、朝野僉載、白氏六帖、初学記有り。本国に国史、秘府略、文館詞林、坤元録等の書有り」(傍線部)と答えている。ここで面白いのは、中国の書に続けて、日本の書を挙げた中に「文館詞林」の書名が見えることである。研究者の中には、これを額面どおりに受け取って、寂照は許敬宗の『文館詞林』を日本の書籍だと思い込んでいたなどと分析する人がいるが、そうではない。寂照の言葉を書き留め、整理したのは楊億であるから、その楊億が『文館詞林』の何たるかを知らず、日本の書だと勘違いして、このように記したのである。つまり、この記事は宋代初め、景徳年間には『文館詞林』がすでに散佚していたことを同時に伝えているのである。このように宋刊本の出現は、唐鈔本を駆逐すると同時に、出版の機会を逃した書を消滅させてしまったと言うことができる。

一方、日本では唐鈔本系本文を持つ写本が国内に永く保存され、学習者はこれを利用し続けた。中国で刊行された宋刊本は、間を置かずに日本に将来されてもいる。平安中期、十世紀末から十一世紀初めにかけてのことで、時の為政者、藤原道長が宋刊本を幾つか入手していたことは、彼の日記『御堂関白記』の記事から窺われる。また、その後も宋刊本は陸続と日本にもたらされたが、それらが唐鈔本系本文を伝える写本に取って代わることはなかった。例えば『白氏文集』の金澤文庫本では、宋刊本を「摺本」と表記し、摺本との校合結果を行間に記すに止めている。つまり、宋刊本が将来されても、当時の儒者たちは依然として従来の唐鈔本を選択し、宋刊本の本文を受け入れることはなかったのである。それは一体何故なのか。当時の儒者たちが唐鈔本に固執し、宋刊本を拒絶したのは、どのような事情に拠るものなのか。次にこの問題について考えてみたい。

二、博士家の証本

私見では、ここには博士家《はかせけ》の存在が大きく関わっていたと思われる。博士とは大学寮の教官を言う。漢学の拠点であった大学寮には、明経道・紀伝道・明法道・算道という四つの専門分野が設けられ、それぞれの教官を明経博士（たんに博士とも言う）、文章博士、明法博士、算博士と呼んでいた。この博士には、大学寮で学んで漢学の専門家となった「儒者」の中から選ばれるのだが、凡そ平安前期までは、様々な氏族の出身者が能力次第で儒者となり、博士に任じられていた。ところが、平安前期以降、儒者を出す家系の固定化が進み、博士も特定の家系から選ばれるようになったのである。この博士を世襲的に出す家系を博士家と呼んでいる。博士家はまた儒家《じゅか》とも言われる。平安中期以降、紀伝道では大江、菅原、藤原氏の北家日野流、南家、式家が博士家を形成した。これらの家々は漢学の専門家としての家格を保持することに努め、江戸時代末まで連綿と存続したのである。

平安時代以来、貴族が漢学を修得する場合には、然るべき博士家の儒者と師弟関係を結び、師匠の儒者が門弟に漢籍の訓説を伝授するいう方法が取られた。訓説の伝授とは、具体的に言えば、師弟間で訓読の読み合わせを行なうことである。それは師匠がまず訓読し、門弟がそれに従って復誦するという形式で行なわれた。訓読とは、本文の解釈が完了して始めて可能となるものであり、儒者は解釈の成果として（訓読するために）本文に訓点を施した。訓点の「訓」は本文の左右に付される傍訓のことで、漢語に対応する日本語を片仮名で表記したものである。「点」は漢語の語法を日本語の語法に置き換えるための各種符号で、これによって句読点、返点、助詞・助動詞などを表示した。儒者は漢籍に訓点を施し、また行間や紙背にその根拠を書き入れることによって、本文をどのように訓読するかを示した。また「口伝」と言って口頭で説明することもあった。これらを総称して「訓説」と呼んでいる。この訓説は儒者の所属する家系、すなわち博士家によって異なり、また秘匿すべき性質の学説でもあったので、「家説」「秘説」などとも呼ばれた。

師匠である儒者は伝授に当たって「証本」を用いた。証本とは、博士家に所蔵され、訓説の伝授に用いることのできる由緒正しい写本を指す（証本は、古写本というわけではなく、多くは当代の儒者による新写本であった）。一方、門弟は事前に師匠である儒者からその所持本（証本、或いはその副本）を借り受け、それを忠実に書写した写本を携えて伝授の場に臨んだのである。

儒者の証本はその家の学問的権威を保証するものであるから、門外不出であり、部外者の目に触れることは殆どない。しかし、門弟の所持本は伝授の後、それほど厳重に管理されることはないから、他人がそれを借りて書写することは可能である。書写には誤写が付きものであり、転写過程で誤写が拡大してゆくことは容易に想像できる。世に流通する写本の殆どは、この流れの中で作り出されたものであり、本文・訓点の誤写を多かれ少なかれ含んでいる。逆に言えば、博士家の証本には誤写が全く存在しないと言うことができる。

『白氏文集』の最善本の一つに神田本『白氏文集』巻三・巻四がある。(5)この本は式家の儒者、藤原茂明が嘉承二年（一一〇七）に書写し、天永四年（一一一三）に加点したもので、保延六年（一一四〇）にはこの本を用いて、三男の敦経に対して訓説の伝授を行なっている。この神田本が珍重されるのは、平安時代の古写本であるというだけでなく、式家の証本だからである。

また、宮内庁書陵部に元亨四年（一三二四）藤原時賢の書写した『白氏文集』巻三が所蔵されている。[6] これは菅家証本を底本として書写されたもので、北家日野流の訓点が移写されている。この本も菅原家の証本を伝えている点に大きな価値がある。

これらの証本は唐鈔本の系統を汲む本文を持っており、宋刊本の影響を受けてはいない。平安時代に始まる博士家は、日本漢学史の中では旧勢力に属し、最も早く学閥を形成した集団と位置づけられる。その博士家が他の家々と決定的に異なるのは、先祖代々蓄積された厖大な体系的蔵書を構築しているということであり、その蔵書は全て唐鈔本、或いはその転写本によって占められていた。したがって、博士家の拠って立つ学問的基盤は、ひとえにこの唐鈔本系本文にあったと言っても言い過ぎではない。唐鈔本と対立する宋刊本を受け入れることは、博士家の権威を否定するに等しい行為であったと思われる。それゆえ、新たに伝来した宋刊本を積極的に受け入れることは無かったのである。それは旧態を墨守する博士家の立場からすれば当然のことであった。

三、興福寺の蔵書

これと同様なことは、旧仏教に属する寺院蔵書にも間々見られることである。仏教寺院に於いて、唐鈔本系本文が宋代以降の刊本の干渉を受けずに読み継がれた例として、ここでは興福寺に於ける『清涼山伝《しょうりょうせんでん》』の例を挙げておく。『清涼山伝』二巻は唐の慧《え》詳《しょう》撰で、藤原佐世による『日本国見在書目録』雑伝家、法金剛院蔵『大小乗経律論疏記目録』、興福寺の永超による『東域伝燈目録』などに著録されており、正倉院でも天平十九年に書写された記録が残っている（天平十九年六月七日付の写経所解）。

この書は中国では、『旧唐書』経籍志、『新唐書』藝文志には見えず、『宋史』藝文志に至って初めて、子類の釈氏類に「僧慧祥古清涼伝二巻」と著録される。大正新脩大蔵経には、この『古清涼伝』の書名で収められている。

ここに紹介するのは、その『清涼山伝』の平安後期写本（口絵カラー写真1a〜1d）である。(7) 全巻に亙り、訓点（喜多院点）が施され、その各巻尾題の後には識語があり、本書の訓点が延久五年（一〇七三）、興福寺の長講会で講義された折のものであることを伝えている。

（巻上）
延久五年七月廿七日聴了
興福寺当年長講会堂耳　新院僧永覚之本
即年聴衆十七人矣
（巻下）
延久五年七月晦日聴了
興福寺当年長講会耳
新院僧永覚之本

この本文と宋代、或いはそれ以降の成立と思しき『古清涼伝』の本文とを比べてみると、著しい本文異同が見出される。つまり、ここにも唐鈔本系本文と宋代以降の本文との対立が見られるのである。この本の表紙には、

「範縁」「光暁」という僧侶の名が墨書されており、これは所持者を示すものと思われる。

範縁

正和二年（一三一三）、興福寺維摩会研学を務める。

正中二年（一三二五）、維摩会講師を務める。

光暁

嘉慶元年（一三八七）、興福寺維摩会研学を務める。二十七歳。

応永六年（一三九九）、維摩会講師を務める。権少僧都、三十九歳。

応永二十一年（一四一四）、興福寺別当となる。権僧正、五十二歳。

永享二年（一四三〇）、再び興福寺別当となる。僧正、六十七歳。

永享五年（一四三三）、遷化、享年七十歳。

右に二人の経歴を示したが、範縁は鎌倉末期の興福寺僧、光暁は室町前期の興福寺僧で、二人とも維摩会研学から講師へと進んだことからも明らかなように、エリートコースを歩んだ学僧である。特に光暁は僧正にまで登り、彼の『毎日雑々記』や『法相宗名目』が『興福寺典籍文書目録』に見えることから、彼の学説が権威あるものとして伝承されていたことが分かる(8)。

このような興福寺の本流に属する学僧に伝領されていたことから、この『清涼山伝』は興福寺に在って、平安時代以来、唐鈔本の本文で連綿と読み継がれ、その間、『古清涼伝』の干渉を受けなかったことが窺われる。博士家と同様のことが、興福寺でも行なわれていたのである。

以上、日本では、中国の状況とは異なり、唐鈔本系本文が生きながらえていたことを述べた。ただ、これまでの説明からだけでは、日本では宋刊本系本文が全く受け入れられなかったかのような印象を持たれるのではないかと思うが、そうではない。興福寺のような旧仏教の寺院や紀伝道の博士家といった伝統を墨守する文化圏に於いては、そのような傾向が強かったのである。

その一方で、明経道の博士家で、平安末期以降、紀伝道に切迫し、これを凌駕しようとする勢いのあった清原家などでは、宋刊本によってもたらされた最新の知見を儒教経典の解釈に用いていた。また、中世の禅宗寺院では、五山版の出版が盛んに行なわれたが、その大半の底本となったのが宋元版であったことはよく知られている。こういった新興勢力は、新しい宋刊本系本文を積極的に活用していたと言うことができよう。

要するに、日本では中世以降も、紀伝道の博士家が漢学を牽引したことによって、唐鈔本系本文の流通する環境が確保されていたのである。

注

(1) 阿部隆一「漢籍」(『阿部隆一遺稿集』第三巻、一九八五年、汲古書院。初出は一九八三年)。

(2) 酒井宇吉氏旧蔵『白氏長慶集』巻二十二(影印。一九五八年、貴重古典籍刊行会)。

(3) 花房英樹『白氏文集の批判的研究』(一九六〇年、中村印刷出版部)、140頁。

(4) 寂照は、俗名大江定基。正三位参議大江斉光の男。大学寮紀伝道に学び、任官。三河守として赴任中、愛妾の死に遭い、永延二年(九八八)出家。長保四年(一〇〇二)弟子七人とともに入宋し、真宗皇帝より円通大師の号を賜った。丁謂に招かれて蘇州の普門寺に住み、宋の景祐元年（一〇三四）杭州に於いて寂した。拙稿「匡房と寂照」（『平安後期日本漢文学の研究』、二〇〇三年、笠間書院。初出は一九九七年）。

（5）太田次男・小林芳規『神田本白氏文集の研究』（一九八二年、勉誠社）。

（6）宮内庁書陵部蔵漢籍研究会『図書寮漢籍叢考』（二〇一八年、汲古書院。大木美乃氏解題）。

（7）架蔵『清涼山伝』〔平安後期（延久頃）〕写・延久五年（一〇七三）加点　折帖二帖（巻子装を改装）濃緑色表紙、二十六・四×十五・四糎。料紙、楮打紙。紙数、二十八紙（巻上十三紙、巻下十五紙）。墨界、界高二十三・三糎、界幅二・〇五糎。本文、行十六乃至十七字。朱筆の傍仮名・ヲコト点（喜多院点）。朱筆の加点奥書、巻上「延久五年七月廿七日聴了／興福寺当年長講会堂耳　新院僧永覚之本／即年聴衆十七人矣」、巻下「延久五年七月晦日聴了／興福寺当年長講会耳／新院僧永覚之本」。表紙に「範縁」「光暁」（所持者名）を墨書。

（8）範縁と光暁とについては、月本雅幸氏から懇切な御教示をいただいた。記して謝意を表する。

第三章　古代・中世漢文訓読史

はじめに

訓読とは、平安時代の日本人が編み出した漢文翻訳の一方法である。その特徴は、原文の漢字をそのまま生かして日本語に置き換えるというものである。この翻訳作業に従事したのは、儒者と呼ばれる専門の漢学者であった。儒者は原文に「訓点」を施して訓読できるようにし、それを子孫（次世代の儒者）や門弟に伝授した。訓点の「訓」とは、本文の左右に片仮名で付される傍訓のことで、漢語に対応する日本語を表記したものである。送り仮名・振り仮名の類いと言ってよい。「点」とは、漢語の語法を日本語の語法に置き換えるために漢字（の内部・周囲・文字間）に付した各種符号の総称で、これによって句読点、返点、助詞・助動詞などを表示した。読者はこの「訓」と「点」とに従って訓読し、書籍の内容を理解したのである。この訓点を、漢字の右端上部に付される「ヲ」と「コト」との点に因んで「ヲコト点」と呼んだ。ヲコト点には、四部分類の経部の書（儒教経典）に施される明経点《みょうぎょうてん》と、史部・子部・集部の書に施される紀伝点《きでんてん》とがあった。そのヲコト点に用いられる符号を一覧表

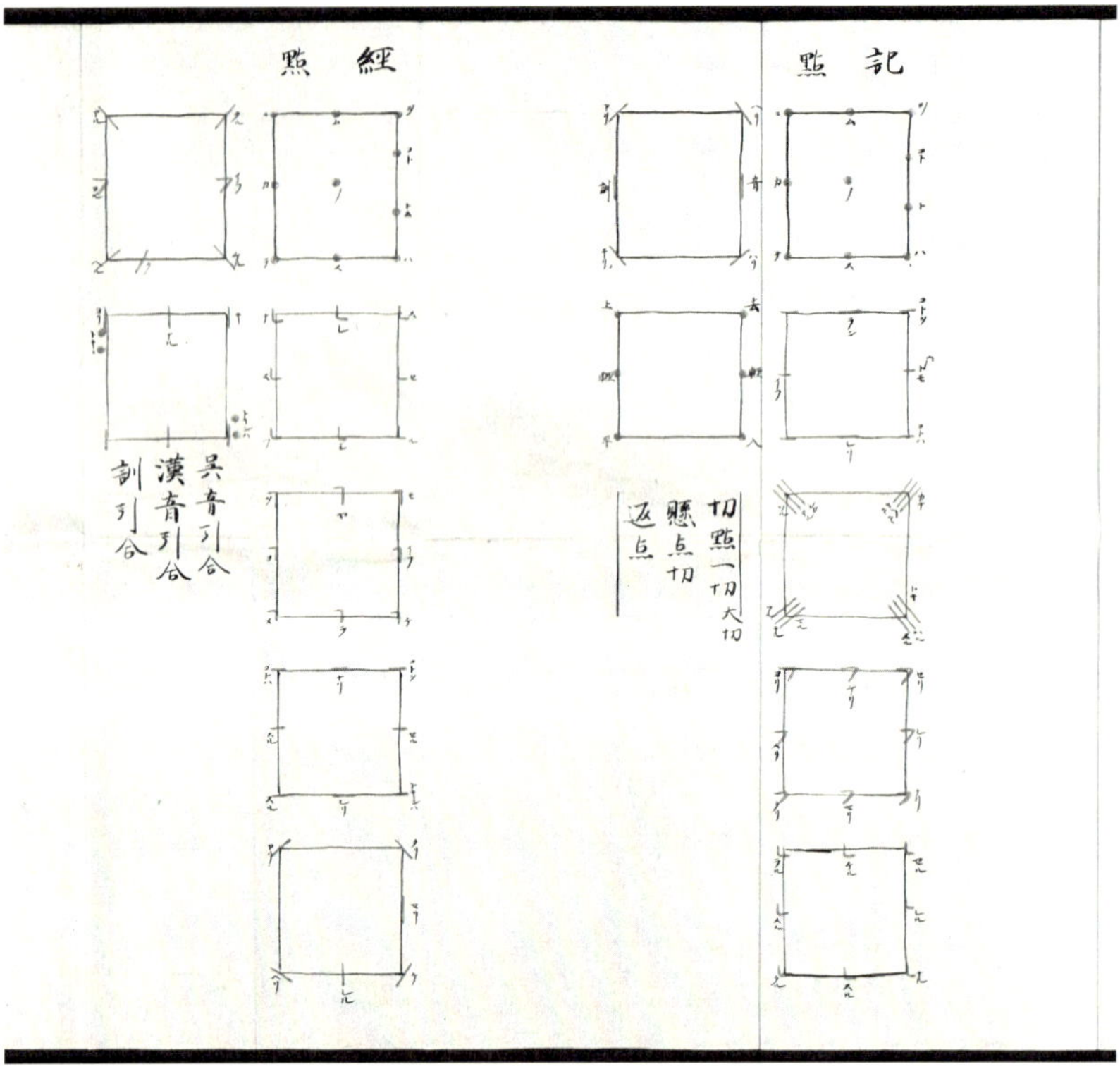

図1　架蔵『点図』

にしたのが「点図」である。書籍を読むに当たって、読者はこれを手元に置いて使用した。点図は紙製のものと木製のものとが現存している。紙製の〔江戸中期〕写本の書影を図1に掲げた。右が紀伝点、左が明経点である。木製のもの（点笏）は口絵カラー写真10に掲げた。

尚、仏教書籍の訓読には儒者ではなく、学問に携わる僧侶がこれに当たった。その中で奈良時代末期に早くも返点が使用され、訓読の始まったことを想定することができるが、本章では仏教書籍の訓読については触れないこととする。

平安中期から後期にかけての時期に、儒者は特定の家系の出身者に限られるようになる。その家系を博士《はかせ》家《け》と呼んだ。明経道《みょうぎょうどう》（大学寮で経学を専門とする部署）では清原と中原、紀伝道《きでんどう》（史学・文学を専門とする部署）では菅原、大江、藤原氏の北家日野流、南家、式家といったところが主要な博士家である。これらの家々には自家の訓説を書き入れた写本があり、それを証本（正本）と呼んでいた。訓説とは、訓点とその根拠を示した説明（学説）のことであり、家説、秘説とも呼ばれた。博士家の証本は子弟や門弟に対する訓説の伝授に用いると同時に、自家の学問的権威を保証するものでもあった。したがって日本の漢学の実態を観察するには、この証本を用いるに如くはないが、証本で現存するものは極めて少ない。証本とその他の写本との違いは、例えば、証本には訓説に関する書入れが行間・欄上・紙背に豊富に見られること、誤写が全く無いことなどが挙げられる。それでは、訓点に従って訓読するとは一体どのようなことなのか、その実際を見ることにしよう。(1)

一、平安時代の訓読――清原頼業《よりなり》の定めた『毛詩』の訓点を例として

訓読の本質を知る上で、恰好な資料と目されるのが大東急記念文庫蔵『毛詩』である。

中国最古の詩集『詩経』には、始めその解釈を伝える学派のテクストとして『魯詩』『韓詩』『斉詩』の三家詩があったが、漢代になると毛亨《もうこう》・毛萇《もうちょう》による注（これを毛伝と言う）の付された『毛詩』がそれに取って代わった。その後、後漢の鄭玄は毛伝の解釈の不足を補い、また時に異を立てて鄭箋を著した。毛伝・鄭箋は『詩経』古注の代表格で、通常『毛詩』にはその両者が備わっている。

大東急記念文庫蔵『毛詩』は清原宣賢《のぶかた》（一四七五～一五五〇）の書写によるもので、明経道の博士家である清原家の証本である。そこに見られる訓点は明経点であり、奥書に拠れば、遡って平安末期の清原頼業（一一二二～

八九）が定めたものである。室町時代の写本ではあるが、本章では平安時代の実態を伝える資料としてこれを用いることにする。詳密に施されたその訓点の中で最も注目すべきは、毛伝と鄭箋との間に解釈の相違がある場合、本文の右に「イ」（伝字の偏）と注記して毛伝の解釈に従った訓を付し、左に「ケ」（箋字の冠）と注記して鄭箋に従った訓を付していることである。[2]『毛詩』周南の冒頭に置かれる有名な「関雎《くわんしょ》」を例として説明しよう。この詩はその大序[3]に、

関雎楽得淑女以配君子。憂在進賢。不淫其色、哀窈窕、思賢才而無傷善之心焉。是関雎之義也。
（関雎は、淑女を得て以って君子に配するを楽しむ。憂へは賢を進むるに在り。其の色に淫せず、窈窕を哀れみ、賢才を思ひて善を傷《やぶ》るの心無し。是れ関雎の義なり。）
関雎は、后妃が淑女を得て君子に配偶することを楽しむという内容の詩である。后妃の悩みは淑女を君子に進めることにあって、自分が色情におぼれることはない。窈窕たる淑女が得られないことを哀しみ、賢才の女を求めることを思い、人の善意を傷つける意図など無い。これが関雎の意味である。

とあるように、后妃（大姒《たいじ》）が君子（夫である周の文王）のために配偶者の淑女を求めるという有徳の行為を謡った詩である。全五章から成るが、その第一章を次に掲げよう。

書影は大東急記念文庫蔵本である（図2）。その訓点に従った訓読文を漢字平仮名交じりに改めて示した（濁音を適宜補った。以下同じ）。全四句中、第四句の訓読が毛伝と鄭箋とでは異なっている。

関関雎鳩
在河之洲
窈窕淑女
君子好逑

関関たる雎鳩
河の洲に在り
窈窕の淑女
君子の好《よ》き逑《たぐひ》なり（毛伝に従った訓読）
君子 逑《たぐひ》を好《よ》みす（鄭箋に従った訓読）

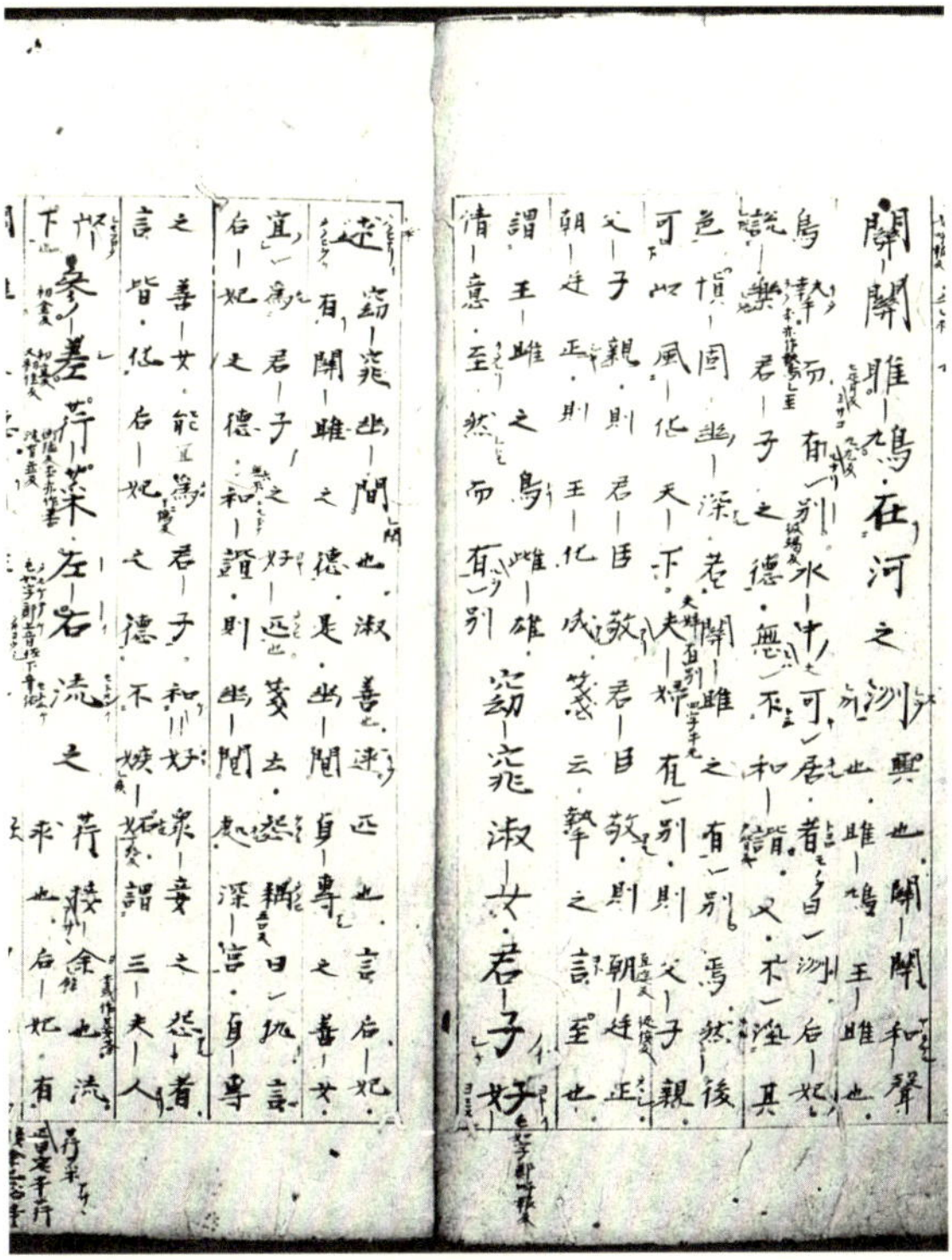

図2　大東急記念文庫蔵 清原宣賢写『毛詩』

前半二句に毛伝は、

興也。関関和声也。雎鳩王雎也。鳥摯而有別。水中可居者曰洲。后妃説楽君子之徳、無不和諧、又不淫其色。慎固幽深若関雎之有別焉。然後可以風化天下夫婦有別。夫婦有別則父子親。父子親則君臣敬。君臣敬則朝廷正。朝廷正則王化成。

（興なり。関関は和げる声なり。雎鳩は王雎なり。鳥の摯《し》にして別有るなり。水中の居る可き者を洲と曰ふ。

后妃、君子の徳を説楽すること、和諧せずといふこと無ければ、又た其の色に淫せず。慎固幽深なること関雎の別有るが若し。然る後に以つて天下を風化し、夫婦別有る可し。夫婦別有るときは父子親す。父子親するときは君臣敬あり。君臣敬あるときは朝廷正し。朝廷正しきときは王化成る。）

と注する。興とは、主題を歌うに先立って、その主題に似た現象を自然界に見出し、それによって歌い起こす修辞法である。后妃の徳を言うのに、仲睦まじいけれども雌雄の別を弁えた鳥である雎鳩をまず登場させたことを、毛伝は「興」であると指摘したのである。「関関」「雎鳩」「洲」を語釈した上で、后妃と君子との間に「関雎」の別があれば、それは天下の夫婦・父子・君臣・朝廷にも教化を及ぼし、王化が成就すると説いている。これに対して、鄭箋は、

摯之言至也。謂王雎之鳥、雌雄情意至、然而有別。
（摯の言は至なり。王雎の鳥、雌雄情意至れり、然れども別有るを謂ふ。）

と注する。これは毛伝の解釈を補足する内容である。毛伝に「鳥の摯にして別有るなり」とある「摯」が実は同音の「至」の意であるとして、「雎鳩は情愛が至って深いけれども雌雄のけじめがある」と毛伝を敷衍したのである。毛伝が「摯」を「至」の意に用いたかは明らかではないが、鄭箋は毛伝の解釈に異を立ててはおらず、したがって、訓読文も同じである。

問題は後半二句の解釈である。毛伝は、

窈窕幽間也。淑善。逑匹也。言后妃有関雎之徳、是幽間貞専之善女、宜為君子之好匹。

（窈窕は幽間なり。淑は善。逑は匹なり。言ふこころは、后妃に関雎の徳有れば、是れ幽間にして貞専なるの善女、君子の好《よ》き匹《たぐひ》為るに宜し。）

と、まず「窈窕」「淑」「逑」の訓詁（字義）を明らかにし、その上で「言ふこころは」以下に詩句の大意を示している。それは、「窈窕淑女」が「君子」にとって「好逑」であると言うのであるが、それを「宜し」と判断した主体は、関雎の徳を備えた后妃である。したがって「窈窕淑女」は后妃その人ではない。それでは一体誰なのか。ここで『毛詩正義』を参照することにしよう。『毛詩正義』とは、唐の太宗の勅命を承けて孔穎達《くえいだつ》らが著した『五経正義』の一つで、毛伝・鄭箋を詳しく再注釈（これを疏という）した書である。清原頼業も『毛詩』に訓点を施すに当たって、これを大いに活用した。『毛詩正義』は毛伝の解釈を「毛以為《おも》へらく」として次のように説明している。

毛以為関関然声音和美者、是雎鳩也。此雎鳩之鳥、雖雌雄情至、猶能自別、退在河中之洲、不乗匹而相随也。以興情至性行和諧者、是后妃也。后妃雖説楽君子、猶能不淫其色、退在深宮之中、不褻瀆而相慢也。后妃既有是徳、又不妬忌、思得淑女以配君子。故窈窕然処幽間貞専之善女、宜為君子之好匹也。以后妃不妬忌、可共以事夫。故言宜也。

（毛以為《おも》へらく、関関然として声音和美なる者、是れ雎鳩なり。此の雎鳩の鳥、雌雄情至ると雖も、猶ほ能く自《おのづか》ら別れ、退きて河中の洲に在り、匹に乗ぜずして相ひ随ふなり。以つて情の至りて性行和諧なる者は、是れ后妃なるを興す。后妃、君子を説楽《えつらく》すと雖も、猶ほ能く其の色に淫せず、退きて深宮の中に在り、褻瀆《せつとく》して相ひ慢《おこた》らざるなり。后妃、既に是の徳有り、又た妬忌せず、淑女を得て以つて君子に配することを思ふ。故に窈窕然として幽間に処《を》る貞専の善女、君子の好匹為《た》るに宜しきなり。后妃の妬忌せざるを以つて、共に以つて夫に事《つか》ふ可し。故に宜しと言ふなり。）(4)

長々と引用したが、解釈の要点は傍線部である。「后妃は夫（君子）を楽しませることに余念無く、かといって色欲に耽ることもない。また後宮の他の女に嫉妬することもなく、ひたすら夫に淑女をあてがいたいと願っている。だから、（后妃の目にとまった）窈窕たる淑女を夫の配偶者とするに相応しいと考えた」ほどの意味であろう。二句の意を「（関雎の徳を備えた后妃が思うに）あの窈窕然とした淑女は、夫にとって良き妾妻である」とする毛伝の解釈に従って、頼業は訓読文を「窈窕の淑女、君子の好《よ》き逑《たぐひ》なり」と定めたのである。

　これに対して、鄭箋は毛伝と異なる解釈を提示する。

　怨耦曰仇。言后妃之徳、無不和諧、則幽間処深宮、貞専之善女、能為君子、和好衆妾之怨者。言皆化后妃之徳不嫉妬。謂三夫人以下。

（怨《あだ》の耦《たぐひ》を仇と曰ふ。言ふこころは、后妃の徳、和諧せずといふこと無ければ、則ち幽間にして深宮に処《を》る、貞専の善女は、能く君子の為めに、衆妾の怨みある者を和好す。皆な后妃の徳に化せられて嫉妬せざるを言ふ。三夫人以下を謂ふ。）

　毛伝に登場する女性は「后妃」と「窈窕淑女」の二人だったが、鄭箋では「后妃」「窈窕淑女（＝幽間にして深宮に処る、貞専の善女）」「逑（＝衆妾の怨みある者）」の三者としている点が大きな相違である（逑は仇に通じる）。后妃

（正妻）を除いた後宮の女性を、后妃の徳に感化されて同様の徳を身に付けることのできた「窈窕淑女」と、后妃に未だ感化されることなく嫉妬心を抱いている「逑」との二グループに分け、「窈窕淑女」は、君子のために「逑」を「和好」する、というのが鄭箋の解釈である。(5) 頼業はこれに従って訓読文を「窈窕の淑女、君子逑《たぐひ》を好みす」と定めたのである。(6)

以上の説明から明らかなように、訓読とは、それ以前に確固たる解釈が存在して始めて成立するものである。したがって、この例のように、二通りの解釈がある場合には、当然のことながら、それぞれの解釈に従った訓読文が用意されなければならないのである。以上、解釈あっての訓読という、その本質を理解してもらえたかと思う。訓読は単に符号を利用した小手先の技術ではないのである。

ここで確認しておきたいのは、訓点によって形成される訓読文は、平安時代の文語文法に従っていることである。これは訓読という行為が平安時代に始まるものであったからに過ぎないが、時代が降って日本語の文法に変化が生じても（例えば二段活用が一段活用になっても）、その原則は保持された。何故、平安時代の原則が保持されたのか。それは博士家が平安時代以来、近代に至るまで綿々と家系を維持し、伝統を継承し続けたからであろう。

二、仮名点の出現――北条時頼筆『白氏文集』巻三断簡を例として

平安時代には、それまでに中国から伝来し、知識人の読むべきものと定められた漢籍の大半に、ヲコト点による訓点が施された。貴族社会ではヲコト点にしたがって漢籍を読むことが当然の慣わしとなっていた。ところが、鎌倉時代に入り、武家の上級層の一部が本格的な読書を始めると、訓点の在り方に大きな変化が現れた。ヲコト

大行路
借夫婦以諷君臣之不終也
大行之路能摧車若比人心是坦途也
巫峡之水能覆舟若比人心是安流人
心好悪苦不常好生毛羽悪生瘡与君結
髪未五載豈期牛女為参商古称色衰
相棄背当時美人猶怨悔何況如今鸞
鏡中妾顔未改君心改為君薫衣裳君
聞蘭麝不馨香為君事容飾君看金
翠無顔色行路難難重陳人生莫作婦
人身百年苦楽由他人行路難難於山険於水
不独人家夫与妻近代君臣亦如此君不
見左納言右納史朝承恩暮賜死行路難
不在水不在山祇在人情反覆間

図3　架蔵 北条時頼筆「光泉寺切」

点を片仮名に開いて表記することが行なわれるようになったのである。これを「仮名点」と呼んでいる（7）。ヲコト点には、儒者に入門し読み方の伝授を受けなければ全く理解できないという、ある種の秘儀性が備わっていた。貴族社会では当然のこととして築かれていたこの障壁が、学問に対する価値観の異なる武家の要請によって、いともたやすく取り除かれたのである。儒者の立場からすれば、京都の貴族よりも学力は劣るけれども政治力のはるかに強大な関東の武家のために門戸を開くことによって、自家の勢力を拡張する狙いがあったのであろう。仮名点はそのための方策の一つであったと言ってよい。勿論武家の中には金澤北条氏のように、平安時代以来のヲコト点による訓読法を継承する者もいたが、大方の流れとしては、武家の読書に対する積極的関与を契機として、ヲコト点から仮名点への移行が促進されたのである。但し、博士家の証本は依然としてヲコト点による訓点を維持し、仮名点に改められることはなかった。

仮名点の付された鎌倉時代中期写本として、鎌倉幕府第五代執権の北条時頼（一二二七〜六三）筆『白氏文集』巻三が現存している。この写本は首尾完存せず、「光泉寺切」と呼ばれる古筆切（断簡）にその姿を垣間見ることができる(8)（図3）。『白氏文集』巻三・巻四は政治・社会の現状を批判する内容の諷諭詩五十首を収める。白居易はこの詩群を「新楽府」と名づけ、自らの代表作と位置づけている。時頼がこれを自ら書写したことは政治に携わる武家として実に意味のある行為であった。前頁に掲げたのは巻三の「大行路」(0134)の書影である。付された仮名点にしたがって冒頭の四句を訓読してみると、

大行の路能く車を摧く、若し人の心に比ぶれば是れ坦《たひら》〔夷イ〕かなる途なり。巫峡の水能く舟を覆す、若し人の心に比ぶれば是れも安かなる流れなり。

となる。句読点は時頼筆本に施されていないので、私に補った。

『白氏文集』巻三・四は我が国では『白氏文集』全体の中で最も良く読まれた部分であり、ヲコト点の施された古写本も多く現存している。中でも神田本は藤原茂明が嘉承二年（一一〇七）に書写し、天永四年（一一一三）に加点した式家の証本であり、現存する伝本中、最善本と位置づけられている(9)。光泉寺切と同じ所を神田本にしたがって訓読してみよう。句読点は施されたヲコト点にしたがって付した。本文の左右に複数の訓みが示されている場合には〔　〕に括って示した。

大行の路、能く、車を摧く、若し、人の心に比ぶれば〔比ぶるものならば〕〔比《なら》ぶれば〕、是れは、夷《たひら》かなる途《みち》な

り。巫峡の水、能く、舟を覆《くつがへ》す〔覆せども〕、若し、人の心に比ぶれば〔比ぶるものならば〕、是れは、安《しづ》かなる
流《りう》なり。

両者を比較すると、訓点の形式以外にも、大きな相違のあることに気づくであろう。それは、後者の藤原茂明写本では同じ文字に対して複数の傍訓が施され、二通り以上の訓読の成り立つ場合があるのに対して、前者の北条時頼写本では傍訓が一つに収斂し、それゆえ訓読もただ一つに固定していることである。ヲコト点資料では、右傍訓が最も優先して訓むべきものであり、左傍訓は二次的なものである。儒者は自家の主たる訓を右傍に置き、従たる訓を左傍に置いた。また、時として他家の訓を参考に資するために、それを左傍に示すことがあった。したがって、左傍訓には、二次的と言っても、右傍訓を助けて本文の理解をさらに深めるという効果を期待することができた。ヲコト点資料に顕著に見られる複数の傍訓は、儒者が何代にも亙って本文の解釈を綿密に行なった結果として書き入れられたものであり、内容を理解する上で一つとして蔑ろにしてはならない性質のものなのである。

勿論仮名点資料の中にも複数の傍訓を持つものがあり、ヲコト点資料の中にもただ一つの傍訓しか持たないものがある。しかし、全体としては、ヲコト点から仮名点に移行する中で、傍訓が減少し簡略化されるようになったことは紛れもない事実である。また、仮名点は飽くまでもヲコト点の省略形であり、改めて解釈し直した結果として傍訓が新たに付け加えられるなどということはなかった。仮名点への移行は、（ヲコト点を修得するという）やや煩瑣な手続が省かれた半面、傍訓の減少によって本文の理解度を低下させる状況を招き寄せたのである。

こうして見ると、ヲコト点資料に複数の傍訓が存することは、訓読が翻訳の役割を果たすための重要な要素で

あったように思われる。逆に言えば、仮名点の出現は、訓読から翻訳の機能を失わせる第一歩であったということになる。

三、抄物の登場――清原宣賢筆『長恨歌并琵琶行秘抄』を例として

南北朝を経て室町時代に入ると、仮名点はいよいよ社会全体に浸透した（京都の貴族の間では依然としてヲコト点が優位であった）。当時、渡来文化受容の一翼を担っていた五山僧がヲコト点を使わなかったことも、仮名点の勢いに拍車を掛けた。前節で、仮名点による訓読には翻訳機能の低下が認められることを指摘した。仮名点への移行は漢籍の本文を正しく解釈する上で、大きな損失を伴う現象であったと捉えることができる。しかし室町時代にはその損失を補塡するための方策が講じられた。それが「抄物」の援用である。抄物とは、漢籍などの講義録（講義内容を記録したノート）のことで、師匠にあたる儒者や学僧が門下生に対して講義する際に手控えとして所持したノートと、門下生が師匠の講義を聞き書きしたノートとに大別できる(10)。

前者の実例を見ることにしよう。京都大学附属図書館の清家文庫に清原宣賢自筆の『〔長恨歌并琵琶行秘抄〕』が所蔵されている(11)。この書は末尾に「天文十二年八月十五日十六日、於万里小路亭講之〈長恨歌／琵琶行〉。／環翠軒宗尤」とあるように、宣賢（法名は宗尤）が天文十二年（一五四三）万里小路惟房（一五一三～七三）邸で白居易の「長恨歌」（『古文真宝前集』巻八）と「琵琶行」（同巻九）とを講義した時の抄物（手控えの自筆ノート）である。

次に「長恨歌」の最初の四句を注釈した部分を掲げよう。この抄物の書式は、詩の本文を一句づつ挙げ、その下に、句ごとに小字双行・漢字片仮名交じりで注釈を記すというもので、詩の本文にはヲコト点による訓点が施さ

れている。便宜上、詩の本文は原文と訓読文（漢字平仮名交じり）とを示し、注釈の本文は一字下げで示した。返点・音訓合符などは省略し、私に濁点を付した。

漢皇重色思傾国（漢皇色を重《おも》んじて傾国を思ふ）

唐ノ玄宗ノ事ヲ云トテ、何ゾ、漢皇ト云ヤ。白楽天ハ、唐ノ代ノ者ナルホドニ、唐皇トハ、不云シテ、漢ヲ借テ、唐皇ノ事ヲ隠シテ、漢皇ト云。伊勢物語ニ、業平ヲ隠シテ、昔男ト云ガ如シ。重色トハ、女色ヲ愛スルヲ云。傾国トハ、一国傾テ、美人ト云モノ也。カヤウノ美人ヲ、得タク思ヘリ。

御宇多年求不得（御宇《あめがしたしろしめ》すこと多年求むれども得たまはず）

玄宗ノ天下ヲ治コト、多年ノ間也。此間ニ、美人ヲ求レドモ、不求得也。

楊家有女初長成（楊家に女《むすめ》有り初めて長成《ひととな》れり）

弘農ノ楊玄琰ガ女《ムスメ》アリ。漸十五六ニモ成給。此者ガ、天下無双ノ美人也。傾国ノ美女也。傾国ト云ハ、彼ハ、ヨキトイヘドモ、此ハ悪キナド云モノナルガ、此者ハ、揔国ノ者ガ、貴賤上下傾テ、美人ト云女房ヲ、傾国トハ云也。傾城ト云モ、此心也。但シ傾国ト云ハ、傾城ト云ヨリ、ナヲ勝《マサ》ラン歟。初長成トハ、長大成人スルヲ云。

養在深閨人未識（養《やしな》はれて深閨に在れば人未だ識《し》らず）

父ガ、聊爾ニ、人ニ見セテハ、サテト思テ、深閨ニ、ヲシ隠シテヲクホドニ、人ガ、面ヲミタル事モナキ也。ウタイニ、楊家ノ深窓ニ養ハレ、未ダ知人ナカリシニ、ト云リ。

右の注釈方法を分析してみると、訓点を施した原文を掲げた後に、口語体による語釈を置き、その語釈は、比較的平易な語については敷衍する（paraphrase）だけだが、難解な語については、かなり詳しい説明が加えられている。第一句を例に取れば、「漢皇」については、主人公の玄宗を「漢皇」と呼ぶ理由を「白楽天ハ、唐ノ代ノ者ナルホドニ、唐皇トハ、不云シテ、漢ヲ借テ、唐皇ノ事ヲ隠シテ、漢皇ト云。（作者の白居易は唐代の人であるから「唐皇」と直截言わずに、漢代を借りて婉曲に「漢皇」と言ったのだ）」と説明した上に、さらに「伊勢物語ニ、業平ヲ隠シテ、昔男ト云ガ如シ。（伊勢物語で主人公を「業平」と明かさずに「昔男」と言うのと同じだ）」と卑近な例を持ち出して「漢皇」の理解を助けている。これに対して「重色」のような平易な語は、「女色ヲ愛スルヲ云」とさらりと敷衍するに止めている。「傾国」の語は難解であるが故に、「一国傾テ、美人ト云モノ也。（一国を挙げて皆が美人と評価する者である）」と説明するだけでは足りず、第三句の注釈中にも「彼ハ、ヨキトイヘドモ、此ハ悪キナド云モノナルガ、此者ハ、揔国ノ者ガ、貴賤上下傾テ、美人ト云女房ヲ、傾国トハ云也。（ある人は良い（＝美人だ）と言うけれども別の人は良くない（＝美人でない）と言うように、「美人」と言ってもその評価はまちまちなものだが、「傾国」はそうではない。国中の者が、貴賤上下の別無くこぞって美人と評価する女性を「傾国」と言うのである）」と詳しい説明を加えている。その上で「思傾国」を「カヤウノ美人ヲ、得タク思ヘリ」と口語訳している。

さて、以上のように抄物の注釈方法を分析して気づくことは、それが現代の漢籍注釈書に総じて見られる原文・訓読・語釈・現代語訳の形式と殆ど変わらないという事実である。注釈者の宣賢は、訓読するだけでは翻訳になり得ないと考え、学習者の理解しやすい口語体によって語釈を施し、時として口語訳を加えたのである。引用文に傍線を付した部分が口語訳に当たる。訓読は原文の文字をそのまま用いなければならず、原文に無い文字を付け足すことはできないが、口語訳はその束縛から全く自由である。例えば第四句の口語訳に「父ガ、聊爾ニ、人ニ見セテハ、サテト思テ」と令嬢が深閨に養われた理由をさり気なく補うことは、訓読では成し得ない技術なのである。

室町時代には訓読はすでに形骸化し、もはや嘗てのような翻訳の役割を果たすことができなくなっていた。そのことは抄物の普及という現象から明瞭に窺い知ることができる。すでに口語訳が、訓読を補完する役割を担うものとして盛んに用いられるようになっていたのである。抄物は、室町以前の写本が現存していないので、室町時代に始まるものと見なされているが、おそらくそうではなかろう。私見では、それよりかなり早い時期から用意されていたものと思われる。どうしてそのように考えられるのか。

訓読がそのまま翻訳の役割を果たしていたのは、せいぜい鎌倉初期までであった。日本語を歴史的に通覧すると、話し言葉と書き言葉との乖離現象が現れ始めるのは、凡そ平安末期から鎌倉初期にかけての時期であると言われている。(12)ということは、平安時代の文語体による訓読文を読者(学習者)が話し言葉と同等のレベルで理解できたのは、実はその頃までであり、それ以後になると、訓読文は口語文法の変化に伴って次第に難解になって行き、肝腎の翻訳機能を果たせなくなったのである。言文の乖離し始める時期と仮名点の現れ始める時期とが同じく平安末から鎌倉初めであるのは、たんなる偶然の一致であろうが、言文乖離の漸進と仮名点への移行とが相俟って、本来訓読が担っていた翻訳という機能を低下させたと見ることができる。そして、その言文乖離現象の進行する過程で出現したのが、訓読に代わる翻訳の手段として口語訳を取り入れた抄物だったのである。したがって、抄物に特徴的に見られる口語訳が、遡って言文乖離現象の起き始めた鎌倉時代に訓読と並行して行なわれていたとしても、何等不思議ではない。抄物の原形が室町時代以前にすでに存在していたであろうと想定するのは、このような理由に拠る。

四、結語

漢籍の訓読は、平安時代には本文の解釈を踏まえて周到に行なわれた。その解釈は決して恣意的なものではなく、権威ある注釈書に従って訓点を施したのである。『白氏文集』のような中国撰述の注釈書が無い場合であっても、博士家が長年に亙って本文に検討を加えた結果を訓点に反映させた。その訓点は、解釈の秘密性を保つためにヲコト点が用いられた。訓読は、師匠である儒者からの伝授を俟って始めて可能となる、そのような性質のものであった。当時の訓読には訓読みが多用された。訓読みとは、漢語に対応する日本語（やまとことば）の謂いである。これを多用することによって、訓読はそのまま翻訳の機能を担うことが出来たのである。また、儒者は自らの解釈に従った訓点を本文の右傍に付すると同時に、自説とは異なる訓点も斥けずに左傍に付して解釈の助けとした。彼らは多種多様な訓点を本文に書き入れることによって、翻訳機能を高めることに務めたのである。(13)

鎌倉時代に入ると、主として武家からの要請を受けて、仮名点が用いられ始めた。仮名点には傍訓を減少・簡略化させる傾向のあることから明らかなように、その出現は、訓読から翻訳の機能を低下させる画期となった。しかし、訓読がそのまま翻訳となり得なくなったのは、仮名点の出現だけがその要因ではない。それよりも大きな原因として、口語文法の変化を挙げなければならない。訓読には平安時代の文語文法を用いるのが慣例だが、鎌倉時代以降、口語文法が大きく変化したことによって、訓読文が古典語として認識されるようになり、当初のようには理解できなくなったのである。この危機的な状況に対して、鎌倉から南北朝期の儒者がどのような対策を講じたのかは、必ずしも明らかではない。それが明らかになるのは室町時代である。室町時代には儒者や五山の学僧による漢籍の講釈が盛んに行なわれ、その際の抄物（講義録）が多く現存している。そこでは、原文に訓点を付した（訓読できるようにした）上で、口語体による語釈を示し、また口語訳も添えるという注釈方法が取られた。室町時代には翻訳の機能は、訓読から口語訳へと完全に移行していたのである。ただ、ここで見落としてならないのは、漢籍の注釈の場に於いて、訓読は、時代の変遷に関わりなく（翻訳の機能を果たしていた平安時代でも、その機能を失って形式化した室町時代でも）、解釈の結果を示す形を取って必ず行なわれてきたという点である。訓読というものが日本の漢学に於いて、注釈に不可欠な手段として位置づけられていたことをあらためて認識することができよう。

以上、平安時代から室町時代に至る訓読の歴史について、翻訳機能という観点から考察を加えた。

注

（1）築島裕『平安時代の漢文訓読語につきての研究』（一九六三年、東京大学出版会）、小林芳規『〈平安鎌倉時代に於ける〉漢籍訓読の国語学史的研究』（一九六七年、東京大学出版会）、吉田金彦・築島裕・石塚晴通・月本雅幸『訓点語辞典』（二〇〇一年、東京堂出版）。

（2）大東急記念文庫蔵本巻一の本奥書に「□（承）安四年九月十九日朝間、詰老眼加仮字反音等了。毛鄭之説、既以分別、好事之徒、何不悦目乎。大外記清〈御判〉。（承安四年九月十九日朝の間、老眼を詰《なじ》りて仮字反音等を加へ了んぬ。毛・鄭の説、既に以つて分別す。好事の徒、何ぞ悦目せざらむや。大外記清〈御判〉。）」とあることから、訓点を毛伝・鄭箋それぞれに分けて示す書式は頼業に始まるものであったことが分かる。尚、このような『毛詩』の訓点を毛伝・鄭箋に分けて行なう書式は、宮内庁書陵部蔵（金澤文庫旧蔵）『群書治要』巻三（毛詩）にも見られる。これは頼業の孫に当たる清原教隆所持本を書写したものである。『群書治要』の書影は「宮内庁書陵部収蔵漢籍集覧」のサイト（http://db.sido.keio.ac.jp/kanseki/T_bib_search.php）で見ることができる。

（3）『毛詩』の各詩の初めにはその趣旨を説明した小序と呼ばれる短い文章が置かれている。「関雎」の場合は、その序文が『毛詩』全体の序をも兼ねて長文なので、大序と呼ぶ。
（4）『毛詩』の訓読については、芳村弘道氏の御教示を得た。記して感謝の意を表する。
（5）『毛詩正義』は鄭箋を「鄭唯下二句為異。言幽間之善女、謂三夫人九嬪。既化后妃、亦不妬忌。故為君子文王、和好衆妾之怨耦者、使皆説楽也。（鄭は唯だ下二句のみを異と為す。言ふこころは、幽間の善女は三夫人九嬪を謂ふ。既に后妃に化せられ、亦た妬忌せず。故に君子文王の為めに、衆妾の怨耦の者を和好し、皆なをして説楽せしむるなり）」と説明する。「和好」とは、相手をなごませて良い方向に導く意である。
（6）訓読文は「君子のために逑を好す」とあるべきところだが、頼業は「のために」を補ってはいない。
（7）仏教書籍ではこれより早く平安末期に仮名点が現れている。例えば『往生要集』の最明寺蔵〔平安後期〕写本にはヲコト点の一種である西墓点が施されているが、神宮徴古館旧蔵〔平安後期〕写本にヲコト点は無く、仁平二年（一一五二）の仮名点しか施されていない。
（8）「光泉寺切」の中には『白氏文集』巻四の断簡も見られるが、こちらは時頼筆ではない。
（9）太田次男・小林芳規『神田本白氏文集の研究』（一九八二年、勉誠社）。
（10）柳田征司『〈室町時代語資料としての〉抄物の研究』（一九九八年、武蔵野書院）、同『日本語の歴史4〈抄物、広大な沃野〉』（二〇一三年、武蔵野書院）。
（11）『長恨歌並琵琶行秘抄』の書影は京都大学附属図書館の清家文庫のサイト（https://rmda.kulib.kyoto-u.ac.jp/collection/seike）で見ることができる。
（12）野村剛史『話し言葉の日本史』（二〇一一年、吉川弘文館）。
（13）訓読の翻訳としての精度を上げるために、日本人はさまざまな工夫を凝らした。その一つに「文選読《もんぜんよみ》」がある。文選読とは、漢語をまず音読み（中国音）で読み、次にまた訓読み（日本語《やまとことば》）で読むという訓読方法で、難解な漢語が頻出する『文選』を訓読する際に良く用いられたことから、この呼称がある。例えば、名詞の「罘網」ならば「フマウノアミ」と読み、形容詞の「崔嵬」ならば「サイクワイトタカクサカシ」と読み、動詞の「周帀」ならば「シウサウトメグル」と読むような読み方である。これによって、当時の日本人は一見難解な漢語を容易に理解することができたのである。文選読については、築島裕『平安時代の漢文訓読語につきての研究』（一九六三年、東京大学出版会）第三章第二節「文選読」を参照されたい。その中で築島氏は「文選読に於ては、字音語に重点があって、和語は従の位置に在る」と述べているが、文選読が訓読（翻訳）の一方法である以上、和語（訓読み）が従の立場にあったとは思われない。

第四章　平安貴族の読書

はじめに

平安時代、貴族たちは官人として必須の教養を身に付けるために、幼い頃から種々の教育を受けた。必須の教養とは端的に言えば漢文の読解力である。三善為康の編纂した『朝野群載』には当時の貴族たちが実際に書いたり読んだりしていた文書類が集成されているが、それらは全て漢文体で書かれている。官務を遂行するためには漢文の読み書きができなければならなかった。官人たちに求められたのは、職務に応じた程度の差こそあれ、漢学の素養だったのである。漢学を修得するというのは、具体的には漢籍を学習すること、すなわち読書を意味する。それでは、貴族たちはどのような漢籍を学習していたのか。学習するに当たって、どのような方法を用いていたのか。また、修得した知識をどのように自分たちの文章表現に生かしていたのか。本章では、これらの点について考察を加えたいと思う。

一、読書の初歩的段階

読書とは、その内容を熟読玩味して始めてその人の血となり肉となるものである。しかし教育の第一歩に於いては古来、内容の理解を二の次として、ひたすら丸暗記する方法の取られることが一般的であった。現代で言えば、掛け算九九を小学校の低学年で暗誦する類いである。平安時代とて例外ではなかった。当時この方法を以て学習する書籍を幼学書と称した。[1]「幼学」の語は『礼記』曲礼上に「人生十年曰幼。学。（人生まれて十年を幼と曰ふ。学ぶ。）」とあるに由来する。幼学書は時代によって多少の変遷があるが、平安時代には『千字文』、『百二十詠』、『蒙求《もうぎゅう》』がその代表格であった。貴族の子弟はこれらの書籍を十歳前後の時期に学習したのである。幼学書に共通する特徴は次の三点に集約できる。

（一）社会生活に於ける必須の知識教養を内容とする。
（二）韻文の形式を取り、暗誦に適する。
（三）本文を詳しく説明する注釈書が存在する。

以下、各幼学書について簡単に説明しておこう。

一、『千字文』——漢字の音訓を知る

『千字文』は梁の周興嗣の撰。漢字千文字を一文字も重複することなく、意味・内容を持つ四言二百五十句の韻文に仕立てた作品である。これをどのように学習したのか。例えば『千字文』の第一句「天地玄黄」であれば、これを「テンチのあめつちは、ゲンクワウとくろくきなり」と繰り返し声に出して読み、記憶したのである。漢

字或いは熟語をこのように、まず音で読み、次にまた訓で読むという方法を文選読《もんぜんよみ》と呼ぶ。『文選』の訓読によく用いられたことによる呼称だが、この方法によって「天地」ならば「テンチ」という漢字音の発音と、「あめつち」というやまとことばとしての意味とを対応させて学習することができたのである。

貴族の子弟が教育を受ける場は学校と家庭とに分けられる。学校とは大学寮を指すが、誰もがここに学ぶわけではないから、他は家庭が中心となる。貴族社会では私的に儒者・文人と師弟関係を結んで漢学の手ほどきを受ける慣わしがあったので、幼学書の学習もその一環として行なわれたようである。他方、大学に入学した者は大学寮の文章院で、或いは勧学院などの大学別曹で学習したと考えられる。というのは、源為憲（?〜一〇一一）の『世俗諺文』によって当時「文室《ふんや》辺《ほとり》の雀は秋収冬蔵と啼く」という諺のあったことが知られるからである。[2]「文室」は学校。「秋収冬蔵」は『千字文』の第六句である。これを学校で児童たちが「シウシウとあきはとりをさめ、トウザウとふゆはくらにをさむ」と声に出して読んでいたので、雀までがそれを聞き覚えてそのとおりに鳴いたとの意である。「秋収《しうしう》」に雀の鳴き声の擬音語「啾啾《しうしう》」が掛けられている点にこの諺の趣向がある。後の「勧学院の雀は蒙求を囀る」や現代の「門前の小僧習わぬ経を読む」に当たる諺だが、ともかくもこの諺から『千字文』学習の場が浮かび上がるのである。

幼少期に暗誦して修得した文章表現は永く記憶の底に留まり、あるとき無意識の中に言葉となって表出されることがある。その意味で幼学書は、程度は低いものではあるけれども、表現活動に対して根底的且つ広範囲な影響を与えるものと言うことができる。次に掲げるのは『和漢朗詠集』餞別（633）に見える源順《みなもとのしたごう》の摘句である（隔句対の後半は省略）。

昔聚丹鳥　　　　　　　昔は丹鳥を聚めて
競寸陰於十五年之間　　寸陰を十五年の間に競《きほ》ふ

この「寸陰を競ふ」(寸暇を惜しんで勉強するの意)という表現は『千字文』の第六十句「寸陰是競(ソンイムのみじかきかげは、シケイとこれきほふ)」に拠ったものである。しかし作者の順がそれを意識して用いた(『千字文』を典拠であると自覚して作った)とは思われない。幼児期の学習効果が無意識の中に口をついて出たのである。幼学書が文学表現の深層に働きかけた事例であると言えよう。

『千字文』には李暹《りせん》(東魏から北周にかけての人)の注釈書があり、[3] これによって内容の理解が図られた。注は本文二句一聯の下に小字双行で置くという書式が取られている。この書式は他の幼学書も同様である。尚、長承元年(一一三二)三善為康は本書を継いで『続千字文』を著した。こうした続撰書の成立も本書の流布を物語る証拠の一つである。

二、『百二十詠』――事物の知識を得る

『百二十詠』は唐の李嶠《りきょう》による詠物詩百二十首から成る。略して『百詠』と呼ばれることもある。身近な百二十の事物について、その基礎知識を五言律詩に詠み込んだものである。唐の張庭芳の注がある。[4]『中右記』寛治八年(一〇九四)九月六日条、筆者藤原宗忠が博識の権中納言藤原通俊に雑事を問うた中に次のような記事が見出される。

又問云、史記之中称太史公、若太史談歟、将又司馬遷歟、如何。被答云、極秘事也。往年従師匠佐国口伝所聞也。太史公已非談幷遷二人、是云東方朔也。司馬遷作史記時、多以東方朔為筆者也。仍以東方朔説、称太史公也者。予答云、尤有興、更未知事也。不可外聞。但此事若見何書哉、将又只口伝歟。返報云、百詠之中、史詩注文已顕然也。此間更万人不見付者。

（又た問ひて云ふ、『史記』の中に太史公と称するは、若しくは太史談か、将又《はたまた》司馬遷か、如何」と。答へられて云ふ、「極めたる秘事なり。往年、師匠の佐国より口伝にて聞く所なり。太史公は已に談幷びに遷の二人に非ず、是れ東方朔を云ふなり。司馬遷、『史記』を作る時、多く東方朔を以つて筆者と為すなり。仍りて東方朔の説を以つて太史公と称するなり」てへり。予答へて云ふ、「尤も興有り、更に未だ知らざる事なり。外聞す可からず。但し此の事、若しくは何れの書に見ゆるや、将又只だ口伝なるか」と。返報して云ふ、『百詠』の中、史詩の注文に已に顕然なり。此の間、更に万人見付けず」てへり。）

このとき宗忠は『史記』に見える「太史公」とは司馬遷のことか、それともその父の司馬談のことかと問うた。通俊はこれに対して、「太史公」とは実は東方朔であり、それは『百二十詠』の注に明らかであると答えている。確かに『百二十詠』史詩の一句「方朔初匡漢（方朔初めて漢を匡《ただ》す）」の張庭芳注に「桓譚新論曰、司馬遷造史記、成以示東方朔。朔為手定、因署其下。太史公者、朔所加也。（『桓譚新論』に曰はく、司馬遷、『史記』を造り、成りて以つて東方朔に示す。朔為めに手定し、因りて其の下に署す。太史公とは、朔の加ふる所なり、と。）」とあり、「太史公」に関する異伝のあったことが知られる。ここで注意したいのは、通俊が大江佐国を漢学の師とし、彼に就いて『百二十詠』を学んでいたことである。佐国は後三条・白河朝に掃部頭《かもんのかみ》として活躍し、惟宗孝言《これむねののりとき》とともに「後進の領袖」と称された儒者である（大江匡房「暮年詩記」）。当時の慣習として、藤原公任が高丘相如《たかおかのすけゆき》を師とし、源光行が藤原孝範《たかのり》を師としたように、一般の貴族は大学に入る代わりに、然るべき儒者と師弟関係を結んで漢学を学んだのである（これは天皇が読書に当たって儒者を侍読とするのに準じてのことである）。師から最初に伝授されるのは言うまでもなく幼学書である。通俊が「往年、師匠佐国より口伝にて聞」いたのは、そのような場であったと思われる。

さらに注意すべきことは、通俊が「『百詠』の中、史詩の注文に已に顕然なり。此の間、更に万人見付けず。（東方朔の異伝のことは『百二十詠』の注に書かれているのに、殆どの人はその注を読んでいない）」と発言していることである。これは何を意味するのか。幼学書には書籍の形として、正文のみの無注本と、正文と注釈とを併せ持つ有注本との二種類の伝本が存在した。幼学書の伝授の場では、師は手元に有注本を置き、学習者の児童に向かって正文の読み方を示しながら、注に従ってその意味内容を説明した。これに対して学習者は無注本を手元に置き、師の伝授を受けながら、正文を暗誦したのである。つまり大方の貴族は無注本を用いて幼学書を学習するにとどまり、その後、有注本に進んで幼学書を学び直すことは殆ど無かったということである（後述するように有注本を用いて学び直す例も僅かながらあった）。通俊の発言からは、無注本と有注本との使い分けの行なわれていたことが窺われよう。

『百二十詠』を受容した詩歌で名高いものとして、第一に『拾遺集』雑上（451）に収める斎宮女御《さいぐうのにょうご》（徽子女王）の和歌を挙げておこう。

ことのねに峰の松風かよふらしいづれのをよりしらべそめけん

この歌は詞書に「野宮に斎宮の庚申し侍りけるに、松風入夜琴といふ題をよみ侍りける」とあるように題詠である。歌題の「松風入夜琴（松風 夜琴に入る）」は『百二十詠』風詩の一句「松声入夜琴（松声 夜琴に入る）」に拠ったものである。『百二十詠』がすでに広く流布する詩集であったことが窺われる。

また、『和漢朗詠集』故宮（534）には平安前期の詩人、惟良春道《これながのはるみち》（生没年未詳。八四四年生存）の次のような詩句が収められている。

孤花裛露啼残粉　孤花 露を裛《つつ》んで残粉に啼く
暮鳥栖風守廃籬　暮鳥 風に栖んで廃籬を守る

上句は「散り残った一輪の花が露に濡れているさまは、昔の面影も無く衰えた容色を泣き悲しんでいるかのようだ」の意。その「露を裛んで啼く」はおそらく『百二十詠』桃詩の一句「裛露似啼粧（露を裛みて啼粧に似たり）」をふまえたものであろう。『百二十詠』には御物で嵯峨天皇宸翰と伝えられる古写本が現存する。したがって嵯峨天皇より少し遅れる春道の詩に『百二十詠』からの影響があっても何等不思議ではない。これは、本書の幼学書として定着した時期が意外に早かったことを窺わせる事例と言えるだろう。

三、『蒙求』——中国故事を学ぶ

『蒙求』は唐の李瀚《りかん》の撰。隋以前の中国故事を四字句（これを標題という）に凝縮し、凡て五百九十六句から成る。原則として一句中の上二字に人名を、下二字にその人の事績を配している。例えば本書の第七十一句・第七十二句は「孫楚漱石《そんそそうせき》」「郝隆曬書《かくりうさいしよ》」である。前者は、晉の孫楚が若い頃、隠遁する意志のあることを友人の王済に言おうとして、「石に枕し流れに漱《くちすす》ぐ」と言うべきところを、誤って「石に漱ぎ流れに枕す」と言ってしまった。誤りを指摘された孫楚は「石に漱ぐのは歯を磨くためであり、流れに枕するのは、むかし巣父がしたように汚れた耳を川で洗うためだ」と答えた、という故事。後者は、晉の郝隆が七月七日、外で仰向けになって昼寝をしていた。それを人に見咎められたのに対して「七月七日といえば、世間では衣服や書物を虫干しするが、俺は腹中に蓄積した書物を虫干ししているのだ」と答えた、という故事。ともに強弁の可笑しさを主題とする。このように本書は全体にわたって各聯の上下二句に共通性を持たせている。これも学習を容易にさせるための配慮である。学習に当たっては「ソンソソウセキ、カクリウサイシヨ」と漢字音（それも呉音ではなく漢音）を用いて音読する方法が取られた。平康頼の『宝物集』によれば当時「勧学院の雀は蒙求を囀る」という諺のあったことが知られる。これは先の「文室辺の雀は」と同義である。ただこの場合、「囀る」に鳥が鳴く意と外国語を話す意との両義が掛けられている点に注意する必要がある。『蒙求』は漢字音だけを用いて読誦するのであるから、それは中国語を話すのと全く同じである。それを聞き覚えて雀までが中国語を囀《しやべ》っている、というところがこの諺の面白さなのである。

『蒙求』は幼学書の中で最も実用性の高い書であるが、その受容のさまはなかなか把握しにくい。次に掲げるのは橘直幹の「民部大輔を申す状」（『本朝文粋』巻六・150）の一節である。『和漢朗詠集』草（437）にも収められ、窮乏生活を訴えた秀句として名高い。

瓢簞屢空　　瓢簞屢《しばし》ば空し
草滋顔淵之巷　　草顔淵が巷《ちまた》に滋し

藜藿深鏁　　藜藿《れいてう》深く鏁《とざ》せり
雨湿原憲之樞　　雨原憲が樞《とぼそ》を湿す

句意は「顔淵のあばら屋には草が生い茂り、ひさごの水も破子の飯もたびたび底をついた。原憲の狭い家はあかざに深くとざされ、雨漏りで戸口が水浸しだった」。前半は『蒙求』の第四百三十五句「顔回瓢簞《がんくわいへうたん》」を、後半は第四百四句「原憲桑樞《げんけんさうすう》」をふまえていると思われる。しかし『蒙求』各句の典拠となったのは『論語』雍也篇、『荘子』譲王篇であり、両者はともに我が国でよく読まれていた書である。したがって直幹の表現が原典を直接受容したものなのか、それとも『蒙求』を経由して受容したものなのか、俄かには判断できないのである。それでは次の例はどうであろうか。

中書侍郎、風槐之孫枝、露棘之貴種也。文章之冠世也、世以称晋朝患多之才、聡慧之軼人也、人以号江夏無双之智。
（中書侍郎は、風槐の孫枝、露棘の貴種なり。文章の世に冠たるや、世以つて晋朝患多の才と称す、聡慧の人に軼《す》ぎたるや、人以つて江夏無双の智と号す。）

これは藤原永光（一一〇三～七五出家）が中書侍郎（中務大輔、或いは少輔）某の主催する詩宴で執筆した「湖山聞旅雁詩序」（『詩序集』巻下）の冒頭の一節である。文意は「中書侍郎は大臣の孫にあたり、公卿の家に生まれた貴人である。その詩文の世に冠絶していることと言ったら、世間で彼のことを、文才の有り過ぎることに却って悩んでいるとまで評された晉の陸機のようだと誉め称えているほどだ。また、その賢さの人並み外れていることと言ったら、人々が彼のことを、天下無双と言われた江夏出身の黄香の再来だと語り合っているほどだ」。詩序の第一段ではこのように主催者を賞讃するのが常のことであるが、文中「晉朝患多之才」と記すのは『晉書』陸機伝に、

　張華嘗謂之曰、人之為文、常恨才少。而子更患其多。

（張華嘗て之れに謂ひて曰はく、人の文を為《つく》るや、常に才の少なきを恨む。而れども子は更に其の多きに患ふ、と。）

かつて張華は陸機に向かってこう言った。「人が詩を作る時、文才が無いと言って悔しがるのが常だが、君の場合は文才の有り過ぎることが悩みの種だな」と。

とあるに拠っている。ところが、この『晉書』よりも典拠として相応しいのが、『晉書』を出典とする『蒙求』第二十二句「士衡患多《しかうくわんた》」（士衡は陸機の字）なのである。というのは、『晉書』に「患其多」とあるのを二字熟語に縮めて「患多」とするのは『蒙求』の「士衡患多」にしか見当たらない表現だからである。それ故「晉朝患多之才」は『蒙求』の学習によって獲得し得た表現であると言うことができる。

以上は平安時代の受容例だが、やや下って『徒然草』に見られる鎌倉時代の例も挙げておこう。第二十六段で兼好は「うつろふ人の心」（恋人の心変わり）を「亡き人の別れよりもまさりて悲しきものなれ」と述べた後、

　されば、白き糸の染まんことを悲しび、路のちまたの分れんことを歎く人もありけんかし。

と結んでいる。これは『蒙求』第三十三句・第三十四句に見える「墨子悲糸《ぼくしひし》、楊朱泣岐《やうしゆきふき》」（墨子は白糸を見て、染めようによっては黄色くもなり、黒くもなることを悲しんだ。楊朱は岐路に立ち、これから南に行くこともできれば、北に行くこともできることを知って泣いた。墨子も楊朱も、出発点は同じでも、環境によって行末が異なることを憐れんだ）の故事を引いたものである。二つの故事が一対の形で示され、また墨子、楊朱の順に挙げられていることからも、『蒙求』に拠ったことは明らかであろう。しかし、『蒙求』には標題にも注にも(5)「染」の文字が無い。『徒然草』の「（白き糸の）染まん」は一体どこから来た表現なのであろうか。ここで思い当たるのが『千字文』の第四十九句「墨悲糸染（ボクといひしひとはシゼムといとのそむことをかなしむ）」の存在である。恐らく兼好の脳裏には、幼学書であるが故に無意識のうちに『蒙求』の「墨子悲糸」とともに『千字文』の「墨悲糸染」の言いまわしが思い浮かんでいたのであろう。したがって、ここは『蒙求』と『千字文』とが渾然一体となって踏まえられた例と見ることができる。

『蒙求』には凡そ三種類の注が存在した。平安・鎌倉期には撰者李瀚の自注が、南北朝・室町期にはいわゆる古注が、室町後期以降、江戸時代を通じては宋の徐子光注（補注）が用いられた。時代によって用いられる注が異なることに注意する必要がある。(6)

ここで本書の学習方法について補足しておきたい。先に『百二十詠』について説明したところで、無注本と有注本との使い分けに触れ、『百二十詠』の場合、いったん無注本を用いて学習（暗誦）してしまえば、そののち有注本に進んで学び直すことは殆ど無かったと述べた。この点、『蒙求』はどうであったのか。この問題を考える上で恰好の資料と思われるのが、慶應義塾大学附属研究所斯道文庫蔵『標題徐状元補注蒙求』三巻三冊で、宋の徐子光注を有する室町後期写本（090@ト417@3）である。この本には奥書が無く、書写者や書写年代を特定できないが、本文の筆跡から三条西実枝《さねき》（一五一一～七九）の書写したものと思われる。その祖父三条西実隆の日記

『実隆公記』大永七年（一五二七）五月十四日条には実隆が「蒙求料紙四帖餘」を十七歳の実枝（幼名実世）に与えた記事が、また六月二十三日条には父の公條《きんえだ》が実枝に『蒙求』を講じた記事が見える。つまりこれは実枝が幼年期に無注本を用いて『蒙求』を暗誦した後、十七歳の時に補注を自ら書写し、父から伝授を受けることによって、内容を深く理解する段階にレベルを上げて学習したことを物語っている。実枝の書入れは行間・余白だけでは足りず、貼紙を毎張幾枚も使っており、その学習が並々ならぬ意欲に満ちたものであったことが窺われる。当時の貴族の誰もがこのような二段階の学習を実践していたわけではなかろうが、これこそが幼学書学習の理想的な姿であったと思われる。

四、四番目の幼学書『和漢朗詠集』——詩歌の模範例を知る

以上、平安時代の代表的な幼学書について説明したが、平安末期には『和漢朗詠集』が幼学書の一つに加えられた。『和漢朗詠集』は藤原公任撰。上下二巻から成る詩歌の秀句選である。巻上に四季が、巻下に雑が充てられ、題目（後に朗詠題と言われる）に従って詩文の摘句、和歌が配列される。公任の編纂当時の姿を伝える御物粘葉本には詩歌併せて八百二首を収める。本書は書名が示すように、朗詠に適する詩歌を集めたものであり、本来幼学とは全く関係がなかった。それが成立後二百年を経て、詩歌の模範例を示した書として（誰もが知っておくべき詩歌を集成した書として）、幼学書の仲間入りを果たしたのである。(7) 架蔵『和漢朗詠集』暦応二年（一三三九）藤原師英写本の本奥書には次のように記されている。

建長四年四月十一日、上下御読畢。去年十二月九日御書始。自同十一日御書始有御読。三品光兼卿、蔵人佐

資定等、追雖召加御侍読、一身連日候御読、両巻早速畢。令亜黄軒之幼聡、不堪丹府之感悦者也。
翰林主人菅〈在判／長成也〉

これによれば、建長三年（一二五一）十二月九日、当時九歳の後深草天皇の御書始《おんふみはじめ》が催され、文章博士菅原長成《ながしげ》が侍読を務めた。御書始は一種の儀式であり、当時は『御註孝経』の使用されることが多かったが、この日天皇がいかなる書を講読したかは明らかではない。その後、十一日から藤原光兼（式家）・藤原資定（北家日野流）の二人を侍読に加え『和漢朗詠集』を用いて本格的な講読が始まり、翌年四月十一日に全巻を読み終えた、とある。通常、天皇の学習書として選ばれるのは中国伝来の漢籍だが、このとき選ばれたのは国書の『和漢朗詠集』であった。このことは天皇の年齢から推して『和漢朗詠集』がすでに幼学書として重要な位置を占めていたことを想像させる。『平家物語』巻六（紅葉）に見える高倉天皇の説話はそれを如実に示すものと言えるだろう。

去んぬる承安の比ほひ、御在位のはじめつかた、御年十歳ばかりにもならせ給ひけん、あまりに紅葉を愛せさせ給ひて、北の陣に小山をつかせ、はじ、かへでの色うつくしうもみぢたるを植えさせて、もみぢの山と名づけて、ひねもすに叡覧あるに、猶あきだらはせ給はず。しかるをある夜、野分はしたなう吹いて、紅葉みな吹き散らし、落葉頗る狼藉なり。殿守のとものみやづこ朝ぎよめすとて、これをことごとく掃き捨ててんげり。残れる枝、散れる木の葉をかき集めて、風すさまじかりける朝なれば、縫殿の陣にて、酒あたためてたべける薪にこそしてんげれ。奉行の蔵人、行幸より先にと急ぎゆいて見るに、跡かたなし。いかにと問へば、しかじかといふ。蔵人大きにおどろき、「あなあさまし。君のさしも執しおぼしめされつる紅葉を、かやうにしけるあさましさよ、知らず、汝等只今禁獄流罪にも及び、我が身もいかなる逆鱗にか与らんずらん」と嘆くところに、主上いとどしくよるのおとどを出でさせ給ひもあへず、かしこに行幸なつて紅葉を叡覧なるに、なかりければ、「いかに」と御たづねあるに、蔵人奏すべき方はなし。ありのままに奏聞す。天気ことに御心よげにうちゑませ給ひて、『林間煖酒焼紅葉』といふ詩の心をば、それらにたが教へけるぞや。やさしうも仕まつりけるものかな」とて、かへつて御感にあづかりし上は、あへて勅勘なかりけり。

高倉天皇が幼少の頃から聡明で心優しい人柄だったことを伝える説話である。天皇が即位して間もない十歳頃のこと。天皇は内裏の朔平門のあたりに紅葉の山を築かせ、それを毎日愛好していたが、ある晩、木枯らしのために紅葉がすっかり散り落ちてしまった。翌朝、主殿寮の下役人は天皇が紅葉を愛玩しているものとはつゆ知らず、落ち葉を全て掃き集めた上、寒さしのぎに飲む酒をあたためる燃料にしてしまった。一方、そのようなことになっているとは夢にも知らない天皇は、その日も紅葉見たさに、朝起きるとすぐに紅葉の山に駆けつけたが、昨日までの美しい紅葉は跡形もなく消え失せている。天皇の下問を受けた蔵人は弁解する余地もなく、逆鱗に触れることを覚悟でありのままを奏上した。すると、天皇は紅葉を燃やしてしまったことを叱責するどころか、にっこり笑って『林間に酒を煖《あたた》めて紅葉を焼く』という詩の心を誰が下役人に教えたのか。風流なことをするものだな」と褒美の言葉を与えて、その場を和ませた、というのである。

天皇が引用したのは唐の白居易の「送王十八帰山、寄題仙遊寺。（王十八の帰山するを送りて、仙遊寺に寄題す。）」（『白氏文集』巻十四・0715）と題する七言律詩の一句である。元和四年（八〇九）友人の王質夫が故郷の太白山に帰るのを見送ったとき、白居易はかつてともに太白山の仙遊寺に遊んだことを回想し、「君といっしょに寺の木立の中で紅葉を焼いて酒をあたためたこともあったな」と昔を懐かしんだのである。高倉天皇はこの句を咄嗟に持ち出して、その場の気まずい雰囲気を和ませた。ここに天皇の聡明さが見て取れるが、しかし幼い天皇が大部な『白氏文集』をこの時すでに読破していたのかというと、そうではない。実はこの句は『和漢朗詠集』秋興（221）に収められているのである。つまり、天皇はこの時までに『和漢朗詠集』を幼学書として学習し終えていて、その成果をここで見事に発揮したということなのである。

『和漢朗詠集』には平安末期以降、多くの注釈書が作られた。大江匡房（一〇四一～一一一一）の「朗詠江注」（書籍の形態ではなく、古写本に書入れの形を取る）、応保元年（一一六一）成立の釈信阿『和漢朗詠集私注』、鎌倉期の釈無名『和漢朗詠註抄』などは『和漢朗詠集』の幼学書としての展開に大きく寄与したものと言えよう。

二、幼学書の修得以後

さて、幼学書を修得し終えた貴族たちは、読書のレベルを上げて次の段階に進んだ。どのような書籍を学習するかは人それぞれで、何れの書と決まっていたわけではないが、やはり大学寮紀伝道の教科書に倣って『史記』『漢書』『後漢書』『文選』などを学習することが多かったようだ。試みに『後二条師通記』を繙くと、藤原師通（一〇六二～九九）は惟宗孝言に就いて二十四歳で『文選』を読み終え（応徳二年十二月二十五日条）、二十九歳の時に大江匡房に就いて『漢書』を読み（寛治四年四月二十八日条）、二十九歳から三十二歳にかけての時期に匡房と孝言とに就いて『後漢書』を読み（寛治四年十二月九日条、同六年三月二十九日条、八月二十七日条、十月二十日条、十二月七日条、十二月二十日条、同七年三月七日条、三月二十九日条、四月五日条、六月九日条、九月十七日条、十一月二十七日条、十二月二十八日条）、三十五歳の時に孝言に就いて『史記』を読んでいる（永長元年十一月二十三日条）。

これらの書の場合、読書は師に従って本文を訓読するという方法を取った。現代の我々の感覚では、訓読と翻訳とは別個のものだが、当時にあっては訓読すなわち翻訳である。読書に使用する本文にはヲコト点、傍訓などが書き入れられている。学習者の手元には師から与えられた点図（ヲコト点を一覧図にしたもの）があり、それに従って訓読するのである。貴族の子弟はまず読書始の儀式の時に点図を手にしたが、これは至って簡略なものであった。堀河天皇の御書始の一部始終を記録した『中右記』寛治元年十二月二十四日条にはその時用いられた点図が載せられているが、わずかに三点壷である。点壷《てんこ》とは漢字を四角の枠で表し、それにヲコト点を記入したものを指す。その三点壷の一つ目にはテ・ニ・ヲ・ハ・コト・ト・カ・ノ・ム・スの星点《ほしてん》が、二つ目には音訓合符・ナリ・タリ・ケリの線点《せんてん》が、三つ目には四種類（平・上・去・入）の声点が書き入れられていた。幼学書の学習にはこれで事足りるが、読書の段階が進めば更に詳細な点図が必要となる。東北大学附属図書館蔵『史記』（存巻十）延久五年（一〇七三）大江家国写本、実践女子大学図書館山岸文庫蔵『史記』（存巻十一）大治二年（一一二七）写本などには極めて詳密な訓点が施されており、当時の本格的読書の様子が偲ばれる。『後二条師通記』寛治七年二月十八日条によれば、民部卿源経信の所蔵する『後漢書』は「明衡点也。能々被点。（明衡の点なり。能くよく点ぜらる。）」とのことで、師通はその第五帙を借り受けている。明衡は『本朝文粋』の撰者として名高い式家の儒者。経信の『後漢書』には藤原明衡による訓点が施されていたのである。

さて、これまで貴族たちの読書について見てきたが、これに付随して彼等は師とする儒者に詩の添削を求めることもあった。次に掲げるのは『長秋記』大治五年九月十七日条の冒頭である。

酉時、院別当送書云、今夜可有文殿作文、而於御前可被講者、必可参也。題月明勝地中〈光字〉者。件題兼日人々廻風情云々。然而一人無其告。已望期存無召之処、今如法。秉燭間、向式部大輔第、如形綴一篇、着直衣帰参。

（酉の時、院の別当（藤原実行）、書を送りて云ふ、「今夜、文殿《ふどの》の作文有る可し、而して『御前に於《し》て講ぜらる可し』てへれば、必ず参ずべきなり。題は『月は勝地の中に明らかなり〈光字〉』」てへり。件んの題、兼日人々風情を廻らすと云々。然れども一人其の告げ無し、已に期に望んで召し無しと存ずるの処、今法《のり》の如し。秉燭の間、式部大輔（藤原敦光）の第に向かひて、形の如く一篇を綴り、直衣を着て帰参す。）

この日、鳥羽上皇の御所、三条東殿で詩宴が催された。当日になって召された源師時は、慌てて式部大輔藤原敦光邸を訪れ、詩一篇を作って詩宴に臨んだ、とある。出題された詩題は漢字五文字から成る句題である。句題詩には厳格な構成方法が存したから、(8) 師時は漢学の師である敦光に自作の出来映えを点検してもらったのである。儒者が一般の貴族に対して施す教育には漢籍の講書と詩文の添削とがあったと言えるであろう。

三、読書の成果

最後に、詩に現れた読書の成果を具体的に見ておくことにしたい。次に掲げるのは、『朝野群載』巻一に収める藤原公明《きんあきら》の「閑中吟」と題する五言詩である（題下注に三首中の一首とある）。公明は北家藤原氏実頼流、正五位下蔵人兵部大輔通輔の男で、後に公章と改名した。生没年未詳。康和二年（一一〇〇）正月二十七日叙爵（『魚魯愚鈔』）、極官は正四位下右京大夫。『本朝無題詩』作者の釈蓮禅《れんぜん》の兄に当たる。本詩の詠作年時は不明だが、学問に励んでも報われないことを訴える内容から推して、若年時（おそらく二十代）の作であると思われる。

1顔回周賢者　顔回は周の賢者なり
2食有一箪伝　食一箪の伝有り
3原憲魯高才　原憲は魯の高才なり
4衣無百結全　衣百結の全き無し
5泗水屈平没　汨水《べきすい》屈平没し　（泗は汨の誤り）
6長沙賈誼遷　長沙賈誼遷る
7嗟々英髦士　嗟々《ああ》英髦の士
8曩古何弃捐　曩古より何ぞ弃捐せらる
9吾今披史籍　吾れ今史籍を披《ひら》けば
10涕涙忽漣々　涕涙忽ちに漣々たり
11嗜文不遇周　文を嗜めども周に遇はず
12可憐又可憐　憐れぶ可し又た憐れぶ可し
13隠几静通夜　几に隠《よ》りて静かに夜を通し
14下帷是幾年　帷《とばり》を下ろして是れ幾年ぞ
15冬牖久聚雪　冬牖久しく雪を聚め

16秋叢居拾蚈　　秋叢居ながら蚈《ほたる》を拾ふ
17空憑学禄詞　　空しく学禄の詞に憑りて
18旦夕疲鑚堅　　旦夕鑚堅に疲れたり
19莫愁沈滞甚　　沈滞の甚だしきを愁ふること莫れ
20運命素在天　　運命は素より天に在り

一首の前半は第十二句まで。公明はまず中国の知識人で貧困或いは不遇であった四人の人物を列挙し、それに同情を寄せる。四人とは顔回、原憲、屈平、賈誼であり、この詩にふまえられている故事は、原憲の故事を除き、全て『蒙求』に見える。すなわち顔回が破子一杯の飯、ひさご一杯の水で一日を凌いでいたこと（435・顔回瓢箪）、屈平が不遇に絶望して汨羅《べきら》に身を投げたこと（309・屈原沢畔、310・漁父江濱）、長沙に左遷された賈誼が「鵩鳥賦」を作って憂さを晴らしたこと（39・賈誼忌鵩）である（括弧内の算用数字は『蒙求』標題の一連番号）。原憲については、『蒙求』には桑の枝を樞《とぼそ》とするような粗末な住まいであった故事（404・原憲桑樞）が見えるだけである。公明の詩に、継ぎ接ぎだらけの衣服を着ていたというのは『白氏文集』巻五・0221「效陶潜体十六首其九」に「原生衣百結、顔子食一箪。（原生は衣百結、顔子は食一箪。）」とあるに拠っている。白居易の詩では原憲と顔回とが対になっているので、公明の第一聯の表現も白詩をふまえたものと見た方が良いのかもしれない。また第一句の五文字はそのまま源英明の「見二毛」（『本朝文粋』巻一・20）に見えるので、その表現を学んだものと思われる。

第七句の「英髦」は『文選』巻五十四、劉峻の「辨命論」に「昔之玉質金相、英髦秀達、皆擯斥於当年、韞奇才而莫用。（昔の玉質金相、英髦秀達なりしも、皆な当時《そのかみ》に擯斥せられて、奇才を韞《つつ》んで用ふること莫し。）」とあるのを、第八句の「弁捐」は劉向の「戦国策書録」に「故孟子孫卿、儒術之士、弁捐於世、而游説権謀之徒、見貴於俗。（故に孟子孫卿、儒術の士は、世に弁捐せられ、而して游説権謀の徒は、俗に貴ばる。）」とあるのを念頭に置いた語であろう。第十句は『文選』巻二十三、王粲の「贈蔡子篤詩」に「中心孔悼、涕涙漣洏。（中心孔《はなは》だ悼む、涕涙漣洏たり。）」をふまえている。第十一句はおそらく『楚辞』哀時命の「太公不遇文王兮、身至死而不得逞。（太公文王に遇はざれば、身死に至るまで逞《こころよ》きことを得ず。）」をふまえ、「文を好んでも、周の文王が太公望を抜擢したような聖代に遇えないでいる」の意であろう。

後半は、勉学に懸命に取り組むさまを述べ、それでも官職に恵まれない境遇にあることを訴えるが、末尾では一転して天命に任せるしかないと諦観して結んでいる。第十三句から第十六句までの四句には、勉学が報われたことで名高い人物が暗示されている。第十四句に帷を下ろして読書したとあるのは漢の董仲舒（『蒙求』258・董生下帷）、第十五句に窓辺の雪明かりで読書したとあるのは晋の孫康（『蒙求』193・孫康映雪）、第十六句に螢を拾い集めて読書のともし火としたとあるのは晋の車胤（『蒙求』194・車胤聚螢）、何れも『蒙求』に見える人物である。それでは第十三句の、机によりかかって夜通し読書している人物とは一体誰であろうか。ここでは『荘子』斉物篇、『同』徐無鬼篇に「南郭子綦隠几而坐。仰天而嘘。（南郭子綦、几に隠りて坐す。天を仰ぎて嘘《なげ》く。）」とある南郭子綦であると見ておく。また、『藝文類聚』読書に引かれる晋の束晳の「読書賦」に「垂帷帳以隠几、被紈素而読書。（帷帳を垂れて以つて几に隠り、紈素を被て書を読む。）」とあるのも関連する表現である。

第十七句と第十八句とはともに『論語』を典拠とする。衛霊公篇の「学也、禄在其中矣。（学べば、禄其の中に在り。）」、子罕篇の「顔淵喟然歎曰、仰之弥高、鑽之弥堅。（顔淵喟然として歎じて曰はく、之れを仰げば弥いよ高く、之れを鑽れば弥いよ堅し。）」である。また、「『学べば自ずと俸禄が得られる』という孔子の言葉を信じたばっかりに、報われない努力をする羽目になった」という文脈は『本朝文粋』巻六・156、藤原篤茂の「申大内記木工頭状」に「宣尼有言曰、耕則飢在其中、学則禄在其中。初信斯言、今知其妄。（宣尼言へること有り、曰はく、耕せば則ち飢ゑ其の中に在り、学べば則ち禄其の中に在り、と。初めは斯の言を信じき、今は其の妄なることを知りぬ。）」とあり、また『同』巻七・192、大江匡衡の「返送貞観政要於蔵人頭藤原行成朝臣状」に「仲尼曰、学者禄在其中矣。被欺此言、少年誤好文学。（仲尼曰はく、学べば禄其の中に在り、と。此の言に欺かれて、少年にして誤ちて文学を好む。）」とあるのを学んだものである。末尾の第二十句は『史記』高祖本紀に「高祖嫚罵之曰、吾以布衣持三尺剣、取天下。此非天命乎。命在天、雖扁鵲何益。（高祖 之れを嫚罵して曰はく、吾れ布衣を以つて三尺の剣を持ち、天下を取る。此れ天命に非ずや。命は天に在れば、扁鵲と雖も何ぞ益せむ、と。）」とあることなどを公明は知識として持っていたのではなかろうか。

以上、おおよその解釈を試みたが、本詩は漢籍学習の成果が凝縮された、極めてすぐれた作品であると言えよう。公明は幼学書の修得だけでは慊らず、更に程度の高いものへと読書の範囲を広げていった結果、このような表現に厚みのある詩を作ることができたものと思われる。特に興味深いのは、『本朝文粋』に見られる本邦儒者の先行表現に導かれて、自らの心境を述べている点である。公明は知識の修得に偏ることなく、心情を自在に表現することを模索しながら多くの書籍と向かい合っていたのである。『本朝無題詩』巻七所収、釈蓮禅の詩「冬日向故右京兆東山旧宅、視聴所催、潸然而賦矣」は兄公明の没した直後に賦したものである。その第七句に「書巻徒抛窓月底。（書巻は徒らに窓月の底に抛《なげう》たれたり。）」とあり、その自注に「相伝書記、和漢共無人于収拾。故云。（相伝の書記、和漢共に収拾するに人無し。故に云ふ。）」と記す。兄が生前読書家であったと言う蓮禅の言葉に偽りのないことは、公明の詩に見られる読書の痕跡が何よりの証拠であると言えよう。

注

（1）桃裕行「上代に於ける教科書の変遷」（『上代学制の研究〈修訂版〉』、一九九四年、思文閣出版）、太田晶二郎「「四部ノ読書」考」（『太田晶二郎著作集』第一冊、一九九一年、吉川弘文館）。

（2）『世俗諺文』には「文室辺雀」とあり、ここから太田晶二郎氏は「文室辺の雀は秋収冬蔵と啼く」の諺の存在を推測した。太田晶二郎「勧学院の雀は、なぜ蒙求を囀ったか」（『太田晶二郎著作集』第一冊、一九九一年、吉川弘文館）。

（3）山崎誠「本邦旧伝注千字文攷」（『中世学問史の基底と展開』、一九九三年、和泉書院）。黒田彰・後藤昭雄・東野治之・三木雅博『上野本 注千字文 注解』（一九八九年、和泉書院）。小川環樹・木田章義注解『千字文』（一九九七年、岩波書店）。

（4）神田喜一郎「『李嶠百詠』雑考」（『神田喜一郎全集』第二巻、一九八三年、同朋舎出版）。山崎誠「「李嶠百詠」雑考 続貂」（『中世学問史の基底と展開』、一九九三年、和泉書院）。柳瀬喜代志「『李嶠雑詠』受容史管見」（『日中古典文学論考』、一九九九年、汲古書院）。胡志昂『日蔵古抄李嶠詠物詩注』（一九九八年、上海古籍出版社）。

（5）李瀚自注には「淮南子曰、墨子見練糸而泣之。為其可以黄可以黒。楊朱見岐路而哭之。為其可以南可以北。高誘曰、憫其本同末異也。」とある。私に句読点を付した。

（6）池田利夫編『蒙求古註集成』上・中・下・別巻（一九八八〜一九九〇年、汲古書院）。

（7）拙稿「『和漢朗詠集』、幼学書への道」（『三河鳳来寺旧蔵暦応二年書写 和漢朗詠集 影印と研究』、二〇一四年、勉誠出版。初出は二〇〇六年）。

（8）本書第十九章「日本漢学史上の句題詩」。

第五章　藤原道長の漢籍蒐集

はじめに

藤原道長（九六六～一〇二七）と言えば、日本人ならば誰もが、摂関政治を全盛に導いた人物として記憶に留めているであろう。権力者としてのイメージの強い人物ではあるが、文学と疎遠だったわけではない。彼は多くの詩歌を残し、その中には優れた作品も見出されるのである。次に掲げるのは平安中期の総集、高階積善《もりよし》撰『本朝麗藻』に見える道長の七言律詩七首の中の一首で、寛弘四年（一〇〇七）三月二十日、自邸に催した詩宴に於ける作である。

林花落灑舟　　　林花落ちて舟に灑《そそ》く
1花落林間枝漸空　　花は林間に落ちて 枝 漸くに空し
2多看漠々灑舟紅　　多く看る 漠々として舟に灑く紅を

3夜維桃浦飄紅雨
4春艤柳堤送絮風
5范蠡泊迷霞乱処
6子猷行過雪飛中
7更耽濃艶暫停棹
8興引鎮為吟詠翁

夜 桃浦に維《つな》げば 紅を飄《ひるがへ》して雨ふる
春 柳堤に艤《ふなよそ》ひすれば 絮《はな》を送りて風ふく
范蠡《はんれい》は泊らむとして迷ふ 霞の乱るる処
子猷《しいう》は行かむとして過《あやま》つ 雪の飛ぶ中
更に濃艶に耽りて 暫く棹を停む
興に引かれて 鎮《とこしな》へに吟詠の翁と為らむ

当時の貴族社会では、詩は漢字五文字から成る詩題（これを句題と呼んだ）で賦するのが慣例であった。句題詩には本邦独自に生成した構成方法の規定があったが[1]、道長はその規定を遵守して難なく一首を為している。特に勝れているのは頸聯（第五句・第六句）であり、中国故事を用いて題意を敷衍する手並みは見事である。第五句は春秋時代、越王句践に仕えた范蠡が呉を破った後、小舟に乗って越を去った故事（『史記』貨殖列伝、『蒙求』范蠡泛湖）を踏まえている。道長は、舟中の范蠡が靄《もや》のために視界を遮られ、停泊地を定めかねているさまを想像し、それこそ詩題の、林花が舟に散りかかる光景さながらではないかと詠んだのである。一方、第六句は晉の王徽之が雪の夜、親友の戴逵のことをふと思い起こし、舟をしつらえてはるばる会いに行った故事（『世説新語』任誕、『蒙求』子猷尋戴）を踏まえる。道長は、舟に乗り込んだ王徽之は降りかかる雪を白い花かと見まちがえただろうと詠んで題意を満たしたのである。

道長がこのような秀句を詠出し得たのは何故か。その背景には相当量に及ぶ読書の蓄積を想定すべきであろう。たしかに彼の日記『御堂関白記』を繙けば、そこには無類の本好きの姿を垣間見ることができる。本章では、道長の書籍に対する執心ぶりを、特に漢籍蒐集の面に焦点を絞って考察することにしたい。

一、道長の蒐書

藤原道長に近侍した儒者に大江匡衡（九五二〜一〇一二）がいる。匡衡はその晩年に自らの生涯を回顧して「述懐古調詩一百韻」（『江《ごうの》吏《り》部《ほう》集《しゅう》』巻中）と題する長篇詩を作った。その中に次のような一聯を見出すことができる。

象岳聚群書　象岳 群書を聚むれば
文儒豈弃捐　文儒 豈に弃捐せられむや

「象岳」とは大臣（三公）のことで、ここでは左大臣の道長を指している。「道長が漢籍をたくさん集めるほど学問好きだから、詩人・儒者は棄て去られることなく優遇されている」という物言いには、自身の願望が些か含まれているとはいえ、事の真実をよく伝えていると言えよう。道長の本好きは周囲の眼にも明らかだったのである。

道長の日記『御堂関白記』には書籍蒐集に関する記事が散見される。但し、そこに見られる書籍は全て漢籍（日本人による漢文体の著作を含む）であり、仮名書きのものは一つも見当たらない。試みに『御堂関白記』の中から蒐書の記事を幾つか拾ってみよう。

〔寛弘元年六月四日条〕右大弁許送紙、令書本。頼通料耳。（右大弁の許《もと》に紙を送りて、本を書かしむ。頼通の料なるのみ。）＝左大臣道長、藤原行成に料紙を送り、嫡男頼通のために手本を書かせる。

〔同年十月三日条〕乗方朝臣集注文選并元白集持来。感悦無極。是有聞書等也。（乗方《あきまさ》朝臣、集注文選并びに元白集を持ち来たる。感悦極り無し。是れ聞こえ有るの書等なり。）＝源乗方、『文選集注《もんぜんしっちゅう》』と白居易・元稹の詩文集とを左大臣道長に献上する。

〔寛弘三年十月二十日条〕参内、着左仗座。唐人令文、所及蘇木茶垸等持来。五臣注文選文集等持来。（参内し、左の仗座に着す。唐人令文、及ぶ所の蘇木、茶垸等を持ち来たる。五臣注文選、文集等を持ち来たる。）＝宋の商人 曾令文、『五臣註文選』『白氏文集』などを左大臣道長に献上する。

〔長和二年（一〇一三）九月十四日条〕入唐寂昭弟子念救、入京後初来。志摺本文集幷天台山図。（入唐寂昭の弟子念救《ねんぐ》、入京の後、初めて来たる。志《こころざし》は摺本《すりほん》文集并びに天台山図。）＝入宋僧寂照の弟子念救、宋より一時帰国し、左大臣道長に宋版『白氏文集』などを献上する。

〔長和四年七月十五日条〕送寂昭許金百両。是一切経論諸宗章疏等可送求料也。（寂昭の許に金百両を送る。是れ一切経論、諸宗章疏等を送り求む可き料なり。）＝左大臣道長、寂照に砂金百両を送り、仏教書籍の購入を依頼する。

これらの記事から窺われる道長の蒐書方法は、①人に命じて書写させる、②寄贈を受ける、③中国から購入する、の凡そ三通りであった。

二、令写と受贈

道長の命を受けて多くの書籍を書写した人物に三蹟の一人、藤原行成（九七二～一〇二七）がいる。前節に掲げた『御堂関白記』寛弘元年六月四日条によれば、道長は当時右大弁であった行成に料紙を送り、嫡男頼通のために手本の書写を依頼している。道長は行成にどのようなものを書かせたのか。同年九月七日条に「右大弁楽府上巻新書持来。（右大弁、楽府の上巻を新たに書きて持ち来たる）」とある記事が六月四日条に対応すると思われるので、道長が求めたのは白居易の『新楽府』上下二巻（『白氏文集』巻三、四に当たる）であったようだ。『新楽府』は当時の代表的な学習書の一つであり、当時十三歳の頼通に与える書として相応しい。この時のものであるかは明らかではないが、近衛家の蔵書を収める陽明文庫に行成筆と伝える『新楽府』断簡が現存する。

道長は周囲から書籍を献上されることもしばしばであった。例えば『御堂関白記』長保二年（一〇〇〇）二月二十一日条によれば、この日、紀斉名《きのただな》（九五七～九九九）の妻が『扶桑集』を道長に奉っている。この書は前年十二月に没した斉名が編纂した十六巻から成る漢詩集で、平安前期から中期にかけての詩人七十六名の作を収める。現存するのは巻七、九のみだが、平安後期には非常によく読まれた書であった。その『扶桑集』が流布して行く起点が道長にあったことは、彼の文化史上に果たした役割の大きかったことを示している。

また、前節に掲げた寛弘元年十月三日条には、源乗方から『文選集注』を譲り受ける記事が見出される。「感悦極まり無し」と獲得の喜びを隠しきれなかったその書は、『文選』の唐代に於ける代表的な注釈書五種を集成したもので、百二十巻から成る。本書は直後の十一月三日に道長女の中宮彰子から一条天皇に献上されている。現在『文選集注』は二種類の伝本が存在するが、その内の東山御文庫蔵（九条家旧蔵）巻八・巻九は平安前期、九世紀初めの古写本であり、道長が乗方から入手したその本である可能性が高い。書中に集成された注釈書の内、李善注と五臣注を除く文選鈔、文選音決、陸善経注の三書は中国では早くに亡佚したものである。したがって本書は唐代の『文選』研究を知る上でも、また我が国の『文選』受容を考える上でも極めて貴重な資料なのである。その書が今に伝わるのも、道長の関与が大きく作用したと言えるであろう。(2)

『御堂関白記』には道長が周囲から書籍を借り出す記事も見出される。だから、それを人に依頼せずに彼が自ら書写することもあったに相違ない。道長の曾孫に当たる藤原師通は寛治五年（一〇九一）七月十四日、道長自筆の書籍を父師実から借りたことを日記に記している。

自殿下以有信朝臣、御堂御書時務策三巻〈注不見〉、抱朴子七巻、詞林十巻〈詩〉所借給也。

（殿下より有信朝臣を以つて、御堂の御書、時務策三巻〈注は見えず〉、抱朴子七巻、詞林十巻〈詩〉を借り給ふ所なり。）

「時務策」は唐の太宗に仕えた魏徴が著した『魏徴時務策』のことであろう。(3) 本書は現存しないが、その佚文から時局に対する意見書を集成した書であり、同時に科挙に課せられていた時務策の模範答案集としての性格をも付与されていたものと考えられている。本書の書写は、為政者を自任する者として当然の行為であったのだろう。「抱朴子」は晉の葛洪撰、子部道家の書である。道長は「紅雪」なる丹薬をしばしば一条天皇に奉り、また自らも服用している。仙方に関心の深かった道長であれば、『抱朴子』を自ら書写していたことも特に驚くには当たらない。「詞林」は唐の許敬宗撰『文館詞林』のことであろうか。「詩」と注記のあることから、そのような推測が可能である（『文館詞林』一千巻は詩文を文体によって部類した書で、詩は巻百四十一から始まる）。冒頭に掲げた賦詩の例からも、道長が美的表現を模索するために『文館詞林』の詩部を書写したことは十分に考えられることである。尚、道長自筆の書で現存するものとしては、大和国金峯山経塚から出土した紺紙金字の『妙法蓮華経』が名高い。これは『御堂関白記』によれば寛弘四年八月十一日（経筒に刻まれた願文の日付も同じ）に奉納したものである。

三、入宋僧による宋版将来

道長は時として中国から書籍を購入することも行なった。当時は日中の貿易活動も盛んであったので、宋の商人から購入することもあったようだが、それ以上に重要な役割を担ったのが入宋僧である。中でも天台宗の僧侶、寂照（?～一〇三四）の存在を見逃すことはできない。

寂照は俗名、大江定基。正三位参議大江斉光《なりみつ》の男である。累代の儒業を継ぐために大学寮紀伝道に学び、官途も順調で将来を嘱望されていた。ところが三河守在任中、愛妾の死に遭って世の無常を悟り、永延二年（九八八）比叡山で出家を遂げた。その後、彼は年を逐って天台山・五臺山巡礼の念願黙し難く、ついに勅許を蒙って長保四年（一〇〇二）弟子七人とともに海を渡ったのである。これ以後の寂照の消息を伝えるのは、宋の文人官僚として名高い楊億（九七四～一〇二〇）の言談を記録した『楊文公談苑』である。(4) 同書に拠れば、寂照は宋の景徳三年（一〇〇六）真宗皇帝に謁見し、その後首尾よく二山巡礼を果たした。当初の目的を果たした寂照は帰国の途に就くことになったが、これを引き止めたのが、楊億と同じく文人官僚として著名な丁謂（九六六～一〇三七）である。丁謂は寂照とよほど気が合ったのか、その出身地である蘇州の山水の美しさを説いて、そこに住まうように勧めた。寂照も説得を受け容れて蘇州の普門寺に止住することにした。寂照は戒律に精しく、また内外典にも通じていたので、これ以後、蘇州周辺の僧俗の帰依を受けたという。大江匡房の『続本朝往生伝』は寂照が長元七年、杭州で寂したことを伝えている。

道長は蘇州に住する寂照に大量の砂金を送って仏教経典などの購入を依頼している（前掲、『御堂関白記』長和四年七月十五日条）。これは寂照が楊億、丁謂といった宋の有力官僚と好みを通じ、文物の入手に便宜が与えられていたからであろう。『楊文公談苑』には、楊億が寂照に『円覚経』の刊本を贈ったことも記されている。また記事の末尾には具平親王《ともひら》（九六四～一〇〇九）、道長、源俊賢《としかた》（九五七～一〇二七）らからの寂照宛ての来信も付されている。その中の源俊賢の文面からは、寂照が書籍の供給に極めて大きな役割を果たしていたことが窺われる。

こうして入手した書籍の中で道長が特に執心したのが版刻されて間もない宋版であった。ちょうど中国では書籍の形態が写本から刊本へと移行し始める時期に当たっていた。当時将来された宋版で衆目を驚かせたのは何といっても開宝蔵と呼ばれる大蔵経である。これは凡て五千四百十八巻から成る正規の仏典群を勅命によって開宝年間に開版したもので、折しも入宋した奝然《ちょうねん》（九三八～一〇一六）が太宗から下賜され、永延元年（九八七）これを携えて帰国したのである。道長はこれを入手しようとしたが果たせず、『御堂関白記』によれば奝然没後の寛仁二年（一〇一八）正月十五日、ようやく遺弟から譲渡されている。

道長周辺では宋版に倣って仏教経典を印刷するという試みも行なわれた。『御堂関白記』寛弘六年（一〇〇九）十二月十四日条には、この日、中宮彰子の皇子（後の後朱雀天皇）出産に際して立願した『妙法蓮華経』千部の印刷を内裏で開始したとある。

中宮御産間立願数体等身御仏造初。又大内御願千部法華経摺初。

（中宮御産の間に立願せし数体の等身御仏を造り初む。又た大内の御願、千部の法華経を摺り初む。）

摺経《すりぎよう》という、日本の印刷出版史上画期的な出来事が道長の主導によって行なわれたことは注意されてよい。また、平安後期に始まる興福寺（藤原氏の氏寺）の出版事業も道長の宋版収集が何等かの影響を与えたものと見てよいだろう。

四、おわりに――道長の蒐書がもたらしたもの

道長の時代に大きく変貌を遂げたのが儒者の世界である。それまで大学寮の紀伝道を支配していたのは大江・菅原両氏だった。その菅江二家が累代の儒家として勢力を振るい、漢学に関わる要職から他氏を排除し得たのは、ひとえにその体系的に集成蓄積された漢籍類を秘蔵しているが故であった。ところが平安中期一条朝に至り、道長の厖大な漢籍蒐集によって同族の藤原氏出身者にも学問の便宜が図られるようになったのである。その結果、北家日野流の広業《ひろなり》、資業《すけなり》、南家の実範《さねのり》、式家の明衡《あきひら》といった人々が一条朝から後一条朝にかけての時期に相次いで対策に及第し、儒者の地位を得るに至った。そして、これらの家系はその子孫も家職を継いで儒家を形成し、平安後期には大江・菅原に対抗する強大な勢力となって行ったのである。

注

（1）本書第十九章「日本漢学史上の句題詩」。
（2）『文選集注』については本書第九章「平安時代に於ける『文選集注』の受容」を参照されたい。
（3）東野治之「大宰府出土木簡にみえる「魏徴時務策」考」（『正倉院文書と木簡の研究』、一九七七年、塙書房）。
（4）『楊文公談苑』は佚書。寂照の記事は釈成尋『参天台五臺山記』熙寧五年（一〇七二）十二月二十九日条、『皇朝類苑』巻四十三「日本僧」などに佚文が引かれる。拙稿「匡房と寂照」（『平安後期日本漢文学の研究』、二〇〇三年、笠間書院）。

第六章　藤原兼実の読書生活
――『素書』と『和漢朗詠集』

はじめに

本章は藤原兼実（一一四九〜一二〇七）という、平安末から鎌倉初めにかけての時期を代表する知識人の読書生活を探ろうとするものである。その方法としては、兼実手沢の旧蔵書が残されていれば、それを利用するに如くはないが、そのようなものは現存していないようである。そこで次善の策として彼の日乗である『玉葉』の記述を手懸かりとして考察を加えることにしたい。

一、『玉葉』に見える読書の記事

『玉葉』には兼実の触れることのできた書籍に関する記事が散見される。例えば、兼実二十二歳の嘉応二年（一一七〇）四月十七日条には、

此日、返上手本於高松院。又給故殿御筆古今一部。為写所申請也。

（此の日、手本を高松院に返上す。又た故殿御筆の『古今』一部を給はる。写さむが為めに申し請けたる所なり。）

と、兼実がその父である忠通筆の『古今和歌集』を臨写するために高松院（鳥羽天皇皇女、姝子内親王。二条天皇中宮）から借り出したことが記されている。また、三十一歳の治承三年（一一七九）九月四日条には、

自内賜預玄宗皇帝絵六巻、為令一見也。

（内より『玄宗皇帝絵』六巻を賜はり預かる。一見せしめむが為めなり。）

とあり、兼実が高倉天皇から『長恨歌』の絵巻を借り受けていたことが知られる。[1]『玉葉』にはこうした国書（日本人の著作）に関する記事が見出されもするが、その件数は極めて少ない。実際、兼実が日頃親しんだ書籍の大半は中国伝来の漢籍であった。次に『玉葉』に見える漢籍に関する記事の幾つかを挙げることにしよう。

①『貞観政要』

〔治承元年三月十一日条〕長光入道来。余受貞観政要之説。

（長光入道来たる。余、『貞観政要』の説を受く。）

〔治承四年八月四日条〕未刻大外記頼業来。（中略）先日為加点所下給之貞観政要、同進之。

（未刻、大外記頼業来たる。（中略）先日点を加へむが為めに下し給ふ所の『貞観政要』、同じく之れを進《まゐ》らす。）

〔文治元年三月二十一日条〕抄貞観政要幷故殿御記等。
（『貞観政要』幷びに故殿の御記等を抄す。）

『貞観政要』十巻は唐の呉兢撰。唐の貞観中、太宗皇帝と群臣とが交わした政事に関する議論を後の中宗（太宗の孫）の時代に類編した書である。早く『日本国見在書目録』雑家に著録され（「十四巻」とある）、我が国でも為政者の必読書として重んじられた。兼実はまず治承元年三月に藤原長光からその訓説を授けられている。長光（永光とも）は式家藤原氏、正四位下式部大輔藤原敦光の男で、大治五年（一一三〇）十二月三十日対策、大内記などを経て正四位下文章博士に至った。兼実に近侍した紀伝道の儒者であり、安元元年（一一七五）十月三日七十五歳で出家（『玉葉』同年十月十日条）して以後も、しばしば兼実邸を訪れている。長光の父敦光が兼実の父忠通に近侍したことから、長光も弟成光とともに兼実に親しく仕えた。(2) 兼実もまた長光を信頼していたようである。安元元年六月十九日、長光が病を押して兼実邸を訪れ雑事を談じた折には「憔悴の貌有りと雖も、全く老耄の気無し。漢家本朝の故事を咄《かた》ること、明鏡の如し。仰ぐ可し、貴ぶ可し。師元已に没して、我が朝の旧事を知るの者、只だ長光一人なるのみ。此の師若し没せば、誰と古昔の風を問はまし。嗟乎《ああ》惜しいかな、惜しいかな」とその学識を称えている。式家に『貞観政要』に関する訓説が形成されていたことは、『本朝続文粋』巻二に収める藤原敦光の保延元年七月二十七日付「変異疾疫飢饉盗賊等勘文」に『貞観政要』が引かれていることからも窺われる。恐らくその主たる訓説は、敦光の父明衡が大江匡衡を師としていたことから推して、大江氏の流れを汲むものであったと思われる。(3)

兼実は長光から学ぶだけでは慊らなかったのか、三年後の治承四年には大外記の清原頼業に同書に訓点を加えることを命じた。八月四日条は、頼業が加点を終えた『貞観政要』を持参したことを伝えている。この頼業こそ兼実が最も高く評価した明経道の儒者である。(4) 兼実は頼業を頻繁に自邸に呼び寄せて和漢の文談に興じ、その博覧強記ぶりに「和漢の才を吐くこと、誰《たれ》か敢へて比肩せむ。誠に是れ国の大器、道の棟梁なり」（治承元年五月十二日条）、「明経道に於いて上古に恥ぢざる名士なり」（寿永二年十一月十四日条）などと賞賛の言葉を惜しまなかった。頼業が学問ばかりでなく実務にも長けていたことは、同じく大外記であった中原師尚を評して「才漢と云ひ器量と云ひ、頼業に及ばざるか」（元暦元年八月二十七日条）と頼業を引き合いに出して貶めていることからも窺われる。当時の明経道儒者は位階が並べて五位止まりであり、四位以上に昇る紀伝道儒者との間には身分的格差が存在した。しかし兼実はこの点を不問に付し、息男たちの学問の師に頼業を抜擢し、良通（一一六七～八八）には『尚書』（十七歳の寿永二年十一月十四日から十九歳の文治元年二月十日まで）と『春秋左氏伝』（文治元年から三年まで）を、良経（一一六九～一二〇六）には『論語』（二十歳の文治四年）を学ばせている。これらのことからも分かるように、兼実は紀伝道（史学・文学）よりも明経道（経学）を重視する、当時としては革新的な思想の持ち主であった。その点で文学好きの父忠通とは価値観を異にし、(5) 寧ろ藤原頼長や藤原通憲（信西）の系列に属する知識人であったと言えよう。

②『帝王略論』

〔治承四年八月四日条〕未刻大外記頼業来。持来帝王略論一部〈五巻〉。依借召也。

（未刻、大外記頼業来たる。『帝王略論』一部〈五巻〉を持ち来たる。借り召すに依りてなり。）

〔治承四年十一月二十九日条〕申刻大外記頼業来。依物忌不謁。先日所進借之帝王略論五巻返給了。

（申刻、大外記頼業来たる。物忌に依りて謁せず。先日借し進らす所の『帝王略論』五巻、返し給ひ了んぬ。）

〔治承五年閏二月十七日条〕今日光盛持来帝王略論。先読合第一巻。

（今日、光盛『帝王略論』を持ち来たる。先づ第一巻を読み合はす。）

〔治承五年三月十四日条〕光盛参上。読合帝王略論第四巻。

（光盛参上す。『帝王略論』第四巻を読み合はす。）

『帝王略論』五巻は唐の虞世南撰。歴代帝王の事蹟を略述し、その興亡得失を軌範鑑戒の視点から論じた書で、『日本国見在書目録』雑史家に著録されている。本書は伝来極めて稀であり、敦煌出土でフランスの国立図書館所蔵の唐鈔本（内題は「帝王論」）と我が国の東洋文庫所蔵の鎌倉後期写本との二本が現存するに過ぎない。前者は巻一（首欠）、巻二（後半欠）を存し、後者は巻一、巻二、巻四を存する。(6) 兼実は本書をまず治承四年八月に清原頼業から借り出し、十一月に返却しているが、恐らく手ずからこれを書写したのであろう。そして翌年閏二月から三月にかけてその読み合わせを藤原光盛と行なっている。光盛は藤原氏北家日野流、従二位権中納言実光の男で、正五位下勘解由次官に至った。日野流の儒者で兼実の家司となった人物に兼光（光盛の兄資長の男）がいるが、兼実は、基房・基通の家司となったことのある兼光に対して心情的に距離を置いていたようであり（『玉葉』文治二年八月六日条）、寧ろ日野流の儒者としては傍流である光盛を年預家司として信頼し、またこのように読書にも近侍させていたのである。(7)

ところで、この光盛に『諫言抄』と題する著書の存したことが『玉葉』治承五年二月十五日条に見えている。これについて少し触れておきたい。まず『玉葉』の当該記事を次に掲げよう。

光盛参上、持来諫言抄四巻。件光盛所抄出云々。件書以仮名書之、女房為易読也云々。事太無所拠。仍以真名可書仰了。件抄、先年之比抄始、自然不終功、近日抄了云々。

（光盛参上し、諫言抄四巻を持ち来たる。件んの光盛抄出する所と云々。件んの書、仮名を以つて之れを書く、女房読み易からむが為めなりと云々。事太《はなは》だ拠る所無し。仍りて真名を以つて書く可しと仰せ了んぬ。件んの抄、先年の比《ころほ》ひ抄し始め、自然功を終へず、近日抄し了んぬと云々。）

この日、光盛が兼実の許を訪れ、「諫言抄」なる書を進上しようとした。この書は光盛自らが抄出したものだが、見れば仮名書きである。兼実の妻にも読みやすいように配慮したというのが光盛の言い分だったが、兼実は全く根拠無しとして、漢文で書いて進上するように命じた、というのである。

この書が現存しないので、断定的なことは言えないが、光盛が儒家（儒者の家系）に属することからすれば、この書は漢籍から諫言の類を抜き書きしたものであったと思われる。鎌倉時代に入ってからのことだが、兼実より少し若い儒者、菅原為長（一一五八～一二四六）は北条政子の命を受けて、前述の『貞観政要』を仮名書きに改めている。これは中世を通じて相当に流布した書であった。兼実は光盛の『諫言抄』を言下に退けたが、漢籍を仮名書きに改める書の需要は間近に迫っていたのである。光盛はその徴候を敏感に感じ取っていたのかも知れない。

さて、光盛は何ゆえに『諫言抄』を撰することを思い立ったのだろうか。光盛が諫言を抄出した背景を考える上で、示唆を与えてくれるのが国立国会図書館蔵『文集抄』（存巻上）の存在である。(8) この書は『白氏文集』の抄出本として、巻一・二の諷諭詩に重きが置かれている点に特徴がある。まさに白居易の詩的諫言（政治的諫言が籠められた詩群）を内容とする書である。奥書には建長二年（一二五〇）、醍醐寺の阿忍が書写したとあるが、注目すべきは「円蓮房本」を底本に用いたとしている点である。この円蓮房とは、同じく醍醐寺僧の念寂、俗名藤原資宗であり、『諫言抄』の光盛はこの資宗の父に当たるのである。資宗が諫言を主たる内容とする『文集抄』を所持し、またその父光盛に『諫言抄』の著作があったという事実は、この家系に諷諭・諫言の書を専門的に考究する職掌が、言わば家学として形成されていたことを暗示するものである。光盛は鑑戒を論じた『帝王略論』の訓説にも詳しかったに相違ない。さればこそ、兼実はこの書に関する知識を光盛に求めたのであろう。

『玉葉』に書名の見出される漢籍には、このほか『群書治要抄』、『黄石公三略』などがある。前者は唐の魏徴等奉勅撰、経・史・子の群書中から治政の枢要に関する記事を抜き出した書『群書治要』五十巻からさらに何らかの基準で記事を抄出したものであろう。兼実はその書に施されていた訓点を清原頼業に命じて修正させている（養和元年年八月二十五日、同年十一月十四日、寿永元年七月十九日の各条）。後者は三巻から成る兵家の書で、『日本国見在書目録』には「黄石公三略記」の名で著録されている。兼実はこの書もまた頼業から伝授を受けている（元暦二年六月三日条）[9]。ここにもまた兼実の明経道重視の姿勢を見て取ることができる。

以上、兼実の学習した漢籍を瞥見した。何れの書も兼実が重んじたものであったことは明らかだが、それらの書を読んで彼がどのような感懐を抱いたのかといった点については、残念ながら具体的な記述が殆ど見られない。『玉葉』中の書籍に関する記述から、筆者の読書生活を明らかにすることは極めて難しいのである。しかし中には兵家の書『素書』のような例外も存する。治承五年二月二十三日条には、この書を読むに至った経緯、読後感などがかなり詳しく記録されている。そこで次節では同日条を取り上げ、兼実の読書の具体相を観察することにしたい。

二、『素書』に対する関心

まず『玉葉』の治承五年二月二十三日条を掲げよう。このとき兼実は三十三歳、従一位右大臣であった。

入夜外記大夫師景参上、持来素書一巻。依先日召也。今日依吉曜持参之由所申也。此書相伝之人甚少。先年祖父師遠自白川院下給、深以秘蔵伝在彼家。余聞此由、仰可加一見之由。雖子孫容易不可伝授之由、師遠書起請。仍恐懼甚多、進退惟谷。竊致祈請之間、夢中有可許之告〈其状在別紙、他事等相交。為師景為余、惣以最吉之祥也〉。仍手自終写功、今日所持参也。霊告厳重、殆拭感涙。余謹正衣裳、以読合之〈余披新師景持本也〉。[1]張良一巻書、即是也。黄石公於圯上授子房伝之、登師傅之書也。而余不慮得之。豈可思悦哉。[2]抑張良一巻之書、或称六韜、或謂三略。其説区分、古来難義也。[3]然而晉簡文帝説尤足為証拠。何況六韜者、即太公之兵法也。黄公更授子房之条、其理頗不当歟。三略者、張良自所作也。然者於圯橋之上、自黄公之手所受之書、即以素書可謂真実。彼三略者、伝得此書之後所制作歟。世人深不悟此義歟。但区々末生、難決是非。只任一旦之愚案、為後鑑録子細許也。

又此書相承次第、如匡房説者、彼張良末胤渡我朝、所謂張修理〈不知実名〉、是也。件男伝持此書、為故資綱中納言家僕。仍令進主君歟。在彼中納言家云々。其子家賢卿之時進白川院、自彼院師遠所下賜也。余案之、件書端、小野宮右府以此書有被送入道中納言顕基卿許之状。資綱者顕基子也。以之推之、彼張修理祗候資綱卿之許之間、以其因縁伝此書歟之由、匡房卿致邪推歟。実資公已伝此書、何必限張修理哉。是又愚案也。定不叶正説歟。

（夜に入りて外記大夫師景参上し、素書一巻を持ち来たる。先日の召しに依りてなり。今日吉曜に依りて持参するの由、申す所なり。此の書、相伝の人甚だ少なし。先年、祖父師遠、白川院より下し給ひ、深く以つて秘蔵し、伝へて彼の家に在り。余、此の由を聞き、一見を加ふ可きの由を仰す。子孫と雖も容易く伝授す可からざるの由、師遠起請を書く。仍りて恐懼甚だ多し、進退惟れ谷《きは》まる。竊かに祈請を致すの間、夢中に可許の告げ有り〈其の状、別紙に在り、他事等相ひ交る。師景の為め余の為め、惣じて以つて最吉の祥なり〉。仍りて手自ら写功を終へ、今日持参する所なり。霊告厳重にして、殆ど感涙を拭ふ。余、謹みて衣裳を正し、以つて之れを読み合はす〈余、新たに師景の持つ本を披《ひら》くなり〉。[1]「張良一巻の書」、即ち是れなり。黄石公、圯上[2]に於《し》て子房に授け、之れを伝へて、「師傅に登る」の書なり。而るに余、慮らずも之れを得たり。豈に思悦す可けむや。抑も張良一巻の書、或いは六韜と称し、或いは三略と謂ふ。其の説、区《まちまち》に分れたり、古来難義なり。然れども[3]晉の簡文帝の説、尤も証拠と為すに足る。何に況はむや六韜は、即ち太公の兵法なり。黄公更《あらた》めて子房に授くるの条、其の理、頗る当らざるか。三略は、張良自ら作る所なり。然らば圯橋の上に於て、黄公の手より受くる所の書、即ち素書を以つて真実と謂ふ可し。彼の三略は、此の書を伝へ得ての後、制作する所か。世人深く此の義を悟らざるか。但し区々の末生、是非を決し難し。只だ一旦の愚案に任せ、後鑑の為めに子細を録する許りなり。

又た此の書の相承次第、匡房の説の如き者は、彼の張良の末胤、我が朝に渡る、所謂る張修理〈実名を知らず〉、是れなり。件んの男、此の書を伝へ持ち、故資綱中納言の家僕と為る。仍りて主君に進《まゐ》らしむるか。彼の中納言の家に在りと云々。其の子、家賢卿の時、白川院に進らせ、彼の院より師遠に下賜する所なり。余、之れを案ずるに、件んの書の端に、小野宮右府、此の書を以つて入道中納言顕基卿の許に送らるるの状有り。資綱は顕基の子なり。之れを以つて之れを推すに、彼の張修理、資綱卿の許に祇候するの間、其の因縁を以つて此の書を伝ふるかの由、匡房卿、邪推を致すか。実資公已に此の書を伝ふ、何ぞ必ずしも張修理に限らむや。是れ又た愚案なり。定めて正説に叶はざるか。）

この日、兼実は中原師景（生没年未詳）から『素書』写本一巻を献上された。師景は正五位上大外記中原師業の男で、明経道の出身である。前年十二月二十三日にも『済時卿記』の済時自筆本三巻を兼実に奉っている。この『素書』は師景の祖父、師遠が白河上皇から下賜され、秘蔵していた兵書で、子孫であっても容易く伝授することを許さないという師遠の起請文があるため、兼実の懇望にも拘わらず、長らく見ることのできなかったものである。しかし兼実の祈請が通じたのか師景の夢に亡祖父が現れ、閲覧の許可を与えたとのことで、師景手ずから書写してこの日持参したのである。

兼実はすぐさま師景と本書の読み合わせを行なったが、そこでふと気づいたことがあった（傍線部1）。それは『和漢朗詠集』巻下、帝王（652）に収める名高い秀句（作者不明）[10]、

漢高三尺之剣、坐制諸侯、張良一巻之書、立登師傅。

（漢高三尺の剣、坐ながら諸侯を制す、張良一巻の書、立ちどころに師傅に登る。）

漢の高祖は三尺の剣を持ち、居ながらにして諸侯を制圧した。漢の張良は一巻の書を習得し、立ちどころに太子（後の恵帝）の師傅となった。

に見える「張良一巻之書」がまさしく本書を指すということである。張良が黄石公から授けられた書を学び、その知識を以て漢の高祖の覇業を助け、さらに太子を輔佐したことは、『史記』留侯世家に見える名高い逸話である。『玉葉』には「登師傅之書」とも言っているので、このとき兼実の脳裏に『和漢朗詠集』の秀句が浮かんでいたことは疑いない。『和漢朗詠集』は当時既に幼学書として貴族社会に定着していたから、兼実も幼少時に学

習していたはずである。その書中に見える一千四百年以前に成立したらしい漢籍で、到底目にすることもできないと考えていた書を今実際に手に入れることができたのだから、喜びもひとしおであったろう。喜びの大きさは「余、慮らずも之れを得たり。豈に思悦す可けむや」の言葉に端的に表れている。当時、この「張良一巻之書」を『六韜』、或いは『三略』と解する説があったようだが(11)（傍線部2）、兼実はそれを斥け、晉の簡文帝（司馬昱）の説が正しいとしている（傍線部3）。ここに言う「晉簡文帝説」とは一体何処に見える説なのか。

『素書』には平安時代にまで溯るような古写本は現存していないが、宋の張商英注を付した室町時代写本（宋版を底本としたものかと思われる）が幾本か現存し、またそれを底本とした江戸初期刊本も存在する。その付注本には張商英の序文とは別に短い序文が巻頭に存する。誰の手になるものかは不明だが、その中に晉の簡文帝の言辞が引用されている。恐らく兼実が入手した『素書』にもその序文が付されていたのではなかろうか。序文の全文を慶應義塾図書館蔵本（184@63@1）によって次に掲げよう。

晉簡文称、漢代之初、推子房為標的。神聖之功、玄聖之要、其存興亡。按本伝記云、黄石公於圯橋下、授張子房素書。世人多尋兵書、為黄石公所授子房、非也。晉室乱離、営城多毀。有人於子房墓枕中、獲此書。上有秘戒云、不伝於不道小輩、不神不聖之人。非其人而伝之者、必受其殃。得其人而不伝之者、亦受其殃。宜誡慎之。黄石公者、鎮星降霊、昊天来瑞。助聖君之徳、資聖人之謀、術五常之規儀、垂不朽之教誡。上有道徳之行、中有専身保命之術、次有覇業定君之理、備而無遺。子房得之、一匡天下、武侯習之、大覇三川。至礼至義、機鈴天授、未有不合斯文而成業者。

（晉の簡文称すらく、漢代の初め、子房を推して標的と為す。神聖の功、玄聖の要、其れ興亡を存す。按ずるに、本伝に記して云ふ、黄石公、圯橋の下に於て、張子房に素書を授く、と。世人多く兵書を尋ねて、黄石公の子房に授くる所と為すは、非なり。晉室乱離するとき、営城多く毀《やぶ》る。人有りて子房が墓の枕中に於て、此の書を獲たり。上に秘戒有りて云ふ、不道の小輩、不神不聖の人に伝へざれ。其の人に非ずして之れを伝へむ者は、必ず其の殃《わざはひ》を受けむ。其の人を得て之れを伝へざらむ者も亦た其の殃を受けむ。宜しく之れを誠慎すべし、と。黄石公なる者は、鎮星霊を降し、昊天瑞を来たす。聖君の徳を助け、聖人の謀を資け、五常の規儀を術《た》れ、不朽の教誡を垂る。上に道徳の行有り、中に専身保命の術有り、次に覇業定君の理有り、備へて遺《のこ》すこと無し。子房之れを得て、一たび天下を匡し、武侯之れを習ひて、大いに三川に覇たり。至礼至義、機鈴天授、未だ斯の文に合つて業を成さざる者は有らず。）

この序文には、たしかに「按ずるに、本伝に記して云ふ、黄石公、圯橋の下に於て、張子房に素書を授く、と。世人多く兵書を尋ねて、黄石公の子房に授くる所と為すは、非なり」（傍線部）とあり、黄石公が張良に授けた書は『素書』であり、兵書（『六韜』『三略』などを指すのであろう）ではないとしている。しかし、これが簡文帝の説であるかというと、それは疑わしい。冒頭の「晉の簡文称すらく」が掛かるのは「漢代の初め、子房を推して標的と為す。神聖の功、玄聖の要、其れ興亡を存す」までと見るのが妥当であって、その後で『素書』を黄石公が張良に授けた書とするのは序文筆者の見解なのではなかろうか。この点、兼実は読み誤りを犯していたことになるが、しかしそれは些細なことである。何よりも興味深いのは、彼が「何況」以下に、消去法を用いて『素書』こそが「張良一巻之書」であることを自説として堂々と開陳していることである。その部分をあらためて引用し、大意を付しておこう。

六韜者、即太公之兵法也。黄公更授子房之条、其理頗不当歟。三略者、張良自所作也。然者於圯橋之上、自黄公之手所受之書、即以素書可謂真実。彼三略者、伝得此書之後所制作歟。世人深不悟此義歟。但区々末生、難決是非。只任一旦之愚案、為後鑑録子細許也。

『六韜』は太公望の兵法書である。黄石公がそれをあらためて張良に授けたとするのは、理に適っていない。また『三略』は張良が自ら著した書である。(12) されば こそ、土橋の上で張良が黄石公から受け取った書は『素書』であるというのが真実であると言えよう。『三略』は張良が『素書』を伝授された後に著した書なのである。世人はこのあたりのことを全く理解していないのではなかろうか。とはいっても、(私の如き) 取るに足りない末学の者にはその是非を決することができない。ただちょっとした思いつきをここに記して後鑑に備えただけのことである。

兼実は自らの考えを「愚案」と卑下しているが、実に合理的な見解であると思う。これは兼実が普段から広汎な読書を心懸け、その論理的思考を活用して独自とも言える知識体系の構築に努めていたことを示す何よりの証拠と言えるだろう。

以上が二月二十三日条の前半だが、「又此書相承次第」以下の後半では、『素書』の伝来に関する兼実の、これまた卓見が披露される。『素書』が我が国に伝来したのはいつのことか。またどのような径路によってもたらされたのか。『素書』は『日本国見在書目録』に著録されていないから、この書の渡来径路があれこれ穿鑿される下地は十分にあったと思われる。兼実の当時は大江匡房による奇っ怪な内容を含む説が流布していた。それは『玉葉』に拠れば、張良の末裔に当たる人物が本書を携えて日本に帰化し、「張修理」と名乗って源資綱 (醍醐源氏）の家人《けにん》となり、本書を資綱に献上し、資綱の子の家賢から白河上皇に献上されたとするものであった。たしかに匡房にこのような言説のあったことは、次に掲げる鎌倉期成立の朗詠注、釈永済の『和漢朗詠抄注』（いわゆる永済注）によって明らかである。これは先に掲げた『和漢朗詠集』の「張良一巻之書、立登師傅」に対する注である。

匡房云、張良一巻ノ書ハ日本ニ渡レル也。張良ガ子孫、日本ニワタレリ。ソノ子孫、近マデ張修理トテ大饗ノ指筵ナド切ルヲノコアリキ。件男ノ所伝持也。件書ハ唐朝ニアルトコロ、コトニタ、リヲナシケレバ、張良ガ子孫、ヲハレテ、日本ノ人ニツキテ、此朝ニ来也。而、件書ヲバ令進院云々。件男ハ故資綱ノ中納言ノ家人也。仍、書ヲ資綱ニツタヘテ、家賢ノ卿ニ伝フ。家賢卿進院云々。

伝来に関しては兼実の言う「如匡房説者」とほぼ一致するが、白河上皇から中原師遠に下賜されたという件りは永済注には見えない。これは兼実が今ここにある本が匡房の言う、まさにその本であることを言いたいがために補足したのである。そしてまた兼実は匡房の言説の中で「張修理」なる人物がこの本の伝来に関与したと説く点に疑問を懐き、次のようにこれを論破している。すなわち、この本の奥書には小野宮右大臣藤原実資（九五七〜一〇四六）がこの本を源顕基（一〇〇〇〜四七）に譲渡した（或いは貸与した）旨を記す書状が引かれている。さればその相承関係は実資から顕基へ、その後は父子間で顕基、資綱、家賢と相伝されたのであって、そこに「張修理」が介在する余地は全くない、というものである。ここで見落とすことのできないのは、兼実が「張修理」の存在までを否定しているわけではないことである。兼実は匡房説全体を取るに足らぬものとして斥けるのではなく、本書の読み合わせから得た知見に基づいて匡房説中に混在する虚と実とを腑分けし、伝来に関する真実を客観的に見極めようとしたのである。

先に述べたように『玉葉』の記事から兼実の読書生活を明らかにすることは極めて難しいが、右に見た治承五年二月二十三日条は、兼実の読書の深さを窺うことのできる恰好の例であるように思われる。かくも充実した読書が可能となったのは、勿論天稟の資質によるものであろうが、同時に読書の指南を紀伝道・明経道の儒者に求めたこともまたその大きな要因であったと言えよう。最後に、『素書』の成立時期に関して、『玉葉』の記事が現在の定説に対してどのように位置づけられるのかという点について触れておきたい。（但し、『玉葉』には『素書』の本文が全く引用されていないので、厳密に言えば、兼実の入手した『素書』と今話題としている『素書』とが同じものであるとは断言できないのであるが、ここでは同一の書であることを前提として論を進める。）

附、『素書』の成立時期

『素書』は別に『黄石公素書』の呼称があるように、秦の黄石公の著作と伝えられているが、実はその注者である宋の張商英（一〇四三〜一一二一）が黄石公に仮託した偽撰の書であるというのが現在の定説である。これは紀昀の『四庫全書総目提要』の説く所であるが、これに対して疑義を呈したのが渡辺精一氏である。渡辺氏は『素書』（中国古典新書続編、一九八七年、明徳出版社）の解説の中で、

1、『素書』は宋の鄭樵（一一〇四～六〇）の『通志』芸文略六、兵家に著録され、同書には張商英注は存せず、それに先行すると思われる呂恵卿注が著録されていること。

2、張商英と親交のあった蘇軾の詩に、黄石公の著書として『素書』が取り上げられていること。（もし張商英が偽作したならば、友人の蘇軾をまんまと欺いたことになる。）

3、張商英が『素書』を偽作したという説は、明の都穆の『聴雨紀談』に見える、『素書』注に付された張商英の序文を批判した文言が後代読み誤られて成立した節があること。

などの点を根拠として、『素書』本文を偽作したのが張商英ではないことを明快に立証している。それでは『素書』が成立したのは何時のことか。これについて渡辺氏は、『素書』が『旧唐書《くとうじょ》』（九四五年成立）の経籍志には見えず、『新唐書』（一〇六〇年成立）の藝文志に『枕中素書』の書名で初めて著録されることから、『旧唐書』経籍志及び『新唐書』藝文志がともに唐の毋煚《かんけい》の『古今書録』（七二一年以降成立）を根幹資料としていることを勘案して、『古今書録』成立以降『新唐書』成立以前の三百四十年ほどの間に出現して定着を見たとしている。この推測も従うべきものと思われるが、渡辺氏が用いたのは全て中国側の資料である。ここで右の『玉葉』の記事を援用すれば、『素書』の成立時期の下限を少しばかり溯らせることができるのである。

兼実の入手した『素書』が嘗て藤原実資の所持する書であったことは先に述べた。それに関する『玉葉』の記事をもう一度引用しておこう。

件書端、小野宮右府以此書有被送入道中納言顕基卿許之状。

（件んの書の端に、小野宮右府、此の書を以つて入道中納言顕基卿の許に送らるるの状有り。）

藤原実資が『素書』を源顕基に送ったということは、その書が遅くとも藤原実資の生存中には日本に将来されていたこと、そしてその成書の時期もそれ以前であることを意味する。実資は当時の上級層貴族の中でも特に漢学の造詣の深かった人物であり、漢籍の蔵書も相当なものであったと思われる。さいわい実資には日記『小右記』が残されていて、随所にその片鱗を窺うことができる。例えば長元三年（一〇三〇）九月二十七日条に、

唐暦〈四十巻〉、借左宰相中将、大内記孝親朝臣。便以孝親朝臣為使。相遞可見之由、含了。

（唐暦〈四十巻〉、左宰相中将、大内記孝親朝臣に借す。便ち孝親朝臣を以つて使ひと為す。相ひ遞《たが》ひに見る可きの由、含み了んぬ。）

とあり、実資が架蔵の『唐暦』（唐の柳芳撰）を顕基（左宰相中将）と橘孝親とに貸し与えていたことが知られる。(13)これを以て推せば、『素書』の奥書に記された、実資と顕基との間に『素書』の遣り取りのあったことも何等疑う余地はない。残念ながら『小右記』にそのことを伝える記事は見当たらないけれども、実資が『素書』を入手した（『素書』が日本にもたらされた）時期は彼の没した寛徳三年（一〇四六）以前とするのが穏当であり、『素書』もこの年以前に成立したということになる。その『素書』が注釈の付された本であったか、正文のみの無注本であったかは不明とせざるを得ないが、作者不明の序文が付されていたことは先に述べたとおりである。

以上、『玉葉』の記事から、『素書』の成立時期の下限を、渡辺氏説よりもさらに十数年ばかり引き上げられる

ことを確認した。

注

（1）池田利夫「唐物語序説――長恨歌説話をめぐって」（『日中比較文学の基礎研究』、一九七四年、笠間書院）。
（2）宮崎康充「右大臣兼実の家礼・家司・職事」（『書陵部紀要』第六十一号、二〇一〇年三月）。
（3）大江匡衡が『貞観政要』の訓説を伝えていたことは、池田温「『貞観政要』の日本流伝とその影響」（『東アジアの文化交流史』、二〇〇二年、吉川弘文館）、後藤昭雄『大江匡衡』（二〇〇六年、吉川弘文館）に指摘がある。
（4）龍粛「清原頼業の局務活動」（『鎌倉時代――下〔京都〕』、一九五七年、春秋社）。
（5）『玉葉』を見る限り、兼実は詩作には消極的であったようだ。また『玉葉』には詩宴の記事が散見されるが、時として詩題を書き落としていることがある。例えば、治承二年六月十七日条（中殿宴）、文治三年二月九日条（良通作文始）など。これらは彼が専ら式次第を記録することに心を傾け、行事の中心である詩にはそれほど関心を持っていなかったことを示しているように思われる。
（6）尾崎康「虞世南の帝王略論について」（『斯道文庫論集』第五輯、一九六七年七月）、金程宇「東洋文庫所蔵《帝王略論》残巻的文献価値」（『稀見唐宋文献叢考』、二〇〇九年、中華書局）。
（7）宮崎康充「右大臣兼実の家礼・家司・職事」（『書陵部紀要』第六十一号、二〇一〇年三月）。
（8）太田次男「国立国会図書館蔵『文集抄』について」（『旧鈔本を中心とする白氏文集本文の研究』中巻、一九九七年、勉誠社。初出は一九九〇年）。文中、日野流に諷諭を事とする家学が形成されていたことを示す証左として、この家系の儒者（正家・俊信・顕業・俊経・親経・信盛・経業）が代々天皇の侍読として白居易の『新楽府』を講じたことを挙げているが、同じく日野流と言っても、彼らは（光盛・資宗の属する）資業を祖とする狭義の日野流ではなく、資業兄の広業を祖とする大福寺流である。
（9）『玉葉』にはこれより先、養和元年十月三十日条に「大外記頼業来。余令見三略。依中未見之由也。是有張良一巻之書疑之文也。（大外記頼業来たる。余『三略』を見しむ。未だ見ざるの由を申すに依りてなり。是れ「張良一巻の書」の疑ひ有るの文なり）」と見えている。兼実が自ら所蔵する『三略』写本を頼業に見せたことを伝える記事であり、頼業が『三略』を見たことがなかったの意ではない。『三略』を「「張良一巻の書」の疑ひ有るの文」と称する点については後述。

（10）『和漢朗詠集』諸本の出典注記には「後漢書」とあるが、『後漢書』に見えない。

（11）当時の朗詠注として大江匡房「朗詠江注」、釈信阿『和漢朗詠集私注』、釈無名『和漢朗詠註抄』、釈永済『和漢朗詠抄注』などが現存するが、「張良一巻之書」を具体的な書名を挙げて特定しているものはない。

（12）兼実が『三略』を漢の張良撰とする根拠については不明。

（13）太田晶二郎「『唐暦』について」（『太田晶二郎著作集』第一冊、一九九一年、吉川弘文館）。

第七章　養和元年の意見封事

――藤原兼実「可依変異被行攘災事」を読む

はじめに

本章は前章に引き続き、平安末から鎌倉初めにかけての時期を代表する知識人、藤原兼実（一一四九～一二〇七）の読書生活を明らかにしようとするものである。(1) 兼実がその独自の精神・思想を構築形成する過程で、読書が何如なる役割を果たしたのか。この問題については前章で兼実の日記『玉葉』に見出される書籍に関する記事を取り上げて考察した。しかし日記には一読した書名のみが挙げられていることが多く、これを十分に考察することができない限界があった。そこで本章では、兼実が自ら執筆した文学的作品の読解を通して、この問題を探ることにしたい。

一、執筆の経緯（七月十三日）

弟の慈円、息子の良経が和文・漢文を用いて多くの文学作品を残しているのに比べて、当の兼実の作品で現存するものは、和歌を除けば数えるほどしか残されていない。『玉葉』には合計五篇の文章を見ることができる。当然のことながら、何れも漢文体で書かれている。その中で最も読書の痕跡を色濃くとどめているのは次の二篇の文章である。

「可依変異被行攘災事」養和元年（一一八一）七月十五日条

「哭子文」文治四年（一一八八）二月二十日条

前者は後白河上皇の下命を受けて、当時直面していた政治的問題にどのように対処すべきか、その方策を奏上した一種の意見封事である[2]。後者は嫡男良通の突然の死に遭い、その哀悼の思いを赤裸々に綴った、文体名で言えば誄である。ともに倉卒の間に書き上げた文章で、十分な推敲を経ているとは思われないが、そのことが却って普段の読書の内実を浮かび上がらせる結果となっているように思われる。

ここでは前者の「変異に依りて攘災を行なはる可き事」を取り上げることにしたい[3]。作品の読解に入る前に、この文章が書かれるに至った経緯を明らかにしておきたい。それは直前の『玉葉』治承五年七月十三日条及び十四日（この日、養和に改元）条に詳しく述べられている。まず十三日条を見ることにしよう。

西刻、左少弁行隆為院御使来。余出逢之。行隆伝院宣云、近日衆災競起、所謂炎旱飢饉関東以下諸国謀反天変〈客星為大事〉怪異〈太神宮已下毎社有希代之怪異。又院中頻示之。又法勝寺有一茎二花之蓮。先例皆不快〉等也。廻何謀略、銷彼夭殃哉。朕已迷成敗、公宜奏所思、敢莫憚時議、努力々々者。

余報奏云、依積善之餘慶、雖昇大位、以至愚之短慮、難測重事。早召有識之卿大夫、咫尺龍顔而可被献讜言歟。抑先以民為国之先、而去今両年炎旱渉旬之上、謂両寺之営造、謂追討之兵粮、計民庶之費、殆過巨万歟。豊年猶可泥所済。況及餓死之百姓哉。国失民滅者、雖誅賊首有何益哉。然則先省衆庶之怨、暫可従人望歟。此外之徳化、不可応時議。兼又猶可被祈請仏神也。御祈等沙汰、法之所指全不可叶。殊被立御願、可被申請太神宮已下可然之霊神也。又仰含諸宗知法之輩、大法秘法等、随堪可被修歟。尋僧徒法器、正供料之不法、如法如説可被行也。各召阿闍梨於眼前、熟可被仰御願之趣也。如此有沙汰者、何無効験哉。又被行赦令如何。但触謀叛之悪僧等事、能可有沙汰歟。至于追討之沙汰者、一向為大将軍之最、不能量申。但兵粮之間、能可有沙汰歟。課無責有之儀、不事行之基也。(4)百千之計略、所詮無益。被休衆庶之愁気、是其詮也。於其中之子細者、専非思慮之所及、猶又廻愚案、退可奏歟。且以此等之趣、可被洩奏者。行隆条々有示事等、不能具記。大略法皇前幕下可被悔先非之趣歟。依有恐、余不口入。小時行隆退出了。


（酉刻、左少弁行隆、院の御使と為りて来たる。余れ出でて之れに逢ふ。行隆、院宣を伝へて云ふ、「近日衆災競ひ起こり、所謂る炎旱飢饉・関東以下諸国謀反・天変〈客星大事を為す〉・怪異〈太神宮已下毎社に希代の怪異有り〉。又た院中頻りに之れ〈怪異〉を示す。又た法勝寺に一茎二花の蓮有り。先例皆な快からず〉等なり。何なる謀略をか廻らし、彼の夭殃を銷さむ。朕已に成敗に迷ふ、公宜しく思ふ所を奏すべし。敢へて時議を憚ること莫かれ。努力々々」者《てへり》。

余れ報じ奏して云ふ、「積善の餘慶に依り、大位に昇ると雖も、至愚の短慮を以つて重事を測り難し。早やかに有識の卿大夫を召し、龍顔に咫尺して讜言を献ぜらる可きか。抑も先づ民を以つて国の先と為す、而れども去今両年の炎旱、旬に渉るの上、両寺の営造と謂ひ、追討の兵粮と謂ひ、民庶の費へを計れば、殆ど巨万を過ぐるか。豊年すら猶ほ所済に泥む可し。況んや餓死に及ぶ百姓をや。国、民を失ひて滅びなば、賊首を誅すと雖も何の益か有らむ。然らば則ち先づ衆庶の怨みを省き、暫らく人望に従ふ可きか。此の外の徳化、時議に応ず可からず。兼ねて又た猶ほ仏神を祈請せらる可きなり。御祈等の沙汰、法の指す所、全く叶ふ可からず。殊に御願を立てられ、太神宮已下然る可きの霊神を申請せらる可きなり。又た諸宗知法の輩に仰せ含み、大法・秘法等、堪ふるに随ひて修せらる可きか。僧徒の法器を尋ね、供料の不法を正し、法の如く説の如く行なはる可きなり。各おの阿闍梨を眼前に召し、熟くよく御願の趣きを仰せらる可きなり。此くの如く沙汰有らば、何ぞ効験無からむや。又た赦令を行なはるること如何せむ。但し謀叛に触るるの悪僧等の事、能くよく沙汰有る可きか。追討の沙汰に至りては、一向大将軍の最為《た》れば、量り申すこと能はず。但し兵粮の間、能くよく沙汰有る可きか。無に課《おほ》せて有を責《もと》むるの儀、事行かざるの基なり。百千の計略、所詮無益なり。衆庶の愁気を休めらるること、是れ其の詮なり。其の中の子細に於いては、専ら思慮の及ぶ所に非ず、猶ほ又た愚案を廻らし、退きて奏す可きか。且つは此等の趣きを以つて、洩らし奏せらる可し」者。行隆条々示す事等有り、具さに記すこと能はず。大略法皇・前幕下先非を悔いらる可きの趣きか。恐れ有るに依りて、余れ口入れせず。小時ありて行隆退出し了んぬ。）

この年の正月十四日、高倉上皇が二十一歳の若さで崩じた。これを受けて後白河上皇が国政の場に復帰、治承三年十一月の（平清盛による）政変以来停止されていた後白河院政が再開される。この時、安徳天皇の摂政は藤原基通であった。一方、平氏一門では、清盛男の宗盛が正月十九日、五畿内及び伊賀・伊勢・近江・丹波の九カ国の惣官職に任じられる。惣官職とは、この時全国に拡大しつつあった内乱に対処するために設けられた軍事指揮官としての地位であり、また後白河・基通に対して平氏一門の意向を伝える役割をも担っていた。これ以後、政治は後白河、基通、宗盛の三者の合議によって動かされてゆく。

そのような政治体制の下で、七月十三日、後白河が蔵人左少弁藤原行隆を使者として遣わし、兼実、時に右大臣で三十三歳、に下した院宣は、「衆災」（多くの災い）を消し去る手立てを奏上せよ、というものであった。因みに、この下問には兼実ばかりでなく、左大臣藤原経宗、左大将藤原実定、帥大納言藤原隆季、堀川中納言藤原忠親といった人々も関与し、意見を奏上していた（『玉葉』同年七月二十八日条）が、その内容は不明である。

ここで上皇の言う「衆災」とは、①炎旱飢饉、②諸国謀反、③天変、④怪異である。①の炎旱飢饉とは『方丈記』に、

また養和のころとか、久しくなりて覚えず、二年のあひだ、世の中飢渇して、あさましき事侍りき。或いは春夏ひでり、或いは秋、大風洪水など、よからぬ事どもうちつづきて、五穀ことごとくならず。むなしく春かへし夏植うるいとなみありて、秋刈り冬収むるぞめきはなし。（下略）

と語られているもので、これは治承四年の旱魃に端を発するものであった。②の諸国謀反とは、言うまでもなく治承四年四月の以仁王による平家追討の令旨を契機として、全国に広がっていった内乱を指す。③の天変とは、この直前の六月二十五日に観測された客星の出現（実は恒星の大爆発）(5)を指す。地上の政治が乱れると、それが天に異変となって現れるという天人相関思想から、この客星の出現は諸国の内乱に呼応するものとして捉えられていた。④の怪異もこれと同様である。

この院宣に対する兼実の答申内容は、「余報じ奏して云ふ」以下に示された、

一、人民の負担（興福・東大両寺の造営にかかる出費、内乱平定に要する兵粮米の徴収）を軽減すべきである。
二、（衆災を消すためには）神仏に祈請すべきである。
三、（衆災を消すためには）赦令を行なうべきである。
四、諸国謀叛の追討は、大将軍（平宗盛）に任せてよいが、兵粮米の徴収には慎重を期するべきである。

といったところであり、この中で兼実は特に一の人民の痛苦を和らげるべき事を主張している。

二、執筆の経緯（七月十四日）

さて、引き続いてその翌日、今度は蔵人左衛門権佐藤原光長が上皇の使者となって兼実邸を訪れ、院宣を伝えた。十四日条を見ることにしよう。

未刻、蔵人左衛門権佐光長為院御使来云、依天下不静、可被行赦令之由、日来思食之上、依客星変、可有非常大赦之旨、有其沙汰。被触前右大将之処、諸寺悪僧悉被免者、可為本寺之乱由、即所搦進之僧徒等所令申也。此条可被猶豫歟。但必可被行者、可在御定之由所令申也。依赦令雖不可必救天下之災、東大興福両寺灰燼、叡慮深痛思食。仍被赦除彼寺悪僧等者、自可有被謝其過之儀歟。而又前幕下申状、一旦非無其謂。仍被仰摂政之処、為寺僧之歎、進雖可申請、依思後恐、不能申出。今又同前也。偏可在勅定云々。此事何様可被定哉。宜令計申者。

余申云、先昨日聊有被仰下事〈依有憚、不能示子細〉、其次赦令事重申出了。所存不可過彼趣。然而依此仰、重廻思慮之処、各付師主、被致譴責之間、為遁当時之恥、不知所犯之実、只以搦出為先之間、無一塵之過怠輩、多以被獄定之由、世間所風聞也。此条豈非罪業哉。怨気定答上天歟。然者尋其為張本之輩、被寛免自餘、定叶折中之政歟。凡於赦令者、和漢所誡也。然而先例多存上。当時他徳化難被行之故、乍恐粗所驚奏也。悪僧之張本等之類被拘留、又何事有哉。不可必皆悉免事歟。愚案之所覃如此者。光長頗有服膺之気色歟。

〈未刻、蔵人左衛門権佐光長、院の御使と為りて来たりて云ふ、「天下静まらざるに依りて、赦令を行なはる可きの由、日来《ひごろ》思し食すの上、客星の変に依りて、非常の大赦有る可きの旨、其の沙汰有り。前右大将に触れらるるの処、諸寺の悪僧悉くに免ぜらるれば、本寺の乱と為る可きの由、即ち搦《から》め進《まゐ》らす所の僧徒等申さしむる所なり。此の条、猶豫せらる可きか。但し必ず行はる可くんば、御定に在る可きの由、申さしむる所なり。赦令に依りて、必ずしも天下の災ひを救ふ可からずと雖も、東大・興福の両寺灰燼となること、叡慮深く痛み思し食す。仍りて彼の寺の悪僧等を除く者を赦さるれば、自ら其の過ちを謝せらるるの儀有る可きか。而れども又た前幕下の申す状、一旦其の謂はれ無きにしも非ず。仍りて摂政に仰せらるるの処、寺僧の歎きの為め、進みて申請す可しと雖も、後の恐れを思ふに依りて、申し出づること能はず。今又た前に同じきなり。偏へに勅定に在る可しと云々。此の事、何様《いかさま》に定めらる可きや。宜しく計り申さしむべし」者。

余れ申して云ふ、「先に昨日聊か仰せ下さるる事有り〈憚り有るに依りて、子細を示すこと能はず〉、其の次いでに赦令の事重ねて申し出だし了んぬ。所存は彼の趣きに過ぐ可からず。然れども此の仰せに依りて、重ねて思慮を廻らすの処、各おの師主に付して、譴責を致さるるの間、当時の恥を遁《のが》れむが為めに、犯す所の実を知らず、只だ以って搦め出だすを先と為すの間、一塵の過怠無き輩、多く以って獄定せらるるの由、世間風聞する所なり。此の条、豈に罪業に非ずや。怨気定めて上天に答ふるか。然らば其の張本為《た》るの輩を尋ね、自餘を寛免せらるれば、定めて折中の政に叶ふか。凡そ赦令に於いては、和漢誡むる所なり。然れども先例多く上に在り。当時他の徳化の行はれ難きの故に、恐れ乍ら粗あら驚き奏する所なり。悪僧の張本等の類の拘留せらるること、又た何事か有らむ。必ずしも皆な悉くに事を免ぜらる可からざるか。愚案の覃《およ》ぶ所、此くの如し」者。光長頗る服膺の気色有るか。）

十四日の院宣は、専ら恩赦の発令をするべきかどうかを内容としていた。後白河は、以前から赦令を出すことを考慮に入れていたが、客星の出現によって発令に踏み切ることを思い立ち、それを宗盛に諮ったところ、宗盛は、もし牢獄に繋いでいる諸寺の悪僧（これは平家追討に同心した、主として興福寺・東大寺の僧侶を指すものと思われる）を放免すれば、それを捕らえて差し出した側の僧侶との間で混乱が起きる恐れがあるので、恩赦は思い留まった方がよいとの意見であり、摂政基通もまたこれと同様の意見であった。ただ両者ともに上皇の勅定に従うとのことであるので、どのように定めるべきか、兼実の考えを述べよ。これが後白河の下問である。

これに対して兼実は、獄に繋がれた者の中には、全く無実の者もいるとのことであるから、悪事の張本人を特定し、それ以外の者に恩赦を与えるのが良い。罪人に赦令を出すことは先例があるのだから、他に徳政を行なうことができない以上、恩赦を行なうべきである、と答えている。兼実が張本を除く悪僧に恩赦を与えるのが良いと発言した根拠は、恐らく院宣を伝えに来た蔵人二人との対話から、前年十二月の南都焼き討ちによって東大・興福両寺が焼失した責任の一端が上皇にあり、恩赦を与えれば、それが自らの過失を謝する意味合いを持つのではないかと上皇がひそかに考えていることを感じ取ったからであろう。

そして、その後、行隆から十三日に述べた意見を明日までに書面にまとめて奏上せよ、との指示が届き、十五日の午後に行隆に提出したのが意見封事「変異に依りて攘災を行なはる可き事」である。院宣に対して口頭で伝えた内容とそれを文章化した作品との両方が存在するのは、極めて稀なことである。直前の十三日条・十四日条は、この文章を読み解く上で有益な資料と言うことができる。尚、意見封事の日付を七月十三日としたのは、文章の内容を行隆経由で上皇に伝えたのが十三日であったからであると兼実は十五日条に記している。しかし実のところ、兼実の主張しているのは恩赦であり、その恩赦は改元に際して発せられるものであるから、意見封事の日付は十四日の改元以前でなければならなかったのである。

三、内容の検討（第一段）

それでは意見封事の内容を見ることにしよう。[6] まず原文と訓読文とを三段落に分けて示そう。

可依変異被行攘災事（変異に依りて攘災を行なはる可き事）

〔第一段〕

右客星占文之中、有外寇入国之説云々。而当時関東海西、寇賊姦宄也。倩案之、人事失於下、天変見于上、不可不戒慎者歟。但銷天譴済人物者、只在祈請與徳化。至于御祈者、遮雖有其沙汰、猶立殊御願、可被祈申太神宮以下尊崇之霊神歟。此外就顕密尤可被祈供。顕則仁王経最勝王経、古今効験不空。密又召東寺天台智法之輩、委尋法之深秘、詳訪道之奥旨、雖何秘法、可被計修歟。云僧徒之器量、云供料之沙汰、各止不法、勤行如説者、雖為末法、何無冥感哉。

（右、客星占文の中、外寇入国の説有りと云々。而るに当時、関東海西に寇賊姦宄《こうぞくかんき》あるなり。倩《つらつ》ら之れを案ずれば、人事下に失へば、天変上に見《あら》はる、戒め慎しまざる可からざる者か。但し天譴《てんけん》を銷し人物を済《すく》ふ者は、只だ祈請と徳化とに在り。御祈に至りては、遮《たと》ひ其の沙汰有りと雖も、猶ほ殊なる御願を立て、太神宮以下尊崇の霊神に祈り申さる可きか。此の外、顕密に就きて尤も祈り供へらる可し。顕は則ち仁王経・最勝王経、古今効験空しからず。密は又た東寺天台の智法の輩を召し、委しく法の深秘を尋ね、詳かに道の奥旨を訪ひ、何なる秘法と雖も、計り修せらる可きか。僧徒の器量と云ひ、供料の沙汰と云ひ、各おの不法を止め、勤行説の如くんば、末法為《た》りと雖も、何ぞ冥感無からむ。）

〔第二段〕

徳政之条、今当此時、難及号令歟。聖人之道、察機応時之故也。但不救民憂者、其奈遁天謫何。夫国者以民為宝、既是古典之明文。近顧宋景之善言、豈不優恤哉。頃年以来、炎旱渉旬、饑饉累日。加之両寺之造営、兵粮之苛責、偏費人力、無息民肩。万人抱楚痛之悲、一天含茶苦之怨。然而両箇大営、一而難略。須定折中之法、被施恵下之仁歟。兼又諸人訴訟、委捜真偽、早任正道、可被裁断歟。是其詮歟。彼漢家明王摂后、以断獄廻治術焉、本朝聖徳太子、以理獄載憲法矣。凡天鑑不遠、避面咫尺、行善福来、取喩影響。然則下民忽休憂者、上天還降祥歟。抑依変異行赦令、其例多存。就中寛弘三年、依客星赦囚徒、果以消妖気、尤可謂吉例歟。但触神宮訴之輩及諸寺悪徒之中、其張本等可被拘哉否、宜決時議歟者。

（徳政の条、今此の時に当たりて、号令に及び難きか。聖人の道は、機を察し時に応ずるの故なり。但し、民の憂ひを救はずんば、其れ天謫を遁《のが》るることを奈何《いかん》せむ。夫れ国は民を以つて宝と為す、既に是れ古典の明文なり。近く宋景の善言を顧みれば、豈に優恤せざらむや。頃年より以来《このかた》、炎旱旬に渉り、饑饉日を累ぬ。加之《しかのみならず》、両寺の造営、兵粮の苛責、偏へに人力を費やし、民の肩を息《いこ》ふること無し。万人楚痛の悲しみを抱き、一天茶苦《とく》の怨みを含む。然れども両箇の大営、一《い》つとして略し難し。須く折中の法を定め、恵下の仁を施さるべきか。兼ねて又た諸人の訴訟、委しく真偽を捜し、早やかに正道に任せ、裁断せらる可きか。是れ其の詮なるか。彼の漢家の明王摂后、断獄を以つて治術を廻らす、本朝の聖徳太子、理獄を以つて憲法に載す。凡そ天鑑遠からず、面を咫尺《しせき》に避けよ、善を行なへば福来たること、喩へを影響に取らむ。然らば則ち下民忽ちに憂ひを休《や》むれば、上天還りて祥ひを降すか。抑も変異に依りて赦令を行なふこと、其の例多く存す。就中《なかんづく》、寛弘三年、客星に依りて囚徒を赦す。果して以つて妖気消えぬ、尤も吉例と謂ふ可きか。但し、神宮の訴へに触るるの輩及び諸寺悪徒の中、其の張本等の拘せらる可きや否や、宜しく時議に決すべきか者《てへり》。）

〔第三段〕

愚案所覃、大概如斯。猶仰有識之人、専可被豫議歟。微臣材智元来柴愚也。争献蓬星消没之謀慮、輒運華夏静謐之籌策矣。誠是謀軽薄諮重事之理也者。以此趣可被計披露之状如件。

七月十三日　　右大臣在判

蔵人弁殿

（愚案の覃《およ》ぶ所、大概斯くの如し。猶ほ有識の人に仰せて、専ら豫議せらる可きか。微臣、材智元来《もとより》柴愚なり。争《いかで》か蓬星消没の謀慮を献じて、輒《すなは》ち華夏静謐の籌策《ちうさく》を運らさむ。誠に是れ軽薄に謀りて重事を諮《はか》るの理なり者。此の趣きを以つて披露を計らはる可きの状、件んの如し。

七月十三日　　右大臣在判

蔵人弁殿）

第一段では、まず「客星占文の中、外寇入国の説有りと云々。而るに当時、関東海西に寇賊姦宄あるなり」。六月二十五日に客星が出現したことを占ったところ、外敵が我が国に侵入すると占文に出たが、実のところ、関東・九州を中心に内乱が起きている、と述べる。「倩ら之れを案ずれば、人事下に失へば、天変上に見はる、戒め慎しまざる可からざる者か」。これは「人事が失われれば、天変が現れる」と言われるように、天が示した警告であるから、我々は慎まなければならない、と前置きする。ここで兼実が用いた「寇賊姦宄」の語は五経の一『尚書』舜典に「蛮夷 夏を猾《みだ》し、寇賊姦宄」（蛮夷が華夏を乱した。また暴動や殺人をして、外では姦を内では宄を働く者があった）とあるのをそのまま用いたものである。これ以降も、兼実は経書に見える言葉を多用する。

「人事下に失へば、天変 上に見はる」。人事と天変とが相関関係にあるという発想は「政此に失へば則ち、変彼に見はる」（政治が地上で失敗すれば、異変が天に現れる）と『漢書』天文志にすでに見られるが、兼実の表現はそのまま『陸宣公集』に見える。唐の陸贄《りくし》の別集は我が国では『陸宣公奏議』の書名で、江戸時代には盛んに読まれた書であるが、平安時代に将来されていたかどうかは明らかにされていない。この兼実の用例はこの点を考える上で、興味深いものであると言えよう。

天変が現れたのは政治の失策に呼応してのことだから、我々は戒め慎まなければならないと前置きをした後、兼実は「天譴を銷し人物を済ふ者は、只だ祈請と徳化とに在り」。天のとがめを消し去り、人民を救済するには、ただ祈請と徳化とに依るしかない、と結論を述べ、これ以下、それぞれのやり方について論じる。まず祈請については、「遮《たと》ひ其の沙汰有りと雖も、猶ほ殊なる御願を立て、太神宮以下尊崇の霊神に祈り申さる可きか。此の外、顕密に就きて尤も祈り供へらる可し」。たとい既にその措置が取られていたとしても、やはり改めて上皇による御願を立て、神仏に祈るのがよいとする。「遮」は「さいぎりて」と訓じ、前もっての意に取るのが通例だが、ここは文脈に従って「遮ひ～と雖も」と訓読してみた。神は伊勢神宮以下、然るべき神社。仏は顕教ならば、仁王経・最勝王経の読誦。密教ならば、東寺・天台の智法に習熟した僧侶に命じて、どのような秘法であっても、それをとりおこなうのがよい、と言っている。最後に「僧徒の器量と云ひ、供料の沙汰と云ひ、各おの不法を止め、勤行説の如くんば、末法為りと雖も、何ぞ冥感無からむ。」とあるのは、仏教界の腐敗を批判したもので、十三日条の傍線部分「諸宗知法の輩に仰せ含み、大法・秘法等、堪ふるに随ひて修せらる可きか。僧徒の法器を尋ね、供料の不法を正し、法の如く説の如く行はる可きなり。各おの阿闍梨を眼前に召し、熟くよく御願の趣きを仰せらる可きなり。此くの如く沙汰有らば、何ぞ効験無からむや」とある部分に対応する。以上、祈請の必要性を説いている。

四、内容の検討（第二段と第三段）

第二段は徳政の必要性について述べる。初めに「今此の時に当たりて、号令に及び難きか。聖人の道は、機を察し時に応ずるの故なり」。今のところその号令を出しにくい状況にある。それは聖人のやり方として、徳政は時機を察知し、頃合いを見計らって出すべきものだからである、と述べるのは、後白河上皇らがこれまで無策であったことを弁護しているかのようである。しかし、兼実は「民の憂ひを救はずんば、其れ天譴を遁るることを奈何せむ」。人民の苦しみを救済しなければ、天のとがめから逃れることはできない、として、その拠り所を中国の古典に求める。「夫れ国は民を以つて宝と為す、既に是れ古典の明文なり」。国家は人民を財宝とする、とは古典に見える金言であるとするが、典拠不明。「国は民を以て本と為す」という似通った表現が『後漢書』の張奮伝に張奮の上表文の文言として見える。或いは「民」の古訓「おほみたから」が「宝」を連想するところから生まれた本邦の俗諺であろうか。

「近く宋景の善言を顧みれば、豈に優恤せざらむや」。宋の景公が人民を第一に考えて発した善言のあったことに照らし見れば、どうして人民を労《いたは》らずにいられようか。この「近く」は「遠く」の誤りかと思われる。「宋の景公の善言」は、『史記』の宋微子世家に見える故事を踏まえる。

景公三十七年、熒惑守心。心宋之分野也。景公憂之。司星子韋曰、可移於相。景公曰、相、吾之股肱。曰、可移於民。景公曰、君者待民。曰、可移於歳。景公曰、歳饑民苦、吾誰為君。子韋曰、天高聴卑、君有君人之言三。熒惑宜有動。於是候之、果徙三度。

（景公三十七年、熒惑、心を守る。心は宋の分野なり。景公之れを憂ふ。司星子韋曰はく、「相に移す可し」と。景公曰はく、「相は吾が股肱なり」と。曰はく、「民に移す可し」と。景公曰はく、「君なる者は民を待つ」と。曰はく、「歳に移す可し」と。景公曰はく、「歳饑なれば民苦しむ、吾れを誰か君と為さむ」と。子韋曰はく、「天は高けれども卑きを聴く、君に人に君たるの言三たび有り。熒惑宜しく動くこと有るべし」と。是こに於いて之れを候ふに、果して徙ること三度。）

景公三十七年、熒惑（火星）が心星と重なった。心星は地上に於いては宋の分野に当たる。宋の景公は災難が起こらないかと心配した。天文官の子韋が言った、「災難は宰相に移すことができる」と。景公は言った、「宰相は私の手足だ」と。子韋「国民に移すことができる」。景公「君主は国民あればこその君主だ」。子韋「歳に移すことができる」。景公「歳が不作であれば、国民が苦しむ。私を誰が君主と思ってくれよう」。子韋「天は高いけれども、卑い者の言うことを聴いてくれる。君は良き君たる言葉を三度述べた。熒惑はきっと移動するだろう」。そこで観測してみると、果たして三度先に移動していた。

これによれば、「宋景之善言」とは、宋の景公が、君主は人民あっての君主だと述べたことを言う。ただ『史記』には宋の景公の発言を「善言」とは表現していない。これを「善言」とした用例は本邦の『本朝文粋』巻二に収める菅原文時が執筆した恩赦の詔に見られる。兼実は『史記』ばかりでなく『本朝文粋』にも目を通していたことが窺われる。

労るべき人民の置かれた情況は、その後に語られる。「頃年より以来、炎旱旬に渉り、饑饉日を累ぬ。加之、両寺の造営、兵粮の苛責、偏へに人力を費やし、民の肩を息《いこ》ふること無し。万人楚痛の悲しみを抱き、一天荼苦《とく》の怨みを含む」。近年来、日照りが永く続き、饑饉が日増しに深刻化している。そればかりか、東大・興福両寺の造営、兵糧米の徴収は人民の体力を奪うばかりで、その負担を軽減することはない。今、万民は痛苦の悲しみを抱き、天下はおしなべて辛苦の怨みを噛みしめている。ここに見える「楚痛の悲しみ」は『史記』の孝文本紀に「刑の支体を断ち肌膚を刻み、終身息はざるに至る、何ぞ其れ楚痛にして不徳なる」（刑が肢体を断ち切り肌をきざみ、一生涯かたわにしてしまうとは、何と痛ましく、また不徳なことではないか）とあるのを、また「荼苦の怨み」は『毛詩』邶風の「谷風」に「誰か荼《と》を苦《にが》しと謂ふ、其の甘きこと薺《なづな》の如し。」（誰が荼《にがな》を苦いなどと言ったのか。私の辛さに比べたら、荼はなずなのように甘いものだ）とあるのを典拠とする。

「然れども両箇の大営、一《い》つとして略し難し。須く折中の法を定め、恵下の仁を施さるべきか。兼ねて又た諸人の訴訟、委しく真偽を捜し、早やかに正道に任せ、裁断せらる可きか。是れ其の詮なるか」。しかしながら、これら二つの大きな営み（両寺の造営と兵粮米の徴収）は、一つとして省略することはできない。だから（一日も早く）折衷の原則を定め、下民に恵む仁徳を施さなければならない。それとともに、諸人の訴訟については、真偽を明らかにし、速やかに正しいやり方で裁断するのがよい。以上が事に当たる者として肝要な点である、と述べる。そして、兼実はこの段の最後に懸案事項である恩赦を出すべきか否かについて自らの意見を述べている。「彼の漢家の明王摂后、断獄を以って治術を廻らす、本朝の聖徳太子、理獄を以って憲法に載す」。中国の明王明君は断獄を用いて治政の安定を図り、我が国の聖徳太子は牢獄の円滑な経営を図るべきことを憲法に載せた。すなわち中国・日本の別なく優れた為政者は、罪人を牢獄に繋ぐことを進んで行なったと述べている。一見、恩赦に対して否定的態度を表明するかと思わせる前置きである。しかし、ここが七月十四日条の傍線部「凡そ赦令に於いては、和漢誡むる所なり」に対応することを思えば、これ以下、十四日条と同様に論が逆説的に展開してゆくことが予想される。

次の「凡そ天鑑遠からず、面を咫尺に避けよ」とあるのがこの文章の眼目である。「天鑑遠からず」は『毛詩』の有名な「殷鑑遠からず」（殷が戒めとしなければならない先例は、それほど遠くない夏の滅んだ昔にある）に拠った表現で、天の示す鑑（この鑑とは、戒めとするに相応しい史実の意である）は遠からざる過去にある、の意。恩赦を行なうことによって政事が上手く運んだ先例がそれほど遠くない昔にあるというのである。その先例とは後掲される寛弘三年の例である。「面を咫尺に避けよ」とある「面」とは龍顔、後白河の顔面である。「咫尺」は僅かな距離。つまり、後白河に対して、面と向かっている者の意見を聞くのは避けた方が良いと言っているのである。ここで言う「咫尺」の者とは、後白河に恩赦の発令を思い留まるように進言している平宗盛に他ならない。兼実は、顔を身近な者にばかり向けずに、恩赦を行なって事態が好転した先例に眼を向けるべきだ、と主張しているのである。「善を行なへば福来たること、喩へを影響に取らむ」とは、善行を行なえば幸福がやって来るのは明白であり、（恩赦を行なえば）速やかに良い結果がもたらされるであろう、の意。来たるべき福とは、直後の「下民忽ちに憂ひを休むれば、上天還りて祥ひを降すか」を指す。下民は忽ちのうちに痛苦から解き放たれ、上天は一転して祥瑞を示すであろう、というのである。

そして、締めくくりとして「抑も変異に依りて赦令を行なふこと、其の例多く存す。就中、寛弘三年、客星に依りて囚徒を赦す。果して以つて妖気消えぬ、尤も吉例と謂ふ可きか」。恩赦の詔を下した先例として、寛弘三年、客星が出現したため囚人に恩赦を与えたところ、果たしてそれによって妖気が消え去ったという史実を挙げている。

第三段は兼実の謙辞である。拙い文章を綴ったと卑下する内容で、この類いの駢文の常套句である。「猶ほ有識の人に仰せて、専ら豫議せらる可きか」。この問題はやはり然るべき識者に命じて議論させるのがよい、とするのは、やはり宗盛や摂政基通ではこの問題を解決することはできないということを婉曲に述べているのであろう。「微臣、材智元来《もとより》柴愚なり」の「柴愚」とは、孔子から愚直と評された弟子の高柴を指す。謙辞に「高柴」を用いた先例は見当たらない。「蓬星消没の謀慮」とは、乱臣を亡ぼす名案の意。『漢書』天文志に、天に蓬星が現れるのは乱臣が出る兆しであるとする記述を踏まえる。「争か」以下は、どうして私に乱臣を亡ぼす名案を献上し、我が国を安定に導く策略を巡らすことができようか。これはまさに軽薄の徒に命じて重大事を処理させるような行為である、と謙遜する。末尾の「此の趣きを以つて披露を計らはる可きの状、件んの如し」は、蔵人左少弁藤原行隆に宛てた文言で、このような趣旨を上皇に披露されたい、の意。以上、一通り兼実の文章に目を通した。

五、意見封事から窺われる読書の傾向

兼実は藤原忠通（一〇九七～一一六四）の三男である。鳥羽・崇徳・近衛・後白河の四代に亙って摂政関白の任にあった忠通は、政治に手腕を振るうと同時に風流韻事にも積極的に関わったことで名高い。忠通が特に心を傾けたのが詩作であり、『法性寺殿御集』という別集を自撰したほどであった。その彼の周辺には忠通詩壇とでも言うべき文化圏が自ずと形成された。忠通の周囲に集うたのは四位乃至五位クラスの文人貴族たちだったが、その中核にあって詩壇を牽引したのは藤原氏出身の紀伝道儒者である。式家の藤原敦光（一〇六三～一一四四）、北家日野流の藤原実光（一〇六九～一一四七）がその代表格であり、恐らく忠通はこの二人から読書の手ほどきを受けたものと思われる。

その忠通の息子である兼実が少年期にどのような教育を施されたかは必ずしも明らかではない。しかし右のような忠通の志向から推して、兼実も紀伝道の儒者を侍読として読書に励んだかと思われる。当時の貴族は必ず然るべき儒者と師弟関係を結ぶことを慣例としていた。兼実が師匠に選んだのは恐らく藤原敦光の次男、長光（一〇三～八三生存）であったと思われる。それは『玉葉』安元元年（一一七五）六月十六日条に、長光の来訪に触れ、

午時許長光朝臣来。自去春比、風病屡侵、属今夏天、宿霧漸減。雖未復尋常、今日相扶所来也。優師優老〈生年七十五〉、故指入簾中、談雑事。雖有憔悴之貌、全無老耄之気。咄漢家本朝之故事、如明鏡。可仰可貴。師元已没、知我朝之旧事之者、只長光一人而已。此師若没、與誰問古昔之風。嗟乎惜哉々々。

（午の時許り、長光朝臣来たる。去春の比より、風病屢しば侵し、今夏の天に属《あた》りて、宿霧漸くに減ず。未だ尋常に復せずと

雖も、今日相ひ扶けて来たる所なり。優師優老〈生年七十五なり〉、故《ことさら》に簾中に指し入れて、雑事を談ず。憔悴の貌有りと雖も、全く老耄の気無し。漢家本朝の故事を咄《かた》ること、明鏡の如し。仰ぐ可し、貴ぶ可し。師元已に没して、我が朝の旧事を知るの者、只だ長光一人なるのみ。此の師若し没せば、誰と古昔の風を問はむ。嗟乎、惜しいかな、惜しいかな。）

と記す中に、彼を「師」と呼んでいることから推測される。兼実は長光が安元元年十月三日に出家して以後も、兼実嫡男の良通の密々に催す詩会・連句会に同座させていた（『玉葉』養和元年十一月二十二日条、寿永元年四月二十八日条、同二年三月十八日条など）。これは来たるべき良通の作文始（文治三年二月九日）に向けて、長光に作詩方法ばかりでなく、行事の作法全般を指南させる意図があったからであろう。兼実の長光に寄せる信頼の大きさが窺われる。また『玉葉』からは、兼実は長光のほか、その弟の成光（一一一一～八〇）や藤原実光の三男である光盛（生没年未詳）を近侍させていたことが知られる。こうした紀伝道儒者の顔ぶれは父忠通の縁故をそのまま受け継いだものであり、兼実の学問の出発点が紀伝道の専門分野である中国の歴史・文学にあったことを想像させる。

　そのことは意見封事に用いられた言葉の傾向にも色濃く現れている。語釈（注6）に示したように、兼実は紀伝道の教科である史書（『史記』『漢書』『後漢書』）を主要な典拠・用例として文章を成している。しかし、それだけならば何等特筆することもないが、兼実の優れている点は、言葉を断章取義的に用いるのではなく、どの言葉を用いたら最も効果が得られるのか、その典拠本文の持つ意味合いが活かされるように言葉をよく吟味して用いているところにある。例えば「宋景之善言」「息肩」「楚痛」などは、人民の労苦を言うのに相応しい典拠を持った言葉であり、これらの語を用いることによってその主張はより一層説得力を増している。このように用語の選択が的確なのである。

意見封事には用語の上で、もう一つの傾向を見て取ることができる。それは儒教経典の重視である。『尚書』『毛詩』『論語』を典拠に用いていることは語釈に示したとおりである。しかもその用い方は史書と同じく極めて的確である。兼実は紀伝道の儒者を重んじるのと同様に、或いはそれ以上に、経学を専門とする明経道の儒者を重んじた。風流韻事に耽り、紀伝道出身者のみを近侍させた忠通とはその点が大きく異なる。先に掲げた長光に関する記事には中原師元（一一〇九〜七五）の名が見えていたが、兼実が最も高く評価していた明経道の儒者は清原頼業（一一二二〜八九）であった。それは兼実邸を最も頻繁に訪れている儒者が頼業であり、彼に対する称讃の言葉を再三日記に書き付けていることから自ずと分かろうというものだ（治承元年五月十二日条、寿永二年十一月十四日条、文治三年四月十九日条、文治四年四月二十二日条）。こうしてみると、兼実の読書傾向、或いは学問的志向は、父忠通と共通する面を持ち合わせはするものの、むしろ叔父に当たる頼長や信西入道藤原通憲に近いものがあったと言えるのではなかろうか。

六、『貞観政要』と『帝王略論』

ところで、『玉葉』によれば、この意見封事が書かれる直前の治承年間（一一七七〜一一八一）、兼実は特に『貞観政要』と『帝王略論』とを熟読している。

『貞観政要』十巻は唐の呉兢撰。唐の貞観年間、太宗皇帝と群臣とが交わした政事に関する議論を主題ごとに分類して示した書である（子部儒家類に属する）。『日本国見在書目録』には著録されていないが、我が国でも為政者の必読書として重んじられた。兼実はまず治承元年三月十一日、藤原長光からその訓説を授けられている。兼実は長光から学ぶだけでは慊らなかったのか、その三年後の治承四年八月四日には清原頼業に対して同書に訓点を加えることを命じている。

一方、『帝王略論』五巻は唐の虞世南撰。歴代帝王の事蹟を略述し、その興亡得失を軌範鑑戒の視点から論じた書で、『日本国見在書目録』雑史家に著録されている。本書は伝来極めて稀であり、敦煌出土でフランスの国立図書館所蔵の唐鈔本（内題は「帝王論」）と我が国の東洋文庫所蔵の鎌倉後期写本とが現存するに過ぎない。前者は巻一（首欠）、巻二（後半欠）を存し、後者は巻一、巻二、巻四を存する。兼実は本書をまず治承四年八月四日に清原頼業から借り出し、十一月二十九日に返却している。恐らく兼実は手ずからこれを書写したのであろう。そして翌年の治承五年閏二月から三月にかけて日野流の儒者藤原光盛とその読み合わせを行なっている（同年閏二月十七日条、三月十四日条）。

両書はどちらも初唐に成立し、鑑戒の視点から政道（政治のあり方）を論じた書である。兼実がこれらの書に関心を寄せたのは、激動混乱の時代に議政官としてどうあるべきか、その指針を漢籍の名著に学ぼうとしたからに他ならない。されば両書から得た知見は、何らかのかたちを取って意見封事の中に現れているのではなかろうか。

意見封事の第二段「両寺の造営、兵粮の苛責、偏へに人力を費やし、民の肩を息《いこ》ふること無し」の「民の肩を息ふ」は人民の負担を軽くするの意である。これは『帝王略論』巻一、秦二世皇帝に、

略曰、二世立、趙高譖殺李斯。以高為丞相。専任刑誅、用法益酷。於是境内万姓、敖々息肩無所。

（略に曰はく、二世立つときに、趙高、李斯を譖殺す。高を以つて丞相と為す。専ら刑誅に任せ、法を用ふること益すます酷《から》し。是《ここ》に於いて境内の万姓、敖々として肩を息ふるに所無し。）

とある、秦の圧政を人民の負担と見なした用法に極めて近い。兼実が『帝王略論』を読んで得た知識をここに応用したと言えるのではなかろうか。但し、「息肩」を『帝王略論』と同義に用いた例はすでに『文選』に見える。張衡の「東京賦」に「百姓忍ぶこと能はず、是《ここ》を用つて肩を大漢に息《いこ》へ、高祖を欣び戴く」（秦の人民は苦しみに耐えられなかったので、漢に帰して負担を軽くし、高祖を上に戴くことを喜んだ）とあるのがそれである。したがって兼実の拠ったのが『帝王略論』であったとは断言できない。ここでは『帝王略論』に拠った可能性のあることを指摘しておきたい。尚、『帝王略論』を踏まえた表現はこれ以外に見当たらない。

それでは『貞観政要』はどうだろうか。兼実が意見封事で最も訴えたかったのは、前述の如く、赦令を出すべきことであった。『貞観政要』巻八にはその名も「赦令」と題する篇章がある。兼実がそこで得た知見を意見封事に活かそうとしたことは十分に考えられることである。とすれば意見封事第二段の傍線部に「彼漢家明王摂后、以断獄廻治術焉（彼の漢家の明王摂后、断獄を以つて治術を廻らす）」、中国の明王明君は、天下を治めるに当たって、罪人に恩赦を与えることはせず、獄に繋ぐことを断行したとあるのは、次に掲げる『貞観政要』赦令篇の冒頭部分を踏まえた記述であるに相違ない。

貞観七年、太宗謂侍臣曰、天下愚人者多、智人者少。智者不肯為悪、愚人好犯憲章。凡赦宥之恩、惟及不軌之輩。古語云、小人之幸、君子之不幸。一歳再赦、善人暗唖。凡養稂莠者傷禾嫁、恵姦宄者賊良人。昔文王作罰、刑茲無赦。又蜀先主嘗謂諸葛亮曰、吾周旋陳元方鄭康成之間、毎見啓告。理乱之道備矣。曾不語赦。故諸葛亮理蜀十年、不赦而蜀大化。梁武帝毎年数赦、卒至傾敗。夫謀小仁者、大仁之賊。故我有天下已来、絶不放赦。今四海安寧、礼義興行。非常之恩、弥不可数。将恐愚人常冀僥倖、惟欲犯法、不能改過。

（貞観七年、太宗、侍臣に謂ひて曰はく、「天下に愚人なる者多く、智人なる者少なし。智者肯へて悪を為さず、愚人好んで憲章を犯す。凡そ赦宥の恩、惟だ不軌の輩に及ぶのみ。古語に云ふ、「小人の幸ひは、君子の不幸なり。一歳に再赦すれば、善人暗唖《いんあ》す」と。凡そ稂莠《らういう》を養ふ者は禾嫁を傷《やぶ》り、姦宄を恵む者は良人を賊《そこな》ふ。昔文王、罰を作り、茲れを刑して赦すこと無し。又た蜀の先主、嘗て諸葛亮に謂ひて曰はく、「吾れ陳元方・鄭康成の間に周旋し、毎《つね》に啓告せらる。理乱の道備はれり。曽て赦を語らざりき」と。故に諸葛亮の蜀を理むること十年、赦せずして蜀大いに化す。梁の武帝、毎年数《しば》しば赦し、卒に傾敗に至る。夫れ小仁を謀る者は、大仁の賊なり。故に我れ天下を有《たも》ちてより已来《このかた》、絶えて放赦せず。今、四海安寧にして、礼義興り行なはる。非常の恩、弥いよ数しばす可からず。将に愚人常に僥倖を冀ひ、惟だ法を犯さむと欲し、過ちを改むる能はざることを恐れむとす」と。）

『貞観政要』では、愚人・小人は罪を犯せば、それは智人・君子・善人・良人を損なうことになるから、決して赦してはならない、とする。この太宗の主張を支えるのが、罪人に恩赦を与えることなく治政を安定させた周の文王及び蜀の先主劉備の善き先例であり、また恩赦を与えたために国を傾けた梁の武帝の悪しき先例である。そして、これを鑑戒とした太宗は「今、四海安寧にして、礼義興り行なはる」という結果を得たと述べている。

兼実の言う「漢家の明王摂后」が周の文王、蜀の先主、そして彼らに倣った唐の太宗を指していることは明らかであろう。しかしここで注意すべきは、兼実が太宗の説に盲従して、罪人に恩赦を下してはならないと述べているわけではないことである。たしかに太宗も恩赦の発令に例外を設けてはいる。しかしそれは「其周隋二代名臣及忠節子孫、有貞観已来、犯罪流者（其の周隋二代の名臣及び忠節の子孫にして、貞観より已来、罪を犯して流さるる者）」（北周・隋二代の名臣及び忠節の臣の子孫で、貞観以来、罪を犯して流刑となった者）の場合であり、今回の悪僧赦免の例には当てはまらない。そこで兼実はこれとは別に、恩赦を下したことで治世の安定が得られた本邦の先例を挙げて、太宗の説を退けているのである。

　これを受け取った後白河上皇がどのような感慨を抱いたかは明らかではないが、間然する所のない文章に舌を巻いたことであろう。しかし、兼実がこれほどまでに力説主張した赦令も結局発せられることはなかったのである(7)。

七、結語

　以上で作品の検討を終える。養和の意見封事には、彼がそれまで読書を通して修得した言葉が其処彼処に鏤められていた。これによって兼実の読書の傾向がある程度明らかになったと思われる。兼実がその内容を咀嚼し自家薬籠中の物としていたのは、経書と史書とであった。逆に『文選』や『白氏文集』といった集部の書を読み込んだ形跡があまり見られないことも、その読書の特徴と言えるであろう。これは兼実に詩宴への出席が殆ど見られず、詩作も残されていないことと正に符合するのである。

　意見封事には現政治体制に対する批判も見え隠れしていた。しかし、それが為にする批判に陥らなかったのは、ひとえに兼実の議論が現状に照らして道理に適っていたからである。その道理を支えたのが中国の経書・史書であったことは先に見たとおりである。経書・史書を典拠として用いるには、それらの書を正しく理解することが前提となる。兼実にそれができたのは、明経・紀伝両道の儒者を侍読とし、その指南に従って読書に励んだからに他ならない。兼実の批判的精神を支えるものとして、読書が大きな役割を果たしていたと言うことができよう。

兼実に史書を伝授した師は、前述の如く紀伝道の儒者藤原長光である。それでは経書の伝授に当たったのは一体誰なのか。兼実の重んじた明経道儒者が清原頼業であったことは第五節に述べたとおりだが、兼実は頼業に就いて経書を学んだのだろうか。それを考える上で示唆を与えてくれるのが、兼実がその息子たちに対して行なった教育である。兼実は良通・良経の侍読に頼業を抜擢し、良通には十七歳の寿永二年から十九歳の文治二年までに『尚書』を、文治元年から三年までに『春秋左氏伝』を、良経には二十歳の文治四年に『論語』を学ばせている。このことから推して兼実も少年時に頼業から経書の手ほどきを受けたのではあるまいか。尚、兼実がどのような経緯から経書に親しむようになったのかはよく分からない。これは今後の課題としたい。

注

(1) 兼実の読書生活については既に池上洵一「読書と談話——九条兼実の場合」(『池上洵一著作集』第二巻、二〇〇一年、和泉書院。初出は一九八〇年)に詳しい考察がある。

(2) 意見封事とは、臣下が天皇に対して時の政治に関する意見を陳べる文章であり、公式令には密封して上奏することが定められている(後藤昭雄「文体解説」、新日本古典文学大系『本朝文粋』、一九九二年、岩波書店)。兼実のこの文章は蔵人左少弁藤原行隆を経由して後白河上皇に奉られたものであるから、厳密に言えば、意見封事ではないが、他に適当な呼称が見当たらないので、この語を用いた。

(3) 本作品については、森新之介「九条兼実の反淳素思想」(『摂関院政期思想史研究』二〇一三年、思文閣出版。初出は二〇一二年)に別の視点からの言及がある。

(4) 「課無責有之儀、不事行之基也(無に課《おほ》せて有を責《もと》むるの儀、事行かざるの基なり)」とは、無に命じて有を求めても、事はうまく進まないの意。「課無責有」は陸機の「文賦」(『文選』巻十七)に「課虚無以責有(虚無に課《おほ》せて以つて有を責《もと》む)」とあるのを典拠とする。文章を作る楽しさを述べて「虚無の中から形あるものを導き出す」と言ったものだが、これを実現不可能なことを強いる意味に転用したのである。当時の俗諺である。

(5) 斎藤国治「「客星」という名の超新星」(『古天文学の道』、一九九〇年、原書房)。

(6) 私に語釈・現代語訳を施す。

▽可依変異被行攘災事 一種の意見封事。七月十三日・十四日の院宣に答えた内容を文章化したもの。儒者顔負けの駢文主体の文章だが、対句の破綻も見られる。**▽寇賊姦宄** 内外で暴動を起こしたり殺人を犯したりする者がいる。〔尚書、舜典〕帝曰、皐陶、蛮夷猾夏、寇賊姦宄。〔孔伝〕群行攻劫曰寇。殺人曰賊。在外曰姦。在内曰宄。言無教之致。(帝曰はく、「皐陶、蛮夷 夏を猾《みだ》し、寇賊姦宄」。〔孔伝〕群もて攻劫を行なふを寇と曰ふ。人を殺すを賊と曰ふ。外に在るを姦と曰ふ。内に在るを宄《き》と曰ふ。教へ無きの致せしを言ふ。)〔貞観政要、赦令〕養稂莠者傷禾嫁、恵姦宄者賊良人。(稂莠を養ふ者は禾嫁を傷り、姦宄を恵む者は良人を賊ふ。)**▽人事失於下、天変見于上** 人事が失われると、それに呼応して天変が現れる。〔漢書、天文志〕迅雷風祆怪雲変気、此皆陰陽之精、其本在地、而上発于天者也。政失於此、則変見於彼。(迅雷・風祆・怪雲・変気、此れ皆な陰陽の精にして、其の本 地に在り、上りて天に発する者なり。政此《ここ》に失へば、則ち変 彼《かしこ》に見《あら》はる。)〔唐陸宣公集 巻三、蝗虫避正殿降免囚徒徳音〕夫人事失於下、則天変形於上。咎徴之作、必有由然。(夫れ人事 下に失へば、則ち天変 上に形《あら》はる。咎徴《きうちよう》の作《おこ》り、必ず由りて然ること有り。)**▽不可不戒慎者歟** 〔墨子、天志下〕処人之国者、不可不戒慎也。(人の国に処る者は、戒慎せざる可からざるなり。)**▽天譴** 天のとがめ。**▽済人物** 人と物とを救済する。〔文選、與山巨源絶交書、嵇康〕又仲尼兼愛、不羞執鞭。子文無欲卿相而三登令尹。是乃君子思済物之意也。(又た仲尼兼愛して、執鞭を羞じず。子文は卿相を欲すること無けれども三たび令尹に登る。是れ乃ち君子の物を済はむことを思ふの意なり。)**▽遮雖~** たとい~だとしても。「遮」は「遮莫」とあるべきところ。「遮」を「さいぎりて」と訓じ、前もっての意とする解釈があるが、ここでは取らない。**▽国者以民為宝** 〔後漢書、張奮伝〕永元六年、代劉方為司空。時歳災旱、祈雨不応。廼上表曰、…夫国以民為本、民以穀為命。(永元六年、劉方に代はりて司空と為る。時に歳ごとに災旱あり、雨を祈れども応あらず。廼ち上表して曰はく、…夫れ国は民を以つて本と為し、民は穀を以つて命と為す。)**▽近顧** 「近」は「遠」の誤りか。**▽宋景之善言** 宋の景公の(君主

たるに相応しい）良き発言。〔史記、宋微子世家〕景公三十七年、熒惑守心、心宋之分野也。景公憂之。司星子韋曰、可移於相。景公曰、相、吾之股肱。曰、可移於民。景公曰、君者待民。曰、可移於歳。景公曰、歳饑民苦、吾誰為君。子韋曰、天高聴卑、君有君人之言三。熒惑宜有動。於是候之、果徙三度。（景公三十七年、熒惑、心を守る。心は宋の分野なり。景公之れを憂ふ。司星子韋曰はく、「相に移す可し」と。景公曰はく、「相は吾が股肱なり」と。曰はく、「民に移す可し」と。景公曰はく、「君なる者は民を待つ」と。曰はく、「歳に移す可し」と。景公曰はく、「歳饑なれば民苦しむ、吾れを誰か君と為さむ」と。子韋曰はく、「天は高けれども卑きを聴く、君に人に君たるの言三たび有り。熒惑宜しく動くこと有るべし」と。是《ここ》に於いて之れを候ふに、果して徙《うつ》ること三度。）〔本朝文粋 巻二、046減服御常膳幷恩赦詔、菅原文時〕夫徳政防邪、善言招福。殷宗雊鼎之雉、昇耳之妖自消、宋景退舎之星、守心之変非異。（夫れ徳政は邪を防ぎ、善言は福を招く。殷宗 鼎に雊《な》くの雉、耳に昇るの妖自ら消え、宋景 舎を退くの星、心を守るの変 異に非ず。）**▽優恤**　手厚く恵みを与える。**▽息民肩**　人民の負担を軽くする。〔文選、東京賦、張衡〕百姓弗能忍、是用息肩於大漢、而欣戴高祖。（百姓忍ぶこと能はず、是《ここ》を用つて肩を大漢に息《いこ》へ、高祖を欣び戴く。）〔帝王略論、秦二世皇帝〕略曰、二世立、趙高譖殺李斯。以高為丞相。専任刑誅、用法益酷。於是境内万姓、敖々息肩無所。（略に曰はく、二世立つときに、趙高、李斯を譖殺す。高を以て丞相と為す。専ら刑誅に任せ、法を用ふること益すます酷《から》し。是《ここ》に於いて境内の万姓、敖々として肩を息《いこ》ふるに所無し。）〔春秋左氏伝、襄公二年〕鄭成公疾。子駟請息肩於晉。〔杜預註〕欲辟楚役、以負担喩。（鄭の成公疾《やまひ》す。子駟、肩を晉に息はむことを請ふ。〔杜預註〕楚役を辟《さ》けむと欲して、負担を以つて喩ふ。）**▽楚痛**「楚」も痛の意。〔史記、孝文本紀〕十三年、…下詔曰、…夫刑至断支体刻肌膚終身不息、何其楚痛而不徳也。（夫れ刑の支体を断ち肌膚を刻み、終身息はざるに至る、何ぞ其れ楚痛にして不徳なる。）**▽茶苦**　茶《にがな》を甘く感じるほどの辛苦。〔毛詩、邶風、谷風〕誰謂茶苦、其甘如薺。（誰か茶《と》を苦《にが》しと謂ふ、其の甘きこと薺《なづな》の如し。）**▽一而難略**　一つとして省くことができない。〔抱朴子外篇、勖学〕蓋少則志一而難忘、長則神放而易失。（蓋し少ければ則ち一《い》つとして忘れ難く、長ずれば則ち神放にして失ひ易し。）**▽恵下之仁**　下に恵みを与える仁徳。〔三国魏志、高堂隆伝〕昔漢文帝称為賢主、躬行約倹、恵下養民。（昔、漢の文帝、称して賢主と為し、躬づから約倹を行なひ、下を恵み民を養ふ。）**▽彼漢家明王摂后、以断獄廻治術焉**　中国の明君は断獄によって治政の安定を図った。「断獄」は罪人を牢獄に繋ぐこと。〔貞観政要 巻八、赦令〕貞観七年、太宗謂侍臣曰、天下愚人者多、智人者少。智者不肯為悪、愚人好犯憲章。凡赦宥之恩、惟及不軌之輩。古語云、小人之幸、君子之不幸。一歳再赦、善人暗唖。凡養稂莠者傷禾嫁、恵姦宄者賊良人。昔文王作罰、刑茲無赦。又蜀先主嘗謂諸葛亮曰、吾周旋陳元方鄭康成之間。毎見啓告、理乱之道備矣。曾不語赦。故諸葛亮理蜀十年、不赦而蜀大化。梁武帝毎年数赦、卒至傾敗。夫謀小仁者、大仁之賊。故我有天下已来、絶不放赦。今四海安寧、礼義興行。非常之恩、弥不可数。将恐愚人常冀僥倖、惟欲犯法、不能改過。（訓読文は論文第六節に掲げた。）▽**理獄**　牢獄を営むこと。治獄に同じ。〔漢書、于定国伝〕于公謂曰、我治獄多陰徳。未嘗有所冤。（于公謂ひて曰はく、我れ獄を治めて陰徳多し。未だ嘗て冤する所有らず。）▽**載憲法**　『憲法十七条』に牢獄の経営に関する条文は見当たらない。▽**天鑑不遠、避面咫尺**　天の示す明鏡は遠からざる過去にある。龍顔を側近（宗盛を指す）にばかり向けずに歴史（天の示す明鏡）を省みよ、の意。後白河上皇に対して、宗盛の主張する断獄よりも恩赦を勧めた。〔毛詩、大雅、蕩〕殷鑑不遠、在夏后之世。〔鄭箋〕此言殷之明鏡不遠也。近在夏后之世、謂湯誅桀也。後武王誅紂。今之王者、何以不用為戒乎。（殷鑑遠からず、夏后の世に在り。〔鄭箋〕此れ言ふこころは、殷の明鏡は遠からざるなり。近く夏后の世に在りとは、湯の桀を誅するを謂ふなり。後に武王、紂を誅す。今の王者、何を以つてか用つて戒めと為さざる。）▽**取喩影響**　影が形に従い、響が音に応じるように、速やかに良い結果がもたらされるであろう。〔本朝文粋 巻二、067意見十二箇条、三善清行〕如此則聖主之祈、感速影響、公田之税、蓄如京坻。（此くの如くんば則ち聖主の祈り、感 影響《かげひびき》よりも速やかに、公田の税、蓄 京坻の如し。）▽**寛弘三年、依客星赦囚徒**〔御堂関白記、寛弘三年八月二十六日条〕右頭中将来。仰云、依大星事、申可有免者由、而未被行、今日可行者、申承由。召別当被成勘文、被免云々。着釱者九人〈六年者、三年者、遺二年、遺一年〉、未断者九人。（右頭中将来たる。仰せて云ふ、大星の事に依りて、免す者有る可きの由を申す、而れども未だ行なはれず、今日行なふ可し者《てへ》れば、承る由を申す。別当を召して勘文を成され、免さると云々。着釱の者九人〈六年の者、三年の者、二年を遺す、一年を遺す〉、未だ断ぜざる者九人。）▽**豫議**　あずかりはかる。〔文選、三国名臣序、袁宏〕故委面覇朝、豫議世事。（故に面《おもて》を覇朝に委し、世事を豫《あづか》り議す。）▽**柴愚**　高柴（孔子の弟子）のような愚直な性格。〔論語、先進〕柴也愚、参也魯、師也辟、由也喭。（柴や愚、参や魯、師や辟、由や喭《がん》。）▽**蓬星**　星の名。〔漢書、天文志〕中二年六月壬戌、蓬星見西南。…占曰、蓬星出、必有乱臣。（中の二年六月壬戌、蓬星西南に見《あら》はる。占に曰はく、蓬星出づれば、必ず乱臣有り、と。）▽運～籌策　計略をめぐらす。〔史記、高祖本紀〕高祖曰、夫運籌策帷帳之中、決勝於千里之外、吾不如子房。（高祖曰はく、夫れ籌策を帷帳の中に運らし、勝ちを千里の外に決するは、吾れ子房に如かず、と。）

変異による災いを退ける手立てを講じるべき事。

客星占文によれば、外敵が我が国に侵入するとのことである。ところが今、国内の関東・海西で暴動が起きている。これを思案するに、人事が失われたことに対して天変が現れた時には、これを天の警告と受け止めて、我々は戒め慎まなければならない。しかし、天のとがめを消し去り、人民を救済するには、ただ祈禱懇請と徳政教化とに依るしか方法はない。祈請については、たとい既にその措置が取られていたとしても、やはり殊更に（上皇による）御願を立て、太神宮以下然るべき神社に祈りを捧げるのがよい。このほか、顕教と密教とに従って祈りを捧げるのがよい。顕教ならば、仁王経・最勝王経を読誦させることが昔から効験あらたかであるとされ、密教ならば、東寺・天台の智法に習熟した僧侶を召し、法の深秘を尋ね、道の奥旨を訪い、どのような秘法であっても、それをとりおこなうのがよい。実力ある僧侶が正しく勤行し、供養料も不法を止めて沙汰すれば、末法の世であっても、どうして仏の感応のないことがあろうか。

徳政については、今のところその号令を出しにくい状況にある。それは聖人のやり方として、徳政は時機を察知し、頃合いを見計らって出すべきものだからである。しかし、人民の憂苦を救済しなければ、天のとがめから逃れることはできない。「国家は人民を財宝とする」とは古典に見える金言であり、宋の景公が「君主は人民あっての君主だ」と述べた善き言葉を顧みれば、どうして人民を労らずにいられようか。近年来、炎旱が永く続き、饑饉が日増しに深刻化している。そればかりか、東大・興福両寺の造営、兵糧米の徴収は人民の体力を奪うばかりで、その負担を軽減することはない。今、万民は痛苦の悲しみを抱き、天下はおしなべて辛苦の怨みを噛みしめている。しかしながら、これら二つの大きな営み（両寺の造営と兵粮米の徴収）は、一つとして省略することはできない。だから（一日も早く）折衷の原則を定め、下民を恵む仁徳を施さなければならない。それとともに、諸人の訴訟については、真偽を明らかにし、速やかに正しいやり方で裁断するのがよい。以上が（当事者として）肝要な点である。漢家の明王明君は断獄（断罪）を用いて治政の安定を図り、本邦の聖徳太子は治獄を図るべきことを十七箇条憲法に載せた。天の示す鑑戒はそれほど遠くない過去にある。龍顔を身近に居る者にばかり向けずに歴史に目を向けよ（罪人に対する恩赦を行なうべきだ）。善行を行なえば幸福がやって来るのは明らかなことで、（恩赦を行なえば）速やかに良い結果がもたらされるであろう。されば、下民は忽ちのうちに痛苦から解き放たれ、上天は一転して祥瑞を示すであろう。天変の出現によって赦令を発布することには、良き先例が多くある。中でも寛弘三年、客星の出現によって囚徒に恩赦を与えたところ、果たして妖気は消え去った。これが最も吉例であると言えよう。しかし、神宮の訴えに触れる者及び諸寺の悪僧の中で、暴動の張本人を獄中に拘束し続けるべきか否かは、議論して決定するのがよかろう。

愚案の趣旨は大体以上のとおりだが、この問題はやはり然るべき識者に命じて議論させるのがよい。というのも、私は才智が生まれつき高柴のように愚直である。そのような者が、どうして乱臣を亡ぼす名案を献上し、我が国を安定に導く策略を巡らすことができようか。これはまさに軽薄の徒に命じて重大事を処理させるような行為である、とこのような趣旨を上皇に披露されたい。

七月十三日　　　　　　　　　右大臣在判

蔵人弁殿

（7）『平家物語』巻六、嗄声には「同七月十四日、改元あつて養和と号す。…其日又非常の大赦おこなはれて、去る治承三年にながされ給ひし人々みなめしかへさる。松殿入道殿下、備前国より御上洛、太政大臣妙音院、尾張国よりのぼらせ給ふ。按察大納言資賢卿、信濃国より帰洛とぞ聞えし」とあり、改元に際して赦令が出され、治承三年十一月十七日に解官配流となっていた松殿藤原基房・妙音院藤原師長、藤原資賢の三名が赦されたとしているが、これは史実に反する。三名は実際にはこれより早く赦され、基房は治承四年十二月十六日に、師長は治承五年三月に、資賢は治承四年七月十三日にそれぞれ帰洛している。

第八章　『論語疏』中国六世紀写本の出現

はじめに

二〇二〇年の十月七日から十三日まで、東京丸の内の丸善本店四階ギャラリーで第三十二回慶應義塾図書館貴重書展示会が開催された。そのときのテーマは「古代中世 日本人の読書」で、室町時代以前の日本人が中国伝来の漢籍をどのように学んだのかということに焦点を当てたものであった。その展示書百点の最初に置かれたのが、ここに紹介する中国六世紀書写の『論語疏』巻六である。この写本については、慶應義塾が二〇二〇年九月十日付のプレスリリースで「慶應義塾図書館が『論語』の伝世最古の写本を公開」と題して発信し、その後、朝日新聞、読売新聞、ＮＨＫでも同様の報道がなされた。それゆえ丸善の展示会場に足を運んで実物を御覧になった方もおられると思うが、展示会の監修者の立場から、あらためて本書の概要を簡単に説明することにしたい。

本書が慶應義塾図書館に収められたのは二〇一七年二月のことである。その直後に大学内に附属研究所斯道文庫の住吉朋彦教授が中心となって慶應義塾大学論語疏研究会が組織され、本書の調査研究が進められた（現在も継続）。研究会のメンバーは次のとおりである（肩書は二〇二二年四月現在のもの）。

一戸渉（斯道文庫教授）・小倉慈司（国立歴史民俗博物館教授）・倉持隆（三田メディアセンター スペシャルコレクション担当）・合山林太郎（文学部准教授）・齋藤慎一郎（斯道文庫研究嘱託）・佐々木孝浩（斯道文庫教授）・佐藤道生（名誉教授）・住吉朋彦（斯道文庫教授）・髙橋智（文学部教授）・髙橋悠介（斯道文庫教授）・種村和史（商学部教授）・中島圭一（文学部教授）・藤本誠（文学部准教授）・堀川貴司（斯道文庫教授）・矢島明希子（斯道文庫専任講師）

この共同研究の成果でこれまで発表されたものに、貴重書展示会図録『古代中世日本人の読書』（慶應義塾図書館、二〇二〇年十月）に掲載された住吉朋彦氏執筆の『論語疏』解題と、二〇二〇年十一月二十八日にオンラインで開催された第三十三回斯道文庫講演会、文庫開設六十年記念フォーラム「書誌学のこれまでとこれから」に於ける住吉朋彦・種村和史・齋藤慎一郎の三氏による「慶應義塾図書館蔵『論語疏』巻六の文献価値」と題する口頭発表（『斯道文庫論集』第五十五輯、二〇二一年二月に要旨を掲載）とがある。本章は主としてこれらの研究成果を踏まえて成したものである。尚、『論語疏』に関する研究成果は、後に慶應義塾大学論語疏研究会編『慶應義塾図書館蔵 論語疏巻六　慶應義塾大学附属研究所斯道文庫蔵 論語義疏　影印と解題研究』（二〇二一年、勉誠出版）として刊行された。

一、日本に於ける『論語』の受容

古来我が国には中国からたくさんの文物がもたらされ、日本人はこれらを積極的に摂取することによって文化国家を形成した。中でも多大な恩恵を受けたのが書籍である。中国伝来の漢籍の中で最も読まれたのは何かと言えば、それは『論語』である。他の儒教経典、『史記』や『文選』も相当に読まれたけれども、『論語』には遠く及ばない。そのことは仮名文学への浸透の度合いからも察せられる。一例を挙げよう。次に掲げるのは、阿仏尼（?～一二八三）の歌論書『夜の鶴』の一節である。

むかし今、この代々の集どもの作者も世に聞こえ、歌の姿もたけたかくやさしからんを、次第に御目をとどめて、事のついでに題の心をも御覧じわきて、賢を見てはひとしからんと御心をかけ候ふべし。

（代々の勅撰集歌人の中でも、評判が良く、歌の姿も上品で優雅な作品に注目なされ、何かのついでに歌題の意味も理解なさって、すぐれた歌人を見てはそれと同じように詠もうとお心掛けなさいませ。）

和歌の上達には先人の秀歌を学ぶことが大切であることを述べた件りだが、読者の皆さんは傍線部「賢を見てはひとしからん」が『論語』里仁篇の「子曰、見賢思斉焉、見不賢而内自省也。（子曰はく、賢を見ては斉しからんことを思ふ、不賢を見ては内に自ら省みる。）」に拠った表現であることに気づかれたであろう。(1) 阿仏尼は歌詠みとして優れていたとは言え、紫式部のような文人貴族の家系の出身ではない。その彼女にしてこの程度に『論語』に親しんでいたのであるから、あとは推して知るべしである。

それでは（古代・中世の）日本人はどのようなテクストを用いて『論語』を読んでいたのか。それは『論語』古注の代表格である魏の何晏の『論語集解』であり、またその『集解』に依拠して六朝期の解釈を集成した梁の皇侃の『論語義疏』であった。日本人が『論語』を読む上で『義疏』を重んじていたことは、例えば『集解』写本の訓点書入れに窺うことができる。『論語』為政篇に「子夏問孝。子曰、色難。有事弟子服其労、有酒食先生饌。

曾是以為孝乎。」の一章がある。子夏に「孝」とは何かと問われて、孔子が答えたわけだが、問題は結びの「曾是以為孝乎」の「曾」をどう訓読するかである。これについて『論語』諸注の間で解釈が分かれているのである。その点を『論語集解』の清原家系統の古写本では、複数の訓を併記することで読者（学習者）に提示している。図1は慶應義塾図書館蔵『論語集解』永禄六年（一五六三）釈世誉《せいよ》（清原家の右筆）写本[2]の当該部分である。ここでは「曾」字の右傍に「ムカシ　皇侃」、左傍に「ナンチ　馬融」、「スナハチ　鄭玄」と注釈者名を明記して訓が書き分けられている。訓点書入れは右傍に主たる訓を、左傍に従たる訓を置くのが原則であるから、皇侃の『義疏』の解釈が最優先されていたことが分かる。[3]清原家系統の『論語集解』古写本で訓点に注釈者名を付するのはここ一箇所だけだが、総じて『義疏』の解釈に従った訓点が用いられている。[4]この一事を以てしても『論語義疏』が我が国の『論語』講読の場で重んじられていたことが首肯されるであろう。

その『論語義疏』の研究は近年我が国でたいへんな活況を呈している。単行書に限っても次のような研究業績（論文集）がここ二十年ほどの間に刊行されている。

喬秀岩『義疏学衰亡史論』（二〇〇一年二月、東京大学東洋文化研究所）

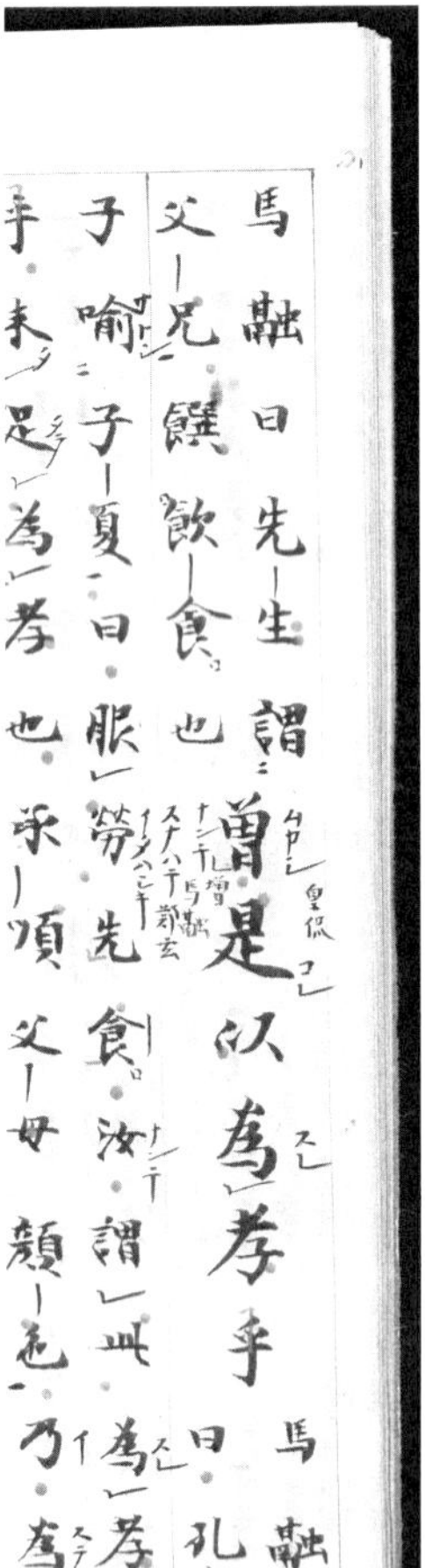

図1　慶應義塾図書館蔵『論語集解』永禄六年写本

高橋均『論語義疏の研究』（二〇一三年一月、創文社）
髙田宗平『日本古代『論語義疏』受容史の研究』（二〇一五年五月、塙書房）
影山輝國『『論語』と孔子の生涯』（二〇一六年三月、中央公論新社）

中国でも同様に『義疏』研究は盛んであり、次のような校訂本文、影印版、論文集が刊行されている。

『儒蔵』精華編第一〇四冊（二〇〇七年四月、北京大学出版社。『論語義疏』を収める）
高尚榘校点『論語義疏』（中国思想史資料叢刊、二〇一三年十月、中華書局）
劉玉才主編『論語義疏（上下）』（二〇一九年十一月、北京大学出版社。上に日本寛延三年刊本（根本遜志校訂）を、下に北京大学図書館蔵影抄足利学校本を収める）
劉玉才主編『従鈔本到刻本：中日《論語》文献研究』（二〇一三年六月、北京大学出版社）

こうした日中両国に於ける『義疏』研究の盛り上がりに呼応するかのように、六世紀古写本はひょっこり姿を現したのである。

二、『論語疏』中国六世紀写本の概要

『論語疏』は正式には『論語義疏』と呼ばれる。魏の何晏の『論語集解』を梁の皇侃（四八八～五四五）が再注釈した書で、六朝期の『論語』解釈が集成されている点に大きな文化的価値がある。孔子の言行を記録した『論語』は断片的な記述から成っているため、古来その内容を理解するには注釈書を必要とした。中国ではこれまで無数の注釈書が著されたが、何晏の『集解』は宋代に朱熹の『論語集註』が現れるまで、古注（漢～唐に成立した

注釈書）の代表として最もよく読まれた書であった。ただ『集解』にも解釈に不足の点があったため六朝期には多くの疏が作られ、その中で最も評価を得たのが皇侃の『義疏』であった。

『論語義疏』は当然のことながら我が国にも将来された。平安前期（九世紀末）に作られた宮中の漢籍目録『日本国見在書目録』に著録され、また南北朝から室町時代にかけて（十四〜十六世紀）の古写本三十点余りが日本国内に現存している。ところが、こうした日本に於ける現存状況に反して、中国では南宋の頃までに亡佚してしまったのである。影山輝國氏は『『論語』と孔子の生涯』の中でその理由として、第一に北宋の邢昺が勅命を受けて何晏の『集解』を敷衍した『論語正義』を著したことで『義疏』の需要が低下したこと、第二に南宋の新たな文化潮流の中で朱熹による新注『論語集註』が漢唐の古注を圧倒したことを挙げている。文学史・思想史の観点から見れば、たしかに右の理由は正鵠を射ている。しかし今ひとつ、書物文化史の流れの中で当の宋代は書籍の形態が写本から刊本へと移行し始める時期に当たっていたことを忘れてはならない。中国では書籍がいったん刊行されると、その刊本が権威化して、それ以前に流通していた写本を駆逐するという現象が起きた。この時期に刊行の機会を逃した漢籍は尽く亡佚してしまったと言っても言い過ぎではない。『古文孝経』然り、『群書治要』然り。『論語義疏』もまたその例外ではなかった。

今回公開された慶應義塾図書館蔵『論語疏』写本の書誌的事項を次に掲げる。図2・3・4はそれぞれ本写本の巻首、郷党篇首、巻尾である。さらに詳しい書誌情報は『古代中世 日本人の読書』（前掲の貴重書展示会図録）に掲載された住吉朋彦氏の解題を参照されたい。

論語疏□巻　存巻六（子罕・郷党）首闕　魏・何晏注　梁・皇侃疏　〔中国・南北朝末〜隋初〕写　一軸

（132X@205@1）

後補素表紙（二十七・三糎×二十四・六糎）。左肩に「論語疏巻第五」（後代の筆）、右下に「壬生家／蔵」と打付け書き。巻子装。後補前副葉有り。料紙、大麻紙（簀目数は二糎間に十四本）。本文二十紙（裏打ちを施す）。紙幅、約五十六・二糎（第一紙、二十七・五糎。第二十紙、五十一・七糎）。首の闕損部に幅八・七糎の染紙を補う。次に各篇首の

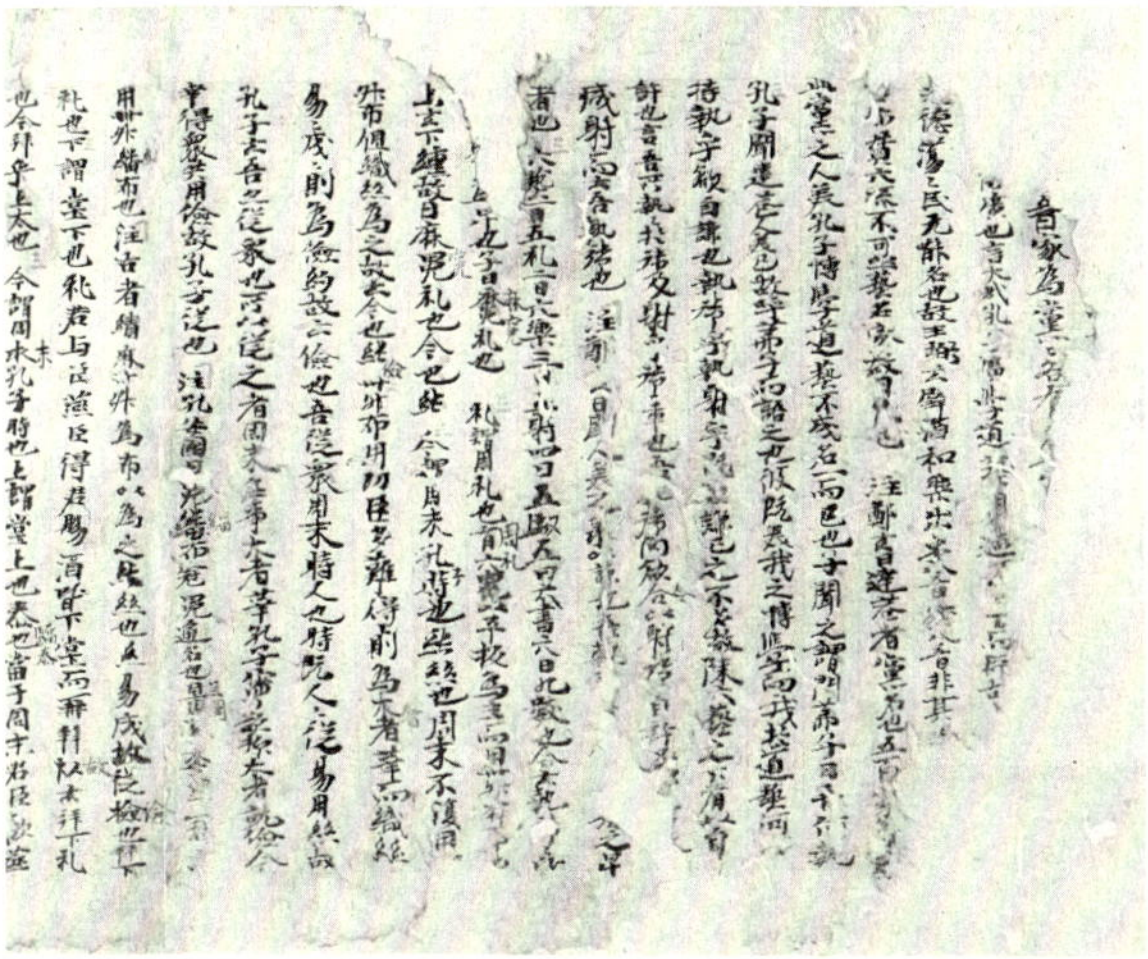

図2　巻首

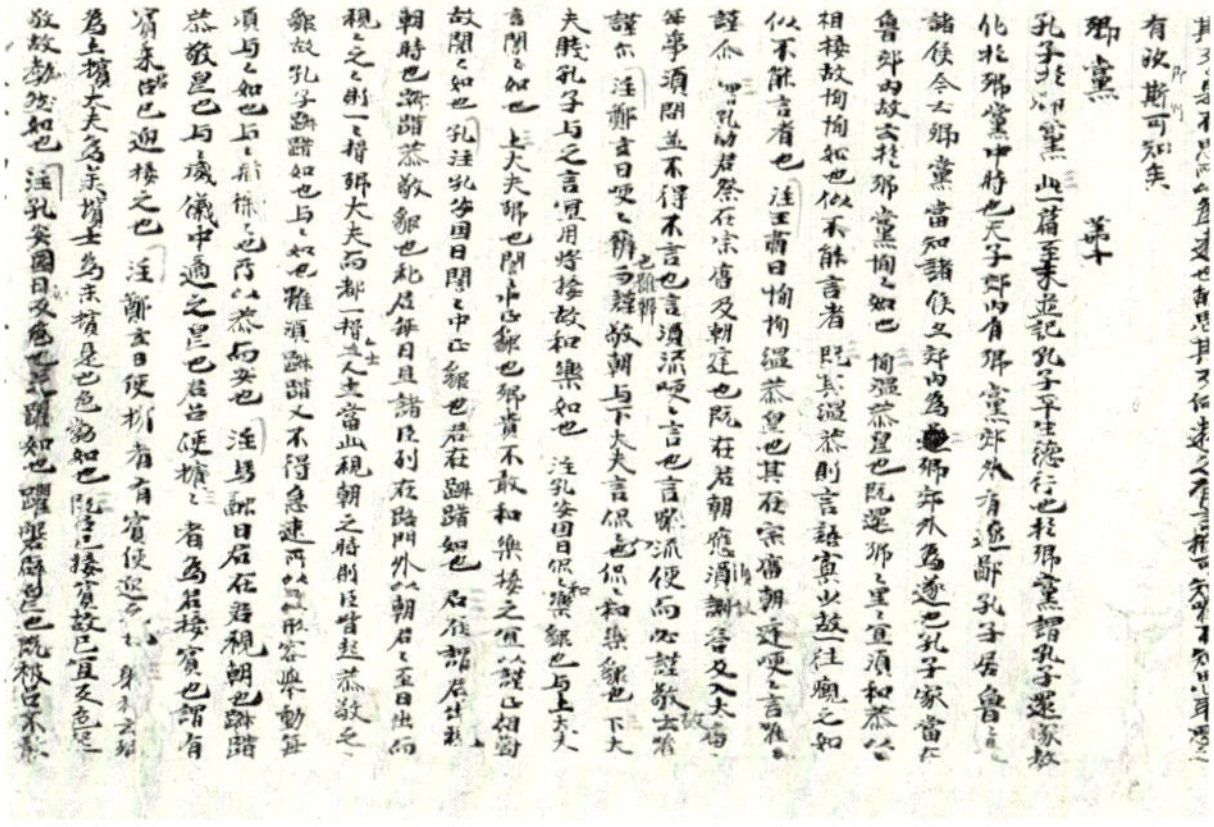

図3　郷党篇首

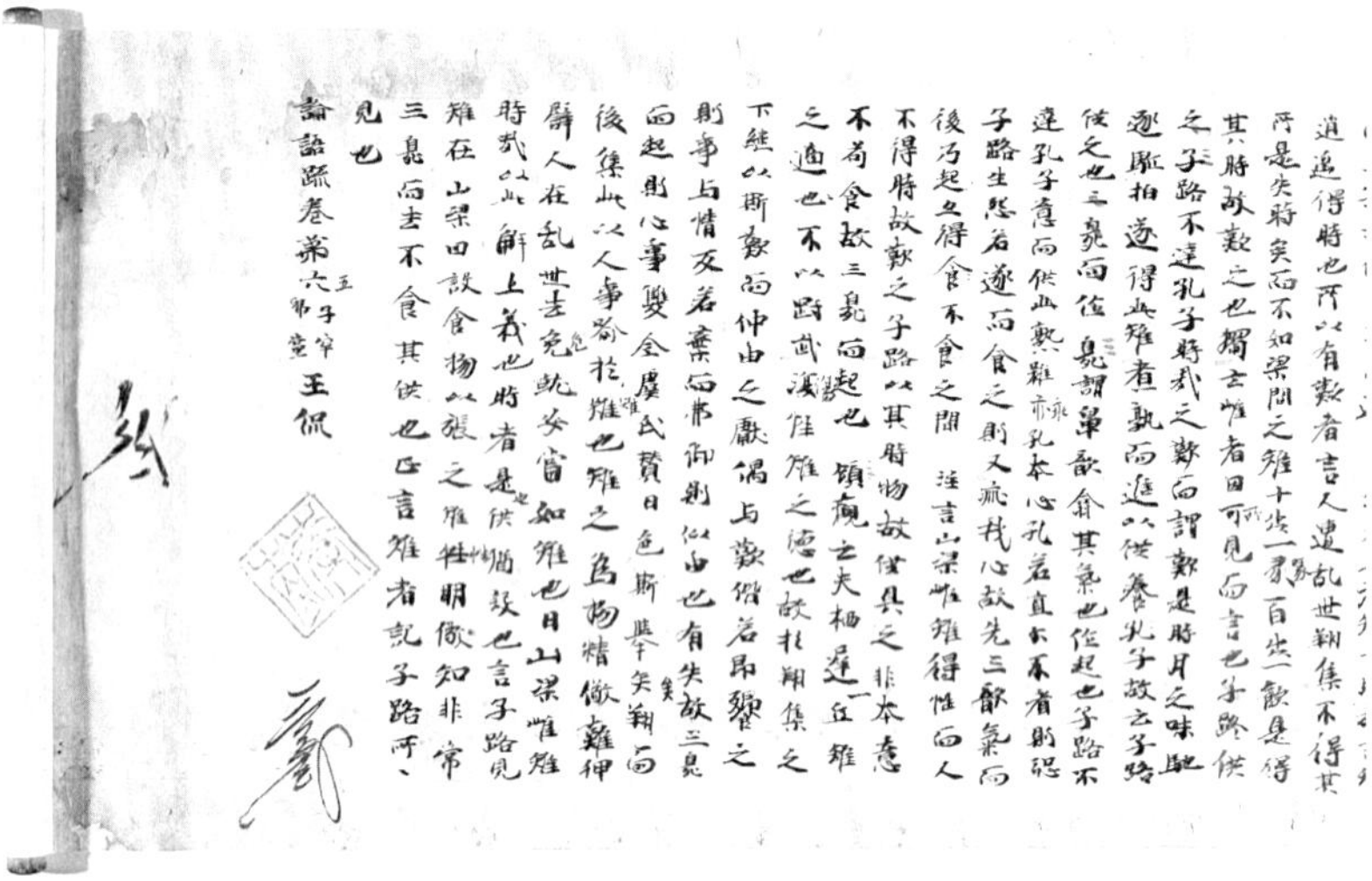

図4　巻尾

本文を掲げる。

第一紙首「(破損)五百家為党々各有(破損)／(破損)広也言大哉孔子広学道藝□遍不可一々而秤故(破損)／□徳蕩々民无能名也故王弼云譬猶和楽出乎八音然八音非其(破損)／□弥貫六流不可以一藝名家故曰□也　注鄭玄曰達巷者党名也五百家為党／此党之人美孔子博学道藝不成名一而已也子聞之謂門弟子曰吾何執／(下略)」。

第十紙「(上略)／郷党(隔四格)第十／孔子於郷党　此一篇至末並記孔子平生徳行也於郷党謂孔子還家教／化於郷党中時也天子郊内有郷党郊外有遂鄙孔子居魯々是／諸侯今云郷党当知諸侯亦郊内為■郷郊外為遂也孔子家当在／魯郊内故云於郷党(下略)」(「■」は墨滅)。

本文は経・注・疏ともに小字単行。経文の後、注文の前に一格を空け、注文の首には「注」と標す。有界。界高、約二十二・六糎。界幅、約一・七糎。一紙三十三行、但し第一紙は十六行、第二十紙は二十七行。行字数は不定。筆蹟は首尾一筆。尾題「論語疏巻第六〈子罕／郷党〉王侃」、「六」を別筆で「五」に改める。経文に朱筆傍点、注文の首右肩に墨筆鉤点、疏文の首右傍に「三」符の書入れを施す。また別筆で校合注書入れがある。尾題下並に紙背接合部に単辺方形陽刻「藤」朱印記（左傾）、墨筆草名、紙背接合部に単辺方形陽刻（判読不能）朱印記がある。

書名と書写年代　尾題に見える「論語疏」の書名は「論語義疏」の省略であると思われる。本書の正式書名が「論語義疏」であったことは、『隋書』経籍志及び『日本国見在書目録』に「論語義疏十巻　皇侃撰」と著録されていることから明らかである。しかし『旧唐書』経籍志に「論語疏十巻　皇侃撰」とあること、敦煌出土の唐鈔本に「論語疏」と題されていることなどによって、早くから「論語疏」の呼称のあったことが知られる。国書にもしばしば「論語疏」の名で引用されることがある。

本写本はその書法、書式、料紙などから中国の南北朝から隋にかけての時期に書写されたものと認められる。大麻紙による料紙二十枚を継いだ巻子装一軸から成り、『論語』二十篇の内、子罕・郷党の二篇を収める（子罕篇の第一紙冒頭十七行分の欠けていることが惜しまれる）。この二篇は通行本では巻五に当たるが、本写本では尾題に「巻六」（後代に「六」の右傍に「五」を注記）と表示されている。これをたんなる誤写と見なしてよいものか、書写年代の頭抜けた古さの故に判断が難しい。今は巻六のままにしておく。

書写年代を特定するに当たって恰好の参考資料となるのは敦煌出土写本である。本写本は大英図書館蔵北魏・正始元年（五〇四）書写『勝鬘義記』（Stein 2660）やフランス国立図書館蔵北周・保定五年（五六五）書写『十地論義疏』（Pelliot 2104）などと書法・字様が非常によく似ている。南北朝末から隋初にかけての時期（六世紀）の書写であると見て誤りないものと思われる。[5]

書式についても触れておこう。『論語義疏』は経文・注文・疏文から成っているが、本写本では一章を分節して経、経の疏、注、注の疏の順に置き、文字は全て同じ大きさで書かれている。経・注・疏をどのように区別しているかと言えば、経文には朱筆で傍点を付し、注文には起点の右肩に朱の鉤点を付し、疏文には起点の右傍に朱で「三」のような符号を付することで、三者を区別しているのである。但し、この朱筆書入れは本来存したものではなく、後代の日本人によるものと思われる。

　これに対して敦煌出土の〔唐代〕写『論語疏』残巻（Pelliot 3573）では経文を大字で記した下に、注文を小字双行で略記し、その下に疏文を経の疏、注の疏の順に小字単行で記す（つまり経文を大字で、疏文を小字で記し、注文は小字で略記する）書式を備えている。さらに日本の室町期写本などでは経文を大字で記した下に、経の疏文を小字双行で記し、次に注文を経文より一格下げて大字で記した下に、注の疏文を小字双行で記すという書式を取っている。嘗て武内義雄氏はこの点に疑問を抱き、早稲田大学図書館蔵〔唐代〕写『礼記子本疏義』（皇侃の弟子鄭灼が師の『礼記』講疏に基づいて自説を補足した書）残巻に注目して、そこに見られる経、経の疏、注、注の疏の順に、文字は全て同じ大きさに書くのが本来の書式で、敦煌本や本邦写本の書式はこれを改変したものであろうと推測した(6)。本写本はまさに武内氏の思い描いたとおりの書式を備えている。敦煌本や本邦写本の書式は後代に読者の便宜を図って改変したものと考えられる。改変の時期は不明だが、『義疏』本来の書式が本写本の出現によって明らかになったのである。

将来時期と伝来　本写本がいつ頃日本に将来されたのか。その時期を推測する手掛かりとなるのが、錯簡を防ぐために料紙の継ぎ目に捺された二種類の縫印《ほういん》である（図5）。一つは「藤」の印文を持つ平安前期（九世紀初め）の藤原氏所用印であり、これには草名を伴う。この印は東京国立博物館蔵〔唐代〕写『史記』巻二十九の末尾にもやはり縫印として捺され、また同筆の草名を備えている。今ひとつは印文を未だ判読し得ていないが、「藤」印に先行するものである。したがって本写本は奈良時代或いはそれ以前（七～八世紀）に日本に将来されたものと推測できよう。

本写本はその縫印から平安前期に藤原氏の所有であったことが分かるものの、その後江戸時代までその所伝が知られない。ただ南北朝期（十四世紀）には清原家で『論語義疏』の本文校合に用いられたと思しく、京都大学附属図書館清家文庫蔵（南北朝）写『論語義疏』（請求記号　1―66／ロ／4貴）の書入れにその痕跡（異本注記に本写本の本文が一致）が認められる。詳しくは齋藤慎一郎氏の論考を参照されたい。

本写本が再びその姿を現すのは江戸中期のことである。藤原貞幹（一七三二～九七）がその著『好古雑記』及び『好古日録』に閲覧の記録を留めており、当時壬生官務家の所蔵であったことが知られる。その後、筑前秋月藩儒の磯淳（一八二七～七六）の所蔵が確認されるが、磯が明治九年秋月の乱で自刃した後は、その所在が不明となっていたのである。[7]それにしても、本写本が我が国に将来されてから千四百年もの時を経て、無事現代の我々に伝えられたことには、今更ながら感慨を催さずにはいられない。

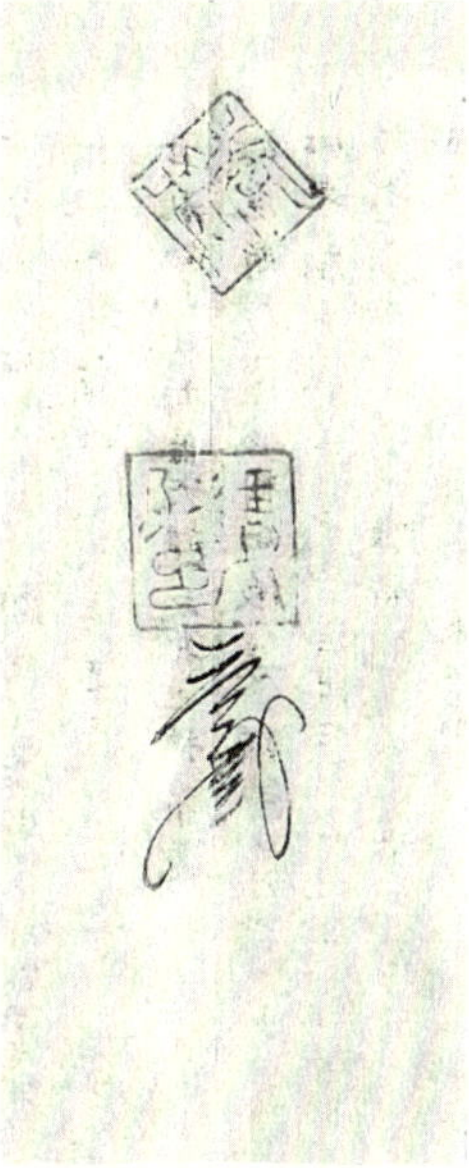
図5　上から「藤」印、印文不明の印、草名

『論語総略』所引の『義疏』本文の問題　本写本の本文的特徴については、種村・齋藤両氏の論考を読んでいただくとして、ここでは『論語総略』に引かれる『論語義疏』の本文について触れておきたい。『論語総略』[8]は鎌倉時代成立の『論語』の概説書で、大綱、題名、本之同異、註者姓名、二十篇目録幷篇次大意の五項目に分けて叙述されている。ここで問題にしたいのは「篇次大意」に

引かれる『義疏』の本文である。『義疏』の本邦写本には篇題下に当篇の大意を論じた一節があり、それが『論語総略』の「篇次大意」の本文に一致するのである。両者の八佾篇の当該本文を並べて掲げよう。

八佾奏楽人数行列之名也。此篇明季氏是諸侯之臣而僭行天子之楽也。若不学而為政則如季氏之悪。故次於為政也。（論語総略）

八佾者奏楽人数行列之名也。此篇明季氏是諸侯之臣而僭行天子之楽也。所以次前者。言政之所裁々於斯濫。故八佾次為政也。又一通云、政既由学。々而為政則如北辰。若不学而為政則如季氏之悪。故次於為政也。然此不標季氏而以八佾命篇者深責其悪。故書其事標篇也。（論語義疏）

見てのとおり、『総略』の本文は『義疏』の傍線部の本文に一致する。それ故『論語総略』の「篇次大意」の本文は『義疏』を引用したものであると考えられてきたのである。ところが、敦煌本『論語疏』（Pelliot 3573）に存する為政・八佾・里仁の各篇には「篇次大意」に当たる本文が見られない。この点を『論語義疏』本邦写本の篇題下に不純物の混入したものと考えるのか、それとも敦煌本の脱落或いは省略と見なすのか、議論の分かれるところである。しかし、今回出現の写本が篇題下の大意を持たないことから、この問題にははっきりと決着が付いたように思われる。「篇次大意」の本文は『論語義疏』から『論語総略』に入ったものではなく、『論語総略』（或いはそれに類する書）から『論語義疏』に混入したものと見なすのが穏当であろう。

三、本写本の価値

最後に、本写本の価値についてまとめておきたい。私見では次の三点に集約できるように思う。第一に、伝世の書としての古さである。伝世とは人の手から人の手へと受け継がれて伝わった意である。出土品であれば、これよりも古い『論語』の写本が中国や北朝鮮に現存するけれども、伝世品でこれほど古いものは他に見当たらない。隋以前の写本の現物であること自体に大きな価値が認められるのである。尚、本写本は『論語義疏』全体の十分の一しか存していないものの、その内部には子罕・郷党両篇の『論語』経文、『論語集解』注文を全て含んでいる。したがって『義疏』の最古写本であると同時に『集解』の最古写本であり、また『論語』の、出土品を除いての最古写本と称することができる。

第二に、『論語義疏』の原本に極めて近い本文を持っていることである。先述したとおり、日本には『義疏』の南北朝・室町期写本が数多く現存している。これらの写本と本写本とを比較してみると、本文異同が幾つか見出される。これは皇侃が『義疏』を著してから日本の南北朝・室町期まで一千年近い年月が経っており、その間『義疏』が転写される過程で『義疏』以降の注釈などの不純物（解釈には役立つが本来の『義疏』には無かった本文）が混入したことを暗示している。一方、本写本は『義疏』成立後数十年しか経ておらず、皇侃の原本に極めて近い本文を有していると思われる。両者の比較を通して『義疏』の原姿が明らかになると同時に、『論語』注釈の展開を跡づける手掛かりが得られるに相違ない。

第三に、書式面に於いても原初形態を保持している点である。これについては第二節の「書名と書写年代」で述べたので繰り返さない。

以上が本写本の持つ主な資料的価値である。顧みれば、『論語義疏』の文献学的研究は、根本遜志（一六九九～一七六四）が足利学校蔵本を底本として『義疏』を校訂し、寛延三年（一七五〇）刊行したところから始まった。そして、これまで日中両国では極めて多くの良質な研究業績が積み重ねられてきた。それが今回の中国六世紀写本の出現によって、新たな段階に踏み入る契機を与えられたように思われる。さらなる『論語義疏』研究の進展を祈念して、筆を置くことにしたい。

注

（1）森本元子『十六夜日記・夜の鶴』（一九七九年、講談社学術文庫）、簗瀬一雄・武井和人『十六夜日記・夜の鶴注釈』（一九八六年、和泉書院）など、『夜の鶴』の注釈書でこの点を指摘したものは見当たらない。

（2）慶應義塾図書館蔵『論語集解』永禄六年（一五六三）写本（132X@208@9@2-6）は室町中期の大儒清原宣賢（一四七五～一五五〇）の訓点を伝えるもので、巻末に持ち主の釈梵舜（一五五三～一六三二）の求めに応じて清原枝賢（一五二〇～九〇）が訓点の由緒を証明した識語を存する。恐らく梵舜以前はその父吉田兼右が所蔵していたものと思われる。兼右（一五一六～七三）は清原宣賢の次男として生まれ、宣賢の実父が吉田兼倶であった関係から、吉田兼満（兼倶男）の養子となって吉田家を継いだ。清原家を継いだのは兄の業賢（一四九九～一五六六）である。しかし兼右は吉田家に入って後も清原家との関係を良好に保ち、明経道の学問を積極的に修得したようである。それがどれほどレベルの高いものであったかは、例えば永禄九年から十一年にかけて兼右が時の関白近衛前久（一五三六～一六一二）に『論語』を伝授していることからも窺われよう。『兼右卿記』永禄九年（一五六六）正月二十二日条には、前年に前久を門弟とし、この日から『論語』の伝授を始めたことが記されている。この『論語』伝授は前久が京都を出奔する永禄十一年まで続けられ、同年二月二十一日には憲問篇（二十篇中の第十四）までを読み終えている。慶應義塾図書館蔵本はこの伝授の直前に書写されたもので、伝授当時は兼右の所蔵であったと考えられるから、兼右がこの本を証本として伝授に用いた可能性がある。

(3)「ムカシ」は『論語義疏』に「曾猶嘗也。言為人子弟、先労后食、此乃是人子人弟之常事、最易処耳。誰嘗謂此為孝乎」とあるに拠り、「ナンチ」は『論語集解』に「馬融曰、孔子喩子夏曰、服労先食、汝謂此為孝乎」とあるに拠る。但し、「音増」（書影1で「曾」の左下。片仮名の「レ」のように見えるのは「音」の略字である）の書入れは『経典釈文』巻二十四、論語音義の当該条に「曾、音増。馬云則、皇侃云嘗也」とあるのに拠ったものと思われる（馬融説が『論語集解』とは異なる）。『義疏』の本文は慶應義塾図書館蔵天文十年・十四年（一五四一・一五四五）写本（110X@73@8）に拠った。尚、『集解』に付された訓点であるにも拘わらず、『義疏』の解釈に従っていることについては、本書第十二章に詳しい考察を加えた。

(4) 例えば子罕篇冒頭の「子罕言利與命與仁」を清原家系統の『論語集解』写本では「言利」の下に読点を置き、「子罕に利を言《と》き、命を與《ゆる》し仁を與《ゆる》す」（孔子は利については殆ど説くことはなく、命と仁とについては稀に説くことを許した（命と仁とについては稀に人に説いて聞かせることがあった）の意）と読んでいる。これが中世に広く流布した訓読文であった。しかし、ここは『集解』（何晏注）に従えば「子罕に利と命と仁とを言ふ」と読むべきところである。それを清原家の儒者は『義疏』の解釈に従って訓読しているのである。日本中世に於ける『論語』読解の傾向をここに見ることができる。尚、『義疏』の解釈については種村和史氏の御教示を得た。

(5) 特に、赤尾栄慶氏を研究代表者とする「敦煌写本の書法と料紙に関する調査研究」の研究成果報告書（一九九九年三月）からは多大な恩恵を蒙った。

(6) 武内義雄「校論語義疏雑識——梁皇侃論語義疏について」（『武内義雄全集』第一巻、一九七八年七月、角川書店。初出は「梁皇侃論語義疏に就いて」、『支那学』第三巻第二号・第三号・第四号、一九二二年十一月・十二月・一九二三年一月）。

(7) 久保尾俊郎「磯淳の旧蔵書」（『ふみくら』第七十九号、二〇一〇年十月、早稲田大学図書館）。

(8) 曼殊院蔵本。髙田宗平「曼殊院門跡所蔵『論語総略』影印・翻印」（『国立歴史民俗博物館研究報告』第一七五集、二〇一三年一月）の書影に拠れば、筆蹟は釈玄恵を伝称筆者とする『尚書』抜粋断簡（いわゆる伯者切）と同筆である。また、これまで曼殊院蔵本が唯一の伝本と思われてきたが、近年新たに伝玄恵筆の古筆切（曼殊院蔵本とは別筆）が見つかった。鎌倉後期の写本で、現在二葉の存在が確認されている。

第九章　平安時代に於ける『文選集注』の受容

はじめに

『文選』は梁の蕭統（五〇一～三一）によって編纂された、三十巻から成る詩文の総集である。周代から梁代に至る作者百三十名余りの作品約八百篇を収めている。この書は早くから中国詩文のアンソロジーとして高い評価を得たが、その発端は隋から唐初にかけての時期に曹憲が揚州で門弟にこれを講じたことによる。これ以前に隋の蕭該が文選音義なる注釈書（現存しない）を著してはいたが、『文選』の高い文学性を顕彰し、『文選』を解釈することを学問の域にまで達せしめたのはやはり曹憲の功績であった。曹憲には文選音義の著があり、また曹憲の門下からは多くの俊秀が出て、それぞれ注釈書を著した。許淹の文選音義、公孫羅の文選鈔・文選音決、李善の文選注・文選音義はその主要なものである。この中で現存するのは李善の文選注だけだが、これが完成したのは唐の顕慶三年（六五八）のことである。その後、開元六年（七一八）になって、呂延済・劉良・張銑・呂向・李周翰の五人が新たに注釈を為した。これが五臣注と呼ばれるもので、以後、李善注と五臣注とが『文選』の注釈書の代表格として流布し、両書を合わせた六臣注も広く行われた。

こうした中国に於ける『文選』を解釈する学問、いわゆる文選学の隆盛を承けて、日本でも『文選』は大学寮紀伝道の最重要教科として定められ、知識人の必読書となった。(1) ここに取り上げる『文選集注《もんぜんしっちゅう》』は平安時代に用いられた『文選』の注釈書の一つで、書名の示すとおり、『文選』の唐代に於ける注釈を集成した書である。百二十巻から成り、この内、我が国の古写本二十五巻が現存している。五種類の文選注を収め、李善注・五臣注を除く文選鈔・文選音決・陸善経注が本国中国ではすでに亡佚している点、また、李善注の佚文を含む点などに資料的価値がある。伝本は次の二種が知られる。(2)

一、東山御文庫蔵（九条家旧蔵）本。〔平安前期〕写。存巻八・九。近時、巻七断簡一葉が出現した。

二、金澤文庫本。〔平安中期〕写。称名寺、東洋文庫など諸処に所蔵される。存巻四十三・四十七・四十八・五十六・五十九・六十一・六十二・六十三・六十六・六十八・七十一・七十三・七十九・八十五・八十八・九十一・九十三・九十四・九十八・百二・百十三・百十六。但し、首尾完備する巻は少ない。

本書は平安時代を通じて儒者の間で利用されたと思われるが、平安中期、十世紀末までの利用実態については明らかではない。『集注』の書名が文献上に顕著に現れ始めるのは平安後期、十一世紀以降のことである。というのは、平安後期になると、本邦儒者の注釈活動が盛んになり、僅かに現存する、その注釈書の中に『集注』が引かれているのである。

『文選集注』を引用する平安後期の資料としてよく知られているのは『秘蔵宝鑰鈔』『三教勘注抄』といった空海の著作に対する注釈書である。(3) 両書はともに式家儒者、藤原敦光（一〇六三〜一一四四）によるものであり、当時、式家には『文選集注』を利用できる環境が整えられていたのである。また大江匡房の言談を筆録した『江談抄』に『集注』に関する言及が見られることから、大江氏もまた本書を利用していたことが知られる。しかし、それ以外の儒家（博士家）の利用状況については必ずしも明らかではない。そこで本章では、この点について、南家藤原氏による利用を示す資料を紹介したいと思う。

一、式家の『文選集注』利用

本題に入る前に、式家による『文選集注』の利用について、少しばかり補足しておきたい。式家儒者が本書を利用していたことは、注釈活動を通して確認できるだけではない。彼らの作った詩文にも徴証が見出される。次に掲げるのは『本朝無題詩』巻六に収める藤原明衡（敦光の父）の「暮秋白川院即事」と題する詩の頷聯である。白川院は鴨東、白河の地にあった摂関家の別業。

東籬菊老攀秋雪　　東籬 菊老いたり 秋雪を攀《よ》づ
甲宅菓珍拾暁霜　　甲宅 菓珍《めづら》し 暁霜に拾ふ

（白川院の）東側のまがきでは、秋に降った雪かと見誤って、枯れかかった菊を手折る。この立派な邸宅（白川院）では、秋に実った珍しい果実を、明け方に降りた霜の中から拾い上げる。

上下二句の始めに置かれた「東籬」「甲宅」の語は、作者明衡の訪れた白川院を指している。ともに『文選』に見られる語だが、ここで問題としたいのは「甲宅」である。これは左思の「蜀都賦」（『文選』巻四）に「百果甲宅、異色同栄」とある表現に拠ったもので、「百果甲宅」は通常「たくさんの果実の花が開く」意に解されている。それは六臣注に「甲宅」を李善が『周易』を典拠として、草木が新芽を出す意に取り、五臣が花開く意に取っているからである。しかし、「甲宅」を草木が芽吹く、或いは花開く意とすると、明衡の句は解釈できない。「蜀都賦」は『文選集注』では巻八に当たり、この巻はさいわい東山御文庫に現存している。そこでその該当箇所を見ると、『文選鈔』に李善・五臣とは異なる解釈が示されている。

鈔曰、言皆是某甲室宅之中有也。
(鈔に曰はく、皆な是れ某甲室宅の中に有るを言ふなり。)

この「甲宅」を誰それの邸宅とする解釈は、明衡の詩句の意味にぴたりと合致する。これによって明衡が『文選鈔』の解釈を採用して詩句を作ったことは明らかであり、また彼が『文選集注』を見ていたことも確実のように思われる。

式家が紀伝道の一隅を担うようになったのは明衡の代からであり、その子孫に藤原師英がいる。

この師英(4)は所謂九条家本『文選』（東山御文庫現蔵）の書写者の一人として知られている。九条家本『文選』は正文のみの写本であるが、裏書に『文選集注』が引かれていることで名高い資料である。つまり式家では、明衡から師英に至るまで、『文選集注』が綿々と相伝されていたと言うことができる。

このように現存資料に拠る限り、『文選集注』は式家儒者が積極的且つ独占的に利用していた印象が強いのだが、果たしてそうなのだろうか。そこで式家以外の利用実態を伝えると思われる資料として三河の鳳来寺旧蔵『和漢朗詠集』古写本(5)を取り上げたい。この本は訓点以外に、注釈に関わる書入れが散見される点に特徴がある。『和漢朗詠集』には多様な注釈書が存在し、それを総称して「朗詠注」と呼んでいるが、『和漢朗詠集』古写本の書入れも一種の「朗詠注」である。ここで、このような書入れが現れる経緯について、簡単に説明しておきたい。

藤原公任が『和漢朗詠集』を編纂してから八十年ほどを経て後、白河天皇が大江匡房に『和漢朗詠集』の摘句の全文を収集することを命じた。下命の背景は、これより先、藤原明衡が編纂した『本朝文粋』の中に、『和漢朗詠集』に収める本邦作者の長句の全文を見ることができたからで、『本朝文粋』に関心を持った白河天皇はこれに倣って、『和漢朗詠集』所収摘句の全てについて、その全文を収集することを思い立ったのである。天皇の命を受けた大江匡房は摘句の出典検索に取り組んで全文を収集すると同時に、次男匡時のために『和漢朗詠集』の注釈、所謂「朗詠江注」を著した。この「朗詠江注」は匡房の儒者としての権威から広く流通し、後には多くの儒者がこれに倣って、独自の「朗詠注」を為した。但し、この時期に著された各種「朗詠注」は殆ど現存していない。「朗詠江注」に続く「朗詠注」として現存しているのは釈覚明の『和漢朗詠集私注』である。覚明は儒者ではなく、典拠用例の引用に不正確なところが多いことから、必ずしもすぐれた注釈書とは言えないが、『私注』は後代に大きな影響を与えた「朗詠注」であった(6)。

二、鳳来寺旧蔵『和漢朗詠集』の書入れに見られる『文選集注』

鳳来寺旧蔵の『和漢朗詠集』は、巻下の奥書によれば、菅原長成《ながしげ》が建長三年（一二五一）、後深草天皇、当時九歳の侍読となって『和漢朗詠集』を講じたときに用いた写本を、暦応二年（一三三九）藤原師英が書写したものと知られる。この本には詳密な訓点の他に、二種類の書入れが見られる。一つは大江匡房の「朗詠江註」であり、今一つは裏書に見える「朗詠注」で、これは『朗詠集』の語句に関して、主としてその典拠用例を明らかにしたものである。裏書の注釈の中から『文選』、或いはその注の引用を次に掲げることにしよう。引用本文の次には六臣注本（足利本）を掲げ、本文が一致する部分に傍線を付した。

1、文選四十四曰、三月三日曲水詩序注曰、詩、三月桃花水之時、鄭国之俗、三月上巳、於溱洧両水上、執蘭招魂続魄、払除不祥也。（巻上、朗詠題「三月三日」に対する注）

〔文選 巻四十六、三月三日曲水詩序、顔延之〕（題下、六臣注）善曰、韓詩曰、三月桃花水之時、鄭国之俗、三月上巳、於溱洧両水上、執蘭招魂、祓除不祥也。

2、集注文選八十三曰、美玉之黄侔蒸栗。注、劉良曰、栗、木実。烝之其色鮮黄。言美玉有如此色。（巻上、女郎花279「烝粟」に対する注）

〔文選 巻四十二、與鍾大理書、魏文帝〕竊見玉書、称美玉、…赤擬雞冠、黄侔蒸栗。（六臣注）良曰、侔、類也。栗、木実。烝之其色鮮黄。言美玉有如此色也。

3、集注文選八十九曰、摛如春華。呂延済曰、発文如春物之華。（巻上、初冬352「春華」に対する注）

〔文選 巻四十五、答賓戯、班固〕雖馳辯如濤波、摛藻如春華、猶無益於殿最也。〔六臣注〕済曰、言雖辨言如濤波之源、発文如春物之華、終無益於事之先後也。

4、文選廿九、蘇子卿詩曰、征夫懐遠路、遊子恋故郷。（巻下、暁416「遊子」に対する注）

〔文選 巻二十九、詩四首其四、蘇武〕征夫懐遠路、遊子恋故郷。

5、文選卅、謝玄暉直中書省詩曰、茲言翔鳳池、鳴佩多清響。李周翰曰、鳳池、中書省也。李善曰、晉中興書曰、荀勗従（徙）中書省監為尚書令。人賀之。乃発恚云、奪我鳳凰池、卿諸人何賀我耶。（巻下、禁中521「鳳池」に対する注）

〔文選 巻三十、直中書省、謝朓〕茲言翔鳳池、鳴佩多清響。〔六臣注〕翰曰、翔、集也。鳳池、中書省也。鳴佩、所佩玉也。善曰、晉中興書曰、荀勗徙中書省監為尚書令。人賀之。乃発恚云、奪我鳳皇池、卿諸人何賀我耶。礼記曰、君子行則鳴珮玉。

6、文選巻十六、潘安仁詩曰、人生天地間、百年孰能要。熲如敲石火、暫〔瞥〕君〔若〕截道飆。鈔曰、敲石出火不能久也。論百年之寿、亦復如此耳。（巻下、餞別637「石火向風敲」に対する注）

〔文選 巻二十六、河陽県作二首其一、潘岳〕人生天地間、百年孰能要。欻（善本作熲）如敲石火、瞥若截道飆。

7、文選、広絶交論曰、近世有楽安任昉云々。雌黄出其脣吻、朱紫由其月旦。注、晉陽秋曰、王演、字夷甫、能清言。於意不安者、輒更易之。時号口中雌黄。（巻下、将軍686「雌黄」に対する注）

〔文選 巻五十五、広絶交論、劉峻〕近世有楽安任昉。…雌黄出其脣吻、朱紫由其月旦。〔六臣注〕善曰、孫盛晉陽秋曰、王衍、字夷甫、能言。於意有不安者、輒更易之。時号口中雌黄。

8、文選、謝霊運詩曰、辞満豈多秩、謝病不待年。（巻下、老人723「不待年」に対する注）

〔文選巻二十五、還旧園作、見顔范二中書、謝霊運〕辞満豈多秩、謝病不待年。

全八例の内、2・3・6に『文選集注』が引用されている。1は朗詠題の「三月三日」に対する注で、「文選四十四曰」（「四十四」は「四十六」の誤り）とあることから、六臣注本から抄出したものと知られる。引かれた注は李善注であり、李善単注本からの抄出であることも考えられはするが、後の5の例から、注釈者が用いたのは六臣注本であったと考えられる。

2は「蒸栗」の語に対する注で、「集注文選八十三に曰はく、美玉の黄なること蒸せる栗に侔《ひと》し。注に、劉良曰はく、栗は木の実。之れを烝せば、其の色鮮黄。美玉の此くの如き色有るを言ふ」とある。『集注』からの抄出で、引かれているのは五臣の注である。

3は「春華」に対する注で、「集注文選八十九に曰はく、摛《の》ぶること春華の如し。呂延済曰はく、文を発すること、春物の華の如し」とある。これも『集注』からの抄出で、注は五臣注。

4は「遊子」に対する注で、正文のみが抄出されているが、「文選二十九」とあることから、六臣注本を用いたものと知られる。

5は「鳳池」に対する注で、「文選三十」とあり、五臣注と李善注とが引かれることから、六臣注本からの抄出と知られる。また注が五臣注、李善注の順に引かれていることからすれば、依拠した本文は五臣幷李善注本であった可能性が高い。

6は「石火向風敲（石火の風に向かって敲《う》つ）」に対する注で、「文選巻十六、潘安仁の詩に曰はく、人、天地の間に生まれて、百年孰か能く要せむ。熲《ひか》ること石を敲つ火の如し、瞥《ほの》かなること道を截《わた》る飆《かぜ》の若し。鈔に曰はく、石を敵ちて火を出だす、久しかること能はざるなり。百年の寿を論ずれば、亦た復た此くの如きのみ」とある。「文選巻十六」とあるのは「巻二十六」の誤り。六十巻本を引いているようだが、注は『文選鈔』が引かれている。このことから注釈者は六臣注本と集注本との両方を手元に置いて利用していたと考えられる。

7は「雌黄」に対する注で、巻次が示されていないが、引かれた注は李善注である。

8は「不待年」に対する注で、巻次を示さず、正文のみの抄出である。

以上が『和漢朗詠集』鳳来寺旧蔵本の裏書に於ける『文選』の引用である。それでは、この裏書の注釈を為した人物は、一体誰なのか。奥書にそれに関する記述は見当たらない。先に述べたとおり、この本は暦応二年に藤原師英が書写したものである。師英は式家出身の儒者で、所謂九条家本『文選』の書写者として知られ、その裏書に『文選集注』の引用の存することもすでに述べたとおりである。とすれば、『和漢朗詠集』の裏書も師英による注釈と考えるのが自然だが、実はそうではない。というのは、この裏書には文字の誤りが散見されるからであり、書写者師英が為した注釈ならば、これほど多くの誤写は考えにくい。師英が底本とした本に裏書としてすでに存在していたか、或いは別人の注釈を師英が転記したか、その何れかと考えるのが妥当である。

裏書の注釈を為した人物を探る上で、有効と思われるのが、正安本『和漢朗詠集』である。(7) これは正安二年(一三〇〇)の伝授奥書を持っていることから、そのように呼ばれているもので、巻上のみの残缺本ながら、南家藤原氏の儒者による訓点が詳密に書き入れられていることで名高い資料である。そして、この本にも裏書があり、それが師英写本の裏書と一致するのである。正安本の巻末には、これを所持していた行超という人物が次のような識語を加えている。

正慶元年（一三三二）十月廿八日、以南家冷泉証本校点之。先年此上巻、以同家本加点訖。子細見其裏記。件本写光範卿之秘本云々。尤足指南。且一家之書、前後之本、雖不可依、遣於今本者、以越州禅門孝自筆之本移点加裏書云々。此書、彼禅門之説殊為規模之間、重借請之、所校点也。凡当流之本両三、以前比校上、略皆雖令一揆、至□点等者、為不令混乱、暫不論是非、事止之。一模之本、但本点之外、先師口伝之説少々、私加朱仮名声等而已。抑冷泉累家之正本、故二品禅門之時紛失了。仍此本相伝之次第不審之間、相尋本主祭酒之処、委細載返状。案文注左矣。　法眼行超

傍線部に「今に遣《つか》はさるる本は、越州禅門孝自筆の本を以つて点を移し裏書を加ふと云々。此の書、彼の禅門の説殊に規模と為すの間、重ねて之れを借り請け、校点する所なり」とある。この部分は、行超が訓点と裏書とを写し取るために借りだした「南家冷泉証本」について、その由緒を記したものである。その本は「越州禅門」の自筆本から訓点と裏書とを移写したものと言われていること、そして「越州禅門」の説は殊に規範とすべきものであるから、これを重ねて借りて校合したことを述べている。ここに「越州禅門」と呼ばれているのは、南家の儒者、藤原孝範である。藤原孝範（一一五八～一二三三）は、南家藤原氏貞嗣流、正三位非参議宮内卿永範の猶子で、紀伝道に学び、文章博士、大学頭などを歴任した儒者で、正四位下に至った。猶子でありながら儒家の正統を継いだ人物であり、源光行の漢学の師としても知られる。著作に『明文抄』、『秀句抄』（『擲金抄』）、『柱史抄』がある。系図を掲げておこう。

正安本の識語を信ずれば、裏書の「朗詠注」は孝範によるものであると判明する。平安後期の儒者による「朗詠注」は、その殆どが滅びたことを先に述べたが、この裏書は南家の「朗詠注」の姿を伝えるものとして、極めて重要な資料であると言えよう。また、その「朗詠注」の中に『文選集注』が引かれていることから、『文選集注』が平安後期に式家ばかりでなく、南家の儒者によっても利用されていたことが判明する。[8]

『文選』は大学寮の紀伝道に於いて最も重要な教科であったから、儒家（博士家）は、その注釈書をなるべく多く備えておくことが求められた。その意味で、『文選集注』を所蔵することができたのは、式家、南家にとって他家を圧倒し得る強みであったと思われる。

三、摂関家と『文選集注』

ところで、式家にしても、南家にしても、藤原氏の家々が漢学を専門とする家系として定着するのは、平安後期、十一世紀以降のことである。藤原氏儒者の祖となる人物の対策及第の時期を次に掲げた。

藤原広業（北家）—　長徳四年（九九八）十二月、対策。
藤原資業（北家）—　寛弘二年（一〇〇五）十月、対策。
藤原実範（南家）—　長元二年（一〇二九）以前、対策。

藤原明衡（式家）― 長元五年（一〇三二）十二月、対策。

彼らは大江・菅原といった古くからの儒家に比べて、格段に新しい家系なのである。そこで問題となるのが、こうした新興の家々が何故『文選集注』のような貴重な書籍を利用することができたのか、という点である。南家も式家も学統としては、大江氏の系統に属するが、大江氏の所蔵していた『文選集注』を彼らが容易に入手できたとは考えられない。博士家の生命線はその蔵書にあると言っても言い過ぎではない。藤原氏の儒者は、『文選集注』を含めて、その体系的な蔵書をどのように構築したのだろうか。

そこで思い当たるのが摂関家の存在である。中でも書籍蒐集に極めて熱心であった藤原道長の果たした役割を考えてみる必要がある。先に示した藤原氏儒者の対策及第の時期が、道長そしてその子の頼通による摂関政治全盛期に当たっていることは、たんなる偶然ではない。藤原氏儒者が大江・菅原両氏に対抗する形で出現する背景には、摂関家の支援があったことを想定することができる。それと同様に、書籍を供給する面、蔵書を体系的に構築する面に於いても摂関家の援助があったのではないかと思われる。当の『文選集注』について言えば、道長はたしかに本書を所持していた。次に掲げるのは『御堂関白記』寛弘元年十月三日条で、道長が『文選集注』を源乗方《あきまさ》から献上されたことを記した有名な記事である。

乗方朝臣集注文選幷元白集持来。感悦無極。是有聞書等也。

（乗方朝臣、集注文選幷びに元白集を持ち来たる。感悦極まり無し。是れ、聞こえ有る書等なり。）

道長は生涯を通じて、周囲から頻繁に書籍を献上されているが、「感悦極まり無し」などと記すのは大変珍しいことだ。また「聞こえ有る書」とも言っており、長年手に入れたいと念願していた書であったような書きぶりである。

先行研究では、現存する『文選集注』伝本をこの道長が所持した『文選集注』に同定する説が有力である。例えば山崎誠氏が「源乗方から道長に献ぜられた「集注文選」が、現存本『文選集注』と同一であるや否やに慎重な意見もあるが、恐らく同定して誤りないものであろう」と述べているとおりである。(9) しかし、現存本には先に述べたとおり、二種類の伝本がある。道長の所持した本と、二種類の伝本とはどのような関係にあるのかについて考えなければならない。

まず東山御文庫蔵本の巻八・九について、両巻共に巻末に「校了。源有宗」とあり、源有宗が白河朝から堀河朝にかけての人物であることから、その書写年代を平安後期とする見方がある。しかし、近年発見された僚

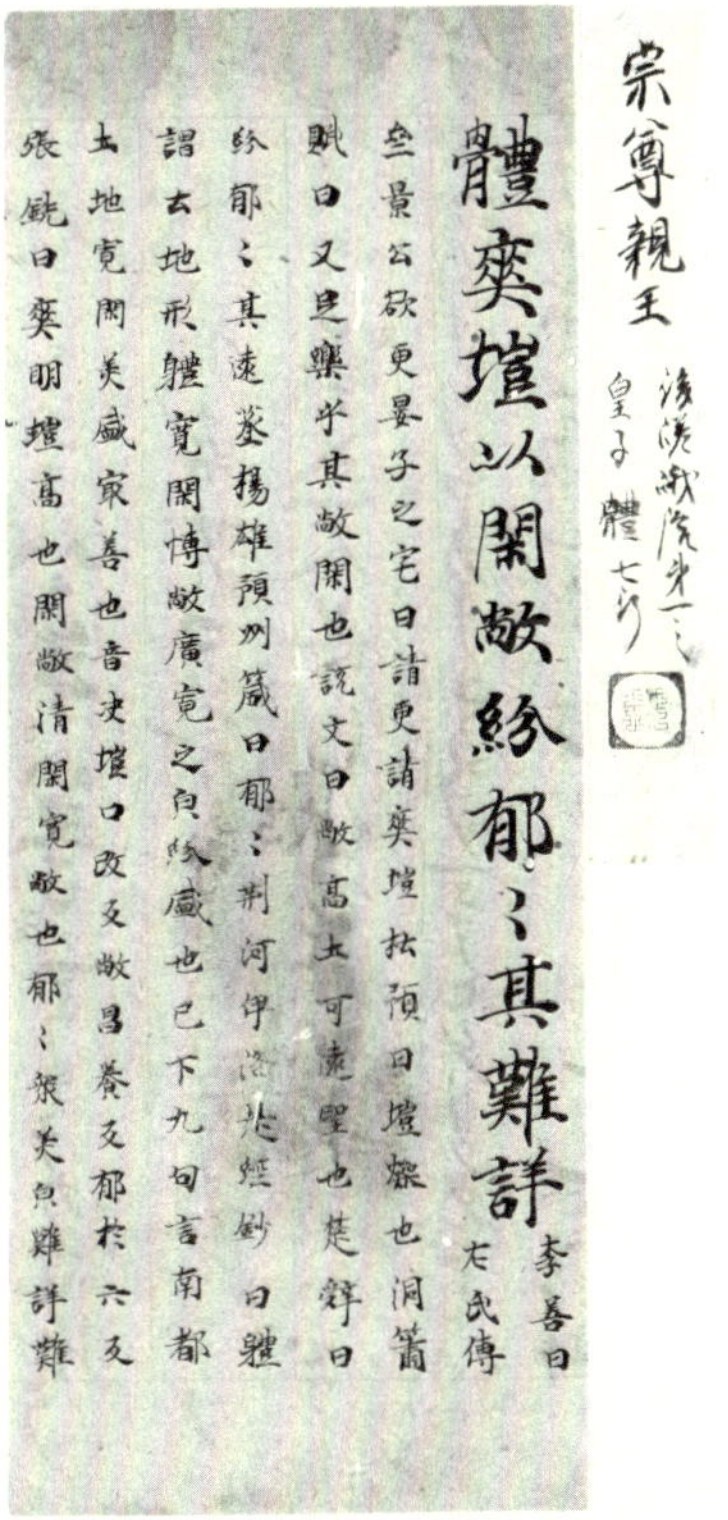

図1　架蔵〔平安前期〕写『文選集注』巻七断簡。東山御文庫蔵本の僚巻

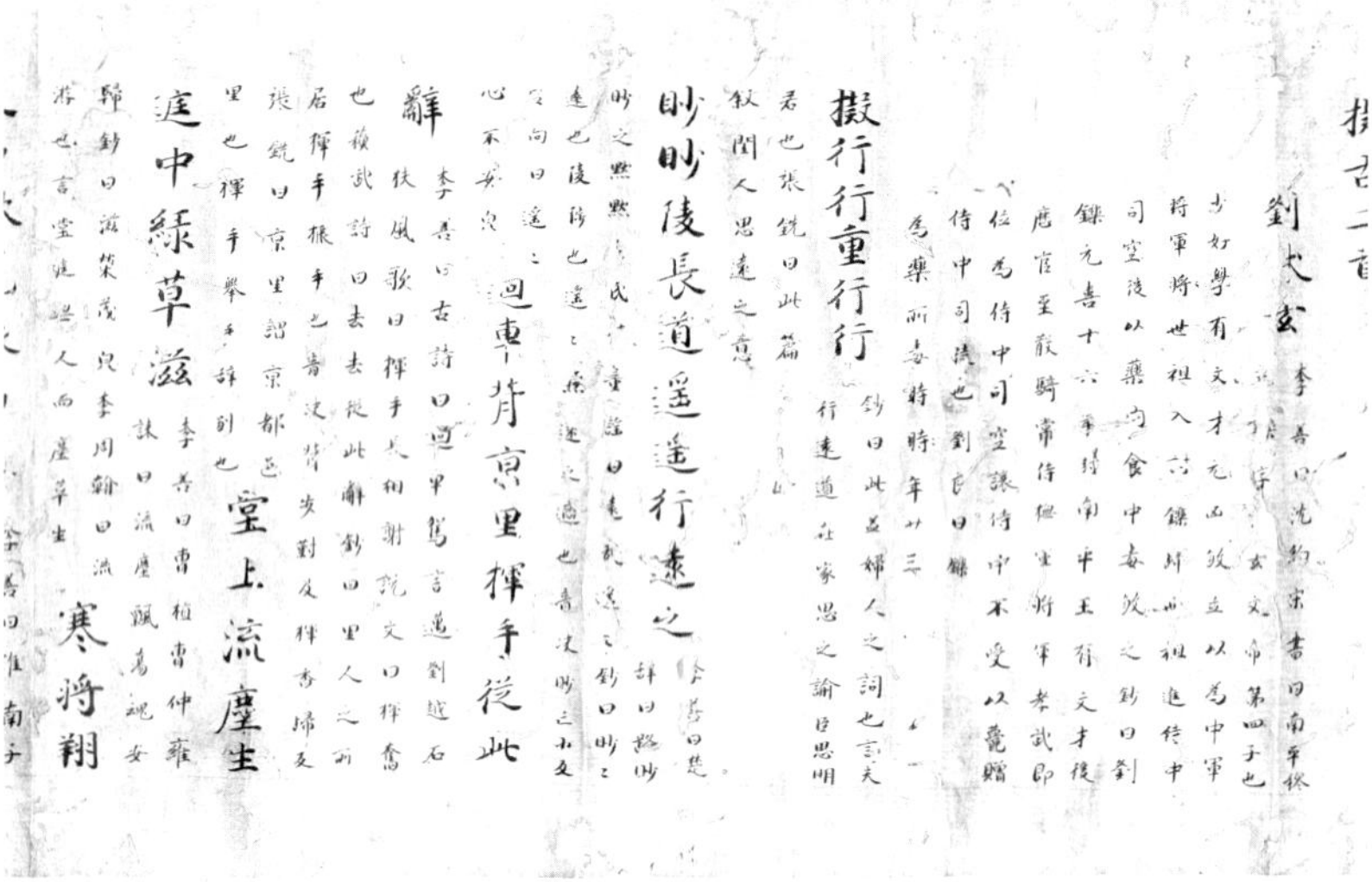

図2　架蔵（平安中期）写 金澤文庫本『文選集注』巻六十一残簡

巻の巻七断簡（図1、口絵カラー写真2）の書体を見る限り、奈良末期から平安前期にかけての書写の印象がある。このことは早く新美寛氏が巻八・九を実際に閲覧して、「九条家秘蔵の第八・九の両巻は他巻と異り写経風を帯び、現存巻中最古の抄写と認めらる」（「新獲文選集注断簡」、『東方学報』京都第八冊、一九三七年十月）と指摘していることに符合する。道長は『御堂関白記』で、その入手した本を「聞こえ有る書」と評して、道長の当時から相当溯る写本であることを暗示するような書き方をしている。この点は東山御文庫本の書写年代に合致するように思われる。したがって、東山御文庫本は、源乗方から献上された、その本である可能性が高いと言えよう。

一方、金澤文庫本（図2、口絵カラー写真4）は、東山御文庫本よりもやや後れる書写ではないかと思われる。この本が金澤文庫伝来とされながら、実は金澤文庫本でない可能性のあることは川瀬一馬氏に指摘がある。川瀬氏は金澤文庫本を接収した人物として豊臣秀次を想定し、「後に家康の命で金澤文庫に返却させたものの中には、どうも秀次がどこかから集めた古書類の尤品が、金澤文庫本に混入して金澤文庫に戻っているのではないかと思うのです。唐写本や平安朝の古筆の『文選集注』類など、いわば古美術的なものは、金沢北条氏は蒐集しないのではないかと思います」（「関白秀次の典籍蒐集と金沢文庫」、『日本における書籍蒐蔵の歴史』一九九九年、ぺりかん社）と述べている。

ところで、『御堂関白記』には、『文選集注』を入手してひと月後の十一月三日、道長が娘の中宮彰子を通じてこの書を一条天皇に献上したという記事が見出される。天皇が藤壺に渡御して管絃の遊びに興じた後のこととして、次のように記す。

事了問、集注文選、内大臣取之。右大臣問。内大臣申云、宮被奉集注文選云々。事了還御。

（事了んぬる間、集注文選、内大臣（公季）之れを取る。右大臣（顕光）問ふ。内大臣申して云ふ、宮、集注文選を奉らると云々。事了りて還御す。）

これは、道長が手に入れた集注をそのまま一条天皇に奉ったと解釈されているが、果たしてそうだろうか。「聞こえ有る書」を手に入れて「感悦極まり無し」と喜びを隠さなかった道長が、そのわずかひと月後に容易くその書を手放すとは考えにくいのではないか。また天皇に献上するならば、それなりの装飾を施さなければならないだろう。事実、道長は紀斉名の妻から長保二年（一〇〇〇）二月二十一日に奉られた『扶桑集』（紀斉名撰の本邦詩の総集）を、清書し直して寛弘三年（一〇〇六）八月六日に一条天皇に奉っている。これと同様に『文選集注』も一条天皇に奉るに当たって、改めて書写し直したのではないかと考えられる。そのように考えれば、金沢文庫本に見られる美術品的要素も、天皇への献上品ということで理解できるのではなかろうか。ただ、道長が入手してからひと月の間に百二十巻全てを書写することができたのかという点が疑問として残る。しかし『御堂関白記』の十一月三日条には、一条天皇に奉られた書が百二十巻から成る大部なものであったという印象はなく、恐らくその日には、清書を終えた数巻が奉られたのではないだろうか。

二種類の伝本の関係を示せば、東山御文庫蔵（九条家旧蔵）本は源乗方が藤原道長に献上した平安前期写本であり、これに対して、金澤文庫本は道長が右の平安前期写本を底本として全巻の書写を命じ、彰子を経由して一条天皇に献上した本ということになる。これはあくまでも推測であるが、二種類の古写本の存在を合理的に解釈すれば、このように結論づけられよう。

最後に、近年提出された、『文選集注』撰者を大江匡衡に擬する説（陳翀「『集注文選』の成立過程について」、『中国文学論集』第三十八号、二〇〇九年、九州大学中国文学会）について触れておきたい。陳氏は『権記』長保二年九月六日条の記事を根拠として、大江匡衡に「仰注文選」と称する『文選』の注釈書の著作があったとし、その「仰注文選」こそが『文選集注』であると主張している。しかし、『権記』の記事を陳氏のように解釈できるのか、極めて疑問である。次に『権記』の当該記事を掲げよう。

左府於中宮有召、即参向。…亦先日匡衡朝臣所伝仰注文選、纔所求得四十餘巻、非一同。随仰可令進上。
（左府、中宮にして召し有り、即ち参向す。…亦た先日匡衡朝臣に仰せを伝ふる所の注文選、纔かに求め得たる所の四十餘巻、一同に非ず。仰せに随ひて進上せしむ可し。）

問題となるのは傍線部の解釈である。これは左大臣藤原道長が蔵人頭である藤原行成に下した命令であり、

「先日、道長が一条天皇の仰せを匡衡に伝えて、『注文選』を進上させたところ、やっと四十巻余りを求め出すことができたが、これで全部揃ったわけではない。（行成から匡衡に督促して）仰せのとおりに進上させよ」の意であろう。ここを「仰注文選」と区切って「匡衡に対して天皇が『文選』に注することを命じた」と解釈することはできない。『注文選』が誰の注を指すのか明らかではないが、中国伝来の（唐人の）注釈と見るのが穏当であり、これを匡衡の著作と見なすには無理がある。また『権記』の翌七日条には、

奏昨日左大臣令申旨。仰云、文選雖不具可進。
（昨日左大臣の申さしむる旨を奏す。仰せて云ふ、文選、具《そな》はらずと雖も進らす可し。）

とあり、行成が前日の道長の意向を一条天皇に奏上したところ、天皇は「『文選』は揃っていなくてもよいから、進上せよ」と仰せられたと記している。ここでも、確かなのは天皇の所望した書が『文選』であったということだけであり、匡衡による注釈書の存在を示すような文言はない。陳氏の推測は成り立たないのではなかろうか。(10)

また、仮に『文選集注』を匡衡の著作であるとすると、理解しにくい事柄がある。道長に『文選集注』を献上したのが源乗方である点である。乗方は宇多源氏、左大臣正二位源重信の男である。母は左大臣源高明女。匡衡との接点は見出されない。一方、匡衡は側近といってよいほど道長に従属していた儒者である。(11)その匡衡の著作ならば、匡衡自身が直接道長に献上するはずであり、乗方を経由する必然性など全くないのである。そしてまた、道長が匡衡の著作を入手して「感悦極り無し」などと言うはずもあるまい。こうした点からも匡衡撰者説は成り立たないものと思われる。但し『文選集注』が中国伝来の書であるか、本邦撰述の書であるかは現時点では不明

とせざるを得ない。(12)

注

（1） 藤原佐世撰『日本国見在書目録』は宮中の蔵書目録とでも言うべきものであって、これによって平安前期、九世紀末の時点で現存していた中国伝来の漢籍を知ることができる。書中には次のような『文選』の注釈書が著録されている。

文選 六十巻〈李善注〉
文選鈔 六十九巻〈公孫羅撰〉
文選抄 三十巻
文選音義 十巻〈李善撰〉
文選音決 十巻〈公孫羅撰〉
文選音義 十巻〈釈道淹撰〉
文選音義 十三巻〈曹憲撰〉
文選抄韻 一巻

（2） 近時、東山御文庫蔵本の筆蹟とも、また金澤文庫本の筆蹟とも異なる古写本巻百十一断簡が出現した（図3、**口絵カラー写真3**）。第三の伝本である可能性があるが、東山御文庫蔵本に書写年代が近いことから、その僚巻である可能性も否定できない（寄合書きの別筆部分と推測することが可能である）。拙稿「日本漢学研究に於ける古筆切の利用」（『慶應義塾中国文学会報』第三号、二〇一九年三月、慶應義塾中国文学会）。

（3） 東野治之「『文選集注』所引の『文選鈔』」（『神田喜一郎博士追悼中国学論集』、一九八六年、二玄社）、山崎誠「式家文選学一斑――文選集注の利用」（『中世学問史の基底と展開』、一九九三年、和泉書院。初出は一九八九年）。

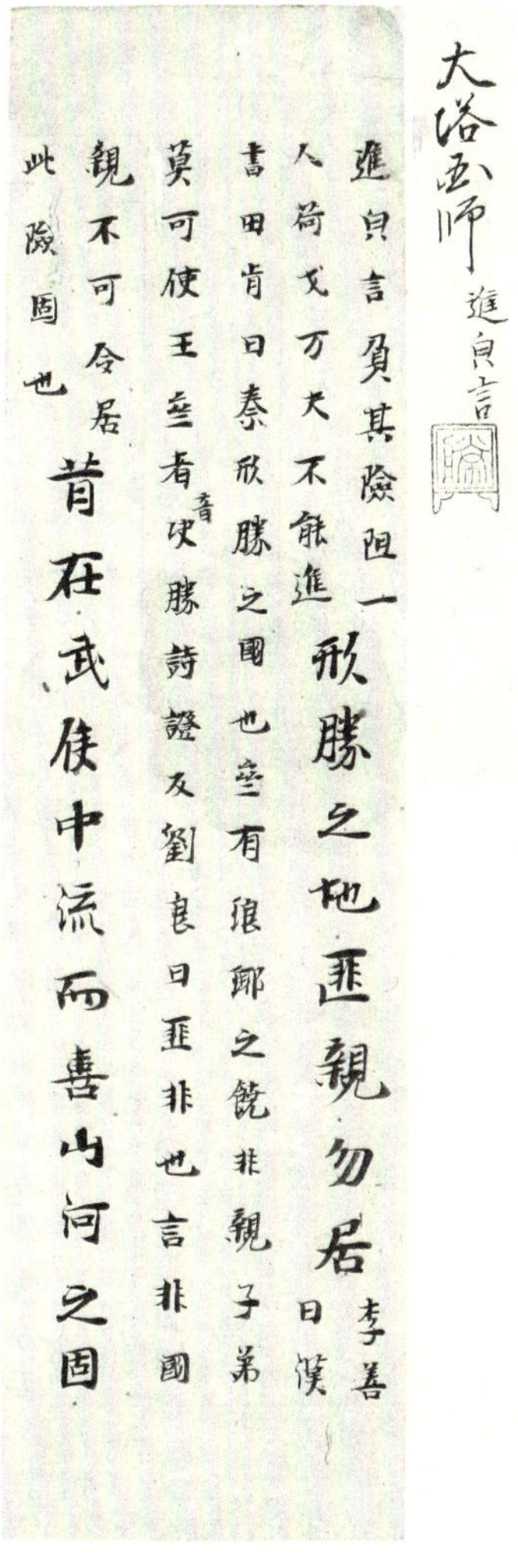

図3　架蔵（平安前期）写『文選集注』巻百十一断簡

（4）田中誠氏より、師英が室町幕府の奉行人として足利尊氏・高師直に仕えていたこと、また足利直義の三条坊門学問所にも出入りしていた可能性があること等を御教示いただいた。田中誠「室町幕府奉行人在職考証稿（1）」（『立命館文学』第六五一号、二〇一七年三月）。

（5）拙著『三河鳳来寺旧蔵暦応二年書写 和漢朗詠集 影印と研究』（二〇一四年、勉誠出版）。

（6）平安後期の「朗詠注」については、山田尚子「朗詠注の成立と展開」（『重層と連関――続 中国故事受容論考』、二〇一六年、勉誠出版。初出は二〇一一年）を参照されたい。

（7）正安本『和漢朗詠集』は京都の坂内家の所蔵で、複刻日本古典文学館『和漢朗詠集』（一九七五年、日本古典文学刊行会）として複製された。

（8）国会図書館に「文集抄上」の内題を持つ『白氏文集』の抄出本が蔵されている。建長二年（一二五〇）、醍醐寺の阿忍が「円蓮房本」を底本として書写したもので、欄外余白に書き入れられた音義注の中に『文選集注』の引用が散見される。円蓮房は醍醐寺の念叡で、俗名は藤原資宗。資宗は日野流儒者の家系に属する。これによって『文選集注』が北家日野流にも伝えられていたことが判明する。太田次男『旧鈔本を中心とする白氏文集本文

の研究』中巻、第三章、一（3）「国立国会図書館蔵『文集抄』」（一九九七年、勉誠出版。初出は一九九〇年）。
（9）山崎誠「式家文選学一斑――文選集注の利用」（『中世学問史の基底と展開』、一九九三年、和泉書院）。
（10）陳氏の大江匡衡撰者説について、山崎誠氏は「これは紛れもなく『権記』長保二年九月六日条の誤読に基づく謬見である」（「古代末期漢文表現の仿古と創造」、『日本文学』第五十九巻第七号、二〇一〇年七月、注（9））と述べ、また後藤昭雄氏も「これは『権記』の記事の誤読にもとづくもので成り立ちえない」（「大江匡衡と『文選』」、『語文』第百・百一輯、二〇一三年十二月、注（5））と述べている。尚、古記録などに用いられる変則的漢文が誤読されやすいことは、本書第一章第五節に論じた。
（11）後藤昭雄『大江匡衡』（人物叢書、二〇〇六年、吉川弘文館）。
（12）『文選集注』はその成立時期も明らかではないが、それを探る手懸かりは幾つかある。例えば、愛知県豊田市・猿投神社所蔵『文選』巻一は、正安四年（一三〇二）の校合奥書を持つ正文のみの写本だが、欄上・行間に「鈔曰」「少曰」「決曰」「決作」「陸曰」として『集注』を引く。その中に張衡「西京賦」（李善注本巻二）の「丞相欲以贖子罪、陽石汙而公孫誅」に対して「師説、集注无罪字、有異本」との書入れが見られる。日本漢籍古写本の書入れに見られる「師説」は、平安初期の大学寮の講義説と考えられている（小林芳規「訓點資料における師説について」「師説拾遺」、『平安鎌倉時代に於ける漢籍訓読の国語史的研究』、一九六七年、東京大学出版会）。したがって、「師説」に引かれる『文選集注』はそれ以前に成立（或いは渡来）していた書ということになる。

第十章　金澤文庫本『春秋経伝集解』、奥書の再検討

はじめに

宮内庁書陵部の図書寮文庫蔵書については、すでに『図書寮典籍解題』という極めて優れた研究書が備わっている。ここに取り上げる金澤文庫本の『春秋経伝集解』も、『典籍解題』漢籍篇（以下、『解題』と略称する）に於いて、十三頁もの紙数を費やして、詳細に論じられている。書誌的事項から始めて、奥書から窺われる伝写の情況、そしてこの古写本の有する日本漢学史上の意義に至るまで、重要な事柄は全て述べ尽くされた観がある。ただ、今回この本を改めて調査したところ、『解題』の記述の中に幾つか修正すべき点が見出されたので、本章ではそれらについて報告したいと思う。『解題』では、この本の書写・校合の経緯を次のように記している。

本書は金沢文庫の創始者、北条実時（一二二四―一二七六）が、清家八代の大儒清原教隆（一一九九―一二六五）から、清家累代相伝の春秋経伝集解の秘説を伝授される時に、清家相伝の集解本を書写校点したものを、

後に実時の子篤時が、教隆の子の直隆（一二三四―一二九九）・俊隆（一二四一―一二九〇）から伝授される時に書写したものである。巻三十の識語に、文永四年十月十一日より翌年の七月十四日まで約九箇月を要して、右筆が書写したと記してある。ところが、巻三十のすべてがこの種のものでなく、巻十四・十五・二十三・二十六の四巻は、篤時の弟顕時（一二四八―一三〇一）が俊隆から伝授される時に、俊隆本を書写したものである。（中略）実時が教隆より本書を伝授されたのは、建長五年（巻四）より文永二年（巻九）にわたる十三年間である。実時は本書を伝授されるに当つて、清家本を自ら丹念に書写校点したもので、その努力の尋常でなかつたことが窺われる。

実時の子篤時は教隆の子直隆・俊隆から伝授を受けた。その際篤時は、実時の書写本を写し、それを直隆が実時書写の原本たる教隆本（外記大夫本）と俊隆本（音博士本）とによつて校勘し、文永五年七月十七日から翌年十月廿一日まで約十五箇月間に、全三十巻を直隆・俊隆兄弟が折半して各巻交互に伝授している。（中略）俊隆は篤時の弟顕時にも全三十巻を伝授した。その消息を伝えるものは巻十四・十五・廿三・廿六の四巻で、本文の字体も金沢文庫の印章も、篤時本二十六巻とは異なつており、巻十四・十五には顕時自筆の書写校点の識語署名が、あざやかに残つている。

右の文中、再検討する余地のあると思われるのは、傍線部の前後二箇所である。この金沢文庫本三十巻が本体の二十六巻と補配された四巻とに分けられることは『解題』の指摘するとおりである。検討すべき問題の第一は補配された四巻が全て北条顕時の書写したものであるかという点であり、第二は北条篤時が本体の二十六巻を書写した後、それを教隆本と俊隆本とによって校勘したのが果たして清原直隆その人であったかという点である。

以下、これら二点に就き、検討を加えたい。

一、補配の四巻中、巻二十三・巻二十六は北条顕時の書写か

『解題』には「巻十四・十五・二十三・二十六の四巻は、篤時の弟顕時（一二四八〜一三〇一）が俊隆から伝授される時に、俊隆本を書写したものである」（傍線部）とし、また「俊隆は篤時の弟顕時にも全三十巻を伝授した。その消息を伝えるものは巻十四・十五・二十三・二十六の四巻で、本文の字体も金沢文庫の印章も、篤時本二十六巻とは異なつており、巻十四・十五には顕時自筆の書写校点の識語署名が、あざやかに残つている」とも述べている。

これら四巻の内、たしかに巻十四・十五には北条顕時の署名・花押の付された書写奥書があるので、顕時自筆写本に相違ない。それでは残りの巻二十三・巻二十六も顕時の書写と見て良いのだろうか。『解題』でこれら二巻を巻十四・十五と同じく顕時の書写と判断した根拠は、恐らく俊隆が顕時に伝授した旨の俊隆自筆識語があるからであろう。巻二十三には、

弘安元年五月三日、以家説授申越後左近大夫将監尊閤了。音博士清原〔花押〕

（弘安元年（一二七八）五月三日、家説を以つて越後左近大夫将監尊閤に授け申し了んぬ。音博士清原〔花押〕）

とあり、巻二十六には、

弘安元年六月三日、以家説奉授越後左近大夫将監尊閤畢。音博士清原〔花押〕

（弘安元年六月三日、家説を以って越後左近大夫将監尊閤に授け奉り畢んぬ。音博士清原〔花押〕）

とある。「越後左近大夫将監尊閤」は顕時を指す。伝授は、①弟子が師匠から借り受けた書を書写する、②師弟それぞれが写本を手元に置いて本文の読み合わせを行ない、師匠が弟子に訓説を伝授する、③師匠が弟子の所持本の末尾に伝授を終えた旨を書き加える、という手順で行なわれる。顕時に伝授した旨の識語があるのだから、その本の書写を顕時が行なったと見なすのが自然である。ところが、巻二十三の書写奥書には、

弘長元年六月十三日以参州本書写移点了。
文永二年六月二日挍合了。

（弘長元年（一二六一）六月十三日、参州の本を以って書写移点し了んぬ。文永二年（一二六五）六月二日、挍合し了んぬ。）

巻二十六の書写奥書には

文永二年正月十一日以清参州之本書写点挍了

（文永二年（一二六五）正月十一日、清参州の本を以って書写点挍し了んぬ。）

とあって、これを顕時に拠るものだとすると、巻二十三は顕時十四歳の時の書写、巻二十六は顕時十八歳の時の

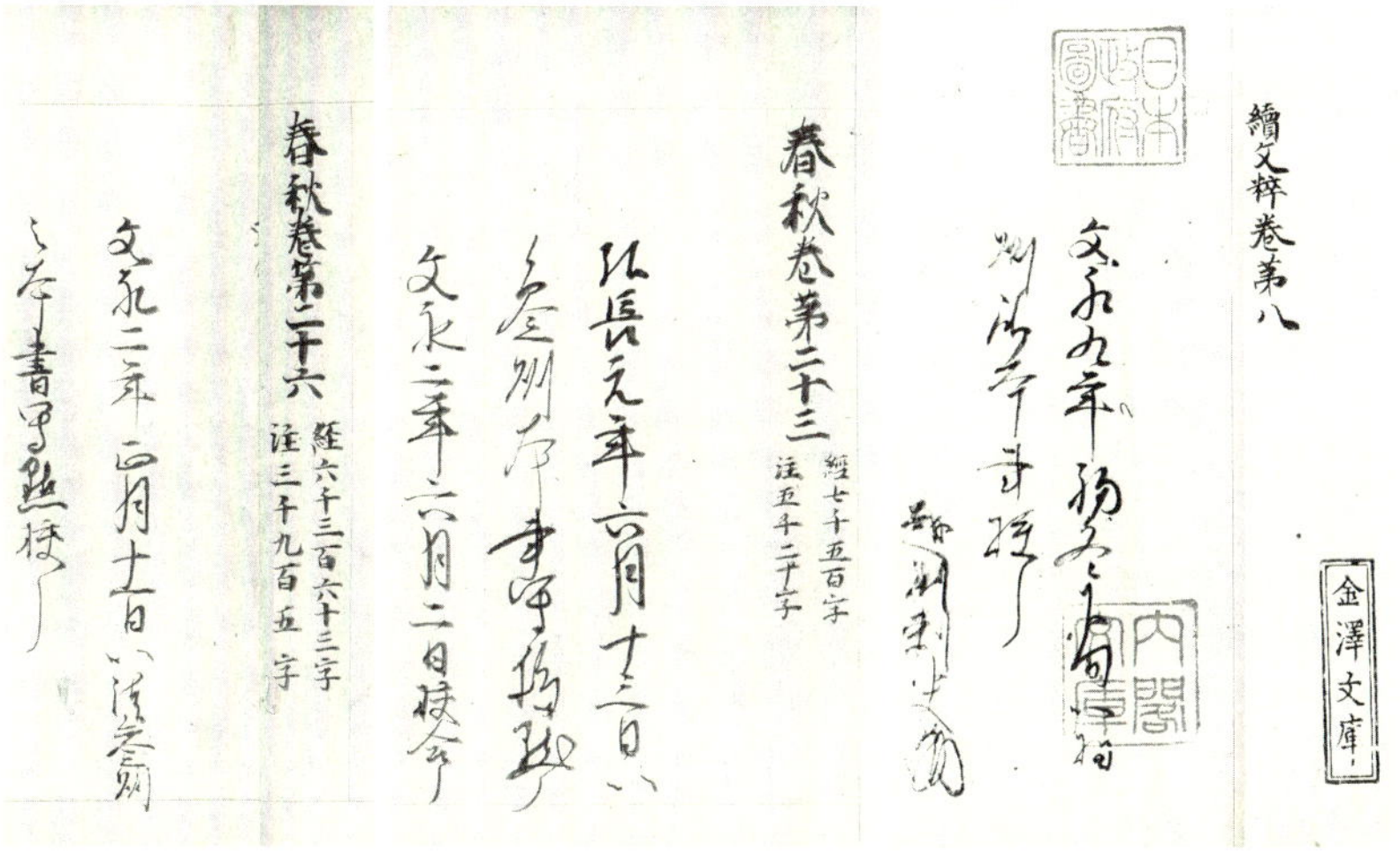

a『本朝続文粋』巻八書写奥書
b『春秋経伝集解』巻二十三書写奥書
c『春秋経伝集解』巻二十六書写奥書

図1

書写ということになる。顕時は十歳で元服しているので、この年齢の書写は可能なことは可能だが、やはり少し早過ぎるのではなかろうか。また、書写と伝授との間に十三年乃至十七年の隔たりがあることも不審である。

ここで問題となるのは、巻二十三・巻二十六の書写奥書の筆蹟である。書写奥書に見える「参州」「清参州」とは清原教隆を指す。教隆の所持本を借り受けて書写できる人物として第一に挙げるべきは北条実時であろう。とすれば、巻二十三・巻二十六の書写奥書の筆者は実時なのではなかろうか。また、もしそうであるならば、本文の書写もまた実時なのだろうか。これらの点について、検討を加える必要がある。

書写奥書の筆蹟は『群書治要』（書陵部蔵）、『本朝続文粋』（内閣文庫蔵）などに見られる実時の書写奥書（これには署名・花押がある）の筆蹟に酷似している。図1に『本朝続文粋』巻八の実時の書写奥書と『春秋経伝集解』巻二十三・二十六の書写奥書とを並べて示した。三者が同筆であることは一見して明らかである。ただ、何故か、

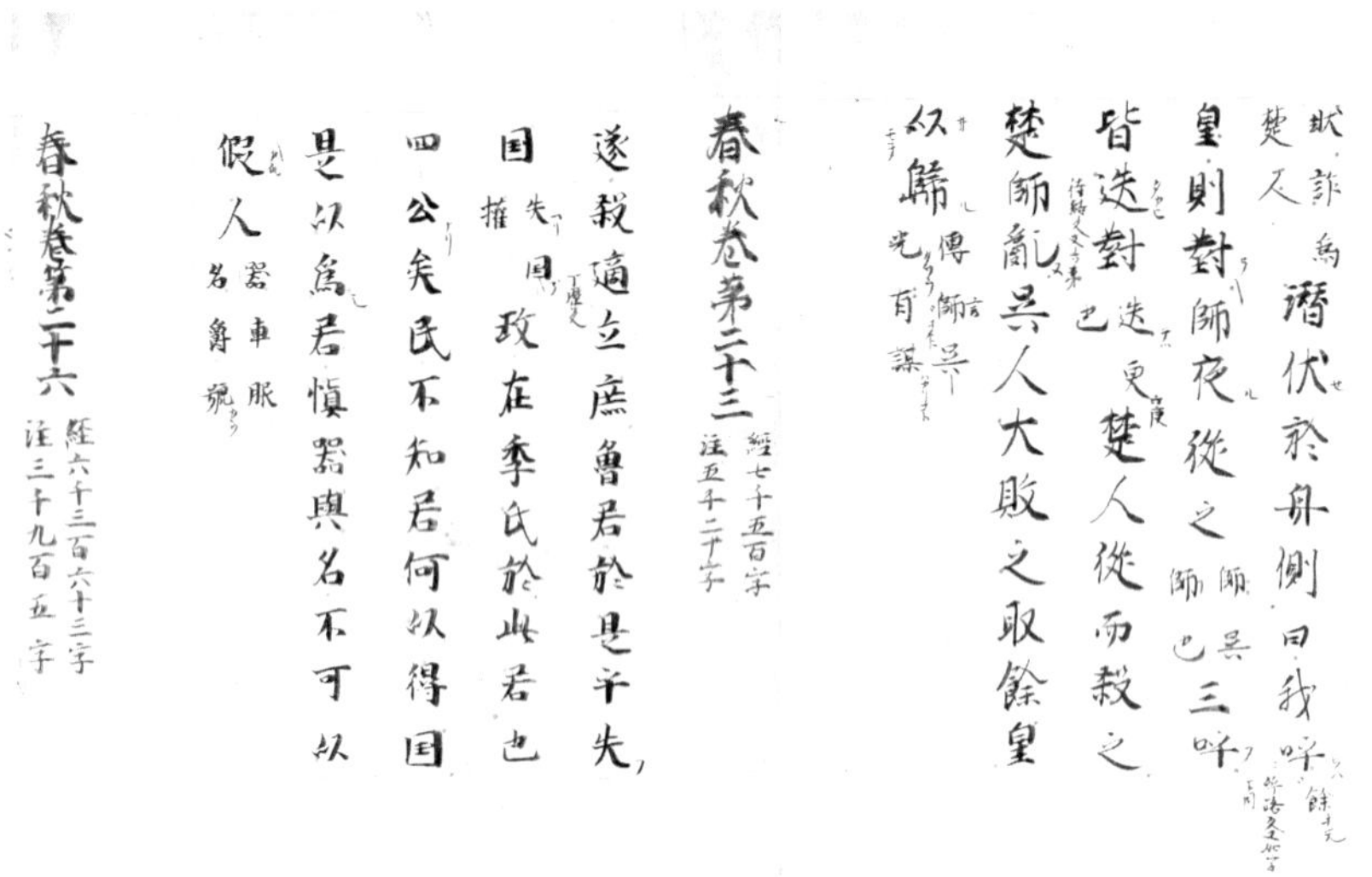

a『春秋経伝集解』巻二十三本文

b『春秋経伝集解』巻二十六本文

図2

『春秋経伝集解』の書写奥書には署名・花押が無い。これについては、関靖氏が『金澤文庫の研究』（一九五一年、大日本雄弁会講談社）の中で、教隆卒去の文永二年以前、実時が教隆から伝授を受けた書に実時自身が署名したものは全くない。これは学問の師に対する敬意から出たものである（34頁）、と述べた見解に従いたい。

また、弘長元年六月（巻二十三）・文永二年正月（巻二十六）という書写年時も、実時が教隆から『春秋経伝集解』を伝授された時期に符合している。本奥書から知られる訓説伝授の年時は次のとおりである。

巻二、弘長元年四月晦日。

巻十八、弘長二年四月十九日。

巻十九、弘長二年五月二十日。

巻二十二、弘長二年十二月二十六日。

巻二十五、弘長三年十二月十七日。

巻二十、文永二年正月十一日。

巻九、文永二年正月二十三日。

以上のことから、書写奥書の筆者は北条実時であると思われる。それでは、本文の筆蹟はどうか。奥書に言うように実時自らが書写校点したのであろうか。巻二十三の本文と巻二十六の本文とは図2に示したように同筆である。両巻の書写には四年の時差があるので、一見別筆のような印象を持つかもしれないが、同一人物の別時筆と見るべきものである。しかし実時の筆蹟であるかは不明である。というのは、金沢文庫本で実時の書写奥書のある『群書治要』、『本朝続文粋』などでは、本文が複数手の寄合書きになっている。つまり実時の書写奥書が存していても、実際の書写者が実時であるとは限らないのである。因みに、『春秋経伝集解』巻二十三・二十六は『本朝続文粋』（内閣文庫蔵、文永九年写）巻三・四・八などと同筆である。

書陵部蔵の金沢文庫本『春秋経伝集解』はこれまで、北条篤時・顕時が清原直隆・俊隆から秘説の伝授を受けた本文を持つものであるとされてきたが、以上の検討から、三十巻の内、巻二十三・二十六の二巻は、その一世代前、清原教隆から北条実時に伝授された本文を伝えるものであることが判明した。

二、本体の二十六巻を教隆本・俊隆本と校合したのは清原直隆か

第二の問題の検討に移ろう。『解題』では本体の二十六巻について、北条実時が清原教隆から伝授を受けた時に用いた本（三十巻の内、巻二十三・巻二十六の二巻が現存することは前節に述べたとおりである）を底本として実時の息子の篤時が右筆に命じて書写させた本がこの二十六巻であり、これを用いて篤時は、教隆の息子である直隆・俊隆から伝授を受けたと述べている。問題となるのは、先に引用した『解題』の傍線部分「直隆が実時書写の原本たる教隆本（外記大夫本）と俊隆本（音博士本）とによつて校勘し」たとある所である。篤時が右筆に書写させた本を

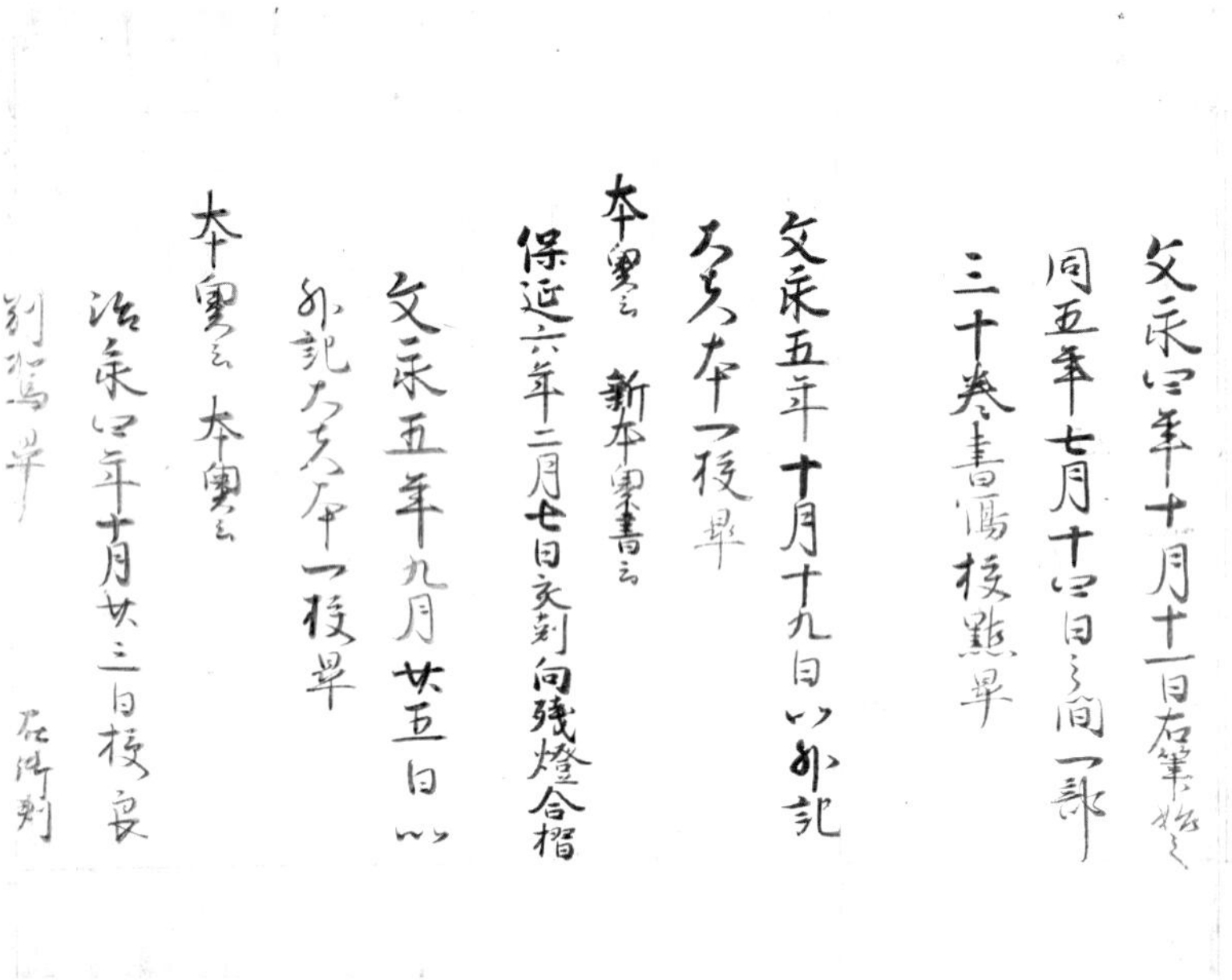

b『春秋経伝集解』巻七奥書（部分）　a『春秋経伝集解』巻三十奥書（部分）

図3

外記大夫本、或いは音博士本によって校勘したのは清原直隆なのか、という点に再検討の余地があるように思われる。

　この二十六巻全体の書写奥書は巻三十末尾に次のようにある。

　文永四年十月十一日右筆始之、同五年七月十四日之間、一部三十巻書写挍点畢

（文永四年十月十一日、右筆、之れを始め、同五年七月十四日の間、一部三十巻、書写挍点し畢んぬ。）

　ただ、この記述からだけでは誰が右筆に命じて全巻書写させたのか分からない。その人物が北条篤時であることは、たとえば巻二に「文永五年八月二日、以九代之秘説授申越後二郎尊閤了。朝請大夫清原〔花押〕」、或いは巻七に「文永五年十月廿日、以家之秘説授申

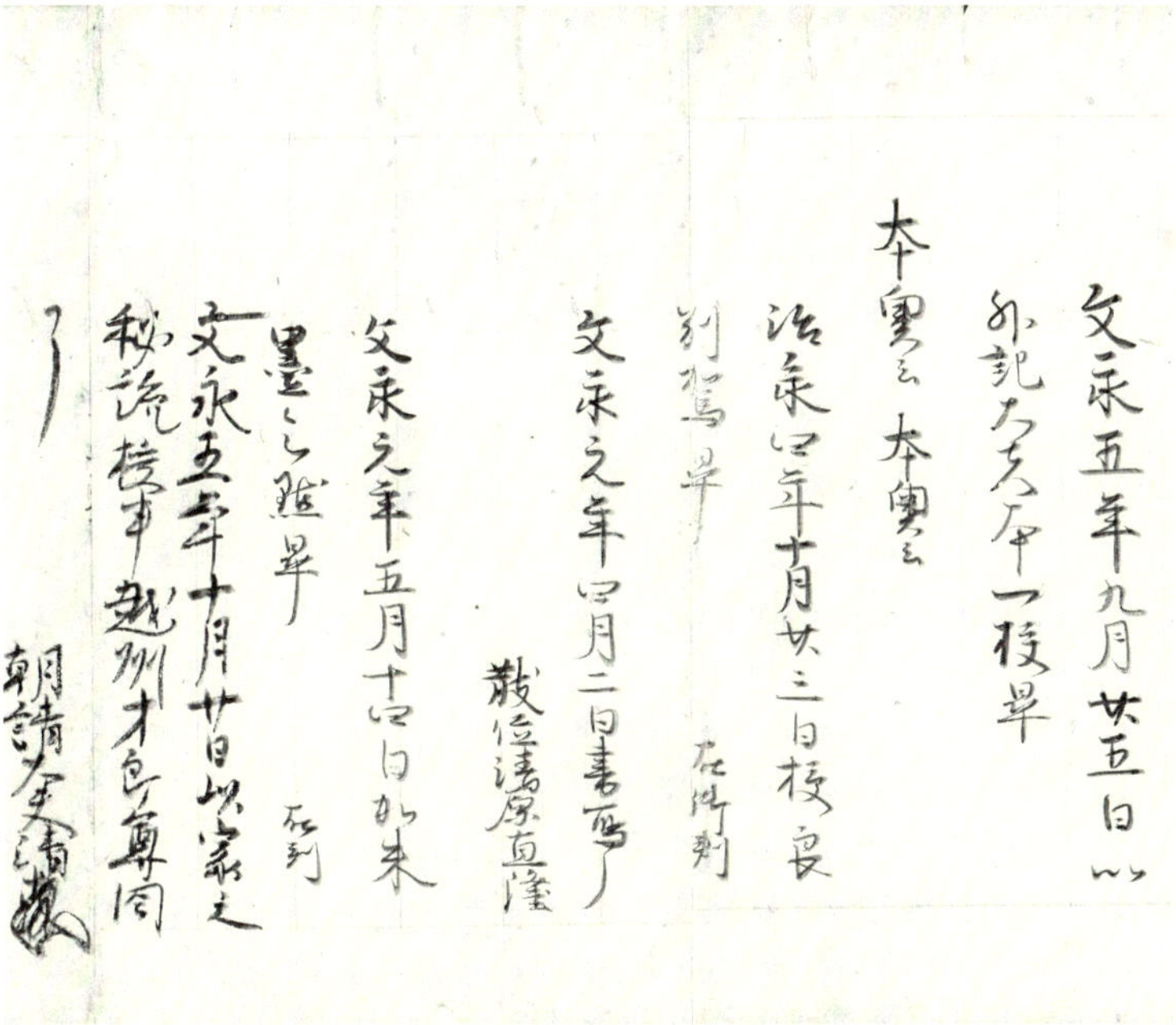

図4　『春秋経伝集解』巻七奥書（部分）　左三行が直隆自筆の伝授奥書

越州才郎尊閣了。朝請大夫清原〔花押〕」と清原直隆が伝授奥書を書き加えていることから判明する。「越後二郎尊閣」「越州才郎尊閣」とは、越後守であった北条実時の次男である篤時を指す。伝授を受けたのが篤時であれば、右筆に書写を命じたのも篤時と見るのが穏当である。但し、書写奥書の「右筆」を「右筆」（記録係）の意に取らず、「筆を右《たす》けて」と読めば、篤時が自ら書写したという意味になる。いずれにしろ、書写奥書の筆者は篤時であると考えられる。この篤時の筆蹟を仮にA筆として、これと、各巻にある外記大夫本、或いは音博士本と校勘した旨を記す奥書の筆蹟（『解題』はこれを清原直隆と見なしている）とを比較してみよう。図3は、右のaが巻三十の奥書の一部である。最初の三行が書写奥書であり、その次の二行に文永五年十月十九日に外記大夫本と比較したことを記している。左のbが巻七の奥書の一部で、文永五年九月二十五日に外記大夫本と比校したことを記している。これらの奥書の筆蹟は一目瞭然、同筆である。このA筆が直隆の筆蹟でないことは、直隆の伝授奥書の筆蹟と比べてみれば明らかである。図4は巻七の奥書の一部である。いちばん左の三行が直隆自筆の伝授奥書であり、その右がA筆である。一見して別筆である。

以上の検討から、北条篤時は清原直隆・俊隆から秘説の伝授を受ける直前に（一部、伝授の直後のこともあるが）、自ら外記大夫本、音博士本と校合したものと思われるのである。

第十一章　室町後期に於ける『論語』伝授の様相

――天文版『論語』の果たした役割

一、問題の所在

世に「天文版論語」と呼ばれる『論語』の刊本がある。天文二年（一五三三）の清原宣賢《のぶかた》（一四七五～一五五〇）による跋文を持つことから、その名がある。宣賢は明経道の儒者で、清原家の学問を大成させたことで知られる。天文版は魏の何晏の『論語集解』序を巻初に置くが、経文のみで注は無い。その出版に至る経緯は跋文に明らかである。

泉南有佳士、厥名曰阿佐井野。一日謂予云、東京魯論之板者、天下宝也。雖然、離丙丁厄而灰燼矣。是可忍乎。今要得家本以重鏤梓若何。予云、善。按、応神天皇御宇典経始来、継体天皇御宇五経重来。自爾以降、吾朝儒家所講習之本、蔵諸祕府、伝於叔世也。蓋唐本有古今之異乎、家本有損益之失乎。年代寖遠、不可獲而測。遂撰累葉的本以付与。庶幾博雅君子糾焉。天文癸巳八月乙亥。金紫光禄大夫拾遺清原朝臣宣賢法名宗尤。

（泉南に佳士有り、厥《そ》の名を阿佐井野と曰ふ。一日、予に謂ひて云ふ、東京魯論の板は、天下の宝なり。然りと雖も、丙丁の厄に離《かか》りて灰燼す。是れ忍ぶ可けむや。今、家本を得て以つて重ねて鏤梓するを要《もと》むるは若何、と。予云ふ、善し、と。按ずるに、応神天皇の御宇、典経始めて来たり、継体天皇の御宇、五経重ねて来たる。爾《そ》れより以降《このかた》、吾が朝の儒家の講習する所の本、諸《こ》れを祕府に蔵《をさ》め、叔世に伝ふるなり。蓋し唐本に古今の異有るや、家本に損益の失有るや。年代寝《やうや》くに遠くして、獲て測る可からず。遂に累葉の的本《てきほん》を撰して以つて付与す。庶幾《こひねが》はくは、博雅の君子、焉《こ》れを糾《ただ》さむことを。天文癸巳八月乙亥。金紫光禄大夫拾遺清原朝臣宣賢法名宗尤。）

これによれば、泉南堺の阿佐井野氏が「東京魯論之板」、すなわち正平版『論語』（双跋本）の板木が焼失したことを惜しみ、改めて『論語』を刊行することを企て、宣賢に底本の提供を求めて来たので、宣賢は快諾したとある。阿佐井野氏は恐らく宣賢の擁する門弟の一人であろう。また宣賢は、家本（清原家伝来の写本）と唐本（中国刊本。恐らく宋版）とを比べると、本文に異同があり、この点に疑義が無いわけではないが、累代の証本を付与したとも言っている。

天文版の底本（跋文に言う「累葉的本」）を特定することは極めて興味深い問題だが、今それに深く立ち入ることはしない。むしろここで問題としたいのは、阿佐井野氏が、失われた正平版に代わるものを求めたのであれば、正平版と同じく何晏の『論語集解』を刊行して然るべきであるのに、天文版は何晏の注を省いた単経本であったという点である。何故、無注本を上梓したのであろうか。川瀬一馬氏はこの点を「経費の関係からであらうと推定される」（「正平本論語攷」『日本書誌学之研究』1686頁）としているが、果たしてそうなのだろうか。本章では、この問題について、二つの資料を用いて考察を加えることにしたい。

二、慶應義塾図書館蔵『論語』天文二年跋刊本

第一の資料は慶應義塾図書館に所蔵される天文版『論語』である。[1] 天文版は比較的多くの伝本に恵まれているが、刊行当時の初印本は慶應義塾図書館蔵本と国立国会図書館蔵本との二本が知られるに過ぎない。その他は全て江戸時代以降の後印本である。慶應義塾図書館蔵本に見られる注目すべき特徴は、清原枝賢《しげかた》（一五二〇～九〇）による詳密な訓点書入れの存することである。枝賢は宣賢の嫡男業賢《なりかた》（一四九九～一五六六）の子である。枝賢が天文版に訓点書入れを行なった経緯は、巻末にある枝賢自筆の識語に見える。

永禄歳舎丙寅菊月二十又九、袖此一冊、索後証家点。恰如一器水於移一器。勿令聴電覧矣。楠弟兄、余門下生也。豈梅花山礬可謂之者乎。司農卿清原朝臣［枝賢（朱印）］。

（永禄、歳《ほし》は丙寅に舎《やど》る、菊月二十又九、此の一冊を袖にして、後証の家点を索《もと》む。恰かも一器の水を一器に移すが如し。電覧を聴《ゆる》さしむること勿かれ。楠弟兄は、余の門下生なり。豈に梅花山礬、之れを謂ふ可き者か。司農卿清原朝臣［枝賢（朱印）］。）

この識語はやや難解である。これを正しく解釈するには、当時の漢籍伝授のあり方を知っておく必要がある。まずそれについて簡単に説明しよう。

伝授とは、師（伝授者）とその門弟（被伝授者）とが原則として一対一で行なうもので、訓読による本文の読み合わせを主たる内容とした。もう少し具体的に言えば、師弟それぞれが手元に書籍の写本を置いて向かい合い、本文に書き入れられた訓点にしたがって、本文を声に出して読み進めて行く。師が先に読み、門弟がそれに倣って読む。難解なところは師が適宜説明を加える。最後まで読み終えると、師は門弟の所持本の末尾に伝授を終えた旨の加証奥書を記し、伝授は完了するのである。

伝授の対象となる書は、漢籍であれば何でも良いというわけではない。それは漢学を専門とする家々（いわゆる博士家）に於いて訓点が施され、訓説（解釈）が確立しているものに限られる。訓説はそれゆえ家説とも呼ばれる。博士家にはそれらの書の写本が幾本か所蔵されていて、その中で、その家の解釈であることを保証する内容を持つ由緒正しい本を「証本」と称している。

伝授に当たっては、師はその証本を用いるが、本文の読み合わせを行なうからには、門弟も証本と同じ内容の写本を手元に用意しなければならない。したがって、門弟は伝授の直前に師の所持本を底本として、あらたに書写・加点を行なわなければならない。但し、師の証本と門弟の所持本とが全く同じものであるかというと、そうではない。証本には解釈の根拠となる情報（音義注、校合注、関連資料の本文など）が行間や紙背に詳しく書き入れられているのに対して、門弟の所持本はそれを持たないのが通例である。何故ならば、その情報はその博士家に代々伝わるもので、その家の学問を継承する者だけが見ることを許された門外不出の秘説だからである。

通常、門弟は師の所持本を借り受け、それを自ら書写・加点した上で伝授に臨むのが慣例である。しかし、門弟にそれができない場合（たとえば門弟が高貴の身分であったり、師にとって別格の存在であったり、或いは書写・加点するに足る能力を備えていなかったりした場合）には、伝授者である師がその人に代わって書写・加点することがあった。

或いはまた師がその書写・加点を自ら雇用した写字生に命じることもあった(2)。

これを要するに、当時の伝授は①門弟が師の所持本を用いて本文を書写し、訓点を加える。②師弟間で読み合わせを行ない、訓説を伝授する。③伝授を終えると、師は門弟の所持本の末尾に、訓説の伝授が完了したことを証明する奥書を書き加える、といった手順で行なわれたのである。以上のことを念頭に置いて、枝賢の識語を読み解いてみよう。

「永禄歳舎丙寅菊月二十又九、袖此一冊、索後証家点」は、永禄九年（一五六六）九月二十九日、天文版『論語』一冊を携えて枝賢の許を訪れ、清原家証本の訓点を求めた者があった、の意。この一文にはそれが誰であるか記されていないが、この後を読めば、それが「楠弟兄」であったことは明らかである。この楠弟兄は、大饗《おおば》と号していた楠氏の一族である(3)。先に見た伝授のあり方から判断して、楠弟兄が枝賢に「後証の家点」を求めたのは、枝賢から『論語』の伝授を受けるためであったに相違ない。「恰如一器水於移一器」とは、枝賢の所持する証本に施された訓点を、一つも漏らすこと無く楠弟兄所持の天文版に移写した、の意である。伝授の準備を調えたわけだが、移点に当たったのが楠弟兄なのか、枝賢なのか、定かではない。伝授の慣例に従えば、被伝授者である楠弟兄と見るべきところだが、傍訓の字体などから推して、師の枝賢と見なす方が穏当であろう。「勿令聴電覧矣」は、移写した訓点は秘説に属するものであるから、他人に見せてはならない、と楠弟兄に注意を与えているのである。そして最後に、楠弟兄が枝賢の門弟であることを述べて識語を結んでいる。「梅花山礬」は、黄庭堅「王充道送水仙花五十枝、欣然心会、為之作詩二首其二」（王充道 水仙花五十枝を送る、欣然として心会《かな》ふ、之れが為めに作る詩二首其二）（『山谷集』巻十五）に「含香体素欲傾城、山礬是弟梅是兄。（香を含み素を体して城を傾けむと欲す、山礬は是れ弟梅は是れ兄）」とあるのを踏まえ、麗しい兄弟の喩えである。言うまでもなく楠弟兄を指す。

この天文版には、枝賢の識語の言うところに呼応するように、全巻に亙って訓点書入れが見出される。その訓点は仮名点（ヲコト点を片仮名に改めた訓点）であり、ヲコト点がわずかに交じっている。枝賢が楠弟兄に対して家説の伝授を行なったことが想定できるのである。しかし、その伝授が経文のみに止まるものであり、何晏の注に及ぶものではなかったことには注意する必要がある。

我が国には『論語』の伝授の痕跡を残している室町中期以前の古写本が比較的多く現存しているが、その全てが何晏の注を持つ『論語集解』であり、伝授の対象を経文だけではなく、注文にまで及ぼしている。(4) しかも訓点は秘説性の高いヲコト点が用いられている。室町中期以前、『論語』の伝授は、経文と注文との両方の訓説を伝授対象とするのが慣例だったのである。それが下って室町後期になると、この天文版から窺われるように、経文のみの（しかもヲコト点ではなく仮名点を用いた）伝授が並行して行なわれるようになったと考えられる。

このような学問的水準を落とした伝授が行なわれるようになったのは何故か。それは恐らく読書人口の増加と無関係ではあるまい。それまで儒教経典などには関心を持たなかった中間層の武士や富裕な商人が俄然知識欲を抱き始めるのが室町後期である。楠弟兄などはその典型と見てよかろう。こうして清原家はそのような新興階層（新たに知識人の仲間入りを果たそうとする人々）を門弟として極めて多く抱えるようになったのである。しかし、清原家の儒者が彼らに対して従来どおり経注に亙って伝授を行なうことは、極めて難しい問題であった。それは経注の伝授に堪え得る学力が彼らに備わっていなかったからである。そこで、言わば次善の策として経文のみの伝授という形式が用いられたものと思われる。

しかし、この経文のみの伝授は、全く新たに考案された伝授の形式というわけではなかった。清原家内部では、学力のそれほど備わっていない者を対象として、従来から行なわれていた形式なのである。その「学力のそれほど備わっていない者」とは、幼年期の初学者を指す。その伝授に用いられた『論語』写本が、次に紹介する第二の資料である。

三、架蔵『論語』大永六年・七年清原業賢写本

まず、この本の書誌的事項を掲げる。

袋綴。和大二冊。後補朽葉色表紙、上冊二十四・〇×二十・二糎。下冊二十三・八×二十・〇糎。料紙、楮紙。遊紙、上冊前一枚、下冊前一枚後二枚。墨付け張数、上冊三十五張（初に「論語序」二張）、下冊四十二張。内題「論語學而第一（隔二格）何晏集解」。尾題「論語巻第幾」。経文のみ。毎半葉八行十四字。字面高さ、約二十・五糎。

巻初に何晏の序を置き、本文は経文のみという体裁は天文版と全く同じである。そして、書写の経緯は各冊末に存する書写奥書に記されている。

〔上冊奥書〕

大永第六暦孟夏下旬、遂写功授主水正頼賢訖。清外史清原朝臣（業賢花押）。

〔下冊奥書〕

大永七年三月廿八日、於灯火遂写功授頼賢訖。外史清原（業賢花押）。

頼賢は枝賢の幼名。これによれば、この本は清原業賢が息男の枝賢に対して、序文・経文の訓説を伝授するために書写・加点したものであると知られる。書写・伝授の時期は、上冊（序・巻一～巻五）が大永六年（一五二六）四月下旬で、これは枝賢七歳の時に当たる。下冊（巻六～巻十）がその翌年の大永七年三月二十八日のことである。上冊の伝授から下冊の伝授までに一年ほどの間隔が置かれているのは、その間に序文・経文（巻五まで）を一字一句誤ることなく暗誦することが枝賢に課せられたことを想像させる。恐らく被伝授者である枝賢が『論語』という書物に本格的に触れたのはこの時が初めてであったのだろう。そのことを暗示するかのように、施された訓点は主として仮名点であり、ヲコト点はごく一部にしか用いられていない。このように、清原家内部で行なわれる父子間の初回の伝授では、初学者であることに配慮して、経文のみを対象としていたことが知られるのである。

業賢が枝賢に伝授を行なった大永六年・七年と言えば、天文版の刊行を遡ること僅かに六年であり、また楠弟兄の伝授とも四十年しか隔たっていない。両者の伝授は殆ど同時期と言って差し支えない。したがって、天文版を用いての伝授を考える上で、業賢写本から窺われる伝授のあり方は大きな示唆を与えてくれるものであると言えよう。武士を始めとする新興階層に対して伝授を行なうことになった清原家では、自家内の初学者を対象とする伝授の方法をそれに適用したと考えられるのである。

四、業賢写本と天文版との比較

それでは、業賢写本と天文版とは内容上、どのような関係にあるのだろうか。両者の本文を比較してみたい。

次に掲げるのは、業賢写本・天文版に正平版を加えた三者間に見られる本文異同を、序から里仁篇までに限って、一覧表にしたものである。「所在1」は篇名を、「所在2」は天文版の張付けを示した（たとえば、3右2は第三張オモテ第2行の意）。また「判定」は、業賢写本が他の二本のどちらに一致するかを示したもので、業賢写本と正平版とが一致する場合には「○」を、業賢写本と天文版とが一致する場合には「×」を記した。

興味深いことに、業賢写本は天文版刊行直前の書写であるにも拘わらず、天文版の本文とは必ずしも一致しておらず、天文版の跋文に触れられていた正平版の本文に一致する所が見出されるのである。三者三様を示している本文は無く（第十一張ウラ第七行が三者異なる唯一の例だが、これは業賢の誤写と思われる）、また業賢写本が単独で他二本と対立する本文を持つことも無い。業賢写本は、恰も正平版から天文版へと本文が移行する途上の過渡的な本文を持っているかのような印象がある。しかし、よくよく考えてみれば、業賢写本は、清原家内の伝授に用いられているのであるから、清原家の証本と同じ（或いは極めて近い）本文を持っていると見て良いものである。ということは、

『論語』本文異同表（序～里仁篇）
○＝正平版と業賢写本とが一致。×＝天文版と業賢写本とが一致。

所在1	所在2	天文版	業賢写本	正平版	判定	備考
序	1左1	共王	恭王	恭王	○	
	1左7	善者	善者	善	×	
	2右3	為訓説	為之訓説	為之訓説	○	
学而	3右2	亦説	亦悦	亦悦	○	
	3右4	孝弟	孝悌	孝悌	○	
	3右7	孝弟	孝悌	孝悌	○	
	3左2	交而	交而	交言而	×	
	3左3	道千乗	導千乗	導千乗	○	
	3左5	出則弟	出則悌	出則悌	○	
	4左1	人之求	人求	人求	○	
八佾	11左7	斯也	期也	斯者	×	業賢誤写
里仁	12左1	為美	為美	為善	×	
	12左1	得知	得知	得智	×	
	12左5	無悪也	無悪也	無悪	×	
	12左7	所悪也	所悪也	所悪	×	
	12左7	不去也	不去也	不去	×	
	13右6	足者	足者	足者也	×	
	13右6	之矣	之矣	之乎	×	
	13右7	人之	民之	民之	○	
	14右2	己知	己知	己知也	×	
	14右6	不賢	不賢	不賢者	×	
	14左1	労而	労而	労	×	
	14左1	父母在	父母在	父母在子	×	
	14左5	不出	不出	不出也	×	

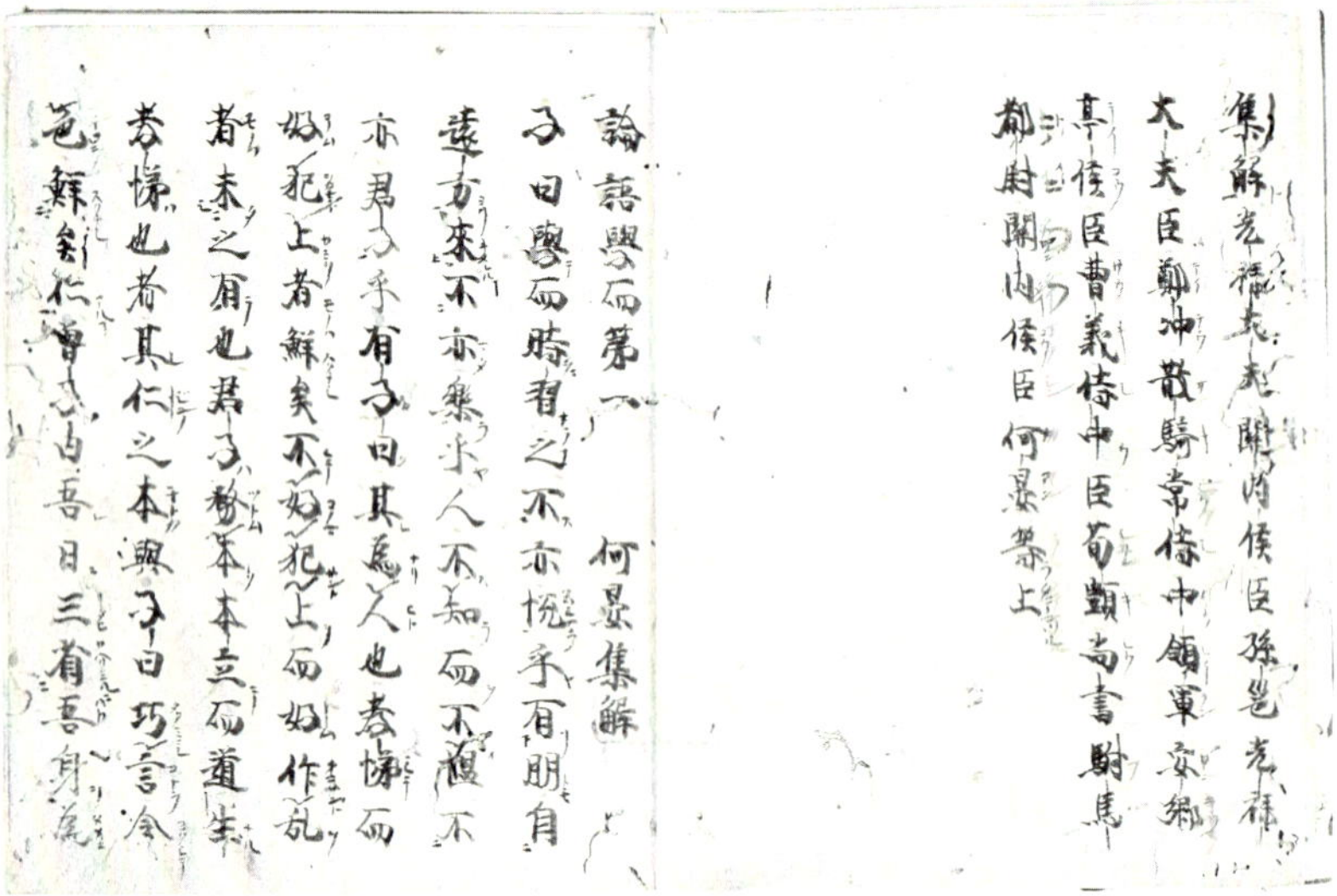
集解光禄大夫関内侯臣孫邕光禄
大夫臣鄭冲散騎常侍中領軍安郷
亭侯臣曹羲侍中臣荀顗尚書駙馬
都尉関内侯臣何晏等上

論語學而第一　何晏集解
子曰學而時習之不亦悦乎有朋自
遠方來不亦樂乎人不知而不慍不
亦君子乎有子曰其爲人也孝悌而
好犯上者鮮矣不好犯上而好作亂
者未之有也君子務本本立而道生
孝悌也者其仁之本與子曰巧言令
色鮮矣仁曾子曰吾日三省吾身爲

図1　清原業賢書写・加点本

宣賢が天文版の底本として提供した「累葉的本」は清原家の証本ではなかったことになる。宣賢の底本選択の意図が奈辺にあったのか、審らかにできないが、ここではこれ以上深入りすることはせず、業賢写本と天文版との間に（わずかではあるが）本文異同が見られることを確認するだけに止めておく。

それでは、両者に施されている訓点はどうであろうか。学而篇冒頭の余りにも名高い一節を例として、業賢写本（業賢が枝賢に伝授した訓点）と天文版（枝賢が楠弟兄に伝授した訓点）とを比べてみよう。（　）内には補った仮名を、〔　〕内には原文にあって訓読しない漢字を記した。また、音合符・訓読符は［　］内に小字で音合・訓読と記した。

〔業賢写本〕（図1、口絵カラー写真5）

子曰《(ノタマ)》（ハク）学（ン）テ〔而〕時ニ［音合］習《ナラ》フ〔之〕。亦（タ）、悦《(ヨロ)コハ》シカラ不乎《スヤ》。朋《トモ》、遠［音合］方ヨリ〔自〕、来《キタ》レルコト有リ。亦《マ》タ、楽（シカ）

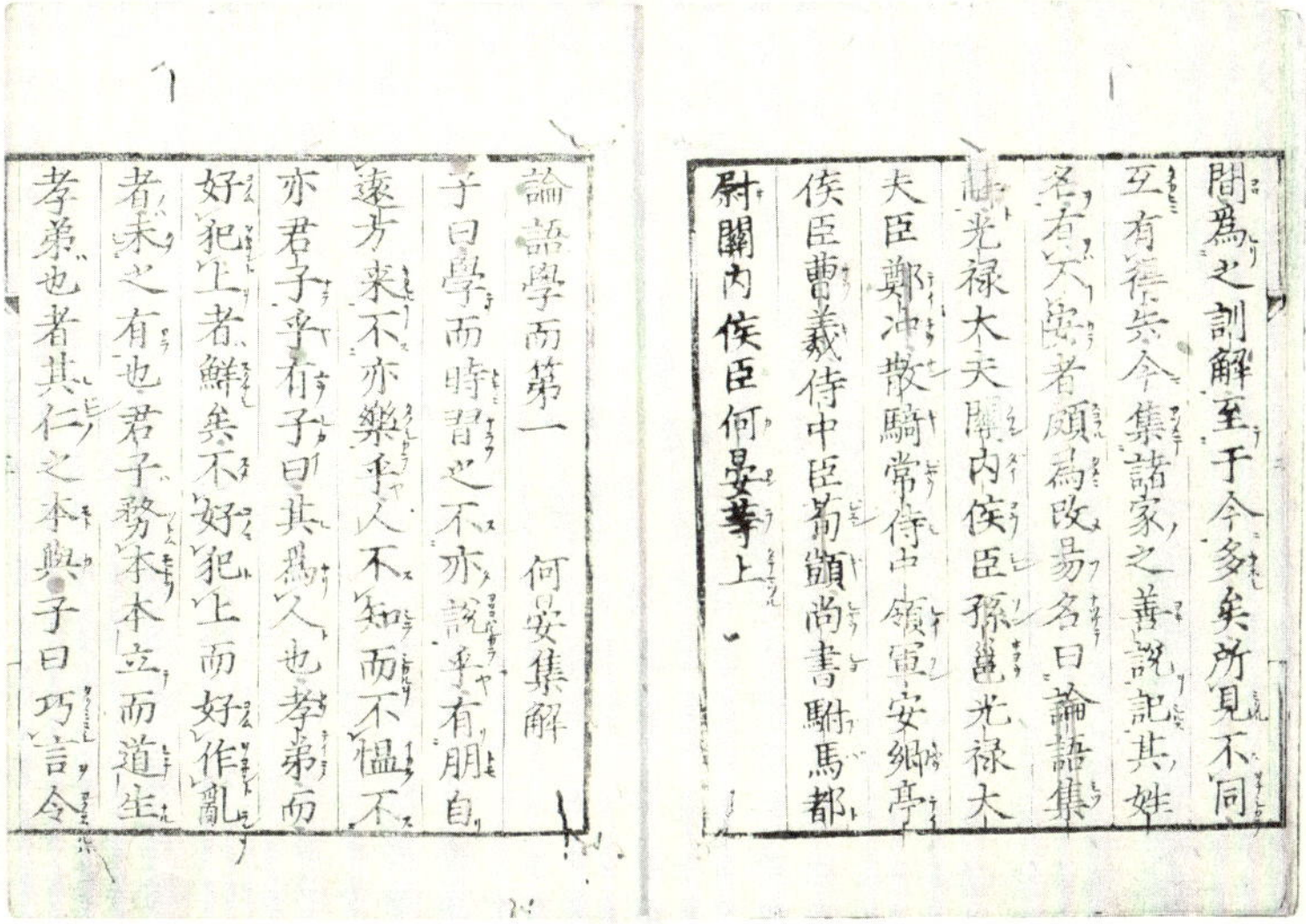
間爲之訓解至于今多矣所見不同
互有得失今集諸家之善説記其姓
名有不安者頗爲改易名曰論語集
解光祿大夫關内侯臣孫邕光祿大
夫臣鄭冲散騎常侍中領軍安鄉亭
侯臣曹羲侍中臣荀顗尚書駙馬都
尉關内侯臣何晏等上

論語學而第一　何晏集解
子曰學而時習之不亦説乎有朋自
遠方來不亦樂乎人不知而不慍不
亦君子乎有子曰其爲人也孝弟而
好犯上者鮮矣不好犯上而好作亂
者未之有也君子務本本立而道生
孝弟也者其仁之本與子曰巧言令

図2　天文版　清原枝賢加点本

ラ不乎《ヤ》。人《（ヒト）》、知《シ》ラ不《ス》。而（ル）ヲ慍《（イカ）》（ラ）不。亦（タ）、君〔音合〕子（ナラ）不乎。

〔天文版 枝賢加点本〕（図2、口絵カラー写真6）
子曰《（ノタマ）》（ハク）、学（ン）テ〔而〕時《トキ》ニ習《ナラ》フ〔之〕亦タ説《ヨロコ》ハシカラ不乎《スヤ》、朋《トモ》遠〔音合〕方自リ来《キタ》レルコト有リ亦（タ）楽《タノ》シカラ不乎《スヤ》、人《（ヒト）》〔訓読〕知《シ》ラ不而《スシカ》ルヲ慍《イカ》ラ不亦（タ）君〔音合〕子ナラ不乎《スヤ》

「悦」と「説」との文字の違いを除けば、業賢写本の訓点と天文版のそれとは見事に一致している。そして、この傾向は以下、全巻に亙って見ることができる。つまり、枝賢の楠弟兄に対する伝授と業賢の枝賢に対する伝授とは全く同じような内容であったと考えられるのである。

五、結語

ここで、最初に提起した、天文版はどうして単経本であったのかという問題に立ち戻りたい。天文版『論語』慶應義塾図書館蔵本の存在から、その刊行当時、清原家では武士の門弟に対して『論語』の経文のみの伝授が行なわれていたことが知られた。それ以前、同家では何晏の注を含めて『論語』の伝授を行なうのが通例であったが、新たに学問に関心を持ち始めた階層に対しては、経文のみの伝授が適当と判断したのである。しかし、実のところ、清原家内部でも、経文のみの伝授は稀なことではなく、父子間の初回の伝授で行なわれていたのであった。

このように清原家では、新興階層に属する門弟に対しては学問的水準を下げて伝授を行なうことで対応しようとしたが、一方で、それは新たな問題を引き起こした。それは伝授に用いる写本の不足である。清原家儒者が我が子のために自ら『論語』を書写・加点してやったように、彼はまた門弟のためにも同じことをしてやらなければならなかった。『論語』写本の作成には(写字生を動員しても)自ずと限界があり、門弟の増加に対応しきれないという状況が生み出されたものと思われる。そこで、待ち望まれたのが刊本の出現である。そのような清原家の期待に応えたのが、阿佐井野氏の天文版刊行事業であったのである。稿者は天文版刊行の経緯を以上のように考えたい。最後に本章の要点をまとめておくことにしよう。

一、天文版『論語』慶應義塾図書館蔵本の存在から、当時、武士の門弟に対して『論語』の経文のみの伝授が行なわれていたことが知られる。

二、『論語』の経文のみの伝授は、清原家内部では、それ以前から父子間の初回の伝授で行なわれていた。

三、天文版『論語』は、新興階層に対する（経文のみの）伝授に利用することを目的として刊行されたものであったと推測される。伝授者は、天文版の刊行によって『論語』を書写する手間を省くことができるようになった。

注

（1）慶應義塾図書館蔵『論語』天文二年（一五三三）跋刊　和大一冊（132X@160@1）後補厚手縹色表紙。二十八・二×二十一・九糎。外題、「論語」（題簽）。遊紙、前後各一枚。内題、「論語學而第一（隔二格）何晏集解」。尾題、「論語巻第幾」。版式、四周単辺（匡郭内二十・六×十七・九糎）、有界、七行十四字、中黒口、単魚尾。本文、全八十八張。第八十九張オモテに清原枝賢識語、第八十九張ウラに楠正種識語。書入れ、墨筆の傍仮名、返点、音訓読符、音訓合符。朱筆の句点、傍点、人名符等。欄上・行間に朱墨書入れ。蔵書印、「妙覺寺常住日奥」（第一張欄上、朱印、無枠）。極札、「論語全部一冊〈朱点書入奥書舟橋殿枝賢卿真筆／其奥書大饗主馬首正種筆〉（琴山印）」。米沢喜六旧蔵。

（2）清原家に雇用された写字生については、本書第十五章「伝授と筆耕――呉三郎入道の事績」を参照されたい。

（3）楠弟兄の片方楠正種が伝授の翌年、この天文版を京都の妙覚寺建住房に奉納した時に記した識語が枝賢の識語の後に存する。

大外記宮内卿枝賢以証本朱墨点写奥書、恐置候条、拙者ためには重宝に候。常御覧候て、御廻向奉頼斗候。

永禄拾年卯月五日大饗主馬首正種（花押）。

妙覚寺建住房参。


（大外記宮内卿枝賢、証本を以って朱墨点じ奥書を写し、恐れ置き候ふ条、拙者のためには重宝に候ふ。常に御覧候ひて、御廻向頼り奉る斗りに候ふ。永禄拾年卯月五日大饗主馬首正種（花押）。妙覚寺建住房参る。）

文中、正種は大饗と号している。『群書類従』巻百六十四所収の楠氏系図別本では、楠正虎に「初名大饗長左衛門、後号民部卿長菴」と注し、その経緯を「楠家、於足利氏権勢之時、深蟄居而不称本氏、号大饗。正親町帝御宇、依信長公之執奏、正虎蒙当朝之勅免、任河内守、叙従四位上。此時復楠氏〈上卿、萬里小路大納言〉。（楠家は、足利氏権勢の時に於いて、深く蟄居して本氏を称せず、大饗と号す。正親町帝の御宇、信長公の執奏に依りて、正虎、当朝の勅免を蒙り、河内守に任じ、従四位上に叙す。此の時、楠氏に復す〈上卿、萬里小路大納言〉。）」と説明している。

（4）　たとえば宮内庁書陵部蔵、嘉暦二年（一三二七）・三年写『論語集解』。この本の全文影像は「宮内庁書陵部収蔵漢籍集覧」（http://db.sido.keio.ac.jp/kanseki/T_bib_search.php）で見ることができる。

第十二章　清原家の学問と漢籍
――『論語』を例として訓点と注釈書との関係を考える

はじめに

清原氏は、天武天皇の皇子舎人親王の子孫が清原真人の姓を賜って創始した氏族である。平安中期に清原広澄（九三四〜一〇〇九）が出て大外記となって以降、その系統の出身者は太政官少納言局に属する外記を家職とし、その嫡流は外記の上首である大外記を世襲した。外記の職務の中心は、諸事に亙って先例を勘申することにあり、とくに大外記は天皇や大臣公卿の諮問に与ることもしばしばであったから、和漢の故事に通暁していることが求められた。また、清原氏は中原氏とともに大学寮明経道の教官（明経博士、助教、直講）となってその運営に当たり、専ら儒教経典の考究を専門とした。このような漢学の専門家を儒者と呼び、儒者を累代継続的に出す家系を博士家と言い慣わしている。

明経道は、平安時代には同じ大学寮の四道の一つである紀伝道（史学・文学を専門とする）の下位に甘んじていたが、平安末期に藤原頼長・藤原通憲・藤原兼実といった経学を重視する為政者が出るに及んで俄かに脚光を浴びることとなった。彼らの期待に応えてその学識を発揮したのが他ならぬ清原頼業（一一二二～八九）である。(1)清原家の学問的基盤は頼業によって築かれたと言っても言い過ぎではない。鎌倉時代に入ると、経学は鎌倉幕府でも重んじられ、傍流ではあるが清原教隆（一一九九～一二六五）が鎌倉に下って頼業の学問を伝えた。その一斑は金澤文庫本の中に見ることができる。

室町時代には清原宣賢（一四七五～一五五〇）が出て、清原家の学問を大成させた。(2)宣賢は神道家として名高い吉田（卜部）兼倶の三男として生まれたが、清原宗賢の養子となって清原家を嗣いだ。彼は漢唐の古注を重んじつつ、時に宋の新注を参照して多くの儒教経典に注解を施し、その博学多才ぶりを誇ったが、考究の対象を経書だけでなく『日本書紀』や『御成敗式目』などの国書にまで拡げるという画期的な方向性を示したことでも知られる。これによって清原家の学問は京都ばかりでなく、中央から地方へと浸透していった。

宣賢の学問はその子孫によって後代に伝えられ、江戸初期には古活字版の刊行などを通して広く公開されるに至った。清原家は宣賢から数えて五代目に当たる秀賢から家名を舟橋《ふなはし》（船橋）に改め、また秀賢の次男賢忠は舟橋家から分かれて伏原《ふせはら》家を立て、伏原宣幸の次男忠量はさらに分かれて澤《さわ》家を立てた。現在、京都大学附属図書館には、主として室町後期から江戸末期に至るまでに蓄積された清原家蔵書が「清家《せいけ》文庫」として所蔵されている。その根幹を成すのは嫡流の舟橋家の旧蔵書である。

本章は清原家の学問をその旧蔵書を手掛かりとして探ろうとするものである。漠然と「清原家の学問」と言ったが、清原家は平安時代から江戸時代に至るまで連綿と続いた儒者の家系である。したがって、その学問にも時代性があり、同じ漢籍でも、時代によって読み方が変わるということがあったのではないかと思われる。そこで今回は室町後期、清原宣賢からその孫の枝賢までの時期に焦点を当て、具体的には当時の『論語』解釈の問題を取り上げて考察を試みたいと思う。

一、訓点と注釈書との対応関係

日本人が漢籍の本文をどのように解釈したかということを知ろうとする場合、本文に施された「訓点」に着目するのが最善の方法である。訓点とは何か。訓点の「訓」とは、本文の左右に片仮名で付された傍訓のことで、漢語に対応する日本語を表記したものである。「点」とは、漢語の語法を日本語の語法に置き換えるために漢字(の周囲・内部・文字間)に付された各種符号の総称で、これによって句読点、返り点、助詞・助動詞などを表示した。読者はこの訓と点とに従って漢籍の本文を「訓読」し、その内容を理解したのである。訓読とは日本人の編み出した漢文翻訳の方法であり、漢籍の本文を「どのように解釈したか」はそのまま「どのように訓読したか」に言い換えることが可能である。

清原家の儒者は、儒教経典を解釈した結果として、その本文に訓点を加えた。それでは、彼は何に依拠してその解釈を下したのか。それは中国伝来の権威ある注釈書である。本書の第三章「古代・中世 漢文訓読史」の第一節に述べたように、例えば五経の一、『毛詩』は毛伝と鄭箋という二つの注釈書に従って訓点が付された。その訓点が厳密であったことは、毛伝と鄭箋との間に解釈の相違がある場合、それぞれの解釈に従った訓点を用意していた点に端的に現れていた。このように訓読とはそれ以前に確固たる解釈があって始めて成立するものであるのである。この点を押さえた上で、本題の、室町後期の清原家に於ける『論語』の訓読(解釈)に話を進めることにしよう。

二、『論語』清原家本に施された訓点

孔子の言行を記録した『論語』は断片的な記述から成っているため、古来その内容を理解するには注釈書を必要とした。中国ではこれまで無数の注釈書が著されたが、三国魏の何晏の『論語集解《しっかい》』は宋代に朱熹の『論語集《しっ》註《ちゅう》』が現れるまで、古注（漢〜唐に成立した注釈書）の代表格として最もよく読まれた書であった。日本でも江戸時代初め、林羅山が登場して『論語集註』に従った読みを提示するまで『論語』は専ら何晏の『集解』で読まれた(3)。その『論語』講読の場に於いて主導的役割を果たしたのが清原家の儒者であった。ここではまず次の二つの訓点資料を用いて、『論語』訓読の問題点を探ることにしたい。

1、架蔵『論語』大永六年・七年（一五二六・一五二七）清原業賢書写本(4)
2、慶應義塾図書館蔵『論語集解』永禄六年（一五六三）釈世誉書写本（132X@208@9@2-6）(5)

1の『論語』は、清原業賢（一四九九〜一五六六。宣賢男）が息男の枝賢（一五二〇〜九〇）に対して序文・経文の訓説を伝授するために書写したものである。単経本だが、各篇題下に「何晏集解」と標記され、その序文だけが巻首に置かれている。『論語集解』から注文を削って本文を為したのであろう。尚、この書式はそのまま天文二年（一五三三）跋刊『論語』（いわゆる天文版論語）に踏襲されている(6)。業賢が『論語』を書写した時期は、上冊（序・巻一〜巻五）が大永六年四月下旬であり、その直後から父子間の伝授が行なわれたものと思われる。これは枝賢七歳の時に当たる。下冊（巻六〜巻十）の書写はその翌年の大永七年三月二十八日のことである。上冊の伝授

から下冊の伝授までに一年ほどの間隔が置かれているのは、その間に序文・経文（巻五まで）を一字一句誤ることなく暗誦することが枝賢に課せられたことを想像させる。恐らく被伝授者である枝賢が『論語』という書物に本格的に触れたのはこの時が初めてであったのだろう。施された訓点は主として仮名点（ヲコト点を仮名に開いた点）であり、ヲコト点はごく一部にしか用いられていない(7)。このように、清原家内部で行なわれる父子間の初回の伝授では、初学者であることに配慮して、経文のみを対象としていたことが知られる。しかし、経文のみの伝授と言っても、その訓読には注釈書を必要とした。伝授者である父業賢の手元には『論語集解』の証本が置かれていたに違いない。その業賢所持本は現存していないが、それに極めて近い内容を持っていると思われるのが2の『論語集解』である。

2の『論語集解』は、清原宣賢の作成した証本を底本として清原家の右筆（写字生）釈世誉が永禄六年二月に書写したもので、髙橋智氏の分類によれば清家本乙類に属する(8)。この本は後に梵舜（一五五三〜一六三二）が所持した。梵舜は、清原業賢の弟で吉田家に養子として入った吉田兼右の息男である。彼は天正十三年（一五八五）二月、従兄に当たる清原枝賢に、本写本が清原家証本の本文・訓点を正しく伝えるものであることを証明する奥書を求め、枝賢はそれに応じた。この『論語集解』写本は、このような伝来の経緯を持つことからも、清原家の証本と見て誤りなく、業賢所持本とほぼ同じ内容のものであったと推測される(9)。

それでは次に『論語』の幾つかの章段を選び、右の1・2の写本の訓点に従って訓読してみよう。本文は1の『論語』業賢写本に拠り、2の『集解』経文との間に異同があればその旨を注記した。句読点は私に付した。

(1)『論語集解』の解釈に従った例

まず『論語集解』の示す訓詁に従ってその文字を訓読している例を見ることにしよう。次に掲げるのは巻一の為政篇第二章である。

子曰、詩三百、一言以蔽之、曰思無邪。

これを1・2の訓点に従って訓読すれば、「子曰はく、詩三百、一言《げん》、これを以つて蔽《あ》つ、曰はく、邪《よこしま》無からんことを思へ」となる。ここで「蔽」に「あつ」の訓を宛てたのは、『集解』に「包氏曰、蔽猶當也。(包氏曰はく、蔽は猶ほ當のごとし)」と「蔽」の訓詁が示されているからである。

また巻二の里仁篇第四章、

子曰、苟志於仁矣、無悪也。

を1・2に従って訓読すれば、「子曰はく、苟《まこと》に仁に志《こころざ》すときは、悪《あ》しきこと無し」となる。この「苟」を「まことに」と読むのは、『集解』に「孔安国曰、苟誠也。(孔安国曰はく、苟は誠なり)」とあるに拠ったのである。

さらに巻八の衛霊公篇第四十二章の末尾、楽師に応対する作法を問われて、孔子の答えた言葉「子曰、然、固相師之道也」を1・2に従って訓読すれば「子曰はく、然《しか》なり、固《まこと》に師を相《みちび》く道《みち》なり」となる。この「相」に「みちびく」の訓を宛てたのは、『集解』に「馬融曰、相導也。(馬融曰はく、相は導なり)」とあるからである。

室町後期の清原家では『論語』を何晏の『集解』によって読んでいたのであるから、このように訓読するのは、当然と言えば当然である。それでは『集解』に訓詁が示されていない場合、清原家儒者はどのように対処したのであろうか。

(2)『論語集解』に訓詁が示されていない場合

次に掲げるのは巻二の里仁篇第十章である。

子曰、君子之於天下也、無適也、無莫也。義之與比。

これを1・2の訓点に従って訓読すれば、次のとおりである。

子曰はく、君子の天下に於《お》けること、適《あつ》うすることも無く、莫《うす》うすることも無し。義と與《とも》に比《ひ》す。（1は誤って「與」と「比」との間に返り点を付している。）

ここで問題にしたいのは、「適」「莫」の訓詁、これを「あつうす」「うすうす」と読んだ根拠である。『集解』はこの章段に対して次のように注している。2の訓点に従って読み下そう。

言君子之於天下、無適、無莫、無所貪慕、唯義所在也。

（言ふこころは、君子の天下に於けること、適《あつ》うすることも無く、莫《うす》うすることも無し、貪《むさぼ》り慕《ねが》ふ所無きぞ、唯だ義の在る所のままなり。）

ここで何晏は本章段の大意を示したのであって、「適」「莫」の字義を示してはいない。清原家の儒者は何を拠り所にして「適」「莫」を「あつうす」「うすうす」と訓じたのであろうか。ここで俄然注目されるのが『集解』を再注釈した『論語義疏』の存在である。

何晏の『論語集解』はたしかに古注の中で最も支持された書であった。しかし、その『集解』にも解釈に不足の点があったため、中国の六朝期には多くの疏（何晏注の注）が作られ、その中で最も高い評価を得たのが梁の皇侃の『論語義疏』であった。『論語義疏』は日本にも将来され、平安前期（九世紀末）に作られた宮中の漢籍目録『日本国見在書目録』に著録されている。また室町時代前後（十四〜十六世紀）の古写本三十点余りが日本国内に現存しており、本書は何晏の『論語集解』を読むための指南書として室町時代の日本でも重んじられていたのである。[10]

そこで里仁篇第十章に対する『論語義疏』を見ると、経文の疏に次のようにある。以下、『論語義疏』の本文は慶應義塾大学附属研究所斯道文庫蔵本に拠り[11]、句読点は私に付した。

范甯曰、適莫猶厚薄也。比親也。君子與人无有偏頗厚薄。唯仁義是親也。

（范甯曰はく、適莫は猶ほ厚薄のごとし。比は親なり。君子は人と偏頗厚薄有ること无し。唯だ仁義と是れ親す。）

ここには「適」「莫」の字義がそれぞれ「厚」「薄」であることが示されている。清原家の儒者がこれによって「あつうする」「うすうする」と附訓したことは疑いなかろう。このように清原家では『論語』を解釈するに当たって、『論語集解』に不足のある場合、『論語義疏』を援用したのである。次に同様の例を幾つか挙げることにしよう。

次に掲げるのは巻一の学而篇第九章である。（　）内に1・2による訓読文を示した。

曾子曰、慎終追遠、民徳帰厚矣。
（曾子曰はく、終を慎み遠きを追ふときは、民の徳、厚きに帰《よ》る。）

ここで「帰」を「よる」と読んだのは、経文の「民徳帰厚矣」を『義疏』が「民咸帰依之。（民咸《ことごと》くに之れに帰依す）」の意に解し、「帰」を「帰依」に敷衍したからである。

巻二の里仁篇第十三章に、

子曰、能以礼譲為国乎、何有。不能以礼譲為国、如礼何。
（子曰はく、能く礼譲を以って国を為《をさ》めば、何か有らん。礼譲を以って国を為《をさ》むること能はずんば、礼を如何。）

とある。ここで「為」を「をさむ」と読んだのは、『義疏』に示された「為猶治也。（為は猶ほ治のごときなり）」の訓詁に従ったからである。

また巻五の子罕篇第十七章に、

子在川上曰、逝者如斯夫。不舍昼夜。
（子川の上《ほとり》に在《ま》して曰はく、逝《せい》者は斯《か》くの如《ごと》きか。昼夜を舎《す》てず。）

とある。ここに見える「舎」を「すつ」と読んだ根拠を『集解』に探すと、『集解』には「包氏曰、逝往也。言凡往者如川之流。（包氏曰はく、逝は往。言ふこころは凡そ往《ゆ》く者は川《かは》の流るるが如し）」と「逝」の訓詁しか与えられていない。そこで『義疏』に就くと、次のような経文の疏が見られる。

逝往去之辞也。孔子在川水之上、見川流、迅邁未嘗停止、故嘆人年往去、亦復如此。向我非今我、故云、逝者如斯夫者也。斯此也。夫語助也。日月不居、有如流水、故云不捨昼夜也。江熙云、言人非南山、立徳立功、俛仰時過、臨流興懐、能不慨然。聖人以百姓心為心也。孫綽云、川流不舍、年逝不停、時已晏矣。而道猶不興、所以憂嘆也。
（逝は往去の辞なり。孔子川水の上《ほとり》に在《ま》して、川の流れを見れば、迅邁《じんまい》にして未だ嘗て停止せず、故に人の年の往き去ること、亦《また》復此くの如しと嘆ず。向《さき》の我れは今の我れに非ず、故に云《のたま》はく、逝く者は斯くの如きかと。斯は此なり。夫は語の助なり。日月は居《を》らず、流水の如くなること有り、故に云《のたま》はく、昼夜を捨てずと。江熙が云はく、言ふこころは、人は南山に非ず、徳を立て功を立て、俛仰すれば時過ぐ、流れに臨みて懐を興して、能く慨然せざらんや。聖人は百姓の心を以つて心と為《す》。孫綽が云はく、川は流れて舎てず、年は逝きて停まらず、時《とき》已に晏《く》れぬ。而して道《みち》猶ほ興らず、憂嘆する所以なり。）

ここには特に「舎」の訓詁は示されてはいないが、「不舎昼夜」の一句については、傍線部のように「舎」を「捨」に置き換えて敷衍している。「舎」に「すて」の傍訓を宛てたのは、この『義疏』の説明に拠ったものと思われる。このように清原家の儒者は、『論語集解』に字義注が無い場合、『論語義疏』の示す訓詁に従って、その文字を訓読したのである。

以上の説明から、清原家では『論語』を訓読する上で何晏の『論語集解』を用いていたこと、そして『集解』の注だけでは解釈できないところがあった場合には、皇侃の『論語義疏』を用いていたことが明らかになったかと思う。但し、これまで挙げたのは、全て『論語集解』の解釈と『論語義疏』の解釈とが一致している（『集解』の解釈を『義疏』が補完している）例ばかりである。実は『論語集解』と『論語義疏』との間には、解釈の異なるところが少なからず見出される。その場合、清原家の儒者は『論語』をどのように訓読したのであろうか。次にその点を明らかにしたい。

（3）『論語集解』と『論語義疏』との間に解釈の対立がある場合

次に掲げるのは巻一の為政篇第八章である。

子夏問孝。子曰、色難。有事弟子服其労。有酒食先生饌。曾是以為孝乎。

（子夏 孝を問ふ。子曰はく、色難し。事《わざ》有るときんば、弟子 其の労《いたは》しきに服《つ》く。酒食《し》有るときんば、先生饌《せん》す。曾《むかし》是を以つて孝と為《す》れや。）

（　）内には1の訓点に従った訓読文を示したが、ここで問題となるのは、末尾の一句「曾是以為孝乎」の「曾」字を「むかし」と訓じている点である。この句に対して『集解』は、

馬融曰、孔子喩子夏曰、服労先食、汝謂此為孝乎。未足為孝也。承順父母顔色、乃為孝耳也。

（馬融曰はく、孔子 子夏を喩《さと》して曰はく、労《いたは》しきに服いて先づ食するを、汝、此を謂ひて孝と為《す》れや。未だ孝と為《す》るに足《た》らず。父母の顔色に承け順ふを、乃《いま》し孝と為《す》らくのみ。）

と注している。何晏は後漢の馬融の説を取って、本章を「孔子が子夏をいましめて次のように言った。子弟が労働に就いて、父兄が（子弟より）先に飲食する、お前はそれを「孝」だと思っているのか。そんなことは孝とは言えない。父母の様子をうかがってそれに対応する、それでこそ「孝」と言えるのだ、と」と解釈している。したがって「曾」は「なんぢ」と読まなければならないが、1の『論語』業賢写本はそれを「むかし」と読んでいる。それは何故かと言えば、『義疏』に「曾猶嘗也」の訓詁があるからである。『義疏』の本文を次に掲げる。

曾猶嘗也。言為人子弟、先労後食、此乃是人之子人之弟之常事。最易事耳。誰嘗謂此孝乎。言非孝也。故江熈称、或曰、労役居前、酒食処後、人子之常事、未足称孝也。

（曾は猶ほ嘗のごときなり。言ふこころは、人の子弟と為《し》て、労を先にし食を後にす、此れ乃ち是れ人の子 人の弟の常の事なり。最も事《ことは》り易きのみ。誰か嘗て此れを謂ひて孝とせむや。孝に非ずと言ふなり。故に江熈称《い》はく、或るひと曰はく、労役は前に居り、酒食は後に処ることは、人の子の常の事なり、未だ孝と称するに足らざるなり。）

皇侃は「曾」を「嘗」の意に取り、一句を「労働を先にして飲食を後にすることなど、人の子、人の弟として当たり前のことだ。むかしからそんなことを「孝」と言った者などいない」と解釈している。清原家儒者は『集解』の「曾＝汝」説を退け、『義疏』の「曾＝嘗」説を取って「曾」を「むかし」と読んだのである。

本書第三章で、『毛詩』の毛伝と鄭箋との間に解釈の違いのある場合、清原家ではそれぞれの解釈に従った傍訓を左右に分けて示すという方法を取っていたことを述べた。それでは『論語』の場合はどうであったのか。『毛詩』と同様の方法を取っていたのだろうか。現存する清原家儒者による『論語』関係の古写本を見る限り、そのような訓点の表示法は見当たらない。しかし、唯一の例外がこの為政篇第八章の傍訓に見られる。すなわち2の『論語集解』永禄六年写本では、図1に示したように「曾」の右傍に「ムカシ　皇侃」、左傍に「ナンチ　馬融」「スナハチ　鄭玄」と注釈者を明記して付訓しているのである[12]。

儒者が傍訓を施す場合、右傍に主たる訓を、左傍に従たる訓を置くのが通例である。この場合、「ムカシ　皇侃」が第一次訓、「ナンチ　馬融」が第二次訓、「スナハチ　鄭玄」が第三次訓と見られるのであるから、『義疏』による訓が優先的に用いられたことが明らかである。

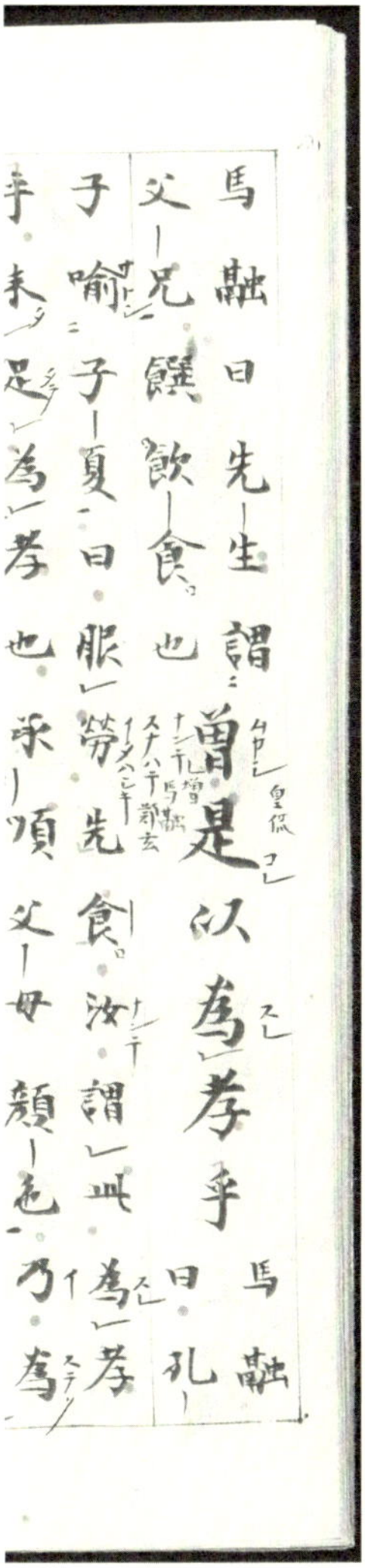

図1　「曾」字に付された傍訓。右傍に「ムカシ 皇侃」、左傍に「ナンチ 馬融」、「スナハチ 鄭玄」とある。（2の慶應義塾図書館蔵本）

『集解』を退け『義疏』の解釈に従った例をもう一つ挙げよう。次に掲げるのは、巻五の子罕篇第一章である。(13)

子罕言利與命與仁。

これを1・2の訓点に従って訓読すれば、

子罕《まれ》に利を言《と》き、命を與《ゆる》し仁を與《ゆる》す。

となる(「利」「命」「仁」それぞれの下に、目的語を受ける助詞「を」を補った)。

『集解』はここに、

罕者希也。利者義之和也。命者天之命也。仁者行之盛也。寡能及之。故希言也。

(罕は希なり。利は義の和なり。命は天の命なり。仁は行の盛んなるなり。能く及ぶこと寡なし。故に希に言《と》くなり。)

と注している。「利」「命」「仁」の三者が「言」という動詞の目的語として並列されているという理解である。この解釈に従えば、「與」は接続詞であり、経文は「孔子は、利と命と仁とのことはめったに説かなかった」の意である。したがってここは「子罕に利と命と仁とを言く」と訓読すべきところだが、清原家の儒者はそのように訓読しなかった。それは何故かと言えば、『義疏』に異なる解釈が示されていたからである。『義疏』には次のようにある。まず経文の疏の前半を掲げよう。

子孔子也。罕者希也。言者説也。利者天道元亨利万物者也。與者言語許與之也。命天命也。窮通天寿之目也。仁者惻隠済衆、行之盛者也。弟子記孔子為教化所希言、及所希許與人者也。所以然者、利是元亨利貞之道也、百姓日用而不知、其理玄絶。故孔子希言也。命是人稟天而生、其道難測、又好悪不同。若逆向人説則傷動人情。故孔子希言與人也。仁是行盛、非中人所能。故亦希説許與人也。然希者非都絶之称、亦有時而言與人也。

（子は孔子なり。罕は希なり。言は説なり。利は天道元亨の万物を利する者なり。與は言語して之れを許し與《ゆる》すなり。命は天命なり。窮通天寿の目《な》なり。仁は惻隠して衆を済《すく》ふ行なひの盛なる者なり。弟子、孔子の教化を為さむとして希に言《と》く所、及び希に人に許し與《ゆる》す所の者とを記すなり。然《しか》る所以《ゆゑん》は、利は是れ元亨利貞の道なり、百姓は日びに用ひて知らず、其の理は玄絶なり。故に孔子希に言《と》くなり。命は是れ人の天に稟けて生ずるなり、其の道測り難し、又た好悪同からず。若し逆《あらかじ》め人に向かつて説けば則ち人の情を傷動す。故に孔子希に言《と》きて人に與《ゆる》すなり。仁は是れ行なひの盛なるなり、中人の能くする所に非ず。故に亦た希に説きて人に許し與《ゆる》す者なり。然るに希とは都絶の称に非ず、亦た時有りて言《と》きて人に與すなり。）

皇侃は、まず「罕」を「希」に、「言」を「説」に、「與」を「許與」に言い換えている。「與」を動詞と見ている点が『集解』とは大きく異なる。清原家儒者が経文の「與」を「ゆるす」と読んだのは、言うまでもなく皇侃が「與」を「許與」と敷衍したからである。そして皇侃は「利」「命」「仁」の三者を定義した上で、一章の解釈を示す。「利」について「故孔子希言也」と言い、「命」について「故孔子希説與人也」と言い、「仁」について「故亦希説許與人也」と言って、孔子が三者の何れを説くことも「希」であったと言うのであるから、経文の

「言利」「與命」「與仁」の三者は並列関係にあり、「罕」は三者に等しく副詞的に掛かるものと解している。さらに「希とは都絶の称に非ず、亦た時有りて言きて人に與すなり」とも述べているのであるから、経文の意は「孔子はごくたまに利を説き、ごくたまに命と仁とを人に用いて説くことを許した（命と仁とについては、ごくたまに人物を説くことに用いることがあった）」となるであろう。

そして皇侃は疏の後半で、孔子がごくたまに説いた事例として、「利」については「周易文言」の言説を挙げ、「命」と「仁」とについては『論語』の数条を挙げて、自説の根拠としている。

周易文言是説利之時也。謂伯牛亡之命矣夫、及云若由也不得其死然、是説與人命也。又孟武伯問子路冉求之屬仁乎、子曰不知、及曰楚令尹陳文子焉得仁、並是不與人仁也。而云顔回三月不違仁、及云管仲知其仁、則是説與人仁時也。故云子罕言利與命與仁也。

（周易の文言は是れ利を説くの時なり。「謂はく、伯牛亡《し》なん、命なるかな」（雍也篇第十章）と、及び「云はく、由が若きは其の死然を得ざらん」（先進篇第十三章）とは、是れ説きて人に命を與《ゆる》すなり。又た「孟武伯、子路・冉求が属ひ仁ありやと問ふ、子の曰はく、知らず」（公冶長篇第八章）と、及び「曰はく、楚の令尹・陳文子焉んぞ仁を得ん」（公冶長篇第十九章）とは、並びに是れ人に仁を與《ゆる》さざるなり。而るに「云はく、顔回三月までに仁に違はず」（雍也篇第七章）と、及び「云はく、管仲其の仁を知れり」（憲問篇第十七章）とは、則ち是れ説きて人に仁を與《ゆる》す時なり。故に「子罕《まれ》に利を言《と》き命を與《ゆる》し仁を與《ゆる》す」と云ふなり。）

「周易文言」は、孔子が作ったとされる『周易』乾卦、文言伝に「利者義之和也。君子利物足以和義。（利とは義の和なり。君子は物を利して以つて義に和するに足る)」とあるのを指す。皇侃は注文の疏で、『集解』が「利者義之和也」と注するのはこれを引いたのだ、と指摘している。

『論語』の引用では、雍也篇第十章に、死の病に臥した冉伯牛を見舞った孔子がこれを運命だと言ったことと、先進篇第十三章に、孔子が子路を評してまともな死に方は出来まいと言ったことを挙げて、これらを孔子が「命」を人に用いることを許した例としている。また公冶長篇第八章に、孟武伯から子路と冉求とは「仁」かと問われた孔子が「知らず」と答えたことと、同第十九章に子張から令尹と陳文子とは「仁」かと問われた孔子が「焉《いづく》んぞ仁を得ん」と答えたこととを挙げて、これらを孔子が「仁」を人物評に用いなかった例と見なし、その一方、雍也篇第七章に、孔子が顔回の仁徳を称えたことと、憲問篇第十七章に、桓公が諸侯に会したとき兵車を用いなかったことを理由に、孔子が管仲の「仁」を称えたこととを挙げて、これらを孔子が「仁」を人に用いることを許した例としている。

このように皇侃は、孔子が時として「利」を説き、また「命」と「仁」とを人物評に用いた事例の見出されることを根拠として、「孔子はごくたまに利を説き、また、ごくたまに命と仁とを人に用いて説くことを許した」という、『集解』とは異なる解釈を導き出したのである。そして清原家儒者はこの皇侃の説に従って訓点を「子罕《まれ》に利を言《と》き、命を與《ゆる》し、仁を與《ゆる》す」と定めたのである。

以上、二例を挙げて、『論語集解』と『論語義疏』との間に解釈の対立がある場合、清原家儒者は『義疏』の解釈に従って訓読していたことを確認した。『集解』と『義疏』との対立は、これら二例以外にも幾つか見られるが、何れも『義疏』に従っており、逆に『義疏』を退けて『集解』の説を取った例は見当たらない。清原家では、このように『義疏』を『論語』を読解する上で重んじていたのである。

これで清原家儒者によって施された『論語』の訓点に関する考察を終える。

三、結語

古来、『論語』は何晏の『集解』によって読まれてきた（初め鄭玄注も用いられはしたが、早くに何晏注に絞られたようである）。本章で考察の対象とした室町後期に於いても、その状況は同じである。その『集解』による読解を主導したのは他ならぬ清原家であった。しかし、『論語』の（室町後期の）清原家証本の経文に施された訓点に着目し、それを具さに検討してみると、その読解には『集解』よりも、『集解』を再注釈した皇侃の『義疏』を重んじていたことが窺われる。当時の日本では、『論語』は『義疏』の解釈によって訓読されていたのである。

本章で明らかにできたのは僅かにここまでだが、ここから派生して、今後考察すべき課題が浮かび上がったように思われる。『論語』解釈に『論語義疏』が重視されていたということは、『論語集解』を用いて行なわれる『論語』の伝授の場に、『論語義疏』が持ち込まれ、時に応じて参照されていたことが想像されよう。その実態はどのようなものであったのか。この問題は、当時作られた抄物などの資料を援用することによって、解明できるように思われる。

また、さらに清原家が『義疏』を『論語』解釈の拠り所としたことにはどのような事情が存在したのか。また『義疏』を重視する清原家の論語学はいつ、誰が始めたことなのか。このような根源的な問いも浮かび上がる。これらのことも今後突き止めるべき問題であろう。

周知のように、江戸時代に入ると『論語』の訓読は新注（朱熹の『論語集註』）に対して林羅山の施した訓点が一般化する。それ以後、清原家による訓点はあたかも忘れ去られたかのような印象がある。しかし、それまで古代・中世を通じて清原家点が支配的であったことを思えば、右に挙げた諸点は日本漢学史上、極めて重要な研究課題であるように思われる。今後取り組むべきことを提示して、本章を終えることにしたい。

注

(1) 龍粛「清原頼業の局務活動」(『鎌倉時代――下・〔京都〕』、一九五七年、春秋社)。

(2) 木田章義「饅頭屋と博士家――文化を守るもの」(『ビブリア』第一四九号、二〇一八年三月、天理図書館)。

(3) 平安末期成立の『二中歴』巻十一・経史歴には、主な経書・史書の読解に用いられた注釈書が示されている。但し、『論語』については「孔子没後、諸弟子記其善言。謂之論語」としてその篇名を挙げるだけで、その注釈書名を記さない。しかし上記文言が『論語集解』序文からの引用であることから推して、それが『集解』であったことは明らかである。

(4) 書誌的事項を掲げる。

架蔵『論語』十巻　無註　大永六年・七年(一五二六・一五二七)清原業賢写　和大二冊

後補朽葉色表紙、上冊二十四・〇×二十・二糎。下冊二十三・八×二十・〇糎。料紙、楮紙。墨付け張数、上冊三十五張(初に「論語序」二張)、下冊四十二張。内題「論語学而第一(隔二格)何晏集解」。尾題「論語巻第幾」。毎半葉八行十四字。字面高さ、約二十・五糎。巻初に何晏の集解序を置くが、本文は経文のみ。上冊書写奥書「大永第六暦孟夏下旬遂写功授/主水正頼〔「頼」を見せ消ちして「枝」に改める〕賢訖/(低六格)清外史清原朝臣(業賢花押)」。下冊書写奥書「大永七年三月廿八日於灯火遂写功授/頼〔「頼」を見せ消ちして「枝」に改める〕賢訖(隔八格)外史清原(業賢花押)」。奥書の頼賢は枝賢の幼名。

(5) 書誌的事項を掲げる。

慶應義塾図書館蔵『論語集解』十巻　魏・何晏註　永禄六年(一五六三)釈世誉写　和大五冊(132X@208@9

@2-6)

後補藍色表紙、二十五・五×二十・三糎。料紙、楮紙。墨付け張数、第一冊二十五張、第二冊二十九張、第三冊三十二張、第四冊三十五張、第五冊二十五張。内題「論語学而第一（隔三格）何晏集解」。尾題「論語巻第幾」、この下に経・註の各字数を小字双行で記す。第三冊・第五冊各末尾に書写奥書「永禄六年二月日／（隔二行）／世誉」。巻一末尾に本奥書「家本雖有数部本経之異同置字之増減共以不一揆其中有／琢磨之秘本以之為準的假手新写之卒予加朱墨累葉／家点也孫々子々深秘勿出函底矣／（低十格）侍従三位清原朝臣宣ー［右傍に「賢」］御判」（家本に数部有りと雖も、本経の異同、置き字の増減、共に以つて揆を一にせず。其の中に琢磨の秘本有り、之れを以つて準的と為し、手を假り新たに之れを写し卒んぬ。予れ朱墨累葉の家点を加ふるなり。孫々子々、深く秘して函底より出だすこと勿かれ。侍従三位清原朝臣宣賢御判）。巻十末尾に加証奥書「右一覧之処摺本家本異同朱墨／之点無相違梵舜禅師奥書令所望／賜之間令証明畢／（低一格）天正十又三歳次乙酉仲春仲旬／（低七格）正三位清原朝臣枝賢〈法名／道白〉／（低十三格）号雪庵（花押）」（右一覧するの処、摺本家本の異同、朱墨の点、相違無し。梵舜禅師、奥書を所望せしめ賜ふの間、証明せしめ畢んぬ。天正十又三、歳乙酉に次る、仲春の仲旬。正三位清原朝臣枝賢〈法名道白〉、号雪庵（花押））。

（6）本書第十一章「室町後期に於ける『論語』伝授の様相――天文版『論語』の果たした役割」。

（7）仮名点を付したのは、稚拙な字様から推して、（業賢ではなく）七歳～八歳の枝賢であった可能性がある。

（8）髙橋智『室町時代古鈔本『論語集解』の研究』（二〇〇八年、汲古書院）。髙橋氏は清原家本を甲・乙・丙・丁の四類に分けている。甲類は清原宣賢が永正九年に書写・加点した本奥書を持つ写本群（宣賢自筆本は現存しない）であり、乙類は清原枝賢（宣賢孫）・吉田兼右（宣賢男）が書写に関わった写本群である。両者には、甲類が各篇の冒頭に存する篇題と撰者名との間に「凡幾章」と章数を小字で加えるのに対して、乙類はこの章数を学而篇にのみ加えないという違いが見られる。丙・丁の二類は乙類周辺に位置する写本群であるが、学而篇第一章の「学而時習之、不亦説乎」の「説」を丙・丁類は「悦」に作るという違いが見られる。また丙類と丁類との間には、丙類が甲類と同じく篇題下に章数を加えるのに対して、丁類は章数を記さないという違いがある。

（9）永禄六年釈世誉写本は、梵舜以前には恐らくその父吉田兼右が所蔵していたものと思われる。兼右（一五一六

〜七三）は清原宣賢の次男として生まれ、宣賢の実父が吉田兼倶であった関係から、吉田兼満（兼倶男）の養子となって吉田家を継いだ。しかし兼右は吉田家に入って後も清原家との関係を良好に保ち、明経道の学問を積極的に修得したようである。それが相当高いレベルであったことは、例えば永禄九年から十一年にかけて兼右が時の関白近衛前久（一五三六〜一六一二）に『論語』を伝授していることからも窺われよう。『兼右卿記』永禄九年（一五六六）正月二十二日条には、前年に前久を門弟とし、この日から『論語』の伝授を始めたことが記されている。この『論語』伝授は前久が京都を出奔する永禄十一年まで続けられ、同年二月二十一日には憲問篇（二十篇中の第十四篇）までを読み終えている。世誉写本はこの伝授の直前に書写されたもので、伝授当時は兼右の所蔵であったと考えられるのであるから、兼右がこれを証本として前久に対する伝授に用いた可能性がある。

（10）『論語義疏』は日本に広く流通する一方で、中国では宋代に出版の機会を逸したため、その姿を消してしまった。それが江戸時代中期の寛延三年（一七五〇）、根本遜志（一六九九〜一七六四）が足利学校蔵本を底本として『義疏』を校訂刊行したことが契機となって、中国でも再び陽の目を見ることになったのである。

（11）慶應義塾大学論語疏研究会（代表 住吉朋彦）編『〈慶應義塾図書館蔵〉論語疏 巻六〈慶應義塾大学附属研究所斯道文庫蔵〉論語義疏 影印と解題研究』（二〇二一年、勉誠出版）。

（12）「曾」を鄭玄が「すなはち」と訓じる出所は未詳。但し、『経典釈文』巻二十四、論語音義の当該条に「曾、音増。馬云則、皇侃云嘗也」とある。これに拠ると、馬融が「すなはち」と訓じていたことになる。種村和史氏の御教示による。

（13）本章の解釈については、種村和史氏から懇切な御教示をいただいた。記して謝意を表する。

第十三章　吉田家旧蔵の兵書
――慶應義塾図書館蔵『七書直解』等の紹介を兼ねて

はじめに

清原家（縮めて清家《せいけ》と呼ばれる）は、明経道《みょうぎょうどう》の博士家として平安時代から江戸時代末まで永らく続いた名門の家系である。明経道は本来、中国の儒教経典を学問の対象とする大学寮の一部門だが、清原家は時代と共にその専門領域を拡げることに努め、中国・日本の別を問わず治国経世に資するものであれば、どのような書籍でも考究の対象とした。こうした学問に対する積極性こそが清原家をして長きに亙って名門たらしめた要因であろう。

その清原家の旧蔵書は現在、京都大学附属図書館に「清家文庫」と名づけて保管されている。清原家の学問を知る上で、この「清家文庫」蔵書が根幹を為すが、実は京大図書館以外にも清家に関わる貴重な資料が数多く現存している。それらは「清家文庫」蔵書をたんに補完するだけではなく、清家の学問体系を理解する上で欠かすことの出来ないものを多く含んでいる。

慶應義塾図書館はとりわけ室町時代の清家を知る上で重要な書籍を所蔵している。これを通して清家の学問を知ってもらおうと慶應義塾大学文学部国文学専攻では図書館の協力を得て、二〇一七年五月二十九日から六月二十四日にかけて「清家展――清原家の学問」と題する図書展示会を開催した。三十点ほどの展示書の中でこのとき初めて公開されることになったのが『七書直解』等十四冊（110X@619@14）である。本章ではこの資料を取り上げ、清原家の学問体系の中に位置づけたいと思う。

一、証本の尊さ

読者諸氏の中で、少しでも漢籍写本に触れたことのある人ならば、その本の訓点に疑問を持った経験があるのではなかろうか。訓点に誤りのある場合（本文に誤写のある場合は尚更だが）、それは当の写本が「証本」でないことを意味している。現存する漢籍写本の殆どは「証本」でないが故に、多かれ少なかれ誤写を含んでいる。逆に言えば、それほど「証本」と呼べる写本は少ないのである。

それでは漢籍の「証本」とは一体どのようなものを指すのか。それは儒者の家（博士家）に所蔵され、訓説の伝授に用いることのできる由緒正しい写本を指す。証本はまた「正本」とも表記される。

そのむかし人が漢籍を読もうとする場合、必ず然るべき儒者を師匠として、訓説の伝授を受けなければならなかった。伝授とは、師弟間で原則として一対一で行なう訓読の読み合わせのことである。そのとき儒者は証本を用いて伝授に当たった。一方、門弟は事前に師の儒者からその所持本（証本、或いはその副本）を借り受け、それを忠実に書写した写本を携えて伝授の場に臨んだ。伝授が終了すると、儒者は門弟の用いた写本の奥（末尾）に伝授を終えた旨を書き加える。これを加証奥書、伝授奥書などと呼び習わしている。このように伝授は、①門弟が事前に証本を書写する、②師が門弟に訓説を伝授する、③師が門弟の所持本に伝授を終えた旨を加証する、という手順で行なわれた。

儒者の証本はその家の学問的権威を保証するものであるから、門外不出であり、人目に触れることは殆ど無い。しかし、門弟の所持本は伝授の後、それほど厳重に管理されることはないから、他人がそれを借り出して書写することもあった。書写には誤写が付きものであり、転写過程で誤写が拡大してゆくことは容易に想像できよう。世に流通する写本の殆どは、この流れの中で作り出されたものであり、本文の誤写、訓点の誤写を含むものなのである。その意味では慶應義塾図書館蔵『七書直解』等は吉田家伝来の証本を多く含む点で極めて高い価値があると言えよう。

二、吉田兼右所蔵の兵書

吉田（卜部）兼右《かねみぎ》といえば、室町末期に活躍した神道家として名高く、また厖大な数の国書・漢籍を書写したことでも知られた人物である。例えば宮内庁書陵部蔵二十一代集はその筆に成る貴重な古写本である。その兼右が神道の伝授に携わっていたことは、たくさんの資史料の物語るところだが、彼は時として（神道家とは一見無縁のように思われる）兵書の伝授にも関わった。そのことを伝える資料が慶應義塾図書館蔵『七書直解』等なのである。

兼右（一五一六～七三）は清原宣賢（一四七五～一五五〇）の次男として生まれ、宣賢の実父が吉田兼倶であった関係から、吉田兼満（兼倶男）の養子となって吉田家を継いだ。清原家を継いだのは兄の業賢（一四九九～一五六六）

である。しかし兼右は吉田家に入って後も清原家との関係を良好に保ち、明経道の学問を積極的に修得したようである。それがどれほどレベルの高いものであったかは、例えば永禄九年から十一年にかけて兼右が時の関白近衛前久《さきひさ》（一五三六～一六一二）に『論語』を伝授していることからも窺われよう。『兼右卿記』永禄九年（一五六六）正月二十二日条には、前年に前久を門弟とし、この日から『論語』の伝授を始めたことが記されている。この『論語』伝授は前久が京都を出奔する永禄十一年まで続けられ、同年二月二十一日には憲問篇（二十篇中の第十四）までを読み終えている。兼右の訓説伝授の守備範囲が神道書だけに止まらず、明経道の専門書にまで及んでいたことが分かる。

慶應義塾図書館蔵『七書直解』等の内訳は次のとおりである。

a～f．『七書直解』（欠三略直解・六韜直解）〔永禄年間〕吉田兼右ほか写　和大六冊（図1～9）

g．『魏武帝註孫子』三巻　永禄三年吉田兼右写　和大一冊（図10・11）

h．『呉子』二巻〔室町後期〕〔釈周超〕写　和大一冊（図12）

i．『黄石公素書』一巻〔室町後期〕〔吉田兼右〕写　和大一冊（図13）

j．『軍政集』一巻〔室町後期〕〔清原業賢〕写　和大一冊（図14）

k．『武経七書』（存孫子・呉子・司馬法・尉繚子）明・洪武十三年（1380）刊　唐大一冊（図15・16）

l．『黄石公三略』〔江戸初期〕刊（覆伏見版）和大一冊

m．『六韜』〔江戸中期〕写　和大合一冊

n．『参祖記』〔江戸中期〕写　和大一冊

十四冊中、aからkまでの十一冊が兼右の蔵書であり、それらは兼右が門弟に対する伝授に用いたものであ

ると思われる。子部兵家の書は平安時代以来、明経道の清原・中原両家が専門としていた。このような背景から、清原家出身の兼右は兵書を伝授するに足る専門的知識を身に付けたのである。それでは兼右は誰に対して兵書の伝授を行なったのであろうか。

三、七書の伝授

中国で兵書の中から七種の書を選抜し、これを「七書」と称して重んじるようになったのは宋代に入ってからのことである。その七書の注釈書として我が国で中世以来用いられたのは南宋の施子美撰『施《せ》氏《し》七《しち》書《しょ》講《こう》義《ぎ》』四十二巻であった。しかしその後、明の劉寅の撰した『七書直解』が新たに伝わると、清原家ではこれをも併せて参照するようになった。清原宣賢は抄物の中で『講義』とともに『直解』を用いている。七書の序列は『講義』では『孫子』『呉子』『司馬法』『尉繚《うつりょう》子《し》』『黄石公三略』『六韜《りくとう》』『唐太宗李衛公問対』の順であるのに対して、『直解』では『唐太宗李衛公問対』が『尉繚子』の前に置かれた。

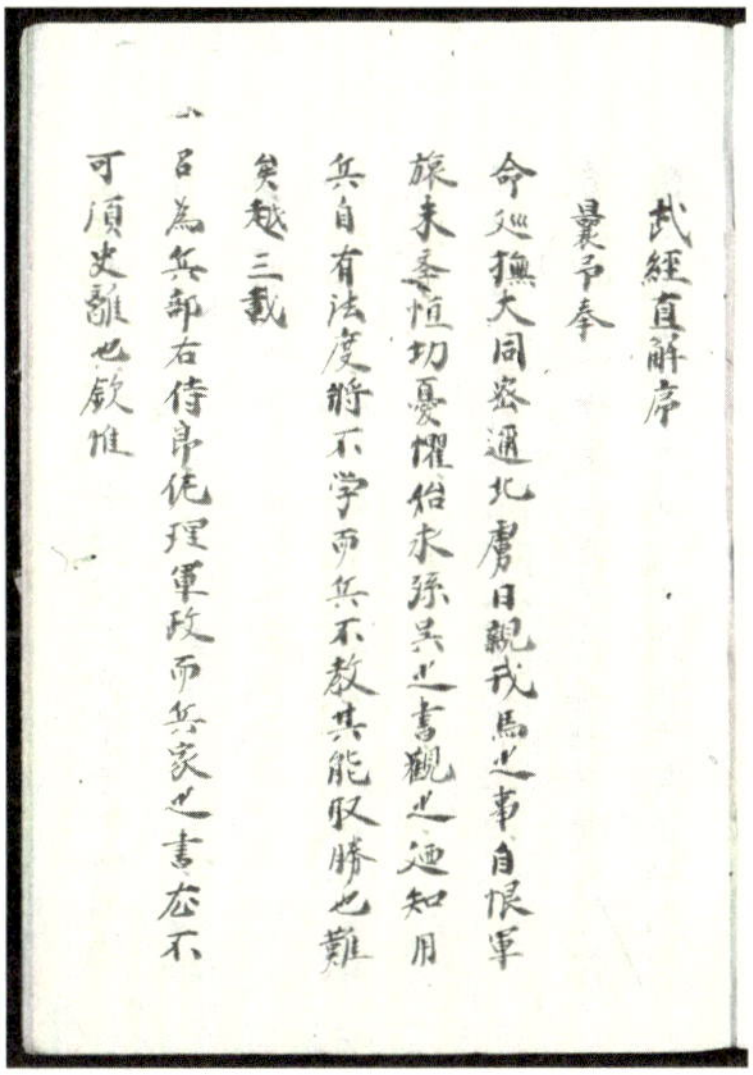
武經直解序
予奉
命巡撫大同密邇北虜日覩戎馬之事自恨軍
旅未委恒切憂懼俗求孫呉之書觀之廼知用
兵自有法度將不学而兵不教其能取勝也難
矣越三載
召為兵部右侍郎佐理軍政而兵家之書益不
可須臾離也欽惟

図1　a『七書直解』序首

a～fの六冊はその『七書直解』の写本である。何れの冊子も香色表紙（二十六・六×二十・七糎）で料紙も同質の楮紙だが、本来一具のものではなかった。b『孫武

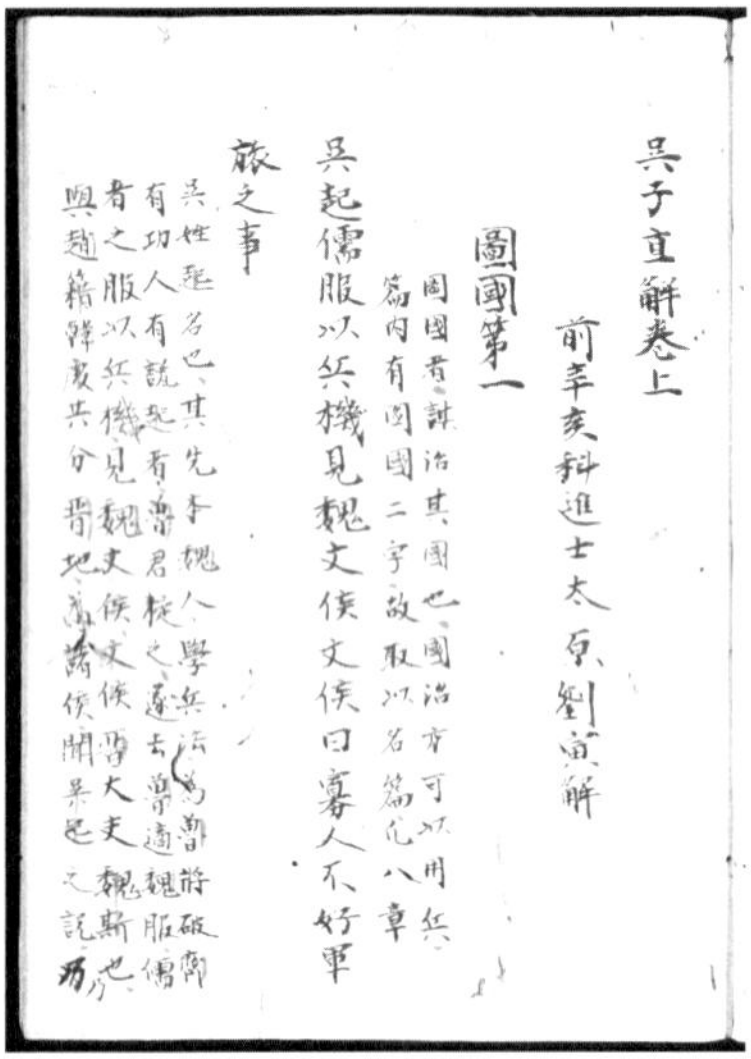

図5　c『呉子直解』巻首

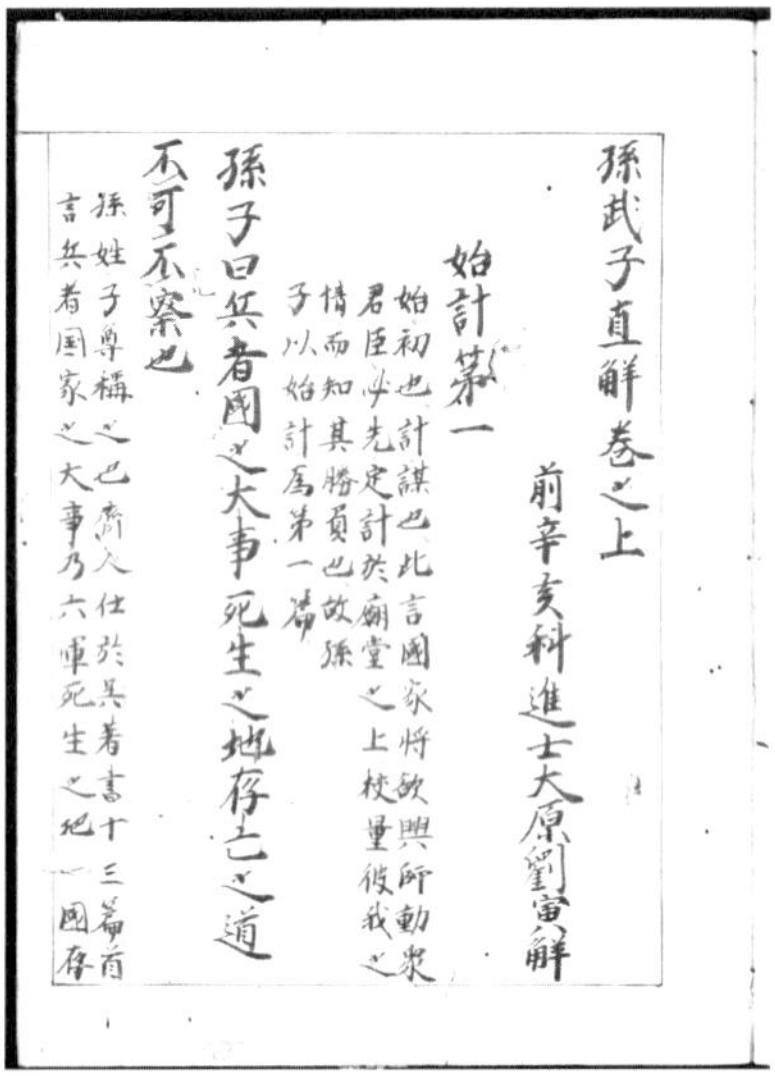

図2　b-1『孫武子直解』巻上首（釈周超写）

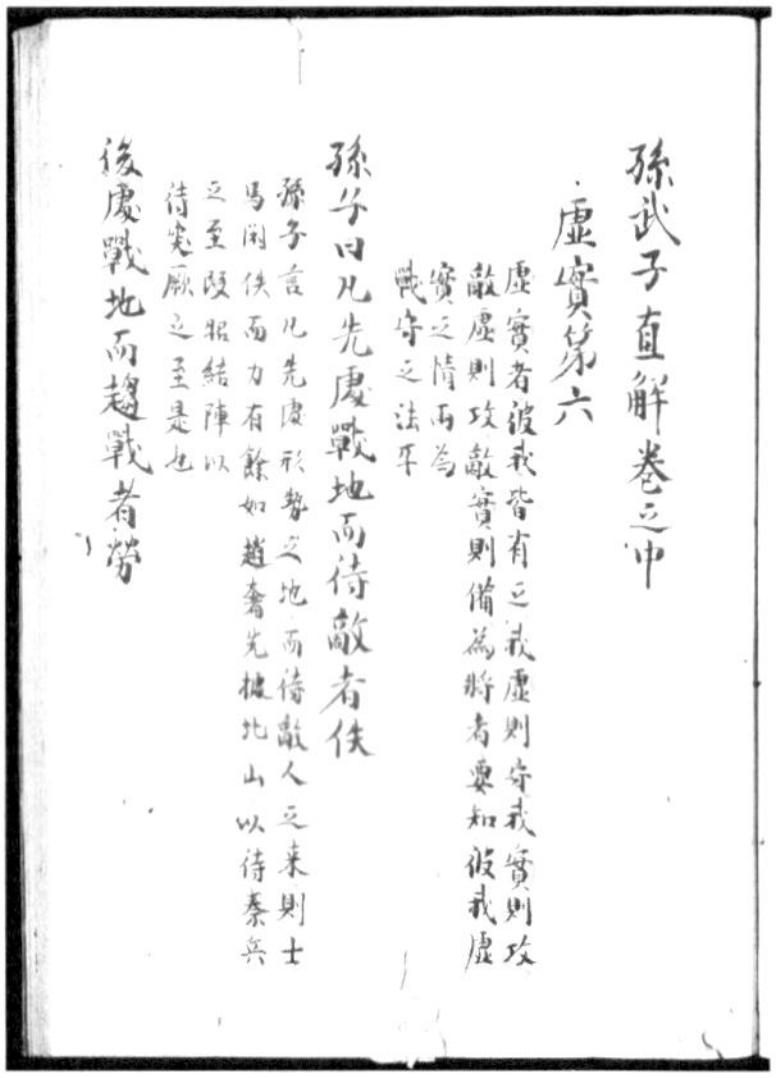

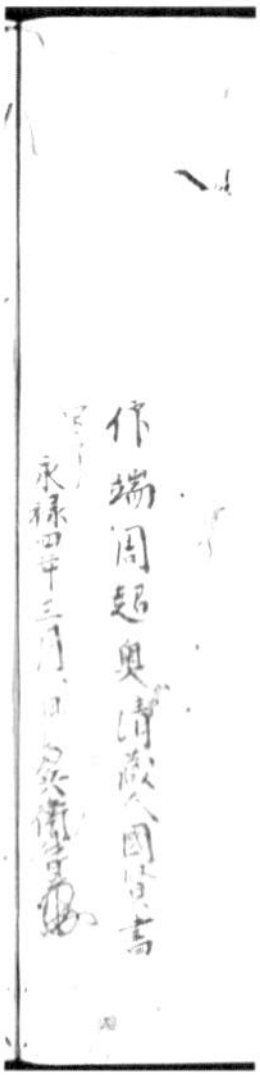

図3（右）　b-2『孫武子直解』巻中首（清原国賢写）
図4（左）　b-3『孫武子直解』吉田兼右奥書

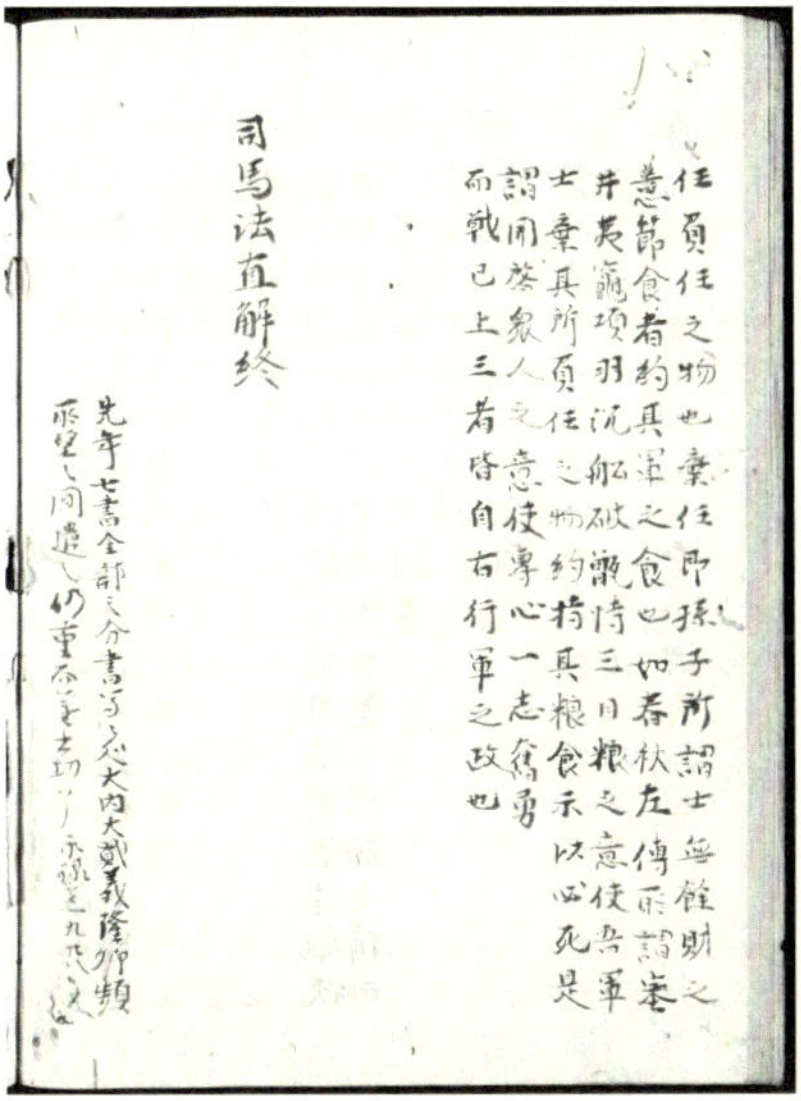

図7　d-2『司馬法直解』吉田兼右奥書

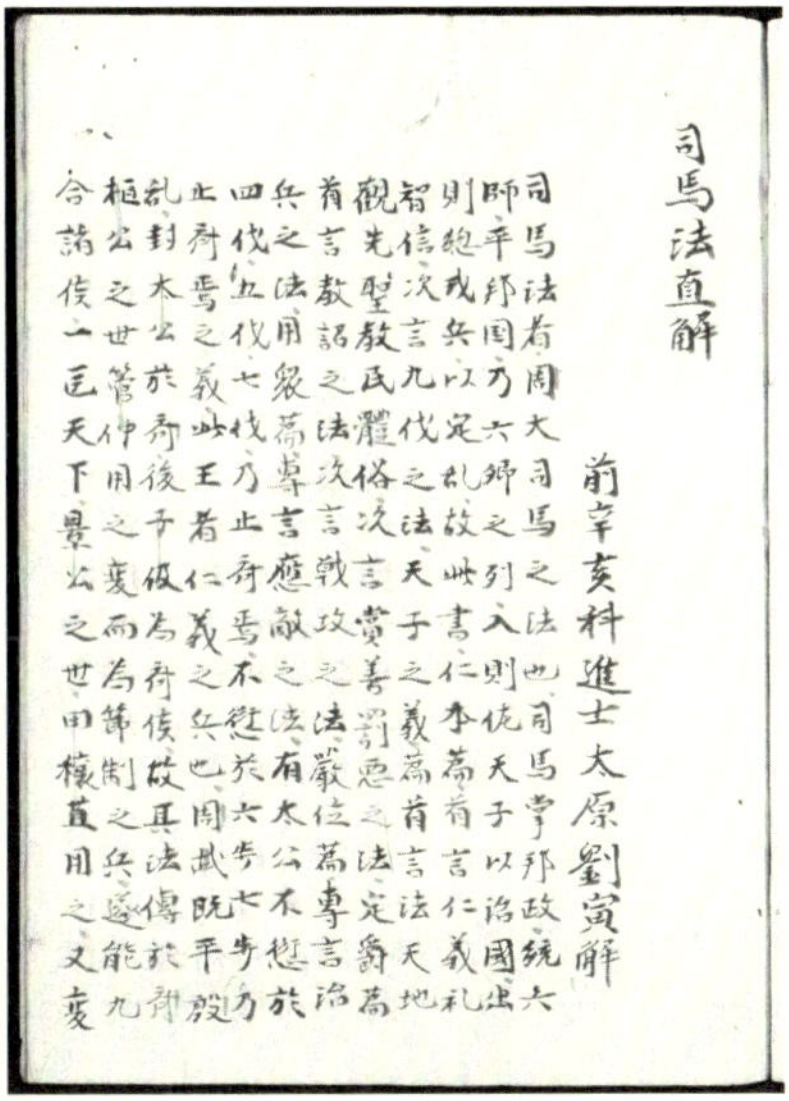

図6　d-1『司馬法直解』巻首

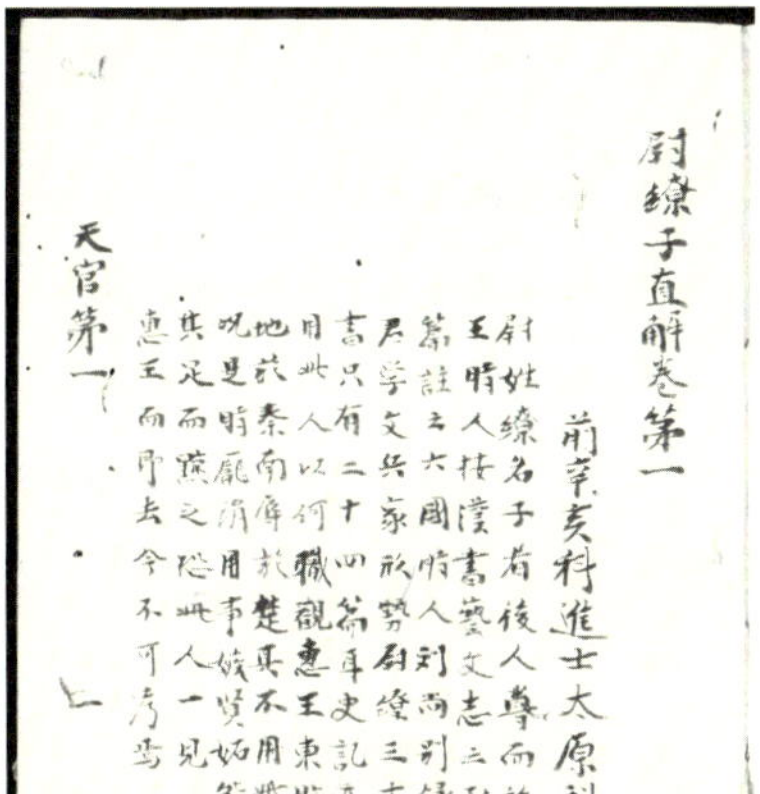

図9　f『尉繚子直解』巻首

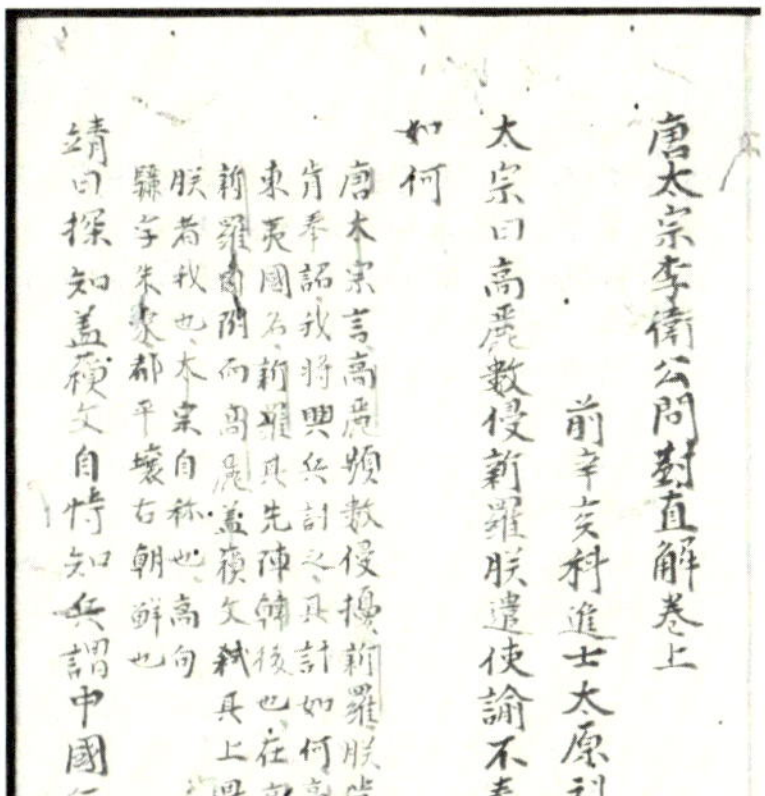

図8　e『唐太宗李衛公問対直解』巻首

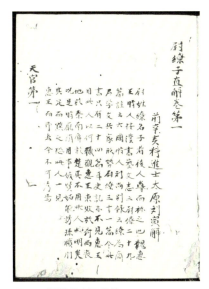

子直解』はその奥書（図4）に「端を周超に、奥を清蔵人国賢に仰せて書写し了んぬ。永禄四年三月日、右兵衛督（兼右花押）」と記すように、永禄四年（一五六一）三月に兼右が巻上を釈周超に、巻中・巻下を清原国賢（一五四四～一六一四）に命じて書写させたものである。国賢は業賢（兼右の兄）の孫に当たる。これに対してd『司馬法直解』はその奥書（図7）に「先年、七書全部の分を書写するの処、大内大貳義隆卿頻りに所望するの間、之れを遣る。仍りて重ねて書功を遂げ了んぬ。永禄十二九廿八（兼右花押）」とあることから、兼右が永禄十二年（一五六九）に改めて自ら書写した七書の中の一冊であると知られる。残りの四冊に奥書は無いが、これから判断するに、七書の写本には永禄四年に兼右が書写させたものと永禄十二年に兼右自ら書写したものとの二部が吉田家に存在したことが想像される。ここでは仮に四冊の内、兼右書写のa『七書直解序例』・f『尉繚子直解』の二冊を永禄十二年書写のグループに属するものと見なし、寄合書き（兼右筆を含んでいるかも知れない）のc『呉子直解』・e『唐太宗李衛公問対直解』の二冊を永禄四年兼右が書写を命じたグループに属するものと見なしておく。そして、恐らくこの両グループが後に取り合わされた段階で三略直解・六韜直解を欠いていたため、これを補う意味でl『三略』江戸初期刊本（伏見版の覆刻）・m『六韜』江戸中期写本の二冊が添えられたものと思われる。

さて、兼右が誰に対して七書を伝授したのかを考える上で、d『司馬法直解』の奥書に周防を本拠地としていた守護大名、大内義隆（一五〇七～五一）の名が見えることは多分に示唆的である。兼右が義隆に所望されて『七書直解』を与えたのは、恐らく兼右が西国に下った天文十一年（一五四二）から十三年にかけての時期であったと思われる。

大内義隆はその父義興のように在京することはなかったが、却って京都の公家文化に憧憬の念を募らせ、それを積極的に摂取しようと努めた。それ故、京都の教養ある貴族たちが招かれて周防に下向することもしばしばで、その顔ぶれの中に吉田兼右もいたのである。兼右は天文十一年四月、ちょうど尼子晴久を攻めるために安芸の三入《みいり》に布陣していた義隆を訪ねて神道書の伝授を行ない、それ以後、十三年十二月帰洛するまでの間、義隆に対して断続的に神道伝授を行なっている（天理図書館蔵『諸事伝授案』『神道相承抄』など）。義隆没後程経ずして成ったと言う『大内義隆記』にも「山口ニ於テハ春日明神、多賀ノ社、大中モチノ神マデモ、吉田ノ神主兼右ヲ召下サレテ、是ヲ勧請有テ、天文十三年三月上旬ニハ、神道ノ行事ヲ神宮司ニオイテ伝受アリ」とあるとおりである。しかし、義隆は学問好きであるだけに、清原宣賢の息子である兼右に神道書の伝授を求めるだけで善しとしたとはいかにも考えにくい。先に述べたように、兼右は関白近衛前久に『論語』を伝授できるほど明経道の学問に通じていたのであるから、義隆が兼右に神道以外の書の伝授を求めたとしても、何等不思議ではない。『大内義隆記』には「儒書の講釈ニハ外記三位、官務伊治。四書五経ノ抄物ヲバ外記ノ環翠入道ニ五万疋ノ青銅ヲ与ヘテ是ヲ講ゼラル」と小槻伊治《おづきのこれはる》や宣賢から儒書を伝授されたことを窺わせる記事があるだけで、兵書には全く触れていない。しかしd『司馬法直解』の奥書の文面は、『七書直解』所望以前に兼右が義隆に対して『七書』を伝授したことを言外に匂わせているように思われてならないのである。兼右は義隆に兵書を伝授した際、所持する『七書直解』写本を請われるままに義隆に譲与したものと考えたい。

四、清原家一族による兵書の書写

吉田兼右所蔵の兵書の内、『七書直解』以外のものに眼を向けてみよう。まずg『魏武帝註孫子』は奥書（図11）によれば兼右が永禄三年十月に書写したもので、末尾には附録として『史記』孫子列伝が添えられている。i『黄石公素書』は、附録の序に関して「広陵王氏序、大元至正十四年甲午、至今日本大永五年乙酉歳、既得一百七十二年」とか、また「南京袁誠後序、大明正統七年壬戌、至今日本大永五年乙酉九十二年」とか、序文の年時から大永五年（一五二五）に至るまでの年数を記していることから、大永五年の清原宣賢自筆本かと見誤りがちだが、そうではなかろう。恐らく兼右がその宣賢自筆本を底本として書写したものと思われる。兼右の筆蹟は宣賢のそれに良く似ている。『魏武帝註孫子』『黄石公素書』の両書は何れも丁寧に訓点（ヲコト点）が施され、証本と呼ぶに相応しい体裁を備えている。

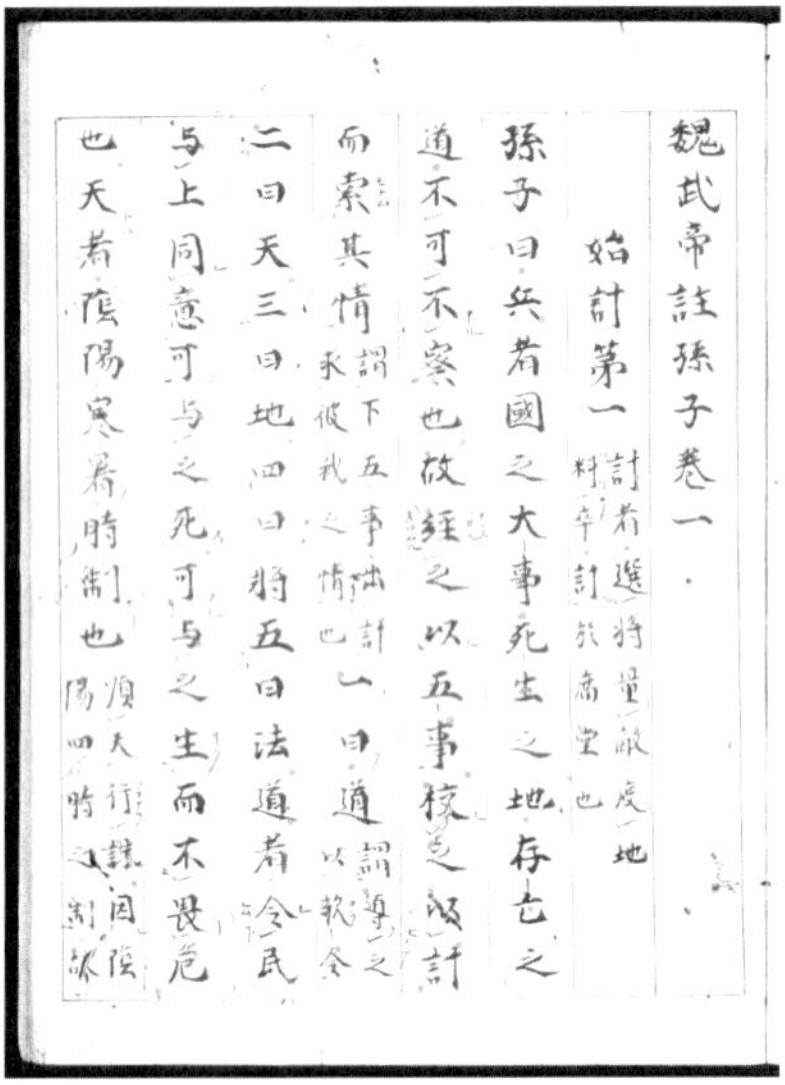
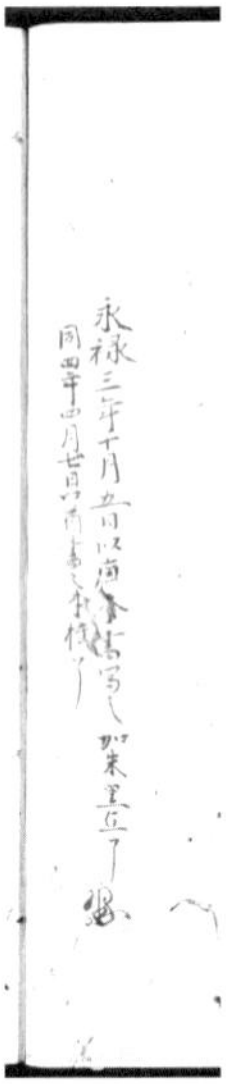
図10（右）　g-1『魏武帝註孫子』巻首（吉田兼右写）
図11（左）　g-2『魏武帝註孫子』吉田兼右奥書

h『呉子』も訓点（ヲコト点）が丁寧に施された善本だが、こちらはb『孫武子直解』巻上の筆蹟と同一であることから、釈周超による書写である。京大清家文庫蔵『三略抄』六冊（8―21／サ／1貴）の奥書には、清原国賢が天正四年（一五七六）・十三年に本書を書写するに当たって三人の手を借りたことが記されているが、その中に「神恩院周超」の名を見ることができる。さらに天理図書館蔵永禄九年写『論語抄』（清原家儒者による抄物）の書写者も「周超世誉」である。恐らく周超も清原の一族の者であると思われるが、系図にその名は見えない。j『軍政集』はその筆蹟から清原業賢（兼右の兄）による書

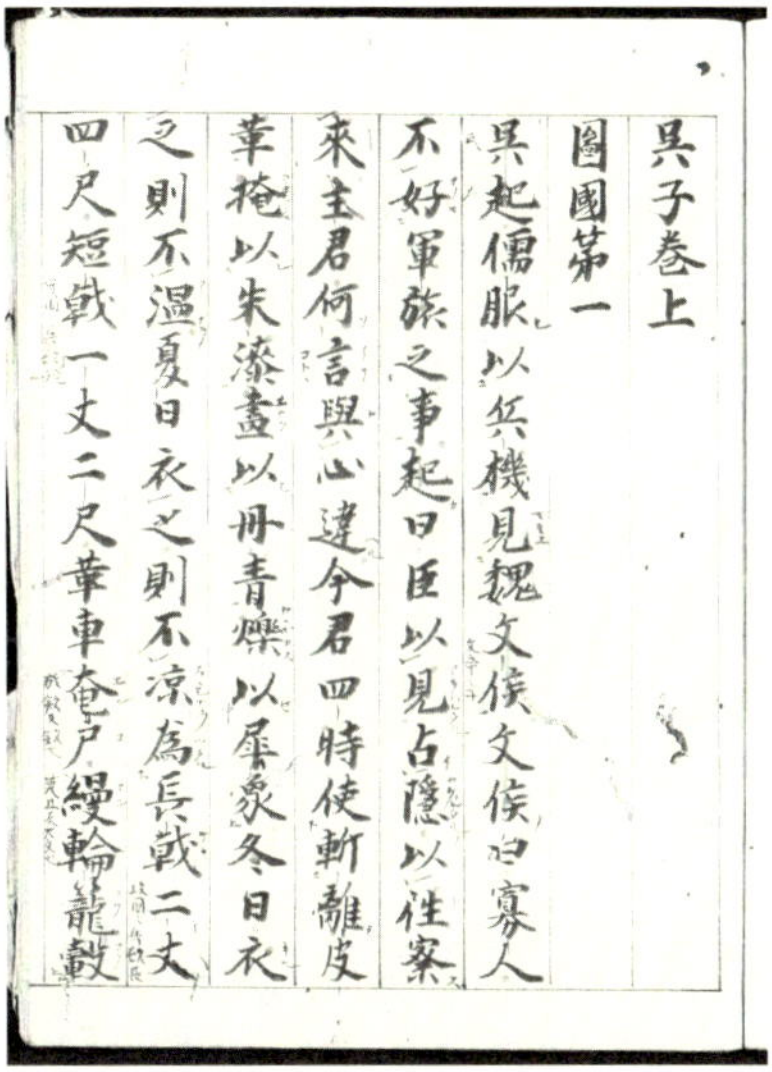

図12　h『呉子』巻首（〔釈周超〕写）

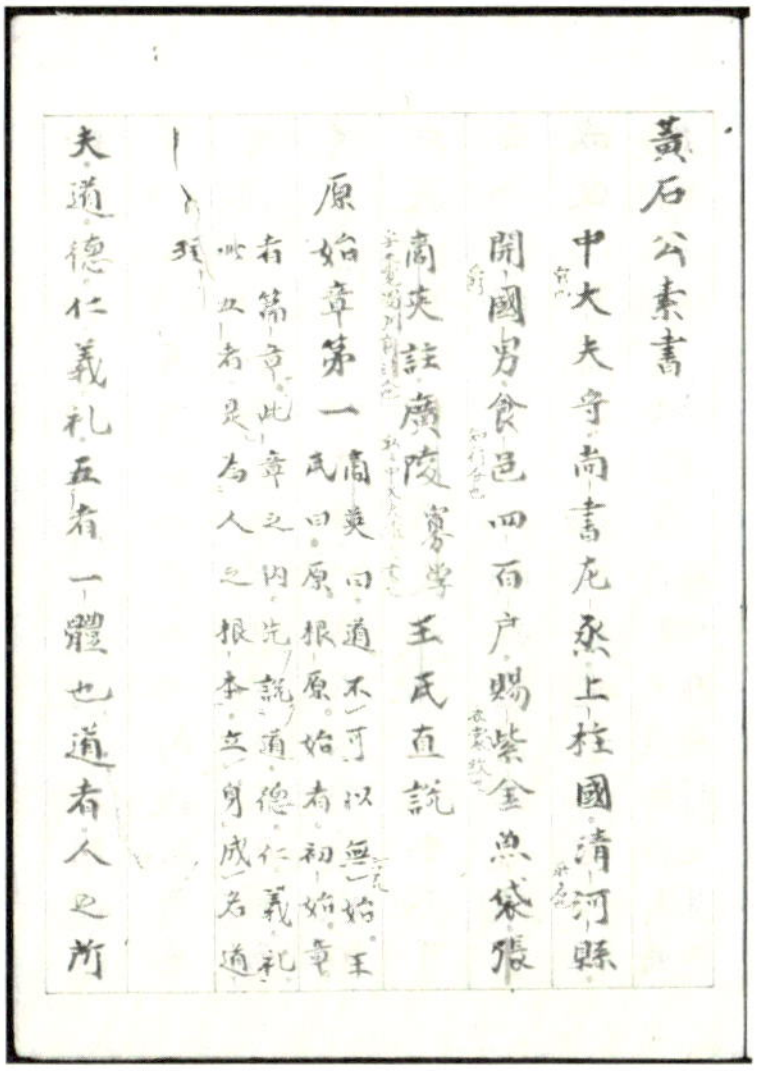

図13　i『黄石公素書』巻首（〔吉田兼右〕写）

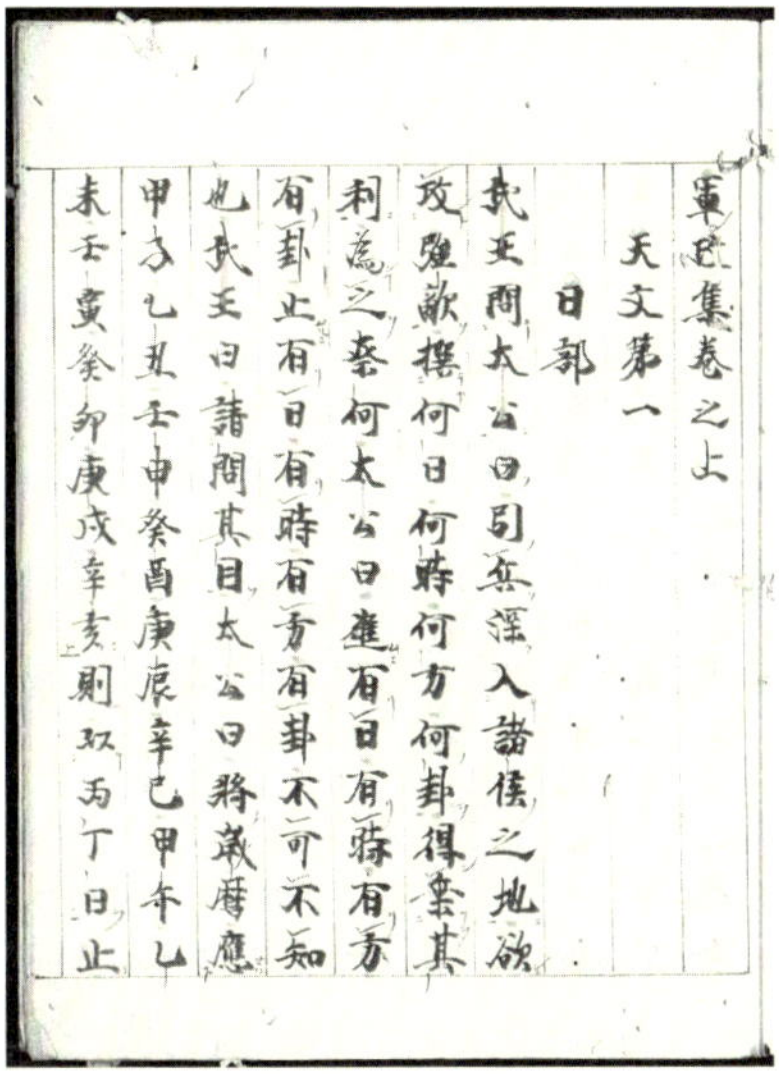

図14　j『軍政集』巻首（〔清原業賢〕写）

写と知られる。

こうしてみると、兼右が所蔵していた兵書は、兼右手ずから書写したもの以外に、業賢・国賢・周超といった人々の助力を得て成ったものの多いことが分かる。そこには兼右を支えた清原家一族の姿を垣間見ることができるのである。

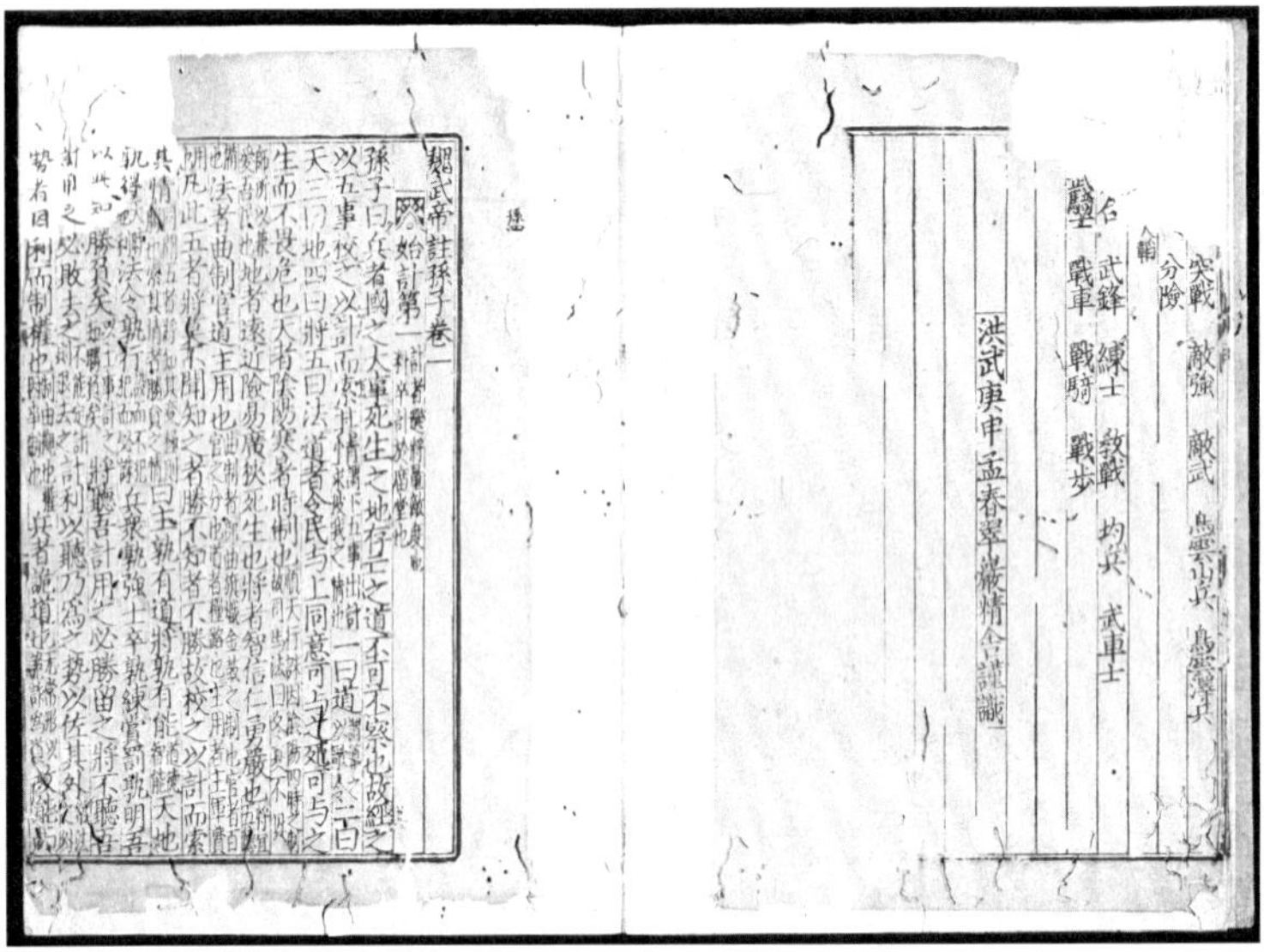

図15　k-1『武経七書』洪武十三年刊本 目録尾・本文首

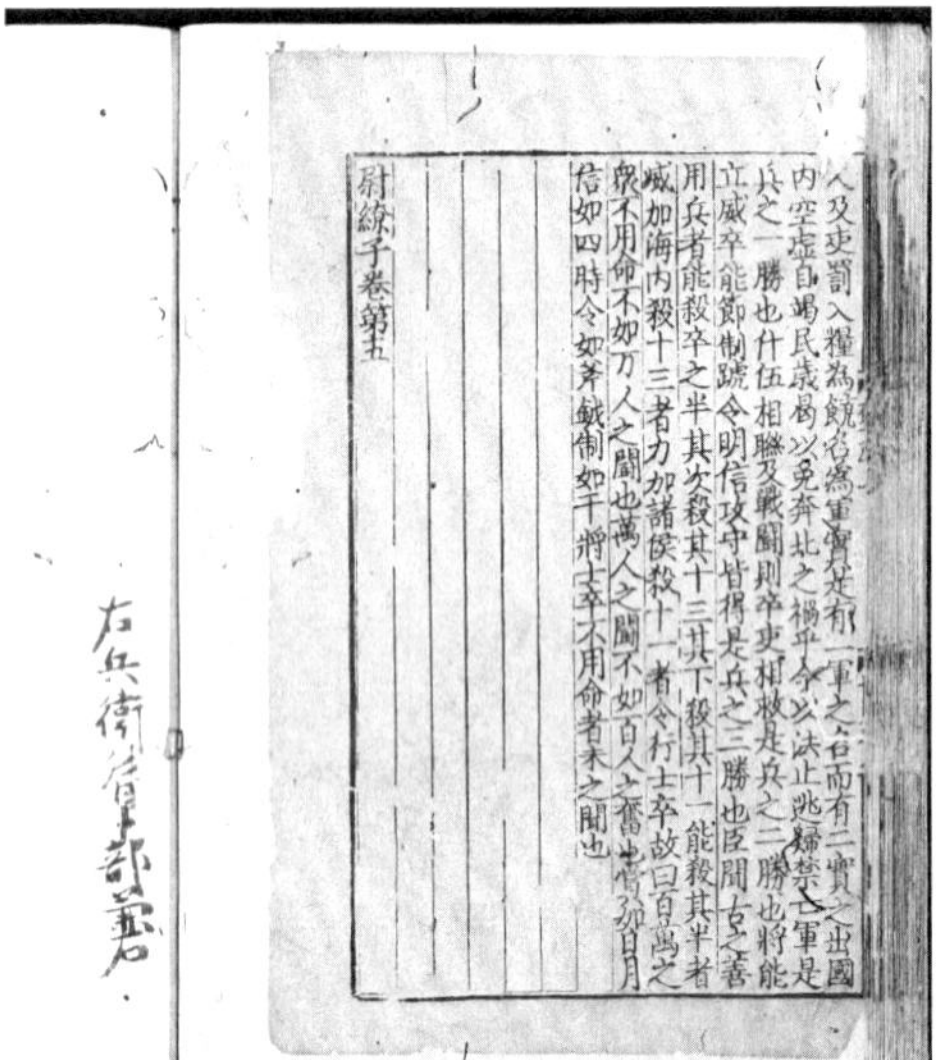

図16　k-2『武経七書』洪武十三年刊本 巻尾(吉田兼右の自署が見える)

第十四章　「佐保切」追跡

——大燈国師を伝称筆者とする書蹟に関する考察

はじめに

大燈国師宗峰妙超《しゅうほうみょうちょう》（一二八二〜一三三七）と言えば、鎌倉時代末期に花園・後醍醐二代の帰依を受け、大徳寺の開山となったことで名高い本邦屈指の禅僧である。その禅風を慕って門下には多くの俊秀が集うた。大徳寺を継いだ徹翁義亨と妙心寺開山の関山慧玄とはその双璧と言えるであろう。大燈国師の墨蹟は人格の大きさを窺わせる力強い書風を有し、見る者を圧倒する。大徳寺真珠庵蔵「看読真詮榜」、妙心寺蔵「関山号」「与関山慧玄印可状」（何れも国宝に指定）などはその代表格である。現存するもの六十余点。その書の魅力を論ずるには十分な数である。(1) しかしながら、ここに取り上げるのはそれらの真蹟ではない。実はそれらとは別に、いつの頃からか大燈国師を筆者と伝える一群の書蹟が存在し、人はこれを「佐保切」と呼んで珍重してきたのである。本章では「佐保切」の幾つかを紹介し、主としてその筆者について考察を加えることにしたい。

一、伝大燈国師筆断簡の概要

京都国立博物館所蔵の手鑑《てかがみ》『藻塩草《もしおぐさ》』(国宝)には二百四十二葉もの古筆切《こひつぎれ》が収められ、その中に『老子道徳経』(河上公章句)の断簡が見出される。伝称筆者《でんしょうひっしゃ》は大燈国師、断簡は「佐保切」と呼ばれる。一方、根津美術館所蔵の手鑑『文彩帖《ぶんさいじょう》』(重要美術品)にも「佐保切」が押されているが、こちらは『古文孝経』(孔安国伝)の断簡である。はたまた架蔵の手鑑『筆跡世々《よよ》の栞《しおり》』に押される「佐保切」は『帝範』の断簡である。しかも三者は、書写年代こそほぼ同じ頃と見てよいものの、互いに別筆である。このように全く異なる筆蹟が一様に大燈国師筆「佐保切」と呼ばれていること、これが「佐保切」の実態であり、且つその分析を困難にしている要因である。そこで初めにこの複雑な状況に少しばかり整理を加えておきたい。

古筆切を伝称筆者別に分類して解説を付した書に安政五年(一八五八)刊行の『増補古筆名葉集』がある。撰者は筆蹟鑑定家として当時名高かった古筆了仲《こひつりょうちゅう》(一八二〇~九一)である。本書の大燈国師の項には三種類の古筆切が列挙され、了仲はそれぞれの特徴を次のように記している。〈 〉内は小字。異体字は通行の字体に改め、句読点、濁点等を付した。

佐保切〈白紙。墨罫。孝経。真字。朱星アリ。此外、儒書・兵書ニ類ギレアリ。〉
道徳経切〈黄紙。同上。〉
巻物切〈真字。白紙。墨罫。詩ナリ。〉

この規定に従えば、『老子道徳経』の断簡は「道徳経切」と呼び、『古文孝経』の断簡は「佐保切」と呼んで区別するのが適当である。また、唐の太宗の撰にかかる『帝範』は子部儒家類の書であるから、「佐保切」の「儒書・兵書ニ類ギレアリ」の記述に合致する。したがって、その断簡は「佐保類切」と呼ぶのがよかろう。このように「佐保切《さおぎれ》」、「道徳経切《どうとくきょうぎれ》」、「佐保類切《さおるいぎれ》」と呼び分けることによって、大燈国師を伝称筆者とする書蹟はそれほど混乱することなく分析が可能になるように思われる。

ここまで読んで来た読者の中には、手鑑、古筆切、伝称筆者といった普段聞きなれない術語が出てきて、顔を顰《しか》めている方もおられるのではないかと思う。ここで少し補足説明をしておこう。(2)

我が国では古来、書籍の形態は写本、すなわち手書きの本が主流であり、手写であることに大きな意味が籠められていた。この価値観は平安時代以降に中国から刊本が陸続と将来されるようになっても揺らぐことはなく、出版文化が花開いた江戸時代に入ってからも変わることはなかった。日本では写本こそが書籍のあるべき姿であると考えられていたのである。刊本が権威を持ち写本を駆逐した中国とはこの点が大きく異なる。書写という行為が常に身近にあれば、必然的にすぐれた筆蹟に対する価値観が醸成される。それゆえ早くから知識人の間で古人の筆蹟、所謂古筆を珍重し鑑賞する風雅が起こったのも自然の成り行きであった。しかし、室町時代の末、読書人口の増加に伴って古筆に対する関心が急激に高まり、需要と供給のバランスが崩れたことで、思わぬ弊風が生まれることになる。古筆を寸断して古筆切にする風潮である。切《きれ》とは断簡の意。たしかにこうすれば、それまで唯一人しか所有できなかった貴重な写本を大勢が分かち持つことができる。見事な発想の転換だが、著者の言わんとする内容を無《な》みし、書籍を文字の鑑賞のためだけに細かく分割して利用するというのは、殆ど暴挙に等しい。しかし、実際に近衛前久（一五三六～一六一二）や松花堂昭乗（一五八四～一六三九）といった当時の名だたる知識人が率先して古人の名蹟を切断し、周囲に頒布したのである。その言い分は、価値ある名蹟を完冊のままで保存していては、何時いかなる災害にあって首尾亡佚するやも知れない。だから寧ろこれを幾葉もの断簡に分割し、諸処に分散しておけば、その危険は著しく緩和されるであろう、というものであった。これ以後、貴重な古写本や古写経を寸断することは好事家の間で少しも罪悪とは見なされず、平然と行なわれるようになった。こうして生み出された古筆切は、茶の湯の掛軸に用いられたり、或いは手鑑に押されたりして、今日無数に存在している。手鑑というのは、厚手の台紙を折帖に装訂し、その表裏に古筆切を糊付けして貼ったもの、すなわち古筆切の貼り雑ぜ帖のことである。また、古筆切を手鑑に貼る動作を「押す」と言いならわしている。

さて、古筆を鑑賞するには筆者が特定されていることが前提となる。筆蹟と人格とは切り離せないものであり、どこの誰とも分からぬ筆蹟は鑑賞の対象とはならないのである。しかし、いかなる古写本もその筆者が明らかであるかというと、必ずしもそうではない。書写奥書に筆者の自署があるなどというのはむしろ稀な例であって、大多数の古写本は書写奥書を持たず、誰の筆によるものなのか分からないというのが実際である。そこで登場したのが「古筆見《こひつみ》」「古筆目利《こひつめきき》」などと呼ばれる古筆鑑定家である。古筆見は誰が書いたとも知れない筆蹟を、長年培った鑑定眼を頼りに誰其のものであると同定し、その旨を記した鑑定書を発行したのである。鑑定書は多くの場合、手鑑に古筆切とともに貼り付ける便宜から、縦十四センチ、横二センチほどの「極札《きわめふだ》」が用いられた。このほか、古筆切が軸装されている場合には「折紙《おりがみ》」「箱書《はこがき》」などの形式があった。ここで問題となるのは筆蹟鑑定の当否である。

世に「多賀切《たがぎれ》」と称する『和漢朗詠集』の断簡がある（このような固有の名称を持つ断簡を名物切《めいぶつぎれ》と言う）。出光美術館蔵手鑑『見努世友《みぬよのとも》』に押されるものを始めとして数十葉が現存している。これらの極札は何れも筆者を藤原基俊（一〇五六～一一四二）とする。その中で陽明文庫蔵の軸装一葉は書写奥書の部分を含み、そこには「永久四年孟冬二日、扶老眼点了。愚叟基俊」とあって、たしかに基俊の書写であることが判明する。つまり、この『和漢朗詠集』の「多賀切」の場合、極札に記された筆者と実際の筆者とが一致するのである。しかし、このような例は極めて稀であり、多くの場合、鑑定書には正しいとは思われない（根拠の明らかではない）筆者が記されている。それゆえ古筆見の鑑定による筆者を「伝称筆者」と呼ぶのである。尚、古筆切には右の例のように、同一の写本から切り出された断簡が複数現存していることがある。その場合、それらを互いに「僚巻」或いは「ツレ（連）」と呼称する。

古筆鑑定家の元祖は古筆了佐（一五七二～一六六二）であると言われる。了佐は近江国西川の人で、俗名は平澤彌四郎。了佐は法名である。近衛前久から古筆鑑定法を伝授され、また豊臣秀次（一五六八～九五）から古筆姓を賜り、古筆鑑定を家職とすることを許されたという。秀次は空海筆の『風信帖』から一通を切り取った張本人で、古筆に関心を寄せた人物であるから、当時了佐と関わりを持ったとしても不思議ではない。了佐の子孫は代々家業を継ぎ、門人をも擁した。前出の『増補古筆名葉集』編者、古筆了仲も分家筋ではあるが、その家系に連なる者である。『増補古筆名葉集』には二百八十六名の筆者による一千三十種の古筆切の名称が列挙されている。その配列は手鑑のそれに一致するから、蒐集家が手ずから手鑑をこしらえるための手引き書として編まれたものであろう。江戸時代の古筆切蒐集熱のほどが窺われる。

以上の説明で、古筆切について大凡のことは理解していただけたことと思う。それでは早速本題に入ることにしよう。

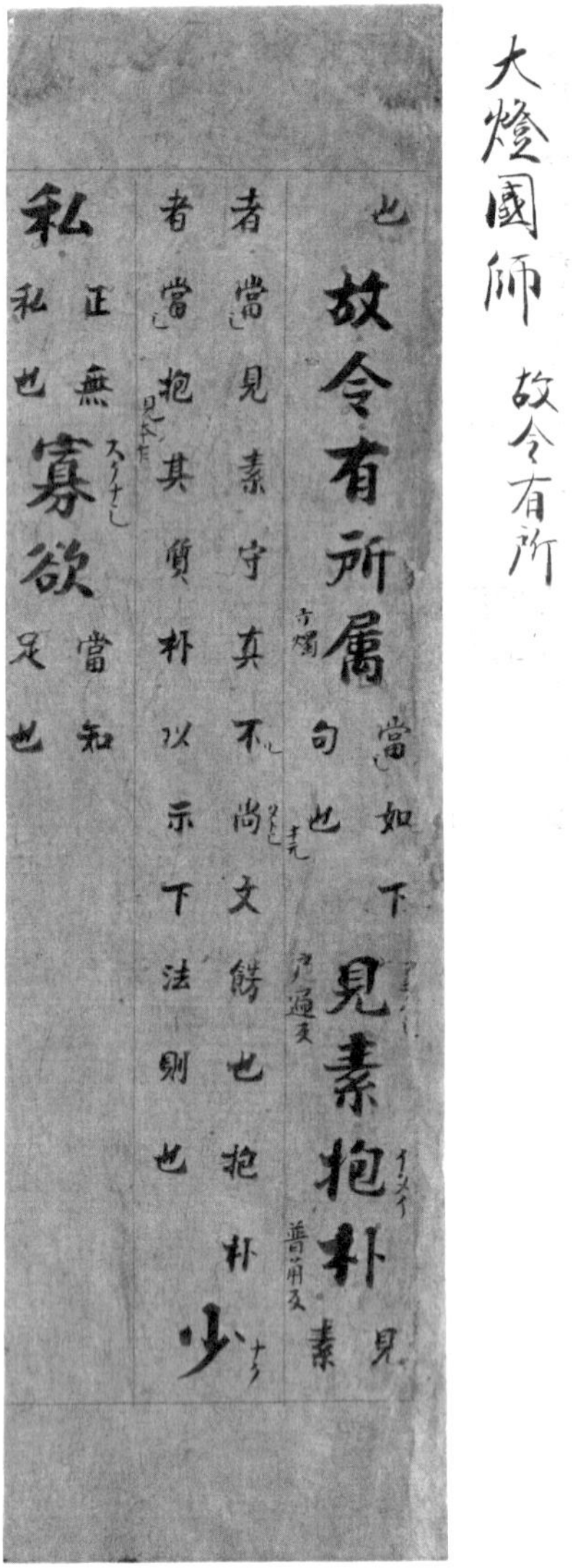

図1　架蔵「道徳経切」

二、道徳経切

伝大燈国師筆「道徳経切」はその名称の如く、『老子道徳経』の断簡である。図1に『老子道徳経』第十九章の三行を掲げた[3]。大字が正文で、小字双行がその注である。『老子』の古注としては魏の王弼の注が名高いが、これはそれに先立つ河上公の注である。我が国では古来（室町時代まで）『老子』は河上公の注「河上公章句」によって読まれた。

「道徳経切」はこれまでに十七葉の現存が確認されている（図1のツレが十六葉あるということである）。次にその所蔵者、章第・行数を掲げる。

1、ＭＯＡ美術館蔵手鑑『翰墨城』、序・五行。
2、小林家蔵手鑑『かたばみ帖』、第八章・三行。
3、架蔵、第十章・五行。（口絵カラー写真9）
4、架蔵、第十四章・二行。
5、石川県美術館蔵手鑑、第十五章・三行。
6、京都国立博物館蔵手鑑『藻塩草』、第十六章・三行。
7、架蔵、第十九章・三行。（図1）
8、架蔵、第二十章・五行。裏書有り。
9、架蔵、第二十章・二行。
10、架蔵、第二十三章から第二十四章にかけて・三行。裏書有り。
11、京都・観音寺蔵手鑑、第二十六章・三行。
12、架蔵、第二十八章・三行。
13、架蔵、第三十一章・一行。
14、架蔵、第三十一章・三行。
15、三井文庫蔵手鑑『高案帖』、第五十二章から第五十三章にかけて・三行。
16、架蔵、第七十七章・三行。
17、架蔵、第七十九章・四行。裏書有り。

さらにこれらの断簡の切り出された原写本が残簡ながら現存している。杏雨書屋所蔵（内藤湖南旧蔵）の巻上残箇がそれで、巻子装一軸、全八紙から成り、巻上全体の約四分の一を存する。なにゆえ古筆切の原本と断定できるかというと、字詰め（一行の字数）、界高（天地に引かれた界線の高さ）、界幅（界線の左右の幅）、筆蹟が「道徳経切」と一致し、なお且つ現存部分に「道徳経切」との重複が無いからである。尾題「老子道経」の後には本奥書があり、この本が明経道の清原家系統のものであることを伝えているが、書写奥書はなく、肝腎の筆者については記すところがない。ただ表紙に付された題簽に「大燈国師」とあり、また古筆了意（一七五一〜一八三四）の極札にも筆者を大燈国師とする。(4) このように古筆見によれば本写本及び「道徳経切」は大燈国師の筆蹟であるという。しかし、現存する大燈国師の真蹟――とくに『景徳伝燈録』（大徳寺蔵）や『大川普済語録』（龍光院蔵）といった自筆写本の筆蹟――と比較すれば明らかなように、「道徳経切」の筆蹟は大燈国師の筆蹟ではない。それでは「道徳経切」の筆者は一体誰なのであろうか。

宮内庁書陵部に「道徳経切」と同筆の『古文孝経』（五〇三―一六八）が所蔵されている。(5) もとは巻子装であったのを裏打ちして袋綴に改装してある。料紙が「道徳経切」の黄色とは異なり白色であること、字詰めが「道徳経切」の一行十四字に対して一行十二字であるなどの相違点はあるが、界高、界幅が一致し、筆蹟はまさしく同一人物のものと認められる。注目すべきはその奥書である。そこには書写の経緯とともに筆者名が記されているのである。句読点を付し、訓み下しを括弧に括って示した。

（1）永仁第七年暮春初二日、此書者、屋壁之底、石函之中、得古文之字、非今文之書。章篇之文雖不誤、今古之字悉以混。因茲古字付今文、今文付古字。于時謹蒙恩問之仰、早課頑嚚之拙。朱点雖為他功、墨点唯用自功。須以秘講奉授秘説而已。書博士清原教有。

（永仁第七の年、暮春初二日、此の書は、屋壁の底、石函の中より、古文の字を得たり、今文の書に非ず。章篇の文、誤らずと雖も、今古の字悉くに以つて混ず。茲れに因りて古字に今文を付け、今文に古字を付く。時に、謹んで恩問の仰せを蒙り、早やかに頑嚚《ぐわんぎん》の拙に課す。朱点は他功為《た》りと雖も、墨点は唯だ自功を用ふるのみ。須く秘講を以つて秘説を授け奉るべきのみ。書博士清原教有。）

（2）永仁五年〈太歳／丁酉〉二月廿九日、宋銭塘無学老叟呉三郎入道書畢。

（永仁五年、太歳丁酉、二月二十九日、宋の銭塘の無学老叟、呉三郎入道書き畢んぬ。）

奥書は（1）（2）から成る。両者の間には紙継ぎがあり、別々に記されたものである。（1）は本文と別筆。永仁七年（一二九九）三月二日、明経道の儒者、清原教有が貴顕の下問に応じ、前々年書写させておいた『古文孝経』に自ら訓点を施し（朱のヲコト点を加えることは他に依頼）、自家の秘説を伝授しようとした時に記したものである。文中「此の書は屋壁の底、石函の中より古文の字を得たれば、今文の書に非ず」とあるのは、『漢書』藝文志に、秦の始皇帝による焚書の後、儒書は長らく伝来を絶っていたが、漢の武帝の末年、魯の共王が孔子の旧宅を壊そうとしたところ、その壁の中から『尚書』『礼記』『論語』『孝経』などが出現し、それらはみな古文で書かれていた、とある記述をふまえる。(6) つまり、本書は古文で書かれた『孝経』であるにも拘わらず、古文と今文とが混じって書写されていたので、古文には今文を、今文には古文を注記した、と言うのである。(7) 因みに、『古文孝経』が孔子旧宅の壁中から出たという伝承は当時の日本でもよく知られていたことで、阿仏尼（?～一二八三）の『十六夜日記』の冒頭に「むかし壁の中より求めいでたりけん書の名をば、今の世の人の子は、夢ばかりも身の上のこととは知らざりけりな」とあるのはこの伝承を踏まえている。

（2）の奥書は本文と同筆。永仁五年二月二十九日、この本を書写した旨が記され、署名は「宋銭塘無学老叟呉三郎入道」とある。「銭塘」は中国の地名。南宋の都、杭州あたりを指す。ということは、この写本の筆者は日本人ではなく、杭州の出身で呉氏の三男、モンゴルの圧政を避けて日本に亡命してきたと思われる老齢の出家者なのである。『古文孝経』の書写作業には清原教有の依頼を受けて従事したと考えられるから、呉三郎入道は清原家周辺で写字生として生計を立てていたのであろうか。ともあれ、この『古文孝経』の書写奥書によって「道徳経切」の筆者も明らかになったのである。(8)

三、佐保切

前節で取り上げた「道徳経切」と同筆の『古文孝経』書陵部蔵本には江戸時代に補写された部分が存する。第二十五張から第二十七張にかけての三十一行だが、これを元の巻子装の行数に換算すると、三十二行となる。つまり、この三十二行がある時点で写本から切り出されたのである。なにゆえ切り出されたのか、その理由は明らかではないが、これがさらに分割されて十葉ほどの古筆切となった可能性は十分に考えられる。そこで思い当たるのが『増補古筆名葉集』の「佐保切」の項に「白紙、墨罫、孝経、真字、朱星アリ」とあることである。ここに記された「佐保切」の特徴は全て『古文孝経』書陵部蔵本に符合するのである。しかし、現存する「佐保切」の中に書陵部蔵本の切り出された部分はない。図2に掲げた『古文孝経』断簡が「佐保切」である。(9)天子章の中間部分に当たる。小字は孔安国伝。一見して「道徳経切」とは異なる筆蹟である。ツレが根津美術館蔵『文彩帖』に押されていることはすでに述べた。

この「佐保切」と同筆であると思われるものに国立公文書館内閣文庫蔵『管見抄』（和重四―一）がある。この書は唐の白居易の『白氏文集』七十巻の中から作品を選んで十巻に抄録したものである。今、巻三の一帖を欠き、粘葉装九帖から成る。(10) 成立年時は跋文から正元元年（一二五九）とわかるが、抄出者を示す明徴はない。目下のところ金澤文庫の主、北条実時（一二二四～七六）による抄出と見る説が有力である。(11) 内閣文庫蔵本はその原本ではなく、成立から三十六年を経た永仁三年（一二九五）の転写本である。第八帖（巻九）末尾の朱筆識語に、

永仁三年六月十七日未刻、於関東田中坊馳筆了。於此日十巻皆終篇功者也。墨点者、無本仍不加之也。以他本更可写之耳。

（永仁三年六月十七日未刻、関東田中坊に於《し》て筆を馳せ了んぬ。此の日に於いて十巻皆な篇功を終ふる者なり。墨点は、無き本には仍ほ之れを加へざるなり。他本を以つて更に之れを写す可きのみ。）

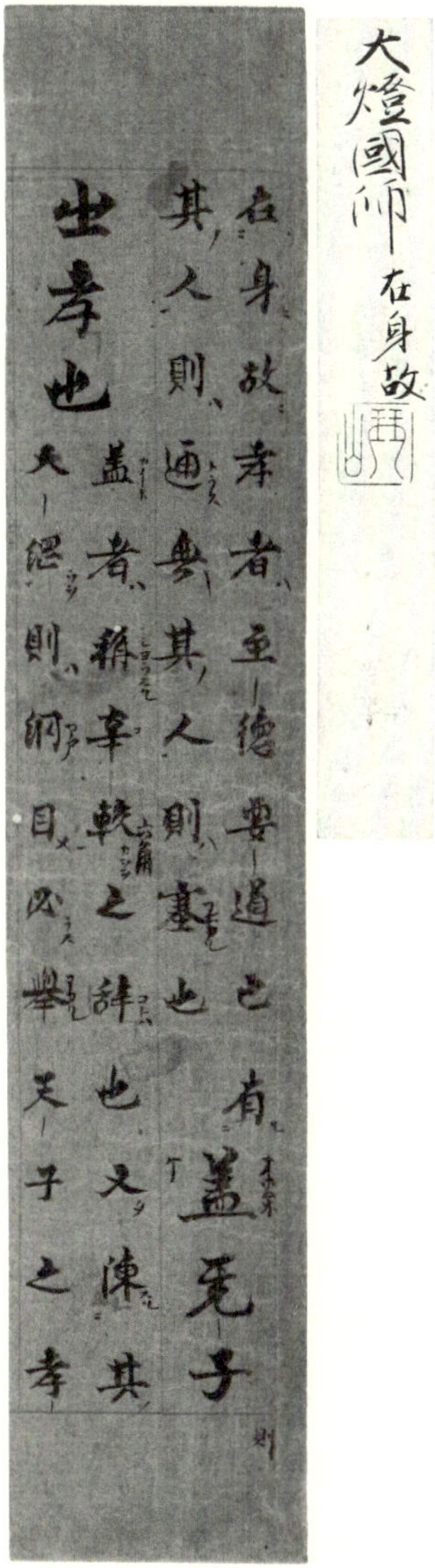
図2　架蔵「佐保切」

とあり、また第九帖（巻十）末尾の朱筆識語に

永仁三、五、廿六、於関東田中坊書之。

（永仁三、五、二十六、関東田中坊に於《し》て之れを書く。）

とある。ここに見える「田中坊」を何処と特定することはできないが、何れにせよ関東にある寺院の僧房で書写されたのである。[12] 四手の寄合書きであり、第三帖、第四帖、第七帖、第九帖の筆蹟が「佐保切」と同筆と認められる。図3が「佐保切」の一葉であり、[13] 図4が『管見抄』第四帖（巻五）第十二張ウラの部分である。両者に共通して見られる「百姓」「心」の文字を比較すれば、同一人物の筆蹟であることは明らかであろう。したがって「佐保切」は永仁三年に関東に居住していた人物——姓名は未詳。整った筆蹟から見て寺院所属の写字生であろう——によって書写されたものと言うことができる。

図3　架蔵「佐保切」

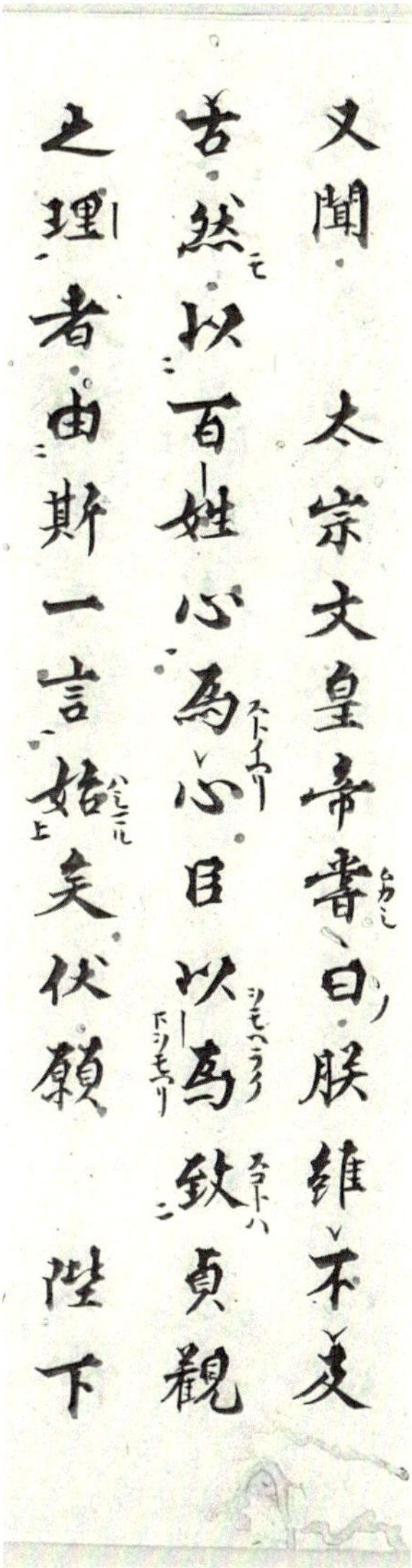

図4　内閣文庫蔵『管見抄』巻五・第12張ウラ（部分）

四、佐保類切

「佐保切」の類切は幾種類か存在する。ここでは兵書の断簡を取り上げることにしよう。図5・口絵カラー写真7がそれである。[14] 古筆了仲による副簡極《ふくかんきわめ》（折紙を簡略化した形式の鑑定書）が添えられ、「孫子之兵書一片。大燈国師之霊骨肉尚温也。古筆了仲（印）」と記されている。これによれば書写されているのは『孫子』ということだが、実は『孫子』そのものではなく、その注釈書である。

『施氏七書講義』は主要な兵書七種を集めた『七書』（孫子・呉子・司馬法・尉繚子・三略・六韜・唐太宗問対）の注釈書で四十二巻から成り、巻一から巻十一までを『孫子』に当てる。注者の施子美《せしび》は南宋、三山の人。この書は鎌倉時代に将来され、江戸時代には古活字版二種、和刻本二種の刊行を見るほど我が国では盛行した。しかし中国では普及した形跡がなく、『宋史』藝文志以下、何れの書目にも著録されていない。すなわち中国では亡佚したけれども我が国には現存する、いわゆる佚存書である。この断簡は『施氏孫子講義』巻八。十八行ある内、第七

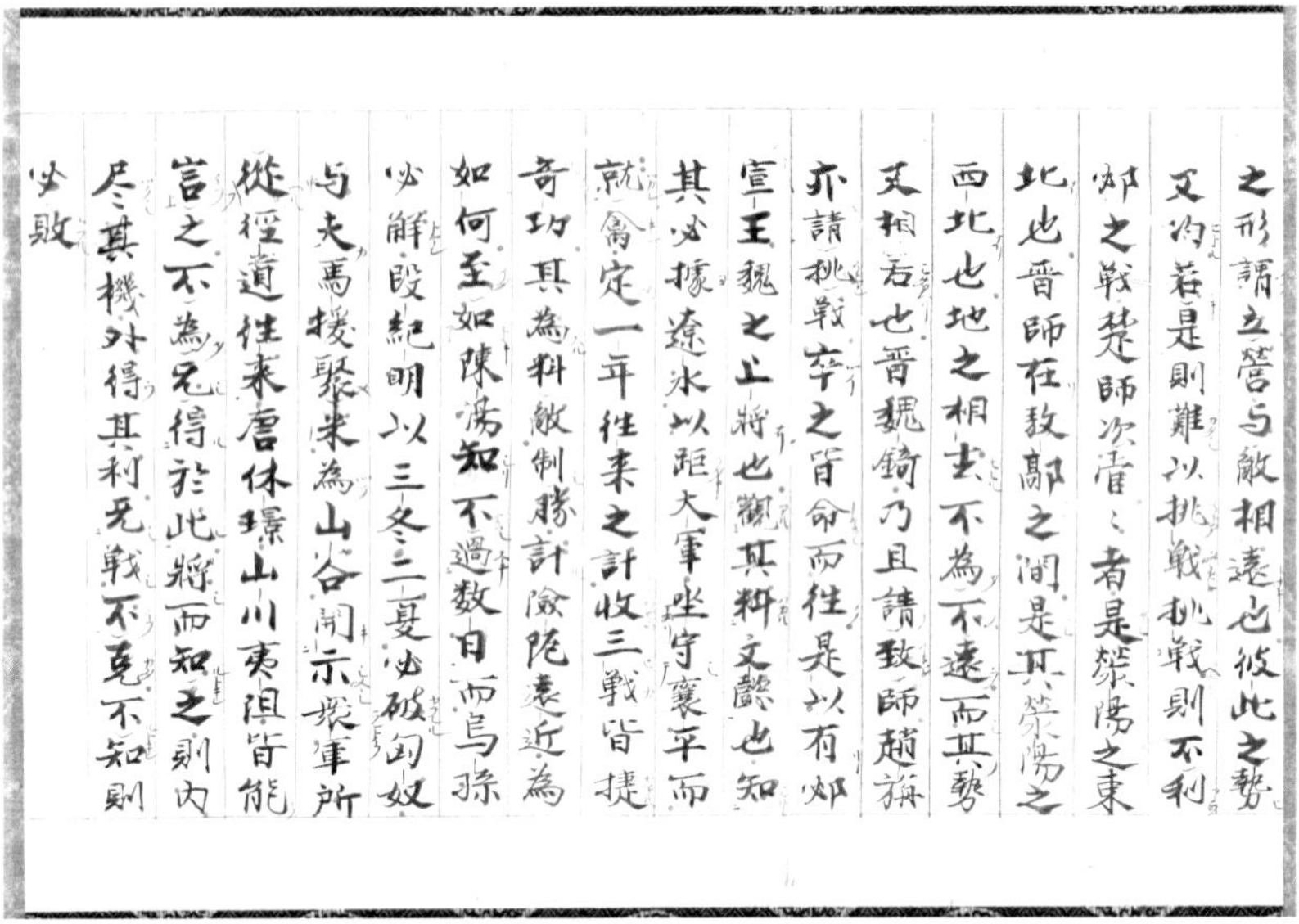
之形謂立營与敵相遠也彼此之勢
又均若是則難以挑戦挑戦則不利
邲之戦楚師次滑々者是滎陽之東
北也晋師在敖鄗之間是其滎陽之
西北也地之相去不為不遠而其勢
又相若也晋魏錡乃且請致師趙旃
亦請挑戦卒之皆命而往是以有邲
宣王魏之上将也觀其料文讞也知
其必據遠水以距大軍坐守襄平而
就禽定一年往来之計收三戦皆捷
奇功其為料敵制勝計險阨遠近為
如何至如陳湯知不過数日而烏孫
必解段紀明以三冬二夏必破羽奴
与夫馬援聚米為山谷開示衆軍所
從徑道往来宮休環山川要阻皆能
言之不為无得於此將而知之則内
尽其機外得其利无戦不克不知則
必敗

図5　架蔵「佐保類切」(『施氏七書講義』断簡)

行までが『孫子』地形篇「遠形者、勢均、難以挑戦、戦而不利。凡六者地之道也。将之至任、不可不察也。」の注で、第八行以下が同じく地形篇の少し後の「知此而用戦者必勝、不知此而用戦者必敗。」の注である。このように別々の箇所を繋ぎ合わせることを「呼継《よびつぎ》」と言う。見た目を重んじる古筆切ではよく見かける措置である。

この断簡のツレに彰考館文庫蔵『施氏問対講義』二帖(巻四十)がある。巻頭巻末に「金澤文庫」印の存することから、もとは北条実時の金澤文庫に蔵されていたことが知られる。実時は好学の武将として知られ、幕政に資するために厖大な数の漢籍・国書を収集し、自らもその書写作業に従事した。鎌倉金澤の地(現横浜市金沢区)に建てたその書庫を金澤文庫と呼ぶ。『施氏七書講義』の金澤文庫本は元来四十二巻を完備したものであったと思われるが、現存するものは僅かにこの巻四十の一巻だけである。ただ、幸いなことに金澤文庫本の転写本が現存し、それによって金澤文庫本の筆者が判明する。その転写本とは天理大学附属天理図書館蔵『施氏尉繚子講義』一軸（巻二十六残簡）である。室町時代の写本で、ヲコト点を仮名点に改めてはいるが、字詰めなどの書式は金澤文庫本に一致する。金澤文庫本を忠実に書写したものと思われる。注目すべきはその移写された奥書に、

建治二年五月六日、以政連摺本、令顕時書写了。

越州刺史（花押）

（建治二年五月六日、政連の摺本を以て、顕時をして書写せしめ了んぬ。越州刺史。）

と記されていることである。越州刺史は北条実時。当時、越後守であった。顕時（一二四八〜一三〇一）は実時の嗣子。父と同様、学問好きの武将として知られる。「政連」については未詳。「摺本《すりほん》」とは、写本を意味する「書本《かきほん》」に対する語で、刊本（版本）を言う。この場合、中国で出版され、我が国に渡来したばかりの宋刊本を指す。この奥書から、金澤文庫本は建治二年（一二七六）、北条実時が政連から宋刊本を借り受け、息男の顕時に命じて書写させたものであることが判明する。(15) したがって、この「佐保類切」の筆者は大燈国師ではなく、北条顕時である。ツレは他に慶応義塾大学附属研究所斯道文庫蔵『施氏孫子講義』巻八残簡（存三十八行）、架蔵同巻八残簡（存四十二行。口絵カラー写真8）が現存する。

五、おわりに

以上、筆者を大燈国師と伝える「道徳経切」「佐保切」「佐保類切」を見てきた。「道徳経切」は永仁五年（一二九七）前後に明経道の清原家と何らかの関わりを持っていた、銭塘出身の呉三郎入道の筆によるものであった。「佐保切」は永仁三年頃に関東の寺院で能書の写字生によって書写されたものであった。そして「佐保類切」の中の一つは建治二年（一二七六）五月、北条顕時が父実時のために筆写し、金澤文庫に収めたものであった。三者ともに大燈国師の筆蹟ではないものの、それぞれ由緒ある伝来を持った善本と称することができる。何故これらの筆蹟が大燈国師と鑑定されるに至ったのか、その理由は必ずしも明らかではない。しかし、三者に共通する大胆さと繊細さとが融合した得も言われぬ魅力的な筆致が、大燈国師の人格に結びつきやすかったとだけは言えるであろう。

それにしても、古筆見の下した鑑定結果は厳密に言えば正しくはないものだが、書写年代について言えば、ほぼ当たっていることに今更ながら驚かされる。これは彼らの鑑定眼が等閑なものではなく、長年の経験によって培われたかなり厳正なものであったことを示している。古筆見の鑑定を軽んじてはならない、というのが本章で得た一つの教訓である。

大燈国師と伝称される筆蹟についてはなお考察すべきことが多い。真筆との関連は勿論のこと、『増補古筆名葉集』に立項されている「巻物切」には今回触れられなかったし、[16] また「佐保類切」に属する他の筆蹟も検討する必要がある。これらについては改めて論じたいと思う。

注

（1）大燈国師の墨蹟については『墨美』第一六七号（一九六七年一月、森田子龍）を参照されたい。主なものの影印が収められ、田山方南氏による解題が付されている。

（2）神田喜一郎「この暴擧をいかんせん」（『神田喜一郎全集』第八巻、一九八七年、同朋舎出版。初出は一九三三年）、高田信敬『新撰古筆名葉集』小引」（『古筆切提要』、一九八四年、淡交社）、佐々木孝浩「江戸時代の筆跡鑑定書」（『古文書の諸相』、二〇〇八年、慶応義塾大学文学部）。

（3）架蔵「道徳経切」一葉。料紙、黄色楮紙。大きさ、二十七・四糎×七・九糎。墨界。界高、二十一・七糎。界幅、二・七糎。一行十四字。墨筆による傍訓、音注、異本注記、朱筆によるヲコト点あり。

（4）『新修恭仁山荘善本書影』（一九八五年、武田科学振興財団）、山城喜憲『河上公章句『老子道徳経』の研究』（二〇〇六年、汲古書院）。

（5）宮内庁書陵部蔵『古文孝経』孔安国伝。永仁五年（一二九七）銭塘呉三郎入道書写、永仁七年清原教有加点。袋綴（巻子装を改装）一冊。渋引き表紙、二十五・三糎×二十・五糎。表紙左肩に「古文孝経」と打付け書き。左下に「任性」（所持者名）と墨書。内題「古文孝経」。料紙、楮紙。墨界。界高二十一・七糎。界幅、二・七糎。毎半葉七行。一行十二字。墨付け四十七張。蔵書印「禰家蔵書」（朱）。尚、第二十五張オモテ七行目から第二十七張ウラ二行目までは江戸期の補写。毎半葉七行。一行十三字。巻子装の二紙分に当たる。

（6）『漢書』藝文志の該当箇所を掲げる。「易曰、河出図、雒出書、聖人則之。故書之所起遠矣。…秦燔書禁学、済南伏生独壁蔵之。漢興亡失、求得二十九篇、以教斉魯之間。…古文尚書者、出孔子壁中。武帝末、魯共王壊孔子宅、欲以広其宮、而得古文尚書及礼記、論語、孝経凡数十篇、皆古字也。共王往入其宅、聞鼓琴瑟鍾磬之音、於是懼、乃止不壊」。

（7）『古文孝経』について少しばかり補足しておく。『孝経』の本文には今文、古文の別があり、古来両者の優劣が議論され、前者は後漢の鄭玄注によって、後者は漢の孔安国伝（伝は注の意）によって読まれた。のち唐の玄宗皇帝は論争を決するために、経文は今文を取り、注は両派の説を折衷して『御註孝経』を著し、これを流布せしめた。そのため中国では前代に行なわれた諸家の注は全て亡佚した。一方、日本では正式の儀式（天皇の読書始など）には唐に倣って『御註』が用いられたが、一般には奈良時代からの伝統にしたがって『古文孝経』孔安国伝が読まれた。とくに明経道の清原家が家学として伝えたこともあって、孔安国伝の権威が失墜することはなかった。中国では亡佚したけれども日本に現存する書籍を佚存書と称するが、『古文孝経』はその代表的なものである。阿部隆一「漢籍」（『阿部隆一遺稿集』第三巻、一九八五年、汲古書院。初出は一九八三年）。

（8）「道徳経切」と宮内庁書陵部蔵『古文孝経』とが同筆であること、『国宝手鑑　翰墨城』（一九七九年、中央公論社）の解題にすでに指摘がある。

（9）架蔵「佐保切」一葉。料紙、黄色楮紙。大きさ、二十七・二糎×五・四糎。墨界。界高、二十一・七糎。界幅、二・五糎。一行十四字。墨筆による傍訓、音注、朱筆によるヲコト点あり。

（10）内閣文庫蔵本には部分的に切り出された痕跡があり、その欠落した一部分が智積院に所蔵されている。宇都宮啓吾「智積院新文庫蔵『管見抄』（断簡）について」（『白居易研究年報』第十号、二〇〇九年十二月、勉誠出版）。

（11）阿部隆一「北条実時の修学の精神」（『阿部隆一遺稿集』第二巻、一九八五年、汲古書院。初出は一九六八年）、太田次男「管見抄と「越抄」について」（『〈旧鈔本を中心とする〉白氏文集本文の研究』中巻、一九九七年、勉誠社。初出は一九七二年）。

（12）西岡芳文「金沢文庫と白氏文集」（『白居易研究講座』第四巻、一九九四年、勉誠社）。同論文には、『管見抄』巻九・巻十の朱筆識語が称名寺住僧の釈円種の筆蹟であるとの高橋秀栄氏の指摘が引かれている。

（13）架蔵「佐保切」一葉。料紙、白色楮紙。大きさ、二十七・〇糎×二・二糎。墨界。界高、二十一・五糎。界幅、二・二糎。一行十四字。墨筆による傍訓、朱筆によるヲコト点あり。

（14）架蔵「佐保類切」（『施氏七書講義』巻八断簡）一幅。料紙、白色楮紙。大きさ、二十八・四糎×四十一・一糎。墨界。界高、二十二・五。界幅、二・三。一行十四字。墨筆による傍訓、朱筆によるヲコト点あり。全十八行。第七行と第八行との間に紙継ぎあり。

（15）関靖『金澤文庫の研究』（一九五一年、大日本雄弁会講談社）、阿部隆一「金沢文庫本「施氏七書講義」残巻について」（『阿部隆一遺稿集』第二巻、一九八五年、汲古書院。初出は一九七〇年）。近時、金澤文庫本と思われる『施氏七書講義』断簡が新たに出現した。図6に掲げた慶應義塾図書館蔵『〔施氏七書講義〕』巻三十五断簡（133X@160@649）がそれで、橋本経亮《つねすけ》（一七五九～一八〇五）が蒐集したもの。経亮は断簡を収めた紙袋に「金澤文庫書籍小片」と墨書している。本断簡は彰考館文庫蔵本・斯道文庫蔵本・架蔵本等の筆蹟とは別筆であり、また天地の界線の高さ、一行の字数も異なっている。本断簡の出現によって、金澤文庫本『施氏七書講義』は北条顕時の書写ではなく、顕時が複数の写字生に命じて分担書写させたものである可能性が浮かび上がった。

（16）慶應義塾図書館に伝大燈国師筆「巻物切」一幅（133X@125@1）が所蔵されている。『古文孝経』の断簡だが、「佐保切」とは別筆である。

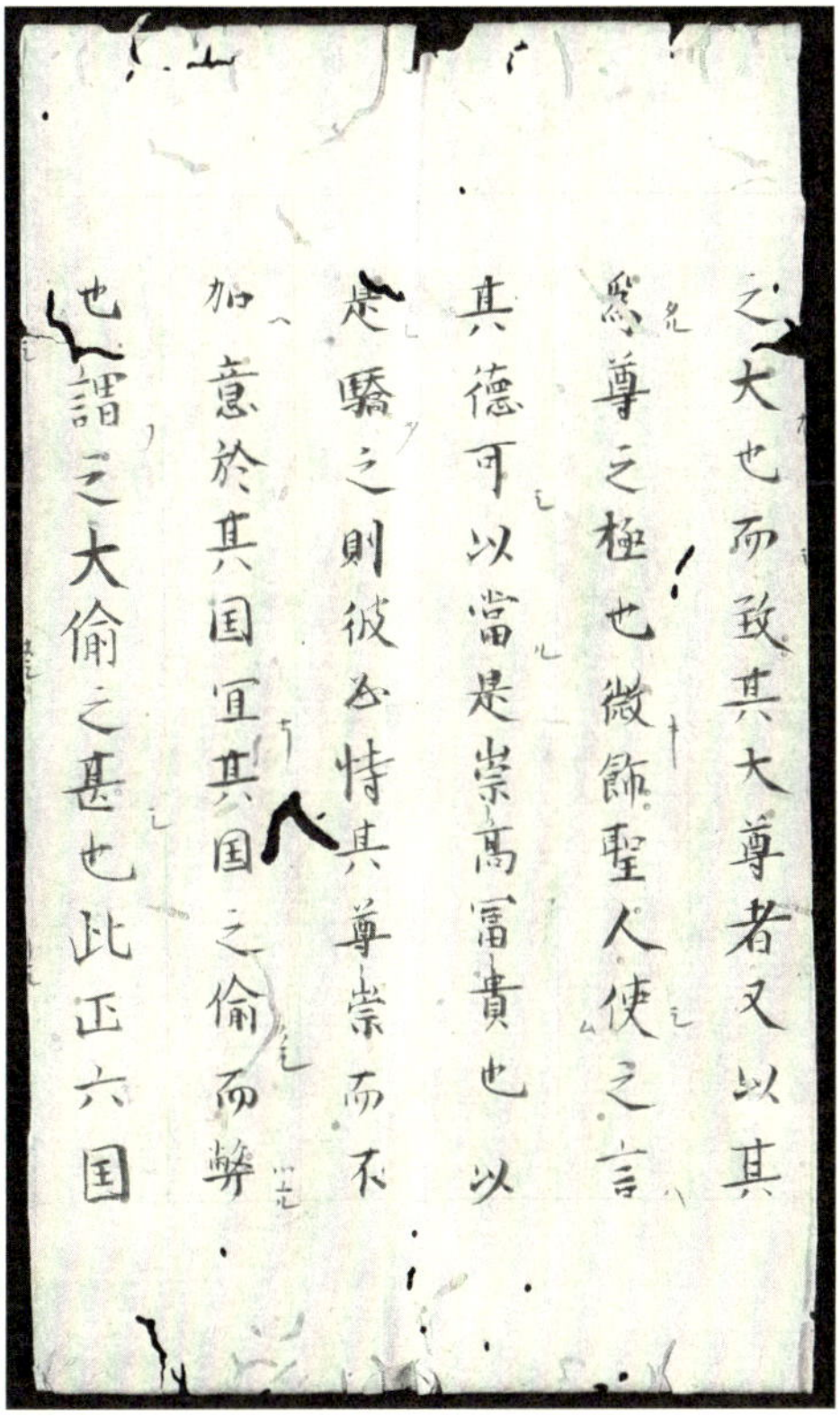
之大也而致其大尊者又以其
為尊之極也微飾聖人使之言
其徳可以當是崇高富貴也以
是驕之則彼必恃其尊崇而不
加意於其国宜其国之偷而弊
也謂之大偷之甚也此正六国

図6　慶應義塾図書館蔵『〔施氏七書講義〕』巻三十五断簡

第十五章　伝授と筆耕
——呉三郎入道の事績

はじめに

宮内庁書陵部に永仁五年（一二九七）の書写奥書を持ち、明経道の儒者である清原教有《のりあり》（生没年未詳）が伝授に用いた『古文孝経』が所蔵されている。書写に当たったのは、「宋銭塘無学老叟呉三郎入道」と名乗る人物で、これを文字通り解釈すれば、中国南宋の「銭塘」すなわち臨安（杭州）出身の仏教に帰依する老人で呉姓の三男、この人が日本国内で『古文孝経』を書写したということになる。本章では、この「呉三郎入道」の事績を明らかにし、彼の文化史上に果たした役割を探ろうと思う。

一、宮内庁書陵部蔵『古文孝経』

まず書陵部蔵『古文孝経』（五〇三―一六八）の書誌的事項を次に掲げよう。書影を図1に掲げた。

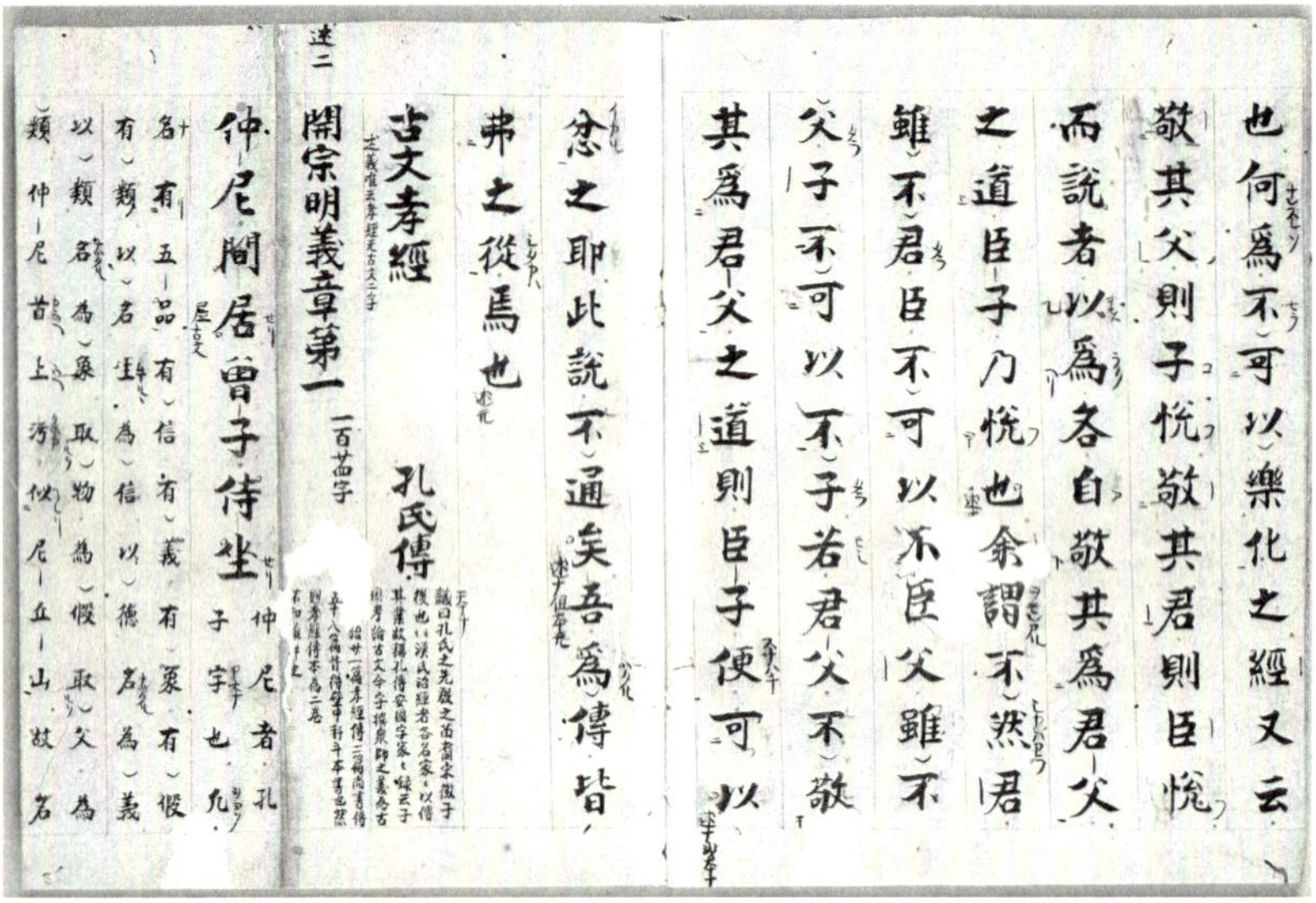
也何爲不可以樂化之經又云
敬其父則子悦敬其君則臣悦
而説者以爲各自敬其爲君父
之道臣子乃悦也余謂不然君
雖不君臣不可以不臣父雖不
父子不可以不子若君父不敬
其爲君父之道則臣子便可以
忿之耶此説不通矣吾爲傳皆
弗之從焉也
古文孝經　孔氏傳
開宗明義章第一
仲尼閒居曾子侍坐

図1　宮内庁書陵部蔵『古文孝経』

永仁五年銭塘呉三郎入道書写、永仁七年清原教有加点。和大一冊（巻子装を袋綴じに改装）。渋引き表紙、二十五・三糎×二十・五糎。料紙、楮紙。墨界。界高、二十一・七糎。界幅、二・七糎。毎半葉七行。一行十二字。墨付け四十七張。訓点（ヲコト点）あり。蔵書印「禰家蔵書」（朱）。尚、第二十五張オモテ七行目から第二十七張ウラ二行目までは江戸期の補写。毎半葉七行。一行十三字。巻子装の二紙分に当たる。尚、この本は、明治期作成の『御物目録』に「明治十六年八月、陸軍会計軍吏今村長賀申立ニヨリ、御買上」とある（住吉朋彦氏の御教示による）。

この本には時期を異にする（a）（b）二種類の奥書があり、これによってその書写・加点の経緯を窺い知ることができる。

（a）永仁第七年暮春初二日、此書者、屋壁之底、石函之中、得古文之字、非今文之書。章篇之文雖不誤、今古之字悉以混。因茲古字付今文、今文付古字。于時謹蒙恩問之仰、早課頑嚚之拙。朱点雖為他功、墨点唯用自功。須以秘講奉授秘説而已。書博士清原教有。

（永仁第七の年、暮春初二日、此の書は、屋壁の底、石函の中より、古文の字を得たり、今文の書に非ず。章篇の文、誤らずと雖も、今古の字悉くに以つて混ず。茲れに因りて古字に今文を付け、今文に古字を付く。時に、謹んで恩問の仰せを蒙り、早やかに頑嚚《ぐわんぎん》の拙に課す。朱点は他功為《た》りと雖も、墨点は唯だ自功を用ふるのみ。須く秘講を以つて秘説を授け奉るべきのみ。書博士清原教有。）

（b）永仁五年〈太歳／丁酉〉二月廿九日、宋銭塘無学老叟呉三郎入道書畢。

（永仁五年〈太歳丁酉〉二月二十九日、宋の銭塘の無学老叟、呉三郎入道書き畢んぬ。）

後の（b）が永仁五年の書写奥書で本文と同筆。前の（a）は明経道の儒者、清原教有の筆によるもので、呉三郎入道の書写から二年を経た永仁七年三月二日、教有が何者かの下問に応え、『古文孝経』本文に自ら墨筆訓点を施し（朱点を加えることは他に依頼）、自家の秘説を伝授しようとした時に記したものである。教有が秘説を伝授しようとした人物が誰であるのか、ここには書かれていないが、文中「謹んで恩問の仰せを蒙り」とある文言から推して、かなり身分の高い人物であったように思われる。

二、漢籍の伝授

呉三郎入道の書写活動は、この秘説の伝授という営為と密接に関わるものと思われる。そこで、呉三郎入道の事績について述べる前に、当時行なわれた伝授のあり方について見ておきたい。漢籍の伝授とは、師匠とその門弟との間で、一対一で行なわれる訓読の読み合わせのことである。師匠に当たる儒者は自家の証本を用い、片や門弟は自らの所持本を用いて、これを行なう。伝授の対象となる書籍は、漢学を代々専門とする家系、いわゆる博士家に於いて訓点が施され、訓説（秘説、家説とも言う）が確立しているものに限られる。その大半は経書（儒教経典）、史書（主として正史）で、集部の書では『文選』、『白氏文集』巻三・四（新楽府）などがこれに当たる。

鎌倉期に行なわれた伝授の実際を知る上で、最適な資料と思われるのが金澤文庫本である。というのは、金澤文庫本の中には、北条実時以下、金澤北条氏の人々が清原教隆を始めとする明経道の儒者から伝授を受けた書籍が数多く見出されるからである。その一つに宮内庁書陵部蔵『春秋経伝集解』三十巻（五五〇―一。巻子装三十軸）がある。これを用いて、伝授の手順を見ることにしよう。

この本は三十巻揃ってはいるが、実は書写時期を異にする三種類の写本群から成り立っている。書写奥書に拠れば、巻十四・十五・二十三・二十六を除く二十六巻は北条篤時（実時次男）が文永四年（一二六七）十月十一日から翌五年七月十四日まで九箇月を要して書写したもの、巻十四・十五の二巻は北条顕時（実時四男で嫡男）が弘安元年（一二七八）九月二十二日に書写したもの、巻二十三・二十六の二巻は北条実時がそれぞれ弘長元年（一二六一）六月十三日、文永二年（一二六五）正月十一日に書写したものである。(1) 何故このような三者取り合わせの形態になったのか、その事情は必ずしも明らかではないが、実時・篤時・顕時が手ずから『春秋経伝集解』を書写した理由は、各巻末尾に存する識語によって明らかである。それは『春秋』を専門とする清原家の儒者から訓説の伝授を受けるためであった。ここでは北条顕時の伝授を、奥書の検討を通して見ることにしたい。次に掲げるのは巻十五の奥書である。（　）内に和暦に相当する西暦を補った。

（イ）弘安元年（一二七八）九月廿二日、以音博士俊隆真人之本、書写点校畢。従五位下行左近衛将監平朝臣
（花押）
（ロ）本奥云、
応保二年（一一六二）八月十六日、以秘本粗校合了。良醞令祐安。
治承五年（一一八一）閏二月八日雨朝、授良才子了。于時関東海西乱兵競発、入道相国忽以薨逝。天下匈々、
衆庶寒心。〈在判〉
本奥云、
嘉応二年（一一七〇）六月廿六日亥刻、授嫡男外史二千石畢。大外記〈在判〉
治承四年（一一八〇）九月廿六日朝、重見合家本了。于時灸治籠居。大外記〈在判〉
寿永三年（一一八四）二月廿四日、重受御説了。良業
建暦二年（一二一二）十月九日、以家秘説授息男仲宣了。国子助教〈在判〉
承久三年（一二二一）八月廿一日、授家説於仲光畢。于時天下有乱、未及平定。〈在同判〉
建治三年（一二七七）九月廿八日、霖雨之中、蘭燈之下、校点功了。此書先年課拙掌所書写也。音儒清原
〈在判〉
（ハ）弘安元年（一二七八）閏十月三日、授申越後左近大夫将監尊閤了。此書至廿九巻奉授先畢。此巻先君御時、
回禄成孽、重被書点之間、越巻有訓詁之故也。音博士清原（花押）

右の奥書は（イ）書写奥書、（ロ）本奥書、（ハ）伝授奥書の三つの部分に分けることができる。（イ）は、北

清原氏系図

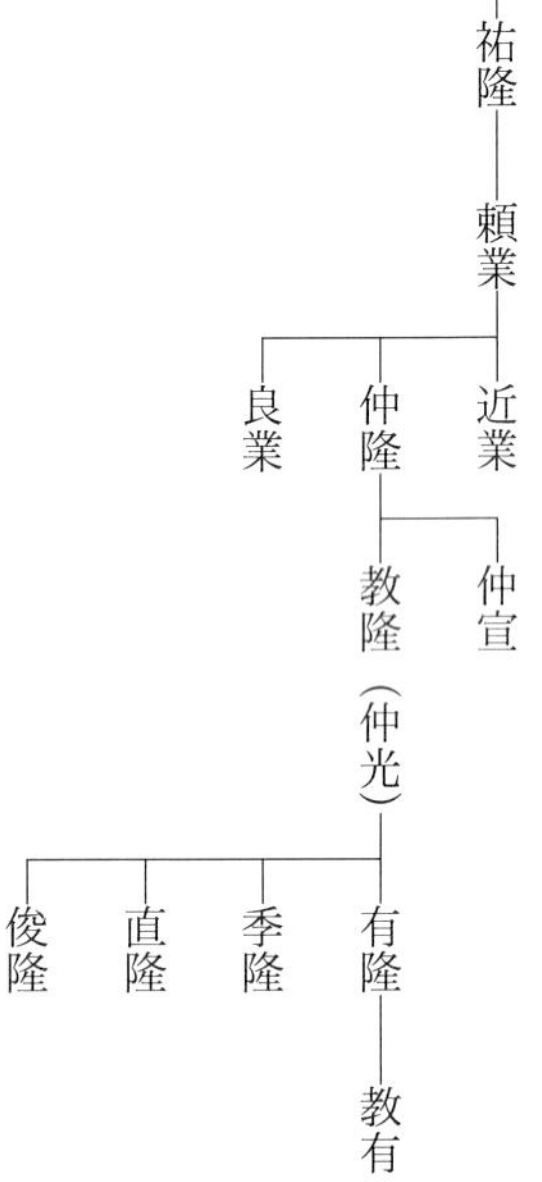

北条（金澤）氏系図

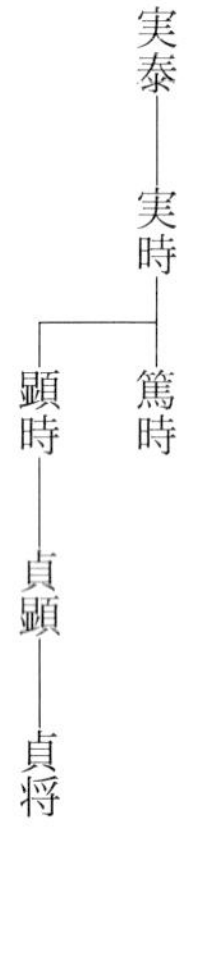

条顕時が清原俊隆の所持本を底本として巻十五を自ら書写したことを述べたものである。文中の「音博士俊隆真人」は明経道の儒者、清原俊隆を指し、「従五位下行左近衛将監平朝臣」は北条顕時を指す。

（ロ）は、顕時が底本とした俊隆所持本にあった奥書を転記したものである。ここには『春秋経伝集解』に関する訓説が清原家の家系内でどのように伝授されて来たかが示されている。これによって、その訓説が平安末期の清原頼業から清原俊隆まで四代に亙って（清原頼業からその子である近業・仲隆・良業に、仲隆からその子仲宣・教隆（仲光）に、さらに教隆からその子俊隆に）途切れること無く伝授されたことを知ることができる。結果として、この本奥書は俊隆所持本が清原家の訓説を正しく伝えたものであることを保証する内容となっている。

（ハ）は、清原俊隆が清原家の訓説を北条顕時に伝授し終えたことを、伝授者である俊隆が自筆で証明を加えた（加証した）ものである。「越後左近大夫将監尊閣」は顕時を指し、「音博士清原」は俊隆を指す。この奥書にはそれに加えて、この巻十五の伝授が他巻よりも遅れた経緯が記されている。傍線部「此の書、二十九巻に至るまで先に授け奉り畢んぬ。此の巻、先君の御時、回禄（＝火事）孽《わざはひ》を成し、重ねて書き点ぜらるるの間、巻を越えて訓詁有るの故なり」とあるのがそれに当たる。この説明によれば、三十巻中、巻十五を除く二十九巻は先に伝授したが、巻十五だけは先君（顕時の父である実時）の時に火災に遭って焼失していたため、顕時が改めて書写する必要があったので、この巻を飛ばして、先に他巻の伝授を行なったのである。

以上、奥書の検討から『春秋経伝集解』の伝授は、①北条顕時が清原俊隆の所持本を用いて、本文を書写する。②俊隆が顕時に家説を伝授する。③顕時の所持本に俊隆が伝授奥書を加えて、家説の伝授が完了したことを証明する、といった手順で行なわれたことが判明する。このように伝授では、被伝授者による本文書写がその前提となるのである。但し、この原則にも例外が見受けられる。それは伝授を受ける者が上級層貴族や幕府の要人といった身分の高い人物である場合、その者の雇用した筆耕（写字生）が主人に代わって本文を書写することがあった。また、時として、伝授に当たる儒者、或いは儒者の雇用する筆耕がその役割を担うこともあった。

書陵部蔵『古文孝経』の書写者の呉三郎入道は、このような伝授に関わる筆耕であったと考えられる。呉三郎入道を書籍の書写を専門とする筆耕であったと見なす根拠は、呉三郎入道の書写がこの時一回限りのものではなく、継続的にさまざまな書籍を書写する活動を行なっていた節があるからである。

三、呉三郎入道の書写活動

そのことを示すものとして、杏雨書屋蔵『老子道徳経』古写本残巻がある。(2) この本に書写奥書はなく、何処にも筆者名を見出すことはできないが、本文の筆蹟から呉三郎入道の書写であることが判明する。また、本奥書か

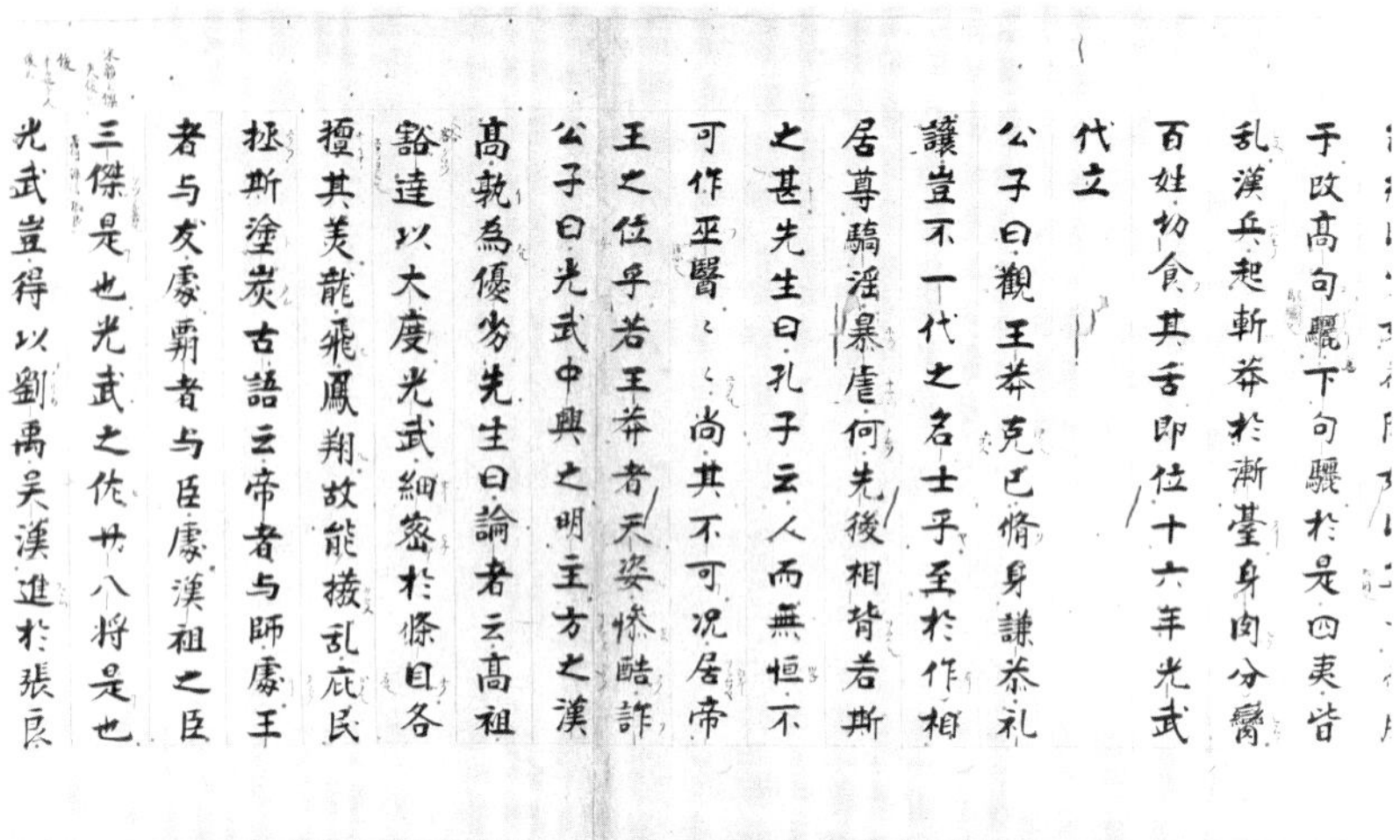
于敀高句驪下句驪於是四夷皆
乱漢兵起斬莽於漸臺身肉分裔
百姓切食其舌即位十六年光武
代立
公子曰観王莽克己脩身謙恭礼
讓豈不一代之名士乎至於作相
居尊驕淫暴虐何先後相背若斯
之甚先生曰孔子云人而無恒不
可作巫醫く尚其不可況居帝
王之位乎若王莽者天姿惏酷詐
公子曰光武中興之明主方之漢
高孰為優劣先生曰論者云高祖
豁達以大度光武細密於條目各
擅其美龍飛鳳翔故能撥乱庇民
拯斯塗炭古語云帝者与師處王
者与友處覇者与臣處漢祖之臣
三傑是也光武之佐卅八将是也
光武豈得以劉禹呉漢進於張良

図2　（公益財団法人）東洋文庫蔵『帝王略論』

ら『古文孝経』と同じく、清原家の系統の写本であることも明らかである。書式の上では『古文孝経』が一行十二字で書写されているのに対して、『老子道徳経』は一行十四字だが、天地の界線の高さは二十一・七糎と一致していることも、呉三郎入道の筆耕としての関与を裏付けるものである。

　そして、この本から切り出された断簡が手鑑などに押される形で現存している。『古筆名葉集』の「大燈国師」の項に挙げられている三種類の古筆切の内、「道徳経切」と称する断簡が杏雨書屋蔵『老子道徳経』の僚巻（ツレ）である。この「道徳経切」は「佐保切」と呼ばれることもあり、これらは古筆見（古筆鑑定家）によって大燈国師、宗峰妙超の筆蹟であるとされているが、勿論彼の真筆ではない[3]。宗峰妙超（一二八二～一三三七）は臨済宗の僧で、南浦紹明に師事。大徳寺開山となり、花園天皇の帰依を受けたことで知られる。大燈国師はその諡号。この筆蹟が大燈国師のものと見なされた理由については後で触れる。

　呉三郎入道の筆蹟は、さらに東洋文庫に所蔵される『帝王略論』鎌倉後期写本（図2）の中にも見出される。(4)『帝王略論』は唐の虞世南撰。歴代帝王の事蹟を略述し、その興亡得失を軌範鑑戒の視点から論じた書で、『日本国見在書目録』にも著録されている。現存本は敦煌出土でフランスの国立図書館所蔵の唐鈔本（内題は「帝王論」）と我が国の東洋文庫所蔵の鎌倉後期写本の二本のみである。その東洋文庫蔵本は巻一・巻二・巻四の三巻を存し、三手の寄合書きから成り、その巻二が呉三郎入道による書写である。また、この本の巻五は現存しないが、巻末の奥書を含む数行のみの模写本が残されており、それには「金澤文庫」印も模写されていることから、金澤文庫の旧蔵であったことが知られる。(5)(6)

ところで、『帝王略論』は藤原兼実（一一四九〜一二〇七）が治承四年（一一八〇）から五年にかけてこれを読んでいる。『玉葉』に拠れば、兼実は本書をまず治承四年八月に清原頼業から借り出し、十一月に返却している。恐らく手ずからこれを書写したのであろう。そして翌年閏二月から三月にかけて日野流の儒者、藤原光盛（実光男）から伝授を受けている。『玉葉』の記事からは、『帝王略論』の訓説が紀伝道・明経道の両方それぞれで形成されていたことが窺われるが、東洋文庫蔵本がどちらの説を伝えるものであるかは明らかではない。ただ、ここで問題としたいのは、東洋文庫蔵本が金澤文庫本である点である。金澤文庫本であるならば、呉三郎入道の活動地域が関東、鎌倉周辺であったことになる。

また、水戸徳川家の彰考館文庫には『周易正義』古写本五巻が現存している。その巻五・巻七の二巻は呉三郎入道の手になるもので、これには金澤文庫印があり、たしかに金澤文庫本であったことが知られる。これらの写本の存在によって、呉三郎入道の書写活動の本拠地が関東、鎌倉であったことが想像されるが、実は金澤北条氏の菩提寺である称名寺所蔵の聖教資料の中にも呉三郎入道の筆蹟が見出されるのである。このことを御教示下さったのは高橋秀栄氏である。次節では称名寺聖教中の呉三郎入道写本について述べることにしたい。

四、呉三郎入道の活動地域

高橋氏の示された称名寺蔵本で呉三郎入道の手になるものは次の十点である（括弧内は函架番号）。

1、『因明入正理論』（十八―三）
2、『大乗起信論別記』（十八―八）
3、『金剛頂瑜伽中発阿耨多羅三藐三菩提心論』（十八―十四）
4、『大華厳経略策』（二十九―三）
5、『華厳経義海百門』（二十九―四）
6、『華厳経七科章』（二十九―八）
7、『華厳五教止観』（三十―五）
8、『起信論筆削記』（三十五―一）
9、『華厳論節要』（八十一―六）
10、『註金獅子章』（八十四―二）（図3）

高橋氏の指摘を受けて、稿者も1・3・4・6・7・10の原本を実際に閲覧し、呉三郎入道の筆蹟であることを確認し、他は写真版によってそのことを確認した。この中で6『華厳経七科章』（二十九―八）は二手の寄合書きだが、大半が呉三郎入道の筆蹟である。(7) 末尾に所持者の釈湛睿《たんえい》による正和五年（一三一六）と延慶三年（一三一〇

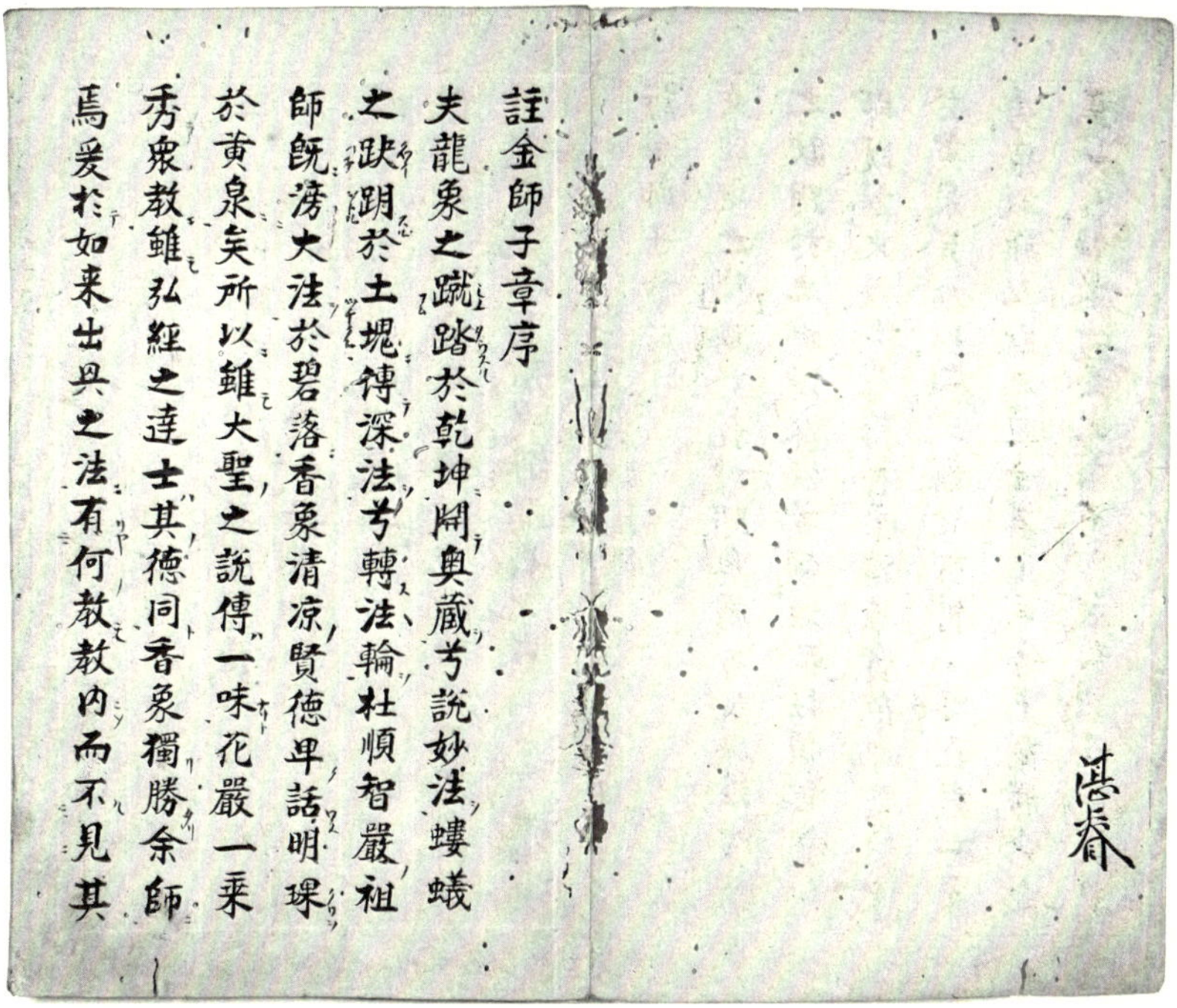

註金師子章序
夫龍象之蹴踏於乾坤閑奥蔵兮説妙法螻蟻
之趹蹋於土塊傳深法兮轉法輪杜順智嚴祖
師既滂大法於碧落香象清涼賢徳畢話明璪
於黄泉矣所以雖大聖之説傳一味花嚴一乗
秀衆教雖弘經之達士其徳同香象獨勝余師
焉爰於如来出興之法有何教教内而不見其

湛睿

図3　称名寺蔵『註金獅子章』

九）との二種の識語があり、後者に注目すべき記述がある。

凡此書之為体也、窮法界一宗之理趣、尽解行両門之綱要。仍與浄財於宋人、写花文於殺青。即致校合、信敬是深、再加覆疎、得益何浅。于時天雲雨下、寂寞兮無音、心静身涼、逍遙而有便而已。

延慶二年〈己酉〉五月三日於松室閑坊記之。　末資湛睿〈通十四／俗卅九〉

〈凡そ此の書の体為《た》るや、法界一宗の理趣を窮め、解行両門の綱要を尽くせり。仍りて浄財を宋人に與へ、花文を殺青に写さしむ。即ち校合を致せば、信敬是れ深し、再び覆疎を加ふれば、得益何ぞ浅からむ。時に天雲りて雨下り、寂寞として音無し、心静かにして身涼し、逍遙として便有るのみ。
延慶二年〈己酉〉五月三日、松室閑坊に於《し》て之れを記す。　末資湛睿〈通十四／俗卅九〉）

傍線部に「金銭を宋人に与えて、華厳の文を料紙に書写させた」とあるのは、本文の書写者が宋から渡来した筆耕（写字生）であったことを窺わせる記述である。これは宮内庁書陵部蔵『古文孝経』永仁五年（一二九七）写本の奥書に書写者が自ら「宋銭塘無学老叟呉三郎入道」と名乗っていたことと符合する。また、7『華厳五教止観』（三十―五）は全巻呉三郎入道一筆による写本であり、(8) その巻尾に称名寺住僧円種《えんしゆ》による、次のような識語が見出される。

永仁六年戊戌歳仲春二八癸酉日、加愚点了。華厳一宗大義深旨、尽于此書者歟。恨其不得善本、脱誤猶多。庶後昆見者為改正耳。　　　円種述。

（永仁六年戊戌の歳、仲春二八癸酉の日、愚点を加へ了んぬ。華厳一宗の大義深旨、此の書に尽くせる者か。其の善本を得ずして、脱誤の猶ほ多かることを恨む。後昆の見る者 改正を為さむことを庶《こひねが》ふのみ。　　　円種述ぶ。）

釈円種が永仁六年に本書に加点したことを伝える内容である。とすれば、呉三郎入道による本文の書写は永仁六年以前ということになる。一方、『古文孝経』書陵部蔵本の書写は永仁五年であり、この『華厳五教止観』とほぼ同時期であるから、『古文孝経』も『華厳五教止観』と同じく鎌倉（称名寺周辺）で書写されたものと考えるのが自然であろう。呉三郎入道はまさしく金澤北条氏の本拠地に在って、漢籍・仏書の書写に携わっていたのである。

五、呉三郎入道の手になる漢籍古写本

稿者がこれまでその筆蹟によって呉三郎入道の書写であると認めた（仏書以外の）漢籍古写本は次の九点である（1・2・5・8は未見。写真版によって推定した）。

1、彰考館文庫蔵『周易正義』
2、神宮徴古館蔵『古文尚書』
3、猿投神社蔵『春秋経伝集解』
4、宮内庁書陵部蔵『古文孝経』永仁五年写（503-168）
5、東洋文庫蔵『論語集解』正和四年（一三一五）写（貴重書1-C-36-1）
6、猿投神社蔵『史記集解』
7、東洋文庫蔵『帝王略論』（貴重書XI-7-4-0）
8、竹本氏蔵『五行大義』
9、杏雨書屋蔵『老子道徳経』（恭78）及び「道徳経切」

これらの内、1の彰考館文庫蔵『周易正義』には「金澤文庫」印が捺されている。また、第三節に述べたとおり、7の東洋文庫蔵『帝王略論』には嘗て「金澤文庫」印の捺されていたことが報告されている。つまりこの二点は金澤文庫蔵本だったのである。それでは、他の七点は鎌倉金澤の地で書写されたにも拘わらず、どうして

「金澤文庫」印が捺されていないのであろうか。

ここで想起されるのが、当時一般的に行なわれていた伝授の仕組みである。前述したとおり、伝授とは師弟間で行なわれる訓読の読み合わせであり、師に当たる儒者は自家の証本を、門弟は自らの所持本を携えて伝授の場に臨んだ。したがって、金澤文庫所蔵の漢籍写本の多くは、金澤北条氏の人々が紀伝道・明経道の儒者から訓説の伝授を受けるときに用いたものである。これは伝授終了後に金澤文庫に収蔵されたのであるから、「金澤文庫」印が捺されたのである。一方、儒者が伝授に用いた証本は、たとえ金澤文庫周辺で書写されたものであっても、伝授後も儒者の手元に保管され、金澤文庫に収められることは無かった。儒者は伝授に当たって、自家に代々伝えられてきた証本を用いることも時にはあったであろうが、ふつうは伝来の証本を底本として自ら書写・加点し、さらに伝授に必要な情報を書き入れた自前の証本を用いた。このように儒者の証本は書入れも含めて全巻一筆が原則だが、本文の書写を筆耕に任せ、書入れのみを儒者が行なうことがあった。『古文孝経』永仁五年写本がこれに当たることは、清原教有の識語によって明らかである。呉三郎入道筆写本でありながら「金澤文庫」印の捺されていない七点の写本は、儒者（その殆どが清原家の儒者と思われる）が当地在住の筆耕を雇って書写させたものであると考えられよう。

さて、呉三郎入道が筆耕として鎌倉で活動していたとすれば、彼を雇った清原教有もまた当時鎌倉に滞在していたことになる。その点を検証しておく必要があろう。清原教有は先に系図で示したように、教隆の長男である有隆の子だが、何らかの事情により有隆弟の直隆の猶子となって経学を学んだようである(9)。その直隆は永仁六年十一月二十四日、鎌倉で北条（金澤）貞顕に『古文孝経』の訓説を伝授しているから(10)、このとき猶子の教有も鎌倉に下っていたものと思われる。呉三郎入道が永仁五年に書写した『古文孝経』に対して教有が七年になってこれに訓点を加えることになったのは、恐らく養父直隆の伝授からの影響があったのではなかろうか。教有が『古文孝経』の訓説を伝授しようとした相手は、或いは北条貞顕周辺の人物であったのかも知れない。

六、呉三郎入道の書風

次に呉三郎入道書写本に傍訓として片仮名が施されていることについて考えてみたい。これまで呉三郎入道の手になるものとして言及した写本には、全て本文に訓点が施されていた。その内、書陵部蔵『古文孝経』だけには訓点を施したのが清原教有であることが明記されていたが、それ以外の写本にはそのことに関する記述が見られない。渡来人である呉三郎入道が、片仮名まで修得して書写していたのであろうか。そのことを考える上で示唆を与えてくれるのが猿投神社に所蔵される『春秋経伝集解』(11)（図4）と『史記集解』(12)（図5）である。

『春秋経伝集解』は序と巻一とが呉三郎入道の筆蹟。『史記集解』は二手の寄合書きで、その内の一手が呉三郎入道である。ともに白文で、訓点が施されていない点が共通している。これらは伝授に用いられるには未だ至っていない段階の写本と見なすことができよう。そして、おそらくこれらの形態が示すように、呉三郎入道は片仮名の書写は行なわず、主として本文（漢字）の書写を行なったものと思われる。実際、例えば『老子道徳経』の傍訓と『帝王略論』の傍訓とを比べてみると、明らかに筆蹟が異なり、本文の書写と片仮名の書写とは別人の筆蹟であるように思われる。

以上、呉三郎入道の手になる幾つかの写本を通して、彼の日本に於ける活動に考察を加えてきた。その人物・活動については、すでに辻善之助氏が注目しており、『日本仏教史　中世篇之一』に「宋の滅んだ時に我邦に亡

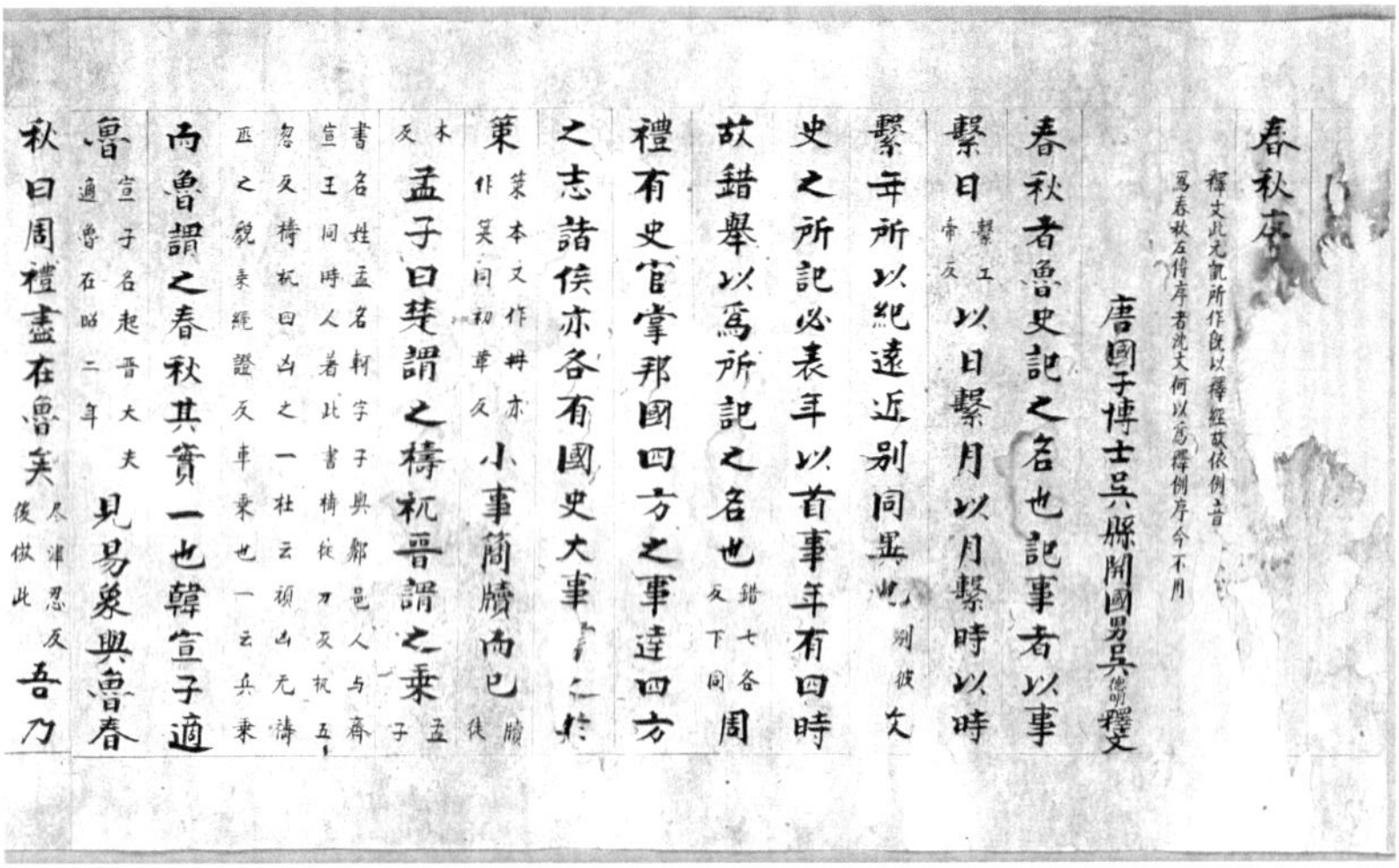
春秋序
釋文此元凱所作既以釋經故依例音 焉春秋左傳序者沈文何以爲釋例序今不用
唐國子博士呉縣開國男呉德明撰
春秋者魯史記之名也記事者以事
繫日 繫工帝反 以日繫月以月繫時以時
繫年所以紀遠近別同異也 別彼反
史之所記必表年以首事年有四時
故錯擧以爲所記之名也 錯七各反下同 周
禮有史官掌邦國四方之事達四方
之志諸侯亦各有國史大事書之於
策 策本又作冊亦作筴同初革反 小事簡牘而已 牘徒
木反 孟子曰楚謂之檮杌晉謂之乘 孟子
書名姓孟名軻字子輿鄒邑人与齊 宣王同時人著此書檮徒刀反杌五
忽反檮杌四凶之一杜云頑凶无儔 匹之貌乘繩證反車乘也一云兵乘
而魯謂之春秋其實一也韓宣子適
魯 宣子名起晉大夫 適魯在昭二年 見易象與魯春
秋曰周禮盡在魯矣 盡津忍反 後倣此 吾乃

図4　猿投神社蔵『春秋経伝集解』

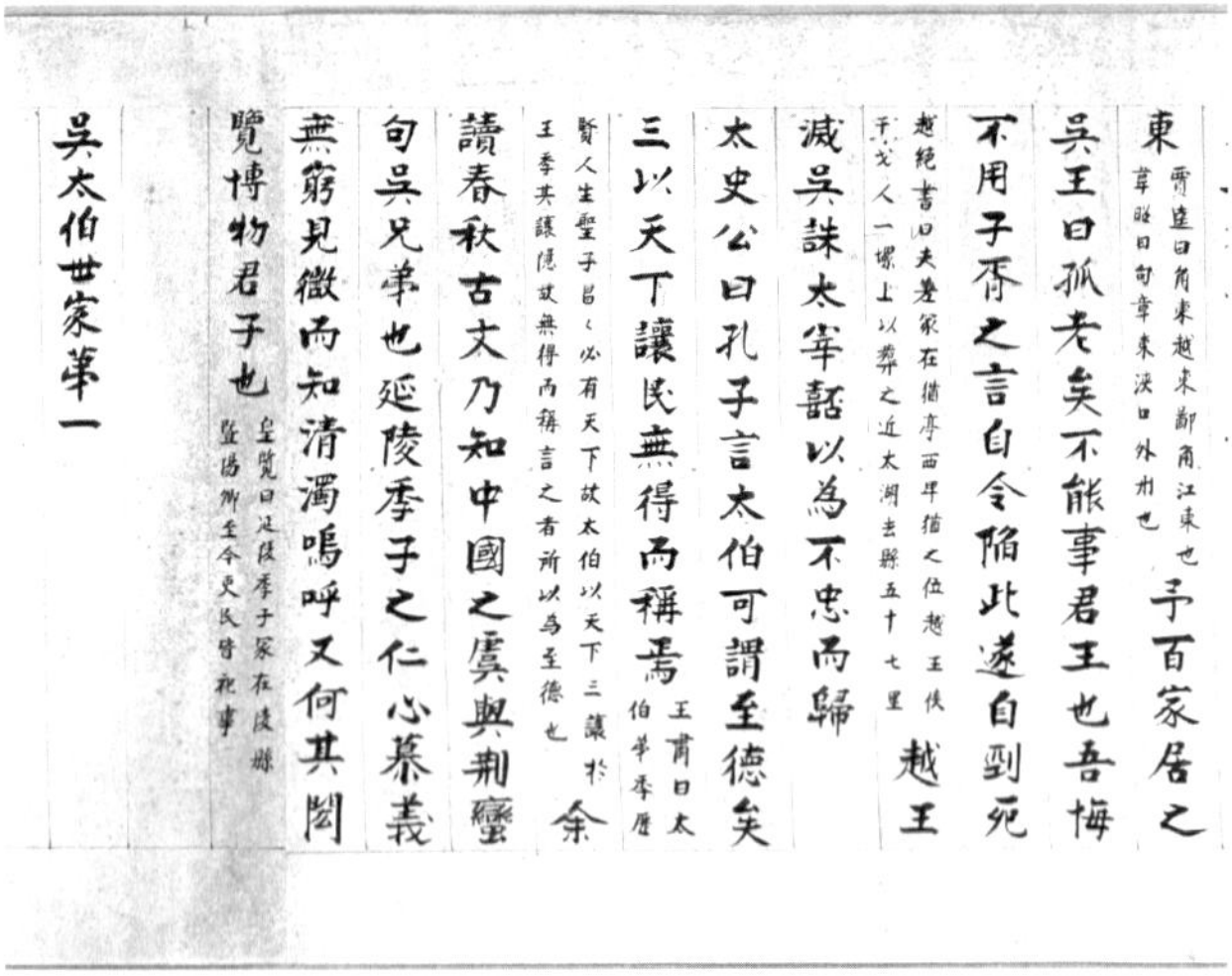
東 賈逵曰甬東越東鄙甬江東也 韋昭曰句章東浹口外州也 予百家居之
呉王曰孤老矣不能事君王也吾悔
不用子胥之言自令陷此遂自剄死
越絶書曰夫差冢在猶亭西卑猶之位越王使 干戈人一纍土以葬之近太湖去縣五十七里 越王
滅呉誅太宰嚭以爲不忠而歸
太史公曰孔子言太伯可謂至德矣
三以天下讓民無得而稱焉 王肅曰太伯弟季歴
賢人生聖子昌昌必有天下故太伯以天下三讓於 王季其讓隱故無得而稱言之者所以爲至德也 余
讀春秋古文乃知中國之虞與荊蠻
句呉兄弟也延陵季子之仁心慕義
無窮見微而知清濁嗚呼又何其閎
覽博物君子也 皇覽曰延陵季子冢在毗陵縣 暨陽鄉至今吏民皆祀事
呉太伯世家第一

図5　猿投神社蔵『史記集解』

命して来たものも少からずあつたこと丶思はれるが、之を伝ふるもの丶少いのは遺憾である。左に記す所のもの丶如きは、その偶々存する所の僅かの例に過ぎぬ。」として七例を挙げた内の第六に『古文孝経』書陵部蔵本の書写奥書を掲げ、「かくの如く彼我往来して、宋の文化は盛に我国に流入し、少からざる影響を及ぼした」と結んでいる。挙例の第四、第五は第六の呉三郎入道と同じく、永仁年間の渡来筆耕の例である。(13) 辻氏は、呉三郎入道を僧侶と見ているが、「呉三郎」という名前からは、職人階層に属する人物である印象が強い。

最後に、呉三郎入道の書風（筆蹟の特徴）について触れておきたい。呉三郎入道の筆蹟は、一見して南宋末の張即之の筆蹟によく似ている。張即之の代表作「李伯嘉墓誌銘」を見れば、呉三郎入道が張即之の書を手本としていたことが分かる。張即之は我が国でも臨済宗の僧侶の間で珍重されたことで名高い能書であるから、(14) 彼の「道徳経切」が大燈国師（宗峰妙超）という著名な禅僧の筆蹟に擬せられたのも、決して故無き事ではないのである。

七、結語

以上を要するに、本章の結論は次の五点に集約できるかと思う。

一、呉三郎入道の写字生（筆耕）としての活動時期は鎌倉後期、永仁から正和にかけての頃であった。これは五山版隆盛の直前に当たり、刻工の渡来を誘発したものと思われる。

二、呉三郎入道は、南宋の滅んだ前後の時期に、恐らく中国からの渡来僧、或いは日本の留学僧に随って来日したものと思われる。

三、呉三郎入道の活動地域は鎌倉の金澤文庫及び称名寺周辺であった。また、その書写活動は博士家の伝授と深く関わるものでもあった。

四、東洋文庫蔵『帝王略論』、猿投神社蔵『春秋経伝集解』『史記集解』等が寄合い書きであることから、渡来筆耕は呉三郎入道を中心として複数名から構成される集団で活動していた可能性がある。また、猿投神社蔵本が白文であることから、仮名の書写は担当しなかったことが窺われる。

五、呉三郎入道の書風には、南宋の張即之の影響が顕著に見られる。これは当時、禅僧の間に張即之体が流行していたことの一端を示すものである。「道徳経切」の伝称筆者を大燈国師とする根拠もこの点にある。

注

（1）『図書寮典籍解題』（一九六〇年、宮内庁書陵部）では、巻二十三・巻二十六の書写者を北条顕時としているが、本書第十章「金澤文庫本『春秋経伝集解』、奥書の再検討」で、これが北条実時であることを論じた。

（2）杏雨書屋蔵『老子道徳経』残巻〔鎌倉後期〕写。巻子装一軸。墨界。界高、二十一・六糎。界幅、二・七糎。一行十四字。全巻に亙り訓点（紀伝点）が施される。奥書は本文とは別筆。（　）内に西暦を補った。

本奥書云、

正嘉二年（一二五八）四月廿七日書写畢。　外史清原〈在判〉

同年五月廿六日加点了。　権少外記直隆

古本奥云、

承安二年（一一七二）九月五日授主水了。　在御判〈大外記殿〉

加一見了。　前参河守〈在判〉

以彼秘本書写了。于時文永十年（一二七三）孟春八日。　沙弥

文永十二年（一二七五）二月六日授申黒田武衛禅了。　音儒清原〈在判〉

尚、本書については、山城喜憲『河上公章句『老子道徳経』の研究』（二〇〇六年、汲古書院）に考察がある。

（3）「道徳経切」〔鎌倉後期〕写。料紙、黄色楮紙。墨界。界高、二十一・七糎。界幅、二・七糎。一行十四字。訓点（紀伝点）が施される。書陵部蔵『古文孝経』と同筆であることは、『国宝手鑑 翰墨城』（一九七九年、中央公論社）などに既に指摘されている。本書第十四章「「佐保切」追跡――大燈国師を伝称筆者とする書蹟に関する考察」。

（4）東洋文庫蔵『帝王略論』存巻一・巻二・巻四〔鎌倉後期〕写。巻子装三軸。墨界。界高、二十二・三糎、界幅、二・七糎。一紙十七行乃至二十行。一行十三字。訓点が施される。金澤文庫本（蔵書印を切り取った痕跡有り）。三手の寄合書き。巻二が呉三郎入道筆。巻一・巻四はそれぞれ別筆。各巻に奥書がある。巻二の奥書（本文とは別筆）を次に掲げる。

本云、

文永七年（一二七〇）五月六日以総州菅公氏之本書写点校了。

本奥云、

治承五年（一一八一）正月十一日見畢　在判云々。

（5）竹苞楼佐々木春行『古籍鑑定書目』。

（6）阿部隆一「金沢文庫の漢籍」（『阿部隆一遺稿集』第二巻、一九八五年、汲古書院。初出は一九七二年）。

（7）『華厳経七科章』（二十九―八）粘葉装（裏表紙）一帖。香色表紙、二十六・〇×十六・四糎。八行二十字。字面高さ、二十一・八糎。六十三張。二手の寄合書き。第二張〜第二十三張、第二十八張〜第六十二張が呉三郎入道の筆。所々に墨筆による仮名点の書入れ、朱筆によるイ本注記書入れが見られるが、これらは本文とは別筆。

（8）『華厳五教止観』（三十―五）粘葉装一帖。表紙を欠く。二十七・一×十六・九糎。七行二十字。字面高さ、二十二・〇糎。末尾に永仁六年釈円種による加点識語。墨筆による仮名点、イ本注記の書入れが見られるが、本文とは別筆。

（9）本書第十六章「『古文孝経』永仁五年写本の問題点」。

（10）『古文孝経』出光美術館蔵（金澤文庫旧蔵）本の伝授奥書に「永仁六年十一月廿四日、以家秘説奉授越州五品

左親衛閣了。助教清原真人《直隆》（花押）」とある。

（11）猿投神社蔵『春秋経伝集解』存序・巻一冒頭・巻二冒頭〔鎌倉後期〕写。巻子装一軸。白文。墨界。界高、二十一・九糎。界幅、二・三糎。一紙十七行。一行十四字。奥書無し。序・巻一が呉三郎入道筆。巻二は別筆。序・巻一の底本は宋刊本（杜預註に経典釈文を加える）、内題「婺本點校重言重意春秋經傳集解隠公巻第一」。巻二の底本は旧鈔本系本文。

（12）猿投神社蔵『史記集解』存八巻〔鎌倉後期〕写。巻子装四軸。白文。界高、二十一・九糎。一紙十五行乃至十八行。一行十四字。奥書無し。呉太白世家・魯周公世家・燕召公世家・管蔡世家・陳杞世家・衛康叔世家・宋世家・楚世家を存する。二手の寄合書き。呉太白世家・燕召公世家・管蔡世家・陳杞世家・楚世家（第五紙第三行まで）が呉三郎入道筆。魯周公世家・衛康叔世家・宋世家・楚世家（第五紙第四行以降）は『春秋経伝集解』巻二と同筆。

（13）挙例の第四、第五は次のとおり。

四、久原文庫蔵　大方廣佛華嚴經隨疏演義鈔巻十六奥書

永仁三年〈乙未〉十二月十日於泉州久米多寺書寫畢、執筆唐人智恵

五、保阪潤治氏蔵　古鈔本貞觀政要巻九奥書

本云永仁四年〈丙申〉十月三日書寫之訖、執筆宋人明道

永禄二年五月終書功了、李部大卿菅長雅

（14）神田喜一郎『中国書道史』（一九八五年、岩波書店）には「南宋の最後の書壇を飾った張即之は、…。張即之の書蹟は、当時金王朝でも喜ばれたというが、わが国でも鎌倉時代に禅僧によって多く齎された。その中には名品が少なくない。いま京都の智積院に蔵する金剛経のごとき、その一例である。近年中国から舶載せられたものとしては李伯嘉墓誌銘がとくにすぐれている」（219頁）とある。

第十六章　『古文孝経』永仁五年写本の問題点

はじめに

宮内庁書陵部に、永仁五年（一二九七）の書写奥書と永仁七年の加点奥書とを持つ『古文孝経』が所蔵されている。小槻《おづき》家（壬生《みぶ》官務家）旧蔵で、明治期作成の『御物目録』によれば、明治十六年八月陸軍会計軍吏今村長賀の申立により購入したことが知られる。本章では、この古写本の調査を通して浮かび上がった幾つかの問題点について検討を加え、この本を文化史上に位置づけることを試みたいと思う。

一、書写者の問題

まず、この本の書誌的事項を次に掲げよう。

宮内庁書陵部蔵『古文孝経』（五〇三―一六八）

永仁五年（一二九七）宋人呉三郎入道書写、永仁七年清原教有加点。和大一冊（巻子装を袋綴に改装）。渋引表紙、二十五・三糎×二十・五糎。料紙、楮紙。墨界。界高、二十一・五糎～二十一・七糎。界幅、二・七糎前後。毎半葉七行。一行十二字。墨付け四十七張。朱筆ヲコト点、墨筆傍訓などが施される。蔵書印「禰家蔵書」（朱）。毎尚、第二十五張オモテ七行目から第二十七張ウラ二行目までは江戸期の補写。毎半葉七行。一行十三字。巻子装の二紙分に当たる。奥書は次のとおり。（　）内には西暦を示した。

（a）永仁第七年（一二九九）暮春初二日、此書者、屋壁之底、石函之中、得古文之字、非今文之書。章篇之文雖不誤、今古之字悉以混。因茲古字付今文、今文付古字。于時謹蒙恩問之仰、早課頑嚚之拙。朱点雖為他功、墨点唯用自功。須以秘講奉授秘説而已。書博士清原教有。

（b）永仁五年（一二九七）〈太歳／丁酉〉二月廿九日、宋銭塘無学老叟呉三郎入道書畢。

元来の巻子装の紙数と、袋綴に改装後の張数との対応関係を次頁に掲げる。

この本の際立った特徴として第一に挙げるべき事は、書写奥書（b）に「永仁五年二月二十九日、宋の銭塘の無学老叟、呉三郎入道書き畢んぬ」とあるとおり、この本の書写者が「呉三郎入道」と名乗る中国からの渡来人であることである。当時、中国では南宋が滅びて、元に取って代わられた時期であったことから、南宋の遺民が元の弾圧を避けて、日本に亡命することがあった。呉三郎入道もその一人と思しく、彼のような渡来人の存在を辻善之助氏は早く、その著書『日本仏教史　中世篇之二』の中で、「宋の滅んだ時に我邦に亡命して来たものも少からずあつたこと丶思はれるが、之を伝ふるもの丶少いのは遺憾である。左に記す所のもの丶如きは、その偶々存する所の僅かの例に過ぎぬ」として、七例を挙げ、「かくの如く彼我往来して、宋の文化は盛に我国に流入し、少からざる影響を及ぼした」と結んでいる。挙例の四、五、六は永仁年間の渡来筆耕の例で、その六にこの『古文孝経』写本が挙げられている。(1)

呉三郎入道が書籍の書写に当たったのは、このとき一回限りのことではなく、書写を生業《なりわい》としていたことは、この『古文孝経』以外にも多くの書籍の書写に携わっていたことから明らかである。例えば、杏雨書屋蔵『老子道徳経』・東洋文庫蔵『帝王略論』・猿投神社蔵『史記集解』及び『春秋経伝集解』などの鎌倉後期写本は、その筆蹟から呉三郎入道の書写であると知られる。(2)呉三郎入道の書写活動を明らかにすることは、同時代の金澤文庫本との関係も考慮しなければならないことから、非常に興味深い問題であるが、これについては本書第十五章に述べたので、ここではその結論だけを次に記す。

表　巻子装の紙数と袋綴の張数との対応関係

巻子 第幾紙	行数	袋綴 起至	備考
1	18	1オ1行～2オ4行	
2	18	2オ5行～3ウ1行	
3	18	3ウ2行～4ウ5行	
4	17	4ウ6行～6オ1行	
5	17	6オ2行～7オ4行	
6	17	7オ5行～8オ7行	
7	17	8ウ1行～9ウ3行	
8	14	9ウ4行～10ウ3行	
9	18	10ウ4行～11ウ7行	
10	18	12オ1行～13オ4行	
11	18	13オ5行～14ウ1行	
12	17	14ウ2行～15ウ4行	
13	17	15ウ5行～16ウ7行	
14	17	17オ1行～18オ3行	
15	17	18オ4行～19オ6行	
16	17	19オ7行～20ウ2行	
17	17	20ウ3行～21ウ5行	
18	17	21ウ6行～23オ1行	
19	16	23オ2行～24オ3行	
20	17	24オ4行～25オ6行	
21	×		補写
22	×		補写
23	16	27ウ4行～28ウ5行	
24	16	28ウ6行～29オ7行	
25	15	29ウ1行～31オ1行	
26	16	31オ2行～32オ3行	
27	17	32オ4行～33オ6行	
28	16	33オ7行～34ウ1行	
29	16	34ウ2行～35ウ3行	
30	17	35ウ4行～36ウ6行	
31	17	36ウ7行～38オ2行	
32	17	38オ3行～39オ5行	
33	17	39オ6行～40ウ1行	
34	17	40ウ2行～41ウ4行	
35	17	41ウ5行～42ウ7行	
36	17	43オ1行～44オ3行	
37	17	44オ4行～45オ6行	
38	15	45オ7行～46オ7行	
39	16	46ウ1行～47ウ2行	
40	2	47ウ3行・4行	

（一）呉三郎入道の写字生（筆耕）としての活動時期は鎌倉後期、永仁から正和にかけての頃に当たり、その活動地域は鎌倉の金澤文庫及び称名寺周辺であったと考えられる。その書写活動は清原家と雇用関係を結び、清原家の訓説伝授に関わるものであった。
（二）呉三郎入道が書写に携わった書籍は、書陵部蔵『古文孝経』のほか、杏雨書屋蔵『老子道徳経』、東洋文庫蔵『帝王略論』、猿投神社蔵『春秋経伝集解』『史記集解』など、漢籍全般に亙っている。
（三）呉三郎入道の書風には、南宋の張即之の影響が顕著に見られる。これは当時、禅僧の間で張即之体が流行していたことの一端を示すものである。

二、加点者の問題

この『古文孝経』写本を文化史的に位置づける上で、書写者と同じく、或いはそれ以上に重要であると思われるのは、加点者である清原教有の果たした役割を明らかにすることである。教有とはどのような人物であり、どのような事情からこの本に訓点書入れを加えることになったのであろうか。

次に掲げるのは、『系図纂要』所収の清原氏系図に基づいて清原頼業から数代の子孫を示したものである。清原氏の中で明経道に学び大外記を出す家系は、平安中期の広澄（九三四～一〇〇九）に始まる。平安末期に出て清原家の学問を大成させた頼業（一一二二～八九）はその六代の孫に当たる。頼業男の中では良業の系統が嫡流である。教有は庶流に属し、鎌倉に下って名声を馳せた清原教隆の長男、有隆の男である。ただ、学問の伝授を受けたのは、父有隆からではなく、叔父の直隆からであった。それを示すのが東洋文庫所蔵の、いわゆる正和本

『論語集解』の奥書である。次に巻一の奥書を掲げる。（　）内には西暦・人名を補った。

〔本奥書〕

（ア）此書受家説事二箇度。雖有先君奥書本、為幼学書之間、字様散々不足為証本。仍為伝子孫、重所書写也。加之朱点墨点手加自加了。即累葉秘説一事無脱、子々孫々伝得之者、深蔵匱中、勿出閫外矣。于時仁治三年（一二四二）八月六日　前参川守清原（教隆）在判

清原氏系図

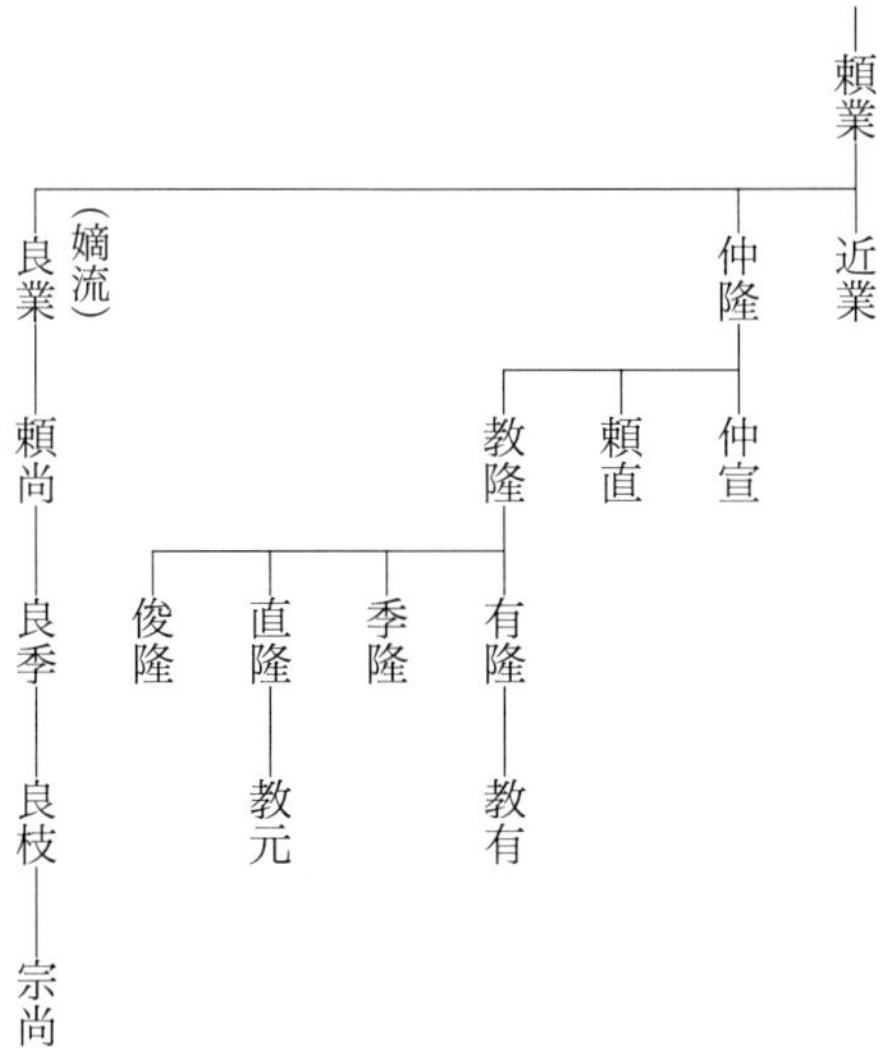

（イ）建長五年（一二五三）二月一日、以家之秘説、授愚息直隆了。前参河守（清原教隆）在判
（ウ）文永三年（一二六六）四月十四日、手身書点了。此書経営事既三部也。始受家君（教隆）之説本、料帋尫弱之間、相伝猶子教有了。次課能書令書写之本、為炎上紛失。仍為伝子孫、重所書写也。子々孫々深蔵匱中、勿出閫外矣。朝議大夫清原（直隆）在判
（エ）弘安六年（一二八三）三月廿四日、以九代之秘説、授愚息教元了。散位（清原直隆）在判
〔書写奥書〕
（オ）正和四年（一三一五）六月七日、書写了。
（カ）正慶二年（一三三三）閏二月廿一日、朱墨校点了。

本奥書は（ア）から（エ）までの四箇条から成り、（イ）が教隆からその三男直隆に家説の伝授が行なわれたことを、（エ）が直隆からその嫡男教元に伝授が行なわれたことを記している。そして両者に挟まるかたちで（ウ）では、直隆が『論語集解』の書写に都合三度関わったことを述べており、その文中「始め家君（教隆）の説を受くる本、料紙尫弱《わうじやく》たるの間、猶子の教有に相伝し了んぬ」（傍線部）と、その最初の写本を猶子の教有に伝えたことを記している。この記事によって、教有が何等かの事情で叔父に当たる直隆の猶子になっていたことが知られる。その間の事情は明らかではないが、清原氏系図には教有の実父である有隆に「義絶の人」と注記があり、或いはこのことと関わるのかも知れない。

話を『古文孝経』に戻そう。（a）の加点奥書には教有がこの本に訓点を加えた経緯が記されている。

永仁第七の年、暮春初二日、此の書は、屋壁の底、石函の中より、古文の字を得たり、今文の書に非ず。章篇の文、誤らずと雖も、今古の字悉くに以つて混ず。茲れに因りて古字に今文を付け、今文に古字を付く。時に、謹んで恩問の仰せを蒙り、早やかに頑嚚《ぐわんぎん》の拙に課す。朱点は他功為《た》りと雖も、墨点は唯だ自功を用ふるのみ。須く秘講を以つて秘説を授け奉るべきのみ。書博士清原教有。

とあり、呉三郎入道の書写から二年を経た永仁七年三月二日に、教有が訓点の書入れを行なったことが知られる。その目的は、傍線部に「謹んで恩問の仰せを蒙り」とあり、また「須く秘講を以つて秘説を授け奉るべきのみ」とあるから、教有がかなり身分の高い人物に対して本文解釈の伝授を行なおうとしていたことが窺われる。その人物が誰なのかは不明とせざるを得ないが、伝授に用いた写本には、教有がそれ相応の用意をして事に当たったことを窺わせる痕跡が見出される。

書誌的事項に記したように、この本は元々巻子装であったのを江戸時代に袋綴に改めている。その改装時に、天地を裁断したらしく、本来存在した欄上の書入れがそのために見えないところがある。欄上の書入れは残画の筆蹟から判断して教有による書入れであったと推測されるが、それが殆ど失われているのである。ところが近年（二〇一三年十一月）、この永仁五年写本がまだ壬生官務家にあった江戸後期に、これを影鈔した本が出現したのである。これは冊子に改装される前の書写であり、巻子装であった時の姿を止めている。それ故、欄上の書入れを完全な形で見ることができるのである。その中に、次のような書入れを見ることができる（図1・2）。

（a）［　　　］御侍読之／時微音（原本第一張ウラ二行目）

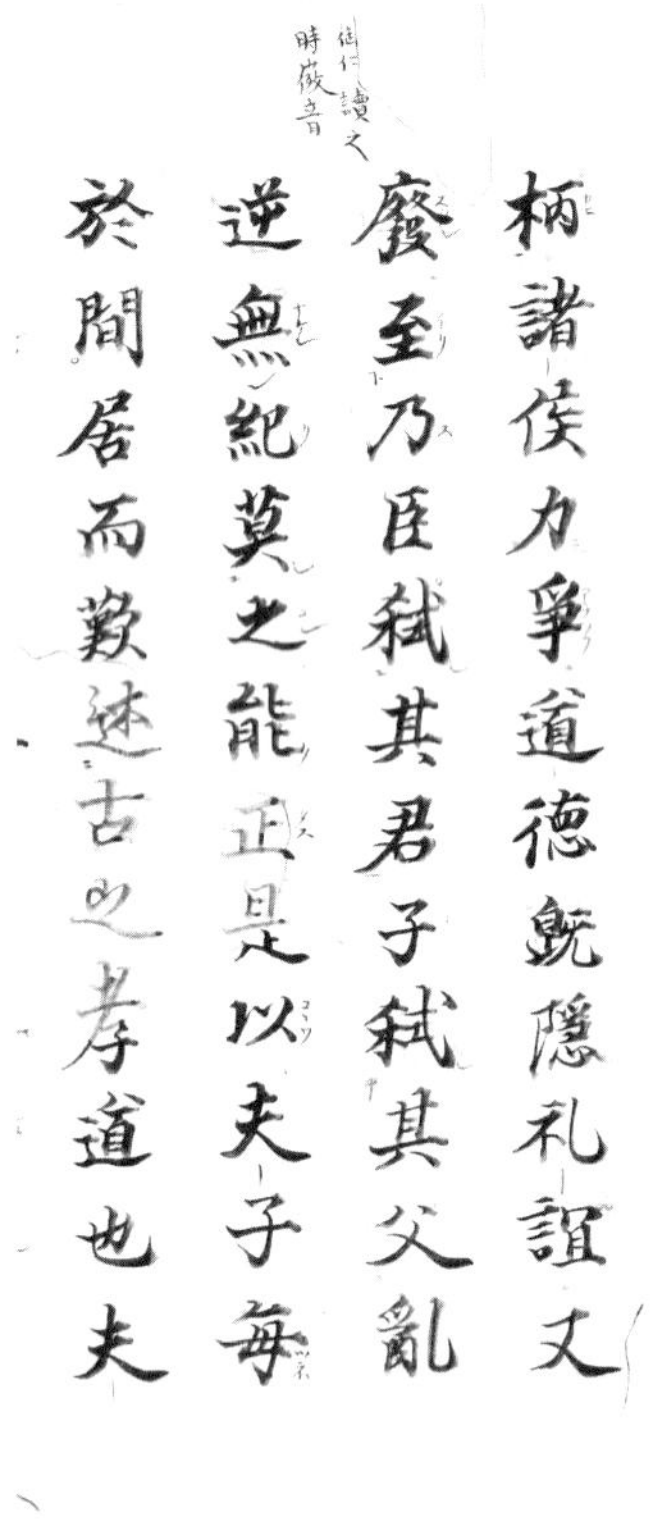

図1　影鈔本の欄上書入れ（ａ）

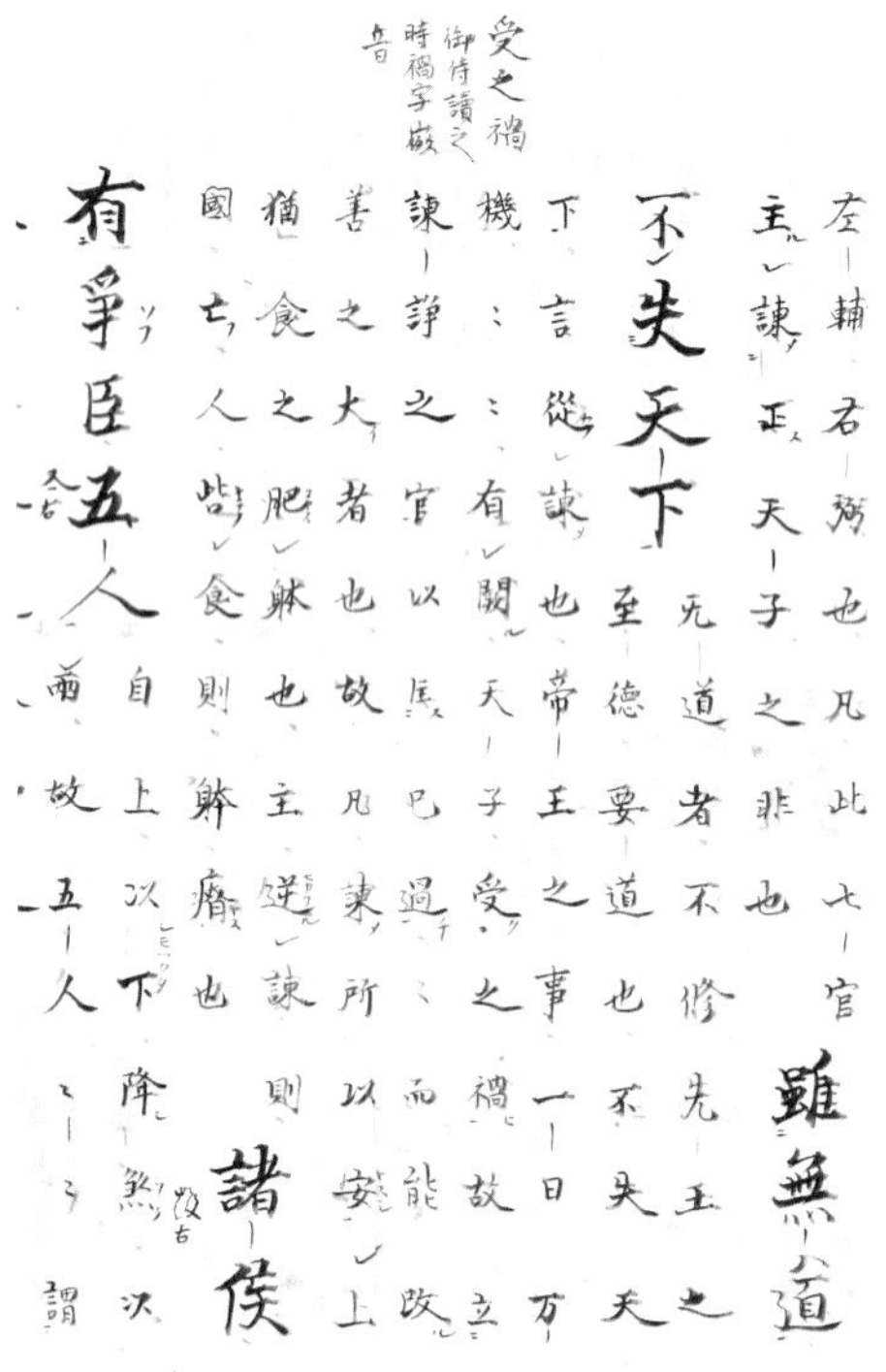

図2　影鈔本の欄上書入れ（ｂ）

（b）受之禍／御侍読之／時禍字微／音（原本第四十張ウラ四行目）

（a）は、その直下の孔安国序文に「至乃臣弑其君、子弑其父（乃ち臣 其の君を弑し、子 其の父を弑するに至り）」とある中の「弑」字を御侍読の時には「微音」で読め、という指示であり、また（b）は、その直下の孔安国伝に「天子受之禍（天子、之れ禍を受く）」とある「禍」字を御侍読の時には「微音」で読め、という指示である(3)。

これらは、天皇の侍読となって『古文孝経』の伝授を行なう時の留意事項とでも言うべきものであり、本来呉三郎入道が本文を書写し教有が訓点を移写するのに用いた底本に存した書入れであろう。教有周辺で天皇の侍読に抜擢された明経道の儒者は、養父の直隆である。京都大学附属図書館清家文庫蔵『御侍読次第』(1-69/コ/1貴。永正四年清原宣賢写)の「代々帝皇師範／明経侍読」の項には「後宇多院」の侍読として清原氏嫡流の良季、良枝の二人とともに庶流の直隆の名を挙げ、「後宇多侍読云々／見系図」と注記を付している(たしかに『系図纂要』所収の清原氏系図には直隆に「後宇多侍読」と記されている)。とすれば、教有が書写・加点の底本に用いたのは、奥書に何等の記載も無いけれども、養父直隆が後宇多天皇(在位一二七四〜八七年)の侍読に用いた写本であったと見なして良いのではなかろうか。但し、教有が養父直隆と同じく天皇の侍読となって『古文孝経』を講じたのかというと、そうではない。教有が天皇の侍読を務めるようなことは無かったと思われる。それは先に示した「代々帝皇師範／明経侍読」に明らかなように、清家儒者で天皇の侍読を務めた者は、直隆を例外として嫡流(良業の子孫)に限られていたからである。また、もし仮に直隆男が侍読となることができたとしても、猶子に過ぎない教有が嫡男の教元を差し置いてその任に当たる可能性は皆無であったと言って良かろう。とすれば、教有が秘説を伝授しようとした人物とは、鎌倉幕府の要人であったと考えるのが妥当なのではないだろうか。

教有の養父直隆は永仁六年十一月二十四日、鎌倉で『古文孝経』の訓説を北条貞顕に伝授している(出光美術館蔵本奥書)。その伝授は恐らく後宇多天皇に対する伝授に準じるものであったと思われる。教有の加点が、その直隆の貞顕に対する伝授から僅か三か月後のことであったことから推せば、教有は直隆とともに鎌倉に在ったのであろう。そして貞顕周辺の人物の求めに応じて『古文孝経』の訓説を伝授しようとしたのではなかったか。ひとまず教有加点の経緯をこのように推測しておきたい。

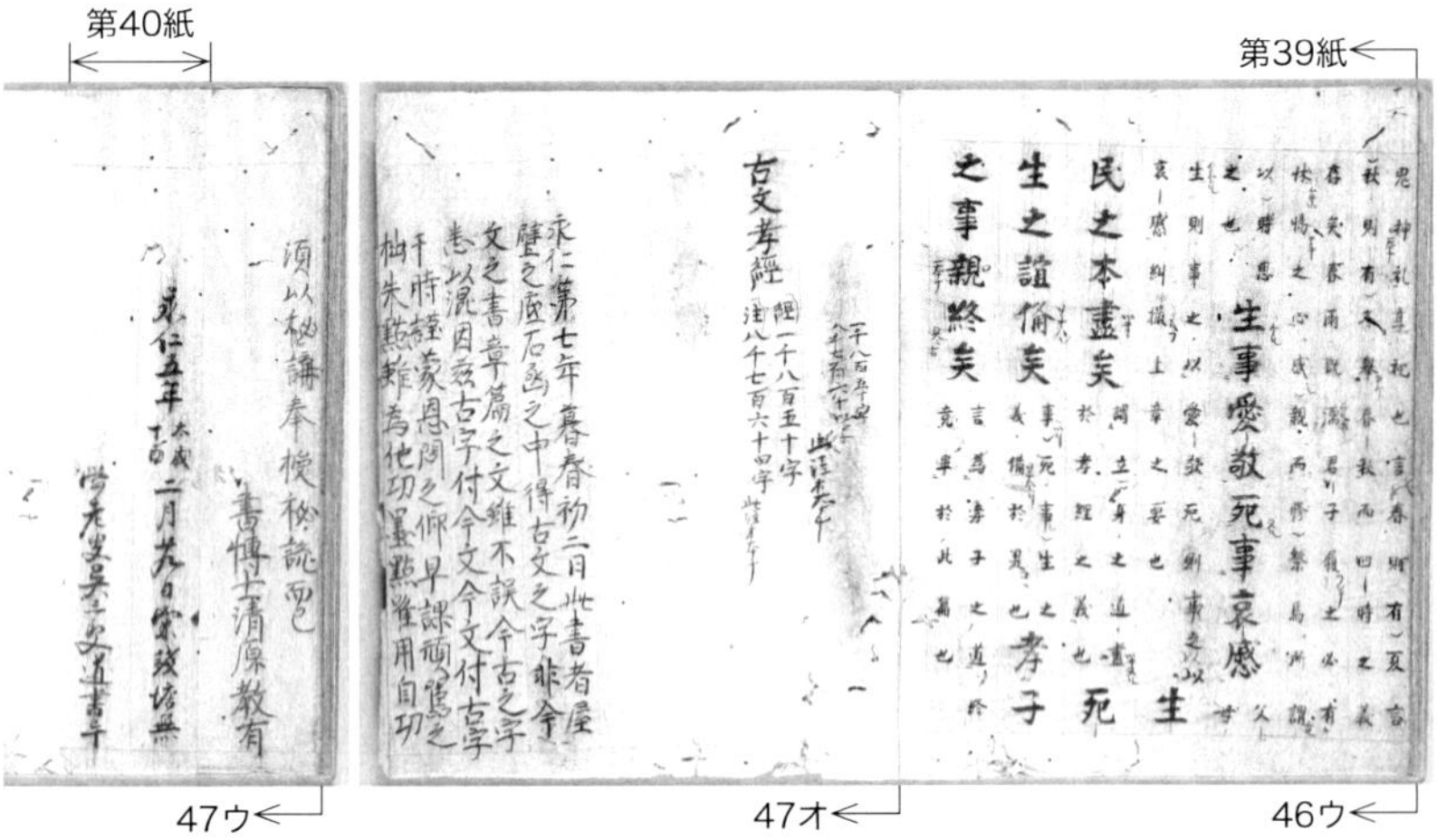

図3　巻子装の第三十九紙・第四十紙（袋綴の第四十六張ウラ～第四十七張ウラ）

三、尾題の筆蹟の問題

前節ではこの本の学問上の問題を検討したが、これとは別に、形態上の問題で明らかにすべきことがある。それは、この本の尾題の書写に関わる問題である。

この本の書写に呉三郎入道が当たったことは先に述べたとおりである。ところが、この本の末尾にある「古文孝経」という尾題は、その下の字数の注記も含めて、呉三郎入道の筆蹟ではなく、明らかに清原教有の筆蹟に一致するのである。どうして尾題が本文の筆蹟とは異なり、教有の筆蹟なのか、この点を考えてみる必要があるように思われる。

この本が元来巻子装であったことは先に述べた。第一節に掲げた、巻子装の紙数と袋綴に改装後の張数との対応関係を示した表を御覧いただきたい。

ここで特に問題となるのは、最末尾の第三十九紙と第四十紙である。図3の上側に巻子装であった時の紙数を、下側に改装後の袋綴の張数を記した。第三十九紙・第四十紙は、袋綴の第四十六張ウラ、第四十七張オモテ、第四十七張ウラに相当する。第三十九紙は、袋綴では第四十六張ウラ一行目から第四十七張ウラ二行目までの十六行分である。この本は全部で四十紙から成っており、一紙の行数はおおよそ十六行乃至十八行である。

第四十六張ウラ一行目から末尾の七行目までは、『古文孝経』の本文が書写されている。これは呉三郎入道の筆蹟である。張が変わって(張の替わり目は料紙が切断されている)、第四十七張オモテの二行目に尾題が有り、その後二行を空けて、教有の加点奥書が来る。加点奥書の直後の第四十七張ウラ三行目から料紙が変わり、巻子装の第四十紙に入る。第四十紙は僅か二行だが、ここに呉三郎入道の書写奥書が置かれている(書写奥書の筆蹟は第四十六張ウラの筆蹟と同じである)。

書写奥書が加点奥書の後に来ているというのはやや不審である。この本の場合、書写が永仁五年、加点が永仁七年であるから、書写奥書が加点奥書よりも前に来るのが自然である。そこで仮に書写奥書が加点奥書の前にあったとすると、その位置は第四十六張ウラで本文が終わった後、張の替わり目にしか入る場所は無い。本来そこにあった書写奥書を後に何等かの事情で切り離して、後ろに移動したと推測するわけだが、実のところ、そのように考えることは難しい。というのは、この本は、首尾一貫して天地に界線が引かれて本文が書写されている。第四十六張ウラ末尾七行目の天地の界線の高さは二十一・六糎、張が変わって第四十七張一行目の界線の高さも二十一・六糎である。一方、書写奥書二行の界線の高さは二十一・五糎で、高さが一ミリ食い違うのである。したがって第四十六張ウラ七行目と第四十七張一行目との間に書写奥書が存在していたとは考えにくいのである。つまり、第四十六張ウラと第四十七張オモテとは本来連続していたものであり、且つ書写奥書は本文とは別紙に、付け足すように書かれていたと見なすのが妥当なのである。或いは、書写奥書の二行分は尾題の後に貼付されていたと考えることも可能である(4)。

それでは、尾題の筆蹟が呉三郎入道ではなく、教有であるのはどのような事情によるのだろうか。第四十七張オモテをよく観察すると、尾題の次の行には文字を擦り消した痕跡が見出される。その擦り消された文字は残画から「古文孝経」と読むことができる。そして、それが本文の文字に似て骨太の筆蹟であることから、呉三郎入道の書いた文字であると推測できる。

『古文孝経』の古写本では、普通、本文の末尾から一行を空けて尾題を書写するのが慣例である。ところが、呉三郎入道は二行を空けて尾題を記してしまった。後にその誤りに気づいた教有が尾題の位置を修正したのではないかと考えられるのである。さらに教有は、宋刊本の尾題と見比べた結果をその下に書き、「此注摺本有」と注記したと思われる。この本の尾題の筆蹟が本文の筆蹟と異なる理由は、以上のように推測できるように思われる。

注

（1）他の二例は次のとおり。
四、久原文庫蔵　大方廣佛華嚴經隨疏演義鈔巻十六奥書
永仁三年〈乙未〉十二月十日於泉州久米多寺書寫畢、執筆唐人智恵。
五、保阪潤治氏蔵　古鈔本貞観政要巻九奥書
本云、永仁四年〈丙申〉十月三日書寫之訖、執筆宋人明道。
永祿二年五月終書功了、李部大卿菅長雅。

（2）このほか、彰考館蔵『周易正義』〔鎌倉後期〕写本、東洋文庫蔵『論語集解』正和四年写本、竹本氏蔵『五行大義』〔鎌倉末期〕写本などにも、書影を見る限り、呉三郎入道書写の痕跡を認めることができる。呉三郎入道

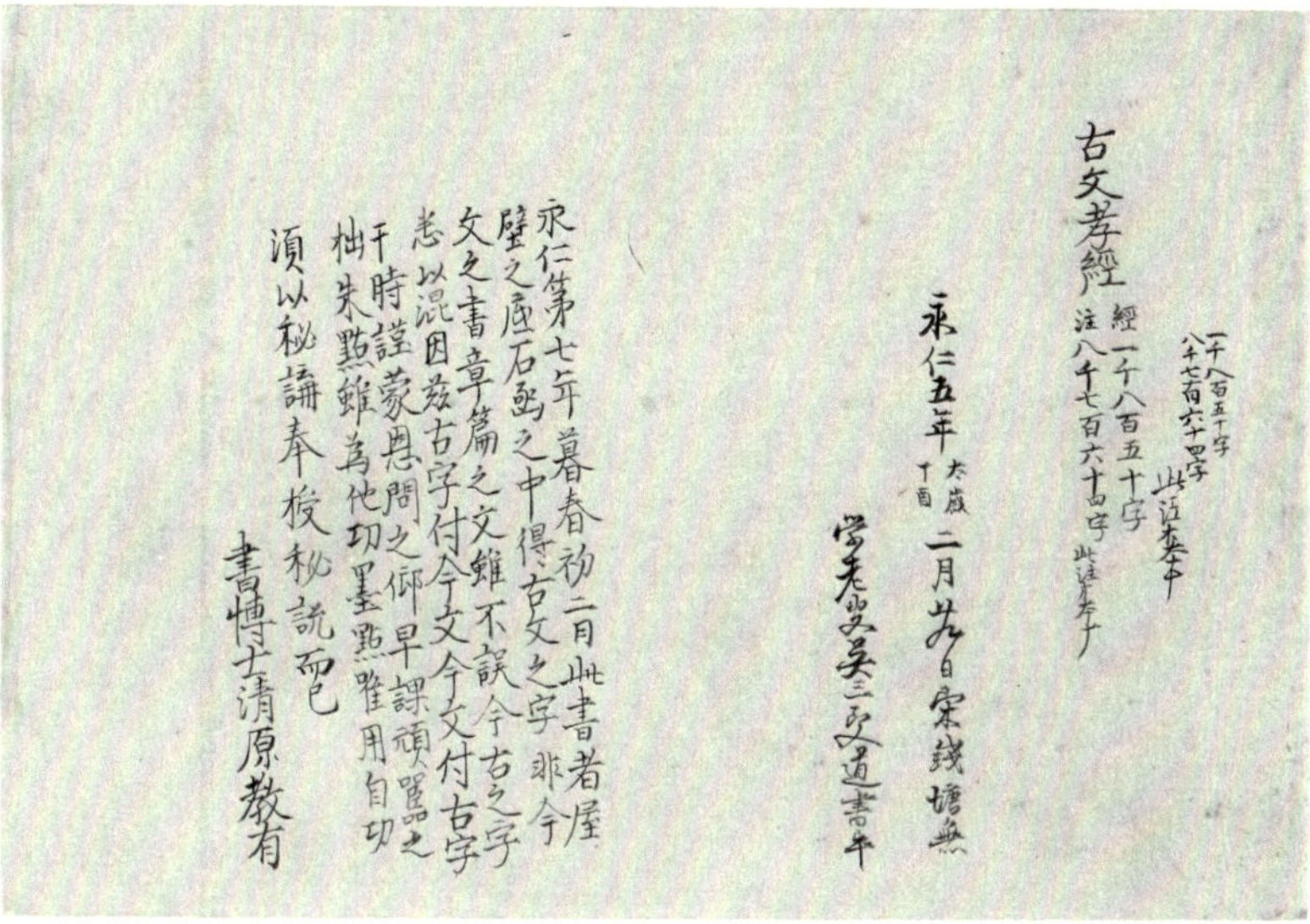

図4　影鈔本の巻尾

の筆蹟が現存する多くの漢籍写本に残されていることは、二〇一四年六月十三日、書陵部漢籍研究会平成二十六年度第二回検討会で「銭塘呉三郎入道の事績」と題して口頭発表した。

（3）天皇の侍読に際して、不吉な語を「不読」或いは「微音」とする慣習があった。「微音」の例は、他に神宮徴古館蔵〔鎌倉後期〕写『古文尚書』に見られる。巻六泰誓上「大勲未集」の孔伝「功業未成而崩」の「崩」字の左傍に「御侍読之時崩字微音」と注記がある。小林芳規『平安鎌倉時代に於ける漢籍訓読の国語史的研究』（一九六七年、東京大学出版会）80頁注（10）。尚、神宮徴古館蔵『古文尚書』の書写者も呉三郎入道であると思われる。

（4）影鈔本では、図4のように、尾題、書写奥書、加点奥書の順に記されている。これは恐らく影鈔本の書写者が加点奥書、書写奥書の順に置かれていることを疑問視し、両者の位置を入れ替えて書写したものと思われる。何故ならば、原本では尾題と加点奥書との間に料紙の継ぎ目は無く、同一料紙上に書写されているからである。影鈔本が原態を示しているとは考えにくいのである。

第十七章　猿投神社の漢籍古写本
――『史記』『春秋経伝集解』の書写者を探る

はじめに

我が国は古来（少なくとも近代に至るまで）、中国文化を手本として、これを積極的に学ぶことに努めてきた。中国文化を摂取する方法とは、具体的に言えば、中国の書籍を学習することである。さまざまな事情から留学が容易でなかった時代には、書籍を通して学ぶより他に手立ては無かった。それ故、我が国には中国からたくさんの書籍（写本もあれば刊本もある）がもたらされた。それらは漢語漢文で書かれているので、漢籍と呼ぶ。漢籍が途切れることなく将来される一方で、日本人は学習のためにこれを書写或いは刊行することも怠らなかったから、長い年月の間に、日本国内には厖大な量の漢籍が蓄積されたのである。前近代の我が国で読まれた書籍は、その大半が漢籍であったと言っても言い過ぎではない。

猿投神社の蔵書の中には、その漢籍の、それも飛び切り上等の古写本を数多く見ることができる。そして、それらがどのような事情で書写されたのかについては、各写本の奥書からある程度窺い知ることができる。奥書とは、書写者がその書写行為に関する基本的な情報（いつ、どこで、誰の所持本を書写したのか等）を写本の末尾（奥）に書き記したものである。例えば、猿投神社蔵『論語集解』には、巻七の奥に、

于時康安第二十一月一日、於参州渥美郡長仙寺密蔵坊、読合之次、書写之。甚海〈春秋／三八〉

（時に康安第二、十一月一日、参州渥美郡の長仙寺密蔵房に於《し》て、読み合はせの次でに、之れを書写す。甚海〈春秋三八〉）

の記述がある。これによって、この本が康安二年（一三六二）十一月一日、三河国渥美郡（現愛知県田原市）の長仙寺の密蔵坊で、当時二十四歳の甚海という僧侶が『論語』の伝授を受けた時に書写したものであることが判明する。奥書の存在が、この本を文化史上に正しく位置づける上で欠かすことのできない重要な役割を果たしていることが理解できよう。

しかし、全ての写本に奥書が備わっているわけではない。むしろ実際には奥書のない写本の方が圧倒的に多いのである。猿投神社の漢籍の中でも、『史記』と『春秋経伝集解《しゅんじゅうけいでんしっかい》』には奥書が無い。この両書は書品の点では、猿投神社の蔵書の中でも一二を争うほど優れている。特に目を引くのは、筆者の人格の大きさを窺わせるような立派な楷書体の文字である。同時代の春日版（興福寺で出版した刊本）の文字を肉太と言うならば、こちらは骨太と表現するのが相応しい。しかも、上質の楮紙に一行十四字という、ゆったりとした字配りで書写されている。これほどの尤品を一体誰が何処でどのような目的で書き写したのか、書写の経緯を知りたいと思うのが人情であろう。それだけに、奥書を欠いていることが惜しまれるのである。

それでは、奥書以外に書籍の来歴を知る手段はないものだろうか。ここで次善の策として思い浮かぶのは、写

本の形態的特徴に注目する方法である。本章では、猿投神社所蔵の『史記』と『春秋経伝集解』の両書が書写された経緯について、主として写本の筆蹟を手懸かりに推測を試みたいと思う。

一、『史記』『春秋経伝集解』の筆蹟

『史記』は漢の司馬遷の著した歴史書で、百三十巻から成る。『史記』の古写本で現存するものはそれほど多くはない。ましてや首尾完結するものは宮内庁書陵部に所蔵される三条西実隆（一四五五～一五三七）書写本くらいしか見当たらず、他は何れも一巻から数巻程度を残すに過ぎない。猿投神社所蔵の『史記』は、呉太白世家・魯周公世家・燕召公世家・管蔡世家・陳杞世家・衛康叔世家・宋世家・楚世家の八巻を存し、それを巻子装四軸に装訂している。二手の寄合書《よりあいが》き（二人の分担による書写）で、呉太白世家・燕召公世家・管蔡世家・陳杞世家・楚世家（第五紙第三行まで）をここでは仮りにA筆（図1）と呼び、魯周公世家・衛康叔世家・宋世家・楚世家（第五紙第四行以降）をB筆（図2）と呼んでおく。尚、『史記』は劉宋の裴駰《はいいん》の注釈書『史記集解《しつかい》』によって読まれるのが一般的である。猿投神社蔵本も本文中に裴駰の注釈を小字で挿む形式で書写されている。

『春秋経伝集解』は五経《ごけい》（儒教経典の内で最も重要な五種の書）の一つ、『春秋左氏伝』に晉の杜預《どよ》が注釈を加えた書で、三十巻から成る。猿投神社蔵本はその序の全文、巻一・巻二それぞれの一部分を存している。こちらも二手による書写で、序・巻一の筆蹟（図3）は『史記』のA筆に一致し、巻二の筆蹟（図4）は『史記』のB筆に一致する。以上を要するに、猿投神社蔵『史記』『春秋経伝集解』の現存部分は二人の分担執筆によって成ったものと言うことが出来る。

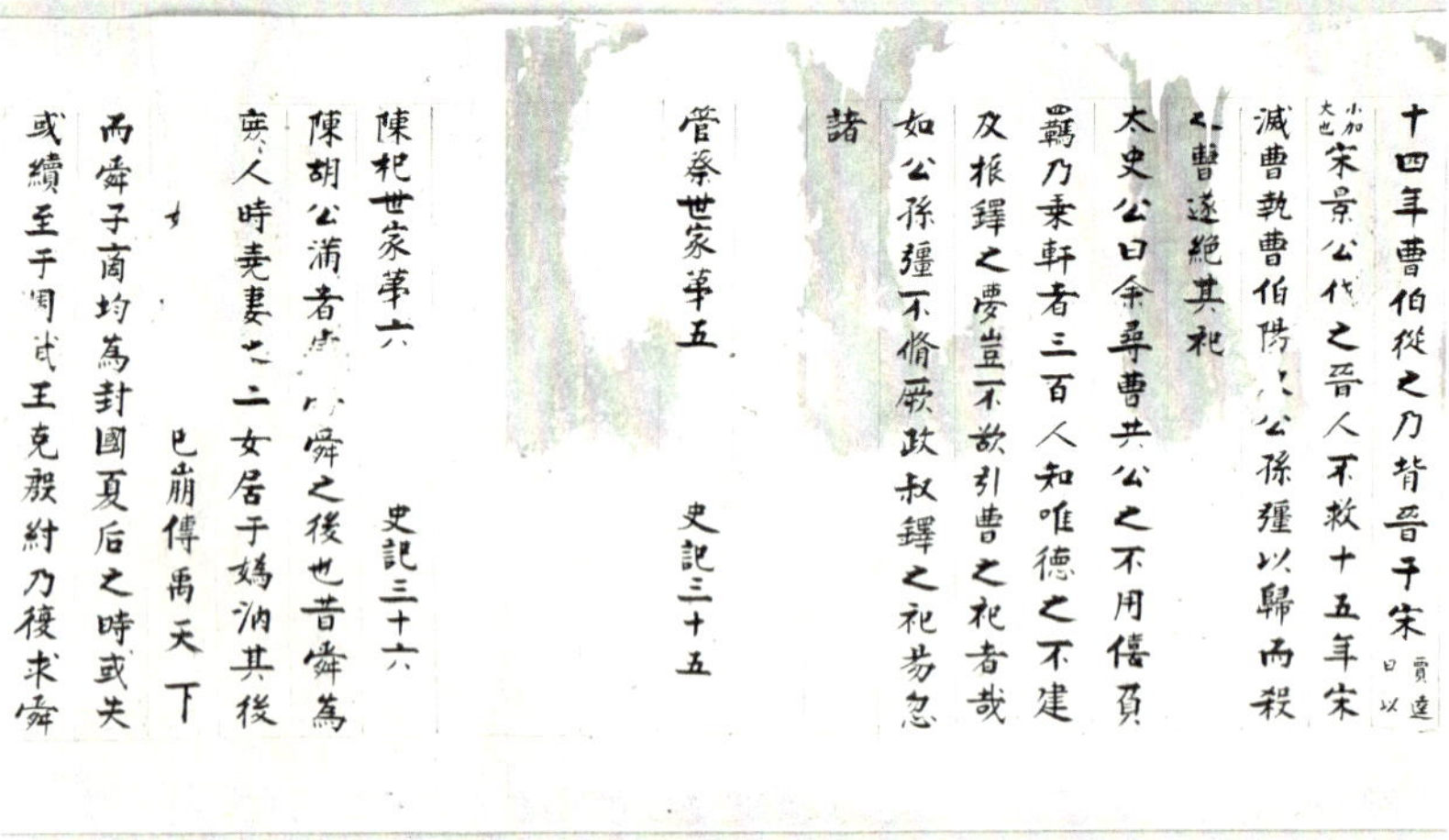
十四年曹伯從之乃背晉千宋
宋景公伐之晉人不救十五年宋
滅曹執曹伯陽及公孫彊以歸而殺
之曹遂絶其祀
太史公曰余尋曹共公之不用僖負
羈乃乗軒者三百人知唯徳之不建
及振鐸之夢豈不欲引曹之祀者哉
如公孫彊不脩厥政叔鐸之祀忽
諸
管蔡世家第五　史記三十五
陳杞世家第六　史記三十六
陳胡公滿者虞帝舜之後也昔舜為
庶人時堯妻之二女居于嬀汭其後
已崩傳禹天下
而舜子商均為封國夏后之時或失
或續至于周武王克殷紂乃復求舜

図1　『史記』管蔡世家・陳杞世家（Ａ筆）

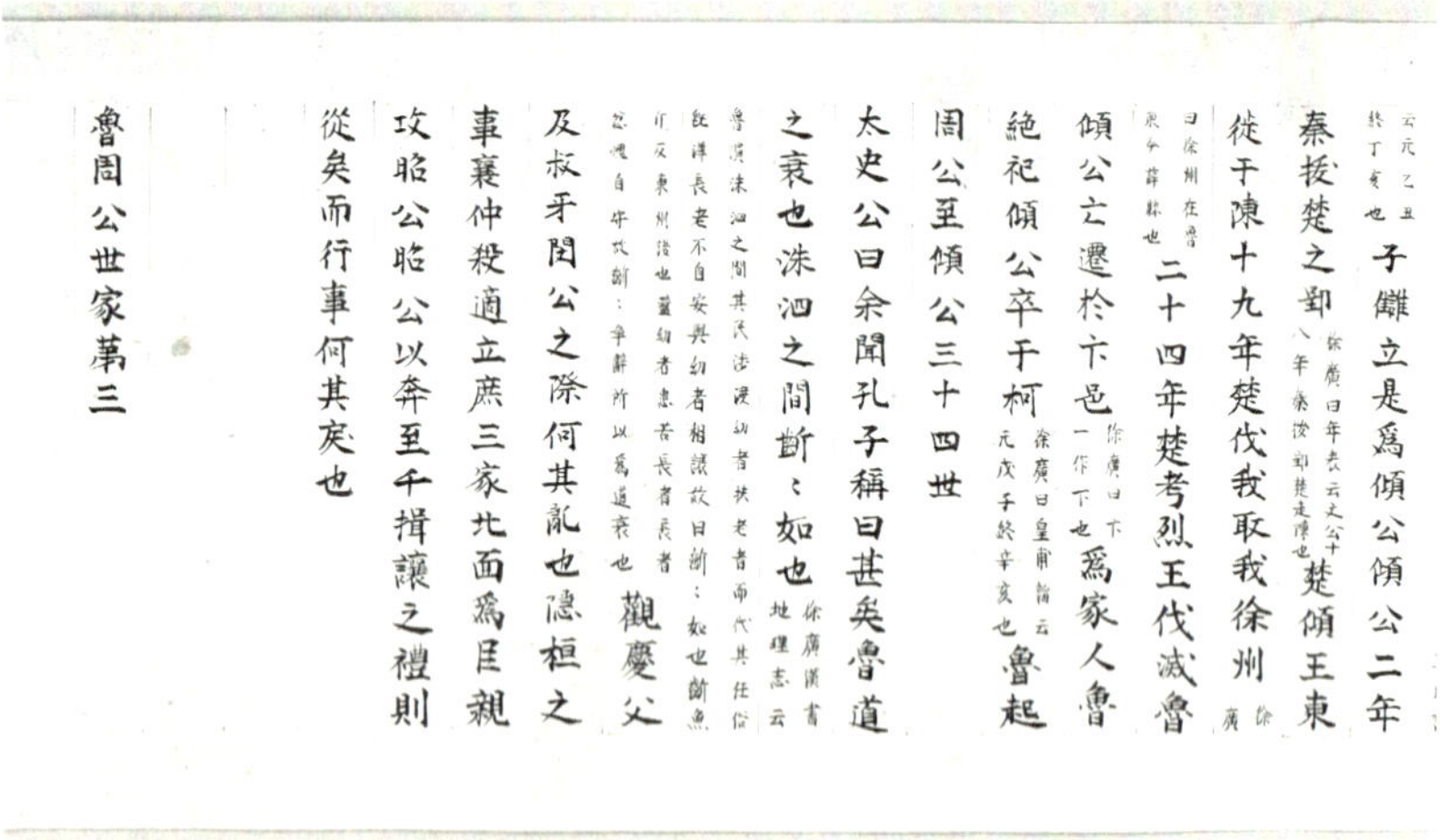
子讎立是爲頃公頃公二年
秦拔楚之郢 徐廣曰年表云文公十八年秦拔郢楚走陳也 楚頃王東
徙于陳十九年楚伐我取我徐州
徐廣曰徐州在魯東今薛縣也 二十四年楚考烈王伐滅魯
頃公亡遷於下邑 徐廣曰下一作卞也 爲家人魯
絶祀頃公卒于柯 徐廣曰皇甫謐云元戊子終辛亥也 魯起
周公至頃公三十四世
太史公曰余聞孔子稱曰甚矣魯道
之衰也洙泗之間齗齗如也 徐廣漢書地理志云 魯濱洙泗之間其民渉渡幼者扶老者而代其任俗既薄長老不自安與幼者相讓故曰齗齗如也齗魚斤反東州語也蓋幼者患苦長者長者忿愧自守故齗齗爭辭所以爲道衰也 觀慶父
及叔牙閔公之際何其亂也隱桓之
事襄仲殺適立庶三家北面爲臣親
攻昭公昭公以奔至于揖讓之禮則
從矣而行事何其戾也
魯周公世家第三

図2　『史記』魯周公世家（Ｂ筆）

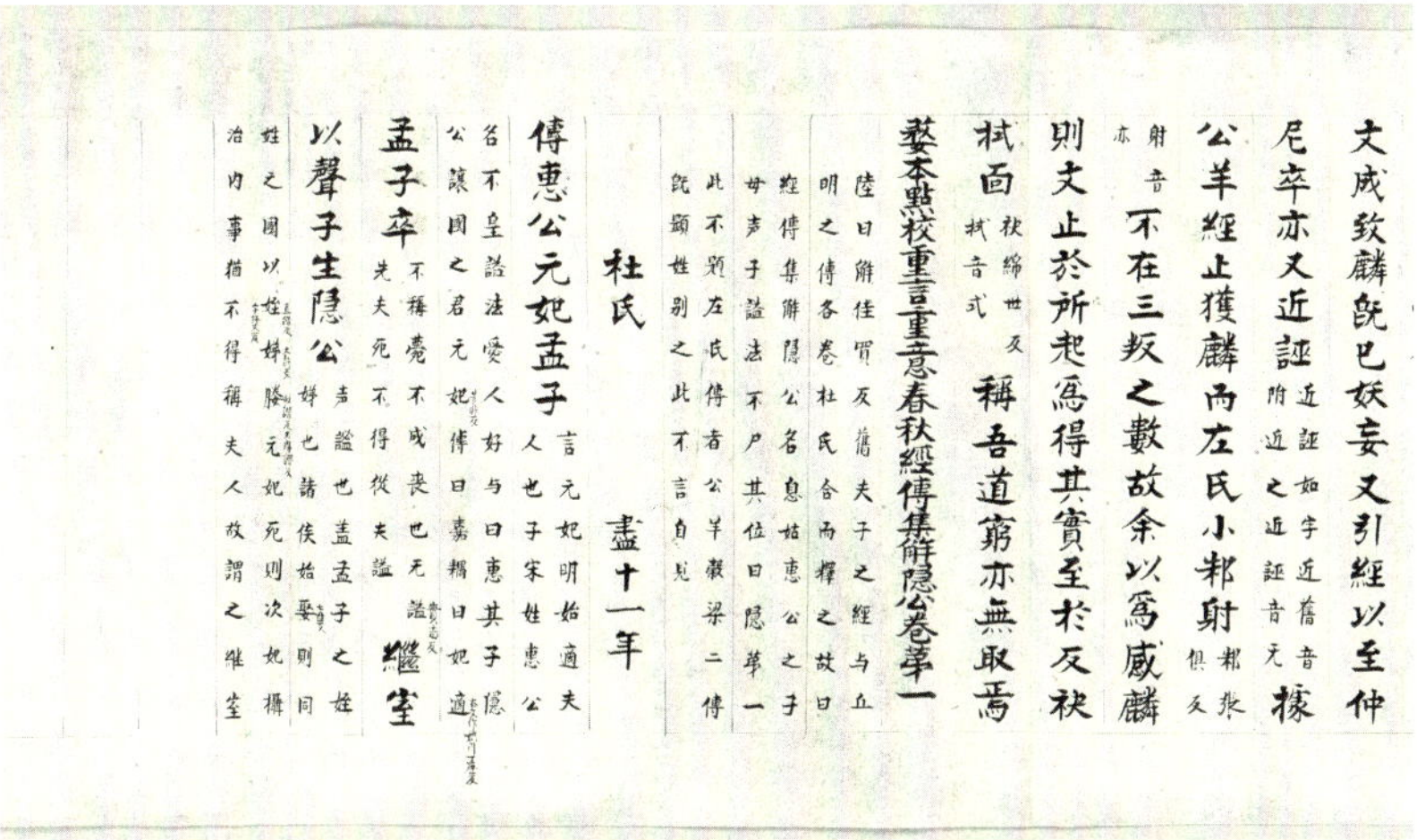

図3 『春秋経伝集解』序・巻一（A筆）

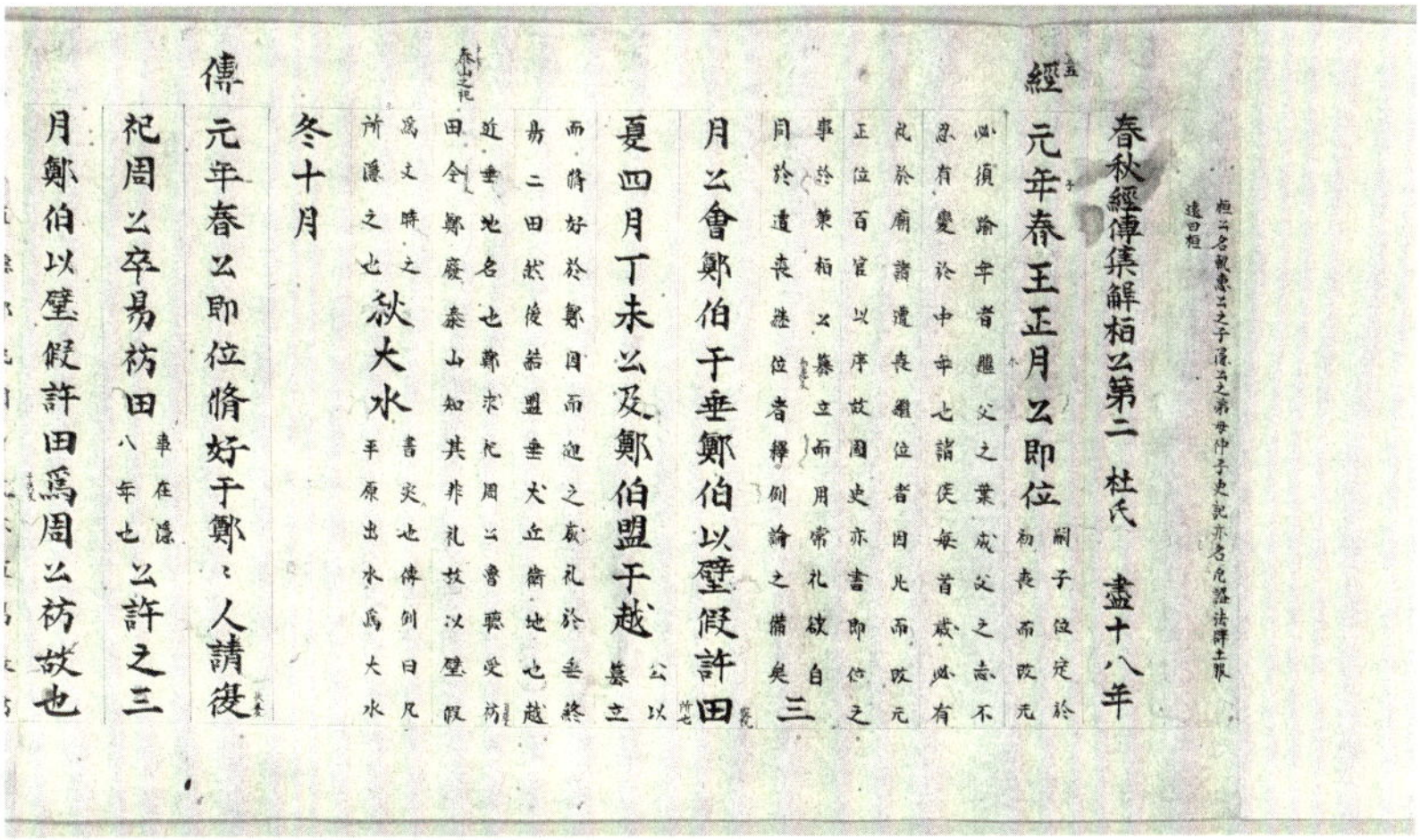

図4 『春秋経伝集解』巻二（B筆）

ところで、この両書には少しばかり不可解な点が見出される。一般に日本で書写された漢籍の本文には、大抵訓点の書入れが見られるものだが、この両書は全くの白文なのである。たしかに『春秋経伝集解』は巻の中途で書きさした痕跡があり、書写を完了していないように見受けられるから、訓点の無い点もそれほど不審ではない。しかし『史記』は巻ごとに書写が首尾完結しているにも拘わらず、訓点の書入れが全く見られないのである。これをどのように考えれば良いのだろうか。

少し補足説明を加えておくと、訓点の「訓」は傍訓のことで、漢語に対応する日本語を片仮名で表記したものである。振り仮名・送り仮名の類いと言ってよい。「点」は漢語の語法を日本語の語法に置き換えるための各種符号で、これによって句読点、返点、助詞・助動詞などを表示した。この「訓」と「点」とを組み合わせて用いることによって、始めて訓読（当時の翻訳）が可能となるのである。それ故、我が国では、装飾品として作られたものは別として、漢学の学習に供された漢籍には、本文解釈の結果として訓点書入れの存することが一般的なのである。猿投神社所蔵の漢籍古写本もこの例に漏れず、『史記』『春秋経伝集解』以外の書には、真摯な学習が行なわれたことを反映して、詳密な訓点が施されている。これに対して、この両書（とくに『史記』）にどうして訓点が加えられなかったのか。このことは少し考えてみる必要がありそうである。

さて、両書の筆蹟を見ると、A筆・B筆はともに終始一貫して筆勢に衰えや乱れが無く、書写を専門としてそれを生業《なりわい》とする者（写字生とか筆耕とか呼ばれるプロフェッショナル）の筆蹟と認められる。二手の内、より熟練した筆遣いを見せているのはA筆である。これはまさに当時禅僧の間で喜ばれた宋末の張即之（一一八六〜一二六三）の書風を体得した観がある。

このA筆と全く同じ筆蹟が宮内庁書陵部蔵『古文孝経』永仁五年（一二九七）写本に見られると言ったら、

きっと読者の方々は驚かれるだろう。その『古文孝経』には幸いにも奥書があり、それには書写者・書写年時を始めとして様々な情報が含まれている。これを手懸かりにすれば、猿投神社の『史記』や『春秋経伝集解』についても、その書写の経緯を明らかにできるのではないかと思う。以下に『古文孝経』の奥書の読解を試みることにしたい。

二、渡来筆耕

宮内庁書陵部の図書寮文庫には、皇室に代々伝えられた書籍・文書が保存されている。問題の『古文孝経』（孔安国伝）永仁五年写本は、壬生官務家と呼ばれた小槻家の旧蔵で、明治期作成の『御物目録』には明治十六年八月購入との記録が残されている。この書の末尾には次のような（a）（b）二つの奥書が見られる。

（a）永仁第七年暮春初二日、此書者、屋壁之底、石函之中、得古文之字、非今文之書。章篇之文雖不誤、今古之字悉以混。因茲古字付今文、今文付古字。于時謹蒙恩問之仰、早課頑嚚之拙。朱点雖為他功、墨点唯用自功。須以秘講奉授秘説而已。書博士清原教有。

（永仁第七の年、暮春初二日、此の書は、屋壁の底、石函の中より、古文の字を得たり、今文の書に非ず。章篇の文、誤らずと雖も、今古の字悉くに以つて混ず。茲れに因りて古字に今文を付け、今文に古字を付く。時に謹んで恩問の仰せを蒙り、早やかに頑嚚《ぐわんぎん》の拙に課す。朱点は他功為《た》りと雖も、墨点は唯だ自功を用ふるのみ。須く秘講を以つて秘説を授け奉るべきのみ。書博士清原教有。）

（b）永仁五年〈太歳／丁酉〉二月廿九日、宋銭塘無学老叟呉三郎入道書畢。
（永仁五年〈太歳丁酉〉二月二十九日、宋の銭塘の無学老叟、呉三郎入道書き畢んぬ。）

（a）が加点奥書、（b）が書写奥書である。書写奥書が加点奥書の後に来ていることはやや疑問に感じられるが、恐らく巻子装を袋綴に改装するときに取られた措置であろう。改装前の形状については第十六章第三節（281頁）に推測した。尚、本来の巻子から冊子への改装はしばしば行なわれたことである。利用者にとって冊子は巻子よりも扱いがはるかに容易だからである。

さて、この奥書を解読するには、少しばかり『孝経』に関する予備知識が必要だ。『孝経』は周知の如く、孔子とその弟子の曾子との問答形式を用いて孝道を詳しく説いた書である。古文《こぶん》（科斗《かと》書）、今文《きんぶん》（隷書）の別があり、ともに秦の焚書に遭って滅んだと信じられていたが、漢の武帝の末、魯の恭王が孔子の宅を壊して宮殿を広げようとした時、壊した壁の中から出現した数十篇の書の中に『古文孝経』が含まれていたと言う。片や『今文孝経』は秦の焚書の時、河間の人顔芝《がんし》がこれを隠し、漢の文帝の時、芝の子の顔貞が世に出したものと伝える。

両者は本文や書体の他にも、古文が二十二章であるのに対して今文は十八章であるという相違があり、古来、その優劣が盛んに議論された。そして古文は漢の孔安国伝（伝は注釈の意）によって、今文は後漢の鄭玄注によって読まれていたが、唐の玄宗皇帝はその論争に決着を付けるために、経文は今文を取り、注は両派の説を折衷して『御註孝経』を著し、これを流布せしめた。そのため中国では、孔安国伝を始めとする前代の諸注は全て滅んでしまった。これに対して、日本では天皇の読書始《どくしょはじめ》など正式の儀式では唐に倣って『御註』が用いられたが、一般には奈良時代以来の伝統にしたがって『古文孝経』孔安国伝が読まれた。それ故、日本国内には『古文孝経』

の古写本が比較的多く現存しているのである。尚、この『古文孝経』のように中国本土では亡佚したが、他の地域に現存する漢籍を佚存書と称している。我が国は『古文孝経』の他にも『論語義疏』『文館詞林』『遊仙窟』など、たくさんの佚存書を保有し、佚存書の宝庫と呼ばれている。

以上のことを念頭に置いて、奥書の内容を検討してみよう。まず（b）の書写奥書には、この本が永仁五年二月二十九日に書写されたことが記されている。書写したのは「宋銭塘無学老叟呉三郎入道」と名乗る人物である。「宋」は中国の王朝名、永仁五年を溯る二十年前に元に滅ぼされている。「銭塘」はその南宋の首都、臨安の別称。「呉三郎入道」とは、その臨安出身の呉姓の三男で仏教修行者の意。「入道」は僧侶ではなく、仏教に帰依している者くらいの意味であろう。当時、元の弾圧を避けて日本に逃れてくる宋の遺民は多く、その中には奈良・京都・鎌倉の寺院に所属し、仏教経典などの書写を生業とする者もかなりいたようである。呉三郎入道もそういった渡来筆耕の一人であったと思われる。

三、呉三郎入道と清原教有

呉三郎入道がこのとき書写した『古文孝経』は、彼が中国からはるばる携えて来たものであるかと言うと、そうではない。『古文孝経』が中国ですでに滅んでいたことは先に述べたとおりである。だから、彼がそれを所持していたはずはない。それでは、誰の所持本を書写したのか。それは（a）の加点奥書を読めば、自ずと明らかになる。

（a）は呉三郎入道の書写から二年を経た永仁七年三月二日、書博士の清原教有が本書に訓点を加えた時に記したものである。教有は祖父に大外記清原教隆（一一九九〜一二六五）を持つ明経道（大学寮で儒教経典を考究する部門）の儒者である。教隆は鎌倉に下って北条実時の師となり、多くの漢籍を実時に伝授したことで知られる。

奥書で教有はまず「此の書は、屋壁の底、石函の中より、古文の字を得たり、今文の書に非ず」と本書が今文ではなく、『古文孝経』であることを前置きする。次に「章篇の文、誤らずと雖も、今古の字悉くに以つて混ず。茲れに因りて古字に今文を付け、今文に古字を付く」とあるのは、『古文孝経』と言っても本文中に古文と今文とが混在しており、これは本文に誤りがあるというわけではないけれども、敢えて古文には今文を、今文には古文を注記した、と読者に対する自らの配慮を述べたのである。そして、それ以下に、教有が何故本書に訓点を加えたのか、その理由が明かされる。「時に、謹んで恩問の仰せを蒙り」とあるから、教有がある人物から本書に関する下問を受けたのである。その人物を特定することは出来ないが、かなり身分の高い人物であったようだ。「恩問の仰せ」とは具体的に言えば、『古文孝経』の本文に訓点を施し、その解釈（訓説）をその貴人に伝授することである。「早やかに頑嚚の拙に課す」の「頑嚚の拙」とは愚か者の劣った能力の意。教有が自らを卑下して言ったのである。貴人の下命によって訓点を加えることになった教有は、次にその作業の詳細について「朱点は他功為《た》りと雖も、墨点は唯だ自功を用ふるのみ」と、「朱点」は他人に任せ、「墨点」を自ら施したと述べている。ここに言う「朱点」とは所謂ヲコト点のことで、句読点や助詞・助動詞などを表す符号を指す。これに対して「墨点」とは主として片仮名の傍訓、返点、音訓合符、音訓読符を指す。そして最後に「須く秘講を以つて秘説を授け奉るべきのみ」（是非とも我が家の秘説を伝授して差し上げる必要がある）とあるのは、加点を終えたことによって、貴人に対する伝授の準備が整ったことを述べたのである。「秘説」とは、「家説」とも言い、専門の家に形成された本文解釈に関する独自の訓説のことである。清原家は明経道の博士家（大学寮の教官を出す家系）で、古来『古文孝経』の家説を蓄積してきたことで名高かった。さればこそ、この貴人は教有に訓説の伝授を求めたのである。

ここで、漢籍の訓説を伝授する場で、どうしてその漢籍をあらためて書写し、加点する必要があるのか、ということについて簡単に説明しておこう。

伝授とは、師とその弟子とが一対一で行なうもので、訓読による本文の読み合わせを主たる内容とした。もう少し具体的に言えば、師弟それぞれが手元に書籍を置いて向かい合い、本文に書き入れられた訓点にしたがって、本文を声に出して読み進めて行く。最後まで読み終わると、師は弟子の所持本の末尾に伝授を終えた旨の加証奥書を記して、伝授は完了するのである。伝授の対象となる書は、漢籍であれば何でも良いというわけではない。それは漢学を専門とする家々（博士家）に於いて訓点が施され、訓説（解釈）が確立しているものに限られる。博士家にはそれらの書の写本（或いは刊本）が幾本か所蔵されているが、その中で、その家の解釈であることを保証する内容を持つ由緒正しい本を「証本」と称した。伝授に当たっては、伝授者（師）はその証本を用いるが、本文の読み合わせを行なうからには、被伝授者（弟子）も証本と同じ内容の写本を手元に用意しなければならない。あらたに書写・加点が必要となるのは、このような伝授のあり方に由来するのである。但し、師の証本と弟子の所持本とが全く同じものであるかというと、そうではない。証本には、解釈（訓点）の根拠となる情報が行間や紙背に詳しく書き入れられているのに対して、弟子の所持本はそれを持たないのが通例である。何故ならば、その情報はその博士家に代々伝わるもので、その家の学問を継承する者だけが見ることを許された門外不出の秘説だからである。

通常、被伝授者は伝授者の所持本を借り受け、それを自ら書写・加点した上で伝授に臨むのが慣例である。しかし、被伝授者が貴人である場合、伝授者がその人に代わって書写・加点することがある。さもなくば、伝授者（或いは被伝授者）がその書写・加点を自ら雇用した筆耕に命じることがある。この『古文孝経』について言えば、呉三郎入道の書写本を清原教有が伝授に用いたことから推して、呉三郎入道が書写に用いた底本は教有の所持本であり、呉三郎入道に書写を命じたのは教有その人であったと考えるのが自然である。

ここに至って、漸く呉三郎入道の実像が明らかになったようだ。彼は清原教有（或いは清原家）のために書写を以て奉仕する筆耕の一人だったのである。

以上、奥書の検討を通して明らかになったことの要点をまとめてみると、次の五箇条に集約できる。

①永仁五年（一二九七）、清原教有は呉三郎入道に命じて、教有所持の『古文孝経』を書写させた。
②呉三郎入道は中国から渡来した筆耕であった。
③永仁七年、清原教有は呉三郎入道が書写した『古文孝経』に訓点を加えた。
④その加点は、さる貴人に『古文孝経』の訓説を伝授するためであった。
⑤呉三郎入道は清原教有（或いは清原家）に筆耕として雇用されていた。

四、結語

それでは、これまで得られた知見を踏まえて、最初に提起した問題――猿投神社蔵『史記』及び『春秋経伝集解』書写の経緯について考えてみよう。

宮内庁書陵部蔵『古文孝経』（図5）は、呉三郎入道が清原教有に命じられて書写したものであった。しかし、

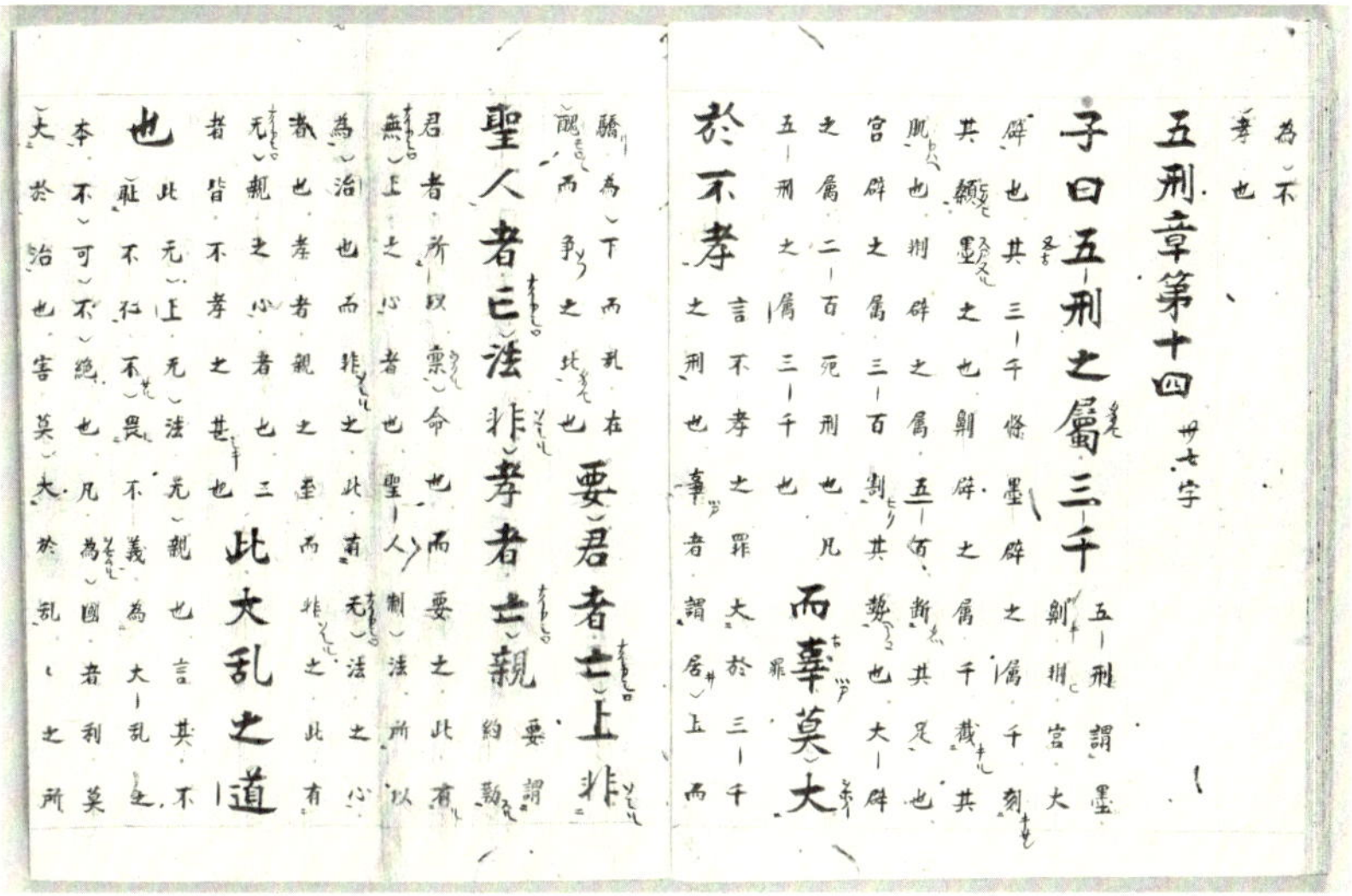
五刑章第十四
子曰五刑之屬三千而罪莫大於不孝
要君者亡上非聖人者亡法非孝者亡親此大亂之道也

図5　宮内庁書陵部蔵『古文孝経』呉三郎入道写本

教有と呉三郎入道との間には雇用関係があったと考えられるのであるから、呉三郎入道が書写したのはその『古文孝経』だけではあるまい。もっと多くの漢籍を清原家のために書写していたはずである。そのことを端的に示すものとして、杏雨書屋蔵『老子道徳経』鎌倉後期写本がある。この古写本の筆蹟は呉三郎入道のそれに一致する。しかも底本に用いた写本は、本奥書（底本の奥書）に「正嘉二年四月廿七日書写畢。外史清原〈在判〉。同年五月廿六日加点了。権少外記直隆」とあることから、正嘉二年（一二五八）清原直隆（教隆の三男）が書写加点した本、つまり清原家に伝来したものと判明する。呉三郎入道は『古文孝経』以外にも、清原家のために書写活動を行なっていたのである。とすれば、猿投神社蔵『史記』及び『春秋経伝集解』の書写もこれと同様に考えて差し支えないのではなかろうか。呉三郎入道はその傍輩（B筆）とともに清原家に於いて、筆耕として両書の書写に従事したのである。その時期は『古文孝経』と同じく永仁頃と見てよかろう。恐らく両書は伝授の場で用いられることを目的として書写されたのであろうが、その役目を果たさないまま、いつしか清原家の書庫から流出したのである。両書がその後、どのような径路を経て猿投神社に辿り着いたのか、定かではない。この点は今後の課題としたい。

さて、筆者は冒頭に両書、とくに『史記』に訓点が施されず、白文であることに疑義があると述べた。しかし、その書写に当たったのが呉三郎入道ら渡来人筆耕であれば、その疑問は氷解する。すなわち呉三郎入道は宋人《そうひと》であるから、筆耕として漢字は書けても、片仮名は書けなかったに違いない。また訓読に必要不可欠な返点や音訓合符・音訓読符を付けることも不得手であったように思われる。教有が『古文孝経』写本に墨点を自ら施さざるを得なかったのは、そこに理由があったのではなかろうか。

【附篇】

第十八章　『朝野群載』巻十三の問題点

はじめに

『朝野群載』は算博士三善為康が編纂した漢文体の模範例文集である。奈良時代から平安時代後期に至るまでの文章約八百篇を本書に見ることができる。巻頭に永久四年（一一一六）の序文が置かれているが、それ以降の作品を含み、最下限が長承元年（一一三二）であることから長承・保延頃に成立したものと考えられている。全三十巻、現存二十一巻で、巻一から巻三までの文筆部は撰者の文学的関心から、『本朝文粋』に倣って儒者・文人による文章を形式（文体）に従って分類し、これに対して巻四以下は一転して、貴族社会で作成される各種文書の典型例・模範例を関連部署別に巻立てし、その内容に従って分類している。(1)

本書には彌永貞三氏による詳細な解題が備わっている。(2)それによれば、本書には重複・追補・脱落など編集上の不備が散見され、未定稿のままに終わったものと推測されるが、本書の史料的価値は各種文書の実例が文範の視点から集成され、そこから得られる情報が極めて豊富な点にあるとしている。本章で取り上げる巻十三に関して言えば、所収の文書は紀伝道の制度の実態を把握するための史料としてだけでなく、そこから儒者の伝記に関する情報が得られる点でも大きな価値を持っている。例えば、康平六年（一〇六三）正月付の文章博士某による、藤原有信の策試を申請する奏状は、『本朝無題詩』作者である日野流の儒者、藤原有信の伝記資料となるものである。文中に「件有信、去天喜三年補文章生、康平四年補得業生。（件んの有信、去んぬる天喜三年文章生に補し、康平四年得業生に補す。）」とあることから、有信の学生時代の経歴として、学問料を支給される栄誉には浴さず、省試に及第して一旦文章生《もんじょうしょう》となった後、文章得業生《もんじょうとくごうしょう》に進んだことが知られる。さらに同巻に康平六年十月二十六日付の対策文二条、同年十一月八日付の（対策文に関する）評定文があることから、有信が康平六年十一月に対策に及第したことが判明する。このような有信の対策及第以前の主要な経歴は『朝野群載』以外の史料からは得られない情報であり、『朝野群載』が独自に有する史料的価値であると言える。

ただ、他の史料によって裏付けを取ることのできない孤立した内容の本文は客観性に不安があるということもまた事実である。実は『朝野群載』巻十三には、他の史料と齟齬し、明らかに虚偽と見なすべき内容を含む文書が見出される。本章ではその虚偽の記述を検討することによって、『朝野群載』の模範例文集としての特徴を探ることにしたい。尚、『朝野群載』の本文は東山御文庫蔵本を底本とし、尾州家旧蔵本などを以て私に校訂したものを用いる。(3)

一、康平年間の二通の秀才申文

『朝野群載』巻十三は紀伝道上に充てられ、次のような内容の文書によって構成されている。

書詩体・省試詩題・試衆詩・省試詩評定文・省試詩瑕瑾・学問料申文・秀才（文章得業生）申文・課試宣旨・文章得業生補任官符・策試申文・方略試申文・方略試宣旨・問頭博士申文・問頭博士宣下宣旨・対策文・対策文評定文・勧学会廻文・勧学会経供養願文

巻十三に収める文書で、史実と齟齬する内容を有していると思われるのは、秀才申文の項目に収める次の三篇の申文《もうしぶみ》である。

① 「請以文章生正六位上菅原朝臣実平被補文章得業生闕状」長暦三年（一〇三九）二月

② 「請以学生蔭孫正六位上藤原朝臣有俊被補文章得業生闕状」康平二年（一〇五九）

③ 「勧学院学堂　請殊蒙天恩以学生正六位上藤原朝臣敦基補文章得業生献策所状」康平四年（一〇六一）十一月十五日

本章では、この中から制作年時に康平の年記を持つ②及び③の申文を取り上げて考察を試みることにしたい。二篇の申文の検討に入る前に、当時の対策制度の運用について確認しておきたい。対策とは、紀伝道の最高課程に於ける論文試験であり、これに及第すれば、将来儒職（儒者としての専門職）に就く道が開かれた。入学から対策に至る径路は、平安中期までは、例えば大江匡衡がそうであったように、学生から寮試に及第して擬文章生となり、さらに省試に及第して文章生となり、文章得業生に推挙された後、数年を経て対策に応じるというものであった。ところが平安後期になると、入学後、学問料を支給された学生（給料学生）が特権的に省試を経ることなく文章得業生に推挙され、対策に臨むという径路が一般的となった。このような流れの中で、平安後期、対策制度の運用上慣例化していた事象を箇条書にまとめれば次の如くである。

1、対策には、文章得業生（定員二名）が上臈の者から順次応じた。これとは別に、文章生が一旦地方官に任官し、方略宣旨を蒙って献策することもあった。『朝野群載』では文章得業生が応じる試験を「策試」と呼び、文章生出身者が応じる試験を「方略試」と呼んで区別している。

2、文章得業生が対策に及第した場合、闕員となった文章得業生の替えは給料学生から補充され、それに伴って生じた給料学生の闕員は学生から補充された。したがって、対策とほぼ同時に、秀才宣旨・給料宣旨が下された。

3、文章得業生の闕員には、穀倉院学問料を支給された学生（定員二名）から補充されたが、平安後期以降は、これに勧学院学問料を支給された学生（一名）が加わり、合計三名が闕員の枠を争うこととなった。

以上のことを確認した上で、『朝野群載』所収の申文を検討することにしたい。まず「請以学生蔭孫正六位上藤原朝臣有俊被補文章得業生闕状」の本文と訓読文とを次に掲げよう。この申文を〔申文A〕と呼ぶことにする。申請者の文章博士は、有俊が文章院西曹の所属であることから、菅原定義であると考えられる。(4)

〔申文A〕

請以学生蔭孫正六位上藤原朝臣有俊被補文章得業生闕状

右件有俊者、前式部大輔従三位資業卿孫、大学頭正四位下実綱朝臣之子也。(1)去天喜四年給穀倉院学問料。謂其労効、四年于茲。給料学生随秀才闕早被補者例也。(2)爰文章得業生大江匡房、藤原行家共以献策、徒有其闕、未補其替。然間、有限堂事、自以擁滞。有俊、詞華春鮮、早入繍林之夢、学稼秋茂、久待青藜之星。不挙若人、何励後輩。望請天恩以件有俊補文章得業生、将令養橡樟之材。仍勒事状、謹請　処分。

康平二年　月　日　　　文章博士

（学生蔭孫正六位上藤原朝臣有俊を以って文章得業生の闕に補せられむと請ふ状

右、件んの有俊は、前式部大輔従三位資業卿の孫、大学頭正四位下実綱朝臣の子なり。去んぬる天喜四年穀倉院学問料を給す。其の労効を謂へば、茲《ここ》に四年なり。給料学生の秀才の闕に随ひて早やかに補せらるる者《こと》、例なり。爰《ここ》に文章得業生大江匡房、藤原行家共に以って献策し、徒らに其の闕有り、未だ其の替へを補せず。然る間、有限の堂事、自《おのづか》らに以って擁滞す。有俊、詞華春鮮かにして、早く繡林の夢に入る、学稼秋茂りて、久しく青藜の星を待つ。若《かくのごと》き人を挙げずんば、何ぞ後輩を励まさむ。望み請ふらくは、天恩 件んの有俊を以って文章得業生に補し、将に櫲樟の材を養はしめむとすることを。仍りて事の状を勒し、謹んで処分を請ふ。（下略）

〔中文A〕の言わんとする所は「文章得業生の大江匡房・藤原行家の二人が対策に及第したことで、康平二年現在、文章得業生に闕員が生じ、北堂の行事に支障が生じている。文章得業生の替えは給料学生から補充することが慣例であるから、天喜四年から穀倉院学問料を支給されている藤原有俊を文章得業生に補任して欲しい」というものである。その本文から窺われる史実は、第一に藤原有俊が天喜四年に給料学生となったこと、第二に大江匡房・藤原行家が康平二年、或いはそれ以前に対策に及第し、文章得業生に闕員が生じたことの二点である。そのことを承けて、康平二年、文章博士菅原定義は藤原有俊を文章得業生に推挙したのである。

次に勧学院学堂所属の十名による「請殊蒙天恩以学生正六位上藤原朝臣敦基補文章得業生献策所状」を掲げよう。これを〔中文B〕と呼ぶことにする。

〔申文B〕

勧学院学堂

　請殊蒙　天恩以学生正六位上藤原朝臣敦基補文章得業生献策所状

右、件敦基、身生儒家、名聒文苑。玄圃之玉瑩詞、繍林之花結夢。見其淵量、泗水龍才也。因茲(3)去康平二年被給当院学問料矣。倩見鑽仰之功、可及櫲樟之業。爰(4)文章得業生藤原友房、同有俊共蒙綸旨、献策在近、給料之者、可補其所。今案事情、(5)同日給学問料者已三人也。此中給当院料者、敦基也。当院給料超穀倉院給料補茂才之例、前蹤已存。藤原正家等是也。是則藤原氏院其寄異他之故也。望請　天恩因准先例、以件敦基補文章得業生、且知氏族之貴、且励琢磨之思。仍勒事状、謹請処分。

　康平四年十一月十五日

学頭蔭孫正六位上藤原朝臣
文章生正六位上藤原朝臣
文章生正六位上藤原朝臣
文章生正六位上藤原朝臣
文章生正六位上藤原朝臣
文章生正六位上藤原朝臣
文章生正六位上藤原朝臣
文章得業生正六位上行丹後掾藤原朝臣有俊
文章得業生正六位上行越前掾藤原朝臣友房
従四位上行文章博士兼讃岐介藤原朝臣実範

（勧学院学堂、殊に天恩を蒙り学生正六位上藤原朝臣敦基を以つて文章得業生献策所に補せむと請ふ状
右、件んの敦基、身は儒家に生まれ、名は文苑に聒《かまびす》し。玄圃の玉詞を瑩き、繍林の花夢を結ぶ。其の淵量を見れば、泗水の龍才なり。茲れに因りて、去んぬる康平二年当院の学問料を給せらる。倩ら鑽仰の功を見れば、橡樟の業に及ぶ可し。爰に文章得業生藤原友房、同有俊共に綸旨を蒙りて、献策近きに在れば、給料の者、其の所に補す可し。今、事情を案ずれば、同日に学問料を給する者已に三人なり。此の中、当院料を給する者は敦基なり。当院給料の穀倉院給料を超えて茂才に補するの例、前蹤已に存す。藤原正家等、是れなり。是れ則ち藤原氏院、其の寄せの他に異なるの故なり。望み請ふらくは天恩、先例に因准して、件んの敦基を以つて文章得業生に補し、且つは氏族の貴きを知らしめ、且つは琢磨の思ひを励まさむことを。仍りて事の状を勒し、謹んで処分を請ふ。（下略））

〔中文B〕の大意は「康平四年十一月現在、文章得業生の藤原友房・藤原有俊の二人が既に策試の綸旨を蒙り、近日中に献策することになっている。したがって後任の文章得業生には康平二年同日に給料学生となった三人の中から補されるのが慣例であるが、勧学院学問料を支給された者が穀倉院学問料を支給された者よりも優先して文章得業生に補されるという先例があるのだから、勧学院給料学生の藤原敦基を他の二人に先んじて文章得業生に補任して欲しい」というものである。

〔中文B〕から導き出される史実として、第一に藤原友房・藤原有俊の二人が康平四年十一月の時点で策試の綸旨を蒙っていること、第二に康平二年、給料学生に三名（穀倉院学問料二名、勧学院学問料一名）が同時に補され、この内、勧学院学問料を支給されることになったのは藤原敦基であること、第三に（康平二年に三名の者が学問料を支給されたということは、それと同時に文章得業生の闕員二名も補任されたことを意味するから）康平二年に文章得業生に補

任されたのは藤原友房・藤原有俊の二人であること等を指摘することができる。

さて、〔中文A〕と〔中文B〕とは『朝野群載』では隣り合って配列され、しかも執筆年時が二年しか隔たっていない。それぱかりか、両者の間には内容上も密接な関わりが見出される。両者を付き合わせて読めば、記述内容に矛盾する所はなく、大江匡房・藤原行家の対策及第に伴って生じた文章得業生の闕員が康平二年、藤原友房・藤原有俊によって補充されたことが暗黙裏に了解される。ところが、ここに別の史料を重ね合わせてみると、二篇の中文にはともに史実に反する記述のあることが判明するのである。

二、中文に見られる虚偽の事実

まず〔中文A〕で問題となるのは、傍線部（2）に文章得業生の大江匡房・藤原行家の二人が、この中文の書かれた康平二年の時点で、ともに対策及第していると記す点である。匡房の対策は『公卿補任』等によって康平元年十二月二十九日であったことが知られるから、たしかに康平二年の時点で匡房の対策及第は誤りではない。しかし一方、藤原行家の対策は『尊卑分脈』によれば康平三年四月四日であり、これは〔中文A〕の書かれた翌年のことである。『尊卑分脈』の記事に誤りのないことは『中右記部類紙背漢詩集』に見られる行家の官職表記によって裏付けを取ることができる。

『中右記部類紙背漢詩集』には行家が康平年間に出席した二度の詩会の記録が見られる。行家（北家藤原氏日野流、正四位下式部権大輔家経の男）は康平三年二月、世尊寺に於ける即事詩会に「越州員外司馬行家」（司馬は掾の唐名）として出席している。この官職は文章得業生外国（文章得業生を地方官の掾に任じて俸給を与える制度）によって補任されたものであるから、行家は康平三年二月の時点でまだ文章得業生であったことが分かる。そして翌年の康平四年三月三日、式部少輔藤原明衡の七条亭詩会に出席した時の作者表記は「前文章得業生藤行家」であり、これ以前に対策に及第したことが知られる。このように『中右記部類紙背漢詩集』によれば、行家の対策が康平三年二月から康平四年三月までの間であったことが導き出されるのである。これは『尊卑分脈』の伝える対策年時と齟齬しない。行家の対策は康平三年四月四日と見て誤りないと思われる。つまり〔申文A〕の書かれたとされる康平二年の時点で、藤原行家はまだ文章得業生であり、対策には至っていないのである。したがって〔申文A〕の傍線部（2）は史実に反する記述であると断定できる。

次に〔申文B〕の問題点を探ることにしよう。〔申文B〕の傍線部（3）と（5）とを併せ読めば、敦基を含めた三名が康平二年の同日に給料学生に補任されたことが分かる。この三名の内の少なくとも二名は、同じ康平二年に給料学生二名が文章得業生に補任されたことで生じた闕員を充たすために補任されたのである。しかし、康平二年に補任されたと考えられる文章得業生が、大江匡房の替えの一名のみであることは先に見たとおりである。したがって、傍線部（3）（5）の内、少なくとも（5）に同日給料学生に補された人数を「三人」と記すのは事実に反するものと思われる。

さらにまた傍線部（4）も果たして事実を述べたものであるか疑わしい。というのは、『大間成文抄』巻八、課試及第、雖蔵人依課試労給官尻付例に、「康平七　治部少丞藤有俊〈文章得業生〉」とあり、文章得業生であった有俊が康平七年に治部少丞に任官したことが記されているからである。この記事によれば、有俊は対策及第直後の除目で治部少丞に任じられたのであるから、その対策年時は康平六年乃至七年と考えるのが自然である。ところが、康平四年の〔申文B〕には「文章得業生藤原友房、同有俊共に綸旨を蒙りて、献策近きに在り」と記されているのである。この康平四年の時点で有俊が綸旨を蒙り、献策を間近に控えているという記述は事実に反するものであろう。

以上の説明から明かなように、〔申文A〕〔申文B〕はどちらも史実に反する記述内容を持っているのである。それでは一体何故虚偽の内容を含む申文が作成されることになったのか。この点を次に明らかにしたい。

三、本文改変の可能性とその理由

次に掲げるのは『玉葉』承安三年（一一七三）五月二十一日条及び同四年三月二十二日条の記事である。後代の史料であるが、申文に虚偽の記載が為された場合を考える上で参考になる記事である。

〔承安三年五月二十一日条〕文章生宗業〈経尹子、称宗光朝臣息云々〉被方略宣旨。而依為非拠事、被召返了云々。兼光奉行云々。仍被勘発云々。儒中称職事矯飾之由歟。

（文章生宗業〈経尹の子、宗光朝臣の息と称すと云々〉方略宣旨を被る。而れども非拠の事を為すに依りて、召し返され了んぬと云々。兼光奉行すと云々。仍りて勘発せらると云々。儒中、職事矯飾するの由を称するか。）

〔承安四年三月二十二日条〕長光朝臣来。…密語云、…又宗業ハ去年被召返方略。似有奏事不実之咎。

（長光朝臣来たる。…密かに語りて云ふ、…又た宗業は去年方略を召し返さる。奏事不実の咎有るに似たり、と。）

これらの記事は、文章生藤原宗業が一旦は方略宣旨を蒙ったものの、申文の内容に虚偽の事が記されていたことが判明して、宣旨を召し返されたことを伝えている。虚偽の事とは、承安三年五月二十一日条の冒頭に記される「経尹子、称宗光朝臣息」、宗業が藤原経尹（文章生出身の受領）の男であるにも拘わらず、藤原宗光（儒者）の男であると詐称したことである。このように、申文の文中に虚偽の記されていることが判明すれば、その申文は必ず無効とされるのであるから、『朝野群載』所収の〔申文A〕〔申文B〕が実際に作成され、除目に提出されたものであるとは思われない。また申文作者が架空の設定の下に擬作したものであるとも考え難い。とすれば、『朝野群載』撰者の三善為康が本書を編纂するに当たって、実作された文書の本文を後に改変したことが想定されよう。次にその可能性を探ってみたい。

〔申文A〕〔申文B〕には、ともに文章得業生二名が同時に対策に応じた（或いは応じようとしている）ことが述べられていた。これは虚偽の慣例とでも言うべきものであって、そのような事実が当時存在しなかったことは前述のとおりである。ところが、文章得業生が二名同時に補任され、その後同時に対策するということがこれより後の時期に慣例化するのである。次頁に掲げるのは、寛治年間から保延年間までの間に対策に及第した者の氏名、文章得業生に補任された年月日、対策の年月日を一覧表にしたものである。

この一覧表から判明することは、◎印を付した藤原永範・藤原能兼が文章得業生となった元永元年を画期として、対策の制度に一つの変化が現れることである。その変化とは、◎印の直前までは文章得業生に補任される年時及び対策年時が二名同時ということはなかったが、永範・能兼の二人が元永元年十二月三十日、同日に文章得業生に補任されたのを境として、それ以後は文章得業生二名の同時補任・同時対策が慣例となるというものである。

以上のことを踏まえると、〔申文A〕〔申文B〕の二篇の申文は康平の年記を有しているにも拘わらず、内容的

任文章得業生年時・対策年時一覧表

（　）内は推定

氏名	所属曹司	任文章得業生年時	対策年時	文章得業生在任期間
藤原国資	西	寛治元年（一〇八七）十二月二十八日	寛治五年（一〇九一）十二月二十四日	五年
藤原敦光	東	寛治四年（一〇九〇）十二月三十日	寛治八年（一〇九四）六月五日	五年
藤原実光	西	寛治五年（一〇九一）十二月二十九日	嘉保二年（一〇九五）十二月五日	五年
藤原宗光	西	文章生から方略宣旨を蒙る	承徳二年（一〇九八）二月三日	｜
大江有元	東	嘉保元年（一〇九四）十二月二十八日	承徳二年（一〇九八）二月三日	五年
藤原永実	東	嘉保二年（一〇九五）十二月二十八日	承徳三年（一〇九九）正月十五日	五年
藤原行盛	西	承徳二年（一〇九八）三月二十一日	康和四年（一一〇二）正月十一日	五年
大江匡時	東	康和元年（一〇九九）十二月二十九日	康和五年（一一〇三）六月三日	五年
藤原令明	東	康和四年（一一〇二）十二月二十八日	長治三年（一一〇六）正月十九日	五年
藤原尹通	東	康和五年（一一〇三）十二月二十九日	嘉承二年（一一〇七）正月十日	五年
菅原時登	西	嘉承元年（一一〇六）五月二十日	天永元年（一一一〇）正月十六日申請	五年
藤原有業	西	嘉承三年（一一〇八）一月二十九日見任	天永二年（一一一一）正月八日	（五年）
藤原資光	西	天永元年（一一一〇）	永久二年（一一一四）正月十一日	五年
菅原清能	西	文章生から方略宣旨を蒙る	永久二年（一一一四）正月十七日	｜
藤原顕業	西	天永二年（一一一一）十二月三十日	永久三年（一一一五）	五年
藤原国能	西	永久二年（一一一四）十二月三十日	永久六年（一一一八）三月二十七日	五年
大江匡周	東	永久四年（一一一六）	元永元年（一一一八）十一月二十六日	三年
◎藤原永範	東	元永元年（一一一八）十二月三十日	保安三年（一一二二）二月二日	五年
◎藤原能兼	東	元永元年（一一一八）十二月三十日	保安三年（一一二二）	五年
大江時賢	東	保安三年（一一二二）十二月二十九日	天治元年（一一二四）十一月十七日	三年
藤原茂明	東	保安三年（一一二二）十二月二十九日	天治元年（一一二四）十一月二十一日	三年
藤原知道	？	（天治元年（一一二四））	大治元年（一一二六）十二月二十八日	三年
藤原有盛	西	（天治元年（一一二四））	大治元年（一一二六）十二月二十八日	三年
藤原資憲	西	（大治元年（一一二六））	大治三年（一一二八）正月十四日	三年
藤原有光	東	（大治元年（一一二六））	大治三年（一一二八）正月十四日	三年

菅原宣忠	西	文章生から方略宣旨を蒙る	大治五年（一一三〇）正月二十六日方略宣旨	―
藤原範兼	東	大治三年（一一二八）十二月二十九日	大治五年（一一三〇）十二月三十日	三年
藤原永光	東	〔大治三年（一一二八）〕	大治五年（一一三〇）十二月三十日	三年
藤原資長	西	保延元年（一一三五）八月一日	保延三年（一一三七）六月二十六日	三年
藤原敦任	東	保延元年（一一三五）八月一日	？	
藤原俊経	西	保延三年（一一三七）八月	保延五年（一一三九）三月十三日	三年
藤原俊憲	東	康治元年（一一四二）七月二十四日	天養元年（一一四四）二月二十六日	三年

には康平から六十年後に当たる元永・保安年間以降に定着する慣例が述べられていることになる。『朝野群載』が永久四年に一旦成立したが、その後も増補作業が行なわれ、長承・保延頃に一応の成立を見たと考えられることは先に述べた。対策制度の上に大きな変化の現れた元永・保安年間以降とは、まさに三善為康が『朝野群載』を編纂していた時期に当たる。

ここで思い合わされるのが、『朝野群載』には撰者三善為康の生存していた当時の文書が前代の文書に比べて圧倒的に多く収められていること、すなわち当代尊重の姿勢が見られることである。彌永貞三氏はその解題の中で、『朝野群載』所収文書の年時別分布表を提示している。それによれば、時代が降るにしたがって文書の数が多くなる傾向が見て取れ、その頂点は承徳元年（一〇九七）から永久四年（一一一六）までの間であり、この期間に作成された文書が圧倒的に多いのである。永久四年とは『朝野群載』の序文が執筆された年である。『朝野群載』の編纂が何如に同時代を意識して為されたかを、年時別分布表は物語っていると言えよう。当代の文書が重視されているというのは、取りも直さず、本書が実用性を第一義として編纂されたことを示している。とすれば、前代に作成された文書の本文中に編纂当時の慣例に合わない記述が存した場合には、これを当時の慣例に従って書き改めることがあったとしても、何等不思議ではない。撰者三善為康はむしろ当代の慣習に合致するように適切な修正を施してこそ、実用的な模範例文集としての評価が得られるものと考えたのではなかろうか。〔申文A〕〔申文B〕に虚偽の記述が見られる理由を、私は以上のように推測したい。また、為康が本文の修正を施した時期は、『朝野群載』の編纂が最終段階を迎える長承・保延年間に近い時期と見るのが妥当であると思われる。

『朝野群載』に収める文書の中に、本文に改変の加えられているものがあるということは、『朝野群載』がたんなる文書の集成・保存を意図して編まれたものではなく、実用書として利用されることを念頭に置いた編纂書であることを示唆している。そして、本文の改変が制度運用の先例に関する記述に集中して為されている点を見れば、『朝野群載』所収文書を歴史資料として利用するに際しては、できる限り他の史料によって裏付けを取るなどの、慎重な手続きが必要であるように思われる。但し、このことは巻十三のみを考察対象として下した結論であり、今後は他巻についても同様の事例があるかどうかを検証する必要があるだろう。

四、巻十三に収める他の文書の検討

さて、『朝野群載』に当代の慣習を重んじる傾向があることを念頭に置くと、巻十三に収めるその他の文書、例えば冒頭に触れた藤原有信の策試を申請する奏状についても、再検討の余地があるように思われる。これを〔申文C〕と呼ぶことにして、本文と訓読文とを次に掲げる。

〔申文C〕

請被下　宣旨於式部省令課試文章得業生正六位上丹後大掾藤原朝臣有信状

右、件有信、去天喜三年補文章生、康平四年補得業生。先後之労、九年于茲。螢雪之功差淹、橡樟之材既長。倩案傍例、得業生之後及三箇年奉試之者、蹤跡多存。就中有信、韜淵量於学海、伝華文於儒林。早攀一枝之月桂、送数稔之星楡。見其偉器、最堪推薦。望請　天恩早降綸旨、令件有信、遂揚庭之志矣。仍勒事状、謹請　処分。

康平六年正月　日　　文章博士

（宣旨を式部省に下され、文章得業生正六位上丹後大掾藤原朝臣有信を課試せしめむと請ふ状

右、件んの有信、去んぬる天喜三年文章生に補し、康平四年得業生に補す。先後の労、茲《ここ》に九年なり。螢雪の功差淹《ややひさ》しくして、橡樟の材既に長し。倩ら傍例を案ずれば、得業生の後三箇年に及んで奉試するの者、蹤跡多く存す。就中有信は、淵量を学海に韜み、華文を儒林に伝ふ。早く一枝の月桂を攀ぢて、数稔の星楡を送る。其の偉器を見れば、最も推薦に堪ふ。望み請ふらくは天恩、早やかに綸旨を降し、件んの有信をして、揚庭の志を遂げしめむことを。仍りて事の状を勒し、謹んで処分を請ふ。（下略））

〔申文C〕の趣旨は「文章得業生の藤原有信は天喜三年文章生になってから、康平六年の今に至るまで、九年の研鑽を積んでいる。また文章得業生になってから既に三年が経過し、対策に応じる資格を有しているので、対策の綸旨を降して欲しい」というものである。

ここで問題となるのは、傍線部に「倩《つらつ》ら傍例を案ずれば、得業生の後三箇年に及んで奉試するの者、蹤跡多く存す」と、文章得業生になってから三年を経て対策に応じる先例が多く見られる、と述べている件りである。これは文章得業生に補任されて後三年を経過した有信が対策に応じるのに相応しい人物であることを主張する上で、

重要な根拠となる記述である。しかし当時実際に、対策に至るまでの文章得業生在任期間は慣例として三年であったのだろうか。康平以前の対策に関する記録が殆ど残されていないため、断定的なことは言えないが、『二中歴』巻十二、登省歴には「秀才課試、広業〈二年〉、資業〈三年〉、其子孫皆三年課試。国資〈五年〉課試依例也」と、文章得業生になってから対策までの年限は五年が慣例であるが、北家日野流の出身者は優遇され、三年であったと記されている。有信は実綱の三男であり、資業の孫に当たるから、まさに日野流の出身者に該当する。有信の前後では、広業孫の正家が永承二年（一〇四七）文章得業生、同三年対策及第で二年（『朝野群載抄』）、資業男の実政が長暦元年（一〇三七）十二月文章得業生、長久元年（一〇四〇）十二月二十一日対策及第で四年（『公卿補任』）、実政男の清宗が承保元年（一〇七四）十二月二十九日文章得業生、同三年十二月二十一日対策及第で三年（『大間成文抄』巻八、課試及第）と区々だが、資業とその孫清宗に先例があるように、三年の者がいなかったわけではない。したがって傍線部を虚偽と見なすことはできないが、前掲の一覧表中、国資・実光・行盛・資光・有業・顕業・国能といった面々はみな日野流に属するから、寛治年間以降は、日野流出身者であっても、文章得業生になってから五年を経て対策に臨むということが通例となっていたようである。それが、先に見た文章得業生二名の同時補任・同時対策に切り替わるのと揆を一にして、三年に短縮されるのである。一覧表を見れば、大江時賢・藤原茂明を境として、文章得業生在籍年限が五年から三年に短縮されたことが分かるであろう。

〔中文C〕に本文の改変があったかどうかは明らかではないが、仮に本文の改変がなかったとしても、〔中文C〕が『朝野群載』に収められることになったのは、文中に文章得業生在任期間の康平頃の慣例として記されている三年が、たまたま『朝野群載』編纂当時の慣例に合致していたという理由に因るものであったと思われる。そして、〔中文C〕が『朝野群載』に収められることになった時期は天治元年以降のことになるかと思われる。

注

（1）巻一から巻三までの文筆部の特質については、後藤昭雄「『朝野群載』文筆部考――文体論の視点から」（『本朝漢詩文資料論』、二〇一二年、勉誠出版）を参照されたい。

（2）彌永貞三「朝野群載」（『国史大系書目解題』上巻、一九七一年、吉川弘文館）。

（3）『朝野群載』の本文系統については、高田義人「『朝野群載』写本系統についての試論――慶長写本・東山御文庫本・三条西本・葉室本を中心として」（『書陵部紀要』第五十四号、二〇〇三年）、同「『朝野群載』諸本に関する調査報告」（『平安時代典籍・記録の史料学的再検討』（東京大学史料編纂所研究報告書2021-14）、二〇二二年三月）を参照されたい。

（4）菅原定義の伝記については、池田利夫「更級日記をめぐる伝記資料の怪――菅原定義生年確定までの空転」（『更級日記 浜松中納言物語攷』、一九八九年、武蔵野書院）、同「更級日記における和泉下りの位相――孝標女と兄定義との永承年間」（『源氏物語回廊』、二〇〇九年、笠間書院）を参照されたい。

第十九章　日本漢学史上の句題詩

はじめに

私がまだ文学部の学生だった頃、斯道文庫の太田次男《おおたつぎお》先生（一九一九〜二〇一三）が国文学Ⅲという専門科目を担当されていた。『本朝文粋』所収の漢文学作品をヲコト点（平安・鎌倉時代の訓点）に従って読むという授業である。太田先生は、授業の最初に必ず最近の関心事を一つ二つ話された。このマクラが非常に面白いもので、私は毎回それを楽しみにしていた。ある時、刊行されたばかりの神田喜一郎氏の著書『墨林閒話』（一九七七年、岩波書店）を紹介されたことがあった。先生は書中の「日本の漢文学」と題する論文（一九五九年刊行の『講座日本文学史』第十六巻所収の一篇）を我々学生に読むように勧められた。私はすぐにその論文を読んでみたが、学部の学生にはやや手ごわい内容であると感じたことを覚えている。

「日本の漢文学」は古代から近代に至る漢文学史であり、そこで神田氏は、日本の漢文学には国文学として捉えるべき面と中国文学の一支流として捉えるべき面とがあるが、自分は後者の、中国文学の基準によって日本の漢文学を評価する立場を取ると前置きして論を進めている。その第四節「平安朝の漢文学」では、菅原道真を始めとする平安前期の詩人たちが白居易をよく学んだことによって漢文学は隆盛に向かったが、後期に入ると、「せっかく白居易の詩に導かれて、自由に自己の思想や感情を表現するように向きかけてきた新傾向も、まったく挫折してしまい、一種のマンネリズムに陥って、時代の降るとともに、ますます低下していったと見るより仕方がない」と述べて、平安後期を漢文学の衰退期と位置づけている。神田氏が平安後期を「ほとんど白居易一色に塗りつぶされてしまった」と評したのは、恐らく『本朝無題詩』を一読された印象ではないかと思う。

そのことは例えば次に掲げる藤原基俊（一〇五六～一一四二）の詩（『本朝無題詩』巻十）を読むと、良く分かる。藤原基俊は平安後期を代表する歌人の一人で、百人一首に収める秀歌「ちぎりおきしさせもが露をいのちにてあはれ今年の秋もいぬめり」の作者である。また基俊は当時、詩人としても名を馳せていた。この詩はその基俊が嘉保三年（一〇九六）三月十三日、数人の友人と連れ立って京都郊外の山寺、円融寺に遊び、その場で賦したものである。

暮春遊円融寺即事　　暮春 円融寺に遊ぶ即事

1 春伴鴛鸞遊古寺　　春 鴛鸞に伴はれて古寺に遊ぶ
2 煙霞深処感深衷　　煙霞深き処 深衷を感ず
3 江南雨過青山近　　江南に雨過ぎて 青山近し
4 野外花飛色界空　　野外に花飛びて 色界空なり
5 五欲皆消観念暁　　五欲皆な消えぬ 観念の暁

6百年半暮自由中　　百年半ば暮れぬ自らに由る中
7栄華従本非吾事　　栄華本従《もとよ》り吾が事に非ず
8命也何為老去躬　　命なり何をか為さむ老い去る躬

（春の一日、殿上人に伴われて古寺に遊び、山深い中で感慨にふける。雨はもう桂川の南に過ぎ去り、山は青々と間近に見えている。桜の花が山野に飛散するのを見て、この美しい色界もやはり空なのだと悟った。この寺で弥陀仏のお姿を観想したおかげで五官による欲望を全て消し去ることができた。こうして自由気ままに過ごすうちに、我が人生も半ばを過ぎてしまった。立身出世など、もとより望んではいないが、年老いたこの身で何ができようか。これも運命なのだ。）

基俊の詩は、当日の遊山を記録した『中右記』同日条で(1)「頗る華麗か」と絶賛されているが、第四句の「色界空」、第五句の「五欲皆消」、第六句の「百年半暮」、第七句の「非吾事」、第八句の「老去躬」はそれぞれ白居易の詩句「臨高始見人寰小、対遠方知色界空」（2536登霊応臺北望）、「五欲已銷諸念息、世間無境可勾牽」（2911睡覚）、「忽々百年行欲半、茫々万事坐成空」（1059風雨晩泊）、「進退者誰非我事、世間寵辱常紛々」（3037詔下）、「病来心静一無思、老去身閑百不及」（2622斎月静居）に拠った表現である。ここには白居易の詩句をちゃっかり借用して一首を作り上げたという印象がある。

日本の漢文学を中国文学の支流と見なす立場からすれば、たしかにこのような詩に不満を感じるのは已むを得ないことである。太田先生も後に（私が大学院に進んでからのことだが）『本朝無題詩』には白居易の影響が随所に見られるけれども、その批判的精神が受け継がれることは無く、表面的な模倣に陥っている、と話されていた。

しかし、右に見た藤原基俊の作品は、決して当時の日本人の漢詩を代表するものではない。白居易の受容を見ようとする時、この詩は、当時の日本漢詩のほんの僅かな側面しか表していないのである。実は平安中期、村上朝（十世紀半ば）を境にして、日本人の漢詩は中国文学の支流から抜け出て、方向転換の舵を大きく切っていた。その当時の日本には、中国唐代に形成された今体詩の規則に、日本独自の規則を加えて、中国文学の流れから大きく外れた漢詩が存在していた。それが標題に掲げた「句題詩」である。本章では、この句題詩という文体の概要と特質とについて述べたいと思う。

一、今体詩としての規則

詩は本来、時・処を選ばずに作られるものである。しかし、現存する平安時代の詩を見る限り、必ずしもそうではなかったことが分かる。当時の詩は宮中や貴族の邸宅などで開かれる詩宴の場で作られることが多く、しかも出席者たちは主催者の定めた詩題にしたがって詩を作ることを常とした。これは古代の日本人が中国初唐に顕著に見られる君臣唱和の形式を規範として賦詩のあり方を学んだ結果であろう。詩は言志の手段としてよりも、むしろ社交の道具として機能していたのである。詩題（当時は題目と言った）は早くから漢字五文字に定まる傾向にあり、これを特に「句題」と呼んだ。句題は当然のことながら、出席者全員が共有できる季節感や年中行事に関わる内容のものが求められた。詩宴に先立って、主催者から詩題の撰定を任された者を題者《だいじゃ》と言い、題者は中国の詩人の五言詩から一句を採って詩題とした。また、時代が下るにつれ、古句に準《なずら》えて題者が詩題を新たに作るようにもなった。句題詩の実例を見ることにしよう。

承暦三年（一〇七九）九月二十七日、従三位侍従　源《みなもとの》季宗《すえむね》の邸宅で詩宴が開催された。このとき賦された詩二十三首を『中右記部類紙背漢詩集』に見ることができる。題者の惟宗孝言《これむねののりとき》が出した詩題は「菊花為上薬」、晩秋の時節に相応しい句題である。恐らく季宗邸の庭園には九月のこととて菊の花が咲き誇り、出席者は当日その美しい景色を眼前に楽しむことができたのであろう。次に掲げるのはその中の藤原知房《ふじわらのともふさ》（一〇四六〜一一一二）の作である。知房は醍醐源氏、従四位上越中守源良宗の男で、後に正四位下右馬頭藤原兼実の猶子となり、正四位下美濃守に至った。天永三年二月十八日、その卒去の報に接した藤原宗忠は知房を評して「心性甚だ直《すなほ》にして、頗る文章有り」と日記に記した（『中右記』同日条）。すぐれた詩人であったことが知られる。彼は後に『本朝無題詩』作者三十名に選ばれてもいる。

菊花為上薬　　　　　菊花は上薬為《た》り

1菊為上薬媚砂場　　菊は上薬為り 砂場に媚びたり
2百草衰中花独芳　　百草衰ふる中 花独り芳し
3絳雪争名秋岸雪　　絳雪 名を争ふ 秋岸の雪
4玄霜譲験暁籬霜　　玄霜 験《しるし》を譲る 暁籬の霜
5恒娥夜々応偸艶　　恒娥 夜々 応に艶《いろ》を偸《ぬす》むべし
6方士年々欲採粧　　方士 年々 粧《よそひ》を採らむと欲す
7玉蕊金葩堪養命　　玉蕊 金葩 命を養ふに堪へたり
8遐齢料識及無疆　　遐齢 料《はか》り識りぬ 無疆に及ばむことを

（菊の花は上等の仙薬である。

上薬たる菊の花が砂地に美しく咲いている。多くの草花が枯れ衰える中で、菊の花だけが芳しく香っている。上薬の絳雪は、秋の岸辺に雪が積もっているかのように咲く菊の花と延命効果の評判を争う。上薬の玄霜は、明け方のまがきに霜が置いたかのように咲く菊の花に比べれば、延命効果の点で劣っている。不死の上薬を求める恒娥は、色の美しい菊の花を上薬と見て夜な夜な盗みに来るだろう。皇帝の命令を承けて不死の上薬を探す方士は、粧いを凝らした菊の花を毎年摘みに来るだろう。玉のような菊の蕊《しべ》、黄金のような菊の花びらには、寿命を延ばすに十分な効能がある。そうか、ここに咲き誇る菊の花を服用すれば限りない長寿が得られるのだな。）

句題詩はこの例のように、七言律詩で賦されることが一般的であった。七言律詩であれば、唐代に定まった押韻や平仄などに関する今体詩の規則を守らなければならない。知房の詩に就いてその点を確認すると、まず押韻字は下平声第十陽韻の場・芳・霜・粧・疆を用いて、全く問題が無い。次に平仄を図示しよう（○は平声、●は仄声、◎は押韻字を表す）。

1 ●○●●●○◎
2 ○●○○○●◎
3 ●●○○○●●
4 ○○●●●○◎
5 ○○●●○○●
6 ○●○○●●◎

7 ●●○○●●
8 ○○●●●○◎

「二四不同」（句中の第二字の平仄と第四字の平仄とを違える）、「二六対」（第二字の平仄と第六字の平仄とを同じくする）、「下三連を避く」（下三字に連続して同じ平仄を用いない）といった今体詩の条件を満たし、また粘法（偶数句の第二字・第四字・第六字の平仄と次の句の第二字・第四字・第六字の平仄とをそれぞれ同じくする）をも遵守しており、平仄についても全く問題が無い。もう一点、頷聯・頸聯を対句にすることも、見てのとおり守られている。このように知房の詩は正しく今体詩と認めてよいものだが、平安時代の句題詩の場合、これに加えて本邦独自に形成された表現上の規則を守ることが求められた。詩に解釈を施しながら、句題詩の構成方法を見ることにしよう。

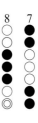

二、本邦独自の規則

詩題の「菊花為上薬」は中国の詩句には見当たらない。題者がその場に合わせて新たに作り出した句題であろう。「上薬」とは上等の仙薬の意。『抱朴子』内篇巻十一、仙薬に「抱朴子曰、神農四経曰、上薬令人身安命延、昇天神、遨遊上下、使役萬霊、体生毛羽、行厨立至。（抱朴子曰はく、神農四経に曰はく、上薬は人をして身安く命延び、昇りて天神となり、上下に遨遊し、萬霊を使役し、体に毛羽を生じ、行厨を立ちどころに至らしむ。）」とある。枯れにくい菊の花を上等の仙薬と見立てたのである。句題はこの例からも分かるように、二つの事物から構成される。事物は当時の言葉で言えば「実字」（＝名詞）で表される。この場合、突き詰めれば二つの実字「菊」と「薬」との組み合わせである。句題にどのような実字が好んで用いられるかというと、題者が詩題を撰定するに当たって最も参考としたのは「朗詠題」の文字であったと思われる。「朗詠題」とは『和漢朗詠集』に立てられた項目のことで、そこには季節感・年中行事に関わる主題が過不足無く集成されている。この例でも「菊」は巻上の秋部にそのままの文字の朗詠題が、「薬」は巻下の雑部に「仙家」という関連する朗詠題が見出される。句題と朗詠題との間に密接な関係のあることは明らかである。詩の解釈に入ろう。

まず首聯（第一句・第二句）では、句題の五文字を用いて題意を表現しなければならない。また、その五文字はこの聯以外に用いてはならない。知房の詩では「菊」「為」「上」「薬」の四文字が上句に、「花」字が下句に配置されている。詩題をそのまま用いることに因んで、この首聯を「題目」と呼んだ。上句の「媚砂場」は中国詩にあまり見かけない表現だが、同題の他の作者の詩に「菊花多少媚沙場」（源基綱）、「況為上薬媚沙場」（藤原有佐）、「菊為上薬媚砂場」（菅原在良）などと詠まれ、また『本朝無題詩』巻二、藤原敦基の「賦月前残菊」詩にも「天浄月明足四望、数茎残菊媚沙場」と詠まれており、菊の花が美しく咲く表現として本邦の詩には定着していたようだ。

次の頷聯（第三句・第四句）、頸聯（第五句・第六句）では、句題の五文字を用いずに題意を表現しなければならない。これを「破題」と呼んだ。破題の方法は、詩題の文字を別の語に置き換えることを基本とする。とりわけ詩題中の実字を詠み落としてはならない。頷聯では「絳雪」と「玄霜」との対が詩題の「上薬」を、「争名」と「譲験」とが「為」を、「秋岸雪」と「暁籬霜」とが「菊花」を言い換えている。「秋岸雪」は白菊を雪に喩え、「暁籬霜」は霜に喩えたのである。「絳雪」「玄霜」はどちらも実在の上薬の名称で、『太平御覧』巻十二、雪に「漢武内伝曰、西王母曰、仙之上薬有玄霜絳雪。（漢武内伝に曰はく、西王母曰はく、仙の上薬に玄霜・絳雪有り。）」とある。この聯で知房は、上薬を菊の花と比較すれば、絳雪は互角、玄霜はやや劣ると言って破題したのである。

句題詩では頷聯或いは頸聯のどちらかで中国の人物に纏わる故事を用いて破題することが望ましいとされていた。その場合、「破題」と言わずに「本文」（故事の意）と呼んだ。この詩では頸聯がそれに当たる。上句では、「恒娥夜々」が詩題の「上薬」を、「応兪」が「為」を、「艶」が「菊花」を言い換えている。「恒娥夜々」がどうして「上薬」を言い換えたことになるかというと、そこには恒娥（羿《げい》の妻）の上薬に纏わる故事が踏まえられている。『文選』巻二十一所収、郭璞の「遊仙詩七首其六」の「姮娥揚妙音（姮娥　妙音を揚ぐ）」の句に李善が「淮南子曰、羿請不死之薬於西王母、常娥竊而奔月。許慎曰、常娥、羿妻也。逃月中。蓋虚上夫人、是也。（淮南子に曰はく、羿、不死の薬を西王母に請ふ。常娥竊みて月に奔る、と。許慎曰はく、常娥は、羿の妻なり。月中に逃る。蓋し虚上夫人、是れなり。）」と注しているように、羿が西王母からもらった不死の薬を、妻の恒娥（常娥）が盗み、月に走って仙人となったという故事が存在した。知房は、あの恒娥ならば艶めかしく咲く菊花を上薬だと思って盗みに来るだろう、と破題したのである。

下句では、「方士年々」が詩題の「上薬」に、「欲採」が「為」に、「粧」が「菊花」に相当している。「方士年々」は白居易の新楽府「海漫漫」（『白氏文集』巻三・0128）の一聯「秦皇漢武信此語、方士年年采薬去。（秦皇漢武此の語を信じて、方士をして年年に薬を采りに去《つか》はす。）」に拠った表現で、秦の始皇帝や漢の武帝が方士に命じて不死の上薬を探させた故事を踏まえている。方士ならば粧いを凝らした菊の花を上薬だと思って摘みに来るだろう、と破題したのである。故事を用いた破題表現が勝れていたからであろう、この一聯は後に『新撰朗詠集』菊（256）に収められることになった（後述）。以上の説明から明らかなように、頷聯・頸聯では上句下句それぞれで題意を完結させなければならない。句題は一首の中で都合四回繰り返し破題されるのである。

首聯に始まって頸聯に至るまで、詩の作者は題意を表現することにのみ心を砕いてきたが、尾聯（第七句・第八句）に至ってようやく自らの思いを述べることが許される。それ故この尾聯を「述懐」と呼んだ。但し、その述懐も詩題に関連づけて行なわなければならない。この詩の場合、作者は菊の花に延命の効能があることを述べて、詩宴に集うた人々（特に主催者の源季宗）のよわいを永遠なれと予祝したのである。「玉蕊」「金葩」はともに菊の花を指す。「養命」は『文選』巻五十三所収、嵆康の「養生論」に「神農曰、上薬養命、中薬養性者。（神農曰はく、上薬は命を養ひ、中薬は性を養ふ者なり。）」とあるように、上薬によって寿命を延ばす意である。

三、句題詩の評価基準

前節の説明によって、平安時代の一般的な作詩方法を理解してもらえたかと思う。この首聯＝題目、頷聯・頸聯＝破題、尾聯＝述懐と規定する句題詩の構成方法は、私見によれば、村上朝（九四六〜九六七）に活躍した菅原文時（八九八〜九八一）によって考案されたものである。(2) それ以後、文時の儒者としての権威も与って次第に広まり、一条朝（九八六〜一〇一一）頃までには詩歌を愛好する貴族たちの間に普く浸透していたのである。

この作詩方法の定着は、漢詩文の世界を一変させる画期的な出来事であった。というのは、それまで詩を作ることは、漢学の素養のある少数の貴族にのみ許された言わば特殊技能であった。ところが、構成上の規定が形作られたことによって、漢学の専門教育を受けていない一般の貴族であっても、詩作が可能となったのである。一見難しく感じられる構成方法も、頷聯・頸聯で句題の文字に対応させて詩句を作ることに習熟すれば、比較的容易に一首を為すことができる。また、句題詩を作るための対句語彙集のようなものも次第に整備されていった。(3)

こうして句題詩は貴族社会に広く受け入れられ、詩の本流として位置づけられるようになったのである(4)。近年公刊された幾つかの国文学史の記述を見ると、依然として平安後期を漢文学の衰退期とする論調のものが多い。しかし、平安中期から鎌倉期にかけての古記録を少しでも読んでみれば、宮中や貴族の邸宅・別業で詩宴が頻繁に開催されていた事実を知ることができる。そこに隆盛のさまを垣間見ることはできても、衰退の徴候を窺うことはできない。

ここで、句題詩の評価基準(何を以て優れた句題詩と見なすか)について触れておこう。句題詩は、右の挙例からも窺われるように、各聯の独立性が高い点に大きな特徴がある。尾聯を除く三聯は各聯で句題の題意を完結させている。その中で詩の作者が最も腐心したのは言うまでもなく頷聯・頸聯の破題表現であった。また詩の読者の側に立っても、最大の関心事は破題の巧拙にあったであろう。試みに『和漢朗詠集』『新撰朗詠集』『類聚句題抄』といった平安中期以降に成立した秀句選を繙いてみると、句題詩からの摘句が極めて多く、それらの一首中の部位は頷聯・頸聯に集中している。知房の詩句が『新撰朗詠集』に採られたことを先に指摘したが、その一聯はたしかに頸聯なのである。これによって、当時秀句と呼ばれるものが破題の巧拙・優劣を基準として選抜されていたことを窺い知ることができよう。

菅原文時以前の句題詩、例えば菅原道真や島田忠臣の作を見ると、各聯で題意を完結させている例は殆ど見られない。題意は一首全体で満たすものであるという暗黙の了解があったように思われる。ところが、文時以後、一聯完結の原則が成り立つと、詩は一首単位ではなく、一聯単位で評価される傾向が強まったに相違ない。この傾向は必然的に秀句選(摘句の撰集)を生み出す文学的環境を調えたことであろう。国文学史の上では、平安中期一条朝以降、秀句選が盛んに編纂されるようになったことを指摘することができる。現存する秀句選としては、前掲の『和漢朗詠集』『新撰朗詠集』『類聚句題抄』が代表的なものだが、『本朝書籍目録』にはこれ以外に平安後期成立のものとして『本朝秀句』（藤原明衡撰）、『続本朝秀句』（藤原敦光撰）、『日本佳句』（撰者未詳）、『本朝佳句』（撰者未詳）、『続本朝佳句』（撰者未詳）、『拾遺佳句』（藤原周光撰）、『一句抄』（釈蓮禅撰）などが著録されている。平安中期以降、秀句選が陸続と編纂された背景には、（破題に重きを置く詩体である）句題詩の盛行という現象がこれに深く関わって存在していたと考えられるのである。

以上が、平安時代の句題詩の概要である。漢詩という中国伝来の文学様式でありながら、中国とは異なる日本独自の側面を持っていたことが理解してもらえたかと思う。句題詩は当時の日本漢詩の中心にあり、句題詩に対する理解無しに当時の漢文学を語ることはできないのである。

四、日本独自の意味を付与された詩語（一）——「秦嶺」

この句題詩は、日本の古典文学の他のジャンル、例えば和歌の詠み方に影響を与え、また後代の連歌・聯句を生み出す母体となるなど、日本文学史上に果たした役割が極めて大きかったが、ここで見逃してはならないのが、この句題詩の中から、日本独自の意味や用法を持つ漢語が多く生み出されたという事実である。本章の後半では、この問題について考察を加えてみたい。

中国の詩文に「秦嶺」という言葉が見られる。『文選』と『白氏文集』の用例を次に掲げたが、秦嶺はふつう長安の南方に位置する終南山を指す。『文選』の李善注が『漢書』を引いて、「秦嶺は南山なり」と説明するとおりである。

〔文選巻一、西都賦、班固〕睎秦嶺睋北阜、挾灃灞據龍首。〔李善註〕秦嶺南山也。漢書曰、秦地有南山。
〔白居易、0594山石榴、寄元九〕商山秦嶺愁殺君、山石榴花紅夾路。
〔白居易、0669送武士曹帰蜀〕月宜秦嶺宿、春好蜀江行。
〔白居易、0863初貶官過望秦嶺。自此後詩江州路上作〕望秦嶺上迴頭立、無限秋風吹白鬚。
〔白居易、0908東南行一百韻〕秦嶺馳三駅、商山上二邘。

ところが、平安時代の句題詩には、終南山の意味を持った「秦嶺」の用例は見当たらない。次に掲げるのは、『中右記部類紙背漢詩集』に収める「月是作松花」という詩題で作られた句題詩群である。

左衛門督源師房
団々漢月感相驚、況作松花色正明。秦嶺艶粧生夜漏、呉江濃淡任陰晴。
初開円影東昇夕、漸散清光西落程。一部楽章終曲後、更令墨客放詩情。

右中弁源資通
元来夜月得佳名、況作松花処々明。試折一枝風不馥、高望細葉露相瑩。
金波玉蕊呉江暁、皓色素葩秦嶺晴。為対蒼々雲外影、絃歌自為九成声。

東宮学士義忠
夏雲収尽月華生、松是作花望裏明。景色凝匂秦嶺夕、一千守瑞漢天晴。
煙開岸假陽春眼、緑白林欺麗日情。非啻青標素艶□。風枝更入管絃声。

中宮亮為善

夏天対月夢方驚、暗作松花四望明。秦嶺三更含暖露、呉江一夜遇春晴。
緑蘿変蔕出山後、翠蓋借葩渡漢程。池浪皎然雲未曙、叩舷乗興管絃清。

大学頭時棟

萱葉借粧鸞宿処、桂花分影鶴栖程。光添秦嶺春林艶、色発呉江暁岸栄。（首聯・尾聯を欠く）

施薬院使為祐

開豈雨霑天暮後、落非風力日登程。粧迷秦嶺雲収色、匂誤呉江浪映声。（首聯・尾聯を欠く）

弾正証弼定義

濃艶不芳秦嶺暁、攅枝有色漢天晴。光籠煙葉応装露、影照鶴翎欲代鴬。（首聯・尾聯を欠く）

実範

碧宵斂靄何攸驚、月作松花望裏明。繞朶漢天新霽後、掃根秦嶺漸銜程。
雲膚隔蓋粧猶嬾、風力払梢色豈軽。請見池頭君子樹、芳栄遙契桂華生。

実綱

夜月蒼々望裏生、松花是為桂華明。綻誰待雨呉江夕、開不因春秦嶺晴。
已似帰根光落処、漫如盈朶影斜程。今看深奥蓮華席、遺韻遙伝王舎城。

左衛門権少尉明衡

蒼々夜月動心情、自作松花望裏明。枝假素葩匂不馥、梢欺玉蕊影空瑩。
開敷秦嶺雲収夕、凋落呉江霧暗程。偏仰　恩輝齢漸老、為憐潤底久含貞。

文章得業生源親範

蒼々漢月向深更、自作松花只蕩情。百尺嵐晴寒艶潔、一林緑白暁光明。
新粧秦嶺開雲後、落蕊呉江照浪程。莫遵今宵佳色好、万年此地契芳栄。

これらの詩は長元七年（一〇三四）五月十六日、関白左大臣藤原頼通が自邸で法華八講を催し、その最中に詩宴を開いたときに作られたもので、詩題の「月是作松花」は「月明かりが庭の松を照らし、その白さのために松が花を咲かせたように見える」の意である。『中右記部類紙背漢詩集』には、この時の出席者二十三名の詩が見られるが、その中の十一名の詩に「秦嶺」の語が見える。この「秦嶺」の語が詩中のどこに置かれているかと言えば、全て頷聯か頸聯かである。つまり「秦嶺」は破題に用いられた詩語なのである。それでは、句題のどの文字を言い換えた言葉かというと、それは全て「松」を言い換えたものと見られる。実はこの言い換えの背後には、『史記』秦始皇本紀に見える秦の始皇帝の故事が存在する。(5)

二十八年、乃遂上泰山、立石封祠祀。下、風雨暴至、休於樹下。因封其樹為五大夫。
（二十八年、乃ち遂に泰山に上り、石を立て封じて祠祀す。下るとき、風雨暴かに至り、樹下に休む。因りて其の樹を封じて五大夫と為す。）

秦の始皇帝が泰山で封儀（封禪の儀の一部。封は天を、禪は地を祀る）を終えて、下山しようとしたところ、突然暴風雨に見舞われたけれども、樹下に避難して事無きを得た。そこで始皇帝はその樹木に五大夫の位を与えた、という名高い故事である。『史記』にはその樹木が何であったとも記されていないが、後漢の応劭の『漢官儀』に「秦始皇上封太山、逢疾風暴雨、頼得松樹。因復其道、封為大夫松也。」とあるように、それは松であったという伝承が早くから生れた。この故事を媒介にして、日本の平安時代では「秦嶺」は秦の始皇帝ゆかりの山であると認識され、松生うるところ、松の名所として詩に用いられるようになった。このように同じ「秦嶺」という言葉であっても、日本では中国と全く異なる新たな意味が付与されて使われるようになり、その一方で本来の意味では詩に詠まれなくなったのである。(6)

右に挙げた句題詩群の最初に位置する源師房詩の「秦嶺」の語を含む一句「秦嶺艶粧生夜漏」を試みに解釈すれば、「秦の始皇帝が訪れたという泰山では、五大夫の松も、夜になれば月明かりに照らされて、花を咲かせたかのような美しい粧いを凝らしている」ほどの句意になるかと思う。

五、日本独自の意味を付与された詩語（二）──「玉山」「藍水」

もう一つ例を挙げよう。唐の杜甫に「九日藍田崔氏荘」と題する七言律詩がある。

老去悲秋強自寛、興来今日尽君歓。羞将短髪還吹帽、笑倩傍人為正冠。藍水遠従千澗落、玉山高並両峰寒。
明年此会知誰健、酔把茱萸子細看。

この詩は平安時代の日本でも名高かったらしく、大江維時による唐詩の秀句選『千載佳句』に、その頸聯（傍線部）が収められている。問題となるのは、そこに見える「藍水」と「玉山」との対である。

玉山とは、長安の東南に位置し、美玉の産地として名高い藍田山のことで、藍水はその山に水源を発する河川の名称である。一方、平安時代の句題詩には「玉山」と「藍水」とを対に持つ詩句が数多く見出される。その二語を含む一聯を次に掲げよう。〔　〕内には書名、詩題、作者を示した。

〔本朝麗藻、唯以酒為家、具平親王〕戸牖梨花松葉裏、郷園藍水玉山程。
〔類聚句題抄、依酔忘天寒、藤原国成〕藍水応無氷冷思、玉山唯有雪消情。
〔中右記部類紙背漢詩集、再吹菊酒花、藤原経通〕佳色重浮藍水浪、濃香亦染玉山雲。
〔中右記部類紙背漢詩集、酔来晩見花、大江匡房〕藍水雲昏望雪思、玉山日落趁霞心。
〔中右記部類紙背漢詩集、酌酒対残菊、藤原師通〕玉山古岸月幽見、藍水下流霜薄臨。
〔中右記部類紙背漢詩集、酌酒対残菊、藤原知房〕秋雪纔留藍水浪、暁霜半砕玉山陰。
〔中右記部類紙背漢詩集、落花浮酒杯、藤原家仲〕藍水晩霞飄処湿、玉山春雪灑猶軽。
〔中右記部類紙背漢詩集、月明酒域中、藤原忠通〕皓色不空藍水外、清輝只在玉山頭。
〔中右記部類紙背漢詩集、月明酒域中、菅原清能〕玉山一酔空頽雪、藍水三漾只泛秋。

これらは全て対句を為していることから、七言律詩の頷聯か、或いは頸聯かである。どちらにしても破題しなければならない一聯である。詩題は様々であるが、題中に共通して見られる文字は「酒」か「酔」かであり、詩句の「玉山」と「藍水」とは、地名であると同時に、酒飲みの居る場所、酒に酔うのに恰好の場所といった意味がそこに籠められている。

本来「玉山」と「藍水」とは、杜甫の詩から窺われるように、美しい山水を想起させる地名であった。それが日本ではいつの頃からか、美味い酒を飲む場所の意味が付与されて用いられるようになったのである。それがいつのことなのか明確には分からないが、具平親王（九六四～一〇〇九）が「唯以酒為家（唯だ酒を以って家と為すのみ）」と題する句題詩で「戸牖梨花松葉裏、郷園藍水玉山程。（戸牖は梨花松葉の裏、郷園は藍水玉山の程。）」（『本朝麗藻』巻下）と賦したのがその早い用例と言える（この詩の場合、「藍水」と「玉山」とは句中対）。

どうしてそのような変化を遂げることになったのか。その理由を考えてみよう。「玉山」には藍田山の別名の他に、竹林七賢の一人である晋の嵆康（字は叔夜）を指して用いることがある。それは『世説新語』容止篇に、

嵆康、身長七尺八寸、風姿特秀。山公曰、嵆叔夜之為人也、巌巌若孤松之独立。其酔也、嵬峩若玉山之将崩。（嵆康、身長《みのたけ》七尺八寸、風姿特に秀づ。山公曰はく、嵆叔夜の人と為りや、巌巌として孤松の独り立てるが若し。其の酔へるや、嵬峩《ぐわいが》として玉山の将に崩れむとするが若し。）

とあることに由来している。山濤が、酒に酔う嵆康の姿を見て、まるで崩れ落ちようとする玉山のようだと喩えたことから、後代の詩人は、酒飲みが酔いつぶれた様を「玉山崩」「玉山頽」などと表現するようになった。例えば唐の白居易が「藍田劉明府携酌相過、與皇甫郎中卯時同飲、酔後贈之。（藍田劉明府、酌を携へて相ひ過《よ》ぎる、皇甫郎中と卯時に同飲し、酔ひて後に之れを贈る。）」（『白氏文集』巻六十四・3107、詩題は、藍田の県令劉氏が酒を携えて来訪したので、皇甫湜と三人で朝酒を飲み、酔って詩を贈った、の意）と題する詩の中で「玄晏舞狂烏帽落、藍田酔倒玉山頽。（玄晏

舞狂して烏帽落つ、藍田酔倒して玉山頽る。）」（玄晏先生（皇甫湜）は舞狂して帽子を落とし、藍田の劉氏は玉山が頽れ落ちるように酔いつぶれてしまった）と作ったのはその一例である。

そして白詩が流行した日本では、この「玉山」の意味がさらに転じて、実際の藍田山の意味と重なり合うことによって、酒を飲むに相応しい場所を表すことになったのである。一旦「玉山」にそのような意味が附加されると、「玉山」と対を為す「藍水」の語もそれに引きずられて意味の同化現象を起こしたと考えられる。こうして「玉山」と「藍水」とは詩題の「酒」或いは「酔」という語を言い換える語として句題詩に詠まれるようになったのである。[7] これも「秦嶺」と同様に、日本独自の意味が付け加えられた漢語と言うことができよう。

試みに、右に掲げた用例中の大江匡房の「酔来晩見花詩」の「藍水雲昏望雪思、玉山日落趁霞心。（藍水 雲昏《くら》し雪を望まむとする思ひあり、玉山 日落つ 霞を趁《お》はむとする心あり。）」を解釈してみると、「美酒の飲める藍水では、夕暮れになっても、雪のように白い花を眺めたいと思う。（嵆康のような）酒飲みの集う玉山では、日が落ちても、霞のように紅い花を追いかけたい気がする」ほどの句意になる。傍線を付して示したように、「玉山」及び「藍水」に、酒を飲むに相応しい場所とか酒飲みの居る場所とかいった意味を籠めなければ、詩題を破題したことにはならないことが理解できるであろう。尚、白居易の詩には「藍水」と「玉峯」とを対語にした用例が多いけれども、無論そこには「酒」や「酔」の意味は籠められていない。

六、結語

以上、本章では、①日本の平安時代には句題詩という文体が流行したこと。②それを境にして日本漢詩は中国文学の流れから逸脱して、独自路線を歩み始めたこと。そして、③句題詩を源泉として、新たな漢語（これは後に和習と呼ばれるものを多く含んでいる）が生み出されたことを述べた。

注

（1）『中右記』嘉保三年三月十三日条を次に掲げる。『中右記』は中御門右大臣と呼ばれた藤原宗忠（一〇六二〜一一四一）の日記。

人々両三輩、可尋残花之由有芳約。仍巳時許先行向蔵人少納言成宗宅、門前相伴同車。次相伴前左衛門佐基俊、又同車。此後雖相伴、人々皆以故障。次行左大弁門前。而雑人成市、門前見証。驚尋之処、若公達今有闘雞之遊。仍空過了。招出前摂州敦宗、又相具了。招蔵人弁時範、同来了。行向円融院、欲尋残花。雖相招式部丞蔵人宗仲、禁中依無人数、不能退出者。又行向前兵衛佐長忠門前、頻雖相招、乍在家被隠了。頗遺恨歟。午時許行向円融院南廊、見残花。于時仏閣漸荒、禅庭花残。懐旧之涙自霑行衣。人々為賦一絶、句題無題僉議之間、天景漸傾、已及申時。可賦無題之由、議了間、右京権大夫敦基朝臣、同舎弟図書助敦光、給料令明来会。人々感歎、披手筥破子、聊以杯酌。月前詩成。講之以図書助為講師。各以優美也。前金吾詩頗華麗歟。及深更帰洛。

（人々両三輩、残花を尋ぬ可きの由 芳約有り。仍りて巳の時許り、先づ蔵人少納言成宗の宅に行き向かひ、門前に相ひ伴ひて同車す。次いで前左衛門佐基俊を相ひ伴ひて、又た同車す。此の後相ひ伴はむとすと雖も、人々皆な以つて故障あり。次いで左大弁の門前に行く。而るに雑人 市を成し、門前に見証あり。驚き尋ぬるの処、若公達 今闘鶏の遊び有り。仍りて空しく過ぎ了んぬ。前摂州敦宗を招き出だし、又た相ひ具し了んぬ。蔵人弁時範を招くに、同じく来たり了んぬ。円融院に行き向かひ、残花を尋ねむと欲す。式部丞蔵人宗仲を相ひ招くと雖も、禁中 人数無きに依りて、退出すること能はず者《てへり》。又た前兵衛佐長忠の門前に行き向かひ、頻りに相ひ招くと雖も、家に在り乍ら隠れられ了んぬ。頗る遺恨か。午の時許り円融院の南廊に行き向かひ、残花を見る。時に仏閣漸くに荒れて、禅庭に花残る。懐旧の涙自ら行衣を霑ほす。人々、一絶を賦せむが為めに、句題・無題僉議するの間、天景漸くに傾き、已に申の時に及ぶ。無題を賦す可きの由、議し了んぬる間、右京権大夫敦基朝臣、同舎弟図書助敦光、給料令明来会す。人々感歎し、手筥破子を披き、聊か以つて杯酌す。月前に詩成る。之れを講ずるに図書助を以つて講師と為す。各おの以つて優美なり。前金吾の詩頗る華麗か。深更に及びて帰洛す。）

花見に参加したのは、右中弁藤原宗忠（三十五歳）、蔵人少納言源成宗、前左衛門佐藤原基俊（四十二歳）、前摂津守藤原敦宗（五十五歳）、蔵人右少弁平時範（四十三歳）、右京権大夫藤原敦基（五十一歳）、図書助藤原敦光（三十四歳）、給料学生藤原令明（二十三歳）の八名であった。この時の作と思われる敦基、敦宗、敦光、基俊の作が『本朝無題詩』巻十に現存する。尚、文中の傍線部を「為賦一絶句、題無題僉議之間」と句読を切るのは誤り。

（2）　拙稿「句題詩詠法の確立――日本漢学史上の菅原文時」（『平安後期日本漢文学の研究』、二〇〇三年、笠間書院）、同「句題詩概説」（『句題詩論考』、二〇一六年、勉誠出版。初出は二〇〇七年）。

（3）　鎌倉時代の編纂書だが、菅原為長『文鳳抄』、藤原孝範『擲金抄』が現存している。

（4）　当時の日本では勿論、句題に依らない詩も作られはしたが、あくまでも詩の正体は句題詩であり、それ以外の詩を無題詩と呼んで区別していた。冒頭に引用した『本朝無題詩』はその無題詩ばかりを収めた総集である。

（5）　詩題（句題）の「松」を言うために秦始皇帝の泰山の故事を用いることは、拙稿「詩序と句題詩」、「『擲金抄』解題」（『平安後期日本漢文学の研究』、二〇〇三年五月、笠間書院。初出はともに一九九八年十月）に指摘した。

（6）　『和漢朗詠集』管絃（462）に、唐の公乗億の「連昌宮賦」からの摘句「一声鳳管、秋驚秦嶺之雲、数拍霓裳、暁送緱山之月。（一声の鳳管は、秋 秦嶺の雲を驚かす、数拍の霓裳は、暁 緱山の月を送る。）」が収められている。ここに見える「秦嶺」は言うまでもなく長安南方の終南山を指している。ところが、平安末期に成立した釈信救による『和漢朗詠集』の注釈書『和漢朗詠集私注』では「秦嶺」に対して「史記云、秦始皇昇泰山、頌秦徳。（史記に云ふ、秦の始皇、泰山に昇り、秦徳を頌す。）」と注を加えている。信救は儒者（専門の漢学者）ではないので、これが当時の一般的な解釈であったとは断言できないが、すでに「秦嶺」を泰山と誤って解釈する下地の出来上がっていたことが窺われよう。

（7）　同様の主旨は、拙稿「四韻と絶句」（『句題詩論考』、二〇一六年、勉誠出版。初出は二〇一四年）に述べたことがある。

第二十章　『本朝麗藻』所収の釈奠詩
――句題詩の変型として

はじめに

『本朝麗藻』巻下、帝徳部に、次のような二首の釈奠詩が収められている。

仲秋釈奠賦万国咸寧。　勘解相公（藤原有国）
明王孝治好君臨、天下和平感徳音。
草遍従風南面化、葵遙向日左言心。
山抛烽燧秋雲暗、海罷波濤暁月深。
請問来賓殊俗意、茫々天外遠相尋〈近日大宋温州洪州等人頻以帰化。故有此興〉。

仲秋釈奠聴講古文孝経同賦天下和平。　源為憲万国咸寧仰聖君、便知王徳及飛沈。
苞茅鎮入朝天貢、葵藿斜抽向日心。
桟遠都無雲鏁色、航忙豈有浪驚音。
中華弥遇堂々化、想像遐方各献琛。

一首目の作者「勘解相公」（参議で勘解由長官を兼ねた人物）は藤原有国（九四三～一〇一一）を指す。彼は藤原道長の腹心の部下として、また儒家の北家日野流の祖として名高い人物である。二首目の作者、源為憲（?～一〇一一）は『三宝絵詞』『世俗諺文』などの著作のある文人貴族である。ともに平安中期を代表する詩人である。但し『本朝麗藻』に収める右の詩には、ちょっと不可解な点がある。その疑問を解き明かすのが本章の目的だが、その前に予備知識として知っておくべき二つの事柄、釈奠詩と句題詩とについて簡単に説明しておきたい。

一、釈奠詩とは

釈奠とは、孔子及び孔門十哲を祀る儀式であり、公卿も列席する厳粛な国家行事であった。平安時代には毎年二月・八月の上丁の日に大学寮で行なわれたが、安元三年（一一七七）の大火で大学寮が焼失した後は太政官庁に場所を移して行なわれるようになった。

釈奠の儀式次第は拝廟・講読・饗宴に分かれていた。饗宴では儒者・文人・学生たちが当日の講読に用いられた儒教経典の一句を題目として詩を賦した。これが釈奠詩である。釈奠詩には、任官者が絶句（五言または七言）

で作り、学生が七言律詩で作るという規定があった。講読に用いられる儒教経典には、本邦独自に定められた「七経輪転講読」の原則があった。これは七種の儒教経典を、孝経→礼記→毛詩→尚書→論語→周易→左伝→孝経の順に講読に取り上げるというものである。現存する平安時代の釈奠詩は、別集では島田忠臣の『田氏家集』に六首、菅原道真の『菅家文草』に十一首、大江匡衡の『江吏部集』に八首、総集では『扶桑集』に六首（『菅家文草』と一首重複）、『本朝麗藻』に二首の合計三十二首を数える。(1)

『本朝麗藻』所収の釈奠詩は二首とも七言律詩で作られている。ということは、作者である有国も為憲も、詩を作った時にはまだ大学寮の学生であったということになる。またこれら二首は、詩題の「万国咸寧」が『周易』、「天下和平」が『古文孝経』と、拠り所とした儒教経典が異なるので、同じ時の釈奠ではなく、別々の機会に作られたものであった。

二、句題詩の表現上の規則

次に当時の貴族社会で作られた句題詩について説明しておきたい。『毛詩』の大序に「詩は志の之く所なり。心に在るを志と為し、言に発するを詩と為す。情は中に動いて、言に形《あら》はる」という有名な一節がある。心の中に浮かんだことを言葉に発して表すもの、それが詩であるというのであるから、詩は本来、時と場所とを選ばずに、言わば即興的に作られるものである。しかし、平安時代の日本では必ずしもそうではなかった。もちろん即興的に作ることもあったが、それは例外であって、詩の大半は宮中や貴族の邸宅で開催される詩宴（詩会と同義。宴席と一体のものなのでこう呼ぶ）で作られた。しかも詩宴では詩に詠む主題が前もって決められ、出席者全員が同じ詩題で詩を作ることが慣例となっていた。

当時、詩題は「題目」と言われていたが、その題目は早くから漢字五文字に定まる傾向にあり、これを特に「句題」と呼んだ。句題は出席者全員が共有できる主題でなければならないので、自ずと季節感や年中行事に関わる内容のものが求められた。詩宴に先立って、主催者から詩題の撰定を任された者を「題者」と言い、題者ははじめ中国の詩人の五言詩から一句を採って詩題としていたが、時代が下るにつれ、古句に準えて詩題を新たに作り出すようにもなった。ここで句題詩の実例を見ることにしよう。

寛治四年（一〇九〇）四月十九日、堀河天皇は父白河上皇の鳥羽殿に行幸し、その翌日、競馬御覧に続いて、天皇主催の詩宴が北殿西廊で催された。この間のことは行幸に扈従した藤原師通がその日記『後二条師通記』に記録している。詩宴に招かれたのは大臣公卿五人、殿上人七人、儒者十人、文章生三人であった。幸いこのときの詩二十三首を『中右記部類紙背漢詩集』に見ることができる。その中から源経信（一〇一六～九七）の詩を次に掲げよう。経信はこのとき七十五歳、正二位権大納言兼民部卿皇后宮大夫であった。

松樹臨池水

1 勝地由来松旅生
2 自臨池水幾多情
3 一千年《松樹》露滴舷色《臨池水》
4 五大夫《松樹》風払岸声《臨池水》
5 麈尾《松樹》枝繁堤暗《臨池水》淡

松樹 池水に臨む

勝地 由来《もとより》松旅生す
自《おのづか》ら池水に臨む 幾多《いくばく》の情ぞ
一千年の露 舷《ふなばた》に滴《したた》る色あり
五大夫の風 岸を払ふ声あり
麈尾《しゆび》 枝繁くして 堤暗淡たり

6龍鱗《松樹》操泛浪泓澄《臨池水》　　龍鱗 操泛びて 浪泓澄《わうてう》たり
7今逢希代震遊盛　　今 希代の震遊の盛んなるに逢ふ
8宜矣霊標共表貞　　宜《むべ》なるかな 霊標 共に貞を表すこと

（松が池のほとりに立っている。

この形勝の地には昔から松の木が自生していた。その松が池のほとりに枝を伸ばす景色は何と趣き深いことか。一千年のよわいを誇る松に置く露は、池を遊覧する舟のふなばたに滴り落ちている。五大夫に封じられた松を吹き払う風は、池の岸辺で良い音色を立てている。大鹿の尾のように松の枝葉がふさふさと密に茂り、池の堤は昼でも薄暗い。龍の鱗を思わせる松の幹がその賢操の姿を水面に浮かべ、澄みわたった池は心做しか（今にも龍が水中から出現するかのように）浪立っている。今日、さいわいにも我が君の盛大な御遊にめぐり会うことができた。なるほど、それで松樹も我等といっしょになって貞節の志を表明しているのだな。）

『後二条師通記』によれば、この日、題者となった大江匡房が用意した詩題は「微風動夏草（微風 夏草を動かす）」、「松樹臨池水（松樹 池水に臨む）」の二題であった。ともに実景を踏まえた初夏に相応しい詩題である。前者には風を天子に、草を人民にたとえて治世の安泰である寓意が、後者には松が常緑樹であることから、天子の齢を永遠なれと寿ぐ意図が籠められている。天皇と上皇とが臨席する詩会であることを十分考慮に入れた詩題であると言えよう。この中、当日選ばれたのは後者であった。句題は基本的に二つの事物から構成されている。この句題であれば、「松樹」と「池水」との組み合わせである。

当時一般に用いられる詩体はこの例のように今体の七言律詩であった。それ故、詩人は押韻、平仄、頷聯・頸聯を対句とする等、今体詩の規則にしたがって詩を作ればよかったが、句題詩の場合、このほかに本邦独自に形作られた表現上の規則（構成方法）が存在した。それは、首聯を「題目」、頷聯・頸聯を「破題」、尾聯を「述懐」と規定するものである。右の実例に即して説明しよう。

まず首聯（第一句・第二句）では句題（題目）の五文字を全てこの中に詠み込まなければならない。尚且つ句題の文字は首聯以外で用いてはならない。首聯を「題目」と称するのはこのためである。経信の詩では「松樹」の「樹」字が見えないが、「樹」字の有無によって詩句の意味が変わるわけではないので、これは許容される。

次に頷聯（第三句・第四句）・頸聯（第五句・第六句）では対句を用いて、各聯の上句下句ごとに題意を敷衍することが求められる。これを「破題」と呼ぶ。「破題」の方法は基本的に語の置き替えであるが、このとき題字をそのまま用いてはならない。肝腎なことは、頷聯・頸聯において題意が都合四回繰り返して破題される点である。そして詩人のいちばんの腕の見せ所がこの頷聯・頸聯の破題なのである。試みに当時編纂された『和漢朗詠集』、『新撰朗詠集』、『和漢兼作集』といった秀句選を繙けば、句題詩の頷聯・頸聯からの摘句が圧倒的に多いことに気づくであろう。詩人たちは句題を構成する二つの事物を詠み落とすことなく、いかに巧みに破題するかという点に最も心を砕いたのである。この当時、詩人としての評価は、破題のための語彙をどれほど豊富に持っているか、それによって決まったと言っても言い過ぎではない。

まず頷聯を見ることにしよう。本文には傍線を付して、詩句と句題との対応関係、詩句のどの部分が句題のどの文字に相当しているかを示した。第三句の「一千年」と第四句の「五大夫」とは句題の「松樹」を表す言葉である。「一千年」は松の樹齢を表すから「松樹」を表現していることは容易に理解できよう。これと対を成す第四句の「五大夫」がどうして「松樹」に当たるのかと言えば、そこには『史記』の秦始皇本紀に見える次のような故事が介在する。

二十八年、乃遂上泰山、立石封祠祀。下、風雨暴至、休於樹下。因封其樹為五大夫。

（二十八年、乃ち遂に泰山に上り、石を立て封じて祠祀す。下るとき、風雨暴かに至り、樹下に休む。因りて其の樹を封じて五大夫と為す。）

秦の始皇帝が五岳の筆頭である泰山で、封禪の儀（封は天を、禪は地を祀り、天下の統一を宣言する儀式）の一部を終えて、下山しようとしたところ、突然暴風雨に見舞われたが、幸い樹下に避難して事無きを得た。そこで始皇帝は自分を救ってくれたその樹木を称えて五大夫に封じた、とある。『史記』にはその樹木が何であったとも記されていないが、後漢の応劭の『漢官儀』に「秦始皇上封太山、逢疾風暴雨、頼得松樹。因復其道、封為大夫松也」とあるように、早くからそれは松であったという伝承を生じた。そのことから松を「五大夫」と称するのである。また、第三句の「舷」と第四句の「岸」とは、これ一字で句題の「池水」を表す。そして、松に置く露が池をめぐる舟に滴り落ち、松を吹く風が池の岸を払って音を立てるというのであるから、「松樹」と「池水」とが「臨」（接近している）の状態にあることを示している。つまり頷聯の上下二句は、それぞれ句題の「松樹臨池水」を破題したことになるのである。

頸聯では、第五句の「麈尾」と第六句の「龍鱗」とが「松樹」を表す。松の枝葉がふさふさとしているのを「麈尾」（大鹿の尾）に、松の幹を「龍鱗」（龍のうろこ）に喩えたのである。この対語は白居易の「題流溝寺古松（流溝寺の古松に題す）」（0688）に「煙葉葱蘢蒼麈尾、霜皮剝落紫龍鱗。（煙葉葱蘢たり蒼麈尾、霜皮剝げ落ちたり紫龍鱗）」

とあるのに拠ったのであろう。また第五句の「堤暗淡」と第六句の「浪泓澄」とが句題の「池水」を表す。そして、松の枝が繁って池の堤をほの暗くし、松の幹が池の波間にその姿を浮かべているというのであるから、これはまさに「松樹臨池水」を破題した表現に他ならない。このように頷聯・頸聯では、破題の方法を以て題意を表すのである。

一首のしめくくりが尾聯である。ここに至って詩人ははじめて自らの思いのたけを述べることが許される。それ故この聯を「述懐」と称する。しかしそれも題意をふまえての内容でなければならない。ここで経信は、天子の御遊に侍り、「松樹」とともに貞節の志を表すことのできた喜びを歌い上げている。

以上が句題詩に定められた表現上の規則である。この例からも明らかなように、句題詩は終始題意に沿った詠み方が求められる。このような構成方法は村上朝に菅原文時（八九九〜九八一）によって考案され、一条朝までには詩人たちの間に定着していたと思われる(2)。

句題詩の規則が以上のように定められたことは、実は日本漢学史上、まさに画期的な出来事であった。というのは、それまで詩を作ることは漢学の素養のある少数の貴族にのみ許された、言わば特殊技能であった。ところが、構成上の規定が形作られたことによって、漢学の専門教育を受けていない一般の貴族であっても、容易に詩を作ることが可能となったのである。一見難しく感じられる構成方法も、頷聯・頸聯で句題の文字に対応させて詩句を作る「破題」の方法にある程度習熟すれば、簡単に詩を作ることができる。また、句題詩を作るための対句語彙集も次第に整備されていった。鎌倉時代初めに編纂された書だが、菅原為長の『文鳳抄』、藤原孝範の『擲金抄』が現存している。こうして句題詩は貴族社会に広く受け入れられ、詩の本流として位置づけられるようになったのである。

以上、平安時代の句題詩について述べた。句題詩が中国伝来の文学様式でありながら、中国とは異なる日本独自の側面を持っていたことを理解してもらえたかと思う。

三、釈奠詩の構成方法

ここで釈奠に目を転じてみよう。釈奠詩も先に述べたとおり、宴席で作られるものである。そして、詩題を儒教経典の一句とするから、これも句題詩と呼んで良かろう。ただ、一般的な句題のように五文字であるとは限らないという点が異なる。『本朝麗藻』の二首は何れも漢字四文字の詩題である。

それでは、釈奠詩の場合、その詩題を各聯でどのように表現しているのか、という点を検証してみたい。次に掲げるのは、『扶桑集』巻九に収める菅原雅規（九一九〜七九）の釈奠詩である。『扶桑集』は紀斉名によって編纂された総集で、『本朝麗藻』よりも少し前に成立した書である。詩題は「詩者志之所之」（詩は志の之く所なり）という『毛詩』大序の一句から取ったものである。

詩者志之所之　　詩は志の之《ゆ》く所なり

菅雅規

1 在心為志、発為詩、　　心に在るを志と為し 発するを詩と為せば
2 詩句何非志所之、　　詩句 何ぞ志の之く所に非ざる
3 意緒[志之]乱来[所之]誰得[詩者]解　　意緒 乱れ来たれば 誰か解することを得む

4 毫端《詩者》書出《所之》不相《志之》欺　　毫端 書き出だせば 相ひ欺《あざむ》かず
5 凱風《詩者》吹送《所之》酬恩《志之》日　　凱風 吹き送る 恩に酬ゆる日
6 湛露《詩者》流伝《所之》頌徳《志之》時　　湛露 流れ伝ふ 徳を頌する時
7 玄化悠々情慮楽　　玄化 悠々として 情慮楽し
8 詠声自作治安詞　　詠声 自《おのづか》ら治安の詞を作《な》す

（詩は志が向かった、その行く先である（詩は志が現われたものである）。心にあるものが志であり、その志を発したものが詩である。だから、どうして詩句に志の現れていないことがあろうか。志が乱れていれば、それを詩に籠めたところで、誰も理解することはできない。筆先から詩句を書き出せば、その志は正しく伝わるというものだ。「凱風」は、孝子が母の恩に報いようとした日に吹き送った（発した）詩だ。「湛露」は、天子が諸侯の令徳を称えようとした時に流伝した詩だ。我が君の教化は悠然と広まり、万民は当今の御代を心から楽しんでいる。そして、その歌声は自ずと治安の喜びに満ちあふれている。）

この釈奠詩は、興味深いことに、先に見た句題詩と全く同じ詠み方が為されている。首聯には、傍点を付して示したように、詩題を構成する文字がここに見える。但し、詩題の六文字の内、「者」「（助辞の）之」両字を省いても意味に変わりが無いので、それ以外の四文字が用いられている。

頷聯の上句では「意緒」が詩題の「志」に当たり、「乱来」が「之（ゆく）」に当たり、「誰得解」が「詩」に当たると思われる。「志が混乱していれば、それを言葉に表したところで誰も理解できない（心が乱れていれば、それは詩にならない）」というのであるから、これは詩題（詩は志の之く所なり）を逆説的に表現したものと解することができる。下句では「毫端」が詩題の「詩」を表し、「書出」が「之(ゆく)」を表し、「不相欺」が「志」を表している。「筆で詩を書けば志は間違いなく伝わる」と言うのであるから、これは「詩は志の之く所なり」という題意を表している。

頸聯では、「詩は志の之く所なり」を言うために、「詩」に当たる語として、『毛詩』に収める具体的な詩篇名を挙げ、「志」にはその詩の制作意図を述べることによって、題意を満たしている。上句の「凱風」は国風の邶風の一首で、小序に「凱風、美孝子也。(凱風は孝子を美むるなり)」とあるように、孝行息子が母親の恩に報いる内容の詩である。したがって、詩句の「凱風」が詩題の「詩」に当たり、詩句の「酬恩日」が詩題の「志」に当たっている。そして「之(ゆく)」を言うために、「凱風」に合わせて、縁ある「吹送」の語を用いたのである。

下句では『毛詩』小雅に収める詩「湛露」を出して来ている。この詩は、小序に「湛露、天子燕諸侯也。(湛露は、天子の諸侯を燕するなり)」とあるように、天子が諸侯たちを宴席に招き、その徳を称える内容の詩である。したがって詩句の「湛露」が詩題の「詩」に当たり、詩句の「流伝」が詩題の「之(ゆく)」に当たり、詩句の「頌徳時」が詩題の「志」に当たると見ることができる。このように頷聯と頸聯とでは、詩題の文字を用いずに題意を表現する「破題」の方法が取られている。そして尾聯では、天子の教化が行き渡っていることを賞賛するという、常套的な述懐句で締めくくられている。

以上の説明から、釈奠詩で作られる七言律詩に於いても、一般的な句題詩と同様に、各聯を題目、破題、破題、述懐という方法を用いて表現していたことが窺われるのである。

四、『本朝麗藻』所収の釈奠詩

前置きが長くなったが、ここで冒頭に『本朝麗藻』所収の釈奠詩に不可解な点があると述べたことを思い出していただきたい。

　二首の釈奠詩が句題詩の表現上の規則を守っているか、という点に注目してみると、一首目の「万国咸寧」の首聯に「万国咸寧」の四文字は見られない。その四文字が何処にあるかというと、二首目「天下和平」の首聯の上句に見られる。また二首目「天下和平」の首聯に「天下和平」の四文字は見られず、その四文字は一首目「万国咸寧」の首聯の下句に見られる。これは一体どういうことなのか。

　読者諸氏は薄々勘づかれていると思うが、これは二首の間で詩題を含む端作が入れ替わってしまったからではないかと思われる。そこで、端作を入れ替えて、二首の詩を解釈してみることにしたい。但し、ここで問題となるのは詩の作者である。作者名は詩題と詩の本文との間に置かれているので、これをどちらに付けて扱うべきか、判断に迷うところである。ここでは仮に詩題に付けて、「万国咸寧」の作者を有国、「天下和平」の作者を為憲と見なして読むことにする。まず一首目を掲げよう。

万国咸寧　　万国咸寧《みなやす》し

勘解相公（藤原有国）

1万国咸寧仰聖君　　万国咸寧くして 聖君を仰ぐ
2便知王徳及飛沈　　便ち知りぬ 王徳の飛沈に及べるを

3苞茅《万国》鎭入朝天貢《咸寧》　苞茅鎭《はうばうとこし》へに入らむ 天に朝する貢
4葵藿《万国》斜抽向日心《咸寧》　葵藿斜めに抽《ぬきい》づ 日に向かふ心
5棧遠《万国》都無雲鑠色《咸寧》　棧《かけはし》遠くして 都《すべ》て雲の鑠す色無し
6航忙《万国》豈有浪驚音《咸寧》　航《ふね》忙しくして 豈に浪の驚かす音有らむや
7中華弥遇堂々化　中華弥いよ遇へり 堂々たる化
8想像遐方各献琛　想像す 遐方 各おの琛《たから》を献ぜむことを

（万国は押し並べてやすらかに治まっている。

全ての国はやすらかに治まり、我が聖君を仰ぎ見ている。そこで、王徳が空を飛ぶ鳥や水に沈む魚にまで及んでいることを知った。（万国は）苞茅を天子への貢ぎ物として永遠に献上するであろう。葵藿は（万国が天子への恭順心を示すように）太陽に向って成長している。陸路はるかな国も（やすらかに治まって）暗雲立ちこめる気配など全く無い。海の彼方から急いでやって来る国も（やすらかに治まって）波風を立てる恐れなど全く無い。天下の中央に位置する我が国も、天子の大いなる教化を蒙ることができた。今私は、遠方から陸続と宝物が献ぜられるありさまを脳裏に思い描いている。）

詩題は『周易』乾卦の象伝の一句である。有国がこの詩題をどのように詩に表現したかと言えば、まず首聯では、傍点を付して示したように、詩題の四文字をこの聯の上句に置いて題意を表現している。「飛沈」とは、空を飛ぶ鳥、水に沈む魚のことで、そのようなものにまで、天子の徳が行きわたり、あらゆる国が安らかに治まっていると言っている。首聯では、句題詩の「題目」の方法と同様に、詩題の文字をそのまま用いて題意が表現されている。

頷聯で、上句（第三句）の「苞茅」とは茅《ちがや》の束、祭祀を行なうに当たってたくさんの国々から奉られる貢ぎ物のことである。それ故「苞茅」は詩題の「万国」を言い換えた語ということになる。その苞茅が「鎮入朝天貢」、朝貢品として永遠にもたらされているということで、この部分は詩題の「咸寧」に相当する。同様に下句（第四句）では、天を見上げる存在である「葵藿」が詩題の「万国」に当たり、「斜抽向日心」が、その葵藿《あおい》の花が日に向かって恭順の心を示すということで、詩題の「咸寧」に当たっている。

頸聯では、上句（第五句）の「棧遠」が、架け橋をいくつも渡らなければ行かれないような、遙か遠くの国を指すから、詩題の「万国」を言い換えた語であり、そこでは「都無雲鏁色」、暗い雲が立ちこめるような不穏な動きなど全く無いのであるから、これが詩題の「咸寧」を言い換えた表現である。同様に下句（第六句）の「航忙」が海沿いの国を指すことから詩題の「万国」を表し、「豈有浪驚音」、波風の立つ気配があろうか、と言うのであるから、これが詩題の「咸寧」を言い換えた表現ということになる。尚、少し補足すれば、「万国」を表すのに、その一部分である陸路の国、或いは海辺の国を用いるというのは、破題の常套手段である。部分を以て全体を表すという比喩的方法が取られている。

このように頷聯・頸聯では、詩題の文字を用いず、別の言葉に置き換えて題意を表現するという、句題詩で言うところの「破題」の方法が取られているのである。

最後の尾聯では、遠方から宝物が献上されるありさまを想像して、天子の御代を寿いでいる。因みに、釈奠詩の述懐には、このような天皇の治世を称讃するという類型がよく見られる。釈奠の儀式で詠まれる詩に於いては、このスタイルの述懐が最も相応しいと考えられていたようである。

続いて、二首目を見ることにしよう。詩題は『古文孝経』の孝治篇の一句である。

天下和平

天下和平なり

源為憲

1明王孝治好君臨　明王孝もて治め 好く君臨すれば
2天下和平感徳音　天下和平にして 徳音に感ず
3草遍従風南面化　草は遍く風に従ふ 南面の化
4葵遙向日左言心　葵は遙かに日に向かふ 左言の心
5山抛烽燧秋雲暗　山は烽燧を抛《なげう》つ 秋雲暗し
6海罷波濤暁月深　海は波濤を罷《や》む 暁月深し
7請問来賓殊俗意　請問す 来賓殊俗の意
8茫々天外遠相尋　茫々たる天外 遠く相ひ尋ねたり

（天下は平和に治まっている。

明王が孝を用いて国を治め、りっぱに君臨しているので、天下は平和に治まり、万民は王徳に感謝している。天子南面の教化によって、草が風になびくように人民はみな天子に従っている。蛮夷の国々も、葵が日に向かうように天子を仰ぎ慕っている。秋雲の暗く立ちこめる山間の国であっても、戦争の烽燧《のろし》が立ち上ることは無い。暁月の水底深く宿る海辺の国であっても、戦争の波瀾がわき上がることは無い。我が国に帰化された客人に、ちょっとお尋ねしたい。あなた方は天外の国からはるばる（平和に治まっている国を）探しに来られたのですね。）

首聯では、一首目と同様、詩題の文字をそのまま使って題意を表している。

頷聯の上句（第三句）の下三字「南面化」は、天子が南面して施す教化が天下にあまねく行きわたっていることを言っており、詩題の「天下」に当たる。上四字の「草遍従風」は、「草」を人民に、「風」を天子に喩えた常套的表現で、天子のお蔭で世の中が平和に治まっていることを言っており、詩題の「和平」に当たる。したがって、見事に詩題の「天下和平」を破題しおおせている。同様に下句（第四句）では、「左言心」（左言は未開人の言葉）が「天下」を、「葵遙向日」が「和平」を表し、詩題を破題し得ている。

頸聯も、頷聯と同じく巧みに破題している。上句（第五句）では、「山」が「天下」を表し、「抛烽燧」、戦争で使うのろしを捨てたということで、「和平」を表しており、上四文字で題意を言いおおせている。第六句でも、「海」が「天下」を、「罷波濤」が「和平」に当たっており、この句も上四文字で題意を完結させている。

最後の尾聯には、作者自ら付した注があり、「近日大宋温州洪州等人頻以帰化。故有此興。（近日、大宋の温州・洪州等の人、頻りに以って帰化す。故に此の興有り）」と述べている。この自注は、その句を作った意図を作者自らが説明したもので、唐代の詩人、白居易が良く用いたことで知られる。平安貴族も白居易に倣ってしばしば詩に自注を付けた。この詩でも、自注があることによって、述懐の意図が明らかになっている。温州や洪州から帰化した人々が釈奠に招かれているわけではなく、彼等が「平和な国に来られて良かった」と感じているに違いないと推し測ることによって、当代の治世を称讃しているのである。

以上、二首の詩が正しく詩題を表現し得ていることが分かった。つまり、現在我々の見ることの出来る『本朝麗藻』では、二首の間で端作（詩題）が入れ替わっていることを確認することができたのである。それでは、作者はどうであろうか。先に提示した、釈奠詩の作者名は詩題の方に付くのか、それとも詩の本文の方に付くのか、という問題である。この点を明快にしてくれるのが次に掲げる『擲金抄』巻中、釈奠、周易（337）に引かれた摘句である。

　　万国咸寧

　桟遠都無雲鎖色、航忙豈有浪驚音。〈有国〉

句題詩の盛行を承けて、時代が下ると、破題のための対句語彙集が編纂されるようになったことは既に述べた。現存する『文鳳抄』と『擲金抄』の内、『文鳳抄』は対句語彙しか載せていないが、『擲金抄』には対句語彙と共に、それを用いた例句も載せている。巻中の釈奠には、『本朝麗藻』所収の「万国咸寧」の頸聯が引かれており、『擲金抄』はその作者を「有国」としているのである。これによって「万国咸寧」の作者が藤原有国であったことが確定する。「万国咸寧」が有国の作であれば、もう一方の「天下和平」の作者は必然的に源為憲ということになるが、実はこの点についても、はっきりとそうであることを証明してくれる資料が存在する。それが次に掲げる『江談抄』巻四（43）である。

　　山投熢燧秋雲晴、海恩波瀾暁月涼。

　此詩、源為憲為人作也。後聞一条院令感給、称自作云々。

（山は熢燧を投ぐ秋雲晴れたり、海は波瀾を恩《めぐ》む暁月涼し。

此の詩は、源為憲、人の為めに作るなり。後に一条院感ぜしめ給ふと聞き、自作と称す、と云々。）

この説話は、為憲が誰か人のために詩を代作したけれども、一条天皇がその出来映えに感じ入ったことを聞くや、為憲は自作であることを明かしたことを伝えている。説話の眼目は為憲の人となりを言う点にあると思われるが、引かれた詩句を見ると、本文異同が見られるものの、『本朝麗藻』所収の「天下和平」詩の頸聯であると見て良いように思われる。これによって、「天下和平」の作者が源為憲であることは明らかである。また、この詩が本来は為憲ではない作者名義で詠まれていたことも判明する。為憲が釈奠詩を代作してやった学生が誰なのか、気になるところだが、その点は不明である。

五、結語

以上、『本朝麗藻』所収の二首の釈奠詩を読解した。ここに見られる誤写は『本朝麗藻』の全ての伝本に共通して存するものである。これは本文上の重大な誤りだと思われるが、これまで全く気づかれることがなかった。例えば、市河寛斎の『日本詩紀』（平安末期までに作られた日本人の詩を集成して、詩人別に分類した書）には有国、為憲の作品も見られるが、この釈奠詩は誤った形のままで収められている。

どうして今までこの点が気づかれなかったのだろうか。その理由として第一に、二つの詩題の内容が互いに似ていることが挙げられる。「万国咸寧」と「天下和平」とは異なる儒教経典から取った詩題だが、「万国」と「天下」とは言い換えが可能である。また「咸寧」と「和平」もほぼ同じ意味である。したがって、端作を入れ替えて書写してしまった後では、その誤りに気づきにくかったことが考えられる。

第二に、句題の七言律詩が南北朝期を境として作られなくなったことが挙げられる。詩題と詩句との間に対応関係を持たせて句作りをすること、特に頷聯・頸聯に用いる破題の方法は、句題の七言律詩に限って適用される規則である。ところが、句題詩は南北朝期を境にして、七言絶句で作られるようになる。(3) 七言絶句はふつう対句を為さず、破題の規則も無ければ、最初の二句に詩題の文字を置くことも求められない。先に見た句題詩の構成方法は平安・鎌倉期には誰もが知っており、また守らなければならない規則だったのだが、室町時代にはすでに忘れ去られてしまったのではないかと思われる。そのような事情から、端作の入れ替わった誤写に気づかなかったのであろう。それが、ここ二十年ばかりの間に、平安時代の句題詩に関する研究は大きく進展した。特にその構成方法の分析・考察が深まったことで、このような問題に対しても目が届くようになったのである。

文学研究に於いて、それまでよく分からなかったことや見過ごされていたことが、何かの切っ掛けで解明されると、そこからさらに関連する事柄が連鎖的に解明されてゆく、ということがある。これこそが文学研究の醍醐味であると言えるが、本章で述べ来たったことも、句題詩の構成方法が明らかになったことから派生して、『本朝麗藻』の本文の誤りを正すという、思わぬ副産物が得られた好例ということになるかと思う。

注

(1) 平安時代の釈奠詩については、齋藤慎一郎「大江匡衡の釈奠詩」(『和漢比較文学』第六十一号、二〇一八年八月、和漢比較文学会)に詳しい説明がある。

(2) 拙稿「句題詩詠法の確立――日本漢学史上の菅原文時」(『平安後期日本漢文学の研究』、二〇〇三年、笠間書院)、同「句題詩概説」(『句題詩論考』、二〇一六年、勉誠出版。初出は二〇〇七年)。

(3) 堀川貴司「詩懐紙通観」(『詩のかたち・詩のこころ――中世日本漢文学研究』、二〇〇六年、若草書房。初出は二〇〇三年）に「南北朝にはいると詩懐紙の主流は三行三字すなわち七言絶句となっていく。いわゆる王朝漢詩において詩人が最も詩句の彫琢に意を用いた対句部分を持たない詩体に変わってしまうのである」との指摘がある。

第二十一章　藤原有国伝の再検討

はじめに

藤原有国《ふじわらのありくに》の名を聞いて、ああ、あの人物かと思い当たる人は少ないだろう。国文学の研究者でも、せいぜい平安中期、摂政関白の藤原兼家・道長父子を支えた中級官人くらいの認識ではなかろうか。しかし、日本漢学の分野ではかなりの重要人物である。有国は大学寮の紀伝道で菅原文時に学び、後に儒家（代々儒者を出す家系）を成す北家日野流の基盤を築いた立役者なのである。(1) また彼自身詩を能くし、平安中期の総集『本朝麗藻』の代表的詩人であり、別集『勘解由相公集《かげゆしょうこうしゅう》』二巻（散佚）があった。その有国の伝記研究としては、今井源衛氏の「勘解由相公藤原有国伝――一家司層文人の生涯」（『今井源衛著作集』第八巻、二〇〇五年。初出は一九七四年）が備わっている。これはまさに有国伝の決定版と言うべき業績であって、発表されてからすでに四十年を経ているが、今以てこれを超えるものは現れていない。それほどに完璧な伝記研究だが、修正すべき点も僅かながら見出される。その一つが『朝野群載』巻九所収の、有国が参議を望んだ中文《もうしぶみ》の執筆・提出時期である。本章はこの問題に就き、検討を加えるものである。

一、有国の生涯

問題の中文の検討に入る前に、有国の生涯を簡単に見ておくことにしよう。有国はもともと在国と名乗っていたが、それを長徳二年（九九六）正月に有国に改名している。以下の記述では、それに従って、改名以前は在国の表記を用いることにする。

在国は北家藤原氏内麿流、正五位下太宰少貳藤原輔道の男《むすこ》として天慶六年（九四三）に生まれた。母は近江守源俊の女《むすめ》。父輔道が周防・隠岐・薩摩・豊前などの国守を歴任していることからも分かるように、在国は典型的な受領階層の家系に生を受けた。このような家柄では位階はおおむね五位止まりである。しかし祖父繁時・曾祖父弘蔭が受領生活に明け暮れる一方で、ともに大学頭に任じられていることは注意されて良い。これは在国の家系に学問と実務とを重んじる家風が醸成されていたことを物語っている。彼が大学寮の紀伝道に入学したことは極めて自然な流れであったように思われる。大学では菅原文時を師とした。同門には慶滋保胤《よししげのやすたね》、高丘相如《たかおかのすけゆき》、林相門《はやしのすけかど》らがいる。この中では慶滋保胤が最も知られた存在である。保胤は僧俗から成る浄土教信仰の結社「勧学会《かんがくえ》」を創始し、我が国最初の往生伝『日本往生極楽記』を著したことで名高い。また、その「池亭記」（『本朝文粋』巻十二）は住居論として後世に多大な影響を及ぼした。保胤はたんなる儒者の枠に収まることのない、平安中期を代表する知識人であった。在国はその保胤とほぼ同年齢であり、若い頃は保胤に対して熾烈な競争心を燃やしていたようである（『江談抄』巻五・61）。

大学寮に入学した学生《がくしょう》は、省試に及第して文章生《もんじょうしょう》になると、地方官に任官する道が開かれる。また文章生から更に進んで文章得業生《もんじょうとくごうしょう》になり対策に及第すると、専門職の儒者になる道が開かれる。在国がそのどちらの道を選んだかは定かではない。主要な家系図を集成した『尊卑分脈』には有国に、対策に及第したことを示す「策」「冊」の注記が付されているが、そのことを証する史料は見当たらない。恐らく対策には至らず、文章生から任官したのではないかと思われる。

在国は任官後、貞元二年（九七七）正月七日に叙爵して後、石見守・越後守を歴任した。父祖と同じく受領の道を歩み始めたかに見える。しかし寛和二年（九八六）六月二十三日の一条天皇即位とともに在国に転機が訪れる。彼は天皇の即位と同時に昇殿を許され、それ以後、同年八月十三日左少弁、十一月二十三日蔵人、永延元年（九八七）七月十一日右中弁、十一月十一日左中弁、永祚元年（九八九）四月五日右大弁、正暦元年（九九〇）五月十四日蔵人頭と、京官としてめざましい昇進を遂げるのである。位階は正四位下となった。ここには在国が家司《けいし》として仕えた摂政藤原兼家の意向が働いていたことが窺われる。『栄花物語』巻三に兼家が常々「有国・惟仲をば左右の御眼と仰せられ」ていたとあるのは、兼家が在国を高く買っていたことを示す何よりの証拠である。

右大弁で蔵人頭を兼ねた四十八歳の在国は、念願の参議任官まで今一歩のところまで漕ぎ着けた。ところが、正暦元年七月二日、後ろ盾であった兼家が没し、実権が嫡男の道隆に移ると、状況は一変する。道兼（道隆弟）寄りであった在国は道隆に疎まれ、八月三十日には従三位を与えられる代わりに右大弁・蔵人頭から引きずり下ろされてしまう。付帯する官職は勘解由長官のみである。これで参議への道は全く閉ざされてしまった。失意に沈む在国に、道隆は容赦なく止めの太刀を振り下ろす。同年十月十日大膳大属の秦有時が何者かに殺害されるという事件が起き、在国は殺害を企んだことを理由に翌二年二月二日、官職・位階を止められたのである。

完全に息の根を止められた感のある、その在国がしぶとく息を吹き返すのは、それから一年半ほど後のことである。まず正暦三年八月二十二日、従三位に復し、次いで同五年八月八日、勘解由長官に復することができたのである。その背後に、在国の妻で一条天皇の乳母であった橘徳子（橘仲遠女。橘三位《たちばなのさんみ》と呼ばれる）による天皇への働きかけを想定するのは作家の永井路子氏である（『この世をば』「離洛帖」、新潮社、一九八四年）。傾聴すべき説である。また在国が一条即位後に異例の昇進を遂げたのも、兼家の恩顧に加えて、妻の援助があってのことであると永井氏は見ておられるようである。

在国はもとの官位に復してからも、しばらく雌伏の時を過ごさざるを得なかったが、意外にも早く好転の機会は訪れた。長徳元年（九九五）四月十日、関白藤原道隆が薨じたのである。関白は弟の道兼に移ったが、その道兼も五月八日に薨じた。そこで末弟の道長と道隆嫡男の伊周との対立が表面化したが、道長姉の詮子（一条天皇母）の支援によって、道長が六月十一日内覧の宣旨を蒙り、十九日には右大臣・氏長者となり、名実ともに政権を掌握するに至ったのである。在国はその直後の十月十五日、太宰大弐に任じられ、翌年正月有国に改名、閏七月二十日には正三位に叙せられた。太宰大弐は地方官の中で最も顕要な官職である。道長は父兼家と同じく在国の実務能力を高く評価してこれに抜擢したのである。八月七日、道長は有国のために自邸で盛大な餞宴を催している。道長の有国に対する信頼度の深さが窺われる。恐らく有国はこの時すでに道長の家司となっていたのであろう。

有国は長保三年（一〇〇一）正月まで太宰大弐の任にあり（長保元年には弾正大弼を兼ねた）、その間、出来した二つの難題をそつなく乗り切り、道長の期待に応えた。難題の一つは、長徳二年十二月から翌年十二月まで、大宰府に権帥として左降した藤原伊周を監視することであり、もう一つは長徳三年から四年にかけて起きた高麗の入寇に対処することであった。

長保三年二月に帰洛した有国は、大宰府に於ける功績が評価されたのであろう、十月三日参議に任じられ、十日従二位に昇った。時に五十九歳。これ以後、有国の人生は藤原道長の庇護下にあって、それまでと打って変わって極めて穏やかなものとなった。長保四年伊予権守を兼ね、翌年再び勘解由長官、寛弘五年（一〇〇八）播磨権守、同七年修理大夫となり、薨じたのは寛弘八年七月十一日、享年六十九歳であった。

二、参議申文

有国の生涯を見渡したところで、問題の申文がいつ書かれたのか、その執筆時期の検討に入ろう。申文の末尾には「長保元年六月二十四日」と提出年時が記載されている。今井氏はその年時に従って論を進めている。今井氏の論文の該当箇所を次に引用しよう。

同年（長保元年）六月二十四日に、有国は参議に任じてほしい旨の申請書を提出している（朝野群載九、功労）。その趣旨の大体は、年来、大弁・蔵人頭・勘解由長官等の重職を歴任した功に鑑みれば、前例に徴しても参議に列するのは当然というのであるが、文中、自己の履歴を述べた箇所に、

（中文を部分的に引用する。省略）

という。一条天皇降誕以来今日まで孜々《しし》として朝廷に仕え、ために大入道兼家に取り立てられたこと、また道隆の代に至って、官位を削られる憂き目を見たが、再び晴天白日の身となって朝廷に仕え得る喜びを述べ

たものである。この内容において、かなりはっきりと、中関白一門に対し非難を加える趣のあるのは、中関白家にとっては敵である道長の心証に阿附する効果をもつことは明らかであろう。（中略）

右の参議叙任の申請書が提出された直後、七月二十六日に有国は道長のもとに松浦海でとれた九穴の蚫を贈っており（権記）、同月三十日には道長のもとへその消息が届いた（関白記）。有国が参議となったのは、それより約二年後のことである。もとから家司であってみれば、主人に蚫を送るくらいは当然とも見えるが、猟官運動とまるきり無関係とも思えまい。

今井氏は、申文が天皇に奉る形式を取っていながらも、実質的には道長に働きかけた内容を持っていることと、申文の日付の直後の時期に道長に対して贈答品が送られ、書状も届けられていることとの間には密接な関係があり、これらを一連の猟官運動と捉えることができると述べている。今井氏の考証には説得力があるが、しかし、申文の日付と有国の官署との間に齟齬のあることは、見過ごすことができない。次に申文の全文を、段落に区切って掲げよう(2)。本文は東山御文庫蔵本を底本として、諸本によって校訂した。

勘解由長官従三位藤原朝臣在国誠惶誠恐謹言

請特蒙　鴻慈依大弁蔵人頭勘解由長官労任参議状

右謹撿案内、公卿之選、其望有限。大弁蔵人頭、待次登用。左近中将有年労者、間以抜任。良吏之歴五箇国、功績合格、式部大輔為帝師者、同亦拜除。是即累聖之勝躅、百王之通規也。是以不歴其職、不応其選。在国謬以是愚質、歴此顕要。右大弁蔵人頭勘解由長官春宮亮、共是一時之官職也。聖上従降誕之日、及儲弐之朝、久為本院之別当、多勤巨細之雑事。仏神祈禱、勤行超倫。近則朝家被賽度々神所行事等御願、蒙入道大相国教旨、二箇夜間、為恐外池、洛東河水、夜半祈請。相国深知愚忠、多加賞進。指天盟神、自有証知。若蔵人頭必当其仁、在国豈非当朝之蔵人頭乎。若以弁労成其望、在国豈非明時之右大弁乎。位者是造作行事之賞、似恩如罰。」（第一段）

重撿先例、蔵人頭之叙三位者、済時卿超次任参議。勘解由長官之有勤節者、常嗣卿年中任参議。大弁之削官爵者、正躬王更亦任参議。方今返三五之朝、挙二八之臣。在国縦雖旧弊、陛下豈忘遺舄於暫時。在国縦雖惰惓、陛下盍宥絶纓於暗夜。漢高帝之至聖、厚賞沛中之故老、唐大宗之最賢、猶愍床上之病臣。」（第二段）

加以入道大相国者、以外祖之重寄、擬三宮之厳儀。先朱雀院御時、朝忠卿天暦六年抽拜参議。先大皇大后宮御時、兼忠卿天慶八年超登八座。彼皆無本官之可拘、只依憐木幡之新勤也。円融院御時、輔正卿因准此例、殊叙三位。在国、法興院中、空漱紅涙於秋雨、木幡山下、独戴白骨於暁雲。其後、旬日未改、雨露忽乾。初解両亀而留一官、後為庶人而削三品。纔復官位、天独所祐也。何況瘴煙適霽、再望聖日之光、死灰更燃、幸逢仁風之扇。望請天慈曲賜優恤、殊交朝議之預参、試励晩節之忠節。在国誠惶誠恐謹言。」（第三段）

長保元年六月廿四日、前勘解由長官従三位藤原朝臣在国

中文では、日付が長保元年六月二十四日であるのに対して、署名は勘解由長官従三位藤原朝臣在国となっている。在国が長徳二年正月に有国に改名したことは先に述べた。改名は長保元年を遡る三年前のことである。したがって、長保元年の時点では有国と表記されていなければならない。しかし中文では名前の出てくる九箇所全てに「在国」と表記されている。これはおかしい。尚且つ、長保元年当時の有国の官職は太宰大弐・弾正大弼であ

るにも拘わらず、中文には「勘解由長官」と記されている。これも不審である。つまり、日付か官署か、そのどちらか一方に誤りがあると考えられるのである。

三、中文の読解

そこで、この問題を解き明かすために、中文を読解することにしたい。まず第一段を訓み下して掲げる。

勘解由長官従三位藤原朝臣在国誠惶誠恐謹言
　特に鴻慈を蒙り、大弁蔵人頭勘解由長官の労に依りて参議に任ぜむと請ふ状
右、謹んで案内を撿ふるに、公卿の選は、其の望み限り有り。大弁蔵人頭は、次いでを待ちて登用す。左近中将の年労有る者は、間ま以つて抜任す。良吏の五箇国を歴て、功績合格するもの、式部大輔の帝師為る者も、同じく亦た拜除す。是れ即ち累聖の勝躅、百王の通規なり。是を以つて其の職を歴ずんば、其の選に応ぜず。在国、謬りて是の愚質を以つて、此の顕要を歴たり。右大弁・蔵人頭・勘解由長官・春宮亮、共に是れ一時の官職なり。聖上、降誕の日より、儲弐の朝に及ぶまで、久しく本院の別当と為りて、多く巨細の雑事を勤む。仏神の祈禱、勤行倫《ともがら》を超えたり。(1)近くは則ち朝家、度々神所行事等の御願に賽《かへりまうで》せらるるとき、入道大相国の教旨を蒙り、二箇夜の間、外池、洛東の河水を恐れむが為めに、夜半祈請す。相国、深く愚忠を知り、多く賞進を加ふ。天を指し神に盟《ちか》へば、自ら証知有らむ。若し蔵人頭必ず其の仁に当たらば、在国豈に当朝の蔵人頭に非ずや。若し弁の労を以つて其の望みを成さば、在国豈に明時の右大弁に非ず

や。位なる者は是れ造作行事の賞、恩に似たり罰の如し。(2)

この段で在国は、おおよそ次のようなことを述べている。先例を調べてみると、参議には①大弁・蔵人頭から成るルート、②近衛中将からのルート、③五カ国の国守を経た者からのルート、④式部大輔で天皇の侍読となった者から成るルートがある。在国の場合、①に該当する。在国は一条天皇に幼少時から仕えて、とくに天皇のために仏神に対する祈禱勤行を行なうことにかけては誰にも負けなかった。例えば一条天皇の行幸に際して行事弁を勤め、道中の無事を祈った。その功で右大弁となり、そののち蔵人頭も兼ね、参議への道が開かれようとしたが、(政権が藤原兼家から藤原道隆に移ると)従三位を与えられ、右大弁・蔵人頭を辞することを余儀なくされ、結局参議に昇進する道が閉ざされてしまった。以上が第一段の大意である。

この段で難解なのは二箇所の傍線部である。傍線部(1)は、永祚元年(九八九)三月二十二日・二十三日の春日社行幸の時のことを指すものと思われる。その時のことは藤原実資の日記『小右記』に詳しい記事があり、その永祚元年三月二十二日条には次のようにある。

今日春日行幸。卯時参内。先是右大臣・源中納言・修理大夫候陣。自今暁天霽雲収、神感掲焉。辰一点〈陰陽家択申卯時云々〉乗輿〈皇太后同輿〉、経日華・宜陽門、更自中隔座承明門前、出給自宜秋・藻壁門。自大宮大路南行。更東折、経二条・朱雀等大路、到給美豆頓宮〈午刻〉。桂河・淀等浮橋〈諸国所造〉、自御舟渡給。御輿居舟、々上敷板、供御膳。公卿及諸司就食。午終乗輿起頓宮。於奈良坂中、所司執燎。…戌三刻着給社頭御在所〈着到殿〉。…

一条天皇は都を出て奈良に南下するに当たって、まず桂川・淀に急遽作り設けた浮橋を御輿で渡った（傍線部）とある。つまり申文傍線部（1）に「二箇夜の間、外池、洛東の河水を恐れむが為めに、夜半祈請す」とあるのは、天皇が浮橋を無事に渡り切ることができるように在国が祈ったことを言っているのである。

傍線部（2）は、恐らく正暦元年（九九〇）八月三十日に従三位に加階されたことを指すものと思われる。在国としては、右大弁・蔵人頭から参議昇進を狙っていたのに、兼家が没して摂政が道隆に移った途端、従三位を与えられ、無理矢理右大弁・蔵人頭から引きずり下ろされたのである。『小右記』正暦元年八月三十日条の除目の記事には「右大弁在国叙三品。（右大弁在国、三品に叙す）」とあるところに、「頗有辞申。而強以被叙、被放右大弁及所職等也。（頗る辞し申すこと有り。而れども強ちに叙せられ、右大弁及び所職等を放たるるなり）」と注記があり、この叙位が在国の本意で無かったことが知られる。在国が道兼寄りであったことは、『栄花物語』さまざまのよろこびに「有国は粟田殿（道兼）の御方にしばしば参りなどしければ、摂政殿（道隆）、心よからぬさまにおぼしのたまはせけり」とあるとおりで、従三位を与えて参議に昇進できないようにしたのは、道隆の策略であることは明らかである。在国が「恩に似たり、罰の如し」と言ったのは、従三位に加階される一方で、参議昇進の可能性を打ち砕かれたことを意味しているのである。

次に申文の第二段を掲げよう。

重ねて先例を撿ふるに、蔵人頭の三位に叙する者、済時《なりとき》卿次いでを超えて参議に任ず。勘解由長官の勤節有る者、常嗣《つねつぐ》卿年中に参議に任ず。大弁の官爵を削る者、正躬王《まさみわう》更めて亦た参議に任ず。方に今、三五の朝に返り、二八の臣を挙ぐ。在国、縦ひ旧弊なりと雖も、陛下豈に遺鴟《いせき》を暫時に忘れむ。在国、縦ひ惰惓なりと雖も、陛下盍ぞ絶纓を暗夜に宥さざる。漢の高帝の至つて聖なるや、厚く沛中の故老を賞す、唐の大宗の最も賢なるや、猶ほ床上の病臣を愍れむ。

第二段では、さらに先例を調べてみると、在国のように蔵人頭で従三位に叙された者、勘解由長官で勤勉の者、大弁でいったん官位を剝奪された者も参議に昇進した事例がある。在国がすでに役に立たない老いぼれであっても、天皇に幼少時から親しくお仕えしたことを忘れないで欲しい。また過去に犯した過ち（正暦二年二月の秦有時殺害の事に坐して官位を剝奪されたことを指すか）を許して欲しい、と述べている。右大弁・蔵人頭から退いた者でも、或いは勘解由長官にある者でも参議になった先例があることを引き、また一条天皇の側近であったことを強調して、参議昇進を訴えたのである。

最後に第三段を掲げよう。

加以《しかのみならず》、入道大相国は、外祖の重寄を以つて、三宮の厳儀に擬す。先の朱雀院御時、朝忠卿天暦六年抽きて参議を拝す。先の大皇大后宮御時、兼忠卿天慶八年超えて八座に登る。彼れ皆な本官の拘はる可き無し、只だ木幡《こはた》の新勤を憐れむに依りてなり。円融院御時、輔正卿此の例に因准して、殊に三位に叙す。在国、法興院中、空しく紅涙を秋雨に漱ぐ、木幡山下、独り白骨を暁雲に戴く。其の後、旬日未だ改まらざるに、雨露忽ちに乾く。初め両亀を解きて一官を留む、後に庶人と為して三品を削る。纔かに官位を復するは、天の独り祐くる所なり。何に況むや瘴煙適たま霽れ、再び聖日の光を望む、死灰更に燃え、幸いに仁風の扇ぐに逢ふ。望み請ふらくは天慈曲げて優恤を賜ひ、殊に朝議の預参に交はり、試みに晩節の忠節を励まさむことを。

在国誠惶誠恐謹言。

長保元年六月廿四日、前勘解由長官従三位藤原朝臣在国

第三段では、かつて朱雀院が崩じたとき、また太皇大后宮（村上母后、藤原穏子）が崩じたとき、葬送の行事に献身的に奉仕したというだけの理由で参議に昇進した者がいた。准三宮の待遇を受けた藤原兼家が薨じたときに在国は葬送・法要に奉仕したのであるから、その先例に適合して参議になる資格がある。兼家が没して藤原道隆が政権を掌握すると、在国は官位を剝奪されるという憂き目に遇ったけれども、このたび天皇の配慮によって、このたび元の官位に復帰することができた。そこで天皇の慈悲にすがり、参議となって最後の奉公に励みたいと思う、とこれまでとは別の角度から在国に参議となる資格のあることを述べて中文を結んでいる。

四、中文の執筆・提出時期

それでは、右に見た中文の内容を踏まえて、その執筆・提出時期を考えてみよう。中文中に見られる最も新しい記事は第三段の傍線部である。ここには、兼家の死を境として、在国の境遇が一変し、官職・位階をいったん失って、それがまた復活するまでの間のことが記されている。「纔かに官位を復す」（やっとのことで元の官職・位階に復帰した）とあるのが最下限を示す文言である。元の官位とは、勘解由長官・従三位を指す。従三位に復したのが正暦三年八月二十三日、勘解由長官に復したのがその二年後の正暦五年八月八日である。ところが、中文にはその翌年十月に太宰大弐になったこと、さらに長保元年閏三月に弾正大弼になったことは一言も触れられてい

ない。とすれば、この中文は勘解由長官に復帰した正暦五年八月から、太宰大弐に任じられた長徳元年十月までの間に提出されたと考えるのが妥当なのではなかろうか。ここで、最初に提起した「中文の日付か官署か、そのどちらかに誤りがある」という問題に答えが出たように思う。「勘解由長官従三位」という官署が正しく、「長保元年六月二十四日」という日付に誤りがあるのである。

さらに執筆・提出時期を絞り込めないだろうか。在国が藤原道兼と緊密だったために、藤原道隆から疎まれたことは先に述べた。その道隆が没したのは長徳元年四月十日である。道隆との関係が良好でなかったことから推測して、在国が参議中文を道隆存命中に提出することは考えにくいのではないかと思われる。とすれば、中文の提出は長徳元年四月以降ということになる。そして、在国が後に道長の家司となったことを勘案すれば、道長が内覧宣旨を蒙り、右大臣・氏長者となった直後の長徳元年六月が中文提出のタイミングとして相応しいのではないだろうか。ここでは、「六月二十四日」という日付には誤りがないものと見て、長徳元年六月二十四日の提出とするのが穏当であるように思われる。『朝野群載』巻九所収、在国の参議中文は長保元年ではなく、長徳元年に執筆されたと見なすべきであるというのが本章の結論である。

最後に、この年時の誤りが生じた原因について触れておきたい。本書第十七章で、私は『朝野群載』巻十三所収の中文を取り上げ、その文中に史実に反する記載が見られることについて、それが『朝野群載』の編者である三善為康による意図的な本文改変であることを指摘した。しかし、本章で取り上げた参議中文に見られる不審箇所は、そのような編者による本文改変であるとは考えにくい。本来「長徳元年」とあった記載が『朝野群載』の転写過程のある段階で「長保元年」に誤写され（「徳」と「保」とは草書に崩すと、非常によく似ている）、それが正されないまま伝写されていったと考えておくことにしたい。

注

（1）有国の息男の内、広業（母は藤原義友女）・資業（母は橘三位）の二人が対策に及第して儒者となり、それぞれの家系が儒家を成した。広業の家系を大福寺流、資業の家系を日野流と称する。藤原氏北家大福寺流・日野流は儒家の中では最も家格が高かった。平安時代中期以降、大江・菅原・藤原氏南家・藤原氏式家などの他家の儒者が押し並べて四位止まりであったのに対して、大福寺流・日野流の出身者からは参議或いは中納言に昇る者が輩出し、議政官としての実務能力を発揮した。学問上は、白居易の『新楽府』を始めとする諷諭詩を天皇に進講する役目を果たしたことで知られる。大福寺流は室町時代初めに途絶えたようだが、日野流は江戸時代末まで儒家として存続した。

（2）私に語釈・現代語訳を施す。

▽**鴻慈**　広大な慈悲。大臣（臣下の上位者）に対して用いる語。天皇の恩恵・慈悲を言うときには「天恩」「天慈」を用いる。本状の結びには「天慈」の語が見える。▽**大弁蔵人頭、待次登用**　蔵人頭から参議に任じられた直近の例としては藤原懐忠（永延三年七月十三日任）・藤原実資（永延三年二月二十三日任）・藤原道頼（永祚二年五月十三日任）・藤原伊周（正暦二年正月二十六日任）・藤原公任（正暦三年八月二十八日任）などがあり、右大弁から参議に任じられた例として平惟仲（正暦三年八月二十八日任）がある。▽**待次**　任官の順番が廻ってくるのを待つ。〔荀子 巻五、王制〕請問為政。曰、賢能不待次而挙、罷不能不待須而廃。〔楊倞註〕不以官之次序、若傅説起於版築為相也。須、須臾也。（政を為すことを請ひ問ふ。曰はく、賢能は次いでを待たずして挙げ、罷不能は須を待たずして廃す。〔楊倞註〕官の次序を以ってせず。傅説の版築に起ちて相と為るが若きなり。須は須臾なり。）▽**良吏之歴五箇国、功績合格**　藤原元名は能登守・備後守・伊予守・大和守・丹波守・山城守・太宰大弐を歴任して天徳二年（九五八）閏七月二十八日任参議。藤原守義は和泉守・阿波守・伊予守・越前守・丹波守・伊予守・播磨守を歴任して天禄三年（九七二）十一月二十七日任参議。▽**式部大輔為帝師者、同亦拝除**

式部大輔菅原輔正は長徳二年（九九六）四月二十四日任参議。「帝師」は天皇の侍読となった者を言う。輔正は師貞親王（後の花山天皇）の読書始の侍読。〔文選 巻三十六、為宋公修張良廟教、傅亮〕風雲玄感、蔚為帝師。（風雲玄感し、蔚《うつ》として帝の師と為る。）▽**累聖**　歴代の聖天子。〔尚書、顧命〕王曰、昔君文王武王宣重光、奠麗陳教則肄。〔孔伝〕言昔先君文武、布重光累聖之徳、定天命、施陳教、則勤労。（王曰はく、昔の君の文王武王、重光を宣《し》き、奠《さだ》めて教へを麗《ほどこ》し陳《つら》ねて則ち肄《つと》む。〔孔伝〕言ふこころは、昔先君の文武、重光累聖の徳を布き、天命を定め、教へを施し陳ね、則ち勤労す。）**▽儲弐**　儲嗣に同じ。天皇の位を継ぐこと。**▽本院**　東三条院詮子（一条天皇の母）のことか。**▽超倫**　仲間より抜きん出ていた。〔文選 巻五十八、陳太丘碑文、蔡邕〕潁川郡陳君、絶世超倫、大位未躋。（潁川郡の陳君、世に絶《すぐ》れ倫を超えたれども、大位未だ躋《のぼ》らず。）**▽盟神**〔日本書紀、允恭天皇四年九月戊申（二十八日）条〕詔曰、…故諸氏姓人等、沐浴斎戒、各為盟神探湯。（故、諸の氏姓の人等、沐浴斎戒して、各おの盟神探湯《くかたち》為《せ》よ。）**▽似恩如罰**〔本朝文粋 巻四、116為入道前太政大臣辞職並封戸准三宮第四表、大江匡衡〕方今安不忘危、賞還如罰。（方に今、安けれども危ふからむことを忘れず、賞は還りて罰の如し。）**▽蔵人頭之叙三位者、済時卿超次任参議**　藤原済時は非参議従三位から天禄元年（九七〇）八月五日参議となり、既に正四位下参議であった藤原斉敏・源延光・藤原文範を超えた。**▽勘解由長官之有勤節者、常嗣卿年中任参議**　藤原常嗣は天長八年（八三一）正月二十三日任勘解由長官、七月十一日任参議。**▽大弁之削官爵者、正躬王更亦任参議**　正躬王は承和七年（八四〇）八月八日任参議、同九年正月十三日兼左大弁。同十三年正月十三日左大弁を解任、十一月六日法隆寺僧善愷等の愁訴により官位を除かる。同十五年治部卿、従四位下。貞観三年（八六一）正月十三日更任参議。**▽返三五之朝、挙二八之臣**〔本朝文粋 巻六、161申越前尾張等守状、大江匡衡〕当今之時、政返淳素。三五之化漸彰、二八之臣如旧。（当今の時、政 淳素に返る。三五の化 漸く彰はれて、二八の臣 旧きが如し。）**▽三五**　三皇五帝。〔文選 巻一、東都賦、班固〕勲兼乎在昔、事勤乎三五。〔李善註〕史記、楚子西曰、孔丘述三五之法、明周召之業。春秋元命苞曰、伏羲女媧神農為三皇。史記五帝本紀曰、黄帝顓頊帝嚳帝堯帝舜也。（勲 在昔を兼ね、事 三五に勤めたり。〔李善註〕史記に、楚の子西曰はく、孔丘 三五の法を述べて、周召の業を明かにす。春秋元命苞に曰はく、伏羲・女媧・神農を三皇と為す。史記五帝本紀に曰はく、黄帝・顓頊・帝嚳・帝堯・帝舜なり。）**▽二八**　八元と八愷。〔文選 巻十五、思玄賦、張衡〕幸二八之遻虞兮、嘉傅説之生殷。〔旧註〕二八、八愷八元也。遻、遇也。〔李善註〕左氏伝、季孫行父曰、昔高辛氏有才子八人、伯奮、仲堪、叔献、季仲、伯虎、仲熊、叔豹、季貍。言此八人、忠、粛、恭、懿、宣、慈、恵、和。天下之民、謂之八元。元、善也、長也。八愷者、高陽氏有才子八人、蒼舒、隤敳、檮戭、大臨、尨降、庭堅、仲容、叔達。言此八人、斉、聖、広、淵、明、允、篤、誠。天下之民、謂之八愷。（二八の虞に遌《あ》へるを幸とす、傅説の殷に生れたることを嘉《よろこ》ぶ。〔旧註〕二八は八愷八元なり。遌は遇なり。〔李善註〕左氏伝（文公十八年）に、季孫行父曰はく、昔高辛氏に才子八人有り、伯奮、仲堪《ちゆうたん》、叔献、季仲、伯虎、仲熊、叔豹、季貍。此の八人を言へば、忠、粛、恭、懿、宣、慈、恵、和なり。天下の民、之れを八元と謂ふ。元は善なり、長なり。八愷なる者は、高陽氏に才子八人有り、蒼舒《さうしよ》、隤敳《たいがい》、檮戭《たうえん》、大臨、庬降《ばうかう》、庭堅、仲容、叔達。此の八人を言へば、斉、聖、広、淵、明、允、篤、誠なり。天下の民、之れを八愷と謂ふ。）＝八元八愷の賢人たちが帝舜の代に生まれあわせたことを幸いと思い、傅説が殷の時代に生まれたことを羨ましく思う。

▽豈忘遺舃於暫時　どうして靴を脱ぎ捨てたことを少しの間も忘れることがあろうか。「遺舃」とは「陛下」（一条天皇）の幼少時に在国が侍臣として奉仕したことを言うか。在国は一条天皇の東宮時代からの侍臣。

▽遺舃　靴を脱ぎ捨てる。〔西京雑記 巻四〕梁孝王子賈従朝。年幼。竇太后欲強冠婚之。上謂王曰、児堪冠矣。王頓首謝曰、臣聞、礼二十而冠、冠而字、字以表徳。自非顕才高行、安可強冠之哉。帝曰、児堪冠矣。餘日帝又曰、児堪室矣。王頓首曰、臣聞、礼三十壮有室。児年蒙悼、未有人父之端。安可強室哉。帝曰、児堪室矣。餘日賈朝。至間（閫）而遺其舃。帝曰、児真幼矣。白太后未可冠婚之。（梁の孝王の子賈従朝す。年幼し。竇太后、強ちに之れに冠婚せむと欲す。上、王に謂ひて曰はく、児冠するに堪へたり、と。王頓首して謝して曰はく、臣聞く、礼は二十にして冠す、冠して字つく、字は以つて徳を表す。顕才高行に非ざるよりは、安んぞ強ひて之れに冠す可けむや、と。帝曰はく、児冠するに堪へたり、と。餘日帝又た曰はく、児室するに堪へたり、と。王頓首して曰はく、臣聞く、礼は三十壮にして室有り。児年蒙悼にして、未だ人父の端有らず。安んぞ強ひて室す可けむや、と。帝曰はく、児室するに堪へたり、と。餘日賈朝す。閫《こん》に至りて其の舃《くつ》を遺《す》つ。帝曰はく、児真に幼なり、と。太后に白して、未だ之れに冠婚せしむ可からずとまをす。）

▽盍宥絶纓於暗夜　どうして暗い夜に冠纓を絶たれた者を赦さないのか。過ちを犯した者に対して、どうして寛大な措置を取らないのか。「絶纓」は在国の「惰倦」による失態。正暦二年（九九一）二月二日、大膳属秦有時殺害の事に坐して官位を剝奪されたことを指すか。

▽絶纓　冠のひもを切る。〔蒙求376〕楚荘絶纓〔古註〕説苑、楚荘王、賜群臣酒。日暮酒酣、燈燭滅。有引美人衣者。美人援絶其冠纓。告王趣火視之。王曰、賜人酒、使酔失礼。奈何欲顕婦人之節而辱士乎。乃令群臣皆断纓、然後出燈、尽懽而罷。後晉與楚戦。有一臣常在前、却

敵卒勝之。王怪問。乃夜絶纓者。（説苑に、楚荘王、群臣に酒を賜ふ。日暮れ酒酣にして、燈燭滅す。美人の衣を引く者有り。美人、其の冠纓を援き絶つ。王に告げて、火を趣《うなが》し之れを視むとす。王曰はく、人に酒を賜ひて、酔ひて礼を失はしむ。奈何ぞ婦人の節を顕さむと欲して士を辱《はづか》しめむや、と。乃ち群臣をして皆な纓を絶たしめ、然る後に燈を出だし、懽を尽くして罷む。後、晋と楚と戦ふ。一臣有りて常に前に在り、敵を却け卒に之れに勝つ。王怪しみて問ふ。乃ち夜 纓を絶つ者なり。）**▽漢高帝之至聖、厚賞沛中之故老**〔史記、高祖本紀〕（漢十二年）高祖還帰、過沛留、置酒沛宮。悉召故人父老子弟縦酒。（高祖、還《めぐ》り帰り、沛に過ぎりて留まり、沛の宮に置酒す。悉く故人・父老・子弟を召し、酒を縦《ほしいまま》にせしむ。）**▽唐大宗之最賢、猶愍床上之病臣**　在国が病臥していたことを暗示する。末尾の「瘴煙適釁」に呼応する。〔貞観政要 巻六、仁惻〕貞観十九年、太宗征高麗、次定州。有兵士到者、帝御州城北門楼撫慰之。有従卒一人、病不能進。詔至床前、問其所苦、仍勅州県医療之。是以将士莫不欣然願従。（貞観十九年、太宗 高麗を征し、定州に次《やど》る。兵士の到る者有れば、帝 州城の北門楼に御して之れを撫慰す。従卒一人有り、病みて進むこと能はず。詔して床前に至り、其の苦しむ所を問ひ、仍ほ州県の医に勅して之れを療せしむ。是を以つて将士 欣然として従ふを願はざる莫し。）**▽最賢**〔孔子家語 巻三、賢君〕哀公問於孔子曰、当今之君、孰為最賢。孔子対曰、丘未之見也。（哀公 孔子に問ひて曰はく、当今の君、孰れをか最も賢なりと為す、と。孔子 対へて曰はく、丘未だ之れを見ざるなり、と。）**▽木幡**　木幡（山城国宇治郡）には冬嗣以下藤原氏歴代の墓所がある。**▽法興院中、空救紅涙於秋雨、木幡山下、独戴白骨於暁雲**　永祚二年（九九〇）七月二日摂政太政大臣藤原兼家が薨じた。八月十二日藤原道隆は、兼家の四十九日法事を法興院に営んだ。〔小右記、永祚二年七月九日条〕今夜、入道殿御葬送云々。〔小右記、永祚二年八月十二日条〕故入道殿七々御法事於法興寺被行云々〈以二条院号法興寺〉。〔栄花物語 巻三、さまざまのよろこび〕大殿（兼家）の御悩、よろづかひなくて、七月二日うせさせ給ひぬ。…もとより心よせおぼし思ひきこえさせたりければ、有国は粟田殿（道兼）の御方にしばしば参りなどしければ、摂政殿（道隆）、心よからぬさまにおぼしのたまはせけり。さるは入道殿の、有国・惟仲をば左右の御眼と仰せられけるを、きめられ奉りぬるにやと、いとをしげなり。二条院をば法興院といふに、この御忌のほど、多くの仏造り出で奉りて、寝殿におはしまさせ給ひて、八月十余日御法事やがてそこにてせさせ給ふ。**▽法興院**〔拾芥抄、諸寺部〕法興院〈二条北、京極東一町。大入道殿第、後為堂〉。▽漱紅涙　「漱」、底本「救」に作る。国史大系『朝野群載』は神宮文庫所蔵宮崎文庫本の傍書により「漱」に改めている。これに従う。▽初解両亀而留一官　永祚二年八月三十日、従三位に叙されたため、蔵人頭・右大弁の職を解かれたことを言う。▽後為庶人而削三品　正暦二年（九九一）二月二日、大膳属秦有時殺害の事に坐して官位を止められたことを言う。▽瘴煙適霽、再望聖日之光　病いがたまたま快復して、再び臣下として天皇に仕えることができるようになった。「瘴煙」は中国南方、炎熱の地の毒気。転じて、病いの意。〔白居易、2762何処難忘酒七首其七〕半面瘴煙色、満衫郷涙痕。（半面瘴煙の色、満衫郷涙の痕。）「聖日」は神聖な太陽。転じて、天皇を言う。▽死灰更燃　冷たくなった灰がもう一度燃えだす。衰えた者が復活する喩え。〔史記、韓長孺（韓安国）伝〕安国坐法抵罪。蒙獄吏田甲辱安国。安国曰、死灰独不復然乎。田甲曰、然即溺之。（安国 法に坐し罪に抵《あた》る。蒙の獄吏田甲 安国を辱しむ。安国曰はく、死灰独り復た然《も》えざらむや、と。田甲曰はく、然ゆれば即ち之れに溺せむ、と。）

勘解由長官従三位藤原在国は恐れ多くも謹んで申し上げる。

特に広大な慈悲を受けて、大弁・蔵人頭・勘解由長官の労効により、参議に任じられることを申請する状。

謹んで先例を調べてみると、公卿は誰もが希望できるわけではなく、その人選には候補者の制限が設けられている。大弁・蔵人頭は順番を待って公卿に登用される。左近衛中将で年労のある者は、時として抜擢される。良吏で五箇国を経験して功績の適った者や、式部大輔で天皇の侍読を務めた者もまた公卿に任じられる。これは聖天子が世々を重ねて示してきた良き慣例であり、帝王が百代にわたって守ってきた規定である。在国は天性愚かであるにも拘わらず、（何を間違ったか）これら顕要の官職を経験している。右大弁、蔵人頭、勘解由長官、春宮亮は全て同時期に拝命していた官職である。一条天皇がお生まれになってから即位されるまで、私は長い間、母后に当たる東三条院（詮子）の別当となり、大小と無く多くの雑事を取り仕切ってきた。仏神に対する祈禱や勤行については、他の誰よりも熱心にこれを行なった。近年の事例を挙げれば、一条天皇がたび重なる神社の行事等の御願に対して、春日社に行幸して報賽《かえりもうし》されたときには、入道太相国（藤原兼家）の教命を受け、二晩の間、行程の難所である外池（巨椋池）・洛東河水（桂川）を御輿が無事に通行できるようにと願って、夜半に神仏に祈請したことがあった。相国（兼家）は私の愚かしいまでの忠義心を良く理解し、（春日社行幸の直後に正四位下右大弁、その後、春宮権亮、勘解由長官、蔵人頭と）順次昇進させてくれた。天の神に向かって誓いを立てたことに対して、神が自ずと私の誠意を証明してくれたのだろう。もし蔵人頭が必ず参議になれるというのであれば、在国こそ当朝の蔵人頭ではないか。もし弁官の労によって参議の望みが叶うというのであれば、在国こそ明時の右大弁ではないか。位階は造作や行事の功賞によって与えられるものである。（ところが、従三位に加階されると同時に蔵人頭・右大弁から外され、参議になる機会が奪われたことから考えると、位階を与えられることは）恩恵のようでもあり、刑罰のようでもある。」（第一段）

さらに先例を調べてみると、蔵人頭から三位に叙され（蔵人頭を辞し）た者の中では、藤原済時が上位の者を超えて参議に任じられたことがある。勘解由長官で勤勉の者では、藤原常嗣が（勘解由長官になった）同年中に参議に任じられたことがある。大弁で官職位階を剝奪された者では、正躬王が改めて参議に任じられたことがある。まさに今、三皇五帝の時さながらの質朴の政治に返り、臣下には八元八愷に比すべき才子が居並んでいる。（それに引き換え）在国は疲れた老いぼれではあるけれども、陛下は、どうして靴を脱ぎ捨てたこと（在国が幼少時に親しくお仕えしたこと）を片時も忘れることができましょうか。在国は怠惰ではあるけれども、陛下はどうして暗い夜に冠纓を絶たれたこと（在国が犯してしまった些細な罪）を赦してくれないのでしょうか。漢の高祖が聖人であった証拠に、故郷の沛の故老たちを手厚くねぎらったではありませんか。唐の太宗が賢人であった証拠に、病床の兵卒を慰撫したではありませんか。（聖賢の誉れ高い陛下ならば、これと同様に在国を優遇していただきたい。）」（第二段）

それに加えて、今は亡き入道太相国（藤原兼家）は天皇の外祖として重き信頼を勝ち得て、准三宮の待遇を与えられた方である。朱雀院の時、藤原朝忠卿が天暦六年に参議となり、また太皇大后宮（村上母、藤原穏子）の時、源兼忠卿が天暦八年に参議となったのは、そのとき付帯していた官職とは関わりなく、ただ木幡で葬送に奉仕している姿が同情を誘ったからである。円融院の時には、木幡で奉仕した菅原輔正卿も先例に従って三位に叙されている。在国は、入道太相国が薨じたとき、法興院の四十九日の法要では、秋雨の中で空しく紅涙を流し、在国は木幡山下では、ひとり明け方に白骨を戴く身であった。（三宮と同じ扱いを受けていた兼家公の葬送時に、在国は献身的に奉仕したのだから、先例に従って参議に任じて欲しい。）その後、十日も経たないうちに、雨露の恩沢は潤いを失った。初めは蔵人頭・右大弁の両官を解かれ、勘解由長官にだけは留め置かれたけれども、後には（大膳属秦有時殺害の事に坐して）庶人に落とされ、三位という位階も剝奪された。その後、官位を復活させることができたことだけが、せめてもの天の救いであった。ましてや今、在国は病いがたまたま癒えたことで、再び臣下として天皇に仕えることができるようになり、冷えた灰がもう一度燃えだすかのように息を吹き返すことができたのも、さいわい天子の仁風に扇がれたからであろう。望み請うことは、天子の慈悲によって、曲げて憐れみを賜り、朝議に参加して最後の奉公に励みたいと思うばかりである。在国誠惶誠恐謹言。」（第三段）
　長保元年六月廿四日、前勘解由長官従三位藤原朝臣在国

第二十二章　大江匡房と藤原基俊

はじめに

『今鏡』巻二「もみぢのみかり」に白河天皇（一〇五三〜一一二九）の文化史上の事蹟を記した中に、次のような説話が見出される。

朗詠集に入りたる詩ののこりの句を、四韻ながらたづね具せさせ給ふこともおぼしめしよりて、匡房の中納言なむ集められ侍りける。その中に「さ月のせみのこゑはなにの秋ををくる」とかいふ詩ののこりの句を、えたづねいださざりけるほどに、ある人これなむとてたてまつりたりければ、江帥み給へて、「これこそそこののこりともおぼえ侍らね」と奏しける。のちに仁和寺の宮なりける手本の中にまことの詩いできたりけるなむとぞきこえ侍りし。

天皇が『和漢朗詠集』所収の摘句の全文を集めることを思い立ち、それを大江匡房（一〇四一～一一一一）に命じた。匡房がその作業に従事する中で、『和漢朗詠集』に収める李嘉祐の詩句「千峰鳥路含梅雨、五月蟬声送麦秋」（蟬・193）の全文を探しあてられないでいたところ、「ある人」が匡房を出し抜いて、その全文を天皇に奉った。匡房はそれを李嘉祐の詩ではなく、「ある人」の捏造した偽作であると見抜いたが、その後、本当の詩の全文が見つかり、「ある人」の悪だくみが明らかになった。

この説話は後代の『歌苑連署事書』や『和漢朗詠抄注』（永済注）にも取り上げられていて、こちらでは偽作を藤原基俊（一〇五六～一一四二）のしわざであると明かしている。(1) それ故、この説話は基俊の常軌を逸した性格を示す例証として取り上げられることがあるが、説話の言わんとする所はそれだけではないように思われる。本章では、本説話の周辺・背景を検討することによって、説話の意味する所を明らかにしたいと思う。

一、『今鏡』の記事の検討

最初に『今鏡』の記事の内容をもう少し深く理解しておきたいと思う。

まず、この説話に登場する「ある人」を『歌苑連署事書』、『永済注』に従って藤原基俊と同定して良いのかという点については、匡房と基俊とは年齢差が十五歳であり、時間的な面での矛盾点はない。また、この説話には基俊以外の異伝も無いので、「ある人」を基俊と同定して問題は無いように思われる。

次に、何故白河天皇は『和漢朗詠集』所収句の全文を読みたいと思ったのか。『和漢朗詠集』は、御物粘葉本によれば、八百二首の詩歌を収め、その内、漢詩文の摘句は五百八十六首、和歌は二百十六首である。漢詩文の摘句はさらに中国人作者の長句三十八首、中国人作者の詩句百九十四首、本邦作者の長句百五首、本邦作者の詩句二百四十九首に分けることができる。この内、本邦作者の長句百五首は、その九割を『本朝文粋』の中に見ることができる。『本朝文粋』撰者である藤原明衡は、白河天皇十四歳の時に没してはいるが、二人の間には恐らく接点があり、白河は明衡から学問の手ほどきを受けた可能性がある。(2) したがって、白河が摘句の全文を集めさせた背景には、明衡による『本朝文粋』の存在が大きく影響したことが想定できる。尚、『今鏡』には「四韻ながらたづね」させたとある。「四韻」は律詩を意味する語なので、これでは摘句の一部分を収集の対象としたことになるが、実際には、摘句全てを対象としたと考えるのが妥当である。

次に、白河天皇は摘句の全文収集を、何故大江匡房に対して命じたのか。それは勿論、匡房が白河側近の儒者であったことも一つの理由であろうが、それよりもむしろ大江維時の『千載佳句』が『和漢朗詠集』の重要な依拠資料であったことが、匡房を抜擢した大きな理由であったと思われる。摘句の全文を集める作業の中で最も困難なのは、中国人作者の摘句であることは言うまでもない。その中国人作者の詩句一九四首の内、七十六パーセントに当たる百四十八首を収めるのが『千載佳句』である。匡房はその『千載佳句』撰者大江維時（八八八～九六三）の直系（六代後）の子孫に当たる。維時が『千載佳句』の編纂時に用いた中国詩人の別集・総集はそのまま大江家に伝えられていたであろうから、子孫の匡房はそれによって『和漢朗詠集』摘句の全文を探し出すことができる。白河天皇は匡房こそがその作業に当たるに最も相応しい人物であると考えたのではなかろうか。

二、貴族社会の師弟関係

白河天皇が『和漢朗詠集』所収句の全文収集を下命したのは匡房に対してであった。それにも拘わらず、基俊は匡房を差し置いて自ら李嘉祐詩句の全文を白河に奉った。このような場合、匡房と基俊とはどのような関係にあると考えればよいのだろうか。

これまでの匡房・基俊それぞれの伝記研究に於いて、二人の関係に考察を加えたものはなかった。しかし、二人の間に交わされた贈答歌が基俊の家集『基俊集』と匡房の家集『江帥集』との双方に見えることからも、彼らが浅からぬ関係を築いていたことは確実である(3)。

当時の貴族社会では、男子が元服する直前の十歳頃になると、然るべき儒者或いは文人を師匠として、漢学の学習を始める慣習があり、その師弟関係は終生続いた。匡房と基俊とは、そのような師弟関係にあったのではないか。以下、そのように考えられる幾つかの理由を挙げ、その当否を検討してみたい。

基俊のような一般的な（つまり大学寮の紀伝道で漢学を学ぶという特殊な環境になかった）貴族が、実際に儒者・文人の誰と師弟関係を結んだのか。これが判明している具体例は極めて少ない。その数少ない例を挙げると、次のようになる。「―」を夾んで上が師匠、下が弟子で、次行にそれを証する資料を掲げた。

1 高丘相如（生没年未詳）―藤原公任（九六六～一〇四一）
〔江談抄 巻五、30朗詠集相如作多入事〕又四条大納言者、高相如之弟子也。仍撰朗詠集之時、多入相如作。所謂蜀茶漸忘浮花味、并樵蘇往反之句、有何秀発乎。

（又た四条大納言は、高相如の弟子《ていし》なり。仍りて朗詠集を撰するの時、多く相如の作を入れたり。所謂蜀茶は漸くに浮花の味ひを忘る、幷びに樵蘇往反するの句、何の秀発か有らむ。）

②藤原周光（一〇七九?～一一五八生存）―藤原長成（生没年未詳）・藤原朝方（一一三五～一二〇一）

〔古今著聞集 巻三、公事〕内宴は弘仁年中に始まりたりけるが、長元より後たえて行なはれず。保元三年正月廿一日におこし行なはるべきよし沙汰ありけるほどに、その日は雨ふりて、廿二日に行なはれけり。（中略）抑大監物周光は、ちか比の侍学生の中に聞こえある者にて参りたりけるが、歳八十ばかりにて階のぼる事かなはざりけるを、大蔵卿長成朝臣、春宮大進朝方、弟子にてありければ、前後にあひしたがひて扶持したりけり。ゆゆしき面目とぞ世の人申しける。周光もことに自讃しけり。

③大江佐国（一〇一二?～没年未詳）―藤原通俊（一〇四七～一〇九九）

〔中右記、寛治八年（一〇九四）九月六日条〕（藤原宗忠、内文の上卿である藤原通俊に召され、世事を言談する間、種々の教示を受ける。）又問云、史記之中称太史公、若太史談歟、将又司馬遷歟、如何。被答云、極秘事也。往年従師匠佐国口伝所聞也。太史公已非談幷遷二人、是云東方朔也。司馬遷作史記時、多以東方朔為筆者也。仍以東方朔説、称太史公也者。

（又た問ひて云ふ、「『史記』の中に太史公と称するは、若しくは太史談か、将た又た司馬遷か、如何」と。答へられて云ふ、「極めたる秘事なり。往年、師匠の佐国より口伝にて聞く所なり。太史公は已に談幷びに遷の二人に非ず、是れ東方朔を云ふなり。司馬遷、史記を作る時、多く東方朔を以つて筆者と為すなり。仍りて東方朔の説を以つて、太史公と称するなり」てへり。）

④藤原敦光（一〇六三～一一四四）―源師時（一〇七七～一一三六）

〔長秋記、大治五年（一一三〇）九月十七日条〕酉時、院別当送書云、今夜可有文殿作文、而於御前可被講者、必可参也。題月明勝地中〈光字〉者。件題兼日人々廻風情云々。然而一人無其告。已望期存無召之処、今如法。秉燭間、向式部大輔第、如形綴一篇、着直衣帰参。

（酉の時、院の別当（藤原実行）、書を送りて云ふ、「今夜、文殿の作文有る可し、而して『御前に於て講ぜらる可し』てへば、必ず参ずべきなり。題は『月明勝地中（月は勝地の中に明らかなり）〈光字〉』」てへり。件んの題、兼日人々風情を廻らすと云々。然れども一人其の告げ無し、已に期に望んで召し無しと存ずるの処、今法の如し。秉燭の間、式部大輔の第に向かひて、形の如く一篇を綴り、直衣を着て帰参す。）

5 藤原長光（一一〇一～一一八七）―藤原兼実（一一四九～一二〇七）

〔玉葉、安元元年（一一七五）六月十六日条〕午時許長光朝臣来。自去春比、風病屢侵、属今夏天、宿霧漸減。雖未復尋常、今日相扶所来也。優師優老〈生年七十五〉、故指入簾中、談雑事。雖有憔悴之貌、全無老耄之気。咄漢家本朝之故事、如明鏡。可仰可貴。師元已没、知我朝之旧事之者、只長光一人而已。此師若没、與誰問古昔之風。嗟乎惜哉々々。

（午の時許り、長光朝臣来たる。去春の比より、風病屢しば侵し、今夏の天に属《あた》りて、宿霧漸くに減ず。未だ尋常に復せずと雖も、今日相ひ扶けて来たる所なり。優師優老〈生年七十五なり〉、故《ことさら》に簾中に指し入れて、雑事を談ず。憔悴の貌有りと雖も、全く老耄の気無し。漢家本朝の故事を咄《かた》ること、明鏡の如し。仰ぐ可し、貴ぶ可し。師元已に没して、我が朝の旧事を知るの者、只だ長光一人なるのみ。此の師若し没せば、誰と古昔の風を問はむ。嗟乎、惜しいかな、惜しいかな。）

6 藤原孝範（一一五八～一二三三）―源光行（一一六三～一二四四）

〔蒙求和歌（片仮名本）、跋文〕城門郎者、多年之弟子也。拾蛍聚雪之処々、久守函杖之礼儀、嘲風哢月之時々、先存視草之故実。爰李澣蒙求、李嶠百廿詠、白居易新楽府等之中、抽其義幽玄其説表的之句々、以仮字言其詞、以和語詠其事。歌餘数百首、巻及数十軸。斯中於楽府者、重呈周詩、所副和歌也。余休閑之隙、披閲之処、目不暫捨、心多所感。尋繹吟翫、欲罷不能。仍雖顧愚魯之才、憖寄和漢之什矣。翰林老主孝範。

245 百詠蒙求新楽府、拾其賾旨述歌詞。歌詞一々兼華実　還咲元和天宝詩。

246 カラクニノヤヘノシホヂノアサギリヲクマナクハラフシキシマノカゼ

（『蒙求和歌』（平仮名本）・『百詠和歌』の跋文も同文）

[7] 大江挙周（?～一〇四六）―源師房（一〇〇八～一〇七七）

〔中右記部類紙背漢詩集、月是作松花、長元七年五月十五日、関白左大臣藤原頼通邸作文〕

左衛門督源師房

団々漢月感相驚、況作松花色正明。秦嶺艶粧生夜漏、呉江濃淡任陰晴。初開円影東昇夕、漸散清光西落程。一部楽章終曲後、更令墨客放詩情。

（初めて開く円影の東より昇る夕べ、漸くに散る清光の西に落つる程。）

式部大輔大江挙周

夜月蒼々得勝名、松花相似望中明。初開嶺上高昇夕、漸落山西半隠程。十八公夢春外思、大夫封爵暁来情。何唯霊翰生光耀、累葉儒林竊待栄。

（初めて開く嶺上高く昇る夕べ、漸くに落つ山西半ば隠るる程。）

[1]・[2]は説話集の記事から師弟関係が判明する例である。[1]は『江談抄』の記事で、匡房は、高丘相如が『和

漢朗詠集』に五首もの入集を果たしたのは、撰者藤原公任の師匠だったからであると述べている。二人の年齢差は二十歳前後かと思われる。

2は、保元三年の内宴で起きた事件を伝える『古今著聞集』の記事である。地下の文人藤原周光は自ら認めた詩懐紙を殿上の文臺の筥に置かなければならなかったが、高齢のため仁寿殿のきざはしを一人で昇ることができない。そこで、周光の弟子で内宴に奉仕していた藤原長成・藤原朝方の二人が周光を扶け、無事詩を献ずることができた、とある。周光と朝方との年齢差は五十六歳前後である。

3から5までは古記録の記事から師弟関係が判明する例である。3は藤原宗忠の日記『中右記』の記事で、藤原通俊が藤原宗忠に与えた知識が、実は大江佐国から教わったことであることを明かした件りである。通俊が「師匠の佐国より口伝にて聞く所なり」と語っていることから、二人が師弟関係にあったことが分かる。二人の年齢差は三十五歳ほどである。

4は『長秋記』の記者である源師時が、院の文殿で開催される詩宴に急遽出席することになり、慌てて式部大輔藤原敦光の許に駆け込んで詩を調えたことを述べた件りである。文中には師弟関係を直接示す言葉は見えないが、敦光に句題詩の添削を乞うたことから判断して、二人が師弟関係にあったことが窺われる。二人の年齢差は十四歳である。

5は藤原兼実の日記『玉葉』の記事で、式家の儒者藤原長光が病を押して自邸を訪れてくれたことを感謝した件りである。「優師優老」と言い、また「此の師若し没せば」と言っていることから、長光と兼実とが師弟関係にあったことが分かる。二人の年齢差は四十八歳。

6は書籍の跋文から判明する例として、『蒙求和歌』和歌の跋文を掲げた。城門郎（大監物の唐名）は『蒙求和歌』撰者、源光行を指す。跋文を記した藤原孝範が光行のことを「多年の弟子なり」と言っているのであるから、二人が師弟関係にあったことは明らかである。二人の年齢差は僅かに五歳である。

以上の六例は、師弟関係のあることが資料に明記されている実例である。ここに見られる師弟間の年齢差は、五歳から五十六歳まで千差万別である。匡房と基俊との年齢差は十五歳であり、この点は二人が師弟関係にあったと想定することに支障が無いように思われる。

最後に掲げた7は、1から6までとは異なる判定方法である。師弟間では、漢籍の読み合わせを通して学説の伝授が行なわれたが、師匠の担う役割として、それ以上に重要なのが詩の添削であった。当時、詩宴は社交を目的として（都の内外で）頻繁に行なわれており、そこに出席する貴族たちは師である儒者・文人の指導を受けることを常とした。それ故、師匠とその門弟とが詩宴に同席した場合、似通った表現が現れても何等不思議ではなかった。7はその例である。『中右記部類紙背漢詩集』には、長元七年（一〇三四）五月十五日、関白左大臣藤原頼通邸で行なわれた詩会で作られた二十三名の句題詩を見ることができる。その中で、源師房の詩の頸聯と大江挙周の詩の頷聯とは極めてよく似ている。恐らく師房は挙周の弟子であり、挙周の添削を受けていたことが推測される。

以上、師弟関係を確認或いは推測できる実例を見た。それでは、今問題としている匡房と基俊との間に師弟関係の存在したことを示す資料はあるのだろうか。残念ながら、二人の師弟関係を明記した説話や古記録は見当たらない。また、共通する表現の存する詩歌も今のところ見当たらない。しかし、1に掲げた『江談抄』の指摘する、入集数と師弟関係との関連は、匡房と基俊との関係を考える上で、多分に示唆的である。

三、匡房・基俊が師弟関係にあったと考えられる理由

周知の如く、藤原基俊には、『和漢朗詠集』の続編である『新撰朗詠集』の著作がある。『新撰朗詠集』は保安三年（一一二二）から長承二年（一一三三）までの間に編纂されたと考えられ、漢詩文の摘句五百四十三首、和歌二百三首の合計七百四十六首を収めている。次に掲げるのは『新撰朗詠集』（穂久邇文庫蔵本）所収本邦作者の、上位三十名の詩句・長句入集数である。

大江以言（42）	紀斉名（26）	慶滋保胤（17）	大江匡衡（14）	紀長谷雄（13）
兼明親王（13）	菅原道真（12）	源順（12）	藤原伊周（12）	藤原明衡（11）
大江朝綱（10）	具平親王（10）	橘在列（9）	菅家万葉集（8）	三善清行（8）
源英明（8）	菅原文時（8）	村上天皇（6）	**大江匡房（6）**	都良香（5）
島田忠臣（5）	大江佐国（5）	源時綱（5）	輔仁親王（5）	惟良春道（4）
都在中（4）	藤原篤茂（4）	橘直幹（4）	菅原輔昭（4）	源為憲（4）
藤原公任（4）				

この中で、基俊の師匠となり得る同時代作者は大江匡房ただ一人である。『和漢朗詠集』が撰者の師匠を入集数の面で優遇した、その先例に『新撰朗詠集』も従っているのであれば、匡房こそが基俊の師匠であるに相応しいのである。

実は『新撰朗詠集』所収作者の中には、匡房の他に年齢の上で基俊の師匠の候補となり得る儒者がいる。それは藤原行家（一〇二九～一一〇六）、藤原有俊（一〇三七～一一〇二）、藤原有信（一〇四〇～一〇九九）、菅原在良（一〇四一～一一二一）、藤原敦宗（一〇四二～一一一一）、藤原敦基（一〇四六～一一〇六）、藤原友房（生没年未詳）の七名だが、『新撰朗詠集』には有信と敦宗とが三首入集で、それ以外の五名は一首のみの入集という状況であり、匡房の六首入集とは比べものにならない少なさなのである。

また、基俊は『新撰朗詠集』を編纂するに当たって、『江談抄』を重要な依拠資料として利用している。この点も両者の関係を考える上で注目される。次に掲げるのは『新撰朗詠集』所収作品で『江談抄』を出典とするものである。(4) 古本系『江談抄』の章段の下に括弧に括って示したのは類聚本に於ける所在である。古本系に見えず、類聚本にのみ見える章段は、何れもその本文を収めていた古本系が散佚したものと考えられる。

①『新撰朗詠集』鶯・60　↑　『江談抄』神田氏旧蔵本43（巻五・57）
②『新撰朗詠集』柳・98　↑　『江談抄』醍醐寺蔵本152（巻四・48）
③『新撰朗詠集』花・104　↑　『江談抄』類聚本巻四・78にのみ見える
④『新撰朗詠集』松・396　↑　『江談抄』類聚本巻六・28にのみ見える
⑤『新撰朗詠集』鶴・415　↑　『江談抄』類聚本巻六・16にのみ見える
⑥『新撰朗詠集』山・453　↑　『江談抄』醍醐寺蔵本150（巻四・10）
⑦『新撰朗詠集』隠倫・511　↑　『江談抄』醍醐寺蔵本185（巻六・27）
⑧『新撰朗詠集』仏事・555　↑　『江談抄』醍醐寺蔵本72（巻六・26）

⑨『新撰朗詠集』仏事・558　→　『江談抄』醍醐寺蔵本69（巻四・94）

これらの摘句は全て『江談抄』で秀句と認められたものであることから、基俊が匡房の評価に従って採取したことは確実であろう。このように基俊は『新撰朗詠集』の編纂に当たって、『江談抄』を参考にしているのである。基俊が『新撰朗詠集』の編纂に当たっていた保安年間は匡房が没して十年ほどを経た時期に当たっており、古本系『江談抄』を見ることのできた人々の範囲は、まだそれほど広くはなかったであろう。『新撰朗詠集』は『江談抄』受容の最も早い例と言えるのではなかろうか。或いは基俊も匡房の言談を聞き書きした一人であったと想定することも可能であるように思われる。『新撰朗詠集』の撰集資料に『江談抄』が用いられたことは、基俊が匡房の門弟であったことを示す大きな証拠と言えるだろう。

以上、大江匡房と藤原基俊とが師弟関係にあったと考えられる理由として、次の三点を挙げることができる。

一、十五歳という二人の年齢差は師弟関係を結ぶことに支障が無いこと。

二、基俊撰『新撰朗詠集』に匡房の作品が他の作者に比して多く入集していること。

三、『新撰朗詠集』の依拠資料として『江談抄』が用いられていること。

これによって両者の師弟関係は立証されたと思われるが、もう一つ、別の角度からこれを補強してみたい。それは『和漢朗詠集』の書式という観点である。

匡房が『和漢朗詠集』所収句の全文を集めたということは、その出典の詩題・文題を明らかにしたことに他ならない。『和漢朗詠集』には、その成立からそれほど隔たらない時期の写本が少なからず現存している。その代表格は御物伝藤原行成筆粘葉本である。この本には摘句の下に作者名は記載されはするものの、詩題・文題は殆ど注記されていない。藤原公任が『和漢朗詠集』を編纂した当初の書式はこのようなものであった。それが後代になると、殆ど全ての摘句について詩題・文題注記の施された写本が現れる。それは例えば三河の鳳来寺旧蔵、暦応二年（一三三九）藤原師英書写本であり（5）、この本は詩題・文題を完備している。

この新たな書式は『和漢朗詠集』所収句の全文を集めた作業の副産物とでも言うべきものであって、大江匡房が創始したものと見ることができる。これとほぼ同じ書式を備えた古写本として、藤原基俊自筆の『和漢朗詠集』の断簡、「多賀切」が現存している。「多賀切」は陽明文庫に書写奥書を含む部分があり、それによって、永久四年（一一一六）十月二日の書写であることが明らかである。

基俊が『和漢朗詠集』を書写するに当たって、作者名と共に文題・詩題を注記する書式を採ったのは、匡房の書式を踏襲したものと見なすことができる。また、基俊は『新撰朗詠集』を編纂する際にも、同じ書式を採って一書を成している。このように基俊が匡房の創始した書式をそのまま受け継いでいることも、二人が師弟関係にあったことを指し示すものである。

四、結語

さてここで、冒頭に掲げた『今鏡』の記事に立ち戻ることにしたい。大江匡房が白河天皇から『和漢朗詠集』所収句の全文収集を命じられ、その作業に当たっていたとき、李嘉祐の詩句の全文を探しあてられないでいたところ、藤原基俊が匡房を差し置いて摘句の全文を白河に奉った、というのが『今鏡』の記すところであった。これを後代の読者はどのような印象を以て受容してきたかと言えば、匡房と基俊とを互いに好敵手、ライバル同士と見なし、我先にと手柄を争う中で起きた出来事と捉えていたように思われる。しかし、二人が師匠と門弟との間柄にあったとなると、この説話の示すところは全く別の様相を帯びてくるであろう。

白河天皇は大部な書籍を数多く編纂させたことで、文化史上に名声を留めた天子である。『今鏡』には、『和漢朗詠集』所収句の全文を集めさせたこと以外に、勅撰和歌集である『後拾遺集』の編纂を下命したこと、上皇になってから更に『金葉集』の編纂を下命したこと、藤原明衡の『本朝秀句』の続編である『続本朝秀句』の編纂を藤原忠通に下命したことが記されている。また『今鏡』には触れられていないが、二十巻本『類聚歌合』や、詩会の詩を類聚した『中右記部類紙背漢詩集』の編纂を下命したのも白河天皇であると考えられる(6)。

こうした撰集は、白河が適任と判断した専門の家々に等しく配分するように勅命を下したのであって、下命を受けた家々は全精力を傾けて事に当たったと思われる。尚且つ、これらの書の編纂は決して一個人の力だけでは成し遂げられない大事業であり、儒者であれば、門弟を総動員して作業に従事したことが想像されよう。『和漢朗詠集』所収句の全文を一書に収めたのであれば、それは五百篇を越える作品を擁する大部な総集であったはずであり、これを匡房一人の手で完成させるのは極めて困難であったと思われる。さればこそ、藤原基俊が門弟の一人としてこれに協力する余地が存したのである。私は『今鏡』の説話を、大江匡房とその門人たちが一体となって従事していた編纂作業の中で起きた一つの事件を伝えるものであったと考えたいと思う。また、文学史的に見れば、『和漢朗詠集』所収摘句の全文収集を起点として、匡房は「朗詠江註」に進み、これに遅れて基俊は江註、江談を消化して、『新撰朗詠集』の編纂に至ったと位置づけられるのではないかと思う。

注

(1)『歌苑連署事書』には「白河院御時、「千峰鳥路含梅雨」といへる詩の一具を御たづねのとき、諸人しらざるに、基俊つくりぐしてたてまつれりけり。江帥ひとりこれをうたがふ。のちに李嘉祐集を宇治宝蔵よりもとめいだされて、基俊が謀計あらはれて、勅勘をかぶれりければ、ときの人、文狂とぞ申しける。人のしれることぞかし」とあり、『和漢朗詠集』永済注には「此詩ハ古詩ニテアルヲ、タヾコノ句許ニテ、前後ヲ注セルモノナカリケレバ、ヨノ人ドモニ御タヅネアリケルニ、左衛門佐基俊、前後ノ句ヲツクリクハヘテ、「我ナム此詩ノ前後ヲ勘ヘエタル」トテ、披露シケルヲ、江帥ノミゾウチミテ、「前後ハ心詞コトノホカオトレリ。ヲナジ人ノシハザトヲボヘズ」ト云ハレケル。ノチニ、カノ醍醐ヨリ高野ノ大師ノ手跡ニテ、一首トイデキタリケルニゾ、江帥ハ、「サアレバコソ」トイハレケル。サテ、ソレヲタテマツリタリケレバ、基俊ハ御勘ヲカブリケリトゾ」とある。

(2) 拙稿「朗詠江註の視点」(『三河鳳来寺旧蔵暦応二年書写 和漢朗詠集 影印と研究』研究篇、二〇一四年二月、勉誠出版。初出は二〇〇五年七月)。

(3)『基俊集』の本文を次に掲げる。この贈答歌は『江帥集』(485・486)にも見える。

　九月つくるひ、大蔵卿まさふさの卿のもとにつかはしける
154 ゆく秋をとどめつるかなおく山の紅葉の錦たちやかへると
　かへし
155 をしめども紅葉もちりぬ日もくれぬかへらじものをよるのにしきは

(4) 全九例の内、二例の本文を次に掲げる。

②『江談抄』醍醐寺蔵本152(類聚本巻四・48)

又弱柳不堪鶯題、匡衡聞之謂以言、作上句七字、曰春娃眠飽鴛衾重。下七字可継。以言次其末云、老将腰疲鳳剣垂。二人共感歎、各終一篇。故件句共在二人集。

(又た「弱柳 鶯に堪へず」といふ題、匡衡之れを聞きて以言に謂ふ、「上句七字を作りて「春娃眠り飽いて鴛衾重し」と曰ふ。下七字を継ぐ可し」と。以言、其の末を継ぎて云ふ、「老将腰疲れて鳳剣垂れたり」と。二人共に感歎し、各おの一篇を終へたり。故に件んの句は共に二人の集に在り。)

大江匡衡、大江以言は「弱柳不堪鶯」を詩題としてそれぞれ一首を為したが、その中の一聯（対句を為す頷聯或いは頸聯）は実は二人が合作したもので、両者自讃の秀句であった。そのように匡房が語ったのを承けて、基俊はこれを『新撰朗詠集』柳・98に以言の作として収めた。

⑤『江談抄』類聚本巻六・16

頤廻翔於蓬島、霞袂未遇矣、思控御於茅山、霜毛徒老焉。〈藤雅材〉

依此句、俄補蔵人云々。

（蓬島に廻翔することを頤へども、霞袂未だ遇はず、茅山に控御することを思へども、霜毛徒らに老いたり。〈藤雅材〉此の句に依りて、俄かに蔵人に補すと云々。）

藤原雅材は天徳四年（九六〇）二月七日の釈奠で詩序を執筆し、この隔句対が秀句の評判を取ったために、蔵人に抜擢された、と匡房が語ったことを承けて、基俊はこれを『新撰朗詠集』鶴・415に収めた。

（5）拙著『三河鳳来寺旧蔵暦応二年書写 和漢朗詠集 影印と研究』（二〇一四年、勉誠出版）。

（6）拙稿「『詩序集』成立考」（『平安後期日本漢文学の研究』、二〇〇三年、笠間書院。初出は一九八五年）。

第二十三章　大江匡房の著作と『新撰朗詠集』

はじめに

前章では大江匡房と藤原基俊とが学問上の師弟関係にあったことを論じた。(1)もし私の推論したとおり基俊が匡房の門弟であったならば、基俊が匡房の学問を吸収した証しとして、二人の著作には共通する漢学の体系的知識が認められるはずである。本章では、二人の著作を比較することを通して、その点を具体的に検証してみたい。

一、大江匡房の「詩境記」

大江匡房（一〇四一～一一一一）にはその文学的価値観を提示した「詩境記」（『朝野群載』巻三）と題する作品が現存している。(2)これは匡房による中国詩史とでも言うべきものであり、その中で彼は詩を製作する場（詩壇）を国家に準えて「詩境」と名づけ、皇帝を詩境の統治者（詩壇の主宰者）に、臣下の詩人を詩境の住民（詩壇の構成員）

に見立てて、周代から唐代に至るまでの詩壇の変遷を辿っている。ふつう詩史の主役は詩人だが、「詩境記」では詩壇を形成して詩人を統括する役割を担う皇帝の存在を重視している。皇帝は自ら詩人であると同時に、臣下の詩を正しく評価できる才能を兼ね備え、その詩臣を庇護する存在でなければならないというのが匡房の主張である。記中、匡房は詩境の統治者として魏の文帝、唐の太宗の名を挙げる一方で、詩境を統治する資質に欠ける皇帝として劉宋の明帝（正しくは文帝）、隋の煬帝の二人を挙げている。

「詩境記」は、中国詩史を叙述した後、一転して筆先を我が国に向け、

我朝起於弘仁承和、盛於貞観延喜。中興於承平天暦、再昌於長保寛弘。広謂則三十餘人、略其菁莫、不過六七許輩。

（我が朝は弘仁・承和に起こり、貞観・延喜に盛んなり。承平・天暦に中興して、再び長保・寛弘に昌《さか》んなり。広く謂へば則ち三十餘人、其の菁莫を略すれば、六七許輩に過ぎず。）

とだけ述べて、唐突に記事を終えている。このいかにも中途半端な終わり方は、本来この後に本邦詩史の叙述のあったことを想起させる。記の現状は匡房自身がその部分を削除したか、後世その部分が失われたかのどちらかであろう。或いは最初から後半部分が無かったとも考えられるが、いずれにしろ、匡房がそこに何を書いたのか（書こうとしたのか）、今となっては不明とせざるを得ない。しかし、先に指摘した如く、理想的な天子は（国家を統治するだけでなく）詩人を庇護し、詩壇をも統括するという文学観が匡房にあったことから推せば、詩史の画期として具体的な年号（弘仁・承和・貞観・延喜・承平・天暦・長保・寛弘）を挙げたのは、これらの時期を治めた天皇が

本邦詩壇を牽引したことを言おうとしているように思われる。この文学史観が引き継がれて、弟子の基俊の著作にも見出されるかについては、後節で見ることにしよう。

詩境の「起」点とする弘仁・承和は、弘仁（八一〇～八二四）が嵯峨天皇の、承和（八三四～八四八）が仁明天皇の治世である。隆「盛」を迎えたとする貞観・延喜は、貞観（八五九～八七七）が清和天皇の、延喜（九〇一～九二三）が醍醐天皇の治世である。「中ごろ興った」とする承平・天暦は、承平（九三一～九三八）が朱雀天皇の、天暦（九四七～九五七）が村上天皇の治世である。「再び昌んになった」とする長保（九九九～一〇〇四）・寛弘（一〇〇四～一〇一二）は一条天皇の治世である。

匡房が本邦詩史上、たしかにこれらの天皇を詩境の統治者として重視すべき存在であると見なしていたことを、以下に『江談抄』を用いて証明することにしよう。『江談抄』は匡房の言談（江談）を集成した書である(3)。言談の内容は多岐にわたっているが、詩文に関する言談にはしばしば天皇が登場する。右の七人の中では仁明・清和・朱雀の三人が話題に上ることはない（『江談抄』の散佚部分に存在した可能性はある）が、他の四人は何れも詩壇を主宰する聖主として描かれている。且つ『江談抄』では嵯峨・醍醐・村上・一条以外で匡房から詩才を称えられた天皇は一人もいないのである。順を逐って見ることにしよう。

一、嵯峨天皇

嵯峨天皇（七八六～八四二。在位は大同四年（八〇九）四月から弘仁十四年（八二三）四月まで）の文学的事績としては第一に『凌雲集』『文華秀麗集』の編纂を下命したことが挙げられる。しかし、匡房が本邦詩史の起点に弘仁という嵯峨の年号を挙げたのは、その勅撰漢詩集の下命を念頭に置いたからだけではあるまい。それ以上に大きな事件が『白氏文集』の渡来であった。

周知の如く、白居易の詩文は渡来するや瞬く間に流行し、我が国の詩風を一変させた。その渡来時期は勅撰三集（右の二集に『経国集』を加える）の成立以後、仁明天皇の承和年間である。[4] 太宰大弐藤原岳守《おかもり》が唐人の貨物から「元白詩筆」（元は元稹）を見出し、仁明天皇に献上したのが承和五年（八三八）のことであり（『日本文徳天皇実録』仁寿元年（八五一）九月乙未（二十六日）条）、円仁の将来目録『慈覚大師在唐送進録』に載る「任氏怨歌行一帖〈白居易〉」「杭越寄和詩并序一帖」が遣唐使船によって齎されたのが承和六年のことである。承和十四年には慧蕚が蘇州南禅院で書写した『白氏文集』を持ち帰り、また円仁も同じ年に「白家詩集六巻」（『入唐新求聖教目録』に載る）を持ち帰っている。これらの史実は、具平親王（九六四～一〇〇九）が『本朝麗藻』巻下所収「和高礼部再夢唐白大保之作（高礼部（高階積善）の再び唐の白大保を夢みるの作に和す）」の頸聯「中華変雅人相慣、季葉頽風体未訛。（中華の変雅 人相ひ慣れたれども、季葉の頽風 体未だ訛《あやま》たず）」に自注を付して「我朝詞人才子、以白氏文集為規摸。故承和以来、言詩者皆不失体裁矣。（我が朝の詞人才子、白氏文集を以つて規摸と為す。故に承和より以来、詩を言ふ者皆な体裁を失はず）」と本邦詩人が『白氏文集』に接した起点を承和と見なした発言と見事に符合する。そして平安貴族の間では、暗黙裏に『白氏文集』が渡来した仁明朝以後と、それ以前の勅撰三集時代とでは本邦の詩風が全く異なると考えられていた。『和漢朗詠集』に勅撰三集からの摘句が一首も見られないのは、その何よりの証拠である。[5]

ところが、『江談抄』巻四の第五話にはその常識を覆すような言談が見出されるのである。

閉閣唯聞朝暮鼓、登楼遙望往来船。〈行幸河陽館。弘仁御製〉

故賢相伝云、白氏文集一本詩、渡来在御所。尤被秘蔵、人敢無見。此句在彼集。叡覧之後、即行幸此観、有此御製也。召小野篁令見。即奏曰、以遙為空、弥可美者。天皇大驚、勅曰、此句楽天句也。試汝也。本空字也。今汝詩情與楽天同也者。文場故事尤在此事。仍書之。

（閣を閉ぢては唯だ聞く朝暮の鼓、楼に登りては遙かに望む往来の船。〈河陽館に行幸す。弘仁御製〉故賢相ひ伝へて云ふ、「『白氏文集』一本の詩、渡来して御所に在り。尤も秘蔵せられ、人敢へて見ること無し。此の句は彼の集に在り。叡覧の後、即ち此の観に行幸して、此の御製有るなり。小野篁を召して見しむ。即ち奏して曰はく、「遙を以って空と為《せ》ば、弥いよ美なる可し」者《てへり》。天皇大いに驚き、勅して曰はく、「此の句は楽天の句なり。汝を試みるなり。本より空字なり。今汝の詩情、楽天と同じきなり」者」。文場の故事、尤も此の事に在り。仍りて之れを書く。）

『白氏文集』を最初に手に入れたのは仁明天皇ではなく、実はそれより早く嵯峨天皇が秘蔵しており、それを用いて側近の詩人小野篁の詩才を試したのだと、匡房は故賢の口を借りて述べている。文中の「此句」は『白氏文集』巻十八に収める「春江」（1159）と題する詩の頷聯であり、たしかに『白氏文集』の本文は「閉閣只聴朝暮鼓、上楼空望往来船」（唐鈔本系の『管見抄』に拠る。宋刊本系の那波本では「閣」を「閤」に作る）である。嵯峨天皇が実際に『白氏文集』を愛読していたとは考えにくいが、嵯峨の没した承和九年は白詩の渡来後に当たっている。したがって、その可能性は無いとは言えないが、恐らく事実では無かろう。しかし匡房は、その根拠・意図は不明ながら、白詩受容の起点を嵯峨であると主張しているのである。これは、匡房以前の貴族達の認識とは全く異なるものであった。

尚、匡房は『江談抄』巻六の第四話「田村麿卿伝事」に

又云、田村麿卿伝者、弘仁御製也。其一句云、張将軍之武略、当案轡前駆、蕭相国之奇謀、宜執鞭後乗云々。神之神妙也。

（又た云ふ、「『田村麿卿伝』は、弘仁の御製なり。其の一句に云ふ、「張将軍の武略、当に轡《くつばみ》を案じて前駆すべし、蕭相国の奇謀、宜しく鞭を執りて後乗すべし」と云々。神の神妙なり」と。）

と語り、嵯峨天皇の文才を称讃している。このように匡房は嵯峨を詩境の統治者として相応しい天子であるとして、本邦詩史の起点に位置づけたものと思われる。

二、醍醐天皇

『江談抄』には、醍醐天皇（八八五～九三〇）に詩を評価する才能があり、そのことを儒者が重んじていた内容の説話が見出される。まさに詩境を治めるに相応しい天皇であると匡房は言いたいのである。数ある説話の中から巻四の第十七話、第十四話を次に掲げることにしよう。

青嵐漫触粧猶重、皓月高和影不沈。〈省試御題、山明望松雪。菅名明〉

古人曰、評定以前、延喜聖主詠此句、弾御琴。諸儒伝承、令及第。

（青嵐漫ろに触れて粧ひ猶ほ重し、皓月高く和して影沈まず。〈省試御題、山明らかにして松の雪を望む。菅名明〉

古人曰はく、「評定以前、延喜聖主、此の句を詠じて、御琴を弾きたまふ。諸儒伝へ承りて、及第せしむ」と。）

詩の作者「菅名明」は菅野名明（生没年未詳）。文章生を選抜する省試に当たって、醍醐天皇が自ら詩題を出し、また、合否の評定では、醍醐の下した評価に判儒たちが従ったという話柄である。『江談抄』では醍醐天皇を「聖主」と呼ぶ。匡房が醍醐を詩境の統治者と見なし、高い文学的評価を与えていたことを示す証拠である。

天山不弁何年雪、合浦応迷旧日珠。〈禁庭翫月〉
故老伝云、講詩之間、読師早置他詩。延喜聖主抑而不令読、再三誦此句。作者不堪感、叩膝高感曰、アハレ聖主哉聖主哉。時人咲之。
（天山には弁へず何れの年の雪なるかを、合浦には応に迷ふべし旧日の珠なるかと。〈禁庭に月を翫ぶ〉
故老伝へて云ふ、「詩を講ずるの間、読師早く他の詩を置かむとす。延喜聖主、抑へて読ましめず、再三此の句を誦したまふ。作者、感に堪へず、膝を叩き高く感じて曰はく、「アハレ聖主なるかな、聖主なるかな」と。時の人之れを咲ふ」と。）

詩の作者は三統理平である。披講の時、理平の詩を誦し終えた読師が次の詩に移ろうとしたのを醍醐天皇が制止し、二度三度詩を朗誦して秀句であることを一座に示したのである。天皇が詩を評価する能力を持っていたことを述べたものであることは言うまでもない。尚、後半部分は、理平が暗黙の了解事項をことさら大袈裟に表現したことを失笑されたのである。

三、村上天皇

当時、歴代天皇の中で詩人として最も高い評価を受けていたのは村上天皇（九二六〜九六七）である。『江談抄』

巻五の第五十話「父子共相伝文章事（父子共に文章を相ひ伝ふる事）」に、

問云、古今父子相伝文章者希歟。帥答云、良香子在中、菅家御子淳茂、文時子輔昭、村上御子六条宮、此外無之云々。

（問ひて云ふ、「古今、父子の文章を相ひ伝ふる者は希なるか」と。帥（匡房）答へて云ふ、「良香と子の在中、菅家と御子の淳茂、文時と子の輔昭、村上と御子の六条宮、此の外之れ無し」と云々。）

とあるとおりである。「六条宮」は具平親王を指す。また、村上天皇は父の醍醐天皇と同じく、詩人に対する鑑識眼にも定評があり、次に掲げる『江談抄』巻六の第十話、第十四話はその詩文の評価者としての姿を伝えるものである。

昇殿者是象外之選也、俗骨不可以踏蓬萊之雲、尚書亦天下之望也、庸才不可以攀臺閣之月。直幹請任民部少輔申文。件申文、天暦帝置御書机給云々。

（昇殿は是れ象外の選びなり、俗骨以つて蓬萊の雲を踏む可からず、尚書は亦た天下の望みなり、庸才以つて臺閣の月を攀づ可からず。直幹の民部少輔に任ぜられんと請ふ申文なり。件んの申文は、天暦帝、御書机に置き給ふと云々。）

天暦八年（九五四）八月九日付、名高い橘直幹の申文の摘句で、『和漢朗詠集』述懐（757）に収める。村上天皇が申文を「御書机に置き給ふ」とは、秀句として愛翫したということである。

瑩日瑩風、高低千顆万顆之玉、染枝染浪、表裏一入再入之紅。〈花光浮水上詩序、三品〉

此序、冷泉院花宴也。序遅無極。主上欲還御。而依聞序首、留給。万葉仙宮、百花一洞也云々。

（日に瑩き風に瑩く、高低千顆万顆の玉、枝を染め浪を染む、表裏一入再入の紅。〈花の光水上に浮ぶといふ詩序、三品〉
此の序は、冷泉院の花宴なり。序の遅きこと極まり無し。主上、還御せむとしたまふ。而るに序の首を聞こしめすに依りて、留まり給ふ。「万葉の仙宮、百花の一洞なり」と云々。）

応和元年（九六一）三月五日、冷泉院で行なわれた桜花の宴で菅原文時が執筆した詩序からの摘句である。『和漢朗詠集』花（116）に収める。村上天皇が詩序の冒頭の対句を耳にして還御するのを思い留まったとあるのは、「万葉」（葉は代の意）と「百花」とが字対を為し、「仙宮」（仙は千と音が通じる）と「一洞」とが声対を為すという技巧を評価したのである。

このように匡房は説話を通して、村上天皇の詩人としての力量、そして詩人を評価する能力を明らかにしている。しかし、匡房がそれ以上に村上を評価したのは、村上が自ら優れた詩人でありながらも、臣下の詩人を庇護し、良好な関係を保ち続けた点である。そのことを語った説話が『江談抄』巻五の第五十七話「村上御製與文時三位勝負事（村上御製と文時三位との勝負の事）」である。すなわち宮中の詩宴で主催者の村上天皇と招かれた菅原文時との間で、詩の優劣について激しい議論が交わされたが、結局村上が譲歩する形で落着させ、詩人に対する寛大さを示したという話柄である。これについては嘗て論じたことがあるので、その詳細は割愛する。(6) ここでは、村上天皇に臣下の詩人を庇護するという、詩境を統治するに相応しい人格が備わっていたことを匡房が強調していることを指摘しておきたい。

四、一条天皇

一条天皇（九八〇～一〇一一）は『本朝麗藻』作者であり、天皇としては村上天皇に次いで詩人の名声を博していた。詩を評価する能力に長けていたことを示す説話として、巻四の第四十三話を掲げよう。

山投燧燧秋雲晴、海恩波瀾暁月涼。
此詩、源為憲為人作也。後聞一条院令感給、称自作云々。
（山は燧燧を投げて秋雲晴れたり、海は波瀾を恩みて暁月涼し。此の詩は、源為憲、人の為めに作るなり。後に一条院感ぜしめ給ふと聞き、自作と称す、と云々。）

源為憲は、他人のために代作した詩が一条天皇を感動させたと聞き、実は自作であると明かしたという話柄である。それでは次に掲げる巻五の第四話「斉名不点元稹集事（斉名、元稹集に点ぜざる事）」で匡房は一条天皇のどのような性質を言おうとしたのであろうか。

又被命云、一条院以元稹集下巻斉名可点進之由被仰之。雖然辞遁云々。
（又た命《おほ》せられて云ふ、「一条院、元稹集下巻を以つて斉名に点じ進《まゐ》らす可きの由、之れを仰せらる。然りと雖も辞遁す」と云々。）

元稹は白居易と並んで平安時代に良く読まれた詩人である。一条天皇は紀斉名に命じて『元稹集』下巻に訓点を加えさせようとしたが、斉名はそれを辞退したとある。加点の下命は、斉名の学才を評価してのことである。名誉なことであるにも拘わらず、斉名がそれを断ったのは何故か。江談抄研究会『古本系江談抄注解』（一九七八年、武蔵野書院）では、『元稹集』が難解であったか、或いは斉名が多忙であったことをその理由に挙げているが、私見では、一条天皇に訓点の誤りや不備を叱責されることを恐れたためではないかと思う。匡房は、一条が彼の斉名をも萎縮させるほどの学才を持ち合わせており、詩境を治めるに相応しい天子であったことを示そうとしたのではなかろうか。

以上、「詩境記」の記述が『江談抄』に見える匡房の発言と符合していることを確認した。「詩境記」の「弘仁・承和に起こり、貞観・延喜に盛んなり。承平・天暦に中興して、再び長保・寛弘に昌んなり」の記述は、そのまま「嵯峨朝に起こり、醍醐朝に盛んなり。村上朝に中興して、再び一条朝に昌んなり」と置き換えられるのである。それでは、四人の天皇を本邦詩史の画期に位置づけた匡房の認識は、果たして弟子の基俊に受け継がれたのだろうか。次節でそれを検証することにしよう。

二、藤原基俊の『新撰朗詠集』

藤原基俊（一〇五六〜一一四二）は『和漢朗詠集』の続編として、詩歌のアンソロジー『新撰朗詠集』を編纂した。

編纂を下命したのは藤原忠通で、編纂時期は保安三年（一一二二）から長承二年（一一三三）までの間であると推定されている。匡房没後十年から二十年後のことである。所収詩歌は穂久邇文庫蔵本によれば、摘句五百四十三首、和歌二百三首で合計七百四十六首。ここで問題となるのが摘句中の本邦詩句三百十七首である。本邦詩人とその詩句に限っての入集数とを次に掲げよう。

大江以言（30） 菅原道真・菅家万葉集（16） 慶滋保胤（15） 紀斉名（13） 藤原伊周（11） 具平親王（10） 紀長谷雄（9） 源順（9） 藤原明衡（9） 三善清行（7） 源英明（7） 兼明親王（6） 大江朝綱（6） 橘在列（6） 菅原文時（6） 村上天皇（6） 島田忠臣（5） 大江匡衡（5） 大江佐国（5） 源時綱（5） 輔仁親王（5） 惟良春道（4） 橘直幹（4） 菅原輔昭（4） 藤原公任（4） 都良香（3） 都在中（3） 高丘五常（3） 菅原庶幾（3） 源為憲（3） 一条天皇（3） 藤原為時（3） 藤原最貞（3） 善滋為政（3） 大江時棟（3） 中原長国（3） 後三条天皇（3） 大江匡房（3） 藤原有信（3） 嵯峨天皇（2） 小野篁（2） 高丘末高（2） 藤原篤茂（2） 橘正通（2） 高丘相如（2） 菅原忠貞（2） 源経信（2） 惟宗孝言（2） 大江隆兼（2） 藤原敦宗（2） 藤原季仲（2） 橘広相（1） 贈納言（1） 小野美材（1） 菅原淳茂（1） 醍醐天皇（1） 貞真親王（1） 物部安興（1） 紀在昌（1） 菅野名明（1） 笠雅望（1） 藤原雅材（1） 藤原実頼（1） 藤原後生（1） 源孝道（1） 藤原惟成（1） 菅原輔正（1） 藤原有国（1） 源道済（1） 本操采女（1） 尾張学生（1） 入道大納言（1） 藤原広業（1） 藤原義忠（1） 後朱雀天皇（1） 藤原定頼（1） 藤原国成（1） 藤原家経（1） 藤原実範（1） 菅原定義（1） 藤原頼宗（1） 藤原能信（1） 源相方（1） 後冷泉天皇（1） 源師房（1） 藤原師成（1） 藤原有俊（1） 藤原成家（1） 藤原行家（1） 藤原敦基（1） 源成宗（1） 藤原友房（1） 源俊房（1） 菅原在良

（1） 無名（1）

右に明らかなように、『新撰朗詠集』に詩句が入集した天皇は嵯峨・醍醐・村上・一条・後朱雀・後冷泉・後三条の七名である。しかし、このうち後朱雀・後冷泉・後三条の三名は「詩境記」の言及する時期には含まれない、後代の天皇である。つまり「詩境記」で匡房が詩壇の主宰者として重んじた四人の天皇は、一人も削られることなく、そのまま『新撰朗詠集』に採られているのである。しかも、一首のみの入集が多い本邦詩人の中にあって、村上の六首、一条の三首、嵯峨の二首はかなり優遇されている印象がある。ここに詩壇の主宰者は詩人としても優れた天皇が相応しいとする匡房の価値観が明瞭に見て取れるのではなかろうか。特に、それまで詩人たちの視野の外に置かれていた嵯峨天皇を入集させた点は、匡房の弟子ならではの思い切った措置であったと言えよう。基俊は師匡房の主張を継承し、『新撰朗詠集』の編纂に当たってその遺志を厳守したのであった。

因みに、上位入集の惟良春道は嵯峨朝を、菅原道真・紀長谷雄・三善清行は醍醐朝を、慶滋保胤・源順・大江朝綱・菅原文時は村上朝を、大江以言・紀斉名・藤原伊周・具平親王は一条朝を代表する詩人である。良き庇護者がいて始めて優れた詩人は輩出するという匡房の文学観がここにも息づいているように思われる。

さて、匡房は「詩境記」の中で本邦詩史の概略を述べた後、「広く謂へば則ち三十餘人、其の菁莪を略すれば、六七許輩に過ぎず」と、優れた詩人は広く言えば三十人程度、さらに絞れば六、七人に過ぎないと断じている。川口久雄氏は嘗てこの記述を取り上げて、

三十余人というのは弘仁・承和に空海・菅原清公・小野岑守・嵯峨天皇・淳和天皇・有智子・小野篁ら、貞

観・延喜に大江音人・菅原是善・春澄善縄・都良香・橘広相・小野美材・島田忠臣・菅原道真・紀長谷雄・三善清行ら、承平・天暦に大江朝綱・大江維時・菅原文時・村上天皇・兼明親王・源英明・橘在列・源順ら、長保・寛弘に一条天皇・慶滋保胤・具平親王・大江匡衡・大江以言・紀在昌・藤原伊周・紀斉名・高階積善・源為憲・藤原公任らの人々をさすのであろうか。さらにその英豪を精撰すれば六七人に過ぎないというのは篁・良香・道真・長谷雄・朝綱・文時・順らの人々をさすのであろうか。

と該当する詩人を推測した。(7) しかし、この中で空海・菅原清公・小野岑守・淳和天皇・有智子・大江音人・菅原是善・春澄善縄・大江維時といった詩人は、例えば当時最も権威のあったアンソロジーの『和漢朗詠集』には一首も採られておらず、匡房が彼らを詩人として評価していたとは思われない。基俊が匡房の文学観を継承する中で『新撰朗詠集』を編纂したのであれば、『新撰朗詠集』の上位入集詩人こそが匡房の言う「三十餘人」「六七許輩」に当たるものと思われる。

三、「暮年詩記」と『新撰朗詠集』

前節では、匡房の「詩境記」に見られる文学的価値観が基俊の『新撰朗詠集』にも見出されることを確認した。本節では、これと同じような構図が匡房の「暮年詩記」(『朝野群載』巻三、『本朝続文粋』巻十一)と『新撰朗詠集』との間にも見られることを指摘したいと思う。次に「暮年詩記」の本文と大意とを示そう。

予四歳始読書、八歳通史漢、十一賦詩、世謂之神童。源大相国、風月之主、社稷之臣也。試賜雪裏看松貞之題。此日時棟朝臣在座。筆不停滞、文不加点。相府深賞歎之、幸賜汲引之恩。宇治前大相国、又為被賦詩、忝有徴辟。雖豫参不賦之。依当相府之忌月也〈十二月〉。此日相予曰、履地踰人、必至大位。故肥前守長国朝臣、予先祖李部大卿之門人也。長於文章、時在任国。見予詩草、送書相賀之。十六作秋日閑居賦。故大学頭明衡朝臣、深以許焉。常曰、其鋒森然、定少敵者。後作落葉埋泉石詩。感曰、已到佳境。予後日見之、未尽其美。然而感先達名儒如此。故文章博士定義朝臣、謂予師右大弁定親朝臣曰、定義始不許江茂才文、近日製作可謂日新。故都督源亜相、久好鑽仰、兼知文章。見予文章、必加褒美。馬嘶呉坂之風、亀抃廬江之浪。予昇進之間、必加吹噓之力。前肥後守時綱朝臣、深得詩心。見予前大相国表幷源右相府室家源二位願文曰、殆近江吏部之文章。故伊賀守孝言朝臣、掃部頭佐国、提携於文、浮沈於道。蓋後進之領袖也。見予円徳院願文幷前大相国関白第三表、深感歎。故式部大輔実綱朝臣、雖不深文章、猶非無感激。見予高麗返牒而心伏。右中弁有信朝臣、頗得詩心。見予文章、泣而感之。

爰頃年以来、如此之人、皆以物故、識文之人、無一人存焉。司馬遷有謂曰、為誰為之、令誰聞之。蓋聞、匠石輟斧於郢人、伯牙絶絃於鍾子。何況風騒之道、識者鮮焉。巧心拙目、古人所傷。寛治以後、文章不敢深思、唯避翰墨之責而已。若夫心動於内、言形於外。独吟偶詠、聊成巻軸。仍記由緒、貽於来葉。

私は四歳から読書を始めた。八歳で史漢（『史記』『漢書』『後漢書』）に通暁した。十一歳のとき始めて詩を賦し、神童と称えられた。その話を聞きつけた詩に造詣の深い太政大臣源師房は私を召し、試みに「雪裏看松貞」という詩題を与えて詩を作らせた。その場には長老大江時棟もいたが、私は少しも滞らず一篇の詩を書き上げ、師房を驚嘆させた。宇治関白太政大臣藤原頼通もまた私を召して試そうとした。しかし、私はその日が道長公の忌日に当たっていることを理由に賦詩を辞退した。頼通は私を相して必ずや大位に至るであろうと予言した。肥前守中原長国は曾祖父大江匡衡の弟子で、詩に長じ、当時任国にあったが、私の詩草を見て、書面で祝賀した。十六歳のとき「秋日閑居賦」（『本朝続文粋』巻一）を作り、大学頭藤原明衡に認められた。後に作った「落葉埋泉石詩」もそれほど良い出来ではなかったにも拘わらず、明衡は秀句として評価してくれた。このように私は先達の名儒を感服させた。文章博士菅原定義は我が師の右大弁平定親に向かって、（定義は）はじめ匡房の詩を認めなかったが、近頃の作は日々上達していると褒めた。大納言太宰権帥源経信は学問を好み、詩を良く理解した。私の詩を見れば必ず褒めてくれ、また私の官位昇進には絶えず助力推薦を惜しまなかった。肥後守源時綱は詩心を得た文人で、私の「京極前大相国辞関白第三表」（『本朝続文粋』巻四）と「右府室家為亡息后被供養堂願文」（同巻十三）とを評して、すでに大江匡衡の域に達していると称讃した。伊賀守惟宗孝言と掃部頭大江佐国とは詩作と学問に耽り、後進の領袖であった。私の「円徳院供養願文」（『本朝続文粋』巻十三）と「京極前大相国辞関白第三表」とを見て深く感歎した。式部大輔藤原実綱は詩文にそれほど造詣が深いわけではなかったが、私の執筆した「高麗返牒」（『朝野群載』巻二十、『本朝続文粋』巻十一）を見て心伏した。右中弁藤原有信は詩心を得た儒者で、私の詩文を見て感涙に咽んだ。

ところが、ここしばらくの間に私を認めてくれた右の人々が相次いで亡くなってしまった。理解者の全くいないところで従前どおりに詩文を作るのはつらく悲しいことである。それゆえ寛治年間以後、詩文は儒者としての責務を果たすのみに止め、敢えて推敲を加えることはしなくなった。こうして感興に任せて独吟偶詠した詩も一巻を成すに至ったので、その間の経緯を以上のように記して後世に貽そうと思う。

「暮年詩記」は、康和元年（一〇九九）匡房五十九歳頃に執筆した自伝的作品で、自撰詩集に付したものである。(8)自らの半生を顧みて、その時々に匡房の文才を認めてくれた十二名の人物（傍線部）を挙げているが、匡房の方もそれらの人々の文才を評価していたことは、各人に付した短い人物評からも容易に窺われる。ここで注目したいのはその顔ぶれである。この十二名にはある共通点がある。それは何かと言えば、全員『新撰朗詠集』に作品を残していることである。しかも、次に示すように大半が二首以上の上位入集者なのである。

源師房（詩句一首）　大江時棟（詩句三首）　藤原頼通（和歌一首）
中原長国（詩句三首）　藤原明衡（詩句九首、長句二首）　菅原定義（詩句一首）
源経信（詩句二首）　源時綱（詩句五首）　惟宗孝言（詩句二首）
大江佐国（詩句五首）　藤原実綱（長句一首）　藤原有信（詩句三首）

このように基俊は、匡房が「暮年詩記」で優れた詩人と認めた者を『新撰朗詠集』に優遇して入集させているのである。基俊が師である匡房の文学的評価を尊重し、これを正しく継承していたことが窺われよう。

四、結語

以上、大江匡房の「詩境記」「暮年詩記」を取り上げ、藤原基俊の『新撰朗詠集』と比較することを通して、匡房の学問体系が基俊に受け継がれていたことを確認した。『新撰朗詠集』の中には、匡房の薫陶を受けた基俊がその学問的成果を示すという側面を見出すことができるである。
尚、本章で明らかにしたことのほかに、「詩境記」に見られる中国詩人の評価や『江談抄』に見られる本邦詩人の評価が『新撰朗詠集』所収摘句に反映されていることを指摘できるが、それらについては別稿に譲ることにしたい。

注

（1） 大江匡房と藤原基俊とが師弟関係にあったと考えられる理由として、
一、十五歳という二人の年齢差は師弟関係を結ぶことに支障が無いこと。
二、基俊撰『新撰朗詠集』に匡房の作品が他の作者に比して多く入集していること。
三、『新撰朗詠集』の依拠資料として『江談抄』が用いられていること。
四、基俊が『和漢朗詠集』を書写するに当たって、作者名と共に文題・詩題を注記するという匡房の創始した書式を採用していること。また『新撰朗詠集』にも同じ書式を用いていること。
の四点を挙げた。
（2） 後藤昭雄「大江匡房「詩境記」考」（『平安朝漢文学史論考』、二〇一二年、勉誠出版。初出は一九八七年）。
（3） 『江談抄』は、山根對助・後藤昭雄校注の本文（新日本古典文学大系32『江談抄 中外抄 富家語』、一九九七年、岩波書店）を用いた。訓み下しを一部改めたところがある。
（4） 太田晶二郎「白氏詩文の渡来について」（『太田晶二郎著作集』第一冊、一九九一年、吉川弘文館。初出は一九五六年）。
（5） 国文学史上の承和の意義については、大曾根章介「王朝漢文学の諸問題――時期区分に関する一考察」（『大曾根章介日本漢文学論集』第一巻、一九九八年、汲古書院。初出は一九六三年）を参照されたい。

（6）拙稿「文人貴族の知識体系」（『句題詩論考』、二〇一六年、勉誠出版。初出は二〇一四年）。
（7）川口久雄「平安朝日本漢文学史における時期区分と各期の特質」（『三訂　平安朝日本漢文学史の研究』上篇、一九七五年、明治書院）。
（8）拙稿「「暮年記」の執筆時期」（『平安後期日本漢文学の研究』、二〇〇三年、笠間書院。初出は一九九四年）。

第二十四章　平安後期の文章得業生に関する覚書

はじめに

平安時代の漢詩文を正しく読解するためには、漢語漢文の解釈以前に知っておくべき事柄がある。その中で重要と思われるものの一つが大学寮の課試制度に関する知見である。というのは、当時の漢詩文作者の大半が大学寮の紀伝道出身者で占められているからである。彼等が任官するまでに辿った径路を知ることは、作品の理解に大いに役立つものと思われる。本章では、課試制度の中で最も脚光を浴びる存在であった文章得業生《もんじょうとくごうしょう》を取り上げ、それに関わる予備知識とでも言うべきものの幾つかを平安後期の作品の読解にからめて、説明することにしたい。

そこでまず、文章得業生に関する基本的な事柄を先行研究(1)にしたがってさらっておこう。文章得業生（唐名は秀才・茂才）は、元来文章生《もんじょうしょう》二十名の中から成績優秀な二名を推挙によって（稀に候補者数名に試験を課して）選抜した。彼等は紀伝道の事務に携わると共に、数年の勉学を経てのち対策に応じ、これに及第すると将来儒者となる（漢学の専門職に任じられる）道が開かれた。文章得業生の携わる事務とは、例えば寮試（学生から擬文章生になるための試験）に於いて大学頭・文章博士とともに試博士として合否判定を行なうことや、一年に二度行なわれる釈《せき》奠《てん》の序者（詩序の執筆者）を務めることなどである。対策に及第するなどして文章得業生に闕員が生じると、事務に支障を来す恐れもあるので、その年の内に補充が行なわれた。文章得業生ははじめ文章生から選ばれていたが、後には給料学生《きゅうりょうがくしょう》から選ばれるようになった。給料学生とは、穀倉院学問料を支給する宣旨を蒙った学生《がくしょう》のことで、定員は文章得業生と同じく二名である。平安後期には勧学院学問料を支給されている者がこれに加わり、文章得業生二名の枠を争った。以上が文章得業生に関して押さえておくべき主な事柄である。

一

一、給料学生から補任される慣例

文章得業生を選ぶに際して、文章生からではなく、給料学生から補任するようになった一大転換の契機は、平安中期、菅原・大江の儒家が起家を排除して儒職を独占しようとした動向と深い関わりがある。[2]『本朝文粋』に収める菅原文時の天暦十年（九五六）十一月二十一日付「請殊蒙天恩被給学問料無位惟熙状（殊に天恩を蒙りて学問料を無位惟熙に給せられむと請ふ状）」、同じく文時の康保二年（九六五）某月某日付「請殊蒙天恩被給穀倉院学問料無位輔昭状（殊に天恩を蒙りて穀倉院学問料を無位輔昭に給せられむと請ふ状）」、大江匡衡の長保四年（一〇〇二）五月二十七日付「請被給穀倉院学問料令継六代業男蔭孫無位能公状（穀倉院学問料を給せられ六代の業を男蔭孫無位能公に継がしめむと請ふ状）」の中文三通（巻六・172〜174）は、何れも儒家出身の学生が起家に優先して穀倉院学問料を支給されることを申請する内容を持っている。課試制度の入口に当たる給料学生選抜の段階で定員二名を菅原・大江の両家で独占してしまえば、その二名がそのまま文章得業生に移行して対策に応じることとなるから、儒職に就く者も両家の出身者に限られることになる。平安中期の菅江の儒家は自家の保全を図るために、手を組んでこのような計略を考え出したのである。実際には一条朝に藤原氏北家広業・資業流が、後一条朝に藤原氏の南家及び式家が儒家に加わることになり、紀伝道の勢力図は大幅に書き換えられることになったけれども、給料学生・文章得業生が儒家出身者によって独占される事態に変わりはなかった。例えば『中右記』康和四年（一一〇二）十二月二十八日条に、式家の藤原令明に秀才宣旨が、北家広業流の藤原有業に給料宣旨が下された記事が見える。これは同年正月十一日に文章得業生藤原行盛（北家広業流）が献策したために文章得業生に闕員の生じたことを承けてのことであり、給料学生の令明が文章得業生に補任され、それに伴って空いた給料学生の枠に学生の有業が入り込むという具合に人事が行なわれたのである。

二、菅原清能はどうして学問料を支給されなかったのか

ところで、平安後期には上記のような慣習が定着する一方で、儒者の子弟であっても給料学生・文章得業生になることができず、省試に応じて一旦文章生になってから方略宣旨を蒙って対策に応じる例が間々見受けられる。例えば菅原在良の息子で文章生の清能（一〇七三〜一一三〇）は永久二年（一一一四）正月十七日、方略宣旨を蒙って献策している（中右記）。在良は当時、式部大輔という儒者の筆頭で紀伝道を統括する地位にあった。それにも拘わらず、息子の清能を給料学生・文章得業生に補任させることのできなかったのは、一体どのような理由に因るものだろうか。

寛治四年（一〇九〇）四月十九日、堀河天皇は父白河上皇の鳥羽殿に行幸し、その翌日北殿西廊で詩宴を開い

た。次に掲げるのは当日賦した大内記菅原在良の詩である。(3)

松樹臨池水　　松樹 池水に臨む

松樹森々久表貞　　松樹森々として久しく貞を表す
況臨池水積齢情　　況や池水に臨みて 齢を積む情あり
遮流林月似凌雪　　流れを遮《さいぎ》る林月は雪を凌ぐに似たり
学雨砂風難辨晴　　雨を学ぶ砂風は晴れを辨じ難し
三品蓋陰依岸泛　　三品の蓋《かさ》の陰は岸に依りて泛かぶ
千年緑色與波清　　千年の緑の色は波と與《とも》に清し
今陪仙洞翠華幸　　今仙洞に陪《はべ》りて翠華幸《みゆき》す
舐犢共思庇下栄　　犢を舐めて共に思ふ 庇下の栄え

松樹は高くそびえ立ち、永く緑の色を変えないばかりか、池のほとりで樹齢を重ねている。流れの近くに立つ松が月光に照らされて白く輝くさまは、まるで冬の雪に負けまいと堪え忍んでいるかのように見える。浜辺の松に吹く風は雨音を真似るかのような音を立てるので、空が晴れているのか判断しにくい。三品を授けられたという松樹は、笠を伏せたような姿を岸近くの水面に浮かべている。千年の緑を保つという松樹の色は、池の波と同じく清らかだ。今日、天皇が仙洞御所に行幸するという盛大な行事に近侍することができた私は、溺愛する息子たちとともに天皇・上皇の庇護下で繁栄することを切望するばかりだ。

完璧な破題表現を備えた秀逸な句題詩である。ここで問題としたいのは尾聯である。そこには次のような自注が付されている。

愚息善弘、久奏学問料之申文、空漏七箇度之朝恩。同清能、今忝文章生之奉試、偶列二十人之清撰。各浴皇沢、盍継祖業。故献此句。

（愚息善弘、久しく学問料の申文を奏すれども、空しく七箇度の朝恩に漏れたり。同清能、今文章生の奉試を忝くし、偶たま二十人の清撰に列ならむとす。各おの皇沢に浴すれば、盍《なん》ぞ祖業を継がざる。故に此の句を献ず。）

ここで在良は二人の息子に家業を継がせたいことを天皇に訴えている。具体的に言えば、兄の善弘には学問料支給の宣旨を、弟の清能には文章生試（省試）及第の宣旨を下して欲しいと懇願しているのである。前者はこの年の正月十六日、文章得業生藤原友実の対策及第に伴って給料学生に闕員が生じたことを、後者は詩宴の前日に鳥羽殿で放島試（省試）が行なわれたことを踏まえての発言である。結局このあと善弘は給料学生に選ばれず、清能は首尾よく文章生に選ばれたようだが、(4)ともかく父在良の脳裏には、善弘は給料学生から文章得業生を経て対策に応じ、清能は省試に及第した後、文章生から方略宣旨を蒙って対策に応じるという道筋が描かれていたように思われる。

実は、在良の息子には善弘と清能との間に時登《ときのり》（一〇七〇〜一一三九）がいる。時登は康和三年（一一〇一）給料学生、嘉承元年（一一〇六）文章得業生、天永元年（一一一〇）対策に及第している。これは兄の目指した径路と同じく、弟の取った径路とは異なる。これらのことから推測するに、優先的に給料学生から文章得業生に進むことのできるという特権には、儒者の長男と次男とに限って適用されるという慣習があったのではなかろうか。

三、学問料支給の内挙に関する室町時代の慣例

『桂林遺芳抄』は東坊城和長（一四六〇～一五二九）の編纂した紀伝道故実書である。はるか後代の資料ではあるけれども、右に指摘した儒者の特権を考察する上で有益な記事を含んでいる。それは「一、申学問料事、被尋儒卿例（学問料を申す事、儒卿に尋ねらるる例）」に見られる次の記事である。(5)

曩祖長ー卿請文云、
長勝学問料所望事、桃宮三位款状、加一見返上之。儒卿第二之挙者、皇沢無変之恩也。所内挙無子細。宜在時儀。以此趣可令洩披露給。長ー誠恐謹言。
十二月十八日　　刑部卿長ー
奉行頭左中弁忠光朝臣也。
右一紙、以迎陽御筆讃注記之畢。
長勝者、淳嗣朝臣之弟也。仍云第二之挙歟。

東坊城長綱の請文《うけぶみ》に見える「長勝」は菅原（粟田口）長勝。「桃宮三位」はその父長嗣を指す。請文は、「儒卿第二之挙者、皇沢無変之恩也（儒卿よる学問料の内挙は二人まで天皇の許しが得られる）」のであるから、長嗣が長勝の学問料を内挙することに問題は無いと述べている。つまりこの記事は、長綱の請文を根拠として、儒卿が二度を

限度として給料学生を内挙できることを示したものである(6)。

　このほか『桂林遺芳抄』には「一、息男両人挙奏事」として、和長が息子の長標・長淳それぞれのために執筆した学問料支給を望む申文を収めている。和長の官位は、長標のための申文（明応五年）には従四位上行少納言兼侍従文章博士大内記越中権介とあり、長淳のための申文（永正九年）には正三位行権中納言兼大蔵卿とあるから、これも儒卿がその息子を二人まで内挙できるという特権を示したものである。この室町時代における儒卿の特権は、溯れば先に見た平安後期の慣習に行き着くのではなかろうか。平安後期、儒者はその息子の学問料支給を二人まで、その成績何如に関わりなく推挙できるという特権を持っていたと思われる。

　そのような特権的慣習が存在したとすると、これまで不審に思われていた疑問の幾つかが自ずと氷解する。それは例えば『江談抄』の筆録者である藤原実兼の経歴である。実兼（一〇八五〜一一一二）は南家藤原氏貞嗣流、従四位上大学頭季綱の三男。「頗有才智、一見一聞之事不忘却。仍才藝超年歯。（頗る才智有り、一見一聞の事忘却せず。仍りて才藝年歯に超えたり。）」（『中右記』天永三年四月四日条）と言われたほどの実兼がどうして給料学生・文章得業生になれず、文章生から対策を狙わなければならなかったのか。私は嘗てその理由を兄友実、父季綱の死没に相次いで遭遇し、庇護者を失ったことに求めたことがある(7)。しかしそうではないことは、これまで述べたことから明らかである。二人の兄、友実（一〇六二〜一〇九七）と尹通（一〇八一〜一一二二）とが給料学生から文章得業生を経て献策するという径路を辿ったため、父季綱はそれ以上儒者の特権を行使することが出来なかったのである。

二

一、補任から献策までの年限

文章得業生に補任されてから対策に至るまでの年限は、延喜十三年（九一三）に下された宣旨によって七年以上と規定された。『日本紀略』同年五月四日条に「宣旨。諸道得業生課試、七年已上。（宣旨。諸道の得業生の課試、七年已上。）」とある。[8] これ以前は菅原是善が五年（承和二年文章得業生、同六年対策）、菅原道真が四年（貞観九年文章得業生、同十二年対策）、紀長谷雄が三年（元慶五年文章得業生、同七年対策）と概して七年よりも短かったようである。それがどのような経緯から七年以上という年限に定められたのかは明らかではない。

この最短でも七年という規定の適用された最初の一人が大江朝綱（八八六〜九五七）であった。朝綱は延喜十一年文章生、十六年文章得業生、二十二年対策と、たしかに文章得業生になってから対策までに七年を要している。[9] 延喜十六年九月九日、醍醐天皇は紫宸殿で重陽宴を催し、群臣に「寒雁識秋天」の詩題で詩を賦することを課し、文章得業生に補任されたばかりの朝綱に詩序の執筆を命じた。朝綱の詩序は名文の誉れ高く、『本朝文粋』巻十一（339）に収められている。朝綱はその末尾に謙辞を置き、

材異櫲樟、待七年而有媿、栄同菊蕊、楽一日之逢恩。
（材は櫲樟《よしやう》に異なる、七年を待たむとして媿《はぢ》有り、栄は菊蕊に同じ、一日の恩に逢ふことを楽しぶ。）

＝クスノキに喩えられるような才能は私には無い。クスノキと同じく七年後に良材と認められる（対策に及第する）ことを待ち望んでいるけれども、才無きことを恥ずかしく思う。身に余る光栄は菊花と同じだ。

今日、天子の恩沢に逢えたことをうれしく思う。

と「橡樟」の語を用いて自らが文章得業生の境遇にあることを述べている。橡樟とは植物のクスノキのことであり、

楩柟豫章之生也、七年而後知。故可以為棺舟。

(楩柟《べんなん》豫章の生ずるや、七年にして後に知る。故に以つて棺舟と為す可し。)

=始め楩柟と豫樟とは見た目は同じだが、七年経つと区別が付くようになる。だから楩柟は棺桶にしか使えないが、良木の豫章は舟の材に用いることができる。

という『淮南子』脩務訓の知識をその背後に持つ（豫章は、豫樟・橡樟と表記することがある）。中国ではこの典故を踏まえて、例えば『文選』巻五十三所収、嵆康の「養生論」では、

夫至物微妙、可以理知、難以目識。譬猶豫章生七年、然後可覚耳。

(夫れ物の微妙に至りては、理を以つて知りぬ可し、目を以つて識ること難し。譬へば猶ほ豫章の生じて七年にして、然る後に覚る可きがごときのみ。)

=物事の微妙なことは、道理で理解することはできるけれども、目で認識することは難しい。たとえば豫章の木が七年経って、ようやく判別できるようなものだ。

また『白氏文集』巻二・0090「寓意詩五首其二」では、

豫樟生深山、七年而後知。（豫樟 深山に生ず、七年にして後に知る。）

などと表現される。このように中国の詩文では、「橡樟」は晩成の象徴として用いることが多い。朝綱は、それを踏まえつつも、文章得業生が献策までに要する年限と、橡樟が良材であると判別できるまでの年限とが同じであることから（つまり規定の七年から橡樟を連想して）、文章得業生である我が身を橡樟に重ねてみせたのである。これは規定直後に文章得業生に補された朝綱なればこそ作り出すことのできた秀句と言えるのではなかろうか。こうして我が国では、「橡樟」は文章得業生を指す語として用いられることとなった。この比喩表現は、言うまでもなく文章得業生の献策するまでの期間が七年であることを前提とする。

二、年限の短縮

七年にいったん決まった年限は、延喜年間から時を経ずして守られなくなり、再び短縮されることになった。ここにも儒家の思惑が見え隠れしている。村上朝から後朱雀朝にかけての儒者に就いて見ると、菅原輔正が五年（天暦四年文章得業生、同八年対策）、大江斉光が四年（天暦八年文章得業生、同十一年対策）、大江匡衡が四年（貞元元年文章得業生、天元二年対策）、藤原広業が二年（長徳三年文章得業生、同四対策）、藤原資業が三年（長保五年文章得業生、寛弘二年対策）、藤原実政が四年（長暦元年文章得業生、長久元年対策）と区々だが、延喜以前の旧態に復したと見ることができよう。この状況を目の当たりにして泉下の朝綱は嘆息したに相違ない。「ああ、延喜十三年の宣旨が恨め

任文章得業生年時・対策年時一覧表　（　）内は推定

氏名	所属曹司	任文章得業生年時	対策年時	文章得業生在任期間
藤原国資	西	寛治元年（一〇八七）十二月二十八日	寛治五年（一〇九一）十二月二十四日	五年
藤原敦光	東	寛治四年（一〇九〇）十二月三十日	寛治八年（一〇九四）六月五日	五年
藤原実光	西	寛治五年（一〇九一）十二月二十九日	嘉保二年（一〇九五）十二月五日	五年
藤原宗光	西	文章生から方略宣旨を蒙る	承徳二年（一〇九八）二月三日	―
大江有元	東	嘉保元年（一〇九四）十二月二十八日	承徳二年（一〇九八）二月三日	五年
藤原永実	東	嘉保二年（一〇九五）十二月二十八日	承徳三年（一〇九九）正月十五日	五年
藤原行盛	西	承徳二年（一〇九八）三月二十一日	康和四年（一一〇二）正月十一日	五年
大江匡時	東	康和元年（一〇九九）十二月二十九日	康和五年（一一〇三）六月三日	五年
藤原令明	東	康和四年（一一〇二）十二月二十八日	長治三年（一一〇六）正月十九日	五年
藤原尹通	東	康和五年（一一〇三）十二月二十九日	嘉承二年（一一〇七）正月十日	五年
菅原時登	西	嘉承元年（一一〇六）五月二十日	天永元年（一一一〇）正月十六日申請	五年
藤原有業	西	嘉承三年（一一〇八）一月二十九日見任	天永二年（一一一一）正月八日	（五年）
藤原資光	西	天永元年（一一一〇）	永久二年（一一一四）正月十一日	五年
菅原清能	西	文章生から方略宣旨を蒙る	永久二年（一一一四）正月十七日	―
藤原顕業	西	天永二年（一一一一）十二月三十日	永久三年（一一一五）	五年
藤原国能	西	永久二年（一一一四）十二月三十日	永久六年（一一一八）三月二十七日	五年
大江匡周	東	永久四年（一一一六）	元永元年（一一一八）十一月二十六日	三年
藤原永範	東	元永元年（一一一八）十二月三十日	保安三年（一一二二）二月二日	五年
藤原能兼	東	元永元年（一一一八）十二月三十日	保安三年（一一二二）	五年
大江時賢	東	保安三年（一一二二）十二月二十九日	天治元年（一一二四）十一月十七日	三年
藤原茂明	東	保安三年（一一二二）十二月二十九日	天治元年（一一二四）十一月二十一日	三年
藤原知道	？	（天治元年（一一二四））	大治元年（一一二六）十二月二十八日	三年
藤原有盛	西	（天治元年（一一二四））	大治元年（一一二六）十二月二十八日	三年
藤原資憲	西	（大治元年（一一二六））	大治三年（一一二八）正月十四日	三年
藤原有光	東	（大治元年（一一二六））	大治三年（一一二八）正月十四日	三年
菅原宣忠	西	文章生から方略宣旨を蒙る	大治五年（一一三〇）正月二十六日方略宣旨	―

藤原範兼	東	大治三年（一一二八）十二月二十九日	大治五年（一一三〇）十二月三十日	三年
藤原永光	東	（大治三年（一一二八））	大治五年（一一三〇）十二月三十日	三年
藤原資長	西	保延元年（一一三五）八月一日	保延三年（一一三七）六月二十六日	三年
藤原敦任	東	保延元年（一一三五）八月一日	？	
藤原俊経	西	保延三年（一一三七）八月	保延五年（一一三九）三月十三日	三年
藤原俊憲	東	康治元年（一一四二）七月二十四日	天養元年（一一四四）二月二十六日	三年

しい。あの宣旨が下されなければ、俺はもっと早く対策に及第できたのに」と。そして、また同時にこうも言ったに相違ない。「あの宣旨が下されていたからこそ、俺は橡樟の秀句を作ることができたのだ」と。

この年限の定まらない状況に終止符を打ったのが寛治元年（一〇八七）の宣旨である。『本朝世紀』同年十二月二十八日条に「諸道得業生課試、以五年可為限之由、被下宣旨於官方了。（諸道の得業生の課試、五年を以つて限りと為す可きの由、宣旨を官方に下され了んぬ。）」とあり、文章得業生の課試までの年限が改めて五年と定められたのである。右表に示したとおり、たしかに寛治以降は五年に落ち着いている。しかしそれも崇徳朝の天治以降になると、さらに短縮されて三年になるのである。(10)

三、「橡樟」の表現——朝綱以後

それでは、こうした変化に伴って、「橡樟」は文章得業生を表す語として用いられなくなったのであろうか。否、そうではない。朝綱以後の「橡樟」の用例を辿ってみよう。

現存資料に関する限り、朝綱以後で最も早いのは、長徳四年（九九八）十二月、弓削（大江）以言（九五五～一〇一〇）が藤原広業（九七六～一〇二八）に対する策問「松竹策」（『本朝文粋』巻三・087）に見える用例である。策問では問頭博士が第二問の末尾に対策者に対して、その学才を讃える文言を置く慣わしがある。次に掲げるのはその部分である。

子仙籍是重、暫降蓬萊万里之雲、高材不拘、誰待橡樟七年之日。

（子、仙籍是れ重し、暫く蓬萊万里の雲より降れり、高材拘はらず、誰か橡樟七年の日を待たむ。）

＝蔵人という重い地位を得ているあなたは、（献策のために）しばらく雲の上の内裏から降りてきた。高才の持ち主なのだから、献策まで七年という年限を待つことはなかろう。

広業は長徳二年（九九六）十二月六日文章生、同三年正月八日蔵人、十二月二十九日文章得業生、同四年十二月二十六日対策に及第している。文章得業生になった翌年に献策するという破格の待遇に対して、規定の七年という年限に拘泥する必要はないと以言は述べている。

大江匡衡（九五二〜一〇一二）の「述懐古調詩一百韻」（『江吏部集』巻中）は自身の半生を回顧した長篇詩で、以言の策問に少し遅れる頃の作である。ここにも「橡樟」の語が見える。

明年挙秀才、豫樟期七年。二十八献策、徴事玄又玄。

（明くる年秀才に挙げらる、豫樟七年を期す。二十八にして献策す、徴事は玄の又た玄。）

文章生になった翌年、貞元元年（九七六）文章得業生に抜擢され、七年の研鑽を期したが、四年を経た二十八歳の天元二年（九七九）、難問を解いて対策に及第した、とある。「徴事」は策問中に課された幾つかの小問のことで、「玄又玄」はそれが難解だったの意である。

これら二首では、「橡樟」とともに「七年」の語が文中に提示されていることからも明らかなように、七年という規定年限が強く意識されている。恐らく延喜十三年の宣旨の規定が依然として儒者の脳裏から消えず、何がしかの影響力を残していたのであろう。

下って『本朝無題詩』には三例が見出される。次に掲げるのは巻五（316）所収、藤原明衡（?～一〇六六）の「初冬書懐」と題する勒韻詩の一聯である。

橡樟期学齢方暮、燈燭積功漏幾深。
（橡樟学を期して齢《よはひ》方に暮れたり、燈燭功を積めども漏幾くか深からむ。）

＝文章得業生として学問の成就（対策に至ること）を期待しているうちに年老いてしまった。燈燭料を支給されて夜学の功を積んだけれども、徒らに時が過ぎるばかりで、学問は深まらなかった。

明衡が文章得業生になった年時は明らかではないが、対策に及第したのは長元五年（一〇三二）のことである。これはその直前の作であろう。下句の「燈燭」は燈燭料（学問料）の意を掛け、明衡が長和三年（一〇一四）穀倉院学問料を支給されたことを踏まえる。次はその息子の藤原敦基（一〇四六～一一〇六）の「賦残菊」（『本朝無題詩』巻二・54）の最後の一聯である。

凡材適接賢材客、還恥詞林慕橡樟。

（凡材適たま賢材の客に接す、還りて恥づ詞林に橡樟を慕ふことを。）

＝今日、凡才の私は幸い賢才の方々に接することができたが、文章得業生になろうなどと高望みしている自分を却って恥ずかしく思うばかりだ。


詠物詩の末尾にはこのような述懐句の置かれるのが常道である。敦基が文章得業生になった時期は、明衡と同じく明らかではない。但し『朝野群載』巻十三には、康平四年（一〇六一）十一月十五日、文章博士藤原実範以下、勧学院学堂に列なる十人が連名で敦基を文章得業生の闕に補任することを申請した奏状が収められている。敦基の詩はその前後の時期の作であろうか。これら明衡・敦基の用例では、先に見た以言・匡衡よりも一、二世代後れるからであろうか、「橡樟」はたんに文章得業生の意に用いられているに過ぎず、七年という規定年限は忘れ去られたかのような印象を受ける。ここで「橡樟」の語の典故とされているのは本来の『淮南子』脩務訓では無く、むしろ文章得業生の意に結び付けた朝綱の詩序の秀句の方であったように思われる。

尚、『本朝無題詩』巻二には、大江匡房による敦基と同題の詩があり、そこにも「橡樟」の語が見出される。


孤叢後尽同松柏、五美晩成類橡樟。

（孤叢の後《おく》れて尽くるは松柏に同じ、五美の晩《おそ》く成るは橡樟に類《たぐ》ふ。）

＝残菊が最後まで散らないのは、松柏と同じだ。残菊が晩成という君子の徳を兼ね備えているのは、クスノキに似ている。(11)

この匡房の詩では、「橡樟」は文章得業生の意に用いられてはいない。橡樟に残菊と同じ晩成の美徳を認めたもので、先に見た『文選』や『白氏文集』に列なる用例である。

最後に、年限を五年に短縮する宣旨の下された寛治元年以降の用例を挙げておこう。『詩序集』所収、藤原永範（一一〇三～一一八〇）の「月下客衣冷詩序」の末尾、序者の謙辞に次のようにある。

如予者、燈燭奉試之昔、早挑恩光於二六之年齡、橡樟待運之今、将顕佳名於七廻之涼燠。

（予の如き者は、燈燭奉試の昔、早やかに恩光を二六の年齢に挑け、橡樟運《めぐり》を待つの今、将に佳名を七廻の涼燠に顕さむとす。）

＝私は学問料支給のための試験を受けた昔、わずか十二歳で及第するという天子の恩恵に浴したが、文章得業生として献策の順番を待っている今、七年の研鑽の成果として対策及第の名誉を勝ち取りたいと思う。

永範は永久二年（一一一四）十二月三十日、権中納言藤原忠通邸で度々催された当座の詩会でその詩才を発揮したことにより、勧学院学問料を支給されることになり、その後、元永元年（一一一八）十二月三十日文章得業生、保安三年（一一二二）二月二日献策している。この詩序は恐らく対策直前の保安二年頃の作であろう。この時すでに文章得業生になってから献策までの年限が五年となっている（建前の上でも七年ではない）にも拘わらず、ことさらに「橡樟」の語を用いて文章得業生であることを言うのは、儒者・文人の間で「橡樟」が文章得業生を言う常套句として定着していたからである。それは偏えに朝綱の功績によるものであったことは言うまでもない。それだけ朝綱の「材異橡樟」句が先蹤として大きな存在だったのである。

四、和習漢語

我が国では古来中国文化を摂取するために漢語・漢文を学んだ。漢語は中国伝来のものが大半を占めるが、それとは別に日本人が新たに作り出した漢語も存在した。(12) 今これを和製漢語などと呼び慣わしている。本章で取り上げた、文章得業生の意を持つ「橡樟」の語はそれともまた異なる。中国伝来の漢語に日本独自の意味を新たに附加して用いた言葉である。強いて名づければ「和習漢語」であろうか。(13) 和製漢語にしても、和習漢語にしても、誰がそれを作り出したのか、創始者を突き止めることは極めて難しい。その中で「橡樟」は数少ない例外に属する。大江朝綱がこの語を作り出すことのできたのは、前述したとおり、たまたま課試までの年限が定められた直後に文章得業生に補任されるという、偶然の産物であった。しかし、「橡樟」と「文章得業生」とを「七年」の共通項を媒介にして結び付けることのできたのは、やはり朝綱にすぐれた文才があってこその快挙であったと考えられる。

ただ、朝綱にとって唯一残念なことは、「材異橡樟」の句が後代の『和漢朗詠集』を始めとする秀句選に全く摘句されなかったことだ。されば、明らかに朝綱を踏まえた以言の「誰待橡樟七年之日」の句の方が先に『新撰朗詠集』（禁中・483）に採られることになったのは、何とも皮肉な結果と言うほかあるまい。

注

（1）桃裕行『上代学制の研究〔修訂版〕』（桃裕行著作集第一巻、一九九四年、思文閣出版）。

（2）儒家による起家の排斥については、大曾根章介「大江匡衡」（『大曾根章介日本漢文学論集』第二巻、一九九八年、汲古書院。初出は一九六二年）、同「藤原明衡の壮年時代」（『王朝漢文学論攷』、一九九四年、岩波書店。初出は一九七三年）などを参照されたい。

（3）簡単な語釈を施す。▽森々　松の高くそびえ立つさま。〔百二十詠、松〕鬱々高山表、森々幽澗陲。（鬱々たり高山の表《うへ》、森々たり幽澗の陲《ほとり》。）▽表貞　貞節の意志を表明する。▽遮流　松が池水の流れを遮るように、接近して生えている。▽林月　木の間の月。ここでは、松が月光を浴びて白く輝いていることを言う。▽凌雪　松樹が雪をものともしない（枯れない）。雪に負けない。〔李白、贈章侍御黄裳二首其一〕太華生長松、亭亭凌霜雪。（太華に長松生ず、亭亭として霜雪を凌ぐ。）▽学雨　風が樹木を吹く音を雨に喩えた。〔中右記部類紙背漢詩集、松竹有清風、藤原明衡〕淇園迎夏忘炎景、秦嶺当晴学雨音。（淇園 夏を迎えて炎景を忘る、秦嶺 晴れに当りて雨音を学ぶ。）〔千載佳句、水樹〕長潭五月含氷気、孤檜終宵学雨声。〔方干、陶祥校書陽隠居（全唐詩は陶詳校書陽羨隠居に作る）〕（長潭は五月に氷気を含めり、孤檜は終宵《よもすがら》雨声を学ぶ。）▽三品　松を指す。これは、秦始皇帝が泰山の松に五大夫を授けた故事（『史記』秦始皇本紀）を典拠とし、御史大夫が唐制で従三品に当たることから生まれた呼称である。芳村弘道氏の御教示による。〔白居易、2795従龍潭寺至少林寺題贈同遊者〕九龍潭月落杯酒、三品松風飄管絃。（九龍潭の月 杯酒に落つ、三品松の風 管絃を飄す。）▽蓋陰　傘のような（枝葉の）形。〔百二十詠、松〕千歳蓋影披。（千歳にして蓋影披《ひら》く。）▽千年　松が千年の樹齢を保つこと。〔百二十詠、松〕千歳蓋影披。〔註〕松樹千年、枝偃如蓋。（千歳にして蓋の影披く。〔註〕松樹千年にして、枝の偃《ふ》すこと蓋の如し。▽仙洞　仙人の住みか。転じて上皇の御所。▽翠華　翡翠の羽で飾った天子の旗。〔文選 巻八、上林賦、司馬相如〕建翠華之旗、樹霊鼉之鼓。（翠華の旗を建て、霊鼉《れいた》の鼓を樹つ。）〔白居易、0145驪宮高〕翠華不来歳月久、牆有衣兮瓦有松。（翠華来たらず 歳月久し、牆に衣有り 瓦に松有り。）〔白居易、0596長恨歌〕翠華揺揺行復止、西出都門百餘里。（翠華揺揺として行きて復た止まる、西のかた都門を出づること百餘里。）▽舐犢　親が我が子を溺愛する喩え。〔後漢書、楊彪伝〕後子修為曹操所殺。操見彪問曰、公何痩之甚。対曰、愧無日磾先見之明。猶懐老牛舐犢之愛。操為之改容。（後に子の修、曹操の殺す所と為る。操、彪を見て問ひて曰はく、公何ぞ痩せたることの甚だしきや、と。対へて曰はく、愧づらくは日磾《じつてい》の先見の明無し。猶ほ老牛の犢を舐むるの愛を懐く、と。操、之れが為めに容を改む。）日磾は漢の金日磾。我が子が堕落したのを見て、これを殺した。▽庇下栄　堀河天皇・白河上皇の庇護の下で繁栄を迎えること。

（4）善弘は、『尊卑分脈』菅原氏系図に「正六位上、二条院判官代。非儒。不孝于父、没落肥前国。号小倉冠者」とあり、結局儒業を継がなかった。清能はこのとき（寛治四年）文章生になったと思われる。その省試判は四月二十七日、五月四日に行なわれ、八人が及第した（中右記）。清能は正五位下文章博士に至る。大治五年（一一三〇）五月十八日卒、五十八歳（中右記）。

（5）ブライアン・スタイニンガー氏の御教示による。

（6）末尾の三行は請文に対する撰者和長の補足説明である。「右一紙、迎陽御筆蹟を以つて之れを注記し畢んぬ」とあるのは、その直前の「奉行頭左中弁忠光朝臣也」（一紙に書かれていたのであろう）が元来東坊城秀長によって注記されていたことを言ったものである。奉行の柳原忠光の官職を「頭左中弁」と記すことから、この請文が延文四年（一三五九）か五年のものであることが分かる。このとき長嗣はすでに従三位非参議であり、たしかに「儒卿」であった。

（7）拙稿「『朗詠江註』と古本系『江談抄』」「『古事談』と『江談抄』」（『三河鳳来寺旧蔵暦応二年書写 和漢朗詠集影印と研究』、二〇一四年、勉誠出版）。

（8）『延喜式』にも同様の記載が見られる（巻十八・巻二十）。尚、奈良時代から平安時代前期までの紀伝道関係の史料は、古藤真平編『紀伝道研究史料集――文武朝〜光孝朝』（二〇一六年三月、古代学協会）に網羅されている。

（9）『公卿補任』天暦七年条、参議に昇進した従四位上大江朝綱の尻付に「延喜十一年補文章生〈廿六〉。十六年三廿八丹波掾〈文章得業生〉。…廿二年策。…」とあるに拠った。但し、小野泰央「大江朝綱論」（『平安朝天暦期の文壇』、二〇〇八年、風間書房）に指摘されるように、延喜十六年より前に文章得業生になった可能性もある。

（10）『中右記』長治二年（一一〇五）三月十六日条は、文章得業生藤原尹通が五年の年限を三年に短縮して課試に応じたい旨を申請し、それを陣定で僉議したことを伝えている。「人々多可限三年之由僉議。（人々多く三年を限る可きの由、僉議す。）」とあるが、結局尹通の申請は却下されたようである。尹通はそれから二年後の嘉承二年（一一〇七）正月に献策している。

（11）「五美」は『藝文類聚』巻八十一、菊に「魏鍾会菊花賦云、夫菊有五美焉。黄華高懸、准天極也。純黄不雑、

后土色也。早植晩登、君子徳也。冒霜吐穎、象勁直也。流中軽体、神仙食也」とある。傍線部が「晩成」に当たる。

(12)　佐藤喜代治『日本の漢語――その源流と変遷』(一九七九年、角川書店)。

(13)　神田喜一郎「和習談義」(『墨林間話』、一九七七年、岩波書店)。

第二十五章　『玉葉』に見られる課試制度関連記事の検討

はじめに

大学寮紀伝道の課試制度は、平安末から鎌倉初めにかけての時期に大きく変化したと言われている[1]。たしかに『玉葉』を始めとする当時の古記録を繙くと、それまで守られてきた運用上の慣習が覆される事例を多く見出すことができる。例えば養和元年（一一八二）十一月に給料学生の藤原季光が方略宣旨を蒙り、儒家の出身でない藤原宗業が学問料支給の宣旨を受けたことに対して、藤原兼実は「共に以つて天下の許さざる所なり」と日記に感想を漏らした。厳守されてきた慣例が破られたことに対して、敏感に反応した発言であったと言えよう。本章では、『玉葉』から紀伝道の課試・進級に関わる記事の幾つかを取り上げ、制度史の観点から考察を加えてみたい。

一、給料学生三名、秀才を争う――治承四年正月二十五日・二十七日条

『玉葉』治承四年（一一八〇）正月二十五日条に次のような記事が見られる。まずこの記事の検討から始めたい。

又伝勅云、給料学生三人争訴秀才〈給料次第、第一季光、第二頼範、第三通業。而通業、勘先例、依為侍中、可被補之由訴申云々。何様可被仰下哉〉。又望申学問料之輩数人〈交名在別紙。被副各解状〉、専一誰人哉、同可計奏者。申云、秀才事、通業依侍中申可被抽賞之由、非無其謂。又儒道之習、不超次第。両箇之間、左右只可在勅定。抑於頼範者、為永範朝臣之孫。尤当其仁。季光、通業之間、所詮可被学生之名誉歟者。

（又た勅を伝へて云ふ、給料学生三人、秀才を争ひ訴ふ。〈給料の次第、第一季光、第二頼範、第三通業。而るに通業、先例を勘ふれば、侍中為《た》るに依りて補せらる可きの由訴へ申すと云々。何様《いかさま》に仰せ下さる可きや〉。又た学問料を望み申すの輩《ともがら》数人〈交名、別紙に在り。各《おのおの》の解状を副へらる〉、専一誰人なるや、同じく計らひ奏す可し者《てへり》。申して云ふ、秀才の事、通業、侍中たるに依りて抽賞せらる可きの由を申すこと、其の謂はれ無きに非ず。又た儒道の習ひ、次第を超えず。両箇の間、左右只だ勅定に在る可し。抑も頼範に於いては、永範朝臣の孫為《た》り。尤も其の仁に当たる。季光、通業の間、詮ずる所、学生の名誉を被る可きか者。）

これは、前年、文章得業生の菅原在高・藤原敦季がともに対策に及第し、文章得業生に闕員が生じたことを承けて、給料学生（学問料を支給されている学生）の中から二名を選べとの勅が下ったのである。同時に、文章得業生選抜に伴って生じる給料学生の闕員の補充も行なえとの勅も下っているが、これについては、ここでは検討しな

い。(2)

平安中期以前、紀伝道の入学から対策に至る径路は、入学後、学生から寮試に及第して擬文章生となり、さらに省試に及第して文章生（定員二十名。唐名は進士）となり、この中から推薦によって文章得業生（定員二名。唐名は秀才・茂才）を抜擢し、文章得業生は数年（延喜式の規定では七年）を経て対策に応じる、というのが一般的であった。ところが平安中期に大江・菅原といった儒家（儒者を世襲的に出す家系）が成立すると、大学入学後、儒家の子弟が優先的に穀倉院学問料（定員二名）を支給され、その給料学生は寮試・省試を経ずに、支給の（先後の）順にしたがって文章得業生に補任されることが慣例化した。(3) そして、平安後期に菅江に後れて藤原氏の北家日野流・南家・式家が儒家となると、その勢力を伸ばしてゆく過程で、穀倉院学問料に加えて、藤原氏出身者のみに適用される勧学院学問料が課試・進級の資格を得る上で効力を持つようになった。

『玉葉』の記事に見える「給料学生三人」は季光、頼範、通業と給料宣旨を蒙った順に名が挙げられている（この中の一人は勧学院学問料の受給者である）。

季光（生没年未詳）は式家藤原氏、正四位下豊前守藤原成光の男。成光は前年十二月二十八日、良通（兼実嫡男）の書始《ふみはじめ》に際して師儒を務めている。この年の七月十八日、七十歳で没した。兼実は「儒士の中、才学文章と云ひ、口伝故実と云ひ、当世に於いて頗る其の名を得たる者なり。惜しむ可し、哀しむ可し」（『玉葉』同日条）とその死を悼んだ。息子の季光はこれより先、承安四年（一一七四）四月二十八日に行なわれた学問料試の試衆六人の一人としてその名が見え、(4) このとき「皇嘉門院判官代、生年三十餘」であった（『玉葉』同年五月一日条）。これから推せば、文章得業生を望んだ治承四年の時点では三十代も後半、四十歳に近い年齢だったと思われる。すでに治承三年正月五日に叙爵している（『玉葉』同日条）。文章院東曹の所属である。

頼範（一一六二〜一二二二）は南家藤原氏貞嗣流、従二位非参議民部卿藤原光範の男。当時正三位非参議で宮内卿・式部大輔であった永範の孫に当たる。このとき十九歳。給料宣旨を受けたのは治承二年正月二十六日のことである（公卿補任）。季光と同じく文章院東曹の所属である。

通業（一一五三〜一一九一）は北家藤原氏内麿流（日野流）、従四位下皇太后宮大進藤原盛業の男。このとき二十八歳。治承三年正月六日の東宮御五十日の儀では、給料学生蔵人として奉仕している。前二者とは異なり、文章院西曹の所属である。

この三名の中から何れの二名を文章得業生に補任すべきか。「申云」以下に示された兼実の意見を要約すれば、①頼範は儒者の筆頭である永範の孫であるから、最も相応しい。②残る季光・通業の内、通業には蔵人であるという然るべき理由があるが、紀伝道は「次第」（この場合は給料宣旨を蒙った順序）を守る慣習がある。どちらを選ぶかは天皇の判断に従うべきだが、結局は学生としての評価に依って決めるのが良い、ということであった。当時の兼実にしては歯切れの悪い言い方である。

藤原成光はその兄長光とともに兼実を献身的に支えた儒者である。その成光の息子の季光が給料次第第一位であるにも拘わらず、兼実が彼を積極的に推薦することのできなかったことには理由があった。それは季光には学才の誉れも詩才の聞こえも無かったからである。『山槐記』治承三年十月十八日条は文章生で御書所衆の藤原孝範の言葉を引いて、次のような驚くべき事件を伝えている。曰わく、今日御書所（閑院殿上廊北庇）で、「雪夜待忠信来参（雪の夜 忠信の来参することを待つ）」を詩題として当座の詩会が行なわれたが、藤原季光は首聯の一句（恐らく下句）を「忠信従之感千万廻（忠信之れより感千万廻）」の八字に作った、というのである。(5) 七言詩の一句を八字に作ったというのは、紀伝道の学生としては致命的な失態である。季光の才能は推して知るべし。

これに対して、通業の評価はかなり高かったようだ。これより後のことであるが、文治三年（一一八七）二月二十七日、後鳥羽天皇の代になって初めての御書所作文が催された。その詩会に召された文人の中に「山城守通業」の名が見えており、文人の人選に当たった兼実は通業について、

通業、雖無才漢之聞、詩体勝等倫。又高倉院御時、数座侍公宴、頗有文章之名誉。仍為励傍輩召之。

（通業、才漢の聞こえ無しと雖も、詩体は等倫に勝る。又た高倉院の御時、数《しばし》ば公宴に座侍して、頗る文章の名誉有り。仍りて傍輩を励まさむが為めに之れを召す。）

と記している（『玉葉』同日条）。「才漢」は「才幹」に同じ。「文章」は詩を言う。(6) 通業に学才は無いが、詩才に勝れているとと兼実は評価を下しているのである。

秀才宣旨は翌々日の正月二十七日に下った（『玉葉』同日条）。結果は、

今夜除書以前、被宣下秀才〈頼範、通業。第一季光依無名誉被超下﨟二人了〉。

（今夜除書以前、秀才を宣下せらる。〈頼範、通業。第一の季光は名誉無きに依りて、下﨟二人に超えられ了んぬ〉。）

というものあった。給料次第第一位の季光が選に漏れた理由を、「名誉無き」こと、学生としての評価に欠けるとしているが、文章院東曹・西曹から公平に一名づつを補充した点に於いても穏当な人選であったと言えよう。

しかし、季光が下位の者二名に超越されたことは禍根を残すことになる。このあと出来した思わぬ事態について

は、次節に詳しく述べることにしよう。

二、給料学生季光、方略試を請う――養和元年九月十八日条

養和元年（一一八一）九月十八日、前年文章得業生の選に漏れた藤原季光は、給料学生の身分であるにも拘わらず、方略宣旨を申請するという挙に打って出た。前述の如く平安後期の慣例では、給料学生は文章得業生に補任された後、数年を経て対策することになっていた。一方、学問料も支給されず、文章得業生にもなれなかった学生の場合、これとは異なる（対策に至る）径路が存在した。それは文章生から方略宣旨を蒙って対策するというもので、この措置は儒家の出身でない者や、儒家の子弟でも学問料支給などの特権が得られなかった者に対して適用されることがあった。(7) 季光は「給料学生↓文章得業生↓対策」というコースを歩んでいたにも拘わらず、ここで急に「文章生↓方略宣旨↓対策」というコースに乗り換えたことになる。しかし、給料学生が方略宣旨を申請することなど、全く前例の無いことであった。因みに、『朝野群載』巻十三（紀伝道上）では、同じ対策でも文章得業生が受ける場合を「策試」と呼び、方略宣旨を蒙った文章生が受ける場合を「方略試」と呼んで区別している。『玉葉』同日条を次に掲げる。

戌刻、頭弁経房為院御使来、問両条事。（前一条ハ省略シ、後一条ノミヲ掲ゲル）
一、給料季光、文章生宗業等申方略。但季光申云、其身為第一給料、而被超越通業頼範等了。尤為訴訟、随以儒挙所申也。尤可有哀憐者。宗業申云、身雖非重代、学已疲稽古。是世人之所知也。優文之世、豈不求名

誉哉。但若方略難被許者、給料可足者。両人申状如此。是非如何、将可被登用両人歟。可令計申者。
下官申云、方略者、奇代之恩賞、文道之規模也。容易難被許歟。季光超越之愁、雖似有糸惜、強無名誉之聞歟。恩許之条難申左右。宗業雖有名誉之聞、無儒挙。以自解被許方略之例、可有尋歟。季光者重代也、給料也、取儒挙、列試衆。有四個之理之上、抱超越之怨。而宗業非其人、無儒挙。乍置帯数個之由緒季光、被抽賞凡種之宗業、頗非正道歟。但被崇儒学之習、以秀其道之者可為先。百千之理、枝葉花菓也。才漢抜旁輩者、登用有何難哉。器量之条、真偽普可被尋歟。於微臣者未見之士也。仍難申一定。此上可在勅定者。

（戌の刻、頭弁経房、院の御使と為りて来り、両条の事を問ふ。（中略）

一、給料季光、文章生宗業等、方略を申す。但し季光申して云ふ、其の身、第一の給料為り、而れども通業頼範等に超越せられ了んぬ。尤も訴訟を為し、随ひて儒挙を以つて申す所なり。尤も哀憐有る可し者。宗業申して云ふ、身、重代に非ずと雖も、学、已に稽古に疲る。是れ世人の知る所なり。優文の世、豈に名誉を求めざらむや。但し若し方略許され難くんば、給料足る可し者。両人の申す状、此くの如し。是非如何《いかん》、将《は》た両人を登用せらる可きか。計らひ申さしむ可し者。

下官申して云ふ、方略は奇代の恩賞、文道の規模なり。容易に許され難きか。季光、超越の愁ひ、糸惜《いとを》しく有るに似たりと雖も、強ちに名誉の聞こえ無きか。恩許の条、左右《とにかく》に申し難し。宗業、名誉の聞え有りと雖も、儒挙無し。自解《じげ》を以つて方略を許さるるの例、尋ね有る可きか。季光は重代なり、給料なり、儒挙を取る、試衆に列す。四個の理有るの上、超越の怨みを抱く。而るに宗業は其の人に非ず、儒挙無し。数個の由緒を帯ぶる季光を置き乍ら、凡種の宗業を抽賞せらるるは、頗る正道に非ざるか。但し儒学を崇ばるるの習ひ、其の道に秀づるの者を以つて先と為す可し。百千の理、枝葉花菓なり。才漢旁輩を抜く者、登用何の難有らむや。器量の条、真偽普く尋ねらる可きか。微臣に於いては未だ見ざるの士なり。仍りて一定を申し難し。此の上は勅定に在る可し者。）

後白河上皇から兼実に対する下問は、次のような内容であった。「給料学生藤原季光と文章生藤原宗業とがともに方略試を申請してきた。季光は給料次第が第一位であったにも拘わらず、通業・頼範に超越されたので、今回は儒挙（複数の儒者による推挙）を以て方略試を申請するので許可して欲しいと訴えている。また宗業は重代の儒家の出身ではないけれども、学問に熱心であることは世人の認める所であるから、方略試を申請したいが、もしそれが叶わなければ、学問料の支給でも構わないとの要望である。二人の申請を許可すべきか、計らい申せ」と。ここに季光とともに登場する宗業は、藤原氏北家日野流、従五位下阿波守経尹の男である。承安三年（一一七三）すでに文章生となっていた宗業は、藤原宗光（日野流の儒者）の男であると偽って方略宣旨を得たが、のち詐称が露顕して宣旨を召し返されたという前科があった（『玉葉』承安三年五月二十一日条）(8)。

後白河の下問に対して兼実は、方略試は容易に許可すべきものではないとしながらも、「季光が超越されたことには同情するが、学生としての評価が低いのでは仕方がない。一方、宗業は世間の評価は高いが、儒挙が無い。自解《じげ》（自己推薦）によって方略宣旨の下された先例があるのか調べる必要がある。季光には①重代の儒家の出身である、②給料宣旨を蒙っている、③儒挙による申請である、④試衆に列したことがあるという四つの理に叶った言い分が有る上に、超越されて怨みを抱いている。これに対して宗業は儒家の出身ではなく、儒挙も無い。幾つもの理由のある季光を差し置いて、凡卑の宗業に方略宣旨を下すのは正しいやり方ではない。しかし学問を尊ばれるのであれば、その専門に秀でた者を優先して抜擢すべきであり、そのような者を登用することに難点はない。宗業に学才があるのか、その真偽のほどを確かめるのが良い。私（兼実）は宗業と面識が無いので、定かなことを申し上げにくい。やはり上皇の裁定に任せたい」と述べた。前半では伝統的慣習を重んじて、季光の訴えを認め、宗業の望みを斥けることを主張しておきながら、後半では学問の理想論を持ち出して宗業を擁護している。

この問題の結論が兼実の許にもたらされたのは十一月十二日のことだった。『玉葉』同日条に、

蔵人権佐光長来。召廉前談雑事。給料季光〈成光子〉方略、文章生宗業〈凡卑者也。但有才名聞。〉給学問料云々。共以天下之所不許也。但宗業者才学文章相兼、名誉被天下。仍被抽賞。優文学之道可然云々。

（蔵人権佐光長来たる。廉前に召して雑事を談ず。給料季光〈成光の子〉方略、文章生宗業〈凡卑の者なり。但し才名の聞こえ有り〉学問料を給すと云々。共に天下の許さざる所なり。但し宗業は才学・文章相ひ兼ね、名誉天下を被ふ。仍りて抽賞せらる。文学を優するの道然る可しと云々。）

と記されている。季光に方略宣旨が、宗業に給料宣旨が下されたのである。これに対する兼実の感想は「共に天下の許さざる所なり」、どちらも先例に反する決定であると述べている。どの点が「天下の許さざる所」なのか、繰り返しになるが、整理しておこう。

季光のような給料学生の場合、文章得業生に推挙されて後、数年を経て対策に臨むのが本来の径路である。それを、下﨟の給料学生二名が先に文章得業生となったため、その遅れを取り戻そうとして、あろう事か、文章生から対策に臨む場合の手段であるはずの方略宣旨の申請を行なったのである。これはまさに先例を無視した行為だが、これを許容したこともまた先例に反する決定なのであった(9)。一方、宗業の場合、文章生なのであるから方略宣旨を申請することは可能である。しかし、儒挙では無く、自解である点が問題なのであった。また嘗て方略宣旨を召し返された前歴もあるので、学問料支給に格下げされたのであろう。宗業の抜擢を兼実は案の定、理想

論を振りかざして歓迎している。

三、秀才通業、季光に超えられまいとして策試を請う
――『吉記』養和元年十一月十八日条

季光の演じた離れ業に対して、季光を超越した二人はどのような反応を示したのであろうか。残念ながら『玉葉』にはそのことを伝える記事が見当たらない。藤原通業の消息を伝えるのは『吉記』養和元年十一月十八日条である。

院宣到来〈泰経朝臣奉〉。秀才通業申文遣之。献策事、以二年例可宣下、其替学問料可給範季子者。（中略）抑二年策者、広業、光能、惟基〈今光輔也〉、基光等例也。以云蔵人之極労、有希代之恩歟。通業、前朝蔵人也。雖有旧労、不似彼例。邂逅事無議。定有恩許、尤不審事也。可有哀憐者、季光方略可有抑留歟。依思超越之愁、季光以希代之例、自進士給料奉行方略之綸命。又通業不被超季光、今以非例望申此事。彼是有恩、何時可散各鬱哉。可云乱世歟。

（院宣到来す〈泰経朝臣奉ず〉。秀才通業の申文、之れを遣はす。献策の事、二年の例を以つて宣下す可し、其の替の学問料は範季の子に給す可し者。（中略）抑も二年の策は、広業、光能、惟基〈今の光輔なり〉、基光等の例なり。以つて蔵人の極労を云ふは、希代の恩有るか。通業は前朝の蔵人なり。旧労有りと雖も、彼の例に似たらず。邂逅の事、議すること無し。定めて恩許有るは、尤も不審の事なり。哀憐有る可くんば、季光の方略、抑留有る可きか。超越の愁ひを思ふに依りて、季

光、希代の例を以つて、進士給料より方略を行なふの綸命を奉《うけたまは》る。又た通業、季光に超えられざらむとして、今非例を以つて此の事を望み申す。彼れ是れ恩有り、何れの時にか各の鬱を散ぜむ。乱世と云ふ可きか。）

これによれば、通業は季光に先を越されまいとして、蔵人であったことを理由に、文章得業生補任後二年という、通常より早い年限で対策を申請してきたのである。当時、文章得業生になってから対策までの年数は三年を慣例としていた。(10) 記者の吉田経房は、年限二年というのは当朝の蔵人にのみ適用される先例であり、通業のような先朝の蔵人はこれに当たらないとして、この申請を「非例」と見なしている。

もう一人の藤原頼範は、寿永元年（一一八二）三月八日主殿権助に任官している（『公卿補任』承元四年従三位藤頼範尻付）ので、恐らくその直前に対策に及第したと思われる。

当の季光に対しては、養和元年十一月二十二日、問頭宣旨が下されている（『吉記』同日条）。これは対策の問頭博士の決定を内容とするものであるから、同年中に献策したと思われる。

こうして見ると、治承四年正月に始まる季光・頼範・通業間の陰湿な争いは、養和元年から翌寿永元年にかけての時期に、三者の対策及第を以てひとまずの終息を見たのではないかと思う。ただ、この異例ずくめの事態がその後の課試制度の変容を促す契機を与えたことは疑いなかろう。

注

（1） 桃裕行『上代学制の研究〔修訂版〕』（一九九四年、思文閣出版）第三章「平安時代後期の学制の衰頽と家学の発生」第一節「課試制度の形式化」。

（2）『玉葉』同年正月二十七日条に、給料学生は大江匡範（維光男）、藤原（式家）長正（光経男）に宣下されたとある。ともに文章院東曹の出身者である（西曹出身者が選ばれなかった）点がやや異例である。

（3）本書第十八章「『朝野群載』巻十三の問題点」第一節。

（4）このとき及第して給料宣旨を蒙ったのは季光ではなく、菅原定綱であった（『玉葉』承安四年五月十二日条）。

（5）『山槐記』治承三年十月十八日条「文章生孝範〈御書所衆〉曰、今日於御書所閑院殿上廊北庇有当座作文。（中略）頃之持来詩題〈雪夜待忠信来参。書檀紙一枚〉置臺盤上。（中略）季光詩発句云、八字〈忠信従之感千万廻〉、可謂希異事歟」。

（6）拙稿「「文章」と「才学」」（『句題詩論考』、二〇一六年、勉誠出版。初出は二〇一三年）。

（7）桃裕行『上代学制の研究〈修訂版〉』（一九九四年、思文閣出版）295～297頁。

（8）本書第十八章「『朝野群載』巻十三の問題点」第三節。

（9）『吉記』養和元年十一月十八日条に季光を「進士給料」（進士は文章生）とするが、誤りであろう。

（10）本書第二十四章「平安後期の文章得業生に関する覚書」第二節。

第二十六章　平安時代の詩宴に果たした謝霊運の役割

はじめに

『日本国見在書目録』別集家には百五十部にも及ぶ中国詩人の別集が著録されている。漢籍の蓄積が、平安前期の段階でかくも充実したレベルにまで到達していたことを見て取ることができるが、目録中に当の謝霊運の名を見出すことはできない。『隋書』経籍志の集部別集類には、たしかに『宋臨川内史謝霊運集』十九巻の書名が見えるから、これが日本に将来されなかったとは思われないが、平安時代の古記録類にも古写本の存在したことを示す記述を確認することはできない。

謝霊運は『文選』を代表する詩人の一人であるから、恐らく当時の日本では彼の詩を別集に拠って読むのではなく、『文選』を通してこれに親しんでいたと考えるのが穏当なのであろう。試みに『本朝文粋』を繙くと、大江匡衡の「対月言志詩序」（巻八・211）に「嗟呼心事日日衰、鬢髪星星薄。（嗟呼心事日日に衰へ、鬢髪星星として薄し）」と、頭髪のぽつぽつと白いさまを「星星」と表現している。これは『文選』巻二十二に収める謝霊運「遊南亭」詩に「戚戚感物歎、星星白髪垂。（戚戚として物に感じて歎く、星星として白髪垂れり）」とあるのを学んだのではなかろうか。また、紀長谷雄の「山家秋歌八首其三」（巻一・024）に「空山幽静水潺湲、独臥雲中不限年。（空山幽静として水潺湲たり、独り雲の中に臥して年を限らず）」、源順の「花光水上浮詩序」（巻十・301）に「僧伽藍之裏、苔鮮潔水潺湲。（僧伽藍の裏に、苔鮮潔なり水潺湲たり）」などと、水のさらさら流れるさまを「水潺湲」と表現するのは、『文選』巻二十六の謝霊運「七里瀬」詩に「石浅水潺湲、日落山照曜。（石浅くして水潺湲たり、日落《く》れて山照曜す）」とあるのに拠ったのであろう。

こうした例は枚挙に遑ないが、本章で論じようとするのはこのような受容例ではない。平安時代の日本人が抱いていた詩宴の理想像に対して、謝霊運による影響のあったことを指摘したいと思う。「何を大袈裟な」と言うことなかれ、しばらく稿者の説明に耳を傾けられよ。

一、本邦詩序から窺われる詩宴の理想像

平安時代の貴族社会では、詩宴（詩会と同義。詩会が宴席と不可分の関係なのでこのように呼ぶ）が社交のための重要な行事として日常的に開催されていた。当時の詩宴は、いわゆる君臣唱和の形式を取ることが一般的であり、天皇と臣下、或いは上級層貴族とその配下といった文学集団が一堂に会し、しかも参加者全員が同一の詩題で詩を賦することを常道としていた。詩宴では出席者の中から文才に秀でた一人が選ばれて詩序を書く慣習があった。詩序とは（その日に賦された）詩群に冠する序文のことであり(1)、そこでは詩宴のありさまが克明に語られる。当時の詩序は通常三段から成り(2)、その第一段では、その詩宴が開催されるに至った経緯や当日の詩宴の有様などを通

して、その詩宴がいかに意義深い行事であったかが叙述される。したがって、詩序の第一段からは、当時の貴族たちがどのような要素を持った詩宴を理想的なものと見なしていたかが極めて明確に窺われるのである。その詩宴のあるべき姿とはどのようなものであったか。平安時代に作られた詩序の第一段から、その要素を抜き出してみると、次のようにまとめることができよう。

①主催者が称讃されるべき出自・地位・文才を備えていること。
②時節の良いこと。
③風景の美しいこと。
④出席者が互いに気心の知れた詩人同士であること。
⑤楽しい宴席であること。

当時の日本人は、これら五つの事柄が詩宴を理想的なものとして成立せしめる重要な要素であると見なしていたのである。これを具体例に即して確認することにしよう。次に掲げるのは『詩序集』に収める藤原明衡の「月光依水明詩序」である。これは康平七年（一〇六四）秋の庚申の日、権大納言源師房の邸宅で行なわれた詩宴の作である。三段に分けて示そう。

七言秋夜侍源亜相淳風坊水閣守庚申同賦月光依水明応教詩。〈以明為韻。幷序。〉

①夫源亜相者、国家之重臣也。稟鳳池之餘浪、故文藻之美誉軼人、伝龍岫之遺風、故材花之芳名被世。爰近

占東都、新排甲第。③枕山以置高閣、遙嘲臨風観之幽奇、向水以構曲臺、更編映月亭之勝絶。②方今当庚申而守李老之玄訓、属商飆而調桐孫之妙音。④拖紫紆朱之客、瀝言泉而群集、披錦夢繍之徒、凝詞露而豫参。⑤今宵佳会、誠有以哉。」（第一段）

観夫月光依水而清明、水色迎月而映徹。臨琁淵而増玲瓏、碧落雲斂之暁、照沙浜而添皓潔、銀漢霧晴之秋。至于蒼然兮遠近通朗、又皓爾兮淮溪混同、呼沱催駕、忠臣迷寒氷之思、呉江棹舟、漁父歌白雪之曲者也。」（第二段）

既而巽羽之声頻報、酒樹之酔漸酣。明衡、省暗質而心寒、慙漏明時之清選、居春官而齢老、倦記秋夜□勝遊、云爾。」（第三段）

（七言秋夜、源亜相の淳風坊水閣に侍りて庚申を守り、同じく「月光 水に依りて明らかなり」といふことを賦して教に応ずる詩。〈明を以つて韻と為《す》。幷せて序。〉

①夫れ源亜相は、国家の重臣なり。鳳池の餘浪を稟《う》く、故に文藻の美誉 人に軼《す》ぎたり、龍岫の遺風を伝ふ、故に材花の芳名世を被《おほ》ひたり。爰に近く東都を占め、新たに甲第を排《ひら》く。③山を枕にして以つて高閣を置く、遙かに臨風観の幽奇を嘲《あざけ》る、水に向ひて以つて曲臺を構《かま》ふ、更に映月亭の勝絶を編《さ》みす。②方に今、庚申に当たりて李老の玄訓を守り、商飆に属《あた》りて桐孫の妙音を調ぶ。④紫を拖《ひ》き朱を紆《まつ》ふの客、言泉を瀝《たた》へて群集す、錦を披《き》繍を夢みるの徒、詞露を凝らして豫参す。⑤今宵の佳会、誠に以《ゆゑ》有るかな。」（第一段）

観れば夫れ月光は水に依りて清明なり、水色は月を迎へて映徹なり。琁淵に臨んで玲瓏を増す、碧落雲斂まるの暁なり、沙浜を照らして皓潔を添ふ、銀漢霧晴るるの秋なり。蒼然として遠近通朗にして、又た皓爾として淮溪混同するに至りては、呼沱に駕を催す、忠臣 寒氷の思ひに迷ふ、呉江に舟に棹さす、漁父 白雪の曲を歌ふ者なり。」（第二段）

既にして巽羽の声頻りに報ず、酒樹の酔ひ漸くに酣はなり。明衡、暗質を省みて心寒し、明時の清選に漏るるを慙づ、春官に居りて齢ひ老いたり、秋夜の勝遊を記すに倦むと、云ふこと爾《しか》り。」（第三段）

本文中、五つの要素に相当する部分に番号・傍線を施した。(3) この明衡の詩序では全ての要素を兼ね備えているが、当時の詩序の中には、幾つかの要素を欠いているものも間々見受けられる。しかし、五つの要素の中で絶対に欠かすことの出来ないのは①である。詩宴の主催者は、文学を深く理解し、出席の文人たちからも敬愛され、彼等の庇護者として申し分のない人物でなければならない。それ故、平安時代の詩序には必ず①の要素が含まれているのである。また、①の要素は時として詩序の第三段で重ねて叙述されることがある（後述）。主催者の資質を重要視することは、当時の詩宴に於いて際立った特徴であったと言えよう。(4)

二、謝霊運「擬魏太子鄴中集詩序」の言う詩宴の理想像

それでは、詩宴のあるべき姿をこのように規定する淵源・根拠は一体何処に求められるのであろうか。私はそれを『文選』巻三十（李善注本）に収める謝霊運の「擬魏太子鄴中集詩八首幷序」に求めたいと思う。この作品は「魏の太子」（曹丕）が主催者となって鄴の宮殿で王粲・陳琳・徐幹・劉楨・応瑒・阮瑀・曹植らと詩宴を催したという設定で作られ、曹丕に仮託した詩序一篇と、曹丕を含む八人に仮託した詩八首とから成っている。詩序の本文を次に掲げよう。

建安末、余時在鄴宮。朝遊夕讌、究歓愉之極。天下良辰美景、賞心楽事、四者難幷。今昆弟友朋、二三諸彦、備〈善本作共字〉尽之矣。古来、此娯書籍未見。何者、楚襄王時、有宋玉唐景。梁孝王時、有鄒枚厳馬。遊者美矣。而其主不文。漢武帝時〈善本無時字〉、徐楽諸才、備応対之能。而雄猜多忌。豈獲晤言之適。不誣方将、庶必賢於今日爾。歳月如流、零落将尽。撰文懐人、感往増愴。其辞曰。

（建安の末、余、時に鄴宮に在り。朝に遊し夕べに讌して、歓愉の極を究む。天下の良辰、美景、賞心、楽事、四つの者幷せ難し。今、昆弟友朋、二三の諸彦、備《つぶさ》に之れを尽くせり。古《いにしへ》より来《このかた》、此の娯び書籍に見えず。何となれば、楚の襄王の時に、宋玉唐景有り。梁の孝王の時に、鄒枚厳馬有り。遊ぶ者美なり。而れども其の主文ならず。漢の武帝の時に、徐楽諸才、応対の能に備はれり。而れども雄にして猜《うたが》うて忌むこと多し。豈に晤言の適を獲むや。方将を誣《し》ひず、庶ひねがはくは必ず今日に賢《まさ》らくのみ。歳月流るるが如し、零落して将に尽きなむとす。文を撰して人を懐ふ、往に感じて愴《いた》みを増す。其の辞に曰はく。）

この中で謝霊運は曹丕の口を借りて、理想的な詩宴は良辰・美景・賞心・楽事の四者を兼ね備えたものであると述べている（前半の傍線部）。ここで読者はこの良辰・美景・賞心・楽事が、先に挙げた五つの要素の中の②時節の良いこと、③風景の美しいこと、④出席者が互いに気心の知れた詩人同士であること、⑤楽しい宴席であることにそれぞれ相当することに気づくであろう。謝霊運はこれに続けて、曹丕たちがこれらのことを極め尽くすことのできたのには然るべき理由があるとして、それ以前の悪しき例を挙げながら説明を加えている。それが後半の傍線部である。

曰わく、「戦国時代、楚の襄王には宋玉・唐勒・景差といった詩人が、また漢代、梁の孝王には鄒陽・枚乗・

厳忌・司馬相如といった詩人が王に近侍していたにも拘わらず、良辰・美景・賞心・楽事の四事を堪能することができなかった。それは主催者たる王に文学の素養が無かったからである。漢の武帝の時にも徐楽を始めとする当意即妙の才人がいたにも拘わらず、武帝に剛強疑忌の性格があったために、四事を文学に昇華させて楽しむには至らなかった」と。このように謝霊運が述べる言葉の裏側には、当然のことながら、曹丕のような文学を解する人物が詩宴の主催者であって始めて良辰・美景・賞心・楽事の四事を共有することができるのだという真意を読み取ることができよう。謝霊運の掲げる理想的な詩宴とは、詩人たちが良き主人の下に集い、それを前提として良辰・美景・賞心・楽事を詩に託することであった。

ここに示された詩宴の定義は、平安時代の詩序の第一段に掲げられる詩宴の諸要素にまさしく合致する。当時の日本人は謝霊運の提唱した詩宴の理想像を拠るべき先蹤として、自らの詩宴を構築していたのではないだろうか。

三、謝霊運「擬魏太子鄴中集詩序」の受容例

前節に見た謝霊運の詩序を受容した例が『本朝文粋』に見出される。巻十に収める源順の「度水落花来（水を度《わた》つて落花来たる）詩序」(307)である。これは天元二年（九七九）三月、上野守盛明親王の池亭で開かれた詩宴の作である。これによって、謝霊運の詩宴に関する主張が当時の日本で受け入れられていたことを確認することができよう。

古人有言曰、天下良辰美景、賞心楽事、此四者難并。竊見大王今日之遊宴、可謂七者相并矣。何則三月和

暖、百花乱飛。是所謂良辰美景也。賓友畢会、笙謌相随。是所謂賞心楽事也。若世多忌諱、則人少詩興。而今聖主膺籙以来、雉有越裳之献白、馬無胡人之牧南。所謂仁威共行、文武不墜地之秋也。與前四幷者五矣。復雖有良宴嘉会、而座無其人、詩境寂寞。大王以與翰林両菅学士通家、人中得龍、席上多珍。與前五幷六矣。復雖得其人、而若不遊勝地、則似無風月之媒。今大王所遊者、本是寛平太上所遊也。花隔一代而再発其栄、水逢二主以重澄其色。與前六幷者七矣。」（第一段）

況復花随風落、葩渡水来。初混彼東林之霞、後残此西岸之雪。過月浦兮漫入、巻簾誰待一葦之軽、払春波兮斜飛、張袖亦迎雑蕊之脆。」（第二段）

於是花月鮮明、杯盤狼藉。客皆酩酊、或耳語曰、昔呉王好剣客、百姓多瘢瘡。今大王好風客、群賢多会合。人情之美悪、彰于各所好、於斯見矣。但有好学無益者、前泉州刺史順也。一生貧而楽道、徒継原憲之前蹤、九年沈於散斑、空添嵆含之左鬢。対暁鏡以有恥、腐秋毫以無詞、云爾。」（第三段）

（古人言へること有り、曰はく、天下の良辰、美景、賞心、楽事、此の四つの者幷せ難し、と。竊かに大王今日の遊宴を見るに、七つの者相ひ幷せたりと謂ふ可し。何《いか》んとならば、三月和暖にして、百花乱れ飛ぶ。是れ所謂《いはゆる》良辰美景なり。賓友畢《ことごと》く会して、笙謌相ひ随ふ。是れ所謂賞心楽事なり。若し世 忌諱多きときんば、人 詩興少なし。而して今は聖主、籙に膺《あた》つてより以来《このかた》、雉《きじ》 越裳の白きを献ずる有り、馬 胡人の南に牧《か》ふ無し。所謂仁威共に行なはれ、文武地に墜ちざるの秋《とき》なり。前の四つを幷《あは》すれば五つなり。復た良宴嘉会有りと雖も、而れども座 其の人無きときんば、詩境寂寞たり。大王 翰林両菅学士と通家なるを以つて、人中に龍を得、席上に珍多し。前の五と幷すれば六つなり。復た其の人を得たりと雖も、而れども若し勝地に遊ばざるときんば、風月の媒《なかだち》無きに似たり。今、大王の遊びたまふ所は、本是れ寛平太上の遊びたまつし所なり。花 一代を隔てて再び其の栄を発《ひら》き、水 二主に逢うて以つて重ねて其の色を澄ましむ。前の六つと幷すれば七つなり。」（第一段）

況や復た花風に随つて落ち、葩《はなびら》水を渡つて来たる。初めは彼の東林の霞に混じ、後には此の西岸の雪を残す。月浦を過ぎて漫《みだりがは》しく入る、簾を巻いて誰か一葦の軽きを待たむ、春の波を払うて斜めに飛ぶ、袖を張れば亦た雑蕊の脆きを迎ふ。」

（第二段）

是《ここ》に花月鮮明なり、杯盤狼藉なり。客皆な酩酊せり、或るひと耳語して曰はく、昔、呉王剣客を好んしかば、百姓瘢瘡多し。今、大王風客を好んたまへば、群賢多く会合す。人情の美悪、各おの好む所に彰《あらは》るること、斯《ここ》に見つ。但し学を好んで益無き者有り、前泉州刺史順ぞ。一生貧しうして道を楽しぶ、徒《いたづら》に原憲の前蹤を継ぐ、九年散班に沈む、空しく嵇含の左鬢を添ふ。暁鏡に対つて以つて恥有り、秋毫を腐《くた》して以つて詞無しと、爾《しか》云ふ。」（第三段）

詩序の冒頭に引かれる古人の言（傍線部）が謝霊運の詩序中の一句を指すことは言うまでもない。順は詩序の第一段で、盛明親王主催の詩宴には謝霊運の言う良辰・美景・賞心・楽事の四事は言わずもがな、それ以外に三つもの美点が存することを指摘する。それは、聖主の善政によって人文・武威を兼ね備えた治世が実現していること、詩宴の出席者に優れた詩人を得ていること、詩宴の開催地がかつて宇多上皇の遊んだ、この上ない景勝地であることの三事である。この中に詩宴の主催者を称讃する文言は見当たらない。それが何処にあるのかと言えば、第三段の傍線部である。曰わく、「酒に酔った出席者の一人が、耳元でささやいて言うには、人の嗜好というものは主君の好悪によって定まるものだ。盛明親王が詩人を好んだお蔭で、この詩宴には（主催者の人格に惹かれて）たくさんの賢人が会している」と。

稿者には、この言葉の中にも、主催者の人格こそが、詩宴を成り立たせる要素として極めて重要であるとする謝霊運の主張が深く根づいているように思われてならない。そして、平安中期を代表する文人である源順にこのような美意識が看取されることは、取りも直さずそれが当時の貴族社会で開催される全ての詩宴に共通して形成されていた認識であったように思われるのである。

四、結語

平安時代の貴族社会では、詩宴が季節に関わりなく頻繁に行なわれていた。何故詩宴を日常的に行なったのか。最も手頃な社交の手段であったと言ってしまえばそれまでだが、貴族たちがそこに何を求めたのかを考えてみることは無益ではない。

『文選』は日本で大学寮紀伝道の教科として最も重視されていた集部の漢籍である。教養ある貴族であれば誰もがその巻三十に収める謝霊運の「擬魏太子鄴中集詩序」を熟読していたはずであり、その主張が彼らに大きな指針を与えたことは容易に想像できよう。前述のとおり、当時の日本では、詩を作る場が作者たちの一堂に会する詩宴に限られていた。恐らくこの点が謝霊運の美意識(詩宴の持つべき五要素)に貴族たちが共感し、それを抵抗なく受け入れることのできた大きな要因であろう。その五要素の中で最も重きを置いたのが主催者の資質であった。詩人たちは自らを理解してくれる庇護者を常に求めていたのである。それは例えば平安中期、慶滋保胤・大江以言・紀斉名といった文人貴族たちが中務卿具平親王を慕ってその下に集うたことを想起すれば良かろう。本章の分析を通して、詩宴を主催統括する者が何如に重要な役割を担う存在であったかを、あらためて確認できたかと思う。

注

（1）詩序と言えば、正倉院御物で慶雲四年（七〇七）の書写奥書を持つ『王勃詩序』の存在が先ず思い浮かぶであろう。王勃（六五〇～六七六）は初唐の四傑の一人。このような詩序だけを収めた別集が伝存しているのは、日本では詩を作る機会が詩宴に限られていたことと無縁ではない。

（2）詩序の段落構成については、拙稿「詩序と句題詩」（『平安後期日本漢文学の研究』、二〇〇三年、笠間書院）、「平安時代の詩序に関する覚書」（『句題詩論考』、二〇一六年、勉誠出版）などを参照されたい。

（3）各要素の例を『詩序集』から引用する。

①主催者（第三段からの引用の場合には、作品名の後にその旨を記した。）

中書侍郎、風槐之孫枝、露棘之貴種也。文章之冠世也、世以称晉朝恵多之才、聡慧之軼人也、人以号江夏無双之智。（1湖山聞旅雁詩序、藤原永光）

員外中丞、高才被世、忩独歩於蘭臺之風、餘慶稟家、期祖跡於槐門之月。誠是朝之管轄、抑亦国之光暉也。（2月下客衣冷詩序（第三段）、藤原永範）

尚書左少丞出槐棘之貴種、好洙泗之遺流。家門之有餘慶也、早攀臺閣之月、才幹之擅芳誉也、既同潘陸之風。（5月明妓女家詩序、菅原在業）

觴詠之餘、各相語曰、次将稟貴種而仕羽林、遙嘲東漢三輔之良家、蓄詞華而摛鳳藻、還徧西晉二陸之英桀。声名被世、自掩古昔。（6月明貴賤家詩序（第三段）、藤原茂明）

②良辰

九月十三夜者、我朝之習俗、翫月之佳期也。（3月作詩家燈詩序、大江佐国）

蓋属函夏之無為、賞暮秋之有感也。（10残菊映池水詩序、大江公仲）

③美景

夫都城風土水石之勝在東北。徧東北之勝者、蓋亜相右大将勧遊之水閣也。（6月明貴賤家詩序、藤原茂明）

夫菊者花之最弟、草之遺老也。露蘭之交衰艶也、若呉季歴之有兄、煙竹之比貞心也、同晉子猷之為友。（9雨裏対残菊詩序、中原広俊）

礼部源侍郎、以槐棘之遺芳、賞蕭条之美景。（13南北月光明詩序、藤原惟俊）

④賞心

絳帳青襟之客、応嘉招以優遊、如蘭伐木之朋、結淡交以会遇。（1湖山聞旅雁詩序、藤原永光）

虎館鴻都之碩儒、随佳招而許交、丹青消数之才傑、感令望而同志。（11夜月照階庭詩序、大江家国）

⑤楽事

綺閣花堂、皆催笙歌之興、詩仙酒聖、誰緩觴詠之情者哉。（4月下多軒騎詩序、平光俊）

属春宮之餘暇、楽秋興而宴遊。（7月契万年光詩序、藤原令明）

鸚吻之酒頻酌、淵酔興深、鳳文之菓屢嘗、山梁味美。（8雁音催旅情詩序、菅原脩言）

（4）鎌倉時代成立の作文指南書である釈良季撰『王沢不渇抄』は、詩序の第一段に見出される要素を分析して（1）亭主の敏思・名誉を美む、（2）地形の勝絶・奇異を賦す、（3）時節の他時に勝ることを述ぶ、（4）景物の異物に超えたることを詠ず、の四種に分類できるとしている。ここでも主催者の資質が第一に挙げられている。また、主催者の資質は『江談抄』巻五・56「文道の諍論 和漢共に有る事」、57「村上御製と文時三位の勝劣の事」などのように説話化されることもあった。拙稿「文人貴族の知識体系」（『句題詩論考』、二〇一六年、勉誠出版）。

あとがき

最初の論文集『平安後期日本漢文学の研究』を出してから二十年の歳月が流れた。この間、世の中は激変した。インターネットの普及によって生活はもちろんのこと、研究環境も大きく変わった。私などはそれに振り回されるばかりで、顧みれば悪戦苦闘の二十年だったが、本書はその間に執筆した「読書」に関する論文を集めたものである。七十を間近に控えて、もうこれ以上の研究の進展は望めないので、このあたりで旧稿を一書にまとめ、大方の御批判を仰ごうと考えた次第である。

この二十年の間には、私の身にも大きな変化が訪れた。以下、私的なことに言及することをお許しいただきたい。変化の第一は、長年教えを受けてきた師を失ったことである。池田利夫先生、太田次男先生、黒板伸夫先生、近藤光男先生に教えていただけなくなったことは、避けられないこととは言え、大きな打撃だった。三十年前の一九九三年八月、大曾根章介先生を突如失ったときとは少し違って、それなりの覚悟はできていたけれども、やはり親しい先生方とお別れすることは辛く悲しいことだった。

しかし、その代わりというわけではないが、同僚や後輩から、以前にも増して学問的恩恵を得られるようになったことも、この間の大きな変化である。髙橋智氏、種村和史氏、堀川貴司氏、住吉朋彦氏からは常に有益な御教示をいただいている。とくに住吉氏には、主宰されている研究会に加えてもらい、未知の資料に向き合う機会を与えてもらっている。感謝せずにはいられない。

もう一つの大きな変化は、二〇二〇年三月に慶應義塾大学を定年退職した直後の八月に、古書店を開業したことである。周囲からは「何もそこまでしなくても」と散々言われ、私も悩みに悩んだ挙げ句の決断だったが、走り出してすでに三年になる。どうして古本屋になったのか。

本書に取り上げたような日本漢籍の古写本・古刊本は、十数年前から国外流出の危機にさらされている。その主たる行き先が経済力豊かな中国であることは言うまでもない。日本漢籍の文化的な価値が海外で認められることは慶事だが、流出の後押しをしているのは実は我々日本人であり、我々の中に醸成された日本の文化財に対する過小評価がその根底にあるように思われる。日本漢籍に我が国固有の文化的特徴が備わっていることは、本書に詳しく説いたとおりである。しかし新聞を始めとするマスコミ報道では、流出の現象を「中国人の愛国心が文化面でも高まっていることの現れ」とか「待ちに待った書籍の里帰り」とか、的外れな分析を繰り返すばかりで、日本の文化財としての価値を説明しようとする姿勢は全く見られない。これでは、日本漢籍が日本固有の文化財であることを認識されないまま、早晩国内から姿を消してしまうのではないだろうか。

この危機的状況の中で為すべき事とは一体何か。それは、新たに出現した日本漢籍の善本をまず古書業者の市会で仕入れ、その文化的価値を何らかの形で発信するよりほかに、私にできることはないのではないか。そう考えて、私は業者の道に足を踏み入れたのである。研究者が古書業者に転じたという事例は、あまり聞いたことがない。もしかしたら私が最初で最後かも知れない。それでも日本漢籍の資料性を多くの人々に知ってもらうために、微力ではあるが、努力したいと思う。現在、その普及活動の一環として、勉誠社の『書物学』に「松朋堂新収古書解題」と題して、私の商う日本漢籍に関する記事を連載させてもらっている。御興味のある方は、是非そちらもお読みいただきたい。

最後に、本書刊行の経緯について触れておきたい。そのむかし、勉誠社の編集者であった吉田祐輔氏（現社長）から古代日本漢学の入門書を執筆してはどうかというお誘いをいただいたことがある。二つ返事で二、三年のうちに是非書きたい、などと言っておきながら、十五年以上の月日が経過してしまったが、本書は吉田氏の「日本漢学とは何か」という求めに応じた、ささやかな答案なのである。それを知ってか知らでか吉田氏は本書の原稿を受け取るや、すぐさま全篇にくまなく目を通し、論文の構成から字句の表現に至るまで、的確な修正案を提示して下さった。本書はまさに吉田氏と私との二人三脚の上に成ったものと言っても言い過ぎではない。厚く御礼申し上げる次第である。

本書掲載の図版の多くは勉誠社の和久幹夫氏、松澤耕一郎氏のお手を煩わせた。これまた厚く御礼申し上げる。また校正の段階では、成城大学の山田尚子氏に全篇をあらためて読んでもらい、有益な助言を受けることができた。いつものことながら感謝に堪えない。本書が一人でも多くの読者の眼に留まることを願って、筆を擱くことにしたい。

二〇二三年七月十日

佐藤道生

初出一覧

第一章　古代・中世日本人の読書
第三十二回慶應義塾図書館貴重書展示会の図録『〈古代／中世〉日本人の読書』（二〇二〇年十月、慶應義塾図書館）に執筆した。本書に収めるにあたり、あらたに第五節・第六節を書き加えた。

第二章　日本に現存する漢籍古写本――唐鈔本はなぜ読み継がれたのか
二〇二三年五月二十日、日本教育会館で開催された東方学会主催、第67回国際東方学者会議のシンポジウムⅠ「中国文献の異伝・異文と日本古典文芸」で「日本に現存する漢籍古写本の特質」と題して口頭発表した。

第三章　古代・中世 漢文訓読史
講座近代日本と漢学 第七巻『漢学と日本語』（二〇二〇年、戎光祥出版）に「漢文訓読（奈良時代から室町時代まで）」と題して執筆した。

第四章　平安貴族の読書
仁平道明編『王朝文学と東アジアの宮廷文学』（二〇〇八年、竹林舎）に「宮廷文学と教育」と題して執筆し、『三河鳳来寺旧蔵暦応二年書写 和漢朗詠集 影印と研究』（二〇一四年、勉誠出版）に「平安貴族の読書」と改題して収めた。本書に収めるにあたり、大幅に修正を加えた。

第五章　藤原道長の漢籍蒐集

佐藤道生編『名だたる蔵書家、隠れた蔵書家』（二〇一〇年、慶應義塾大学出版会）に執筆した。

第六章　藤原兼実の読書生活――『素書』と『和漢朗詠集』

小原仁編『玉葉を読む』（二〇一三年、勉誠出版）に執筆した。

第七章　養和元年の意見封事――藤原兼実「可依変異被行攘災事」を読む

二〇一三年六月十五日、慶應義塾大学三田キャンパスで開催された第四一七回慶應義塾大学国文学研究会で口頭発表し、『池田利夫追悼論集』（二〇一四年、笠間書院）に執筆した。

第八章　『論語疏』中国六世紀写本の出現

『斯文』第百三十六号（二〇二一年三月、斯文会）に執筆した。

第九章　平安時代に於ける『文選集注』の受容

二〇一〇年十月九日、広島大学で開催された日本中国学会第六十二回大会で口頭発表し、佐藤道生編『注釈書の古今東西』（平成二十二年度極東証券寄附講座「文献学の世界」報告書、二〇一一年、慶應義塾大学文学部）に執筆した。また中国語訳「平安時代《文選集注》的接受」（張淘氏訳）を『域外漢籍研究集刊』第九輯（張伯偉編、二〇一三年、中華書局）に収めた。

第十章　金澤文庫本『春秋経伝集解』、奥書の再検討

二〇一三年十二月七日、東京大学東洋文化研究所で開催された書陵部漢籍研究成果報告会で口頭発表し、『図書

寮漢籍叢考』（二〇一八年、汲古書院）に執筆した。

第十一章　室町後期に於ける『論語』伝授の様相――天文版『論語』の果たした役割
『斯文』第百二十九号（二〇一六年九月、斯文会）に執筆した。

第十二章　清原家の学問と漢籍――『論語』を例として訓点と注釈書との関係を考える
髙田宗平編『日本漢籍受容史』（二〇二二年、八木書店）に執筆した。本書に収めるにあたり、第三章と重複する部分を削除した。

第十三章　吉田家旧蔵の兵書――慶應義塾図書館蔵『七書直解』等の紹介を兼ねて
『書物学』第十四巻（二〇一八年十二月、勉誠出版）に執筆した。

第十四章　「佐保切」追跡――大燈国師を伝称筆者とする書蹟に関する考察
『臨済宗妙心寺派教学研究紀要』第七号（二〇〇九年五月、臨済宗妙心寺派教化センター）に執筆した。

第十五章　伝授と筆耕――呉三郎入道の事績
二〇一五年五月二十四日、明星大学日野校で開催された中世文学会平成二十七年度春季大会で口頭発表し、『中世文学』第六十一号（二〇一六年六月、中世文学会）に執筆した。本書に収めるにあたり、大幅に修正を加えた。

第十六章　『古文孝経』永仁五年写本の問題点
二〇一六年六月四日、慶應義塾大学三田キャンパス北館ホールで開催された宮内庁書陵部収蔵漢籍画像公開記念国際研究集会「日本における漢籍の伝流――デジタルアーカイブ「宮内庁書陵部収蔵漢籍集覧」の視角――」で口頭発表し、『図書寮漢籍叢考』（二〇一八年、汲古書院）に執筆した。

第十七章　猿投神社の漢籍古写本——『史記』『春秋経伝集解』の書写者を探る
豊田市史研究特別号『猿投神社の典籍』（二〇一六年三月、愛知県豊田市）に執筆した。

第十八章　『朝野群載』巻十三の問題点
二〇一二年九月三十日、同志社女子大学今出川キャンパスで開催された和漢比較文学会第三十一回大会で「『朝野群載』巻十三所収の秀才申文三篇は実作か」と題して口頭発表し、『藝文研究』第百四号（二〇一三年六月、慶應義塾大学藝文学会）に執筆した。

第十九章　日本漢学史上の句題詩
二〇一九年七月十三日、慶應義塾大学日吉キャンパスで開催された慶應義塾中国文学会第四回大会で講演し、『慶應義塾中国文学会報』第四号（二〇二〇年三月、慶應義塾中国文学会）に執筆した。但し、第二節から第四節までは、「句題詩とは何か」（東アジア文化講座２『漢字を使った文化はどう広がっていたのか　東アジアの漢字漢文文化圏』、二〇二一年、文学通信）に拠った。

第二十章　『本朝麗藻』所収の釈奠詩——句題詩の変型として
二〇二二年二月二十六日、成城大学で開催された成城国文学会大会で口頭発表し、『成城国文学』第三十九号（二〇二三年三月、成城国文学会）に執筆した。

第二十一章　藤原有国伝の再検討
二〇一六年九月二十五日、成城大学で開催された第三十五回和漢比較文学会大会で口頭発表し、『慶應義塾中国文学会報』第一号（二〇一七年三月、慶應義塾中国文学会）に執筆した。

第二十二章　大江匡房と藤原基俊
二〇一九年六月三十日、名古屋大学東山キャンパスで開催された説話文学会大会で口頭発表し、『説話文学研究』第五十五号（二〇二〇年九月、説話文学会）に執筆した。

第二十三章　大江匡房の著作と『新撰朗詠集』
『藝文研究』第百十七号（二〇一九年十二月、慶應義塾大学藝文学会）に執筆した。

第二十四章　平安後期の文章得業生に関する覚書
『藝文研究』第百十三号第一分冊（二〇一七年十二月、慶應義塾大学藝文学会）に執筆した。

第二十五章　『玉葉』に見られる課試制度関連記事の検討
小原仁編『変革期の社会と九条兼実　『玉葉』をひらく』（二〇一八年、勉誠出版）に執筆した。

第二十六章　平安時代の詩宴に果たした謝霊運の役割
蔣義喬編『六朝文化と日本　謝霊運という視座から』（アジア遊学240、二〇一九年十一月、勉誠出版）に執筆した。

図版一覧

口絵

第三章

第八章
図1　慶應義塾図書館蔵『論語集解』永禄六年写本
図2～5　慶應義塾図書館蔵『論語疏』

第九章
図1　架蔵〔平安前期〕写『文選集注』巻七断簡
図2　架蔵〔平安中期〕写『文選集注』巻六十一残簡
図3　架蔵〔平安前期〕写『文選集注』巻百十一断簡

第十章
図1a　内閣文庫蔵『本朝続文粋』
図1b・1c・2a・2b・3a・3b・4　宮内庁書陵部蔵『春秋経伝集解』

第十一章
図1　架蔵『論語』清原業賢書写・加点本
図2　慶應義塾図書館蔵『論語』天文版　清原枝賢加点本

第十二章
図1　慶應義塾図書館蔵『論語集解』永禄六年釈世誉書写本

第十三章
図1　慶應義塾図書館蔵『七書直解』序

第十四章

図6　慶應義塾図書館蔵『施氏七書講義』巻三十五断簡

第十五章
図1　宮内庁書陵部蔵『古文孝経』
図2　(公益財団法人）東洋文庫蔵『帝王略論』
図3　称名寺蔵『註金獅子章』
図4　猿投神社蔵『春秋経伝集解』
図5　猿投神社蔵『史記集解』

第十六章
図1・2・4　架蔵『古文孝経』影鈔本
図3　宮内庁書陵部蔵『古文孝経』

第十七章
図1　猿投神社蔵『史記』管蔡世家・陳杞世家（A筆）
図2　猿投神社蔵『史記』魯周公世家（B筆）
図3　猿投神社蔵『春秋経伝集解』序・巻一（A筆）
図4　猿投神社蔵『春秋経伝集解』巻二（B筆）
図5　宮内庁書陵部蔵『古文孝経』呉三郎入道写本

図版の掲載を許可して下さった御所蔵者各位に厚く御礼申し上げます。

索　　引

【か】

【さ】

【た】

【な】

【は】

【ま】

【や】

【ら】

【わ】

著者略歴

佐藤道生（さとう・みちお）

1955年生まれ。慶応義塾大学名誉教授。

専門は古代・中世日本漢学。

主な著書に『平安後期日本漢文学の研究』（笠間書院、2003年）、『三河鳳来寺旧蔵暦応二年書写 和漢朗詠集 影印と研究』（勉誠出版、2014年）、『句題詩論考——王朝漢詩とは何ぞや』（勉誠出版、2016年）などがある。

日本人《にほんじん》の読書《どくしょ》　新装版《しんそうばん》
——古代・中世の学問を探る

著者　佐藤道生
発行者　吉田祐輔
発行所　㈱勉誠社
〒101-0061 東京都千代田区神田三崎町二-一八-四
電話　〇三-五二一五-九〇二一㈹

二〇二五年一月十日　新装版発行

印刷製本　㈱コーヤマ

ISBN978-4-585-39047-3　C3091

句題詩論考
王朝漢詩とは何ぞや

これまでその実態が詳らかには知られてこなかった句題詩の詠法を実証的に明らかにし、日本独自の文化が育んだ「知」の世界の広がりを提示する画期的論考。

佐藤道生 著・本体九五〇〇円（＋税）

『玉葉』を読む
九条兼実とその時代

『玉葉』を詳細に検討し、そこに描かれた歴史叙述を諸史料と対照することにより、九条兼実と九条家、そして同時代の公家社会の営みを立体的に描き出す。

小原仁 編・本体八〇〇〇円（＋税）

変革期の社会と九条兼実
『玉葉』をひらく

『玉葉』をはじめ、同時代の諸資料を紐解き、兼実や同時代の社会を活写する。宮内庁書陵部に伝わる天皇の即位儀礼に関する新資料二種を初紹介！

小原仁 編・本体一〇〇〇〇円（＋税）

書物・印刷・本屋
日中韓をめぐる本の文化史

書物史研究を牽引する珠玉の執筆者三十五名による知見を集結、三九〇点を超える図版資料を収載した日中韓の知の世界を彩る書物文化を知るためのエンサイクロペディア。

藤本幸夫 編・本体一六〇〇〇円（＋税）

日本における「文」と「ブンガク（bungaku）」

「文」とは何か――。近代以降隠蔽されてしまった伝統的な「文」の概念の文化的意味と意義を再び発掘し、現代に続く「文」の意味と意義を捉え直す論考十八編を収載。

河野貴美子／Wiebke DENECKE 編・本体二五〇〇円（＋税）

日本「文」学史　第一冊

A New History of Japanese "Letterature" Vol.1

「文」の環境――「文学」以前

日本の知と文化の歴史の総体を、思考や社会形成と常に関わってきた「文」を柱として捉え返し、過去から現在、そして未来への展開を提示する。

河野貴美子・Wiebke DENECKE
新川登亀男・陣野英則 編・本体三八〇〇円（＋税）

日本「文」学史　第二冊

A New History of Japanese "Letterature" Vol.2

「文」と人びと――継承と断絶

「発信者」「メッセージ」「受信者」「メディア」の相関図を基とした四つの観点より「人びと」と「文」との関係を明らかにすることで、新たな日本文学史を描き出す。

河野貴美子・Wiebke DENECKE・新川登亀男
陣野英則・谷口眞子・宗像和重 編・本体三八〇〇円（＋税）

日本「文」学史　第三冊

A New History of Japanese "Letterature" Vol.3

「文」から「文学」へ
――東アジアの文学を見直す

東アジア世界における「文」の概念はいかに変容・展開していったのか。日中韓そして欧米における48の知を集結し、描き出される初めての東アジア比較文学史。

河野貴美子・Wiebke DENECKE
新川登亀男・陣野英則 編・本体三八〇〇円（＋税）

慶應義塾図書館蔵
論語疏 巻六
慶應義塾大学附属研究所斯道文庫蔵
論語義疏
影印と解題研究

『論語』・『論語義疏』の全編をフルカラーで影印。斯界の第一線をリードする研究者による詳細な解題・翻刻・校勘記を備えた決定版。

慶應義塾大学論語疏研究会 編・本体一八〇〇〇円（+税）

三河鳳来寺旧蔵 暦応二年書写
和漢朗詠集 影印と研究

古代・中世日本の「知」の様相を伝える貴重本を全編原色で初公開。詳密な訓点・注記・紙背書入を忠実に再現した翻刻、研究の到達点を示す解題・論考を附した。

佐藤道生 著・本体三〇〇〇〇円（+税）

図説 書誌学 古典籍を学ぶ

書誌学専門研究所として学界をリードしてきた斯道文庫所蔵の豊富な古典籍の中から、特に書誌学的に重要なものを選出。書誌学の理念・プロセス・技術を学ぶ。

慶應義塾大学附属研究所斯道文庫 編・本体三五〇〇円（+税）

書物学 第1〜25巻（以下続刊）

これまでに蓄積されてきた書物をめぐる精緻な書誌学、文献学の富を人間の学に呼び戻し、愛書家とともに、古今東西にわたる書物論議を展開する。

編集部 編・本体各一五〇〇〜二〇〇〇円（+税）